Liz Rigbey

Der versunkene Garten

Roman

Aus dem Englischen
von Anette Grube und Rebekka Göpfert

Ullstein

Besuchen Sie uns im Internet:
www.ullstein-taschenbuch.de

Umwelthinweis:
Dieses Buch wurde auf chlor- und säurefreiem Papier gedruckt.

Ungekürzte Ausgabe im Ullstein Taschenbuch
1. Auflage Juni 2005

Titel der englischen Originalausgabe: *Summertime*
(Michael Joseph, Penguin Group, London)
Umschlaggestaltung: Büro Hamburg
Titelabbildung: Sally Gall/Getty Images
Gesetzt aus der Present und Aldus
Satz: Franzis print&media, München
Druck und Bindearbeiten: Ebner & Spiegel, Ulm
Printed in Germany
ISBN-13: 978-3-548-26196-6
ISBN-10: 3-548-26196-5

3.

Das Buch

Die Nachricht vom Tod ihres Vaters erreicht Lucy Schaffer mitten in einer Konferenz. Keiner der Anwesenden weiß etwas von der Vergangenheit, die die erfolgreiche Bankerin hinter sich gelassen hatte, als sie drei Jahre zuvor nach New York kam. Nun muss Lucy nach San Francisco zurückkehren, um den Nachlass ihres Vaters zu ordnen – und um der Polizei bei ihren Ermittlungen zu helfen, denn diese glaubt nicht an einen Selbstmord des angesehenen Geologieprofessors. Überhaupt kam es in der Familie immer wieder zu geheimnisvollen Todesfällen, deren Ursachen nie aufgeklärt wurden. Je weiter Lucy in das Labyrinth ihrer Familiengeschichte eindringt, desto deutlicher werden die Bilder der Erinnerung: an den Tod des Bruders, an ihre verstorbene Freundin – und an Stevie, ihren eigenen Sohn. Lucy ahnt, dass es sich nicht um Zufälle handeln kann …

Die Autorin

Liz Rigbey, 1957 in London geboren, promovierte an der Exeter University in Englischer Literatur. Bevor sie sich ganz dem Schreiben widmete, arbeitete sie als Dokumentarfilmerin und jahrelang als Moderatorin bei der BBC. Sie ist verheiratet und lebt heute mit ihrem Mann in Norditalien.

1

Meine Mutter hat meiner Schwester und mir diese Geschichte viele Male erzählt. Wie der Zug Tage brauchte, um Russland zu durchqueren, und wie es, als er an der Grenze anlangte, klar war, dass das Baby tot war.

Der Vater wusste es schon seit einer Weile. Seine drei Töchter verstanden es, eine nach der anderen. Die anderen Fahrgäste erzählten es sich wortlos, mit erschrockenen Blicken. Nur die Mutter schien unfähig zu begreifen, was mit dem Kind, das sie in den Armen hielt, passiert war.

Es weinte, seit sie den Zug bestiegen hatten. Nicht wimmernd wie ein Neugeborenes, sondern mit dem lauten, hartnäckigen Geschrei eines sechs Monate alten Babys. Als die Familie Andrejew mit dem vielen Gepäck, dem mürrisch dreinblickenden Vater und dem schreienden Baby ankam, wollten alle, die bereits im Abteil saßen, ihre Fahrkarte sehen, in der Hoffnung, dass sie auf den falschen Plätzen saßen. Als feststand, dass sie tatsächlich mit den Andrejews nach Westen fahren mussten, sagten sie sich, dass das Baby sicherlich bald aufhören würde zu schreien, und außerdem nahmen die drei Mädchen nur wenig Platz ein. Jedes Abteil war überfüllt, und alle Fahrgäste trugen dicke Mäntel, Mützen, Schals und Handschuhe. Und das Gepäck! Taschen, Kisten, Körbe, Koffer, die hoch über den Köpfen der Reisenden aufgetürmt waren, auf dem Boden standen und auf den Knien gehalten wurden.

Als der Zug – viel später als vorgesehen und nach mehrmaligem beunruhigendem Rucken – endlich den Belarusski-Bahnhof verließ, warteten die anderen Passagiere vertrauensvoll auf die Stille, die eintreten musste, sobald das Kind den einschläfernden Rhythmus der großen Eisenräder auf den Schienen spüren würde.

Aber die Stille trat nicht ein.

Der Zug schnitt sich seinen Weg in einer geraden Linie aus der Stadt hinaus, vorbei an Fabriken und Mietskasernen, an Plätzen aus Schnee und Schlamm, auf denen Kinder spielten. Die Fahrgäste saßen da und horchten missmutig auf das nicht enden wollende Geschrei. Die winzigen Augenblicke der Stille, in denen das Baby Atem holte, waren viel zu kurz und zogen solche Ausbrüche von Unglück nach sich, dass es den Anschein hatte, als sei das Kind das Sprachrohr der Trübsal und des Kummers aller Anwesenden. In den anderen Abteilen versuchten die Fahrgäste, sich gegenseitig aufzuheitern, indem sie sich einander vorstellten, Brot und manchmal auch Schweinefett teilten, Flaschen öffneten und Geschichten erzählten. Doch im Abteil der Andrejews wurden sämtliche Kontaktversuche vom Geschrei des Babys unterbunden.

Als der Zug Moskau hinter sich ließ, freuten sich die Reisenden zunächst darüber, die verschneite Landschaft zu sehen. Doch bald erlahmte ihr Interesse. Kilometer um Kilometer – für die Reisenden bedeutete dies Stunde um Stunde – dunkler Wald, dann wieder flaches Land ohne Abwechslung durch Bäume, Straßen oder Hecken. Farben und Felder veränderten sich nicht, nicht der kleinste Hügel war unter der Schneedecke zu erkennen. Wenn Wälder vorbeizogen, dann waren es enttäuschende dunkle Scheiben ewig gleicher Koniferen. Es war, als reise man durch ein riesiges Schwarz-Weiß-Puzzle. Und als die Nacht sich draußen vor dem Zug sammelte und sich um die endlose Weite des im Schnee versunkenen Russlands wickelte, schrie das Baby immer noch.

»Können Sie es denn nicht endlich beruhigen, um Gottes willen?«, beschwerte sich schließlich jemand. Es war ein junger Mann mit kalten blauen Augen und roten Wangen. Doch seine Verzweiflung wurde vom Geschrei des Babys übertönt, und die Mutter zuckte nur mit den Schultern und schüttelte den Kopf.

Der Vater kümmerte sich weder um Frau noch Kind, sondern saß still da, mit schmalem Gesicht und verschlossenem Mund. Sein Blick schweifte rasch und selbstbewusst über die Gesichter der Reisenden. Vier, ja, vier Kinder, und die Familie war trotzdem anständig angezogen; jedes der Mädchen hatte eine kleine lederne Reisetasche auf dem Schoß. Alle konnten sehen, dass Andrejew es zu etwas gebracht hatte. Sein drohender Bürokratenblick hinderte manchen daran, gegen das Geschrei des Babys aufzubegehren.

Nach etlichen Stunden hielt der Zug. Es gab keinen Bahnhof, kein Licht, keinen offensichtlichen Grund. Ein paar Eisenbahnangestellte, vielleicht sogar der Zugführer, standen neben den Gleisen und rauchten. Einige mutige Fahrgäste sprangen aus dem Zug. Danach noch ein paar weitere. Bald war das Abteil der Andrejews leer, bis auf die Mutter, die drei Mädchen und das kreischende Baby.

Als das erste perlfarbene Licht auf die grauen Gesichter der Reisenden fiel, setzte sich der Zug wieder in Bewegung. Und noch immer schrie das Baby.

Doch schließlich, Stunden nachdem alle die Hoffnung auf ein Ende des Lärms aufgegeben hatten, wurden die Pausen zwischen dem Schreien länger, und der wütende Unterton des Gebrülls begann zu verebben. Die Reisenden tauschten hoffnungsvolle Blicke aus. Manche beteten. Sie schielten auf das Bündel mit dem roten Kopf, das im Arm seiner Mutter lag. Es wimmerte kaum mehr. Das Ungeheuer schien vor ihren Augen zu schrumpfen. Das Baby schlief ein.

Als endlich Stille eingekehrt war, machte sich unter den Reisenden Genugtuung breit. Alle, außer der Mutter, die immer noch ihr Baby im Arm hielt, schliefen ein. Manche schliefen lange. Die Enge gestand anderen diese Erholung nur in kurzen Abschnitten zu. Von Zeit zu Zeit warfen die, die wach waren, einen kurzen Blick auf das Baby, und die Vermutung wurde zur Gewissheit. Es war jetzt weiß, sehr weiß. Und gleichgültig, wie lange sie es betrachteten, sie konnten kein Lebenszeichen entdecken. Das Baby war tot. Die drei Mädchen nahmen den Schrecken in den Gesichtern der anderen Reisenden wahr. Niemand sprach es aus, niemand sagte ein Wort. Die Frau hielt weiterhin das reglose Bündel in den Armen und drückte es an sich, als wolle sie es wärmen.

Sobald er die Tür öffnete, wusste der Schaffner, dass etwas nicht in Ordnung war. Zunächst einmal war es zu still. Dann stimmte auch etwas nicht an der Art, wie ihn alle ansahen. Sie schienen darauf zu warten, dass er etwas bemerkte. Nur eine Person blickte ihn nicht an, eine müde Frau mit einem schlafenden Baby.

Er schaute zu der Frau und dem Bündel auf ihrem Schoß, dann fasste er das kleine, weiße Gesicht des Babys an. Kalt. Kälter als Eisen, kälter als Stein. Er hob die Hand des Babys und versuchte seine Finger zu bewegen, doch sie waren starr. Das Kind war seit Stunden tot.

»Sie müssen mir das Baby geben«, sagte der Schaffner. »Es ist tot und darf nicht mehr mitreisen.«

»Nein!«, schrie die Mutter. »Nein, nein, der Kleine schläft.«

Nun schluchzte die Frau.

»Nein! Nein!«

Plötzlich stand der Vater auf.

»Gib ihn mir«, befahl er, und die Frau ließ zu, dass er ihr das steife Bündel aus den Armen nahm. Unter den großen Augen seiner drei Töchter händigte er das Baby dem Schaffner aus, der es vorsichtig entgegennahm.

Die Frau klammerte sich an die schäbige Uniform des Schaffners. »Bitte, bitte, bitte, versprechen Sie mir, dass mein Kind richtig beerdigt wird!«

Der Mann blickte sie an. Er konnte ihr dieses Versprechen nicht geben, im Gegenteil, er überlegte bereits, wie er dieses lästige, leblose Baby möglichst rasch und unaufwändig loswerden könnte, und keine der möglichen Lösungen sah das stundenlange Aufhacken des gefrorenen Bodens vor.

Er verließ das Abteil mit dem Baby im Arm, und sie hörten, wie er aus dem Zug ausstieg. Die Mutter weinte still und ohne Unterlass bis zum Ende der Reise.

Meine Mutter kannte diese Geschichte so gut, weil sie die jüngste der drei Töchter war, und die schluchzende Frau war meine Großmutter. Ich hörte diese Geschichte während meiner gesamten Kindheit, aber als ich etwas über zehn Jahre alt war, kam meine Mutter in eine Klinik für Geisteskranke, und diese Geschichte verschwand zusammen mit ihren anderen Geschichten aus meinem Gedächtnis, wie ein Schwarm kleiner Fische durch einen Spalt in einem Felsen verschwindet. Erst als ich selbst einen Sohn zur Welt brachte, schnellten die Fische wieder heraus und warfen ihr silbriges Leuchten auf mich, die ich, überfließend vor Liebe, meinen Sohn in den Armen hielt. Als er starb und von einer gedrungenen Frau in dunklen Kleidern fortgebracht wurde, saß ich in unserem Haus in Kalifornien, und es schien, als sei die Frau, die im verschneiten Osteuropa vor mehr als sechzig Jahren im Zug schluchzte, ich und ich sei sie.

2

Es ist ein Frühlingstag, kalt, aber jedes Mal, wenn ich die Straße überquere, taucht irgendwo die Sonne auf. Ich nehme die Abkürzung durch den Park und betrachte die Babys, die passiv und mit ausdrucksloser Miene in ihren Kinderwägen sitzen, wie die Leute in der U-Bahn. Es ist jetzt ganze drei Jahre her, seit ich ein Baby in den Armen hielt.

Klick, klack. Klick, klack. Meine neuen Schuhe auf dem Gehsteig; sie drücken ein wenig an der Ferse. In den merkwürdigen Geräuschpausen, die es manchmal in Manhattan gibt, wenn keine Sirene heult und der Verkehrslärm plötzlich verstummt, kommt es mir vor, als trete mein linker Fuß fester auf das Pflaster als mein rechter. Ich versuche ein Gleichgewicht herzustellen, aber man kann seinen Gang nicht ändern. Klick, klack.

Die Eingangshalle unseres Gebäudes umfängt mich. Sie besteht aus einem hoch aufragenden Atrium aus Glas, und die Pflanzen wachsen hier wie in einer heißen Gegend unter freiem Himmel. Manche ähneln den Bäumen, die mein Vater in seinem Garten in Kalifornien gepflanzt hat; allerdings sind diese hier perfekter gewachsen, mit größeren, leuchtenderen Blüten und einem süßeren Duft. Die Türen des Aufzugs schließen sich, und als er nach oben fährt, spüre ich dieses Gefühl des Schwebens. Als mein Vater mich ein einziges Mal in New York besuchte, habe ich ihn an einem Samstagmorgen ins Büro mitgenommen. Das war, bevor es das Atrium gab, als die Eingangshalle noch dunkel und mit einem weinroten Teppichboden ausgelegt war. Als der Aufzug nach oben schoss, erschrak mein Vater so sehr vor der Plötzlichkeit und der Wucht, dass er nach hinten taumelte. Ich streckte meinen Arm aus, um ihn festzuhalten, doch er hatte sein Gesicht bereits zu einer Grimasse verzerrt und seinen Körper in gespieltem Schrecken an die Wand gedrückt. Ich lächelte, vermutlich war ich erleichtert. Unsere Familie nimmt das Alter meines Vaters nicht besonders ernst, und wenn er Anzeichen von Gebrechlichkeit aufweist, ignorieren wir sie. Er darf nicht alt oder krank werden.

Ich gehe schnell den Korridor entlang und horche auf das Klickklack, aber hier ist der Teppich zu dick.

»Hallo.« »Hallo.« »Hallo.«

Normalerweise bin ich die Erste, aber heute tauchen bereits ein paar Köpfe zwischen den Trennwänden unseres Büros auf. Sie nehmen meine Gegenwart mit einem gewissen Respekt wahr, aus dem die Tatsache spricht, dass heute der Tag für einen großen Deal ist und dass ich es bin, die ihn macht. Es ist erst drei Monate her, dass Gregory Hifeld mir an meinem Schreibtisch gegenübersaß und über das Revers seines Anzugs strich, der aus einem so festen Material war – vermutlich kam es aus Schottland oder Irland –, dass er ihn seit mindestes vierzig Jahren hätte tragen können, ohne dass er knittrig oder fadenscheinig geworden wäre. Er erzählte mir von seinem Sohn. George ist dreimal geschieden, trinkt und hat keinen Sinn fürs Geschäft. Er ist nicht dafür geeignet, Thinking Toys von seinem Vater zu übernehmen, weder jetzt noch später.

»Sie sind achtundsechzig, das ist nicht alt. Und auf mich machen Sie einen starken und gesunden Eindruck«, sagte ich zu Gregory. »Warum wollen Sie ausgerechnet jetzt die Firma verkaufen?«

Er senkte den Kopf, und einen Moment lang dachte ich, er würde anfangen zu weinen. Ich sah weg. »Ich bin müde, und meine Frau ist krank. Wir möchten die Zeit genießen, die uns beiden noch gemeinsam bleibt.«

Bald darauf saß mir George Hifeld am Schreibtisch gegenüber, genau da, wo sein Vater gesessen hatte, mit gelben Fingern und zittrig wie jemand, der dringend rauchen möchte, aber fürchtet, damit sämtliche Feueralarmanlagen und eine Panik auf dreiundachtzig Stockwerken auszulösen. Und schließlich war da Mittex. Scharf darauf, Thinking Toys zu kaufen, und zugleich darauf bedacht, dies nicht zu zeigen. Dunkle Anzüge, weißhaarige Köpfe, die nicken wie Geier. Der Firmenleiter in spe, Jay Kent, stellt Fragen, arbeitet sich so professionell und präzise wie ein Koch, der Zwiebeln schneidet, durch Zahlen und langfristige Pläne. Heute sitzen sie zum ersten Mal alle gemeinsam an einem Tisch, und vielleicht werden wir am Ende des Tages wissen, ob Mittex Thinking Toys kaufen wird.

Als mein Kollege kommt, halte ich gerade meinen zweiten Becher Kaffee in der Hand.

Jim Finnigan hat eine Glatze und starkes Übergewicht. Als ich hier zu arbeiten anfing, war er einfach nur dick, aber er pendelt mit dem Zug und kauft im Bahnhof warme Zimtbrötchen, die vor Butter triefen. Jim isst davon jeden Morgen drei. Seiner Frau June erzählt er, er esse nur eins. Er hat ein schlechtes Gewissen, weil er sie anlügt und mir die Wahrheit sagt, aber in unserem Job, nach langen Stunden in einem Zimmer oben im Himmel, kommt einem die Familie, die zu Hause sitzt, manchmal irgendwie unwirklich vor. Wenn man lügen muss, dann trifft es die Familie. Untereinander sind wir meistens ehrlich.

»Mann«, sagt Jim, holt sich einen Stuhl und legt seine Füße auf meinen Tisch. »Mann, du wirst es heute Nachmittag nicht einfach haben. Ich habe im Bahnhof darüber nachgedacht und musste mir noch ein Zimtbrötchen holen.«

Die Gesamtmenge ist über die Jahre langsam angewachsen.

»Ist es das erste Mal, dass du vier gegessen hast?«, frage ich ihn.

Seine Füße rutschen auf meinem Schreibtisch herum.

»Na ja, … eigentlich fünf.«

»Jim! Isst du jeden Tag vier?

Er nickt kläglich.

»Erst seit einem oder zwei Monaten. Oder vielleicht seit drei.«

Er ist verlegen. Eigentlich entschuldigt er sich bei June.

»Es ging los, als es eines Morgens so verdammt kalt war und der Zug Verspätung hatte … sobald der Typ mich sieht, bereitet er sie vor. Und dann sagt er: ›Heute hat der Zug Verspätung, Sir, Sie sollten noch ein Brötchen essen, damit Sie nicht zu viel Wärme verlieren.‹ Und ich bitte ihn, noch eins für mich einzupacken. Ich meine, so ein Quatsch, damit ich nicht zu viel Wärme verliere, so ein Quatsch. Dann zahle ich und nehme es. Na ja, und dann esse ich es.«

»O Jim.«

»Achte darauf, dass ich heute nichts mehr esse. Nichts. Okay? Nichts.«

»Okay.«

»Und erzähl June nichts.«

»Natürlich nicht.«

Jim sieht mich an und zwinkert. »Und wie wirst du dich Kent gegenüber verhalten?«

»Er ist nicht mein Klient, Jim. Die Hifelds sind meine Klienten.«

»Eben. Also, wie wirst du dich Kent gegenüber verhalten?«

Jay Kent, nicht besonders groß, aber schlank und schnell wie eine stählerne Waffe.

»Er will dich, Lucy«, sagt Jim, und seine Worte lassen mich zusammenfahren, denn es sind genau die Worte, die Jay Kent benutzt hat, als er kerzengerade mit mir in einem Restaurant in Michigan saß.

Jim hebt seine dicken, knöchellosen Beine vom Tisch, ein Manöver, zu dem er zwei Hände benötigt, und bewegt seine Füße vorsichtig an ihren Lieblingsplatz auf dem Papierkorb.

»Ist da irgendwas zwischen euch beiden?«, fragt er. Ich kann die Anspannung in seiner Stimme hören. »Und versuch nicht, deinen Onkel Jim hinters Licht zu führen.«

»Natürlich nicht«

»Nichts?«, fragt Jim und mustert mein Gesicht.

»Nichts Körperliches, falls es das ist, was du meinst.«

Jim verzieht das Gesicht gleichzeitig in zwei Richtungen, sodass es aussieht wie in einem Zerrspiegel. »Lucy, du weißt, was ich meine.«

»Wir reden viel. Am Telefon.«

»Wie Bettgespräche ohne Bett.«

»Gespräche unter Freunden.« Meistens spricht Kent, und ich höre zu. Er weiß nicht viel über mich, und das gefällt mir.

Jim fahndet nach Anzeichen von Unaufrichtigkeit in meinem Gesicht und sagt dann: »June glaubt ...« June, eine dunkelhaarige Tonne, die durch ihre Kinder völlig aus der Form geraten ist, liest in der Badewanne Liebesromane und bricht regelmäßig in Tränen aus, wenn Fernsehkomödien sich in Zuckersirup auflösen. »June glaubt, du fängst nur dann eine Beziehung an, wenn du keine richtige haben kannst, zum Beispiel mit einem Typen wie Kent, der verheiratet ist und ein kleines Kind hat.«

Ich stelle mir Kents Kind vor, ein zappelndes Baby, umgeben von schrillem Mittex-Plastikspielzeug.

»Die Art Beziehung, die mich mit Kent verbindet, beschränkt sich auf berufliche Angelegenheiten.« Ich klinge forsch, denn ich wünschte, June würde aufhören zu reden wie die Studiogäste einer Nachmittagstalkshow.

Jim scheint mich nicht zu hören. Während er aufsteht, fragt er mich: »Was hast du am Wochenende gemacht?«

»Ach, ein paar Freunde besucht.«

»Mhm. Warum hast du keine Schuhe an?«

»Sie sind hier unter meinem Tisch, Jim. Sie sind neu und drücken ein bisschen.«

»Mhm.« Er schlurft davon, und irgendetwas an seinen hängenden Schultern verrät, dass er unzufrieden ist. Als er sich umdreht, sagt er: »Lucy, ich habe Hunger. Du sollst wissen, dass ich Hunger habe, aber nichts essen werde.«

Meine Schwester ruft an. In Kalifornien ist es kurz vor sieben. Sie muss gleich ins Krankenhaus aufbrechen und klingt klinisch, in Eile.

»Wir haben das ganze Wochenende versucht, dich zu erreichen, Luce.«

»Ich war weg.«

»Gut! Ich hoffe, du hast Spaß gehabt und nicht Trübsal geblasen.«

»Ich habe ein bisschen Trübsal geblasen.«

Ihre Stimme wird sofort weicher. »O Luce, geht's dir gut?«

»Ja.«

»Ich bin mit Daddy zu Stevies Grab gefahren. Wir haben Blumen aus seinem Garten hingelegt, Frühlingsblumen.«

»Danke, Jane.«

Eigentlich hätte ich es sein sollen, die mit Vater in den Teil des Friedhofs geht, der für Kinder reserviert ist. Die ihn stützt, wenn wir zu der Stelle kommen, die Stevies kurzen Aufenthalt auf dieser Welt markiert. Das ist die Art, wie ich am liebsten an meinen Sohn denke: jemand, der nur kurz geblieben ist und dann weiterzog.

»Es kommt mir nicht vor wie drei Jahre«, sagt sie. »Manchmal kommt es mir vor wie gestern.«

Wenn ich mir gestatte, darüber nachzudenken, dann kommt es mir vor, als wäre Stevie gerade eben erst gestorben. Der Augenblick, in dem ich die Leiche meines Sohnes weiß und reglos in seiner blauen Wiege fand. Der Augenblick, in dem Erkenntnis und Ungläubigkeit zusammentreffen. Diese grauenvolle Synthese, die nur in einzelnen Schritten begriffen werden kann, an deren Anfang Schock steht. Am meisten wünschte ich mir, ich könnte diesen Augenblick auslöschen, aber das Einzige, was ich tun kann, ist, mich von ihm abzuwenden.

»Ich habe Daddy am Wochenende ein paarmal angerufen«, sage ich, »aber er war nicht da. Geht's ihm gut?«

Sie zögert. Als sie spricht, ist ihr Tonfall warmherzig. »Natürlich war er am Samstag etwas bedrückt, aber es ist ja auch kein freudiges Ereignis, wenn man das Grab seines Enkels besucht. Danach sind wir zum Mittagessen zu Scott ins Strandhaus gefahren, und wir fanden, dass es Scott dieses Jahr etwas besser geht, und Daddy hat sich sehr darüber gefreut. Larry meint, an Jahrestagen soll man das Nachlassen des Schmerzes akzeptieren. Also die Tatsache anerkennen, dass es einem besser geht und man deshalb kein schlechtes Gewissen zu haben braucht. Daddy ist seiner Meinung, und er kennt sich da vermutlich aus.«

Mein Vater spricht nie davon, aber auch er hat einen Sohn verloren. Meinen Bruder. Ich kann mich nicht an ihn erinnern. Er ist bei irgendeinem Unfall ums Leben gekommen, als er noch ein kleines Baby war. Als Stevie starb, hat mein Vater immer noch nicht darüber gesprochen, aber er hat verstanden. Er wusste Bescheid, und er wusste besser Bescheid als alle anderen.

»Ich hoffe« – Jane ist vorsichtig, also handelt es sich eher um eine Frage –, »dass dein Schmerz ein wenig nachgelassen hat.«

Ich möchte nicht über Schmerz sprechen. »Wie geht es Daddys Hüfte?«

In letzter Zeit fielen ein paar Bemerkungen über die Hüfte meines Vaters, besonders über die rechte. Sie fielen unachtsam und gerieten rasch wieder in Vergessenheit.

Noch ein Zögern, dann Janes beruhigende Stimme: »Ich glaube, sie tut ihm manchmal weh, aber das scheint ihn nicht zu bremsen. Um Himmels willen, Lucy, er ist zweiundsiebzig, und er ist gesünder als die meisten Leute, die nur halb so alt sind. Und was sein Gedächtnis betrifft, so haben wir über eine Exkursion gesprochen, die wir vor Jahren unternommen haben, und er sagte, er könne sich praktisch an jeden Stein erinnern, den wir gefunden haben.«

»Welche Exkursion?« Jede Exkursion ist eine eigene Erinnerung. Es ist immer irgendetwas passiert, wir haben etwas gefunden oder jemanden getroffen. Nur die Steine schienen immer dieselben zu sein.

»Arizona«, sagt Jane leise.

Ich erinnere mich daran. Sofort spüre ich die Hitze. »Arizona«, wiederhole ich.

In meinem Ohr höre ich Janes Stimme, vorsichtig schleichend, kaum hörbar, auf der Hut, damit sie keine Skorpione weckt und keine Schlange aufstört. »Daddy sagt nichts, aber ich weiß genau, worüber er sich wirklich freuen würde …«

Ich warte.

»… nun ja, er würde dich wirklich gern sehen, Luce. Ich weiß, dass er sich auf dieses Wochenende, auch wenn der Anlass traurig war, nahezu gefreut hat, denn er dachte, du kämst vielleicht nach Hause. Er hat sogar gesagt, er glaube, dass Mutter etwas davon hätte, dich zu sehen. Da ich bezweifle, ob sie dich überhaupt erkennen würde, nehme ich an, es ist Daddys Art zu sagen, dass er dich gern sehen würde.«

»Ich führe hier gerade ein paar wichtige Verhandlungen, Jane, ich möchte die Stadt im Moment nicht verlassen. Aber wenn alles vorbei ist, dann komme ich vielleicht.«

Jane versteht mein Zugeständnis als Versprechen und gibt ihrer Freude Ausdruck. »Ich habe gesagt, vielleicht«, erinnere ich sie.

3

Nachdem ich meine Vorbereitungen für die Besprechung abgeschlossen habe, nehme ich am frühen Nachmittag meinen Mantel und gehe hinaus auf die Straße. In den Cafés essen die Leute noch immer zu Mittag. Ich gehe zu einem Imbiss und esse einen Bagel, aus dem der Frischkäse herausquillt.

Plötzlich sehe ich meinen Vater. Er starrt mich durch das Fenster an. Sofort wird mir klar, dass das Gesicht einer jungen Frau gehört, die meinem Vater ähnelt, und im nächsten Moment merke ich, dass der Himmel draußen schwarz geworden ist und mein eigenes Spiegelbild mich anstarrt. Dunkles Haar, dunkle Augen, eigentlich grün, aber nicht auf diesem merkwürdigen Schnappschuss, vorstehende Wangenknochen. Ich habe bislang nie verstanden, dass die Leute behaupten, ich würde meinem Vater ähnlich sehen.

»Die meisten schönen Frauen«, sagte Jay Kent zu mir, »haben uninteressante Gesichter. Ihre Schönheit dagegen ist faszinierend.« Es war eine Feststellung. Sein Tonfall war leidenschaftslos.

Der Kaffee, der hier serviert wird, ist so stark und bitter, dass ich die Lippen auf die gleiche Weise zusammenpresse wie Kent an dem kalten Morgen in Michigan. Es war Tag zwei der Mittex-Reise zu Thinking Toys in Michigan, und es schneite ununterbrochen. Jay Kent stand neben dem Parkplatz am Rand des Kiefernwaldes und schniefte. Die Arbeiter kamen in ihren Autos angefahren. Freundliche Arbeiter, deren Stimmen durch die frostige Luft klangen, als sie sich gegenseitig auf dem Parkplatz begrüßten. Die meisten waren dick, einige schwer übergewichtig, aber sie waren von der unverkennbaren Aura ländlicher Zufriedenheit umgeben, als sie zu ihrer

Schicht stapften. Verstohlene, neugierige Blicke auf die schicke kleine Gruppe am Rand des Parkplatzes. Falls unsere Anwesenheit Beunruhigung auslöste, so ließen sie es sich nicht anmerken.

»Die Kobolde des Weihnachtsmannes.« Kents Wangen und Augen waren vor Kälte eingesunken. »Die fröhlichen, kleinen Kobolde des Weihnachtsmannes, die in ihre Höhle stapfen.« Die Art, wie er das sagte, hatte nichts Liebevolles an sich.

»Wünschen Sie sich denn nicht auch ein kleines bisschen, hier draußen zu leben und einer von ihnen zu sein?«, fragte ich ihn. Ich dachte, jeder trage einen Traum vom Leben auf dem Land mit sich herum. Kent presste die Lippen zusammen. Ich wusste nicht, ob seine Lippen vor Kälte oder immer so dünn waren.

Später, als wir in der Wärme des holzgetäfelten Restaurants saßen, waren seine Lippen wieder voll, und er sagte: »Sie könnten doch auch keiner von dieser Typen sein, machen Sie sich nichts vor, Lucy.«

»Ehrlich gesagt, ich war eine von ihnen, Kent.« Niemand nennt ihn Jay. Außer vielleicht seine Frau.

Er zog die Augenbrauen hoch. Irgendwann hatte er gelernt, sein Gesicht und seinen Körper auf eine Art ruhig zu halten, die kleine Gesten bedeutsam und Bewegungen bedrohlich machte.

»Als ich in Kalifornien Privatkunden betreute, bin ich genau wie die Kobolde des Weihnachtsmannes über den Parkplatz zur Arbeit gestapft.«

»Privatkunden? In Kalifornien?« Er zog die Mundwinkel nach unten.

Ich wehrte ab. »Ich vertrat dort auch ein paar große Firmen, sie stammten zum größten Teil von der Westküste und aus Asien.«

»Dafür sind Sie doch viel zu gut. Ich vermute, das ist lange her, am Anfang Ihrer Karriere?«

Nein, bis ich nach New York zog, meinen Mann noch tiefer ins Unglück stürzte, meine Familie enttäuschte, meinen Vater beunruhigte. Es war erst drei Jahre her. Aber das würde ich Kent nicht erzählen. Er ließ mich nicht aus den Augen und wartete auf eine Antwort. Ich las die Speisekarte. Schließlich sagte ich: »Na, das klingt doch alles wie falscher Hase.«

Das war der Moment, in dem er sich aufrichtete und sagte: »Ich will Sie, Lucy. Ich weiß nicht, was ich machen soll.«

Ich wusste, ich sollte ihn ansehen. Ich tat es nicht gleich, und als ich hochblickte, warteten seine Augen auf mich; sie schimmerten blau und waren, trotz seiner Worte, unverwundbar.

Ich hoffte, er meinte, dass er mich als Investmentbankerin wollte, wenn der alte Firmenleiter von Mittex abtrat und Kent nachrückte. Jim hatte das von Anfang an gehofft. Die Fusion von Thinking Toys und Mittex war ein gutes Geschäft, aber wenn die Leute bei Mittex davon so beeindruckt waren, dass sie ihre Investmentbanker durch uns ersetzen wollten, dann wäre es ein sehr gutes Geschäft. Deshalb war es möglich, dass Kent, als er sagte, er wolle mich, die berufliche Ebene meinte. Ich beschloss, seine Worte dahingehend zu interpretieren. Erst langsam, und dann schnell, sehr schnell legte ich ihm meine Analyse des Spielzeugmarktes dar und in welchen Segmenten Mittex eine Spitzenposition übernehmen könnte. Er hörte mir zu, ohne sich zu bewegen, bis auf die Augenbrauen.

Jay Kents Körper blieb reglos, während er erklärte, dass sein Interesse an mir sich nicht auf eine mögliche Akquisition meines Klienten oder auf meine Marktanalyse beschränkte.

Bevor ich ihm antwortete, versuchte ich so still dazusitzen wie er, doch ich muss meinen Kopf bewegt, vielleicht geschüttelt haben, denn ich fühlte meine Haare weich über meine Wangen streichen. Ich sah, wie meine Finger die Maserung des Holzes verfolgten.

»Wir müssen die beruflichen Grenzen respektieren«, sagte ich. »Wir arbeiten an zwei Seiten eines Tisches, und die Verhandlungen sind noch dazu sehr heikel.«

Schnell, zu schnell, um zu denken, sagte er: »Man kann berufliche Grenzen und gleichzeitig eine persönliche Beziehung haben. Wenn beide das wollen.«

Ich blickte auf seinen Ehering und dann unwillkürlich auf meinen eigenen. Gelegentlich überlege ich, ob ich ihn abnehmen soll, aber irgendetwas hält mich davon ab, vielleicht der Gedanke an Scott, der seinen ebenfalls noch trägt. »Vielleicht«, sagte ich.

Als ich den Imbiss verlasse, werfe ich der Frau im Fenster einen verschwörerischen Blick zu und denke darüber nach, wie es sein wird, heute mit einem Mann zu verhandeln, der mich so kennt wie Kent.

Auf dem Rückweg ins Büro komme ich an einem Blumengeschäft vorbei. Ich bleibe stehen, gehe zurück und schicke Blumen an June Finnigan – Frühlingsblumen, hauptsächlich Tulpen und ein paar Schwertlilien. Die Karte unterschreibe ich mit Jims Namen.

Zurück an meinem Schreibtisch im dreiundachtzigsten Stockwerk betaste ich meine Ferse. Es hat sich eine schwammige Blase gebildet. Ich schaue aus dem Fenster, doch ich kann die Straße nicht sehen, und weil das Glas getönt ist, kann ich die Sonne draußen nur erahnen. Während wir in unvorstellbarer Höhe durch den Himmel über Manhattan schwingen, während die Temperatur überwacht und die Luft aufbereitet wird, bekommen wir vom Wetter kaum etwas mit. Wir erfahren die Welt als Reptilien, die eine dicke Haut und ein primitives Nervensystem haben.

Gregory und George Hifeld treffen mit Aktentaschen und Spielzeug ein. Vater und Sohn warten, Seite an Seite, in unserem Büro. Leute schauen vorbei, schütteln ihnen die Hand und sehen sich die Spielsachen an. Gregory gibt steif Erklärungen dazu ab. In Georges Atem rieche ich Alkohol, während wir uns über Flugzeuge, seine Leidenschaft, unterhalten. Er besitzt zwei alte Flugzeuge und eine Landebahn vor dem Haus seines Vaters.

»Diese Scheidungen«, sagt er, »werden mich den verdammten Stearman kosten.« Er kaut an einem Fingernagel. »Und den Mustang vielleicht auch noch.«

»Sie können auf der Treppe rauchen. Es ist zwar nicht erlaubt, aber dort gibt es kaum Rauchmelder, und andere Leute tun's auch«, sage ich. Er lächelt dankbar und wirft seinem Vater einen Blick zu, der um Erlaubnis bittet. George ist zweiundvierzig Jahre alt.

Als Fatima uns informiert, dass die Leute von Mittex da sind, steigen wir in den Aufzug und vermeiden es, uns gegenseitig anzusehen. Ich frage mich, ob es richtig war, Jay Kent und die Hifelds bisher voneinander getrennt und die Verhandlungen so unverbindlich gehalten zu haben. Nach all den Mühen könnte heute alles vorbei sein, wenn sie den Klang ihrer Stimmen hören. Ich denke daran, dass ich meiner Schwester am Morgen beinahe zugesagt habe, für eine Weile nach Hause zu kommen, wenn die Verhandlungen vorüber sind. Ich verspreche mir, dass dieses Geschäft über die Bühne gehen wird und dass ich heute nicht über persönliche Angelegenheiten stolpern werde. Außerdem habe ich zu Jane »vielleicht« gesagt.

Als ich das Vorstandszimmer betrete, weiß ich, dass Kent auf mich gewartet hat. Er spricht gerade mit jemandem und bewegt sich nicht, doch als er meine Stimme hört, richtet er sich kaum merklich auf. Als er sich umdreht, um mich zu begrüßen, sind seine Augen von einem Glänzen erfüllt, das nicht zu diesem Treffen passt. Er sieht mich einen Augenblick zu lange an, bevor er sich den Hifelds zuwendet. Er will dich, hat Jim gesagt.

Ich begrüße Kents Berater von der Investmentbank, die wir gern ersetzen würden. Auch ein paar Kollegen sind da, Mitglieder des Teams, das Kent um sich versammelt für den Tag, an dem er die Firmenleitung von Mittex übernehmen wird. Von Kents nächtlichen Anrufen, die er macht, wenn er nicht zu Hause und entspannt ist, wenn er vertraulich und ein bisschen betrunken klingt, weiß ich, dass er diesen Tag herbeisehnt.

Ich stelle unseren Analysten und die Hifelds vor. Ich sehe Gregory so, wie Kent ihn sehen muss. Korrekt. Groß. Er hält sich gerade, aber sein Gesicht ist müde und seine braunen Augen blicken traurig. Er möchte nicht hier sein und mit jungen Männern sprechen, die so schnell und unverständlich sind wie neue Technologien, er möchte nicht mit ihnen über den Verkauf seiner Firma verhandeln. Er hat sein Leben darauf verwandt, sie aufzubauen und die Gemeinde zu unterstützen, die davon abhängt, und mit Georges Hilfe wollte er hier eigentlich alt werden. George sitzt neben ihm, er riecht nach Nikotin, grinst zu breit und sieht trotz des neuen Anzugs zerknautscht aus.

Als die Stimmung so weit gediehen ist, dass die Besprechung beginnen kann, nehme ich ärgerlich wahr, dass die Hifelds ihre Köpfe demütig gesenkt halten, als ob sie Mittex auffordern wollten, Thinking Toys einschließlich der Fabrik in einem Happen zu schlucken.

»Nun, George«, sagt Kent plötzlich. Ich zucke kurz zusammen, ebenso George, der sich der Mittex-Dame zu seiner Rechten sehr nah zugeneigt hat.

»Erzählen Sie mal, George. Wo liegen Ihre Fähigkeiten? Welchen Posten könnten wir bei den neuen Thinking Toys für Sie finden?«

George lächelt. Mit einer schwungvollen Geste, die er sich vermutlich in der Kindheit angewöhnt hat, streicht er sich Haare, die ihm längst ausgefallen sind, aus der Stirn.

»Mhm, na ja, ich möchte den Laden nicht leiten«, sagt er überflüssigerweise. Kent lächelt ihn an, aber seine Augen blitzen, und ich weiß, er wird keine Gnade walten lassen.

Gregory hüstelt. »Vermutlich hätte ich George mehr Verantwortung anvertrauen sollen«, sagt er. »Wer weiß, wozu er in der Lage gewesen wäre.«

George starrt vor sich hin.

»Tja«, sagt Kent langsam. Er streicht sich übers Kinn. »Ich frage mich, George, wie Sie wohl mit den Veränderungen zurechtkommen werden, die wir uns für Thinking Toys überlegt haben …«

»Also«, meldet sich der Investmentbanker zu Wort. »Ich würde vorschlagen, wir sehen uns ein paar dieser Veränderungen mal genauer an.«

Kent erklärt, Mittex sei der Ansicht, dass Hifelds Produktivität zu gering und die Löhne zu hoch sind. Dass eintausend Angestellte zu viele sind. Gregorys Gesicht gefriert.

Ich balle beide Fäuste, doch ich spüre, wie mir der Deal unwiederbringlich entgleitet.

Gregory blickt zu Kent. »Ihre Welt«, sagt er, und seine Stimme zittert ein wenig, »besteht aus Plastik. Vielleicht wissen Sie nicht, dass die Herstellung qualitativer Holzprodukte arbeitsintensiv ist. Unsere Arbeitskräfte sind erstklassig. In ihrer Loyalität und was die Qualität ihrer Arbeit betrifft.«

Kent bedenkt Gregory mit einem unerwarteten Lächeln, doch nur einen Augenblick lang. »Mister Hifeld, Gregory, ich weiß, dass das Wohlergehen Ihrer Arbeitskräfte für Sie eine wichtige Rolle spielt, und ich bewundere den Erfindungsreichtum, mit dem Sie es geschafft haben, da draußen im Wald niedrige Produktivität und hohe Löhne für Ihre pädagogisch und qualitativ hochwertigen Produkte aufrechtzuerhalten. Täuschen Sie sich nicht, ich bewundere alles, was Sie geschaffen haben. Aber bei Mittex haben wir andere Prioritäten. Wir glauben, dass wir Ihre Produkte auf gleichem Niveau oder sogar besser im Fernen Osten fertigen können. Für uns gibt es keinen Grund, für den doppelten Preis in Fullton, Michigan, produzieren zu lassen.«

»Im Fernen Osten?«, wiederholt Gregory.

»Dort sind die meisten unserer Produzenten angesiedelt. Wir konzentrieren gerade unsere Ressourcen in Malaysia.«

»Im Fernen Osten …«, sagt Gregory Hifeld noch einmal. »Ihre Zahlen würden gut aussehen, aber der Preis, den die Menschen von Fullton zahlen müssten, wäre zu hoch.« Ich weiß, wie sehr er Kent hassen muss. Im Augenblick hasse ich ihn auch.

Jemand klopft an die Tür des Vorstandszimmers. Eine Unterbrechung. Das sollte nicht passieren, und ich nahm an, dass alle es wussten. Die Tür öffnet sich, und Fatima schlüpft herein. Sie wirkt dünner als zuvor. Wie kann sie innerhalb einer Stunde Gewicht verloren haben? Mir wird klar, dass es an der Art liegt, wie sie sich bewegt. Nachdem sie die Tür übertrieben vorsichtig geschlossen hat, dreht sie sich um, und ihr Gesicht sieht aus wie die Karikatur ihrer normalen Gesichtszüge. Ich werfe ihr einen unfreundlichen Blick zu, und der ganze Raum beobachtet schweigend, wie sie versucht, sich mir unauffällig zu nähern. Als sie bei mir ist, ist ihr Gesicht rot. Sie reicht mir ein Stück Papier. Darauf steht in Jims großer schlampiger Schrift: »Notfall. Komm sofort. Verzeihung. J.«

Ich starre auf das Papier. Es gibt keinen Notfall, der groß genug wäre, um mich aus dieser Besprechung zu holen. Wenn ich dieses Zimmer verlasse, kann hier alles passieren.

»Bitte sofort, Lucy«, flüstert Fatima. Jeder kann sie hören. Sie hätte genauso gut schreien können.

Ich schaue mich um. Ich möchte Kent nicht ansehen, aber ich tue es trotzdem.

»Ich bitte um Entschuldigung«, sage ich und wende mich erst Gregory und dann wieder Kent zu. »Können wir eine fünfminütige Pause einlegen?« Ich versuche gar nicht erst, meinen Ärger zu verbergen. »Ich kann mir nicht vorstellen, worum es geht.«

Fatimas Gesicht ist anzusehen, dass es sich nicht um einen Verhandlungstrick handelt, und Kent nickt mir zu.

»Natürlich machen wir eine Pause«, sagt er. Die Hifelds nicken, George besonders heftig.

Alle behalten mich im Auge, als ich gehe, vor allem Kent. Ich zucke entschuldigend die Achseln, als ich in der Tür stehe.

Auf dem Flur blicke ich Fatima fragend an, und sie sagt: »Kannst du in Jims Büro gehen? Jetzt sofort?«

»Was ist los?«

Sie sieht weg. »Ich weiß nicht, worum es geht. Jim wartet auf dich. O Lucy, ich glaube, es ist etwas Schlimmes passiert, es tut mir Leid, es tut mir so Leid.«

Wir gehen zum Aufzug, fahren neun Stockwerke nach unten, ohne ein Wort zu sprechen. Ich überlege nicht, was passiert sein könnte. Dort, wo Angst oder Panik sein sollten, ist Taubheit. Ich denke überhaupt nichts. Ich warte. Ich bin ein Reptil.

4

Jim sitzt am Schreibtisch, seine Füße auf dem Rand des Papierkorbs, sein Gesicht ausdruckslos. Als ich hereinkomme, kämpft er sich hoch, umschifft seinen Schreibtisch und umarmt mich. Seine ungeheure Schwammigkeit lässt mich beinahe kichern, möglicherweise bin ich auch nur verlegen. Jim und ich sind uns noch nie so nahe gekommen. Als er aufblickt, sehe ich zu meiner Verwunderung, dass er weint.

»Jim?«, sage ich.

»Entschuldige …« Seine Stimme klingt erstickt. »Ich weine, weil dir das nicht passieren sollte, Lucy.«

Ich frage noch immer nicht. Ich mag das Gefühl, nichts zu wissen.

»Willst du dich setzen?«

»Nein, ich will zurück in die Besprechung.«

»Lucy, es geht um deinen Vater. Er ist tot.«

Ich schweige. Ich warte auf den Schmerz oder ein anderes Gefühl, aber es stellt sich nichts ein. Ich empfinde nichts.

»Aber das kann nicht sein«, sage ich. »Jane hat ihn am Wochenende gesehen.«

»Er ist tot, Lucy.«

Stevies kleiner Körper, leblos in seiner blauen Wiege. Wir alle fünf um ihn herum, ungläubig. Mein Vater, ich, Scott, Larry und Jane. Ich bin die Erste, die nach Stevie greift. Ich hebe ihn aus der Wiege, und er fühlt sich schwerer an als sonst, ein totes Gewicht. Sein Gesicht ist bis auf eine winzige Blutspur weiß und vollkommen. Seine Augen sind geschlossen. Eine Hand ist leicht angehoben, als ob er den Tod abwehren wollte, doch als ich ihn hochhebe, fällt sie leblos herab.

»Er ist tot, Lucy«, sagte Jane.

»Genaueres ...«, sagt Jim. »Ich weiß nichts Genaueres. Aber es scheint etwas kompliziert zu sein. Deine Schwester möchte, dass du so schnell wie möglich kommst. Lucy, wenn ich recht verstanden habe, dann ... dann ist dein Vater anscheinend ertrunken. Im Meer.«

Ich sehe Jim an und bin kurz angebunden. »Weißt du das sicher?«

»Die Polizei will dir ein paar Fragen stellen. Möchtest du deine Schwester anrufen, damit sie dir alles erklären kann?«

»Nein, Jim, nicht jetzt.«

»Fatima hat schon einen Flug nach Kalifornien für dich gebucht. Um sieben Uhr heute Abend. Du solltest jetzt nach Hause gehen und packen. Du kannst nicht allein –«

Aus der Ferne höre ich eine Stimme. Eine Frau, die so angezogen ist wie ich, sagt: »Bist du sicher, dass mein Vater tot ist? Nicht nur verletzt, wirklich tot?«

Jim senkt den Kopf. »Ach, Lucy. Lucy, er ist tot. Es tut mir so Leid.«

»Ich verstehe die Eile nicht, Jim. Wenn mein Vater wirklich tot ist, dann gibt es keinen Grund für die Eile.«

Jim stöhnt leise. Er legt sein Gesicht in Falten, bis es aussieht wie ein ungemachtes Bett. »Es ist noch nicht bei dir angekommen. Wenn es ankommt, wird es wehtun.«

»Okay, ich fliege heute Abend«, sagt die Frau, »aber bucht mir einen späteren Flug. Oder morgen, ganz früh. Ich möchte das Geschäft über die Bühne bringen, bevor ich fliege.«

Sie dreht sich um und verlässt das Büro. Sie weiß, dass alle Gesichter ihr zugewandt sind. Jedes einzelne ist verzerrt. In die Länge oder in die Breite. Im Aufzug überrascht sie das Gespenst eines älteren Mannes, den die Geschwindigkeit des Aufzugs so erschreckt, dass er nach hinten taumelt.

»Daddy ist tot«, sagt die Frau, während sie den Korridor entlanggeht, aber die Worte bedeuten nichts, und sie kommt nicht ins Straucheln.

Im Vorstandszimmer ist es warm. Die meisten Leute stehen herum. Zwangloses Geplauder schwebt durch den Raum. Unser Analyst steht mit einer Tasse Kaffee in der einen Hand und der Untertasse in der anderen am Fenster. Das Licht draußen ist fahl, und hinter Josh flirren auf unheimliche Weise die Lichter anderer Büros am Spätnachmittagshimmel.

Schweigen, als sie bemerken, dass die Frau wieder da ist. Die Leute kehren rasch an ihre Plätze zurück. Sie sehen sie an; offensichtlich haben alle den Zettel gelesen.

»Ist alles in Ordnung, Lucy?«, fragt George. Kent klebt an seinem Stuhl.

»Also …« Zum ersten Mal zögert die Frau. Dann sagt sie: »Mein Vater ist gerade unter merkwürdigen Umständen gestorben. Ich werde heute Abend nach Kalifornien fliegen, deshalb wäre ich nun dankbar für eine konzentrierte und konstruktive Besprechung.«

»Sag mir nicht, worauf ihr euch geeinigt habt«, sagt Jim, als wir am Abend auf der Straße stehen und auf ein Taxi warten, das uns zu meiner Wohnung bringen soll. »Ich möchte es nicht wissen. Du hättest nicht, ich wiederhole, nicht an der Besprechung teilnehmen, sondern mit deiner Schwester telefonieren sollen. Sie ist außer sich. Sie hat dreimal angerufen, und wenn sie nicht hätte gehen müssen, um deiner Mutter beizubringen, was passiert ist, dann hätte sie noch öfter angerufen.«

»Meine Schwester ist Ärztin, sie ist nie außer sich.«

»Sie macht sich Sorgen um dich. Und dein Schwager, Lennie, hat auch angerufen.«

»Larry.«

»Larry. Larry hat angerufen, und er ist ebenfalls außer sich.«

»Er ist ein Seelenklempner, er ist nie außer sich. Hat Scott auch angerufen? Ich wette, alle drei haben angerufen, stimmt's?«

»Ja, Scott hat auch angerufen, und er klingt wie ein wirklich netter Ehemann. Er macht sich große Sorgen um dich. Lucy, hör auf, dich dagegen zu wehren. Du möchtest wissen, was mit deinem Vater im Meer passiert ist, da bin ich mir sicher.«

Im Licht der Straßenlampen sehe ich ein paar Schneeflocken fallen.

»Ich werde es bald wissen. Und wenn ich es erst einmal weiß, kann ich es nicht mehr rückgängig machen.«

Jim wird ungeduldig. Mit seinen kurzen Armen winkt er nach Taxis, die bereits besetzt sind. Als der Verkehr anhält, stampft er mit den Füßen auf. Dann schaltet die Ampel um, und die Reihe der Autos setzt sich ruckartig in Bewegung. Ein Abschleppwagen fährt so nah an uns vorbei, dass ich seinen Luftzug spüre.

»He«, sagt Jim und hält mich am Arm fest. Er schaut mir ins Gesicht. »Hast du Angst vor diesen Riesendingern?«

Ich nicke. Ich habe Angst davor, aber ich sage: »Du musst mich nicht nach Hause begleiten, Jim.« Der Tod meines Vaters fühlt sich immer noch nicht wirklich an. Im Moment kommt er mir wie ein Trick vor, um mich nach Kalifornien zurückzulocken, zurück in meine Vergangenheit.

»Mir sind sie auch nicht geheuer. Du fliegst von Newark, und ich kann dich hinbringen.«

Jim war noch nie in meiner Wohnung. Als ich die Tür aufsperre, bleibt er im Eingang stehen und blinzelt.

»Ich kann nicht glauben, dass du so ordentlich bist«, sagt er. »Du hast wohl für heute Abend Besuch erwartet, womöglich Jay Kent.«

»Ach Jim, ich erwarte nie Besuch, und Kent war nie hier.«

»Würdest du bitte Jane anrufen und ihr sagen, wann du ankommst, damit sie dich abholen kann?«

»Ich möchte nicht, dass sie mich abholt.«

»Dann ruf eben Scott an.«

»Ich komme schon allein zurecht.«

»Ich werde dich nicht ins Flugzeug lassen, wenn dich keiner abholt. Und versuch jetzt nicht zu streiten, ich bin dein Boss.«

Ich seufze.

»Also, wer soll's sein?«, fragt er und reicht mir das Telefon. »Jane oder Scott?«

»Ich möchte bei keinem von beiden wohnen.«

»Jane soll sich um dich kümmern. Ihr liegt viel daran, das war offensichtlich.« Jane hat sich immer um mich gekümmert. Ich war ihre erste Patientin, lange bevor sie andere Patienten hatte. Als Kind hatte ich einmal eine langwierige Krankheit, und es war meine Schwester, die mir wieder auf die Beine half. Weniger Gymnastik. Mehr Gymnastik. Weniger Aufregung. Mehr Essen. Weniger Essen. Es ist drei Jahre her, dass sich jemand so sehr um mich gekümmert hat wie Jane, und ich spüre einen Kloß im Hals, wenn ich daran denke, wie sie mit ihren langen, flinken Fingern eine Schlinge für mich band, meine Verletzungen untersuchte, meine Wunden wusch. Aber das erzähle ich Jim nicht. Ich sage: »Das habe ich alles hinter mir gelassen, Jim.«

Er blickt verärgert drein. Jim liebt seine Familie. Er lässt sie nur allein, um ins Büro zu gehen.

»Wann hast du zum letzten Mal mit deiner Schwester gesprochen?«, fragt er.

»Heute Morgen, und davor an ihrem Geburtstag. Nein, es ist noch nicht so lange her. Vielleicht vor ein paar Wochen. Wir rufen uns gelegentlich an und gehen normal miteinander um, aber sie kann mir einfach nicht verzeihen, dass ich weggegangen bin, genauso wenig wie Larry und Scott.«

Jim schluckt. »Sie werden dir verzeihen, wenn du sagst, dass du nach Hause kommst.«

»Ich rufe Sascha an«, sage ich.

»Wer ist sie?«

»Er. Alexander.«

Ich suche Saschas Büronummer. Wahrscheinlich hat sie sich geändert, seit wir das letzte Mal miteinander telefoniert haben, aber ich fange trotzdem an zu wählen. Jim nimmt mir den Hörer aus der Hand.

»Warte mal. Wer ist der Typ?«

»Meine Mutter hat vier Schwestern, und die netteste von ihnen ist Tante Zina, und Sascha ist ihr Sohn. Er ist fast genauso alt wie ich. Ich habe eine Menge Cousins und Cousinen, und er ist mein Lieblingscousin. Sie leben ihr russisches Leben im russischen Viertel von San Francisco, dort ist es wie in Moskau, nur ein bisschen wärmer.«

»Und was macht dieser Sascha?«

»Er arbeitet für irgendeine große Hilfsorganisation. Ich glaube, er ist zuständig für kulturellen Austausch. Er ist mehr oder weniger verantwortlich für ganz Osteuropa, über elf Zeitzonen hinweg.«

»Wie Stalin, meinst du?«

»Du würdest dich mit Sascha verstehen. Er ist ein Zimtbrötchen-Typ.«

Jim sieht mich argwöhnisch an. »Würde er fünf Stück essen?«

»Da bin ich mir sicher.«

»Ekelhaft. Klingt ganz schön gierig.«

Er lässt mich wählen. Umgehend antwortet eine Stimme mit starkem russischem Akzent, die alles andere als begeistert klingt.

»Ist Alexander da?«

»Nein«, sagt die Frau. Ihrem Tonfall ist anzuhören, dass unsere Unterhaltung sie jetzt schon langweilt.

»Wann kommt er zurück?«

»Weiß ich nicht.«

»Ist er heute im Büro?«

»Er war schon mal da.«

»Kommt er noch mal wieder?«

»Wahrscheinlich.«

Die Stimme klingt jung, und ich weiß, dass ihre Unfreundlichkeit und ihr Desinteresse nur durch die Schönheit der Besitzerin wettgemacht werden können.

»Sind Sie Saschas Sekretärin?«, frage ich.

»Ich bin Alexander Pawlewitschs persönliche Assistentin.«

Ich denke an Mutter, jung, schön, Russin, die als persönliche Assistentin, nein, als Sekretärin für meinen Vater an der Universität arbeitete. Hat sie die Telefonanrufe meines Vaters auch so beantwortet?

»Vielleicht sollte ich in zehn Minuten noch mal anrufen«, schlage ich vor.

»Wenn Sie meinen«, sagt sie und legt auf.

Jim schlendert durch meine Wohnung und sieht sich die Fotos und die Teppiche an.

»Was sollen denn diese vielen Steine, um Himmels willen?«

»Sie sind von meinem Vater. Er ist Geologe, und er bringt den Leuten immer Steine mit.«

»Ich dachte, er war Professor oder so.«

»Professor für Geologie.«

Jim fährt mit den Fingern über die Steine. »Eigentlich sind sie schön. Wenn man Steine mag.«

»Die gestreiften habe ich selbst gefunden. Ich bin oft mit ihm auf Exkursion gegangen.«

»Wo hast du sie gefunden?« Jim nimmt einen der gestreiften Steine in die Hand und rollt einen anderen zwischen den Fingern hin und her. Es gefällt ihm, wie die Steine sich anfühlen, glatt, aber unnachgiebig. Er reicht mir einen, er ist warm und hart. Ich fahre mit den Fingerkuppen die Streifen entlang.

»Arizona.«

»Und warum haben sie so ein Muster? Hat dein Vater dir das je erklärt?«

Mein Vater hat alles erklärt und damit die Steine zum Leben erweckt. Mit seinen Händen beschrieb er sämtliche geologischen Zeitalter, während seine Augenbrauen so weit in die Höhe schossen, dass sie sein schwarzes Haar berührten. Ich war von seinen Vorstellungen immer so hingerissen, dass ich kein Wort von dem hörte, was er sagte. Auch wenn es entspannt war, war es ein Gesicht, dass man am liebsten in Bewegung sah. Mit seinem prägnanten Kopf, dem kräftigen Kinn und der großen Nase sah er aus wie jemand, der etwas zu erzählen hatte. Ich lasse den Stein in meine Tasche gleiten.

»Wenn ja, dann habe ich es vergessen. Ich glaube nicht, dass diese Steine etwas Besonderes für ihn waren.«

»Warum legst du nicht auf, Lucy?«, fragt Jim. Ich habe immer noch den Hörer zwischen Ohr und Schulter geklemmt.

»Ich höre gerade, dass ich noch Nachrichten habe.«

Das habe ich erwartet. Übers Wochenende haben sich fünf Nachrichten angesammelt. Ich nahm an, dass sie von meiner Familie stammten, wegen Stevies Todestag, um Bedauern auszudrücken und sich nach mir zu erkundigen. Ich habe sie bislang nicht abgehört. Und jetzt, als mir klar wird, dass eine Nachricht von meinem Vater dabei sein könnte, zieht sich mein Magen zusammen.

Jim denkt dasselbe. »Die speicherst du besser, Kleines«, sagt er leise.

Zwei von Jane. Eine von Scott. Und zwei von meinem Vater. Die erste, Samstagmorgen, ist nur ein Versuch, mich zu erreichen. Die zweite ist anders.

»Lucy, ich habe schon mal versucht, dich zu anzurufen. Es ist jetzt Samstagabend, und heute war ein schlimmer Tag für dich. Das weiß ich. Wenn du da bist und traurig bist und einfach nicht ans Telefon gehst, dann möchte ich, dass du jetzt sofort antwortest.« Seine Stimme klingt so eindringlich, so fordernd, dass ich abheben möchte. Nach einer kurzen Stille insistiert mein Vater. »Jetzt komm schon, Lucy, tu's mir zuliebe.« Ich denke: Lucy, mein Gott, nun heb schon ab. Als die Stille andauert, tut mir das Herz weh, weil ich nicht da bin, weil ich schweige.

»Okay, dann sag ich dir jetzt etwas.« Er hält den Hörer mit seiner großen, von Adern durchzogenen Hand nah an sein Gesicht. Seine Stimme ist laut. Mein großer, stürmischer Vater. »Ich weiß, wie sehr du leidest. Ich weiß, wie sehr du gelitten hast. Aber sperr deinen Schmerz nicht ein wie ein großes schreckliches Ungeheuer. Es ist jetzt an der Zeit, die Käfigtür zu öffnen und ihn freizulassen, denn du wirst sehen, er wird sich in einen kleinen Hund verwandeln, einen kleinen Hund, den du streicheln kannst. Er wird nie ganz aufhören, aber er wird nicht mehr so heftig sein. Und nun lass uns diesen Jahrestag dazu nutzen, Inventur zu machen. Du bist jetzt seit fast drei Jahren weg, Lucy. Ich habe dir nie Vorwürfe gemacht, weil du weggegangen bist. Und ich mache dir auch keine Vorwürfe, wenn du wegbleiben möchtest. Du kannst sogar irgendeinen New Yorker Idioten heiraten, aber egal, ob du das machst oder nicht, gib Scott frei, denn er ist ein guter Mensch, und er wartet hier immer noch auf dich. Das ist mein Rat. Und, übrigens …« Ein Zögern, ein kleiner Hinweis auf seine Verletzlichkeit. »Mach dir wegen mir keine Sorgen. Mir geht's gut.« Seine Hüfte. Sein Alter. Das mögliche Nachlassen seiner Gesundheit, die Unausweichlichkeit seines Todes. All die Dinge, die wir nicht zulassen und über die wir nie sprechen – es ist, als habe er den Moment der Stille genutzt, um sie herauszuschreien. Ich schlucke.

Die Stimme meines Vaters wird plötzlich leiser, oder aber er entfernt den Hörer von seinem Gesicht. »Ich möchte nicht, dass du traurig bist, Lucy. Bitte sei nicht so traurig.« Die Nachricht scheint zu Ende zu sein. Lange Pause. Und dann noch einmal seine von Gefühlen erfüllte Stimme: »Pass auf dich auf, kleine Lucy. Bitte, pass auf dich auf.«

Ich speichere die Nachricht und spiele sie noch einmal ab. Gänsehaut überzieht meinen Körper, als sei eine Wolke kleiner Insekten auf mir gelandet.

»Geht's dir gut?«, fragt Jim. Er lässt mich nicht aus den Augen und versucht gar nicht erst so zu tun, als betrachte er Steine oder sähe aus dem Fenster. »Lucy?«

»Geht schon.«

»Es war also eine Nachricht von deinem Vater dabei.«

»Ja.«

»Eine erfreuliche?«

Ich denke kurz nach. »Er wollte, dass sie erfreulich ist«.

Ich spiele die Nachricht ein drittes Mal ab. Es stimmt, dass mein Vater mir keine Vorwürfe gemacht hat, als ich weggegangen bin. Er war der Einzige in der Familie, der nicht wütend oder verletzt war oder sich von meinem Umzug nach New York hintergangen fühlte. Er war der Einzige, der nicht in der nächsten Woche mit meiner Rückkehr rechnete. Und es stimmt, dass Scott immer noch auf mich wartet. Er lebt nach wie vor in dem kleinen Haus am Strand, wo der Kiefernwald aufhört und der Sand beginnt, und wenn ich an Scott denke, dann denke ich an seinen großen Körper, der es sich auf zwei Stühlen auf der Veranda mit einem Kaffee in der Hand bequem macht. Seine Augen sind graublau wie ein bedeckter Himmel und suchen das Meer nach mir ab, als würde ich in einem Boot ankommen.

»Wann hat er sie hinterlassen?«, fragt Jim scharf.

»Am Samstag. Ich hatte noch keine Zeit, sie abzuhören.«

Ich speichere die Nachricht noch einmal. Dann hole ich eine Reisetasche und öffne sie auf dem Bett. Wir schweigen eine Weile, während ich packe und Jim im Zimmer nebenan sitzt. Er beginnt, mir vom Tod seines Vaters zu erzählen. Jims Vater war anständig genug, die Dinge langsam anzugehen. Abmagern, Hände halten, um Entschuldigung bitten, Lebewohl sagen. Manchmal überschlägt sich Jims Stimme, und ich weiß, dass er weint.

Während er leise schluchzt, wähle ich wieder Saschas Nummer. Ich warte auf die Stimme der schönen jungen Frau, die so klingt, wie meine Mutter vor Urzeiten klang. Ein Mann antwortet.

»Planung und Entwicklung, Bereich Osteuropa.« Die Stimme lässt Planung, Entwicklung und ganz Osteuropa zum Gähnen langweilig klingen.

»Saschinka, bist du es?«

Sofort ändert sich die Stimme.

»Um Himmels willen, wer könnte das sein, der mich Saschinka nennt und trotzdem Englisch spricht?« Als ich nicht sofort antworte, beginnt er, meine Identität zu erraten. »Hmmm, lass mich mal nachdenken. Jemand von früher, so viel steht fest ...«

Sascha hat Spiele schon immer gemocht. Und er wollte immer gewinnen. Bei den seltenen Gelegenheiten, als wir uns früher mit den zahllosen Verwandten meiner Mutter trafen, nahm mein Vater alle Kinder beiseite und versuchte, russischen Köpfen amerikanische Baseballregeln einzutrichtern. Das Ergebnis war chaotisch, doch man konnte sich darauf verlassen, dass Sascha aus dem Durcheinander aufstand und steif und fest behauptete, seine Mannschaft habe gewonnen.

»Richtig. Von ganz früher«, sage ich.

»Aber jemand mit einem einwandfreien amerikanischen Akzent. Merkwürdig. Denn Amerikaner nennen mich immer Alex.«

»Nicht in diesem Fall, Saschinka.«

»*Uuuuuuuh. .... Nu tak.*« Sascha beginnt auf Russisch vor sich hin zu murmeln. Obwohl sein Englisch selbstverständlich perfekt ist, ist sein Akzent nicht hundertprozentig amerikanisch, und wenn er ins Russische verfällt, dann tut er das mit der Anmut und Leichtigkeit eines Seehundes, der lustvoll ins Wasser taucht.

»Aha – ich habe die Lösung. Du gehörst zur Familie, aber du bist Amerikanerin. Meine amerikanischen Cousinen, Jane und Lucy. Genau, du bist entweder Jane oder Lucy, du bist wahrscheinlich Lucy, nein, du bist ganz sicher Lucy. Hab ich Recht, Lucia?«

»Ja, Saschinka, du hast Recht.«

»Wie wunderbar. Wie ausgesprochen wunderbar, von dir zu hören.«

»Aber ich rufe an, weil ... Ich rufe mit einer schlechten Nachricht an, Sascha.«

Meine Gedanken schweifen zu Jim, der reglos in einem Sessel sitzt.

»Oh«, sagt Sascha. »Oh, oh.« Und dieses »oh, oh« ist erfüllt von dem Wissen, dass unser Leben auf dem wackligen Fundament unserer eigenen Endlichkeit und der unserer Lieben steht. Sascha bereitet sich darauf vor, durch die Risse im Felsen einen Blick in den Abgrund zu werfen, der unter ihm liegt.

»Ein Todesfall«, sagt er. »Ein Todesfall in der Familie, fürchte ich.«

»Ja, Sascha, ein Todesfall. In der Familie.«

»O Lucia, ist deine arme Mutter ... ?«

Flüchtig und verbittert wünschte ich, ich würde ihn anrufen, um ihm den Tod meiner Mutter mitzuteilen.

»Es geht um meinen Vater. Er ist heute ertrunken. Es hat sich irgendein Unfall im Meer zugetragen, mehr weiß ich auch nicht. Frag nicht weiter.«

»O Gott. O Gott. Mein herzlichstes Beileid. Wo bist du?«

»Ich bin in New York und fliege heute Abend. Ich weiß, dass das etwas kurzfristig kommt. Ich weiß, dass ich dich seit Jahren nicht mehr gesehen habe. Ich weiß, dass ich meinen Lieblingscousin schonungslos ausnutze. Aber könntest du mich vom Flughafen abholen?«

Eine kurze überraschte Pause. Ich füge ein »Bitte?« hinzu.

»Aber sicher, keine Frage. Soll ich dich zu deiner Schwester bringen? Oder zu Scott?«

»Na ja, ich kann im Haus meines Vaters wohnen. Wahrscheinlich sollte es nicht leer bleiben.«

Aber Sascha reagiert schnell. »Nein, Lucia, das wäre zu traurig, und überdies wäre es mir eine große Freude, wenn du bei uns wohnen würdest. Und meine Mutter wäre natürlich entzückt.«

»Lebst du wieder bei ihr?«

»Aber sicher.«

»Bist du nicht mehr mit Marina verheiratet?«

»Sie hat mich davon in Kenntnis gesetzt, dass unsere Ehe beendet ist. Aber jetzt ist nicht der richtige Zeitpunkt, um über diese Dinge zu sprechen. Bitte komm zu uns, das würde uns sehr freuen.«

Ich versuche zu protestieren, aber er redet weiter: »Meine liebe Lucia, obwohl es einige Jahre her ist, dass ich deinen Vater gesehen habe, habe ich nur angenehme Erinnerungen an ihn. Er war ein guter Mensch, der beste, und ich trauere mit dir. Ich gehe davon aus, dass deine Mutter informiert wurde?«

»Ich glaube schon. Aber ich weiß nicht, ob sie es verstanden hat.«

Seine Stimme klingt nach Tränen. »Ein herber Verlust für alle, die ihn mochten.«

Alle scheint der Tod meines Vaters härter zu treffen als mich. »Danke, Saschinka.« Ich nenne ihm meine Flugdaten.

»Saschinka wird da sein«, versichert er mir. »Obwohl ich nahezu krankhaft zu spät komme, kann man sich bei einer solchen Gelegenheit auf mich verlassen.«

»Alles klar?«, fragt Jim, als ich auflege.

»Alles klar.« Ich gehe zurück ins Schlafzimmer. »Darf ich dir jetzt erzählen, was mit Thinking Toys passiert ist?« Ich öffne den Schrank und ziehe ein Paar alte, aber bequeme Schuhe heraus. Es ist wohltuend zu spüren, wie sie sich weich an meine geplagten Füße schmiegen. Die neuen werfe ich in die Tasche und beginne, ein Nachthemd zusammenzulegen. Jim ist neugierig. Am liebsten würde er sich unverhohlen im Schlafzimmer umschauen und mir beim Einpacken zusehen, aber er möchte nicht aufdringlich sein, deshalb sitzt er bei offener Tür in einem Sessel im Zimmer nebenan, den Rücken mir zugewandt.

»Hast du in der Besprechung etwas von deinem Vater gesagt?«, fragt er. »Oder hast du etwa so getan, als sei alles in Ordnung?«

»Ich hab's ihnen erzählt. Das hat meine Position gestärkt.« Jim dreht sich um und verzieht das Gesicht.

»Sie waren brav wie die Lämmer, sogar Kent, und haben praktisch alle meine Vorschläge akzeptiert.«

»Nämlich?«

Ich fasse die Probleme, die sich ergaben, und die Lösungen, die ich vorschlug, zusammen, und Jim scheint beeindruckt zu sein.

»Gut. Hast du gut gemacht.«

»Es ist irgendwie komisch, wenn mir jemand, der mir den Rücken zuwendet, gratuliert.«

Jim dreht sich zu mir um und sieht mir ins Gesicht.

»Das hast du wirklich gut gemacht.«

Er wendet sich wieder ab.

»Aber es geht noch weiter. George wird einen Firmenjet bekommen.«

»Was?«

»Nun ja, vielleicht. Er saß da und sagte, er kann keine Spielzeugfabrik leiten, er kann sich nicht in Planung, Entwicklung, Management, Marktforschung, Marketing einarbeiten. Kent wurde immer bissiger. Und dann hat irgendjemand, also gut, dann habe ich mich nach den Flugzeugen von Mittex erkundigt. Was willst du, sie haben drei von den Dingern. Drei Jets, und George war in der Air Force. Die Antwort liegt auf der Hand, solange er sich vom Alkohol fernhält.«

Jim dreht sich um. Er schaut ängstlich, ob ich nicht gerade etwas zu Persönliches einpacke. »Die Sache wird allerdings recht teuer werden«, sagt er.

»Warum?«

»Niemand wird in einem Jet fliegen, der von George Hifeld gesteuert wird, jedenfalls nicht ohne eigenen Fallschirm.«

Ich kichere.

»Okay, ich habe alles gepackt.«

Er steht auf und sieht mich an.

»Lucy, dein Vater ist tot«, sagt er.

Und diesmal lasse ich mich von den großen Rädern des Abschleppwagens überfahren. Mein Herz wird in die Brust gedrückt, mein

Atem kommt gepresst. Ich keuche vor Schmerz. Ich spüre die Hitze meiner Tränen. Mein Schluchzen ist ein Mechanismus, der die Kontrolle über meinen Körper ergriffen hat. Mein Vater ist tot, und es wird nie wieder jemanden geben, der mich so sehr liebt. Er ist tot, und das Wissen und die Weisheit, die er sein Leben lang angesammelt hat, zählen nichts mehr. Er ist tot, und es gibt jetzt leere Räume, die früher von seinem großen Körper und seiner vollen Stimme gefüllt wurden. Er ist tot, und das Haus, in dem er lebte, und all seine Sachen und die Leute, die er kannte, und die Orte, an die er ging, sind immer noch da, aber ohne ihn. Und wenn die Gezeiten sich oft genug abgewechselt haben, dann werden auch die Beweise seines Lebens verschwunden sein. Ich schluchze wieder und wieder in diese Leere. Aber er ist tot, und er kann auf mein Schluchzen nicht antworten.

5

Bei Jim zu Hause wartet June. Sie winkt mich aus der Kälte ins Haus, legt den Arm um meine Schulter und führt mich über den Flur ins Wohnzimmer, vorbei an Spielzeug, kleinen Kindern und einem großen Blumenstrauß.

»Herzchen«, sagt sie, »du musst deine Tränen gar nicht erst abwischen. Als mein Vater starb, habe ich ein Jahr lang jeden Tag geweint. Das ist die einzige Möglichkeit, damit es besser wird. Du musst einfach nur weinen, weinen, weinen.«

June ist einsam, sie ist die einzige Frau in ihrer Straße, vielleicht in zehn Straßen, die zu Hause bleibt, um sich fortzupflanzen. Jedes Jahr ein Kind. Und jedes Mal, wenn er von der bevorstehenden Geburt erzählt, ist Jim verlegen.

»Meine Frau«, sagt er, »ich kann sie nicht davon abhalten, noch mehr Kinder zu kriegen. Am liebsten hätte sie eine ganze Fußballmannschaft.«

Hier in seinem Haus überfällt ihn eine Mischung aus Stolz und Verlegenheit, weil ihn meine Anwesenheit daran erinnert, dass er den ganzen Tag über ein großes Tier im Bankgeschäft ist, während er zu Hause einfach nur Daddy ist, gefangen in einem Chaos aus Forderungen, Kleinkindern und häuslichem Kleinkram, dessen Kontrolle er June überlässt. Demütig steht er da, während die Kinder sich an seine Beine klammern, und mit seinen nach außen gedrehten Füßen und den hängenden Schultern sieht er ein wenig aus wie Charlie Chaplin.

June lässt ihren Arm auf meiner Schulter und fährt mit ihrer Beschwörungsformel fort. »Ach, mein Herzchen Lucy, ich wünschte, du würdest uns öfter besuchen«, sagt sie. »Du musst weinen, und du weißt, dass du dafür zu June kommen kannst. Hör auf mich, hör einfach auf mich.«

Und in der Wärme ihres Wohnzimmers, in dem die in Zellophan verpackten Blumen stehen, von denen June glaubt, Jim habe sie geschickt, und während irgendwo im Haus ein Baby schreit, weine ich. Unaufhörlich, wie das Ächzen einer zuverlässigen, aber altersschwachen Maschine, brechen die Schluchzer aus mir heraus. Als es schließlich an der Zeit ist zu gehen, führt Jim mich zum Auto. Windschutzscheibe und Fenster sind vereist.

»Scheiße«, sagt er und steigt wieder aus. »Wer hätte gedacht, dass es so kalt ist, dass die Fenster in der kurzen Zeit zufrieren? Ich hätte den Wagen in die Garage stellen sollen.«

Er taucht wieder auf, gefolgt von June, die eine dampfende Schüssel trägt, und mehreren kleinen Kindern, ein paar von ihnen im Schlafanzug. Er setzt sich ins Auto und lässt den Motor an. June schüttet heißes Wasser auf die Windschutzscheibe. Die Eisschicht knackt, löst sich auf und gibt den Blick frei auf freundliche, runde Gesichter, die in das dunkle Auto hereinlächeln. Als Jim losfährt, kommt es mir vor, als seien die Gesichter auf die Windschutzscheibe aufgedruckt.

Nach längerem Schweigen hüstelt Jim.

»Hat dein Vater eine große Familie?«

»Überhaupt nicht. Alle unsere Verwandten stammen von Mutters Seite.«

»Gibt es niemanden?«

»Seine Familie gehörte einer kleinen religiösen Gemeinde an, und als er sich vom Glauben lossagte, musste er sich auch von ihnen lossagen. Er hatte keinen Kontakt mehr zu ihnen, seit er sechzehn ist.«

»Das ist ganz schön heftig«, sagt Jim. Er bläst die Wangen auf. »Die Familie mit sechzehn zu verlassen. Junge, Junge, das muss schwierig sein. Schwierig, es zu tun, und schwierig danach, als er ganz allein war. Wie alt war er, als er deine Mutter kennen lernte?«

»Das war erst viel später. Da hat er schon an der Uni unterrichtet, und sie hat dort als Sekretärin gearbeitet. Sie haben sich kennen gelernt und drei Wochen später geheiratet.«

»Liebe auf den ersten Blick, hm?«

Sie war schön, geheimnisvoll, fremd und aufregend. Aber ich weiß nicht genau, ob ich sie mir nur so vorstelle oder ob ich mich wirklich daran erinnere.

»Hat er denn nie mehr jemand anders kennen gelernt? Ich meine, nachdem sie ...« Jim stockt.

»Nachdem ihre Psychose ausgebrochen war?«, helfe ich nach. »Nein, er war ihr in all den Jahren treu ergeben.«

Jim hüstelt wieder. »Wie man mit einem Todesfall umgeht, hängt ... irgendwie hängt es davon ab, wie gefasst man seinen eigenen Tod akzeptiert. Wie ist das bei dir, Lucy?«

Meine Stimme klingt, als käme sie aus großer Distanz.

»Nach der Sache mit Stevie war es mir egal, ob ich lebe oder sterbe. Daran hat sich bisher nicht viel geändert.«

»Das heißt, du akzeptierst deinen Tod – völlig.«

»Ja. Das hat den Vorteil, dass man fliegen oder mit einem wahnsinnigen Taxifahrer mitfahren kann, ohne Angst zu haben. Man kann nachts zu Fuß nach Hause gehen. Man kann die Tür zu seiner Wohnung aufsperren, ohne zu fürchten, dass jemand dahinter steht.«

»Ich glaube dir nicht, Lucy.«

»Jim, ich bin auf meinen Tod vorbereitet, ich war es schon immer. Ich wundere mich, wenn das Flugzeug nicht vom Himmel fällt. Ich habe in meinem Leben schon ein paarmal gedacht, ich müsste sterben – ich bin in eine Schlucht gestürzt, beinahe in einem Swimmingpool ertrunken, ich hatte einen Autounfall –, und das Einzige, was mich erschreckt hat, war, dass ich noch am Leben war.«

»Nein, nein. Das glaube ich nicht. Du denkst, du wärst bis auf den Grund deiner Trauer vorgestoßen, als dein Kind starb, aber da ist noch eine ganze Menge übrig. Du bist erst dann zum Sterben bereit, wenn alle Trauer aufgebraucht ist. Glaube ich. Denn wir trauern um uns selbst, nicht um die Toten.«

»Wir vermissen die Toten, Jim. Das ist Trauer.«

»Nein, das ist nicht Trauer, das ist Sehnsucht.«

Schweigend fahren wir weiter in Richtung Flughafen. Jim besteht darauf, das Auto zu parken. Nachdem ich sein Angebot, mich zu begleiten, abgelehnt und mich von ihm verabschiedet habe, um zum Gate zu gehen, blicke ich einmal kurz zurück und sehe ihn inmitten der hektischen Menge dastehen, eine komische Gestalt mit hilflos herunterhängenden Armen und einem aufgedunsenen Körper.

Er winkt mir nicht zu, sondern schaut mir nach. Ich kann meine Tränen nicht zurückhalten, und meine Beine schaffen es kaum bis zum Flugzeug. Ich fliege nach Hause.

Während des Fluges kommt es mir so vor, als wären der Tod meines Vaters, Stevies Tod und der Tod meines Bruders – Name unbekannt, Aussehen vergessen – alle zusammen in einem großen Knäuel aus Trauer und Schmerz vermischt, der mich erdrückt wie der stark übergewichtige Passagier, der neben mir sitzt. Ich denke an dich, und ich möchte nicht, dass du traurig bist. Bitte sei nicht so traurig, meine kleine Lucy.

Ich drehe den Stein aus Arizona in meiner Tasche so lange in der Hand, bis er warm ist. Mein Vater sagte, die gestreiften Steine seien wertlos, weil sie überall auf der Welt massenhaft vorkämen und für Geologen nur von geringem Interesse seien, doch mir gefielen sie so gut, dass ich sie mitnahm. Sie sind meine einzige Erinnerung an diese schreckliche Exkursion.

Wir fuhren los, kurz nachdem mein Bruder gestorben war. Ich nehme an, mein Vater dachte, es wäre gut, meine Mutter von zu Hause wegzubringen. Natürlich war es eine trübselige Reise, meine Mutter schwieg die meiste Zeit, aber nach einer Weile berührte uns irgendetwas in dieser einfachen Landschaft, und wir ergaben uns in ihre Zeitlosigkeit.

Mein Vater liebte es, durch die roten Canyons Arizonas zu klettern, bis sein dunkles Haar vom Staub ganz rot war. Jane war sieben, und sie folgte ihm. Ich war erst vier und folgte Jane. An einem brütend heißen Tag, den ich nie vergessen werde, marschierten wir hinter ihm her. Meine Mutter weigerte sich mitzukommen und wollte lieber im Auto sitzen bleiben.

Mein Vater wusste, wie man sich in der Wüste schnell fortbewegte. Wie ein Gespenst glitt er an Hindernissen vorbei und stiefelte mit festen Schritten durch ausgetrocknete Flussbetten, sodass die kleinen Steinchen unter ihm wegrollten, und manchmal sprang er, ohne zu zögern, über Spalten oder von Fels zu Fels. Jane und ich blieben bald zurück. Ich hatte einen eigenen kleinen Gesteinshammer dabei. Damit klopfte ich nur selten gegen Steine, sondern wollte ihn, so erzählte ich Jane, benutzen, um uns gegen Klapperschlangen und Skorpione zu verteidigen. Als es schließlich auch für solche Gedankenspiele zu heiß und die Sonne so gleißend war, dass sie uns auf den Boden zu drücken schien, gestanden Jane und ich uns ein, dass der Gesteinshammer vermutlich keine besonders geeignete Waffe zur Abwehr von giftigen Schlangen war. Er konnte bestenfalls als Glücksbringer dienen. Den Blick ängstlich auf den Boden gerichtet, kamen wir in der Wüste nur langsam voran. Alles, was wir von unserem Vater, der weit vor uns war, hörten, war das Klopfen seines Hammers und seine Stimme, »Kommt, Mädchen, kommt«, deren Echo um eine zerklüftete Felsenwand hallte. Als wir den Felsen endlich erreichten, war er schon wieder weitergegangen. Wir schienen ihn nie einholen zu können.

Nach meinem Sturz, als mein Arm nur noch pochender Schmerz war, in dem der Rest meines Körpers, meiner Gedanken, meiner Gefühle – alles – aufging, leerte Jane sämtliche Steine, die wir gesammelt hatten, aus unserem Baumwollbeutel, als wollte sie ihre Bedeutungslosigkeit demonstrieren. Den Mund vor Konzentration zu einer geraden Linie zusammengekniffen, machte sie aus dem Beutel eine Schlinge. Dann ließ sie mich sitzen und brach auf, um Vater zu suchen. Ich presste den Arm gegen mein Herz, das seinen Treueschwur gegen den Felsen klopfte, und sah zu, wie sie in einem knochenweißen Flussbett herumkletterte und neben einem riesigen Felsvorsprung immer kleiner wurde, bis sie hinter einer Säule verschwand und nicht mehr auftauchte.

Mit meinem lächerlichen Gesteinshammer allein im Canyon, verstand ich, warum Mutter sich entschieden hatte, im Auto zu bleiben. Vom Auto aus sah man, wie der Asphalt sich bis zum Horizont erstreckte, wo die Sonne ihn in der Ferne zu schmelzen schien. Während mich hier im Canyon die Felsen und Felswände bedrängten wie eine schweigende Menschenmenge. Ich blickte mich um, und die Stille war so intensiv, dass ich glaubte, sie mit Händen greifen zu können. Sie schien die Wände des Canyons wie Geröllmassen herabzustürzen und alles Leben in mir zu ersticken. Es war unerträglich. Mein Bein verweigerte den Dienst, nachdem ein gemeiner Fels die Haut wie mit einem Fingernagel abgekratzt hatte. Aber ich wusste, dass ich mich auf den Weg machen musste.

Ich wankte, als ich aus dem Schatten trat, so als hätte die Sonne mir ins Gesicht geschlagen. Licht und Hitze waren zähflüssig und hinderten mich am Vorwärtskommen, während sie sich an mein lahmes, anschwellendes Bein klammerten und an der Baumwollschlinge zerrten. Ich hinkte und musste häufig stehen bleiben; ich lernte, mich nicht an die glühend heißen Felsen zu lehnen, an denen ich mich verbrannte. Als plötzlich ein Schrei die Stille durchbrach, dachte ich zunächst, es wäre ein wütender Vogel, und sah instinktiv nach oben. Ich verhielt mich so still, dass ich kaum noch atmete, und suchte den Himmel ab. Als der Schrei noch einmal ertönte, erkannte ich die Stimme einer Frau, so kraftvoll und gellend, dass sie schließlich brach. Doch binnen Sekunden schrie die Frau wieder, diesmal noch ohrenbetäubender. Und in dieser Hitze, die die Gedanken auf die Spitze trieb, erkannte ich den Wahnsinn und die Hysterie, die hinter dieser Stimme lauerten, und mir lief es kalt den Rücken hinunter. Ich hatte geglaubt, wir seien allein in dieser wilden Landschaft, und jetzt schien es, als sei eine andere, wahnsinnige Person zu uns gestoßen.

Die Worte der Frau, an die ich mich schon lange nicht mehr erinnern kann, hallten in der Schlucht wider. Ich sah, wie eine Eidechse einen senkrechten Felsen hinauflief, innehielt und dann in einem Spalt verschwand. Ich stolperte mit vor Angst kraftlosen Beinen in die Richtung, aus der die Stimme kam.

Plötzlich trat ich aus den felsigen Zähnen des Canyons hervor und fand mich auf der Straße wieder. Der Canyon bildete einen Halbkreis, und in etwa vierhundert Metern Entfernung stand unser Auto in der Hitze flimmernd auf dem Asphalt, der von der Sonne ausgeblichen und von den kalten Nächten aufgerissen war. Daneben Vater, Mutter und Jane. Keine wahnsinnige Fremde, sondern lediglich meine Familie, die sich mir schweigend zuwandte.

Die gestreiften Steine fand ich später in meiner Tasche, als ich im Krankenhaus darauf wartete, geröntgt zu werden. Sie gefielen mir, weil sie aussahen, als hätte sie jemand angemalt, der so schlampig war wie ich. Ich legte sie auf den Boden des Autos, als wir nach Hause fuhren, und sie kullerten jedes Mal, wenn mein Vater nach rechts oder nach links abbog, von einer Seite zur anderen. Und obwohl mein Arm im Krankenhaus gerichtet und eingegipst worden war, pochte er bei jeder scharfen Kurve vor Schmerz, und die Steine rollten hin und her. Wir flohen aus Arizona, und das Gesicht und die Fingerknöchel meines Vaters waren weiß. Vielleicht ahnte er, dass die Frau, die er vorfand, als er aus dem Canyon kam, nicht mehr dieselbe war – und vermutlich nie wieder dieselbe sein würde – wie die, die wir im Auto auf der Straße zurückgelassen hatten.

Wir sprachen kaum auf dieser Fahrt, außer natürlich Mutter. Wenn sie gelegentlich in Schweigen verfiel, sanken wir erleichtert mit ihr in die langen Pausen, in der Hoffnung, sie würden ewig oder wenigstens bis Kalifornien dauern, und mein Vater gab noch mehr Gas, als ob die Geschwindigkeit den Abstand zwischen einer Tankstelle und der nächsten, zwischen einem Ausbruch Mutters und dem nächsten vergrößern könnte. Jane und ich versicherten unserem Vater, dass wir kein Mittagessen bräuchten, dass wir nicht auf die Toilette müssten, dass es nichts gab, weswegen wir anhalten wollten, denn vor allem wollten wir nicht, dass Mutter aus dem Auto ausstieg. Und vielleicht glaubten wir, dass sie, wenn wir sie endlich heimgebracht hatten, die gleiche Mutter sein würde wie zuvor, so als wäre sie die ganze Zeit über zu Hause gewesen.

Es ist Jahre her, dass ich Sascha zum letzten Mal gesehen habe, und mich quält die irrationale Sorge, dass ich ihn nicht wiedererkennen werde. Doch sein breites Gesicht mit dem straff gespannten Mund ist das erste, das ich unter all den Gesichtern am Ausgang ausmache. Er ist kleiner und kräftiger, als ich ihn in Erinnerung habe. Sein Gesicht ist fleischig geworden und sein Haar spärlich.

Ich stelle meine Reisetasche auf den Boden, und sofort umarmt er mich und drückt seine stachlige Wange an meine. Er riecht nach Zigaretten, Leder und Schokolade.

»Meine liebe Lucia, ich weiß gar nicht, ob ich mich freuen soll, dich zu sehen, oder traurig sein soll über deinen Verlust. Vermutlich sollte ich mir beide Gefühle gleichzeitig zugestehen.« Er nimmt meine Tasche. »Ist das dein ganzes Gepäck?«

»Ja.«

»Ganz anders als meine Frau. Für sie ist eine Reise keine Reise, wenn sie keine Strafe für das Übergewicht ihres Gepäcks zahlen muss.«

»Du und Marina, habt ihr euch scheiden lassen?«

»Sagen wir mal so: Ich betrachte sie als die Strafe für das Übergewicht auf der Reise, die mein Leben ist. Bitte folge mir.«

Ich bin froh, hinter Saschas rundem Rücken, der in einer Lederjacke steckt, hertraben zu können. Das letzte Mal, dass wir uns trafen, ist vier oder fünf Jahre her; es war in der Klinik. Anlässlich einer Geburtstagsfeier für Mutter, auf der sie sich schlecht benahm. Ich erinnere mich, wie wütend ich darüber war, dass er die Sache amüsant fand, und wie meine Wut ihn noch mehr belustigte.

Als er vor einem Aufzug stehen bleibt, fragt er mich: »Wann warst du das letzte Mal in Kalifornien, Lucia?«

»Vor drei Jahren.«

»Seitdem warst du nicht mehr hier? In der Tat ein tapferer Exodus.«

Wir sind bei seinem Auto angelangt, und Sascha dreht sich zu mir um. Zum ersten Mal kann ich sein Gesicht studieren. Seine Form ist unter fleischigen Falten verloren gegangen, die Zähne sind schief, das Haar lichtet sich in der Mitte und ist an den Seiten ausgefranst, aber Saschas Augen sind von einer aufregenden, einschüchternden Schönheit. Sie gleichen den Augen von Jane, von Mutter, von Großmutter.

Auch er sieht mich an, möchte etwas sagen und hält dann inne. Schließlich fragt er: »Lucia, was hat man dir über den Tod deines armen Papas erzählt?«

»Nichts. Nur dass er ertrunken ist. Ich weiß nicht mal, wo.«

»Soweit ich weiß, am Strand von Big Brim.«

»Big Brim?« Ein paar nicht gerade einladende Dünen neben der Küstenstraße, die den Blick auf den Strand verdecken.

Zögernd insistiert Sascha. »Mehr weißt du nicht? Zum Beispiel, dass die Polizei eingeschaltet wurde?«

»Ach ja, die Polizei. Irgendjemand hat sie erwähnt.«

Er blickt besorgt drein. »Lucia, du siehst so müde aus, dass ich es kaum über mich bringe, dir zu sagen …«

Ich bin nicht neugierig und will nicht wissen, wovon er spricht.

»Statt dich gleich in unsere Wohnung zu bringen, wo Mama und Tante Zoja schon gekocht und dein Zimmer für dich vorbereitet haben und sich darauf freuen, dich mit ihrer Zuneigung zu verwöhnen, muss ich dich sofort zum Haus deines Vaters fahren, so wie du es ursprünglich wolltest.«

Ich denke an das alte Haus, das auf dem Hügel hockt wie ein riesiger dunkler Vogel, der nur darauf wartet, seine Flügel auszubreiten und über das darunter liegende Tal zu fliegen. Es hat auf mich gewartet, und nun bin ich endlich zurückgekommen.

»Deine Schwester hat bei uns angerufen –«, fährt Sascha fort.

»Aber ich habe ihr gar nicht erzählt, dass ich bei euch wohne.«

»Es war ihr trotzdem klar. Schwestern sind so, das werden unsere Mütter bestätigen. Jane hat angerufen und gesagt, du sollst direkt zu Onkel Erics Haus fahren. Mama hat versucht, darüber zu diskutieren, aber Jane hat ihr erklärt, dass die Polizei es so will.«

Verständnislos schüttle ich den Kopf und steige ins Auto. Als wir die Zahlschranke passieren, fällt mir ein, dass Jim gesagt hat, der Tod meines Vaters scheine etwas kompliziert zu sein.

»Ich gebe zu«, sagt Sascha, »dass das Interesse der Polizei an deinem Vater mich etwas verwirrt. Aber das wird sich sicherlich klären, sobald wir dort sind. Wir werden etwa eine Dreiviertelstunde brauchen, oder?«

»Eher eine Stunde.«

Wir fahren in Richtung Osten. Ich atme die frische Luft tief ein, deren Weichheit und Salzgeruch ich wiedererkenne. Dann kurbelt Sascha sein Fenster hoch.

»Lucia«, sagt er, »du brauchst ein Auto, morgen werden wir eins mieten. Ein paar Blocks von uns entfernt gibt es eine billige Autovermietung.«

»Nicht nötig, Sascha, mein Kollege hat dafür gesorgt, dass mir morgen früh ein Wagen zu euch nach Hause gebracht wird.«

»Nein so was. Ein Mietwagen, der zu uns nach Hause gebracht wird. Deine einfachen russischen Verwandten werden davon und von deiner großstädtischen Kleidung möglicherweise etwas eingeschüchtert sein.«

Ich werde rot, und Sascha scheint es zu bemerken, da wir gerade die gut beleuchtete Brücke überqueren, denn er sagt: »Bitte verzeih mir. Ich darf nicht vergessen, dass du längst nicht mehr das kleine Mädchen bist, bei dem man sich darauf verlassen kann, dass es sich an einem felsigen Strand verläuft oder seinen Schuh in den Aufzugschacht von Großmutters Haus fallen lässt.«

Als ich nichts sage, fügt er schelmisch hinzu: »Oder ist das kleine Mädchen doch noch irgendwo versteckt?«

»Wie geht es dir eigentlich, Sascha?«, frage ich ihn. »Ich war überrascht, dass ich dich noch unter der alten Nummer erreichen konnte.«

Er seufzt. »Das überrascht mich auch. Aber immer wenn ich daran denke, die Stiftung zu verlassen, dann wird entweder mein Verantwortungsbereich erweitert oder mein Gehalt so aufgestockt, dass ich doch bleibe. Vielleicht findest du es fürchterlich, dass ich nach wie vor bei meiner Mutter wohne und ins selbe Büro gehe, in das ich schon vor fünfzehn Jahren gegangen bin. Aber es ist erstaunlich, mit welcher Leichtigkeit man den Rhythmus der Vergangenheit wieder aufnimmt, wie du jetzt, wo du wieder da bist, vielleicht selbst feststellen wirst.«

Ich schüttle den Kopf. »Ich werde gar nichts wieder aufnehmen.«

»Sieh dich vor, Lucia, manchmal ist die Vergangenheit zu stark für uns.«

Einen Augenblick lang scheint mir, als würde nicht die Schubkraft des Motors das Auto vorantreiben. Wir werden in die Vergangenheit gezogen, hilflos mitgezogen von einem mächtigen, aber unsichtbaren Abschleppwagen.

Von dem Moment an, als die Schnellstraße enger wird und die dunklen Bäume sich am Straßenrand wie Trauergäste aufstellen, habe ich das Gefühl, eine andere Reise auf dieser Strecke nachzuerleben. Obwohl ich seither unzählige Male auf dieser Straße gefahren bin, fällt mir nun die übereilte Rückkehr meiner Familie aus Arizona ein, die viele Sommer zurückliegt, und der Geruch und die Farben meiner Erinnerung sind so deutlich, als wäre sie frisch gestrichen. Wir hätten den langsameren Weg durch das Tal nehmen können, aber mein Vater entschied sich für die Küstenstraße, auf der er schneller fahren konnte. Wir hofften, niemandem würde auffallen, dass eine verrückte Frau auf dem Vordersitz unseres Autos saß, um sich schlug und schrie. Als wir die Brücke überquerten, schien meine Mutter zu merken, dass wir fast zu Hause waren, aber das beruhigte sie keineswegs. »Mörder!«, schleuderte sie dem überraschten Mann an der Zahlstelle entgegen. Jane und ich sanken immer tiefer in die Sitze, bis unsere Köpfe nicht mehr zu sehen waren. »Mein Gott, ja«, knurrte sie, »mein Gott, ich sehe es Ihren Augen an, dass auch Sie getötet haben! Ich weiß alles über Sie!«

Mein Vater entschuldigte sich, und wir fuhren eilig weiter, wie ein Boot, das von einem starken Wind fortgetragen wird. Er hatte uns den ganzen Weg von Arizona bis hierher angetrieben.

Als wir in unsere holprige, steinige Einfahrt einbogen, beruhigte Mutter sich plötzlich. Sie starrte das Haus von oben bis unten nahezu sanftmütig an, und Jane und ich tauschten dankbare Blicke aus. Wir waren zu Hause, und Mutter ging es besser. Mein Vater hielt an, und wir stiegen langsam aus. Wir hatten uns bereits angewöhnt, die Dinge langsam zu tun, weil abrupte Bewegungen und Überraschungen bei Mutter eine unverhältnismäßig heftige Reaktion hervorriefen. Wir streckten uns. Wir blinzelten erstaunt wie jemand, der ständig nur sein Ziel vor Augen hatte und endlich angekommen war. Wir taumelten ein bisschen, weil uns bewusst wurde, dass wir nicht länger unterwegs waren. Wir sahen uns um. Wir bemerkten, wie das Gras und die Bäume ein wenig gewachsen waren, als wollten sie den Raum füllen, den wir leer gelassen hatten, als wir vor ein paar Wochen aufgebrochen waren. Wir warfen Mutter einen vorsichtigen Blick zu. Sie saß reglos auf dem Vordersitz des Autos und trug noch immer die weiße, verzerrte Maske, die auf geheimnisvolle Weise ihr wahres Ich verbarg, seit ich mir im Canyon den Arm gebrochen hatte. Behutsam öffnete mein Vater die Tür auf ihrer Seite. Mutter rührte sich immer noch nicht. Mein Vater sagte mit einer so sanften Stimme, dass ich ihn am liebsten umarmt hätte: »Tanja, lass uns ins Haus gehen. Jetzt, wo du hier bist, wird alles gut werden.« Wir standen um die Autotür herum, allerdings in gebührendem Abstand für den Fall, dass sie plötzlich begann, mit den Armen zu fuchteln und wahnsinnige Anschuldigungen herauszuschreien. Doch Mutter sprach ruhig. »Ich steige nicht aus«, sagte sie. »Ihr behandelt mich wie ein Gepäckstück, das um die Welt geschleppt wird, eine Kiste, eine Tasche, ein zerschlissener alter Koffer, der am Bahnsteig stehen gelassen wird. Aber jetzt könnt ihr mich nirgends mehr stehen lassen, denn ich werde nicht aus dem Auto aussteigen.«

Wir starrten sie an. Auf dem ganzen Rückweg aus dem Canyon hatten wir versucht, sie zu bändigen und zu beruhigen, und jetzt, da es am wenigsten nötig war, war sie aus eigenen Stücken ruhig.

»Hast du mich verstanden?«, brüllte sie mich so laut an, dass ich auf der Einfahrt zurückwich und in den Giftsumach fiel. Jane und ich blickten unseren Vater an, der während der langen fürchterlichen Fahrt die Zähne zusammengebissen hatte, und sahen, dass sein Gesicht knittrig wie ein altes Hemd wurde. »Nein, Tanja, du kannst hier nicht ewig sitzen bleiben …«, setzte er an, doch seine leise Stimme ging sofort in ihrem Geschrei unter. »Ich werde nicht …« Ihr Gesicht hatte sich in ein riesiges, nasses schwarzes Loch aus Mund, Zunge und Zähnen verwandelt. »Ich werde nicht aussteigen, nein.«

Wir warteten weiter auf sie. Wir warteten, ohne uns von der Stelle zu rühren. Schließlich gingen wir ins Haus, obwohl wir sie nur ungern allein ließen. Es wurde dunkel. Mein Vater brachte ihr etwas zu essen, aber sie rührte es nicht an. Er redete leise und freundlich auf sie ein. Sie schlug ihm die Autotür vor der Nase zu. Durch das Küchenfenster sah ich, wie hilflos er war, als sie ihn einfach ausschloss. Er war kräftig genug, um die Tür mit Gewalt zu öffnen, sie hochzuziehen und ins Haus zu tragen, aber er tat es nicht. Er schrie sie nicht einmal an.

Sie blieb die ganze Nacht und fast den ganzen nächsten Tag über im Auto, und Jane und ich hielten uns im Haus auf. Wir beobachteten sie manchmal durch das Küchenfenster, und es schien uns, als rührte sie sich überhaupt nicht. Gelegentlich, wenn die merkwürdige Stille und die sonderbare Sackgasse, in die unser Leben geraten war, uns zu sehr bedrückten, setzten wir uns auf die Terrasse, von der aus man das Tal überblickte. Es war ein gutes Gefühl, das Haus zwischen uns und Mutter zu wissen. Dann sagte mein Vater bedauernd und traurig, dass er Hilfe holen müsse. Seine Schultern hingen herab, und er schien geschrumpft. Zwei Männer und eine Frau kamen zu uns. Der Mann im Anzug sprach in der Küche lang und flüsternd mit Vater, während seine Kollegen sich bemühten, durch das Autofenster Mutter gut zuzureden. Weder kurbelte sie es herunter, noch ließ sie sich anmerken, ob sie überhaupt hörte, was die beiden sagten. Am Abend brachten sie sie weg. Als ich ihre Schreie nicht mehr aushielt, lief ich durch den Garten. Die Hitze des Tages ließ langsam nach, und die Nacht schien nach mir zu greifen, während ich zwischen den Bäumen hindurchrannte. Wenn Zweige mich streiften oder Büsche an meinen Beinen kratzten, blieb ich nicht stehen. Ich saß in der hintersten Ecke des Gartens und steckte mir die Finger in die Ohren, damit ich ihr Geschrei nicht mehr hören musste. (»Ach so! Sie sind Mörder! Er hat Sie geschickt, damit Sie mich töten, jetzt verstehe ich!«) Schließlich war es still, und als ich am Schuppen vorbei zurückschlich, fand ich eine neue Leere vor. Das Auto und Mutter waren weg.

Sascha und ich fahren schweigend weiter. Die Straßen winden sich in flachen Kurven. Die Lichter der Stadt, die hinter uns liegt, haben sich in der Dunkelheit aufgelöst. Sogar das Brummen des Motors scheint eine Art Stille zu sein. Als wir die Hügelkette erreichen, schläfert mich ihre Gleichförmigkeit ein. Meine Augen fallen zu, und Müdigkeit überwältigt mich.

6

Schläfst du?«, fragt Sascha plötzlich.

»Ich weiß nicht, ob ich schlafe und träume oder ob ich wach bin und mich erinnere.«

»Wann kommt die Stelle, wo wir abbiegen müssen?«

»Kurz hinter diesem Hügel«.

Sascha fährt langsamer. Der Motor heult auf. Er biegt rechts ab.

Wir holpern über die Schlaglöcher in der unbefestigten Straße. Ich weiß, dass zur Linken das Tal liegt, das einen wie ein großes, weit aufgerissenes Auge erschrecken kann, wenn sich eine Lücke zwischen den Büschen auftut. Aber jetzt ist es dort nur dunkel.

Wir nähern uns Vaters Haus. Mein Herz schlägt schneller, mein Atem wird kürzer.

»Ist es das?«, fragt Sascha und hält neben dem Dickicht. Unsere Scheinwerfer beleuchten eine Einfahrt, die sich geheimnisvoll den Hügel entlangwindet.

»Nein, hier wohnen die Hollers.«

»Freunde von euch?«

»Ich habe früher mit Jim Bob Holler gespielt. Als ich neun und er elf war, dachte ich, ich sei in ihn verliebt.« Ich zucke kurz zusammen bei der plötzlichen, deutlichen Erinnerung an Jim Bob mit seinem blonden Bürstenschnitt und seinem haselnussbraunen Körper; er rennt um einen Swimmingpool herum und strauchelt, als eine strenge Stimme, die seines Vaters, ihm befiehlt, nicht so zu rasen.

»Aha«, sagt Sascha und fährt langsam weiter. »Neun und elf. War da vielleicht das Erwachen jugendlicher Sexualität mit im Spiel?«

»Davon hatte ich mit neun noch keine Ahnung.«

»Und später? Als du dann eine Ahnung hattest?«

»Da war Jim Bob nicht mehr da.«

Er hält nach einer weiteren Lücke im Dickicht Ausschau. Ich habe in den letzten Jahren weder an Jim Bob noch an die Exkursion nach Arizona gedacht. Schock, Müdigkeit und meine unerwartete Rückkehr haben die ferne Vergangenheit nah herangeholt.

»Jetzt weiß ich es genau – dort an der Kurve ist es«, sagt Sascha und neigt sich vor, als könne er so im Dunkeln besser sehen.

Nicht weit entfernt leuchtet ein Briefkasten im Scheinwerferlicht auf. »Nein, vorher. Dort an der Kurve geht's zum Haus der Zacarros.«

»Und waren die Zacarros gute Nachbarn?«, murmelt Sascha und fährt im Schritttempo weiter.

»Sie waren in Ordnung. Mister Zacarro hatte in jungen Jahren Kinderlähmung und hinkte ein bisschen.« Mehr als nur ein bisschen. Wenn er ging, sah es so aus, als wollte die eine Körperhälfte bleiben, wo sie war. Er musste die ganze linke Seite mit sich ziehen und ihr Leben einhauchen, wie ein Bauchredner seiner Puppe Leben einhaucht. Als Kind habe ich mir immer vorgestellt, wie Mister Zacarros linke Seite an den Tagen, an denen er beschlossen hatte, sie nicht mit zur Arbeit zu nehmen, leblos auf der Veranda liegen blieb.

Plötzlich scheint die Einfahrt meines Vaters mich aus dem Dickicht anzuspringen. Ich schrecke zurück.

»Na? Sind wir da?«

Mein Vater hatte die Einfahrt selbst angelegt, indem er in monatelanger, schweißtreibender Arbeit runde, vom Meerwasser glatt geschliffene Steine darauf verteilte. Die Nachbarn stellten Leute mit Maschinen an, die gruben und planierten und asphaltierten, doch mein Vater machte viel selbst und reparierte Dinge. Er hatte seit langem vor, die Einfahrt auszubessern. Sie war über die Jahre an manchen Stellen eingesunken, sodass man immer hektisch nach links und rechts lenken musste, um die tiefsten Löcher zu vermeiden. Ich bin diesen Löchern unzählige Male ausgewichen. In Wirklichkeit und, aus weiter Entfernung, im Traum. Zu Fuß, auf dem Weg zum Schulbus. Auf meinem Platz im Auto, das mit unserer Familie oder mit Koffern oder mit Einkäufen beladen war. Als Beifahrerin von jungen Männern, die die Wagen ihrer Väter fuhren, deren Sitze nach den Zigaretten ihrer Väter rochen und in denen die Zeitungen ihrer

Väter achtlos auf der Rückbank lagen. Und als ich selbst Fahrstunden nahm und das Einparken übte, lernte ich, wo man das Steuerrad herumwerfen musste, um die Höhen und Tiefen in der steinigen Einfahrt meines Vaters zu umfahren.

»Da wären wir«, sage ich. Doch als sich Sascha, der auf eine Antwort wartet, mir zuwendet, wird mir klar, dass ich die Worte gedacht, aber nicht ausgesprochen habe. »Ja, wir sind da«, antworte ich ihm.

Sascha muss anhalten, bevor er überhaupt abbiegen kann. Zwischen den Büschen zu beiden Seiten hängt ein grelles rotgelbes Band quer über der Einfahrt. Wie ein Mantra wiederholen sich darauf die Worte »Polizei – betreten verboten. Polizei – betreten verboten«. Es sind die Worte, nicht das dürftige Band, die uns am Weiterfahren hindern.

Plötzlich fällt Licht durch die Windschutzscheibe auf mein Gesicht und strömt in sämtliche dunklen Ecken des Wagens. Wir wenden uns ab, und der Schein einer Taschenlampe bewegt sich zur Seite und gibt den Blick frei auf ein Stück Uniform. Sascha öffnet sein Fenster. Ein Polizist beugt sich zu uns herunter.

»Hier dürfen Sie nicht weiterfahren.«

Ich starre ihn an. »Ich wohne hier«, höre ich eine Stimme sagen. »Ich meine, ich habe hier mal gewohnt.«

Der Polizist sieht mich über Sascha hinweg an.

»Vielleicht …«, sagt er und blickt nach unten. Das Licht folgt seinem Blick. »Vielleicht steht Ihr Name auf der Liste.«

Ich nenne ihm meinen Namen, und er nickt.

»Ah ja. Okay. Sind Sie die andere Tochter? Die von der Ostküste?« Er sieht zu Sascha.

»Das ist mein Cousin, der mich vom Flughafen abgeholt hat«, erkläre ich.

»Okay. Ich muss Sie bitten, Ihr Auto hier zu lassen. Da vorn ist es ziemlich voll geparkt.«

Sascha fährt rückwärts auf die Straße.

»Haben Sie eine Taschenlampe?«

»Nur ein Feuerzeug«, sagt Sascha bedauernd.

»Seien Sie vorsichtig, die Steine sind gefährlich in der Dunkelheit. Wir haben vorn das Blaulicht eingeschaltet, aber es ist ein ganzes Stück zu gehen.«

Sascha fasst mich am Arm und fuchtelt sinnlos mit dem Feuerzeug vor uns herum, während wir in Richtung Haus stolpern, uns die Zehen anstoßen und ich mit meinen Absätzen in den Spalten zwischen den Steinen hängen bleibe. Der Polizist leuchtet uns mit seiner Lampe, doch als wir ihren Schein verlassen, herrscht eine Weile Dunkelheit, in der die Sterne über uns erstrahlen und die kühle Nacht uns umfängt. Die Luft ist feucht und riecht nach Wald.

Ich schließe die Augen. Trotz der Schwierigkeit, die Unebenheiten der Einfahrt zu ertasten, trotz Sascha, der neben mir stolpert und flucht, spüre ich den tiefen Frieden dieser letzten Augenblicke des Nichtwissens. Bald werde ich alles wissen.

»Ich glaube«, sagt Sascha, »dass Jane und Larry hier auf uns warten.«

Die Anhöhe hinauf und rechts um die Kurve, dann öffne ich die Augen. Beim Anblick des großen Hauses bleibe ich stehen. Wenn ich mich daran erinnere, und das tue ich in meinen Träumen häufig, dann erinnere ich mich daran, wie es in meiner Kindheit war: vogeleierblau gestrichen, umgeben von schlanken Bäumen und den wenigen Büschen, die mein Vater gepflanzt hatte. Während ich hier lebte, hat es sich verändert, bis es so aussah wie jetzt, aber ich hatte vergessen, wie das Wachstum es bedrängt, wie die Bäume gegen die Fenster drücken, wie die Kletterpflanzen die Veranda davor überwuchern.

»Lucia? Alles in Ordnung?«

Ich nicke. Die Türen im Haus und das Tor zum Schuppen sind weit geöffnet, und es kommt mir vor wie eine Vergewaltigung, so als ob man jemandem die Kleider vom Leib gerissen und ihn damit seiner Würde beraubt hätte. Die Szenerie, die von einem Polizeiauto erhellt wird, blitzt mich surrealistisch an. Während der langen Zeit, als ich hier lebte, kam nur selten Besuch und nie ein Polizeiauto, lediglich einmal, als jemand, der eigentlich Kojoten vergiften wollte, stattdessen Mutters Hund vergiftete. Und nun stehen hier drei Streifenwagen, kreuz und quer geparkt, mit blinkendem Blaulicht und offenen Fenstern; in einem Auto krächzt ein Funkgerät.

Als ich Sascha am Schuppen vorbeiziehe, habe ich das Gefühl, am Ende einer langen Reise angelangt zu sein. Mein Herz schlägt schnell, und plötzlich bekomme ich keine Luft mehr und kann nicht weitergehen. Ich lehne mich an ein Auto, erst seitlich, dann stütze ich die Ellbogen aufs Dach.

»Lucia?«

»Gleich, Sascha. Gleich geht's weiter.« Meine Stimme klingt mickrig.

Ich blicke auf das große, in blinkendes Licht getauchte Haus. Die Giebel sind mit Holz verziert, und die Pfosten der Veranda sehen aus wie gedrechselte Zuckerstangen. Es sollte so süß aussehen wie ein Lebkuchenhaus, was aber nie der Fall war. Es ragt vor mir auf wie ein Riese. Es macht sich über mich und mein Herzklopfen lustig. Ich sage mir, dass ich jemand anders war, als ich hier lebte. Erst ein Baby, dann ein Kind, das lernen musste, wie man Steine klopft, bevor es lernte, Himmel-und-Hölle zu spielen, ein Mädchen, das durchs Haus schleichen musste, um seine wahnsinnige Mutter nicht aufzustören, ein Teenager mit Liebeskummer. Das waren andere Personen, und das Haus macht sich über jede einzelne von ihnen lustig.

Sascha wartet neben dem Streifenwagen auf mich. Er verlagert das Gewicht unbeholfen von einem Bein aufs andere, stampft ein wenig auf. Dann fasst er mich am Arm und zieht mich behutsam in Richtung Haus.

»Ich sehe ein, dass etwas Licht nötig ist«, sagt er gereizt, während wir uns zwischen den blinkenden Bäumen zur Veranda durchschlängeln, »aber muss man deshalb gleich das ganze Gelände in Las Vegas verwandeln?«

Als ich die Stufen hinaufgehe, kommt ein Polizist aus dem Haus, an seinem Gürtel hängt ein Funkgerät, aus dem die krächzende Stimme einer Frau ertönt. Sie scheint nicht Englisch zu sprechen.

»Ja?«, sagt der Mann.

Das Laub streicht wie Spinnen über meinen Nacken. Hinter mir kann ich Sascha hören, der schwer atmet.

»Name oder Ausweis, bitte«, sagt der Polizist.

Auf der anderen Seite des Hauses befindet sich die Terrasse, und wenn man sich über das Geländer beugt, dann überblickt man das ganze Tal. Aber wer auch immer das Haus gebaut hat, muss bemerkt haben, dass der Blick über das Tal, das sich wie ein trockener Ozean in die Unendlichkeit erstreckt, einen in den Wahnsinn treiben kann. Deswegen hat er diese Veranda angefügt, die sich an den Schuppen und den Garten anschließt. Sie liegt im Schatten des Hügels und wird nun vom Dickicht umwuchert. Als Kind habe ich Stunden hier verbracht, auf einer Schaukel, immer an der gleichen Stelle neben der Tür. Einen kurzen Augenblick lang erspähe ich ein kleines Mädchen, in die Ecke der Schaukel gedrückt wie ein Puppe, die jemand dort hingeworfen hat, und seine Einsamkeit tut mir im Herzen weh. Ich blinzle, und das Mädchen ist weg.

Der Mann stemmt die Hände in die Hüften und sieht mich prüfend an.

»Ich darf Sie nicht reinlassen«, sagt er.

Ich berühre die Schaukel, und meine Finger finden eine rostige Stelle. Ein paar Rostflocken fallen wie Schuppen auf den Boden, ein leichter Geruch von Metall liegt in der Luft. Zunächst saß Mutter neben mir, erzählte mir Geschichten und frisierte mich, während wir vor- und zurückschaukelten. Sie duftete nach Zucker. Nachdem sie aufgehört hatte, diese Art Mutter zu sein, saß Lindy, meine kichernde blonde Freundin, neben mir. Und am Ende war ich die einsame Puppe, die so eng in die Ecke gedrückt war, als wären die Abwesenden so gegenwärtig, dass sie den Rest der Schaukel einnahmen.

»Ma'am, würden Sie sich bitte ausweisen?« Die neue Weichheit im Tonfall des Polizisten brennt mir in den Augen. Im nächsten Moment sind sie mit heißen, salzigen Tränen gefüllt. Meine Beine geben nach, und ich setze mich auf die oberste Stufe der Veranda und sehe zu, wie die Tränen in meinen Schoß fallen.

Sascha murmelt etwas, und der Mann beugt sich zu mir herunter. »Sind Sie mit dem Verstorbenen verwandt?«, fragt er.

»Tochter«, sage ich. Das Wort klingt merkwürdig, so als hätte ich es aus einer fremden Sprache entliehen. Er verschwindet, und dann hört man ein Geräusch, das wie ein Revolverschuss klingt. Es ist die Fliegengittertür, die ins Schloss fällt.

Sascha setzt sich neben mich, sein massiger Arm liegt auf meiner Schulter, sein Bein ist an meines gedrückt. Wir sitzen gemeinsam auf der obersten Treppenstufe und werden von grellem rotem, blauem und weißem Licht angestrahlt, während um uns herum Polizisten, manche in Uniform, manche in Zivil, schweigend die Treppe hinauf- und hinuntergehen.

Dann sagt eine Stimme »Luce?«, und ich springe auf. Da ist Jane

Wir stehen einander gegenüber. Sie wird vom Gebälk des Verandagerüsts eingerahmt und sieht aus wie ein Foto, das jemand vor drei Jahren von ihr aufgenommen hat. In meiner Erinnerung war sie größer, ihr Körper geschmeidiger, ihr Kinn spitzer und ihre Augen blauer. Wir sehen uns an, dann streckt sie die Hände aus, und ich gehe auf sie zu. Sie schließt mich in die Arme, als sei ich immer noch ein kleines Kind.

»Du bist zu dünn«, rügt sie mich. Eigentlich sollte ich mich wieder von ihr losmachen, aber ich kann nicht. Ich weine. Ich konnte mich zusammenreißen, bis sie mit der Stimme der großen Schwester zu mir gesprochen hat. Ihre Umarmung wird fester. Ich rieche ihr Parfüm, dezent, der Duft von zerdrückten Blumen. Es riecht gut. Schließlich trete ich zurück und wische mir schniefend mit dem Arm die Tränen aus den Augen.

»O Luce«, sagt sie leise. Sie nimmt meine Hand und streicht über sie, als wolle sie sie trocknen. »Luce, du weißt gar nicht, wie sehr ich dich vermisst habe.«

Es gibt niemanden, wirklich niemanden in New York, der so liebevoll mit mir spricht. Ich wollte es so. Ich wollte aus Kalifornien weggehen. Ich denke an die gläsern blauen Augen von Kent, als er zu mir sagte, er wolle mich.

Als Jane den Arm um mich legt und mich festhält, spüre ich erneut, wie es sich anfühlt, geliebt zu werden. Sie hat nie einen Zweifel an ihrer Liebe zu mir gelassen. Als ich ein Kind war, war sie stets da, um Mutters Abwesenheiten und Unzulänglichkeiten wettzumachen. Sie beriet mich, wenn es um Freunde, Lehrer und Mathematik ging. Einmal, unvergessen, rettete sie mich vor dem Ertrinken im öffentlichen Schwimmbad. Nach dem Autounfall mit Robert Joseph unten im Tal blieb sie bei mir im Krankenhaus, mit vor Angst versteinertem Gesicht. Und als Jane fortzog, um Medizin zu studieren, war sie es, die sofort sah, dass wir mit Mutter zu Hause überfordert waren. Sie überzeugte Vater, Mutter wieder in die Klinik zu bringen. Später, Jahre später, als Stevie starb, saß Jane stundenlang, vielleicht tagelang, bei mir, redete oder schwieg und wusste immer, was zu tun war, wenn alle anderen, sogar Scott, angesichts meines Schmerzes ängstlich, eingeschüchtert oder wütend waren.

Sie tritt zurück und sieht mich an. »Wir hätten dich am Flughafen abgeholt, wenn du uns angerufen hättest.«

Der leiseste Vorwurf von jemandem, der das Recht hat, wütend auf mich zu sein. Dass ich aus San Francisco weggezogen bin, war für Jane ebenso schmerzhaft wie unbegreiflich. Und jetzt habe ich sie schon wieder gekränkt.

Ich winde mich. »Wir haben uns so lange nicht gesehen … Ich wusste nicht, wie es für dich sein würde, wenn ich einfach so auftauchen würde.«

»Wir hätten uns gefreut – wir haben drei Jahre lang darauf gewartet, dass du wieder auftauchst.« Ihre Großzügigkeit ist einfach und vorbehaltlos. Erstaunliche Mengen Wasser laufen über mein Gesicht und tropfen von meinem Kinn.

Sascha tritt einen Schritt vor. Er gibt Jane keinen Kuss, sondern schüttelt ihr die Hand und kondoliert förmlich. Ebenso förmlich nimmt sie seine Beileidsbekundung entgegen.

»Es ist an der Zeit«, sagt er, »nach den genauen Umständen zu fragen, unter denen Onkel Eric umgekommen ist.«

Plötzlich ist Jane älter, müder. »Die Polizei glaubt … die Umstände … Ich wünschte, ich könnte es auf eine Weise ausdrücken, die nicht so schrecklich klingt.« Sie nimmt meine Hand. »Die Polizei geht von der Hypothese aus, dass Daddys Tod kein Unfall war.«

Ich nicke. Ich tue so, als verstünde ich.

»Die Polizei glaubt … dass er sterben wollte?«, fragt Sascha vorsichtig.

Selbstmord. Zum ersten Mal traue ich mich, dieses Wort zu denken, aber in dem Moment, in dem ich es denke, wird mir klar, dass ich mich dagegen gewehrt habe, seit Jim mir vom Tod meines Vaters erzählte, seit er sagte, es sei etwas kompliziert.

Sascha streckt die Hand aus, um mich zu stützen.

»Das ist doch lächerlich«, sage ich. Ich höre mich. Mickrig, klein, als hätte man alle Luft aus mir herausgepresst. »Selbstmord. Das ist absurd.«

»Lucy«, sagt Jane, »es sieht so aus, als hätte Daddy vielleicht vorgehabt …« Sie verstummt. Ich höre kaum auf ihre Worte. Nie zuvor habe ich erlebt, dass Jane so hilflos stockte. Ich habe sie immer dafür bewundert, dass sie, wenn sie einen Satz begann, offensichtlich bereits wusste, wie er enden würde. Ich schaue sie an, warte, und als sie weiterspricht, ist ihre Stimme fest. »Aber die Polizei behandelt Daddys Tod als Mord.«

»Mord …«, wiederholt Sascha, und als ich ihm einen Blick zuwerfe, scheinen seine Augen tiefer in sein weißes Gesicht gesunken zu sein, und er kaut auf einer nicht angezündeten Zigarette herum. »Ganz bestimmt nicht«, sagt er. »Bestimmt nicht Onkel Eric.«

Als ich wieder spreche, ist meine Stimme fester. »Du meinst, die Polizei glaubt, jemand habe ihn umgebracht?«

»Sie warten noch auf den vollständigen Autopsiebericht, aber eine erste Untersuchung hat offenbar Hinweise ergeben –«

»Umgebracht! Sie behaupten, jemand habe Daddy umgebracht?«

»Pssst, Lucy.«

»Deshalb das ganze Theater? Das Absperrband vor der Einfahrt und die Polizisten in Uniform?«

Janes Tonfall ist besonnen. »Luce, ich weiß, es ist ein Schock, aber du musst dir vorstellen, dass es nicht unbedingt gewaltsam oder schmerzhaft oder –«

»Aber wer um alles in der Welt sollte Daddy umbringen? Niemand hatte irgendeinen Grund –«

»Hör auf zu schreien, Luce.«

»Vater war Universitätsprofessor und nicht irgendein Gangster. Mein Gott, anständige Leute wie Daddy aus glücklichen Familien wie wir werden nicht ermordet!«

Ich schreie in die Dunkelheit und höre meine eigene Stimme über die Veranda schallen, aber die dicke Nachtluft schluckt meine Worte augenblicklich, so als hätte ich sie nicht ausgesprochen.

7

Jane schlüpft ins Haus, Sascha folgt ihr und hält mir die Fliegengittertür auf, doch mit einem Kribbeln im Bauch bleibe ich auf der Schwelle stehen und atme das alte Haus und seinen besonderen Geruch ein. Öl, Teppiche, Holz, Kaffee. Einen Moment lang scheint etwas Süßes zu fehlen, aber dann wird mir klar, dass die Zeit mich in dieser merkwürdigen Nacht ein zweites Mal überlistet hat, denn ich habe den Geruch des Hauses so erinnert, wie er vor vielen Jahren war, als ich ein Kind war und es meiner Mutter gut ging und der Geruch im Haus immer eine Spur von ihrem Parfüm, vom Zitronenduft der Möbelpolitur und von weichen, gezuckerten Keksen enthielt.

»Sie haben uns gebeten, nur den Flur und die Küche zu betreten«, sagt Jane. Sie steckt den Kopf ins Arbeitszimmer. Ich höre, wie sie sagt: »Meine Schwester ist da.« Die Antwort ist unverständlich.

Sämtliche Lichter im Haus brennen, trotzdem gibt es im Flur noch dunkle Ecken. Ich setze mich in Bewegung. Ich tauche ein in die Schatten und komme wieder daraus hervor. Ein Mann drängt sich an mir vorbei und entschuldigt sich, als ich mich an die Wand drücke.

»Bitte, berühren Sie nichts«, murmelt er.

Als er weg ist, betrete ich das Wohnzimmer und sehe mich um. Die Sessel meines Vaters; Rücken und Armlehnen seines Lieblingssessels sind abgewetzt. Fotos. Bücher. Und Steine. Steine als Briefbeschwerer. Runde, glatte Steine neben dem Kamin aufeinander geschichtet wie ein Exponat in einer Kunstgalerie. Steinproben auf den Regalen. Steine mit auffälligen Formen oder in den grellen Farben, wie sie die Natur bisweilen hervorbringt, Steine als Türstopper und Steine als liebevolle Dekoration auf der Kommode. Steine als Skulpturen, Steine als Bilder.

»Hat sich viel verändert?«, fragt Sascha von der Tür aus.

Ich drehe mich nicht um. »Nein, eigentlich nicht.«

Ich gehe zu der großen Schiebetür und öffne sie vorsichtig. Sie ächzt. Dann überquere ich die Terrasse und beuge mich über das Geländer; unter mir liegt das Tal. Es ist eine dunkle Fläche, die sich ins Unermessliche erstreckt. In weiter Entfernung leuchten zwei oder drei Paare winziger Autoscheinwerfer und bewegen sich langsam. Gelegentlich weist eine Anhäufung von Lichtern darauf hin, dass sich dort ein Haus oder eine Farm befindet. Ich versuche die Rechtecke aus Straßen und Obstplantagen ausfindig zu machen, aber dort draußen ist nichts als Stille und Reglosigkeit. Aus alter Gewohnheit halte ich Ausschau nach dem langen, geraden Asphaltstreifen, auf dem sich das Auto überschlug, in dem ich mit Robert Joseph saß. Ich suche nach der Farm, zu der ich eines Tages mit meiner Freundin Lindy, mit der ich auf der Veranda geschaukelt habe, spaziert bin. Wir waren sieben Jahre alt, als wir hügelabwärts aufbrachen, durch das heiße, flache Tal gingen und eisern weitermarschierten, bis wir die Farm erreichten. Die Bewohner gaben uns Wasser und Melone und fuhren uns auf der Ladefläche ihres Pick-ups nach Hause. Ich wollte schon immer auf der Ladefläche eines Pick-ups fahren, so wie die Kinder der Farm. Wir holperten auf dem unbefestigten Weg über die Obstplantage, betrachteten die großen Staubwolken, die hinter uns aufwirbelten, und taten so, als wären wir der Sandsturm, der durch das Tal fegte. Ich verrenke mich nahezu, um die Farm und den Weg zu entdecken, aber ich sehe überhaupt nichts, so als wäre dort unten tatsächlich nichts oder nur ein großes, dunkles Meer, das man nicht überqueren kann.

Sascha wartet immer noch an der Tür, aber jetzt sind der Mann, der sich im Flur an mir vorbeigedrängt hat, und eine Frau, die Latexhandschuhe trägt, im Raum. Der Mann ergreift das Wort. »Ma'am, wir sind hier mit unserer Arbeit noch nicht fertig.«

Ich schaue ihn an. »Was für eine Arbeit?«

»Ich muss Sie bitten, den Raum zu verlassen, bis wir Ihnen die Erlaubnis geben, ihn zu betreten.«

Ich möchte gerade gehen, als ich bemerke, dass der Mann mehrere kleine Plastiktüten in der Hand hält. Sie erinnern mich an die

Tüten, die mein Vater für winzige Steine und für Steinstaub benutzte. Als die NASA Steine vom Mond an das Geologische Institut schickte, bewahrte mein Vater sie in solchen Tüten auf.

»Sind da Steine drin?«, frage ich.

»Es handelt sich um forensisches Material«, sagt er. Er verzieht keine Miene, aber er tritt von einem Bein aufs andere und wartet, dass ich gehe. Die Frau sieht mich an.

Ich führe Sascha am Arbeitszimmer vorbei. Es ist ein winziges Zimmer voller Papier und Steine. Eine Frau in Uniform und zwei Männer in Zivil starren auf den leuchtenden Monitor meines Vaters.

Larry kocht in der Küche Kaffee für uns. Als ich eintrete, schnellen seine Augenbrauen in die Höhe, dann umarmt er mich. Ich spüre, dass sein Körper an Umfang gewonnen hat, und als er mich loslässt, kann ich es sehen. Auch seine Gesichtszüge haben sich vergröbert, seine Nase ist nicht mehr so auffällig, und sein ordentlich gestutzter Bart wirkt zu klein für sein Kinn.

»Lucy, ich freue mich, dich zu sehen«, sagt er. »Trotz der Umstände.«

Er klingt ehrlich. Sein Blick ist wissend, nicht suchend, ein Blick, an den ich mich gut erinnere.

»Es macht mich nervös, wie er mich ansieht – als wüsste er mehr über mich als ich selbst«, sagte ich einmal zu Scott. Aber Scott bewundert Larry, und er schüttelte den Kopf. »Er ist ein Seelenklempner und kein Medizinmann, Luce. Er weiß nur Sachen über dich, die du selbst auch weißt, dir aber nicht eingestehen möchtest.« Scott meinte es nicht nur ironisch.

Larry begrüßt Sascha, und Jane bietet uns Kaffee an. Ich schaue mich um. Die Küche hat sich in all den Jahren, in denen wir hier lebten, nicht verändert, und es ist mir früher nie aufgefallen, wie schäbig sie ist. Ich habe nie bemerkt, dass der Herd zu klein ist für die Lücke, in der er steht, und dass das Spülbecken fleckig und angeschlagen ist oder dass manche Schranktüren nicht passen oder nicht schließen. Es hat mich nie gestört, dass die Arbeitsfläche teilweise mit Linoleum belegt ist.

»Jane, hast du Zucker in den Kaffee getan?«, frage ich.

»Nur ein bisschen.«

»Ich nehme seit Jahren keinen Zucker mehr.«

Sie lächelt. »Ich weiß. Aber du siehst aus, als könntest du etwas

Zucker vertragen.« Und obwohl der Zucker mich stört, genieße ich seine Süße, die Süße der Kindheit.

Lautlos kommt der Polizist aus dem Wohnzimmer herein.

»Kirsty wird gleich hier sein. Ich brauche Ihre Fingerabdrücke«, sagt er.

Er spricht mit mir.

»Meine Fingerabdrücke?«

»Unbedingt. Sie haben die Terrassentür geöffnet und sich am Geländer festgehalten. Haben Sie noch irgendetwas anderes angefasst?«

»Nein.«

Der Mann hat einen kleinen Aktenkoffer vor mir auf den Tisch gestellt.

»Bitte nehmen Sie Ihre Uhr und Ihren Schmuck ab«, sagt er routinemäßig.

Larry, Jane und Sascha sehen zu, wie ich ihm die rechte Hand hinhalte. Er hebt mein Handgelenk hoch, und meine Finger hängen herab, als wären sie tot. Er nimmt einen Finger nach dem anderen, drückt sie aufs Papier und rollt sie heftig hin und her. Als er mit allen zehn Fingern fertig ist, rollt er beide Hände auf dem Stempelkissen, dann auf Papier, erst die Finger, dann die Handballen, bis wir am Ende eine Art Rhythmus entwickelt haben, so als arbeiteten wir zusammen an einem Bild.

»Jetzt Sie«, sagt er zu Sascha.

»Aber ich habe nichts berührt.«

»Ich brauche Ihre Abdrücke vorsichtshalber trotzdem.«

»Danke, nein.«

»Vielleicht«, sagt er schmunzelnd, »haben wir sie schon irgendwo?«

»Sicherlich nicht«, entgegnet Sascha von oben herab. »Und ich möchte nicht, dass meine Fingerabdrücke für alle Zeiten in irgendeinem Computer gespeichert werden.«

»Die Daten werden gelöscht, sobald der Fall abgeschlossen ist«, sagt der Mann.

»Außer«, ergänzt Larry grinsend, »du wirst eines Verbrechens für schuldig befunden.«

Sascha sieht verächtlich von Larry zu dem Polizisten. »Sie brauchen meine Fingerabdrücke nicht.«

»Um Himmels willen, Alexander«, sagt Jane. Ich sehe sie überrascht an. Die Art, wie sie seinen vollständigen Namen ausspricht, ihr Ärger, ihre Kälte. Noch nie hat sie sich so wenig Mühe gegeben, ihre Gefühle gegenüber unseren russischen Verwandten zu verbergen. Mutter bewunderte ihre Familie und verachtete sie gleichzeitig. Das Russische an ihnen regte sie auf, obwohl – oder vielleicht gerade weil – es auch ein Teil von ihr war. Jane hat Mutters ganze Verachtung geerbt, jedoch ohne den dazugehörigen neugierigen Partner, die Liebe.

»Sie haben auch mir Fingerabdrücke abgenommen, Alexander. Sie haben die von Larry. Sie haben die von Scott. Sie haben von jedem, der heute im Haus war, Fingerabdrücke abgenommen.«

Sascha blickt sie trotzig an. »Jane, gestatte mir, meiner russischen Paranoia zu frönen.«

Janes Stimme ist jetzt vor Zorn angespannt. »Du klingst so russisch, dass man leicht vergessen könnte, dass du hier geboren bist und dein ganzes Leben hier verbracht hast. Du hast das Sowjetsystem nicht erlebt. Nur Leute, die wirklich darunter gelitten haben, können sich Paranoia erlauben.«

Sie glaubt, Sascha benehme sich russisch. Jane beschreibt jedes dramatische Verhalten als russisches Verhalten. Wenn ich die Fassung verlor, unnötig in Tränen ausbrach, schrie oder auf andere Weise heftig reagierte, konnte ich sicher sein, dass Jane sagen würde: »Hör auf, dich russisch zu benehmen, Lucy.« Mutter benahm sich natürlich so russisch, dass sie dafür einen Oscar verdient hätte.

Sascha ist gekränkt. Er und Jane schauen sich an. Sie sagen kein Wort, doch hinter den Blicken liegt eine lange, gemeinsame Kindheit. Larry möchte gerade eingreifen, als wir Stimmen hören. Die Frau, die ich im Arbeitszimmer meines Vaters sah, steht vor der Küche. Sie spricht mit einem Mann, von dem ich nur den vom Licht grotesk verlängerten Schatten sehe. Dann verschwindet er, die Frau wendet sich uns zu und blickt uns einen nach dem anderen an.

»Was gibt's für ein Problem?«

Sie ist ungefähr so alt und so groß wie ich. Sie trägt entgegen meinem ersten Eindruck keine Uniform, sondern dunkle Kleidung, die so schlicht wie eine Uniform geschnitten ist.

»Ich brauche Fingerabdrücke«, sagt der Polizist rasch. »Aber der Herr hier weigert sich.«

Sascha zuckt mit den Schultern. Mit dem breiten, straff gespannten Mund und den roten Kreisen auf beiden Wangen ähnelt er einem Clown. »Die Prozedur ist nicht nötig. Außerhalb dieses Zimmers habe ich nichts berührt und werde nichts berühren.«

»Wer sind Sie?«, fragt die Frau.

Larry und Jane stellen mich vor und erklären, warum Sascha hier ist. Die Frau nickt. Sie sieht aus, als hätte sie einst eine gute Figur gehabt, doch aus irgendeinem Grund – Arbeit, Kinder, Krankheit – ist ihr Körper in die Breite gegangen. Ihr Haar ist kurz und dunkel, doch wenn sie sich mit der Hand in den Nacken fasst, greift sie nach den Haaren, die früher dort waren. Sie ist eine Frau, die sich vermutlich vor nicht allzu langer Zeit verändert hat. Wie ich.

»Ich habe meinen verstorbenen Onkel seit etwa vier Jahren nicht mehr gesehen«, informiert Sascha sie frostig.

»Okay«, sagt sie. »Da wir Sie, falls nötig, erreichen können, brauchen wir Ihre Fingerabdrücke heute Abend nicht.«

Der Polizist schließt seinen Aktenkoffer und verlässt die Küche. Ich wasche mir die Hände, während die Frau erklärt, dass sie mir ein paar Fragen stellen möchte, und Sascha, Jane und Larry bittet, sich auf die Veranda zu setzen. Ich trockne meine Hände am Handtuch meines Vaters ab und hinterlasse Tintenflecken darauf, obwohl ich sie fest gebürstet habe.

Jane zögert, bevor sie den Raum verlässt. »Kirsty«, sagt sie, »hat das nicht Zeit bis morgen oder übermorgen? Lucy ist nicht nur müde, sondern steht auch noch unter Schock. Ihre Konstitution war nie besonders gut, und sie sollte wirklich nicht allzu sehr belastet werden.«

Diese Worte berühren und beschämen mich zugleich. Zum einen, weil ich es seit einer Weile nicht mehr gewohnt bin, dass andere sich um mich sorgen. Zum anderen war ich zwar als Kind häufig krank, lebe jedoch mittlerweile unter Belastung erst richtig auf.

Die Frau wendet sich mir zu und sieht mich prüfend an.

»Was meinen Sie, Lucy?«, fragt sie.

»Vielen Dank, Jane, aber du musst dir keine Sorgen machen. Ich komme schon zurecht.«

Sascha folgt Larry und Jane aus der Küche. Er sieht mich lange an, aber ich weiß nicht, wie ich seinen Blick verstehen soll.

Als wir allein sind, bedeutet mir die Frau, mich mit ihr an den Tisch zu setzen.

»Entspannen Sie sich, Lucy.« Es stimmt, dass ich nervös bin, aber ich frage mich, wodurch ich mich verraten habe. Ich dachte, es sei mir gelungen, eine Art von Reglosigkeit zu bewahren, die wie Ruhe wirkt.

»Im Moment habe ich nur ein paar kurze Fragen.« Sie legt ein Notizbuch vor sich hin. »Ich brauche ein paar grundsätzliche Details, Namen, Geburtsdatum, Adresse …«

»Können Sie mir sagen, was los ist?«, frage ich.

Die Frau blickt auf ihr Notizbuch. »Nach einer vorläufigen ärztlichen Untersuchung der Leiche Ihres Vaters ergaben sich einige Fragen. Morgen wird die eigentliche Autopsie durchgeführt, aber wir sind verpflichtet, auch jetzt schon auf die erste Analyse der Gerichtsmedizin zu reagieren.«

»Und was besagt diese Analyse?«

»Der Verstorbene wurde um elf Uhr dreißig von einem Fischer vor der Küste bei Retribution gefunden. Zunächst nahm man an, er sei ertrunken, doch die Gerichtsmedizinerin geht davon aus, dass er tot war, bevor der Körper mit Wasser in Berührung kam.«

Ihre Stimme hallt in meinem Kopf wider. Er war tot, bevor der Körper mit Wasser in Berührung kam. Schließlich sage ich: »Wie ist er gestorben?«

»Tja …« Ihre braunen Augen blicken von mir zu dem zu kleinen Herd und dann zu dem angeschlagenen Spülbecken. »Das ist noch nicht ganz klar. Seine Kleider wurden am Strand von Big Brim gefunden; sie lagen zusammengefaltet auf einem Stoß. Sein Auto ist verschwunden, und wir haben keine Ahnung, wie er an die Küste gekommen ist. Wir wissen allerdings, dass der Mörder versuchte, es so aussehen zu lassen, als sei Ihr Vater schwimmen gegangen und im Wasser gestorben. Wir glauben, dass es sich um ein von langer Hand vorbereitetes Verbrechen handelt. Dem Mörder wurde nur sein mangelndes forensisches Wissen zum Verhängnis.«

»Aber …«, protestiere ich. »Niemand hatte einen Grund, meinen Vater umzubringen.«

Sie schweigt, ihre Miene ist starr.

»Das muss irgendein Verrückter am Strand gewesen sein«, sage ich. »So ein Wahnsinniger, der Jogger wegen ihrem Radio und den zwei Dollar fünfzig ersticht, die sie in ihrem Gürtel bei sich tragen.«

Die Frau lässt mich nicht aus den Augen. Ihr Blick ist nicht unfreundlich, aber sie sagt: »Nein, Lucy. Ich sehe das anders. Nur ein verschwindend kleiner Prozentsatz aller Morde wird von völlig Fremden verübt, und, um ehrlich zu sein, in diesem Fall sieht es nicht danach aus.«

»Wie sieht es denn aus?« Ich weiß, dass meine Stimme laut ist. Ich weiß es, wenn ich Kirstys gelassenen, leisen Tonfall höre.

»Es sieht aus, als ob das Opfer seinen Mörder kannte. Wir haben Grund zu der Annahme, dass er seinen Mörder gut kannte.«

Ich warte auf die Begründung, doch sie nennt sie nicht.

»Sie glauben, es war jemand, der ihm nahe stand? Ein Freund? Jemand ...« Ich schlucke. »Jemand, den ich vielleicht kenne?«

»Wahrscheinlich war es jemand, den Sie oder Ihre Schwester kennen. Vielleicht aber auch nicht. Denn möglicherweise gab es im Leben Ihres Vaters Dinge, von denen Sie nichts wussten.«

Ich schüttle den Kopf. »Nein, nicht im Leben meines Vaters.«

Sie wartet, während sie mich beobachtet. »Gibt es denn keine andere Erklärung?«, frage ich. »Ich meine, vielleicht hatte er einen Herzinfarkt am Strand, und die Flut hat ihn ins Meer gespült. Oder er hat sich den Kopf an einem Felsen angestoßen und ist dann irgendwie ins Wasser gefallen.«

Sie ist ruhig, aber bestimmt, und ihre Augen lassen mich keine Sekunde los. »Mir ist klar, dass Sie solche Überlegungen tröstlich finden. Doch die Ergebnisse der vorläufigen Autopsie sprechen nicht dafür.«

Ich blinzle. Zwischen mir und der Fähigkeit zu verstehen steht Müdigkeit. Ich bemerke Flecken auf ihrer dunklen Kleidung, knapp unter der Schulter. Dort machen Babys Flecken, wenn sie sich mit dem Gesicht anschmiegen. Jetzt weiß ich, warum ihre Figur sich verändert hat und warum sie ihre Haare abgeschnitten hat.

»Wann ist er gestorben?«, frage ich.

»Das wissen wir noch nicht genau. Wahrscheinlich ist er am frühen Montagmorgen gestorben. Lucy, ich muss Sie fragen, wo Sie Sonntagabend waren.«

»Zu Hause.«

»Montagmorgen?«

»Ich war kurz vor acht in der Arbeit ... Ich hatte eine wichtige Besprechung, auf die ich mich vorbereiten musste.«

»Ich muss das überprüfen. Können Sie mir bitte Namen, Adresse und Telefonnummer Ihres Arbeitgebers nennen?«

Sie schreibt die Angaben auf.

»Also, Ihre Schwester hat mir bereits gesagt, dass Sie am Wochenende bei Freunden waren. Wo war das?«

Meine Wangen beginnen zu glühen. »Das habe ich Jane erzählt ...«

Sie zieht die Augenbrauen hoch.

»Sie waren nicht bei Freunden?«

»Ähm – nein.«

»Wo waren Sie dann?«

»Zu Hause. In meiner Wohnung. Ich bin kaum rausgegangen.«

Schweigen, bevor sie fragt: »Haben Sie mit irgendjemandem gesprochen? Jemanden besucht? Jemanden angerufen?«

»Nein.«

»Das ganze Wochenende über nicht?«

»Ich habe gearbeitet. Ich hatte für Montag eine Menge vorzubereiten.«

»Sie können mir nicht eine einzige Person nennen, die über Ihr Wochenende Auskunft geben kann?«

»Nein.«

Sie lässt nicht locker, aber ihr Tonfall ist nach wie vor gelassen. »Niemanden? Sind Sie sicher, dass niemand Sie gesehen hat? Der Hausmeister oder ein Verkäufer oder ein Nachbar?«

Ich schüttle den Kopf. »In New York ist das anders als hier.«

»Es hat Sie also am ganzen Wochenende niemand gesehen«, konstatiert sie ruhig. Ihr Blick schweift erneut über das angeschlagene Spülbecken, den zu kleinen Herd, das Linoleum.

»Das heißt nicht, dass ich nicht da war«, sage ich.

Ihr Blick kehrt zu mir zurück, schnell und scharf.

»Warum haben Sie Ihre Schwester angelogen, Lucy?«

»Weil ich nicht ans Telefon gegangen bin. Ich wollte nicht, dass sie erfährt, dass ich nicht abgehoben habe, als sie anrief. Ich wollte sie nicht verletzen.«

»Verstehe. Wann waren Sie zum letzten Mal in Kalifornien?«

»Vor fast drei Jahren.«

»War das das letzte Mal, dass Sie Ihren Vater gesehen haben?«

»Nein, er hat mich sechs oder neun Monate später in New York besucht.«

»Sie haben ihn also über zwei Jahre lang nicht mehr gesehen?«

»Ja.«

»Und in den letzten drei Jahren waren Sie kein einziges Mal in Kalifornien?«

»Nein.«

»Wann haben Sie zum letzten Mal mit ihm gesprochen?«

Ich erzähle ihr von den Nachrichten, die mein Vater am Samstag hinterlassen hat.

»Hat Ihre Schwester auch angerufen?«

»Ja.«

Ihre Augen sind groß, dunkel. »Aber warum sind Sie nicht ans Telefon gegangen? Sie waren das ganze Wochenende da.«

»Wenn ich zu Hause arbeite, gehe ich nicht ans Telefon. Wenn ich gewusst hätte, dass mein Vater oder Jane anrufen, hätte ich wahrscheinlich abgehoben.«

Sie sieht sich im Raum um, als verfolge sie eine Fliege.

»Haben Sie die Nachrichten gespeichert?«, fragt sie schließlich.

»Ja.«

»Ich möchte sie mir gern anhören.«

Ich zögere. »Ich muss erst den Code für die Fernabfrage rausfinden …«

»Geben Sie mir Bescheid, sobald Sie ihn haben.« Sie steht auf. Ich springe ebenfalls auf, als hätte sie mir gerade Handschellen angelegt.

»Sie sehen müde aus; in New York ist es jetzt schon Morgen. Ich habe natürlich noch weitere Fragen an Sie, aber die können bis morgen warten. Ich nehme an, Sie wohnen bei Ihrer Schwester?«

Meine Wangen, die gerade abgekühlt sind, werden wieder heiß.

»Jetzt, wo ich hier bin, dachte ich mir, ich könnte vielleicht hier bleiben …«

»In diesem Haus?« Sie hat die Stimme nicht gehoben, aber ein beunruhigter Unterton hat sich eingeschlichen. »Die Spurensicherung wird noch eine Weile brauchen«, sagt sie. »Aber selbst danach wäre es unvernünftig, allein hier zu bleiben.«

»Aber das macht mir nichts aus …«

»Lucy, solange wir nicht wissen, warum Ihr Vater nicht mehr lebt und was mit ihm passiert ist, können wir für Ihre Sicherheit nicht garantieren. Seine Schlüssel wurden am Strand nicht gefunden. Wir wissen nicht, wer sie hat.«

Als sie mich durch den Flur führt, bleibt sie kurz stehen.

»Wir kommen an ein paar Dateien im Computer Ihres Vaters nicht ran. Sie wissen nicht zufällig sein Passwort?«

Ich schüttle den Kopf.

»Irgendein Tipp?«

»Hmm. Wahrscheinlich der Name eines Steins ... Obsidian, Jade, Quartz, Pyrith ...«

Sie lächelt. »Ich sehe mal in einem Mineralienführer nach. Lucy, ich würde gern morgen früh noch einmal mit Ihnen sprechen. Geht es um halb zehn?«

»Klar.«

»Heben Sie das auf, falls Sie sich mal bei mir melden wollen.« Sie gibt mir eine Karte. Sie heißt Kirsty MacFarlane und ist ein Senior Detective bei der Mordkommission.

»Sie sehen überall einen Mord, denn das ist Ihr Job«, sage ich. »Das ist Ihr Leben. Aber es gibt Orte, da findet so etwas schlichtweg nicht statt. In normalen Familien wie unserer zum Beispiel.«

Die Frau antwortet nicht. Sie öffnet die Fliegengittertür. Vom Flur aus habe ich die Stimmen von Larry, Jane und Sascha gehört, die vertraut und entspannt miteinander plaudern. Larry sitzt auf einem Stuhl und Jane, fest in ihre Jacke gewickelt, auf der Schaukel. Sascha, der am Rand des Lichtscheins auf der Treppe sitzt, betrachtet mich, während er Rauch ausatmet.

Jane wendet sich mir zu. Sie sieht müde und verfroren aus. »Alles in Ordnung?«

Ich nicke.

»Komm, Lucy«, sagt Sascha, »ich bringe dich jetzt nach Hause. Mama wird schon auf dich warten.«

Jane und Larry tauschen besorgte Blicke aus, dann sagt Larry: »In unserer Wohnung steht ein gemachtes Bett.«

Ich denke an Janes und Larrys Stadtwohnung, an die weißen Stühle und die weißen Oberflächen und die weißen Teppiche.

»Mama rechnet fest mit dir«, insistiert Sascha, »und sie wird ungemein enttäuscht sein, wenn du heute Nacht nicht bei uns schläfst.«

Ich blicke zu Jane, und sie gibt nickend ihr Einverständnis, doch als sie mich zum Abschied umarmt, sagt sie ohne große Zuversicht: »Kommst du morgen mit zum Strandhaus? Larry und ich fahren mittags raus, und ich bin sicher, Scott würde dich sehr gern sehen.

Oder …« Sie wendet den Blick ab, als bereite sie sich auf eine Zurückweisung vor. »Oder vielleicht möchtest du gar nicht nach Needle Bay fahren? Oder Scott sehen? Oder uns? Ich verstehe nicht, was mit dir los ist, Lucy. Wenn du uns wirklich nicht sehen möchtest, dann werden wir versuchen, es zu verstehen.«

Ihre Freundlichkeit ist wie ein Vorwurf. »Jane, nichts ist mir wichtiger, als euch zu sehen.« Und während ich es ausspreche, weiß ich, dass es stimmt.

Ihr Körper entspannt sich, und sie lächelt mich an.

»Auch Scott?«

Wenn ich in der dunklen Stadt allein war, habe ich mir mein Wiedersehen mit Scott viele Male ausgemalt, und zwar immer als ein freudiges Ereignis vor dem Strandhaus, an einem Tag, der so warm ist, dass die Luft mit dem Geruch nach Meer und Kiefern erfüllt ist. In meinen Träumen lächeln wir einander an. Wir bemerken die kleinen Anzeichen des Alterns (ein graues Haar, ein tieferes Fältchen) und freuen uns über die Einsicht, die damit einhergeht, denn Einsicht gestattet uns zu vergeben.

»Ich freue mich darauf, Scott zu sehen«, sage ich.

Sascha und ich fahren zurück in die Stadt. Er bietet mir Schokolade an, und als ich ablehne, isst er sie selbst. Er meint, ich solle versuchen zu schlafen, dann schweigt er, aber meine Augen weigern sich, zuzufallen. Ich starre auf die Straße, bis es den Anschein hat, als stünden wir still und die Straße bewege sich.

Als wir uns dem schmuddeligen Mietshaus nähern, in dem Tante Zina wohnt, werde ich von Gefühlen überwältigt, auf die ich nicht vorbereitet bin. Seit Großmutters Tod lebt Tante Zina in der Wohnung, und jahrelang kam ich regelmäßig mit meiner Mutter zu Besuch hierher. Jetzt springt dieser Teil meiner Kindheit mich an und begrüßt mich wie ein Hund, der die ganze Zeit über geduldig gewartet hat und mich nun mit seinem Gewicht umwirft. Das gedrungene, heruntergekommene Gebäude mit seinem kahlen, schwach beleuchteten Eingang, der mit russischen Graffiti verschmierte Aufzug, der Kohlgeruch in der Luft, die Treppen, von denen sie beharrlich behaupten, sie wären nicht begehbar, obwohl das Gebäude nur vier Stockwerke hoch ist: Die unveränderte Patina des Lebens meiner Verwandten gepaart mit meinem Schmerz überwältigt mich. Als wir auf den klapprigen Aufzug warten, schiele ich durch den Schacht auf die gleiche Art nach unten, wie ich es als Kind immer getan habe, und für einen kurzen Augenblick, bevor der Aufzug vor uns anhält, glaube ich, dass ich den kleinen, schmutzigen Schuh eines Kindes in einem Haufen Abfall erspäht habe.

Als sich die Aufzugtüren im zweiten Stock öffnen und den Blick auf meine Tanten freigeben, bin ich zu gerührt, um zu sprechen. Tante Zoja, eine große, dünne Bohnenstange von Frau, und die kleinere, lebhafte Tante Zina begraben mich sofort in einer Woge aus Liebe. Sie führen mich über den Flur in die Wohnung, in der die Luft vom Geruch russischer Gerichte erfüllt ist.

»Dein armer Papa«, sagen sie, als die Tür hinter uns ins Schloss fällt. »Warum ist er ertrunken? Was hat die Polizei gesagt?«

Ich erzähle ihnen alles, was ich weiß, und die Tanten schnalzen mit der Zunge und schütteln den Kopf, während sie besorgte Blicke austauschen.

»Das kann nicht sein«, sagen sie niedergeschlagen. »Es kann nicht sein, dass irgendjemand deinem lieben Papa etwas antun würde.«

»Er war so ein freundlicher Mann«, sagt Tante Zina zu mir. »Er war großzügig, denn er hatte ein Talent fürs Geben. Er gab einem seine Zeit, seine Aufmerksamkeit, sein Geld ... viele Ehemänner hätten sich von Tanja abgewandt, aber Eric gab ihr weiterhin das, was er zu geben hatte. Lucia, dein Papa war ein Mann mit einem Gespür dafür, was richtig und was falsch war, und er bestand darauf, das Richtige zu tun.«

Ich freue mich. Ja, mein Vater versuchte immer das Richtige zu tun.

»Genauso wie sein Herz habe ich immer auch seinen Verstand bewundert«, fügt Tante Zoja hinzu. Ich denke daran, wie sie vor vielen Jahren, in eine lebhafte Diskussion mit meinem Vater vertieft, am Strand saß; beide schoben sich das Haar aus dem Gesicht, das der Wind sofort wieder zurückblies. Worüber sprach mein Vater mit seiner Schwägerin, einer unscheinbaren, klugen Frau, die ich wahrnahm als jemanden, der von anderen Menschen zunächst bemerkt und dann ignoriert wird? Ich wünschte jetzt, ich hätte damals der geistreichen Unterhaltung der beiden zugehört, statt Löcher im Sand zu graben.

»Sein Verstand«, fährt sie fort, »stand nie still. Er hörte nie auf,

Informationen zu sammeln, die er in seinem Kopf ordnete und verarbeitete. Und er sprach seine Gedanken immer offen aus.«

Ihre Worte tun mir gut. Die Art, wie Detective MacFarlane über meinen Vater sprach, entmenschlichte ihn. Er wurde auf einen Mordfall reduziert, vermutlich hat man ihm eine Nummer zugewiesen. Meine Tanten geben mir jetzt den Menschen zurück.

»Niemand kann jemanden wie deinen Papa umbringen wollen«, versichern sie mir. »Das ist ausgeschlossen, und die Polizei wird noch merken, dass sie sich irrt.«

Ich blicke zu Sascha, in der Hoffnung, dass er sich ihrer Meinung anschließt, aber er ist damit beschäftigt, eine blasse Flüssigkeit in kleine Gläser zu füllen, um meine Ankunft zu begießen, und erwidert meinen Blick nicht.

»Ist dein Mann noch an der Universität?«, fragen sie.

»Ja. Und sein Buch ist erschienen.« Ich weiß es nicht von Scott. Ich weiß es, weil ich eines späten Abends den Fernseher einschaltete und meine kleine, ruhige New Yorker Wohnung plötzlich von Scotts Stimme erfüllt war. Die Männer hinter der Eisenbahn, die quer durch den Kontinent führt: Helden der Arbeit oder einfach nur ein Haufen korrupter Spekulanten? Ich setzte mich ganz nah vor den Fernseher und konzentrierte mich auf Scott, der sich auf die gleiche Art über sein Kinn strich, wie Larry sich manchmal über den Bart streicht; ich sah ihm beim Nachdenken zu und hörte seine Stimme, ohne seine Worte zu verstehen. Nach der Sendung schaltete ich den Fernseher aus und blieb in der alles durchdringenden Stille der Wohnung sitzen.

»Und seid ihr noch verheiratet?«, fragen die Tanten.

»Wir leben seit ein paar Jahren getrennt. Aber wir haben nie über Scheidung gesprochen.«

Sie wischen diese Nebensächlichkeiten vom Tisch. »Liebt er dich?«, fragen sie. »Liebst du ihn noch?«

»Ich glaube schon. Aber …« Ich stocke, und Sascha rettet mich.

»Mama, Tante Zoja, wenn ihr einen Hund so grausam behandeln würdet, würde man euch einsperren. Lasst uns Lucia in den Arm statt in die Mangel nehmen.« Und er stößt mit mir an.

Sie streicheln und füttern mich und geben mir zu trinken. Wenig Zutun wird von mir erwartet. Ich höre mir so viele Geschichten über Verwandte an, bis ich von den halb vergessenen Namen der Ehefrauen meiner Cousins zweiten Grades völlig verwirrt bin. Schließlich und unausweichlich sprechen sie über Mutter.

»Wir besuchen sie jede Woche«, versichert mir Tante Zina. »Und manchmal kommt sogar Sascha mit.«

Sascha, der mittlerweile entspannt in einem Sessel sitzt und ein Glas auf seinem Knie balanciert, hebt dieses zustimmend.

Mir wird kein Pflichtversäumnis vorgeworfen, trotzdem fühle ich mich unbehaglich. Nachdem ich aus Kalifornien weggezogen war, telefonierte ich ein paarmal mit Mutter in der Klinik, aber unsere Gespräche kann man bestenfalls als schwierig bezeichnen, und ich rief immer seltener an. Zu Weihnachten, zu ihrem Geburtstag und manchmal auch zwischendurch schicke ich ihr kleine bunte Postkarten. Ich nehme mir viel Zeit, um sie auszusuchen. Das Bild eines braunen Hundes, der dem ähnelte, den sie einmal hatte. Ein abstraktes Bild, in dem ihre Farbe, Blau, überwiegt. Postkarten aus einer russischen Ausstellung, auf denen unzählige Birken abgebildet sind oder Bauern mit Filzstiefeln, die Schlitten durch den Schnee ziehen. Auf diesen kleinen farbigen Postkarten hat jetzt unsere gesamte Beziehung Platz.

Als würde sie meine Gefühle erraten, wirft Tante Zoja die langen Arme in die Luft. »Du schickst ihr immer so wunderschöne Bilder.«

Tante Zina legt nach: »Ja, ja, sie hebt sie alle auf und spricht häufig von dir. Deine Rückkehr wird sie sehr freuen.«

Ich weiß, dass mein Gesicht knallrot ist. Ich wünschte, sie sprächen nicht über sie, als wäre sie gesund.

Sascha sieht Tante Zina an. »Mein Gott, Mama«, sagt er. »Weißt du, wie spät es jetzt in New York ist? Fünf Uhr morgens, und Lucia hat erst vor ein paar Stunden vom Tod ihres Vaters erfahren. Findest du es richtig, mit ihr zu reden, wenn sie eigentlich schlafen sollte?« Er fügt etwas auf Russisch hinzu.

Tante Zoja und Tante Zina stimmen ihm rasch zu und führen mich in das Zimmer, das früher einmal Großmutter gehörte und jetzt meines sein soll. Es hat sich kaum verändert, und ich habe das Gefühl, als hinge sogar noch Großmutters Geruch nach Bonbons und Medizin in der Luft. Jedes Mal, wenn ein Auto vorbeifährt, wird es kurz erhellt. Ich liege im Bett, und wenn gelegentlich Scheinwerferlicht hereinfällt, sehe ich eine Anhäufung von Erinnerungsstücken, Bildern und Souvenirs, die am Ende eines jeden Tages das Leben meiner Großmutter begleiteten. Ich höre meine Verwandten im Wohnzimmer leise auf Russisch miteinander murmeln; es klingt, als würden sie halb sprechen, halb singen. Ich denke darüber nach, dass der Tod meines Vaters mich innerhalb eines Tages von einem dreiundachtzigstöckigen Gebäude in New York zurück ins Herz meiner Familiengeschichte brachte.

8

In meinen Träumen erschrecke ich vor dem Donnern eines großen Lastwagens. Ich verstecke mich, bis das Telefon klingelt und dann an der Tür geläutet wird. In der Ferne höre ich Stimmen. Schließlich wache ich von ungewohntem, dottergelbem Licht auf. Bin ich zu Hause und habe die ganze Nacht über die Lampe brennen lassen? Dann fällt mir ein, dass mein Vater tot ist und ich in Kalifornien bin. Noch einmal Schock und Schmerz, Schläge in den Bauch, dann auf den Brustkorb, und schließlich noch mehr Schläge auf die Schläfengegend. Ich öffne die Augen und blicke in die Sonne.

Ich schlendere durchs Wohnzimmer. An den Wänden stehen voll bepackte Regale, jedes Brett so beladen, dass es durchhängt. Bücher, Schachteln, Tüten, Papier- und Briefstapel, Nippes, manches davon kaputt, die abgebrochenen Teile liegen daneben. Ein Schwan mit einem langen Hals wartet bestimmt seit meiner Kindheit darauf, repariert zu werden. Auch ein paar hübsche Steine sind darunter, sie stammen sicherlich von meinem Vater.

In der Küche macht sich Tante Zina zu schaffen. Ich sehe ihr zu, wie sie wie ein Kolibri zwischen Herd und Kühlschrank hin und her flitzt. Schließlich bleibt sie mit einer Bratpfanne in der Hand vor dem Herd stehen. Sie dreht die Hand mit der Pfanne nach links und rechts, und der Teig verteilt sich gleichmäßig auf der heißen Fläche. Sie runzelt die Stirn vor Konzentration. Ihre Ähnlichkeit mit meiner Mutter verblüfft mich. So also hätte Mutter eines Tages ausgesehen, wenn sie geistig gesund wäre. Flinke präzise Bewegungen, leuchtende Augen, das Haar sorgfältig zu einem Knoten gekämmt und kaum ergraut.

»Aaaah«, ruft sie, als sie mich sieht. Sie bietet mir Kaffee, Toast, Kascha, Marmelade, Blinis und Saft an. Sobald ich eine Kostprobe genommen habe, nötigt sie mich, etwas anderes zu probieren.

»Sascha ist heute Morgen früh, viel zu früh, zur Arbeit gefahren. Und gestern Abend hatte er eine so späte Besprechung, dass er direkt vom Büro zum Flughafen gefahren ist, um seine liebe Cousine abzuholen. Sie lassen ihn dort wie einen Sklaven arbeiten. Wie einen Sklaven.« Sie spricht mit Leidenschaft und schüttelt energisch den Kopf.

Ich lächle. »Du hast dich überhaupt nicht verändert«, sage ich.

Sie reicht mir eine große Fotografie in einem neuen Rahmen.

»Seit wann? Seit wann?«, sagt sie und kichert. Ich erkenne die drei Schwestern, Zoja, Zina und Mutter, die schüchtern neben ihren Eltern sitzen. Der Vater, dessen Wangenknochen deutlich vorstehen und dessen wohlproportionierter Mund großzügig geformt ist. Großmutter, die unheimlich jung ist, jünger als ich heute; sie lächelt nicht, aber sie ist wunderschön, ihr Blick durchdringend.

»Sascha muss einen Platz finden, an dem wir es aufhängen können«, sagt Tante Zina, während sie sich zweifelnd an den Wänden nach einer leeren Stelle umsieht. »Zoja hat dieses alte Foto gefunden und mir zum Geburtstag vergrößern lassen, vielleicht, weil sie besonders schmeichelhaft getroffen ist.«

Ich betrachte Tante Zoja eingehend; sie ist, auch heute noch, die unattraktivste von den drei Schwestern, und es stimmt, dass die Jugend ihrem merkwürdig runden Gesicht Konturen verlieh.

»Es wurde aufgenommen, kurz nachdem wir in Amerika angekommen sind und Papa seine erste Stelle bei einem Bauunternehmer antrat. Bevor Katja und Olja geboren waren. Aber Mama sieht ein bisschen schwanger aus, findest du nicht?«

»Gut möglich. Das muss also … 1941 gewesen sein?«

»Oder 42. Zoja ist vielleicht vierzehn, dann bin ich zwölf. Deine Mutter ist neun, nein, zehn Jahre alt. Schon damals war sie wunderschön.«

Ich schaue auf das kleinste Mädchen. Sie lächelt nicht, aber sie ist sich des Auges der Kamera bewusst, das blonde Haar schmiegt sich an ihre Wangen, ihre Backenknochen stehen bereits so stark vor wie die ihres Vaters, und ihre Augen strahlen, obwohl sie auf dem Foto grau sind. Das Mädchen, das später meine Mutter wurde.

»Wir waren arm, aber dieses Foto leistete Papa sich. Er wusste, wie faszinierend das Gewöhnliche wird, wenn es der Vergangenheit angehört.«

»Ihr wart nicht gewöhnlich, keiner von euch«, sage ich zu ihr, aber ich betrachte immer noch Mutter.

Als meine Eltern sich entschieden hatten zu heiraten, war Zina die Einzige, die nicht gegen die hastige, leidenschaftliche Verbindung war. Großmutter und Großvater präsentierten alternative Kandidaten aus der russischen Gemeinde. Tante Zoja plädierte für eine etwas längere Bedenkzeit. Die kichernden Teenager Katja und Olja baten Mutter dringend, sich mit einem jüngeren Mann einzulassen. Es stimmt, mein Vater war fast zehn Jahre älter als meine Mutter und bereits Professor am Institut für Geologie an der Universität. Mutter arbeitete als Sekretärin im Institut für Slawistik. Wie vielen anderen Frauen ihrer Generation kam es ihr nicht in den Sinn, selbst zu studieren. Eines Sommers war ihr Chef in Urlaub, sie hatte nichts zu tun und meldete sich als freiwillige Helferin beim Institut für Geologie, das Unterstützung für seinen Umzug suchte. Sie arbeitete drei Wochen lang für meinen Vater, und am Ende war das Institut für Geologie neu untergebracht, und sie waren verheiratet.

Ich mag die Geschichte, ich mochte sie schon als kleines Kind. Mutter konnte sie gut erzählen. Sie beschrieb, wie sie meinem Vater half, Steine zu katalogisieren. Nicht ein Zimmer voll, nicht zwei Zimmer, sondern ... und hier warf sie ihre Arme mit einer großen, ausholenden Geste in die Luft, drei, ja, drei Zimmer voll mit Steinen! Sie beugte sich vor und schloss die Augen ein wenig, wenn sie uns erzählte, wie sie meinem Vater dabei zusah, als er seine Finger über die Ringe eines Malachits gleiten ließ oder über die Streifen eines Hämatits strich. Wie er jeden einzelnen Stein liebevoll etikettierte und behutsam behandelte, während sie sie in die Liste aufnahm.

»Da wusste ich«, sagte sie, »dass Steine für Daddy keine leblosen Gegenstände sind, wie für die meisten Leute. Und ich wusste, dass ein Mann, der sogar für Steine Liebe in sich hatte, auch ein wenig davon für mich übrig haben sollte!« Sie strahlte, und ihr Gesicht, das bisweilen unglücklich aussah, war ein anderes Gesicht, das Gesicht einer schönen Frau, die das Ablagesystem neu organisierte, die Steine katalogisierte, den Professor heiratete. Sie strich sich über das Haar und richtete sich auf. »Und das Institut für Geologie gab eine Party für uns. Sie machten eine Torte ...« Sie kicherte wie ein junges Mädchen. »Eine Torte in der Form eines Berges, mit allen geologischen Schichten! Aus Spaß baten sie mich, die einzelnen Schichten zu benennen, aber da ich eine Menge gelernt hatte, war ich zu ihrer Überraschung dazu in der Lage!« Noch einmal dieses Lachen, glücklich, laut. Das Lachen einer intelligenten, temperamentvollen Frau. »Präkambrisch, paläozoisch, kambrisch, ordovizisch, silurisch ...« Sie sprach jede Bezeichnung voller Freude aus.

»O Gott!«, rufe ich unwillkürlich aus. »O Gott, was ist mit dieser Frau passiert?« Die Frau, die uns die Geschichte von ihrer Hochzeit mit meinem Vater erzählte. Die Frau mit dem dicken blonden Haar, das aus ihrem Kopf hervorzuquellen schien. Die Frau mit den blauen Augen, die laut und befreit lachte, die aussah, als wäre in ihr ein Licht angegangen, sobald sie lächelte.

»Manchmal«, sagt Tante Zina, die irgendwie meine Gedanken liest, »findet man noch einen kleinen Rest der alten Tanja, sogar heute noch.«

Doch ich habe vor vielen Jahren aufgehört, unter den menschlichen Trümmern in der Redbush-Klinik nach meiner Mutter zu suchen. Wortlos gebe ich das Bild zurück. Im Gegenzug reicht Tante Zina mir einen Schlüssel.

»Der gehört zu deinem glänzenden neuen Mietwagen.« Ihre Augen glitzern. »Er wurde heute Morgen von einem jungen Mann gebracht. Von einem jungen Mann in Uniform. Es gibt nicht genug Parkplätze für diese alten Wohnungen, aber das wusste der junge Mann natürlich nicht. Daher hat er sich auf den Platz gestellt, den Dimitri Sergejewitsch als seinen betrachtet, und dieser unangenehme Zeitgenosse und schlechte Nachbar hat deshalb bereits zweimal angerufen. Sascha hat ihm schließlich die Umstände erklärt, und er hat gestattet, dass das Auto dort stehen bleibt, aber nur heute.«

»Wenn ich heute Abend wiederkomme, parke ich auf dem Parkplatz, auf dem Mutter das Auto immer abgestellt hat.«

»Nein, Lucia, der ist zwei Blocks weit weg. Sascha kann sein Auto dort abstellen, du musst seinen Parkplatz benutzen.«

Ich habe nicht die Absicht, Sascha den Parkplatz wegzunehmen, aber es ist bereits Viertel nach acht, und es bleibt keine Zeit, darüber zu diskutieren. Ich erkläre, warum ich sofort aufbrechen muss, und Tante Zina schnaubt.

»Warum muss die Polizei so dringend mit dir sprechen? Du kannst ihnen unmöglich behilflich sein. Sie verschwenden nur ihre Zeit, und deine noch dazu.«

Es ist leicht zu erraten, welches Auto auf dem Parkplatz meines ist. Es glänzt funkelnagelneu. Als ich einsteige, werde ich von einem silberhaarigen Mann beobachtet, der sich vornüberbeugt. Schwer zu sagen, ob er die Hände in die Hüften stemmt, um Ärger auszudrücken oder damit er nicht umfällt. Er beschimpft mich auf Russisch.

Als ich beim Haus meines Vaters ankomme, sind die uniformierten Polizisten und das Absperrband verschwunden. Während ich die Anhöhe hinauffahre, blendet mich etwas durch die Bäume hindurch, blitzend wie Chrom, und mein Herz klopft, als ich um die Kurve biege. Ich erwarte, einen Abschleppwagen vorzufinden, aber da liegt nur Abfall, ein Dosendeckel, den die Polizei verloren haben muss. Als mein Vater noch lebte, hätte nie Unrat herumgelegen.

Die frühe Wärme des Tages hüllt mich ein. Ich stehe im Schatten des Hauses, und es ist vollkommen still. Nichts regt sich, und auch die Blätter rascheln nicht, als habe dieser alte Ort auf mich gewartet. Aus unerfindlichen Gründen fällt mir ein Detail aus der Geschichte ein, die Mutter uns von Großmutters kleinem Sohn erzählte, der im Zug starb, als die Familie aus Russland floh. Mir fällt ein, wie der Schaffner die Abteiltür öffnete und sofort an den versteinerten Reisenden merkte, dass etwas nicht stimmte und sie darauf warteten, dass er es wahrnahm. Wie ihre Reglosigkeit seine Aufmerksamkeit auf die Frau mit dem toten Baby auf dem Schoß lenkte.

Ich drehe mich um und bin überzeugt, dass irgendetwas nicht stimmt, dass es irgendetwas in dieser Stille gibt, das ich bemerken sollte. Aber die Blätter hängen schlaff herab, die Zweige sind unbewegt, das Haus und der Schuppen hüllen sich in ihr eigenes Schweigen, die Steine auf der Einfahrt schimmern dort, wo die Sonne auf ihre Oberfläche trifft. Das Einzige, was nicht stimmt, ist der Dosendeckel. Ich hebe ihn auf.

Ich habe immer noch den Schlüssel zu Vaters Haus. In den drei Jahren, die ich weg war, habe ich ihn nie von meinem Schlüsselbund abgemacht. Ich lege ihn jetzt auf meine Handfläche, wo er flach wie ein Fisch daliegt. Ich gehe unter den Ästen zur Veranda, und der Klang meiner Schritte gefällt mir. Die abgestorbene Rinde und die messerscharfen Blätter des Eukalyptus sind so trocken, dass sie unter meinen Füßen knacken, während das Laub über mir einen medizinischen Duft verströmt.

An der Schwelle zum Haus halte ich inne, um mich an seinen Geruch, seine Kühle, seine Dunkelheit zu gewöhnen. An die Abwesenheit. Unmöglich zu glauben, dass mein Vater diesen Ort, der so lange Zeit zu ihm gehörte, für immer verlassen hat. Unmöglich zu glauben, dass ich ihn hier nicht vorfinden werde.

»Hallo!«, ruft eine Stimme. Kirsty MacFarlane. Sie kommt auf mich zu, in der Hand trägt sie einen Aktenkoffer. Meine Finger schließen sich fest um den Dosendeckel.

»Was für ein schöner Tag. Es ist erst März, aber es kommt einem vor, als wär's schon Sommer«, sagt sie gut gelaunt. Gemeinsam gehen wir ins Haus. Wir stehen an der Tür zum Arbeitszimmer meines Vaters, und sie teilt mir mit, dass sie seinen Computer mitgenommen hat.

»Wir haben immer noch Schwierigkeiten, manche Dateien zu öffnen. Haben Sie sich in der Zwischenzeit an sein Passwort erinnert?«

»Ich bin mir sicher, dass ich es nie wusste.«

Sie bittet um meine Unterschrift für den Computer und einige Unterlagen, die sie aus dem Arbeitszimmer mitgenommen hat.

»Welche Unterlagen?«, frage ich neugierig.

»Finanzangelegenheiten.«

»Zum Beispiel … Kontoauszüge?«

»Genau. Wir brauchen ein vollständiges Bild von der finanziellen Situation Ihres Vaters.«

Ich frage mich, wozu, aber ich unterschreibe die Dokumente, die sie mir hinhält, ohne die Frage zu stellen.

»Ich habe die Sachen für uns kopiert, aber Sie müssen trotzdem unterschreiben«, sagt sie und legt einen Stapel Papier auf den Schreibtisch meines Vaters. »Scott wird die Originale brauchen.«

»Scott?«

»Er ist der persönlich eingesetzte Vertreter Ihres Vaters.«

»Sein was?«

»Sein Testamentsvollstrecker. So nennt man diese Leute heutzutage.«

»Scott?«, wiederhole ich ungläubig. »Mein Vater hat Scott als Testamentsvollstrecker eingesetzt?«

Sie sieht mich an.

»Überrascht Sie das?«

»Ja. Scott ist ein intelligenter Mensch, aber Mathematik war nie seine Stärke. In der Schule wäre er deshalb beinahe durchgefallen, und selbst wenn er einen Taschenrechner benutzt, kommt er nie zweimal zum selben Ergebnis.«

Sie wirft mir einen prüfendem Blick zu. »Sie meinen, Ihr Vater hätte stattdessen Sie einsetzen sollen?«

»Nun ja …« Natürlich hätte er mich einsetzen sollen.

»Schließlich sind Sie die einzige Bankerin der Familie«, fügt sie hinzu. Sie fragt sich, warum mein Vater nicht mir die Ausführung seiner Wünsche anvertraut hat. Ich frage mich auch, aber ich zucke die Schultern. Sie soll nicht wissen, dass mein Vater mich gekränkt hat.

»Ich nehme an, er hatte seine Gründe«, sagt sie schließlich. Ich wünschte, sie würde aufhören, mich anzusehen. Dankbar nehme ich ihren Vorschlag an, mich auf der Terrasse zu befragen, sodass ich ihr meinen Rücken zuwenden kann, während ich sie durch das Wohnzimmer führe.

»Zumindest sind Sie die Begünstigte«, sagt sie. »Sie und Jane. Wussten Sie das?«

»Ich bin davon ausgegangen.«

Ich öffne die Schiebetüren und bereite mich auf den Schock vor, den das Tal für mich bedeutet, trotzdem muss ich einen Moment innehalten, um seine immense Größe, seine flache Weite aufzunehmen. Es breitet sich unter uns aus wie ein riesiger Tisch, der unter seiner Essenslast ächzt.

Wir setzen uns. Der Tag schien windstill zu sein, doch kaum hat die Polizistin ihre Notizen aus der Aktentasche genommen, flattern die Seiten.

»Ich hoffe«, sagt sie und drückt das Papier an sich, als sei es ein Kleinkind, »dass Ihnen inzwischen jemand eingefallen ist, der bestätigen kann, dass Sie das ganze Wochenende zu Hause waren.«

Ich schüttle den Kopf. »Nein, niemand.«

»Sie haben die ganze Zeit gearbeitet?«

»Ich habe niemanden gesehen, der bestätigen kann, dass ich in New York war.«

»Sie haben Ihre Wohnung nicht verlassen?«

»Ich bin ein paarmal rausgegangen, um mir etwas zu essen zu holen.«

»Arbeiten Sie jedes Wochenende?«

Ich zögere. »Ich arbeite immer«, sage ich schließlich.

Die Polizistin zieht die Augenbrauen hoch. Ich blicke auf das Tal hinaus. Es erstreckt sich, so weit man sehen kann. Auf der anderen Seite stehen ebenfalls Hügel, und an einem kühlen, sonnigen Wintermorgen kann man sie manchmal erahnen, so wie man auf dem Meer manchmal glaubt, man könne Land erspähen.

»Haben Sie eine Idee, wo Ihr Vater am Wochenende gewesen sein könnte?«, fragt sie mich. »Hat er Ihnen von irgendwelchen Plänen erzählt?«

Ich unterschlage Vaters Besuch an Stevies Grab. Ich sage, ich wisse nur, dass er den Samstag mit Jane, Larry und Scott verbringen wollte.

»Und Sonntag?«

Ich zucke die Schultern.

»Es gibt einen guten Grund, warum ich wissen möchte, wie Ihr Vater den Sonntagnachmittag verbracht hat. Ich möchte, dass Sie scharf nachdenken und mir sagen, ob er vielleicht erwähnte, dass er Besuch erwartete. Oder gab es jemanden, der ihn sonntags öfter besuchte?«

Ich denke scharf nach und schüttle dann den Kopf, sodass das Tal hin und her zu springen scheint. Dann steht es wieder still. Es wird von Straßen in große Vierecke und von Obstbäumen in kleinere Vierecke unterteilt.

»Von seinem Auto haben wir noch immer keine Spur«, fährt sie fort. »Haben Sie irgendeine Ahnung, wo er es am Montagmorgen hingebracht haben könnte? Ist er montags immer in die Stadt gefahren? Oder hat er sich vielleicht mit einem Bekannten zum Frühstück getroffen?«

»Möglicherweise wollte er mit seinem Freund Seymour trainieren. Sie machen manchmal zusammen irgendwelche Fitnessgeschichten.«

Die Frau reagiert nicht, und mir wird klar, dass Jane ihr denselben Tipp gegeben hat und Seymour bereits kontaktiert wurde. Sie stellt mir noch mehr Fragen nach meinem Vater, nach seinen Gewohnheiten, seinen Freunden, seinem Wesen. Detaillierte Fragen, die schwierig zu beantworten sind. Ich habe mir nie Gedanken darüber gemacht, was für ein Mann er war. Ich höre, wie ich stottere, und dann fallen mir die kleinen Dinge ein, mit denen meine Tanten ihm gestern Tribut zollten, und ich gebe sie weiter.

»Er versuchte immer das zu tun, was er für richtig hielt.« Ich klinge lahm. Detective MacFarlane scheint zu spüren, dass sie die Worte einer anderen Person hört.

»Als Sie klein waren und bei anderen Kindern zu Besuch waren …«, bohrt sie nach. Ich spüre, wie ich mich anspanne. Wir sind nicht oft zu anderen Kindern nach Hause gegangen, denn das hätte bedeutet, dass diese Kinder früher oder später zu uns kommen wollten, und das war unmöglich, zumindest als Mutter noch nicht in der Klinik war. »Haben Sie deren Väter kennen gelernt? Können Sie sich erinnern, ob Sie darüber nachgedacht haben, dass Ihr Vater ähnlich oder anders war?«

Ich nicke. »O ja. Die Väter anderer Kinder waren irgendwie furchteinflößend. Sie hatten laute Stimmen und waren zu groß.«

Sie lächelt. »Zu groß?«

»Ich meine, sie standen immer im Weg rum. Sie wollten manchmal mit ihren Kindern spielen, aber vermutlich wussten die meisten Väter damals nicht, wie das geht. Sie organisierten ein Ballspiel, und dann wurden sie wütend, weil wir uns eigene Regeln ausdachten. Und sie schrien ziemlich viel … wenn man zum Beispiel mit ihnen zum Einkaufen ging, dann konnte man eigentlich sicher sein, dass irgendjemand wegen einer Kleinigkeit angeschrien wurde, wenn man am Kaugummiautomaten rummachte oder so.«

»Ihr Vater schrie nie?«

Ich schüttle den Kopf. Mein Vater war immer freundlich. Er organisierte keine Spiele, außer wir baten ihn darum, und auch dann unternahm er keine lautstarken und unangemessenen Versuche, mitzuspielen. Er erwartete von uns, dass wir uns selbst beschäftigten. Andere Väter händigten, heiser und aufgebracht, nachdem Ballspiele chaotisch geendet hatten und Spielsachen zu Bruch gegangen waren, und mit offensichtlicher Erleichterung die Kinder ihren Müttern aus. Mein Vater hatte niemanden, an den er uns hätte übergeben können, und er ließ auch nicht erkennen, dass er sich dies wünschte. Heute wundere ich mich darüber, wie ausgeglichen und gleich bleibend freundlich er war. Ich versuche mich zu erinnern, ob mein Vater sich je aufregte oder wütend wurde oder sich russisch benahm, wenigstens ein kleines bisschen. Es gelingt mir nicht. Ich kann mich nicht einmal daran erinnern, dass er so gelacht hätte, wie andere Leute manchmal lachen: mit rotem Gesicht, tränenüberströmt, den Kopf nach hinten geworfen.

Die Polizistin sagt nachdenklich: »Jane hat mir von den Problemen Ihrer Mutter erzählt. Ich nehme an, Professor Schaffer musste für Sie sowohl Mutter als auch Vater sein. Das war sicherlich nicht einfach, da er auch noch arbeiten musste. Hat er Sie oft allein gelassen?«

Mir kommt es so vor, als sei ich von dem Moment an, da Mutter in ihrer ganz privaten teuflischen Tretmühle der Psychose gefangen war, immer allein gewesen. Als ich im Canyon stand und Mutters Schreie von den Felswänden abprallten, verspürte ich eine akute Einsamkeit, die nicht aufhörte, nie, bis jetzt nicht.

»Da war ja noch meine große Schwester«, erinnere ich sie. »Sie hat eine Menge von dem übernommen, was eigentlich Mutter hätte tun sollen.«

»Hatten Sie und Jane als Kinder ein enges Verhältnis?«

Ich sehe auf das Tal hinaus. »Ich weiß nicht, was aus mir geworden wäre, wenn Jane nicht gewesen wäre«, sage ich. »Ich war ihre erste Patientin. Ich war immer krank, und sie hat sich um mich gekümmert.«

»Vielleicht war das der Grund, warum sie Ärztin wurde«, sagt die Frau.

»Weil ich krank war? Vielleicht. Ich war in einen Unfall unten im Tal verwickelt, als ich gerade mit der High School fertig war. Auch damals hat sie mir viel geholfen.«

Ich blicke auf die Obstplantage hinunter, auf den langen, geraden Straßenabschnitt, auf dem sich das Auto überschlug, in dem ich mit Robert Joseph saß; der Unfall ist mir heute als eine Serie von Schnappschüssen in Erinnerung: die Straße, senkrecht statt waagerecht, ein zu naher Obstbaum, ein zweiter verkehrt herum, die Nähe der Erde. Der erste Mensch an der Unfallstelle war Mrs. Joseph, gemeinsam mit einer Freundin, die bei ihr zu Besuch war. Die Freundin sagte mir, ich solle mich nicht bewegen, und hielt meine Hand, während sie leise mit mir sprach. Irgendjemand muss zu Hause angerufen haben, denn Jane, die gerade erst für die Sommerferien zurückgekehrt war, kam kurz danach. Sie blieb bei mir, und Mrs. Josephs Freundin schien sich in Luft aufzulösen. Dann traf der Krankenwagen ein. Robert war schwer verletzt. Jane sagte, ich solle liegen bleiben, während man ihn auf einer Bahre vorsichtig durch die offenen Türen hievte. Sie sagte: »Nein, Luce, er ist nicht tot, wirklich nicht.« Im Krankenhaus erfuhr ich, dass sein eines Bein gequetscht war und dass man es vielleicht amputieren würde. Am selben Tag wurde ich mit zwei kleinen Brüchen an einem Fuß entlassen, und als ich nach Hause kam, sah ich das Auto von Roberts Vater noch immer im Tal liegen. Es lag verbeult am Straßenrand, auf dem Dach, wie ein großes Insekt, das auf dem Rücken liegt. Erst am nächsten Tag ließen die Josephs es abschleppen. Und jetzt, Jahre später, blicke ich auf das Tal hinunter und halte wieder nach dem Auto Ausschau, als hätte ich gerade meinen High-School-Abschluss gemacht und wäre in Robert Joseph verliebt. Ein dumpfer, anhaltender Schmerz in meinem linken Fuß.

»Lucy?«

Ich sehe zu der Polizistin. Sie hat mich etwas gefragt, aber ihre Stimme verlor sich in der Vergangenheit. Sie möchte wissen, ob es in unserer Familie Streit gab, wie die Beziehung zwischen meinem Vater, Scott und Larry war, ob er Feinde hatte. Ich zucke die Achseln.

»Wir sind eigentlich ganz normal«, sage ich. »Wir kommen gut miteinander aus, keiner hasst den anderen. Mein Vater hatte keine Feinde, das hätte nicht zu ihm gepasst.«

Ihr Tonfall ist scharf. »Lucy, warum sind Sie aus Kalifornien weggezogen?«

»Berufliche Gründe«, sage ich rasch.

»Da gab es nicht zufällig einen Krach in der Familie? Einen Streit?«

»O nein, nein. Ich habe Privatkunden für eine Bank betreut, aber eigentlich wollte ich lieber im Investmentbereich arbeiten. Das können Sie hier in der Gegend nur in Silicon Valley, ansonsten müssen Sie nach New York.«

Sie sieht mich an und wartet darauf, dass ich noch mehr sage, so als wüsste sie bereits, dass es da noch etwas gibt. Sie wartet so lange, dass die Worte schließlich aus mir herauspurzeln.

»Wir hatten ein Baby, aber es ist tot.« Eine Feststellung. So flach wie das Tal. Emotionslos. Meine Stimme wird ganz kurz überschattet, doch die Wolke ist zu weit weg, um von jemand anders wahrgenommen zu werden. Sie befindet sich jenseits des Tals, hinter dem Horizont.

Die Frau reagiert nicht.

»Plötzlicher Kindstod«, füge ich hinzu. Die Wolke kommt näher. Sie könnte ein Tornado sein.

»Hat der Tod Ihres Kindes bei der Entscheidung wegzuziehen eine wichtige Rolle gespielt?«

»Ja. Ich bin kurz danach weggezogen. Das ist jetzt genau drei Jahre her. Deshalb bin ich das ganze Wochenende zu Hause geblieben. Deshalb bin ich nicht ans Telefon gegangen.«

Sie nickt und klappt ihr Notizbuch zu.

»Das wär's fürs Erste. Danke für Ihre Hilfe.« Sie versucht es der Länge und der Breite nach, doch das Notizbuch ist zu dick für ihre Aktentasche. Mein Schmerz hat es aufgebläht.

»Eigentlich wollte auch mein Kollege, Detective Michael Rougemont, heute Vormittag kommen«, sagt Kirsty, »aber ich vermute, er wurde aufgehalten. Er wird auch noch mit Ihnen sprechen wollen.«

Ich stehe auf, doch sie ordnet immer noch den Inhalt ihrer Tasche. Nach einem kurzen Augenblick wird mir klar, dass ihre Bewegungen überflüssig sind. Sie versucht, Zeit zu schinden, und denkt über etwas anderes nach, etwas, was sie noch sagen möchte, und sie überlegt, welche Worte, welchen Tonfall sie wählen soll. Sie ist so zerstreut, dass ich ihr ungeniert zusehen kann. Die dunkel gekleidete Polizistin besitzt eine eigene, stille Schönheit. Ich bemerke es jetzt zum ersten Mal, und zum ersten Mal bemerke ich kleine Fältchen um ihre Augen. Dunkle Ringe darunter. Sie kommt nach Hause und ist müde. Wenn sie nachts schläft, rufen die Kinder nach ihr. Sie geht zu ihnen wie eine Schlafwandlerin. Dann liegt sie wach da und denkt nach. Über ihre Mordfälle. Sie denkt über Menschen nach, die andere Menschen umbringen.

Plötzlich steht sie auf, ihre Augen sind genau auf gleicher Höhe mit meinen. Wir sind gleich groß. Wir sind wahrscheinlich auch gleich alt. Sie sagt mit Bedacht: »Durch den Tod eines Elternteils kann die Vergangenheit sehr präsent werden. Ergeht es Ihnen so?«

Ich nicke, gebe zu, dass die Vergangenheit mit neuer Präsenz vor mir steht.

»Als Sie nach New York gezogen sind, dachten Sie vielleicht, Sie könnten alles hinter sich lassen«, fährt sie fort. »Aber jetzt, wo Sie wieder hier sind, könnten Sie einfach beschließen, dass es an der Zeit ist, mit dem Weglaufen aufzuhören. Ich habe das Gefühl, dass Sie sich umdrehen und das, was Sie verfolgt, erkennen werden.«

Die Frau wartet, dass ich etwas sage.

»Wo ist die Leiche meines Vaters jetzt?«, frage ich.

Darauf war sie nicht vorbereitet. Sie zögert einen Moment, bevor sie antwortet: »In einem Leichenschauhaus der Polizei.«

»Ich möchte ihn gern sehen.«

»Das ist wirklich nicht nötig. Ihr Schwager hat die Leiche bereits identifiziert.«

»Ich möchte es trotzdem gern.«

Sie sieht mich freundlich an. »Ich möchte Ihnen davon abraten.«

»Ich muss ihn sehen.«

Sie streicht ihre Haare zurück und lächelt traurig. »In meinen Aufgabenbereich fällt es, sicherzustellen, dass Leichen identifiziert werden, deswegen werde ich mich nicht mit Ihnen streiten.«

Sie telefoniert in Vaters Arbeitszimmer, und nach kurzer Diskussion einigen wir uns darauf, dass ich am Nachmittag ins Leichenschauhaus von Bellamy fahren werde, ein Ort an der Küste nördlich der Stadt; vermutlich ist es das Leichenschauhaus, das Big Brim und Retribution am nächsten liegt.

Ich sehe ihrem Auto nach, das über die steinige Einfahrt holpert, und anschließend gehe ich nicht wieder hinein, sondern um das Haus herum, bis ich schräg auf dem steilen Abhang des Hügels stehe. Ein Bein gestreckt und das andere angewinkelt, arbeite ich mich am Fuß der Terrasse voran. Die Bäume sind mittlerweile stark genug, um sich daran festzuhalten und ein Baumhaus darauf zu bauen. Ich denke daran, wie sehr ich mir als Kind ein Baumhaus wünschte und wie enttäuscht ich war, als mein Vater alle Bäume begutachtete und meinte, kein Baum wäre robust genug dafür. Das Haus wird vermutlich verkauft werden, und wer immer es kauft, kann nun ein Baumhaus bauen. Eifersucht auf die Familie, die nach uns hier leben wird, lässt mich stehen bleiben. Ich halte mich an einem Baum fest. Ich schließe die Augen und versuche mir die Leute vorzustellen, die unseren Platz einnehmen werden. Doch das Haus, der Schuppen und der Garten sind mit der Vergangenheit meiner Familie bereits vollständig besetzt.

Ich umrunde den versunkenen Garten, der völlig überwuchert ist; als ich den Obstgarten der Hollers erreiche, gehe ich auf einer Abkürzung zurück in Richtung Schuppen. Dornenzweige bleiben an meinen Kleidern hängen, Büsche verströmen ein Aroma nach Kräutern. Ich blicke auf den Boden. Nicht weit vom Garten der Hollers entfernt finde ich einen Stein. Seine Form kommt mir bekannt vor. Ich hebe ihn auf. Es ist kein Stein, sondern der Absatz eines Schuhs. Ich betrachte ihn und stecke ihn ein, doch als ich weitergehen will, höre ich ein Geräusch. Knacks. Es dauert nur einen Augenblick, aber in diesem Augenblick erfüllt mich eine Gewissheit. Ich bin nicht allein. Knacks. Ein trockener, heruntergefallener Zweig, der unter einem Fuß zerbricht. Ich erkenne das Geräusch, wie ich die Stimme meiner Schwester wiedererkennen würde, oder das Zufallen der Fliegengittertür oder das Quietschen der Schaukel.

Ich wirble herum. Die Äste, das Laub, das Gras scheinen mich anzustarren, als wären sie so überrascht, dass sie sich nicht von der Stelle rühren. Ich wende mich nach rechts und links, ängstlich, dann drehe ich mich systematisch um einhundertachtzig Grad und spähe durch die Bäume. Manche sind breit genug, um einen Menschen zu verbergen. Ich stehe vollkommen still und atme nicht mehr. Auch der Hügel scheint den Atem anzuhalten. Kein Geräusch ist zu hören, und nichts bewegt sich, aber weit entfernt, im Obstgarten der Hollers, zittert ein Schatten, der von einem laufenden Mann stammen könnte oder von einem Baum, der sich in der fernen Brise wiegt.

Widerstrebend kehre ich zum Haus zurück. Unterwegs schaue ich mich zweimal um, aber nichts ist zu sehen. Als die Fliegengittertür hinter mir ins Schloss gefallen ist, stecke ich den Absatz in ein Seitenfach meiner Handtasche. Ich lasse sie zuschnappen. Das Schnappen hallt in der Stille wider wie der Zweig im Garten, ein Knacken, das jemand verursacht hat, dessen Gesicht und Absicht unbekannt sind.

Auf der Terrasse hält die Stille an. Ich beuge mich über das Geländer und lasse den Blick wachsam über den Garten schweifen. Ich suche nach Bewegung, doch abgesehen vom gelegentlichen Aufflattern eines Vogels ist alles ruhig. Langsam wende ich meine Aufmerksamkeit dem Tal zu. Die Stelle, an der sich das Auto überschlug. Die Kreuzung. Die Farm, bei der Lindy und ich nach einem langen und heißen Marsch ankamen. Die unbefestigten Straßen, über die sie uns nach Hause brachten; wir wurden auf der Ladefläche des Pick-ups durchgerüttelt, Lindys blondes Haar hing in der Hitze schlaff herunter, und wir beide grinsten, wenn der Pick-up Schlangenlinien fuhr und wir nach links und rechts geworfen wurden. Lindy Zacarro. Wenn ich an sie denke, spüre ich in meinem Bauch einen kleinen Kreis aus Schmerz. Lindy Zacarro, das Mädchen, das kichernd mit mir auf der Verandaschaukel saß. Meine beste Freundin, eine Weile lang.

Ich spüre, wie sich die Härchen auf meinen Armen und im Nacken aufrichten. Erst weiß ich nicht, warum. Dann entdecke ich weit unter mir, glitzernd wie ein silberner Fisch, die Rückenflosse hoch aufragend, einen Abschleppwagen, der langsam durch das Tal fährt. Von hier aus gesehen ist er nicht größer als ein Spielzeugauto. Als er die Kreuzung erreicht, biegt er nach Norden ab. Ich schaue ihm nach, bis er im Dunst verschwunden ist.

9

Als ich in Richtung Küste zu meiner Familie aufbreche, sehe ich unwillkürlich Lindy Zacarros Gesicht vor mir. Ich habe seit Jahren nicht mehr an sie gedacht, und dann fiel mir gestern Abend ein, wie sie auf der quietschenden Schaukel saß, und heute tauchen dauernd Bruchstücke aus den Tiefen meines Gedächtnisses auf. Ihr Gesicht ist rund, sehr hübsch, sie ist blond, und ich sehe viel Rosa. Rosa Zunge, rosa Lippen, immer rosa Kleider. Das hübscheste, rosaroteste Mädchen in der Klasse.

Als der Farmer, dessen Nacken braun und faltig wie dickes Leder war, mich und Lindy heimbrachte, beschrieb Lindy ihm den Weg zum Haus der Zacarros. Sie musste mich nicht einmal ansehen, um zu wissen, dass dies die richtige Antwort war. Sobald Mutter aus der Klinik nach Hause kam, spielten wir nicht mehr bei uns. Ich hatte gehofft, dass Mutter, wenn sie endgültig entlassen würde, wieder so sein würde wie früher. Doch nachdem mein Vater uns ein paarmal in die Klinik mitgenommen hatte, wusste ich, dass das unmöglich war. Mutter saß in ihrem kleinen Zimmer und sah uns drei verächtlich schweigend an, so als seien wir Anhalter von der Straße, die ihrem Auto aufgelauert hatten und nun mitfahren wollten. Ich wartete darauf, dass sie mich erkannte und in die Arme nahm. Ich wollte von ihrem Parfüm und dem Duft nach gezuckerten Keksen eingehüllt werden. Ich dachte, wenn ich sie nur berühren könnte, dann würde diese merkwürdige neue Schale bersten, Mutter würde daraus hervorbrechen und anfangen, Kekse zu backen und uns Geschichten zu erzählen. Aber als ich auf sie zugehen wollte, starrte sie mich erschrocken an, und Jane zog mich sofort zurück. Als wir wortlos hinausgingen, begann Mutter zu weinen. Mein Vater machte uns ein Zeichen, auf dem Flur zu warten, doch ich blieb noch ein paar Minuten und sah ihm zu, wie er sich ihr so weit näherte, wie sie es zuließ, und leise und beruhigend auf sie einsprach. Ich hoffte, seine Worte würden Mutter aus dieser fremden Person herauslocken.

Als sie endlich nach Hause kam, versuchte sie, ihr früheres Ich wiederzufinden, ihr früheres Leben wieder aufzunehmen. Sie versuchte es mit aller Kraft, aber sie brachte nur eine Maske zustande. Wenn sie lachte, dann lachte sie zu laut, und wenn sie Geschichten erzählte, dann handelte es sich um merkwürdige, verworrene Berichte, die in sich zusammenfielen, bevor sie zu einem befriedigenden Ende gelangt waren. Wenn sie zärtlich sein wollte, dann drückte sie mich entweder so fest an sich, dass ich beinahe erstickte, oder ihre Berührung war so leicht, dass sie sich wie ein Insekt anfühlte und ich verwirrt davonkrabbelte. Das Verrichten leichter Tätigkeiten, beispielsweise kochen, war ihr praktisch unmöglich. Die Kekse kamen heiß aus dem Ofen und rochen zwar richtig, waren aber steinhart. Wir taten so, als äßen wir sie, ließen sie jedoch in unseren Taschen verschwinden. Wir taten Mutter gegenüber und untereinander so, als sei sie normal.

»Luce, vielleicht ist es nicht so gut, wenn du deine Freunde jetzt mit nach Hause bringst«, warnte Jane mich vernünftigerweise. Ihr Haar fiel in einem ordentlichen Zopf auf ihren Rücken, und ich bewunderte sie, weil sie diesen Zopf ganz allein geflochten hatte. Wenn ich mein Haar flechten wollte, versuchte ich es zehn Minuten lang und bat schließlich Jane um Hilfe.

»Aber Mutter geht es viel besser«, erwiderte ich.

»Sicher. Wir wissen das ... Aber andere Leute merken es vielleicht nicht«, sagte sie, und ihre Stimme klang so freundlich wie die meines Vaters.

»Doch, sie merken das«, erwiderte ich. Was sie meinte, war, dass wir uns nicht darauf verlassen konnten, dass auch andere so taten als ob, aber das verstand ich nicht. »Aber Lindy kann doch wenigstens kommen«, fügte ich schmeichelnd hinzu.

Janes Gesicht legte sich in Falten. »Auch nicht Lindy«, sagte sie leise. »Es ist zu deinem Besten. Ich weiß, was passieren kann.«

Ich war wütend auf sie. Ich war oft wütend auf sie, und heute weiß ich, dass es die Art von Wut war, die Kinder auf ihre Eltern haben, wenn diese sie daran hindern, etwas zu tun, was ihre Sicherheit gefährdet. Die Eltern erscheinen dem Kind unvernünftig. Es scheint, als benutzten sie ihre Autorität willkürlich, um das Kind davon abzuhalten, erwachsen oder selbstständig zu werden, und als sprächen sie Verbote aus, die nur ihren eigenen Interessen dienten, nicht jedoch denen des Kindes. Deswegen schmollte ich. Ich schmollte den ganzen Weg bis zum Haus der Zacarros, und es dauerte ein wenig, bis ich es über mich brachte, Lindy zu sagen, dass Jane sie nicht mehr zu uns nach Hause kommen lassen wollte, und nachdem ich es ihr gesagt hatte, schmollte auch sie.

Als ich etwa zwanzig Minuten von Scotts Haus entfernt bin, halte ich an einer Stelle, an der man von der Straße abfahren und direkt auf dem Rand einer Klippe parken kann, nur durch einen schmalen Sicherheitsstreifen vom Meer getrennt. Diese Stelle heißt Seal Wash, aber heute sind keine Seehunde da. Ich schalte den Motor aus und höre die Wellen gegen die Felsen donnern, als versuchten sie, die Klippe samt meinem Wagen einzureißen.

Ich nehme den Absatz aus meiner Handtasche, steige aus und stelle mich so nah an den Rand der Klippe, dass ich unter mir den massiven Körper aus Wasser, der wie eine bedrohliche Menschenmenge gegen das Land drängt, sehen kann. Vom Blick auf die Brandung, die in alle Richtungen spritzt und faucht, wird mir schwindlig. Ich blicke zur Straße, die sich an der Küste entlangschlängelt. Als kein Auto mehr in Sicht ist, werfe ich den Absatz so weit wie möglich aufs Meer hinaus. Entweder ist mein Wurf zu schwach oder der Wind fängt ihn auf, jedenfalls prallt er gegen die Klippe, langsam, als hätte er kein Gewicht, bevor er im Wasser verschwindet.

Auf Seal Wash folgen zwei sandige Buchten und dann Big Brim. Mein Herz schlägt schnell, und ich will langsamer fahren, aber der übrige Verkehr beschleunigt, als der gerade Streckenabschnitt vor uns auftaucht. Rechts neben der Straße befindet sich ein Parkplatz, links verbergen hohe Dünen das Meer. Einen Augenblick später bin ich daran vorbei, die Küste ist wieder felsig, und die Straße windet sich erneut.

Als ich in Needle Bay ankomme und die sanfte Biegung des Strandes sehe, an dem ich mit Scott lebte, werde ich von meinen Gefühlen nahezu überwältigt. Statt auf dem Weg durch die Kiefern zum Strandhaus zu fahren, bleibe ich auf dem Parkplatz oben auf der

Anhöhe stehen. Sprachlos suche ich wieder die innere Landschaft auf, die aus Verlust besteht und seit Stevies Tod still und leer ist.

Das kleine Holzhaus ist durch die Baumkronen nicht zu sehen, aber der Strand schimmert weiß, und jenseits davon erstreckt sich das Meer bis zum Horizont, immer dunkler, je tiefer es wird. In meinen Träumen war ich viele Male hier, und jetzt, nachdem ich endlich zurückgekehrt bin, fühle ich mich irgendwie erleichtert. Ich verspüre sogar Wehmut, wenn ich an die kurze Zeit denke, die wir hier wohnten, gleich nach Stevies Tod, als mein Schmerz so heiß und weich wie frisch gebackenes Brot war. Das Leben damals war unkompliziert. Es bestand aus Schmerz. Es gab nichts anderes zu fühlen und nichts anderes zu tun, als immer wieder und unermüdlich die Nacht von Stevies Tod zu durchleben. Seitdem habe ich mich an diese Nacht so oft erinnert, dass sie wie ein zu häufig benutztes Spielzeug ihre Farben verloren hat. Sie wurde gewaschen, gebügelt und in einem tiefen Schrank an ihren Platz geräumt. Und jetzt, da ich wieder in Needle Bay bin, geht die Schranktür plötzlich auf.

Den letzten Tag von Stevies Leben habe ich mit Arbeit zugebracht. Die meisten Leute waren schon in die Osterferien aufgebrochen, aber ein wichtiger Klient aus Asien war in der Stadt, und ich fuhr ins Büro und studierte seine Unterlagen, bevor ich ihn im Hotel traf. Ich hatte versucht, diese Arbeit zu Hause zu erledigen, aber irgendwie hatte Stevie, obwohl er so klein war, das gesamte Haus in Beschlag genommen.

Als ich duschte und mich anzog, schlief er noch, wahrscheinlich weil er nachts mehrmals aufgewacht war. Als ich aufbrechen wollte, wachte er auf. Ich fütterte und wickelte ihn, und Scott nahm ihn auf den Arm, doch das wollte er nicht. Er begann mit der beharrlichen Entschlossenheit zu weinen, die darauf schließen ließ, dass er so schnell nicht wieder aufhören würde.

»Geh«, sagte Scott. »Geh einfach. Er wird sich schon beruhigen.«

Als ich die hübsche Straße, in der wir lebten, entlangfuhr, hörte ich Stevies Protestgeschrei in meinem Kopf widerhallen, und ich empfand vor allem Erleichterung. Ich war unterwegs zu einem Job, in dem ich gut war, und ließ eine Situation hinter mir, die völlig außerhalb meiner Kontrolle lag.

Ich verbrachte den Tag mit meinem Klienten. Er war sehr anspruchsvoll, doch am Ende des Nachmittags gratulierte er mir zu meiner Arbeit. Ich hatte den ganzen Vormittag nicht an Stevie gedacht, aber am Nachmittag hatte ich mich plötzlich nach ihm gesehnt, und als ich nach Hause kam, wollte ich nur noch seinen Duft einatmen und seinen kleinen weichen Körper in den Armen halten. Larrys und Vaters Wagen standen in der Einfahrt. Ich parkte auf der Straße, und in dem Moment, in dem ich den Motor ausmachte, hörte ich das Geräusch, das mich am Morgen bis auf die Straße verfolgt hatte. Stevie schrie wieder. Ich saß im Auto und horchte, und unwillkürlich reagierte mein Körper. Jeder neue Schrei drang ein wenig tiefer in mich hinein, bis meine Muskeln vollkommen angespannt waren.

Das Haus war von Stevies Elend erfüllt. Scott kam mit einer Avocado aus der Küche und gestikulierte damit hilflos in Richtung Treppe.

»Wir haben ihn gefüttert, wir haben ihn gewickelt, wir haben mit ihm gespielt, aber er hört nicht auf. Jane ist jetzt bei ihm.«

»Hat er den ganzen Tag geschrien?«

»Nein, er hat es sich für dich aufgespart.«

Es fiel mir schwer, Stevies Tränen nicht persönlich zu nehmen.

Ich ging nicht sofort nach oben. Zunächst schaute ich ins Wohnzimmer, wo Larry und mein Vater Schach spielten; der Lärm von oben schien ihnen nichts anzuhaben.

»Hallo, Lucy«, sagte mein Vater zu mir. »Schach«, sagte er zu Larry.

Larry drehte sich um und warf mir einen verschwörerischen Blick zu, der andeuten sollte, er lasse den alten Herrn gewinnen. Aber ich wusste, dass die Niederlage auf Larrys Schultern lastete. Ich gewann nie gegen meinen Vater, vielleicht weil ich nicht gewinnen wollte.

Ich ging die Treppe hinauf, und der Lärm wurde mit jeder Stufe lauter. Jane saß am Fenster und hielt das Baby halb über der Schulter. Das fahle Nachmittagslicht fiel auf das Buch, das sie las, und Stevie schrie in den Raum hinter ihr. Während sie las, streichelte sie seinen Rücken.

»Ich habe alles versucht«, sagte sie, als sie mich sah. »Aber irgendwann habe ich aufgegeben, und jetzt lasse ich ihn schreien.«

Vorsichtig nahm ich ihr Stevie ab. Er wandte mir sein nasses Gesicht zu, und einen Augenblick lang entspannte es sich. Die Haut wurde heller, seine Augen öffneten sich, und es herrschte Stille. Doch sie war von kurzer Dauer, denn als ich ihn an mich drückte, bog er den Rücken durch, hob den Kopf und brüllte mit neuer Kraft.

»Einen Moment lang dachte ich, du hättest es geschafft«, sagte Jane. Ich schüttelte den Kopf. Stevie schien aus einer Quelle menschlichen Elends zu schöpfen, und diese Quelle war tief.

»Er hat geschrien, als ich gegangen bin. Er schreit, wenn ich heimkomme. Aber in der Kinderkrippe sagen sie, er sei still wie ein Mäuschen. Was mache ich falsch?«

»Nichts. Er muss eben schreien, manche Babys brauchen das.« Janes Tonfall war professionell.

»Warum bin ich eine so unfähige Mutter?«

Jane klang noch bestimmter. »Du bist keine unfähige Mutter.«

Der Lärm wurde durchdringender. Das Essen war fertig. Jane und Scott versuchten mich zu überreden, Stevie in seine Wiege zu legen.

»Wenn du ihn auf den Arm nimmst, ist ihm auch nicht geholfen, und außerdem musst du etwas essen«, sagte Jane.

»Er wird gleich einschlafen«, versicherte mir Scott, aber ich wusste, dass auch er unser Baby nicht gern allein ließ, wenn es in solcher Pein schrie.

Nachdem sie hinuntergegangen waren, machte ich die Tür zu und sperrte mich mit Stevies Lärm ein. Ich sang ihm etwas vor, öffnete das Fenster, schloss es wieder und hielt ihm rasselnde Spielsachen vors Gesicht. Aber er weinte immer noch. Schließlich saß ich da, wo Jane gesessen hatte, und wartete, wie Jane gewartet hatte, und viele Gedanken später war es endlich still. Ich sah in Stevies winziges Gesicht, das von seinem mühevollen Protest gezeichnet war. Sein warmer Körper war schwerfällig, aber nachgiebig. Jetzt war er wieder das sahneweiße, friedliche Baby. Er war wieder liebenswert. Ich legte ihn so vorsichtig wie zerbrechliches Porzellan in seine blaue Wiege, und der Voile, der einen verschlungenen fantastischen Baldachin hoch über seinem Kopf bildete, tanzte ein wenig. Ich deckte ihn zu und betrachtete noch ein paar Minuten seine Vollkommenheit, bevor ich mich zu den anderen nach unten gesellte.

Als ich nach dem Essen nach oben ging, um nach ihm zu sehen, wusste ich sofort, dass etwas nicht stimmte. Das Zimmer war von einer besonderen Stille erfüllt, der Stille des Todes, und meine Haut erkannte diese Stille und reagierte, bevor ich den Tod erkannte. Ich schaltete das Licht an und rannte zur Wiege. Ich zog die Decke zurück.

Ich hielt die Luft an, während ich darauf wartete, dass er atmete. Ich schaute, ob er atmete, ich horchte, ob er atmete, ich stieß ihn an der Schulter, um einen Atemzug aus ihm herauszuschütteln. Ich sah auf seine Brust, seine Hände, sein Gesicht, ob sie sich regten. Ich zog an seiner Hand, damit sich im Gegenzug seine Finger einrollten. Doch die steifen, kalten Finger bewegten sich nicht, und ich wusste, dass hier ein lebloses Abbild meines Kindes lag und dass es nicht mehr atmen würde.

Die Stille, die im Raum hing, senkte sich schwer und erdrückend auf mich herab. Meine Kehle zog sich zusammen und dehnte sich aus; ich stieß einen langen, hohen Schrei aus. Aber die Dichte der Stille erstickte jedes Geräusch, und ich hörte nichts.

Als die anderen atemlos, mit entsetzten Gesichtern hereinkamen, sagte niemand ein Wort. Sie drängten sich an die Wiege, und ihre Bewegungen ließen den eleganten blauen Voile wie eine lächerliche Imitation des Lebens aufflattern.

Scotts Lippen waren blutleer, seine Haut durchscheinend. Jane stand neben mir, ihr Gesicht eine weiße Maske mit glühenden Augen. Und mein Vater. Sein Mund stand offen, seine Augen, erfüllt vom Gewicht des Schocks, blickten von Stevie zu mir und glitten langsam von mir ab, als könnten sie das Gewicht nicht tragen.

Ich hob Stevie aus der Wiege und hielt ihn fest, doch er schmiegte seinen Körper nicht an meinen, drückte seinen Kopf nicht an meine Schulter. Die Stille im Raum war ohrenbetäubend.

»Setz dich«, sagte Larry mit fester Stimme.

»Beruhige dich. Beruhige dich doch.« Das war Jane. Doch ich begriff weder ihren Tonfall noch ihre Worte. Larry hielt meine Arme fest und hob die Hand, als wollte er mich schlagen. Jane nahm mir mit einer raschen, autoritären Bewegung das Baby ab.

»Hör auf, Lucy«, sagte Larry. Und die Stille, über die ich eine Decke aus Schreien geworfen hatte, begann sich aufzulösen.

Jane und Larry legten Stevies Körper auf den Wickeltisch und zogen ihn aus. Stevie machte die Bewegungen mit, aber nicht aus eigenem Willen. Larry suchte seinen Puls, Jane horchte seine Brust ab; sie sahen sich an, es waren keine Worte nötig. Dann beugte sich Jane über Stevie, hob die Ellbogen an, legte die Hände übereinander auf Stevies Herz und ließ sie flattern wie die langen, schmalen Flügel eines Vogels.

»Zwecklos«, sagte Larry barsch. »Er ist zu kalt.«

»Wir sollten es wenigstens versuchen«, beharrte Jane, aber als Larry nur die Achseln zuckte, ließ sie die Ellbogen sinken, und ich drängte mich dazwischen, um Stevie hochzuheben und ihn zu wärmen, um zu verhindern, dass die letzte Wärme aus ihm wich.

»Ich rufe die Polizei«, sagte Larry. Sein Tonfall bereits wieder professionell, der Tonfall, in dem er den Anruf machen würde.

Ein so lauter Aufschrei war zu hören, dass ich Stevie instinktiv meine Hände auf die Ohren legte.

»Die Polizei! Was hat die verdammte Polizei damit zu tun?«

»Daddy«, sagte Jane, und mein Vater sah sie an und begann mit den Armen zu fuchteln. Seine Bewegungen waren abrupt und ungewohnt. Sein Mund eine klaffende Höhle, wie ich sie nie zuvor gesehen hatte. Tränen liefen ihm über die Wangen, während er Jane auf der Suche nach der Unterstützung, auf die wir uns alle verließen, anblickte. Es war das erste Mal, dass ich ihn weinen sah, und ich drehte mich um, sodass sich mein Rücken zwischen dem nassen Gesicht meines Vaters und meinem toten Baby befand.

»Daddy, das ist Routine«, sagte Jane mit ihrer Krankenhausstimme. »Wenn ein Kind stirbt, muss die Polizei kommen.«

Ich sah, wie Scott bei diesen Worten zusammenzuckte. Er stand nach wie vor zu Eis erstarrt an Stevies Wiege. Seit er hereingekommen war, hatte er sich nicht mehr gerührt.

Als die Polizisten eintrafen, hielt Scott den in eine Decke gewickelten Stevie im Arm. Er trug Stevie nach oben, und die Polizisten folgten ihm. Ich wurde von einem weißhaarigen Mann vernommen. »Ich bin schuld«, sagte ich.

Der Mann, der die Befragung als beendet betrachtete und gerade aus dem Zimmer gehen wollte, blieb stehen und sah auf mich herab; in seinem Blick lag sein ganzes Körpergewicht.

»Wie bitte, Ma'am?«

»Ich bin schuld. Es war mein Fehler.«

Er setzte sich wieder hin, diesmal näher zu mir.

»Inwiefern«, fragte er, »inwiefern sind Sie schuld?« Seine Augen waren groß und brachten mehr als nur Mitgefühl zum Ausdruck. Argwohn.

»Seine Decke war zu schwer. Letzte Nacht war es so kalt, dass ich ihn mit der dicken Decke zugedeckt habe, aber heute war es wärmer, deswegen hätte ich eine dünnere Decke holen sollen, vielleicht einfach nur ein Laken …«

Ich hörte, wie meine Worte aus mir heraus auf den Detective purzelten, der sein Notizbuch öffnete und umständlich etwas hineinschrieb. Als er zu mir aufblickte, sagte er: »Wir werden sehen, ob es für den Tod eine Erklärung gibt. Aber für plötzlichen Kindstod gibt es normalerweise keine Erklärung. Die Mütter geben sich immer die Schuld, vor allem berufstätige Mütter. Doch normalerweise gibt es da keinen Zusammenhang.«

»Ich bin schuld«, sagte ich.

Der weißhaarige Detective sagte: »Ich werde einen Kollegen schicken, der sich ein bisschen um Sie kümmert.«

Er ging aus dem Zimmer, und ich hörte, wie Larry mit jemandem im Wohnzimmer sprach.

»Hysterisch«, sagte er. »Sie rannte schreiend die Treppe runter und wieder hoch, und als wir in Stevies Zimmer kamen, lief sie schreiend darin herum.«

Ich fragte mich, über wen sie sprachen. Sicherlich nicht über mich. Ich war die ganze Zeit über ruhig und eiskalt geblieben.

Dann betrat der Kollege des Detectives das Zimmer. Er war jung, und sein Haar war ordentlich gescheitelt. Er schloss die Tür, setzte sich und betrachtete mich einen Augenblick, bevor er sich zu mir beugte. Er beugte sich so nah zu mir, dass er flüstern musste. »Haben Sie das Wort Gottes gehört? Öffnen Sie Gott Ihr Herz, und Er wird Ihnen in Ihrer Not beistehen. Ich kann Ihnen die Nummer einer Frau aus meiner Kirche geben, die Sie berät. Bitte erzählen Sie meinen Kollegen nichts davon.« Ich blickte verständnislos, aber nicht feindselig in seine hellen Augen. Er gehörte zum Wahnsinn dieser Nacht.

Bald darauf kam Jane herein und setzte sich neben mich. Sie nahm wortlos meine Hand, und der junge Detective ging weg.

Viel später brachte Scott unser totes Baby herein. Es lag in seinen Armen, die Decke war zurückgeschlagen und gab den Blick frei auf sein kleines friedliches Gesicht.

»Sie nehmen ihn mit«, sagte Scott. Seine Stimme zerbrach in tausend Teile. Tränen strömten ihm über die Wangen, als er mir die steife Puppe übergab, die einmal Stevie gewesen war.

Ein Mann und eine Frau standen in der Tür; in ihrem Rücken

brannte Licht. Sie trugen ordentliche dunkelblaue, fast schwarze Uniformen. Wie die Geier warteten sie auf die Leiche meines Sohnes. Unversöhnlich wandte ich mich von ihnen ab.

»Lassen Sie sich Zeit«, sagte die Frau.

Zum Abschied hielt ich Stevie ganz fest und drückte seinen Körper an mich, während ich ihn verzweifelt betrachtete. Als ich mich wieder umdrehte, kam die Frau auf mich zu und streckte ihre Arme nach ihm aus. Die Leere an der Stelle, die Stevie eingenommen hatte, fühlte sich an wie eine Leere, die durch mein Herz hindurch bis in meine Seele reichte. Nachdem das Paar mit meinem Sohn gegangen war, empfand ich eine Einsamkeit, wie ich sie nie zuvor empfunden hatte, ewige Einsamkeit, die Einsamkeit des Grabes. Ich hielt mir die Ohren zu, um nicht hören zu müssen, wie sie wegfuhren.

Als ich aufblickte, sah ich meinen Vater. Seine Miene war gequält. Einen Moment lang trafen sich unsere Augen und bestätigten die Verletzung des anderen. Seine Augen füllten sich mit Tränen, aber er blickte nicht von mir weg.

»Es gibt ...« Er versuchte zu sprechen. Seine Stimme war heiser. Er setzte mehrere Male an, bevor es ihm gelang, den Satz zu beenden. »Lucy, es gibt kein Entkommen vor dem entsetzlichen Schmerz, der vor dir liegt.«

Ich nickte. Ich öffnete den Mund, um etwas zu sagen, doch meine Stimme klang eigentümlich und ungewohnt, wie ein stumpfes Messer, das die Worte nicht schneiden konnte. Ich wollte meinem Vater sagen, dass ich in einem tief vergrabenen Teil meines Gehirns, in einem Teil, der nicht denkt, der nichts mit Vernunft oder gesundem Menschenverstand zu tun hat, meinen Schmerz wiedererkannt hatte und ihn deshalb nicht wie einen Fremden, sondern wie einen alten Freund der Familie willkommen heißen konnte.

10

In Needle Bay ist Ebbe. Während ich hier auf dem Hügel gesessen habe, hat sie am Rand des Strandes einen perfekt geformten Fingernagel aus feuchtem Sand zurückgelassen. Da, wo die Sonne auf das Meer scheint, schimmert das dunkelblaue Wasser hell.

Ich lasse den Motor an und fahre zwischen den duftenden Kiefern hinunter. Die Autoreifen pflügen den Weg, der vom Winter noch feucht und matschig ist. Bald wird die Sonne ihn in Staub verwandeln. Dann komme ich auf eine Lichtung, wo eine Garage und ein Auto stehen. Unter mir taucht ein kleines Holzhaus am Strand auf, der Sand reicht bis zur Veranda. Als wir hierher zogen, war es frisch gestrichen, sonnengelb, doch die Farbe ist bereits verblichen.

Ich steige aus und spüre Kiefernnadeln unter meinen Füßen. Ihr intensiver Geruch und das Leuchten des Meeres, das nur ein paar hundert Meter entfernt ist, lassen mich innehalten.

Die Rückseite des Hauses versteckt sich, als hätte es jemand in den Sand gepflanzt. Meine Füße berühren den dicken, trockenen Sand, und mein Körper müht sich, vorwärts zu kommen. Als ich die Holztreppe erreiche, fühle ich mich wie gestern Abend, als ich im Haus meines Vaters ankam, wie am Ende einer langen Reise.

Scott sitzt auf der Veranda und blickt aufs Meer hinaus, so wie ich mir immer vorgestellt habe, dass er auf mich wartet. Zwei Bücher liegen aufgeschlagen auf dem Tisch vor ihm, mit einer Hand rührt er in einer Kaffeetasse. Als er mich sieht, wie ich mit den Schuhen in der Hand die Füße schwerfällig durch den Sand ziehe, zerfällt sein Gesicht. Seine Gesichtszüge geraten durcheinander und setzen sich neu zusammen, allerdings nicht immer an genau den richtigen Stellen, und ich weiß, dass auch er viele Male von diesem Wiedersehen geträumt hat.

Als ich auf die oberste Stufe trete, steht Scott auf und legt eine Hand aufs Geländer. Wir sehen uns an. Zwischen uns liegen drei Jahre und eine gewisse Schüchternheit. Dann gehe ich mitten durch die drei Jahre hindurch auf ihn zu, und er nimmt mich in die Arme, und es fühlt sich an, wie wenn man alte Kleidungsstücke anzieht, die sich längst dem Körper angepasst haben. Er hält mich fest, dann noch fester, und dann erbebt er, und ich weiß, dass er weint. Ich stehe da, an seine große Gestalt geschmiegt, eingehüllt in die Wärme seines Körpers und die Sicherheit seiner Arme.

Schließlich setzen wir uns an den Tisch. Ich halte seine Hand und streichle seinen großen, zerzausten Kopf, während er weint. Es ist, als würde ich einen Löwen streicheln. Ich schiebe eins der Bücher zur Seite, damit es nicht nass wird. Ich flüstere, dass es mir Leid tue, und er weint noch mehr.

»Entschuldigst du dich, weil du weggegangen bist?«, fragt er schließlich mit tränenerstickter Stimme.

»Ich weiß nicht.«

»Was tut dir dann Leid?«

»Ich habe das Gefühl, als wäre ich an allem schuld.«

Er sieht mich direkt an, seine grauen Augen sind jetzt rot, und sein Gesicht ist geschwollen.

»An was? Stevie? Dein Vater?«

»An allem. An allem, worum du weinst.«

Er richtet sich auf und legt einen Arm um mich, und wir blicken beide aufs Meer hinaus, wie das Paar, das hier zusammen eingezogen ist, vier Jahre nachdem die beiden sich kennen gelernt, drei Jahre nachdem sie geheiratet haben, zwei Wochen nachdem Stevie gestorben ist.

»Bist du sauer?«, frage ich. »Bist du richtig wütend auf mich?«

»Ich war drei verdammte Jahre lang wütend auf dich, Luce«, sagt er. »Im Geist habe ich dich immer wieder angeschrien. Und jetzt bist du da … und ich möchte nicht schreien, ich möchte nur weinen.«

Nach einer Weile sagt er: »Ich kann nicht glauben, dass Eric tot ist. Am Samstag hat er noch hier gesessen. Ich habe ihn mehr geliebt als meinen eigenen Vater.« Seine Stimme krächzt und bricht, und um ihn zu trösten, rutsche ich noch näher an ihn heran, bis ich direkt unter seiner Schulter sitze. Ich hatte vergessen, wie gut wir zusammenpassen.

»Wie ging es Daddy am Samstag?«, frage ich.

»Er war sehr ruhig. Vermutlich, weil es Stevies Tag war. Ruhig und traurig. Ich habe den ganzen Tag darüber nachgedacht, wie viel Traurigkeit es in seinem Leben gab.«

»Nein!«, widerspreche ich. Ich möchte nicht, dass das Leben meines Vaters traurig war, obwohl ich mich erst gestern nicht daran erinnern konnte, ihn je laut lachen gehört zu haben.

»Natürlich war es traurig. Er heiratete diese atemberaubend schöne Frau, und es stellt sich raus, dass sie nicht faszinierend war, weil sie Russin ist, sondern weil sie wahnsinnig ist. Das ist traurig. Und sein kleiner Sohn stirbt. Dann sein Enkel. Dann hast du ihn verlassen. Das ist alles verdammt traurig. Das einzig Gute war, dass es uns miteinander verbunden hat, denn wir haben dich beide so fürchterlich vermisst. Und er verstand die Geschichte mit Stevie. Ich habe herausgefunden, dass ich nur noch mit Leuten, die die Sache mit Stevie nachvollziehen können, eine richtige Beziehung haben kann.«

Mir geht durch den Kopf, dass ich hier, wo ich geliebt werde, zu Hause bin, während es die ganze Zeit über in New York niemanden gab, zu dem ich eine richtige Beziehung hatte.

»Die Polizei hat mir gestern Fragen gestellt«, fährt Scott fort. »Als würde man mich verdächtigen. Ich habe versucht zu erklären, wie sehr ich Eric geliebt habe, aber die haben einfach nicht hingehört, so als hätte ich etwas Peinliches gesagt.«

»Wer hat dich befragt?«

»Eine Polizistin. Da war auch noch ein Mann, ein älterer Typ. Er hat überhaupt nichts gesagt, aber immer wieder genickt, und ich glaube, er hat mich verstanden. Die Frau hat die Fragen gestellt. Ich habe dauernd überlegt, wo ich sie schon mal gesehen habe. Heute Morgen ist es mir dann eingefallen. In unserem alten Haus in Lalupa. Ich glaube, sie kam an dem Abend, als Stevie starb.«

Ich starre ihn an. Ich fixiere ihn so angestrengt, dass ich das Gefühl habe, meine Augen würden gleich zerspringen.

»Was?«

»Es waren so viele Leute damals, die kamen und gingen. Ich hatte den Eindruck, das ganze Polizeirevier war da. Ich bin mir sicher, dass sie dabei war.«

»Nein«, sage ich. »Nein, nein, ich habe niemanden wiedererkannt. Ich kann mich an überhaupt keine Frau an dem Abend erinnern.«

»Warst du schon an Stevies Grab?«, fragt Scott.

Ich schüttle den Kopf. »Danke für das Foto von dem Grabstein, aber in meiner Erinnerung ist es immer noch der kleine, blumenbedeckte Erdhügel.«

»Möchtest du, dass ich mit dir hingehe?«

»Ja.«

Ich habe kein Auto gehört und bin daher nicht vorbereitet auf die zwei Personen, die um die Ecke kommen. Jane umarmt mich so warmherzig wie gestern. Ich rieche ihr sommerliches Parfüm, und als ich ihr ins Gesicht blicke, sehe ich Intelligenz. Selbst ihre feinen Knochen weisen darauf hin, und die Art, wie ihr Haar unkompliziert auf ihre Schultern fällt.

»Hallo, Lucy«, sagt Larry, der hinter ihr steht und nach seinem Marsch durch den Sand schnauft. Scott bietet uns etwas Kaltes zu trinken an, und wir machen es uns wie früher plaudernd auf der Veranda bequem. Ich wende den Blick von meiner Familie ab und schaue aufs Meer. Es rumort unruhig in seiner riesigen Schüssel. Ich höre die Stimmen, ohne auf Worte zu achten, und allmählich scheint sich eine Distanz zwischen mir und den anderen aufzubauen, als säße ich direkt am Wasser und hörte ihre Stimmen nur aus der Entfernung.

»Ich meine, ist er an den Strand gefahren, um wirklich schwimmen zu gehen? Oder wurde er dazu gezwungen?«

»Er und Seymour haben irgendein neues Fitnessprogramm ausprobiert. Dazu gehörte, dass man viel schwimmt.«

»Hör mal, Big Brim ist bekannt für seine gefährlichen Strömungen.«

»Sicher, aber –«

»Nichts aber. Wenn er wirklich schwimmen wollte, dann hätte er sich nicht diese gottverdammte Stelle ausgesucht, sondern wäre irgendwo anders hingegangen, wo es sicher ist, wie hier zum Beispiel. Eric wurde unter irgendeinem Vorwand nach Big Brim gelockt oder sogar gegen seinen Willen gezwungen, dorthin zu fahren.«

Wieder schaue ich zum Strand. Ich kann mein ganzes Leben in Strände einteilen. Als Erwachsene, vor Stevie, nach Stevie. Vor Scott, nach Scott. Als Teenager, in einer Clique, beim Volleyball, verliebt in Robert Joseph. Als Tochter, mit Mutter und Jane und vielleicht mit Tante Zina und Sascha. In beiden Händen Picknickschälchen, die ich in den Sand drücke; die Kühltasche, von der ich den Sand wegblase, Sand, den ich aus den Zwischenräumen meiner Zehen entferne, Sand, der als feuchter Brei durch meine Finger quillt oder heiß meine Fußsohlen verbrennt. Unterhaltungen, die vom Rauschen des Meeres untermalt, von kreischenden Möwen und schreienden Kindern unterbrochen wurden. Es kommt mir vor, als hätte ich den Strand nie verlassen.

»Der Punkt ist doch, dass er praktisch überall gestorben sein kann.«

»Wie meinst du das?«

»Sie müssen ihn ja nicht am Strand umgebracht haben.«

»Du meinst, jemand … es hätte auch bei ihm zu Hause passiert sein können?«

»Gut möglich.«

»Aber warum ist dann sein Auto verschwunden?«

»Das kann ich dir sagen. Es ist nicht bei ihm zu Hause passiert. Er ist irgendwo hingefahren und dort gestorben. Vielleicht hat er zufällig etwas gesehen, was er nicht hätte sehen sollen. Sie haben ihn dort umgebracht und dann an den Strand geschleppt. Etwas in der Art. Wenn sie das Auto finden –«

»Falls sie es finden –«

»Falls sie es finden, steht es vermutlich dort, wo er gestorben ist.«

»Jane, weiß die Polizei, wie viel Zeit zwischen seinem Tod und dem Fall ins Wasser verstrichen ist?«

»Ich nehme an, sie müssen erst den vollständigen Autopsiebericht abwarten, und selbst dann wissen sie es vielleicht noch nicht mit Sicherheit.«

»Du glaubst also wirklich, dass er irgendwo meilenweit weg gestorben ist, dann seine Leiche nach Big Brim gebracht und dort ins Wasser geworfen wurde?«

»Ja.«

»Ach komm, Larry, warst du je in Big Brim?«

»Ähm, nein.«

»Man muss dort zwei, nein, drei Dünen überqueren, kein Mensch schafft das, wenn er eine Leiche trägt.«

»Aber Scott, wer tut so etwas? Ich meine, wer wollte Eric umbringen?«

Mitten in das Schweigen kracht eine Welle. Kreischt eine Möwe. Schreit ein Kind. Läutet ein Telefon.

Scotts Füße klingen dumpf auf den Holzplanken, als er aufsteht und ins Haus geht. Wir horchen auf seine Stimme, als er, zunächst zurückhaltend, ins Telefon spricht. Als er fragt: »Wo?«, schwingt Angst in seinem Tonfall mit. Wir sehen erst uns an und dann die Tür. Einen Moment später wird sie von Scotts großer Gestalt ausgefüllt.

»Sie haben Erics Auto gefunden.«

Seine Worte lassen mich zusammenzucken, und ich stoße mit dem Ellbogen eine leere Kaffeetasse um, die plötzlich durch die Luft fliegt. Larry will sie auffangen, greift jedoch daneben, und sie fällt auf die verwitterten Holzplanken zu unseren Füßen. Jane geht hinein, um den Anruf zu übernehmen, während Scott sich bückt und die Scherben aufhebt. Ich starre auf die drei sauber zerbrochenen Teile in seiner Hand.

Als Jane zurückkommt, ist sie blass im Gesicht. Sie setzt sich, und Larry nimmt ihre Hand, legt sie in seinen Schoß und streichelt sie.

»Sie haben Daddys Auto gefunden, ungefähr acht Kilometer von Big Brim entfernt. Der Ort heißt Lowis. Er liegt südlich von hier –«

»Ich kenne den Ort«, sagt Scott. »Er ist in der Nähe von Bellamy, da, wo man von der Schnellstraße ins San-Strana-Tal abfährt. Aber wie …?«

Jane zuckt bereits die Schultern. »Die Polizei weiß noch nicht, wie der Oldsmobile dorthin kam. Sie haben alle notwendigen forensischen Tests durchgeführt und mich gefragt, wo sie das Auto hinbringen sollen. Sie meinten, die billigste Lösung wäre, es zu Daddys Haus zu schleppen, also habe ich zugestimmt. Aber jetzt frage ich mich, ob ich sie nicht besser gebeten hätte, es auf den Schrottplatz zu bringen.«

Wir sehen uns an.

»Ich bin froh, dass es zurückkommt, wo es hingehört«, sage ich. Die Vorstellung, dass Vaters Haus nach der Invasion der Polizei wieder in Ordnung gebracht wird und dass sein Auto davor steht, gefällt mir irgendwie. Aber Larry schüttelt bereits den Kopf.

»Im Moment ändert sich alles, Lucy. Nichts wird so sein, wie es war. Daran solltest du dich gewöhnen.«

11

Bellamy ist ein hübsches Küstenstädtchen. Versteckt hinter den Kunstgalerien, den Cafés und den Fischerbooten für die Touristen, befinden sich das Polizeirevier und ein kleines Gerichtsgebäude. Jane, Larry und Scott versuchten mich davon abzuhalten, zum Leichenschauhaus zu fahren. Schließlich bestand Scott darauf, mich zu begleiten.

»Du wirst dich nur aufregen«, sagte ich. Doch er biss die Zähne auf eine Art zusammen, an die ich mich nicht erinnerte, und meinte, er komme trotzdem mit.

Wir schauen auf die Adresse, aber das Gebäude, zu dem sie uns führen soll, scheint es nicht zu geben. Wir laufen auf der Suche nach einem Hinweis auf das Leichenschauhaus auf und ab.

»Lass uns in der Bibliothek fragen«, schlägt Scott vor. Wir betreten ein unscheinbares, rechteckiges Gebäude, und sobald die Türen hinter uns zufallen, wissen wir, dass es das Leichenschauhaus sein muss. Wir erkennen es am Geruch, den wir, wie Tiere, als den Geruch des Todes identifizieren.

Wir drücken auf eine Klingel, und ein Mann in einem weißen Kittel schiebt ein Fenster in der Wand zur Seite.

»Haben Sie einen Termin?«, fragt er und mustert uns von oben bis unten.

»Lucy Schaffer, halb vier.« Plötzlich möchte ich kichern, und der Mann scheint es zu merken. Er sieht mich pikiert an und sagt: »Sie sind zu spät.« Er trägt weiße Schuhe und ein Schild mit seinem Foto in einer Ecke, auf dem steht: »David Davis, Pathologischer Assistent.«

»Ich meine, wie haben Sie sich das Leichenschauhaus denn vorgestellt?«, fragt er, als hätten wir mit ihm gestritten. Wir antworten nicht.

Er führt uns durch eine Seitentür in einen großen, von Neonlicht erhellten Raum. Der Geruch ist jetzt stärker. Scott rümpft die Nase. Es ist der Geruch von verbranntem Gummi. Es ist der Geruch von Traurigkeit. Es ist der Geruch, der Menschen jeglicher Hoffnung oder Würde beraubt. Es ist der Geruch von Verwesung.

»Heute herrscht hier extrem schlechte Luft«, erläutert der Assistent. »Diese Woche wurden schon ein paar Leute eingeliefert. Normalerweise rieche ich nichts, aber heute ist der Geruch besonders stark, deswegen nehme ich an, dass Sie beinahe dran ersticken.«

Er führt uns durch einen ungelüfteten, fensterlosen Raum. An den Wänden befinden sich riesige Stahlschubladen. Der Assistent führt uns bis zur Mitte des Raumes, schaut in seine Notizen und dann auf das Schild an der Schublade. Darauf steht: Professor Eric Schaffer. Ich starre auf das Schild.

Scott wendet sich mir plötzlich zu. Sein Gesicht sieht im Neonlicht blau aus.

»Du kannst es dir noch überlegen, Luce. Es ist noch nicht zu spät.«

Der Assistent hat eine Hand an der Schublade. Er blickt mich mit hochgezogenen Augenbrauen an. Er ist jung, und seine Gesichtszüge sind ebenmäßig. Dann zieht er die Schublade auf. Darin liegt ein Laken und darunter liegt mein Vater, genau so wie Stevie unter seiner Decke lag.

»Luce ...«, flüstert Scott. »Luce, tu's nicht. Sich nicht hin.« Er ist so nah bei mir, dass ich seinen warmen Atem auf meinem Haar spüre.

Doch ich nicke dem Assistenten zu, und er zieht das Laken zurück, sodass ich erneut die merkwürdige Maske des Todes sehe. Weiß, dünn, faltig, wie ein Spielzeug, das jemand im Regen liegen gelassen hat.

Am unteren Ende seines Halses, da, wo die Puppe zusammengenäht wurde, mit groben Stichen und einem dicken Faden wie ein Baseballhandschuh, sind violette Punkte zu sehen.

»Oh!«, sage ich leise.

Scott hat sich abgewandt und hält die Hand vor den Mund.

»Oh«, sage ich, »er sieht so kalt aus.«

David Davis lacht unnatürlich heftig. Er sagt beherzt: »Denen ist allen kalt. Für die ist es hier wie in Alaska.«

Scott würgt. Er ist verkrampft und zittert. Er hält sich noch immer die Hand vor den Mund. »Kann ich mit meinem Vater ein paar Minuten allein sein?«, frage ich.

David Davis blickt missbilligend drein. Er arbeitet mit den Toten, und sie stellen keine Forderungen. Er hat keine Übung in Hilfsbereitschaft. »Unsere Regeln sehen das nicht vor.«

Besorgt schaue ich zu Scott und dann wieder zu dem Assistenten. »Bitte. Nur ganz kurz.«

Der Mann blickt auf Scotts weißes Gesicht und seinen zitternden Körper und seufzt. »Kommen Sie mit«, sagt er zu Scott und führt ihn aus dem Raum. Einen Augenblick lang sehe ich ihnen nach, wie sie an den glänzenden Stahlschubladen der Toten vorbeigehen, als würden sie durch eine riesige Küche laufen.

Ich wende mich wieder meinem Vater zu, doch plötzlich wird es dunkel im Raum. Die Leiche meines Vaters, die ganze Welt, verschwindet in einem schwarzen Loch. Mein Herz klopft heftig, sein Protest rauscht in meinen Ohren, winzige Nerven in meinen Fingern und Zehen kribbeln. All das, wovor ich mich am meisten fürchte, all das, woran ich nicht denke, nie, und was mich doch bisweilen in meinen Träumen heimsucht, ist plötzlich hier und kreist mich ein. Ich öffne den Mund und will schreien, aber ich kriege keine Luft. Meine Ängste, der Geruch und die Dunkelheit ersticken mich. Und dann gehen die Lichter flackernd wieder an.

»Ups, Entschuldigung«, ruft David Davis. »Ich mache automatisch das Licht aus, wenn ich diesen Raum verlasse. Hoffentlich habe ich Sie nicht erschreckt.« Die Tür fällt hinter ihm ins Schloss.

Mein Vater liegt unbeeindruckt von meinem pochenden Herzen und meinen zitternden Händen auf seinem stählernen Bett. Ich beuge mich näher zu ihm, und sein Schweigen beruhigt mich. Ich möchte etwas sagen, was ich nie hätte sagen können, als er noch am Leben war, weil wir nicht diese Art von Familie sind.

»Ich liebe dich, Daddy.«

Aber mein Vater ist nicht da, hinter dieser kalten Maske. Er kann mich nicht hören.

Er ist immer noch groß. Das konnte der Tod ihm nicht nehmen. Und er hat immer noch das ausdrucksstarke Gesicht, das die Leute anzog. Seine Wangenknochen stehen vor, sein Kinn ist kräftig, seine Stirn hoch. Selbst wenn er verwest, wird seinem Skelett anzusehen sein, dass er groß und stark und besonders war.

»Ich meine, ich liebe dich nicht weniger, bloß weil du tot bist.«

Die linke Seite seines Gesichts weist unnatürlich blau verfärbte Schwellungen auf; manche haben einen Schnitt in der Mitte. Ich beuge mich über ihn, um sie mir genau anzusehen. Ich mag sie nicht. Ich versuche Vaters Gesicht zu betrachten, ohne sie anzublicken, und ich bemerke, dass er älter geworden ist, seit ich ihn das letzte Mal gesehen habe. Nicht die Zeit, sondern Sorgen haben kleine Linien in sein Gesicht gegraben. Jetzt ist seine Miene nicht besorgt, sondern mit Patina überzogen. Ich berühre sein Haar, das weißer und dünner ist als noch vor drei Jahren, aber immer noch einer prächtigen Löwenmähne gleicht. Ich studiere das Netz aus Linien, das seine Wangen bedeckt, die kleinen Narben, den Leberfleck, die Sommersprossen, die kleine Pustel unter dem Ohr. Spuren, die sich über siebzig Jahre hinweg angesammelt haben. Die Hieroglyphen des Lebens, die jedem, der sie im Angesicht des Todes entziffern kann, die Geschichte meines Vaters erzählen.

»Daddy, was hat dir so viele Sorgen gemacht?«, flüstere ich. »Ich? Ich hoffe nicht.«

Vorsichtig hebe ich das Laken auf einer Seite hoch, bis eine Hand zu sehen ist. Das blasse Blau der Adern erinnert mich an das Meer. Gepflegte Nägel, runde Knöchel. Groß, viereckig, praktisch. Ich liebte es, meinem Vater zuzusehen, wenn er mit diesen Händen arbeitete. Dinge machte. Dinge reparierte. Steine mit scharfen, präzisen Bewegungen klopfte, bis sie mit einem staubigen Schauder absprangen.

Sehr zärtlich berühre ich einen Finger. Ich betrachte die Linien in seiner Handfläche, sein Handgelenk. Sein linkes Handgelenk. Ich sehe, dass es von einem Armreif aus weißem Fleisch, dünn wie eine Nadel, umschlossen ist. Ich berühre dieses Band, doch es ist mit den Fingerkuppen kaum zu spüren.

Schritte. Nicht David Davis' leises Schleichen, sondern das entschlossene Klacken von hohen Absätzen. Ich lege die Hand meines Vaters so vorsichtig zurück, als sei sie aus Glas. Als ich aufblicke, steht vor mir eine Frau in einem blauen Seidenkostüm, mit erlesenem, unaufdringlichem Schmuck und einem teuren Haarschnitt. Ihr Parfüm und der Geruch des Todes ergeben eine merkwürdige Mischung. Zieht sie sich so für die Toten an?

»Haben Sie die Erlaubnis, hier zu sein?«, fragt sie mich.

»Ja. Meinem Mann …« Es erschreckt mich, wie ungewohnt diese Worte nach all den Jahren klingen. »… meinem Mann wurde schlecht, und David Davis hat ihn hinausbegleitet.«

Sie blickt etwas besänftigt drein.

»Ich muss bei Ihnen bleiben, oder Sie gehen, bis er wiederkommt. Wir können unbeaufsichtigte Besuche nicht erlauben.«

»Sind Sie Gerichtsmedizinerin?«

»Ja.«

»Haben Sie die Leiche meines Vaters untersucht?«

Sie seufzt. Ich frage mich, wie alt sie ist. Ihr Kostüm, ihre Frisur und ihr Make-up wirken wie eine Verkleidung. Habe ich mich auch drei Jahre lang verkleidet?

»Ja. Aber ich kann seinen Fall nicht im Detail mit Ihnen besprechen.«

»Können Sie mir sagen, was das ist?«

Ich deute auf die dünne weiße Linie um sein Handgelenk. Sie wirft einen kurzen Blick darauf, nähert sich dabei jedoch weder mir noch meinem Vater. Die Narbe ist ihr bekannt. Sie zögert.

»Bitte sagen Sie es mir.«

»Das stammt von einem Selbstmordversuch«, sagt sie schließlich.

Mein Atem stockt, und ich rühre mich nicht.

»Vor vielen Jahren. Als Professor Schaffer ein junger Mann war.«

Ich schüttle den Kopf. »Nein. Nein, das hätte er nie getan.«

»Er war Rechtshänder und versuchte, die Pulsader im linken Handgelenk aufzuschneiden.«

»Aber ich habe diese Narbe noch nie gesehen.«

»Sie weist alle Merkmale einer selbst zugefügten Wunde auf: Sie ist auf der linken Seite deutlich tiefer als auf der rechten. Er hat es geschafft, ziemlich tief zu schneiden, bevor er aufgab. Er bog die Hand so weit zurück, bis die Gefäße hinter Knorpel und Knochen verschwanden und der Schmerz zu groß wurde, um die Sache zu Ende zu führen.«

»Wann? Wann hat er das getan?«

»Ich kann Ihnen nur sagen, dass es sehr lange her ist.«

Ich starre auf Vaters Handgelenk.

»Sie haben die Narbe nicht gesehen, weil Sie nicht damit gerechnet haben«, fährt sie fort. »Und wahrscheinlich hat er seine Armbanduhr darüber getragen.«

»Diese blauen Flecken auf der linken Gesichtshälfte ... was ist das?«

»Prellungen.«

Sofort stellt sich Angst ein. »Prellungen? Hat ein Kampf stattgefunden?«

Ich bin fest entschlossen, nicht zu weinen. Andernfalls wird die Frau meine Fragen nicht mehr beantworten. Sie wird jemanden holen und auf ihren Pfennigabsätzen die Leichenhalle verlassen.

»Ich kann noch nicht mit Sicherheit sagen, ob ein Kampf stattgefunden hat, aber fest steht, dass die Prellungen nicht tödlich waren. Vielleicht wurde er direkt vor seinem Tod geschlagen oder kurz danach, aber es war nicht so schlimm, wie es jetzt aussieht, denn die blauen Flecken werden auch noch einige Tage nach Eintritt des Todes größer. Wenn Sie Professor Schaffer beerdigen, werden sie viel dunkler sein als jetzt.«

Meine Stimme ist zu angespannt, um den distanzierten, klinischen Ton zu treffen, der der Gerichtsmedizinerin behagen würde.

»Was ist mit den Schnitten?«

»Auch nicht tödlich. Sie sind nicht tief, und es wurden keine großen Adern verletzt. Sie stammen von einem harten, scharfen Gegenstand, wahrscheinlich einem Stein, es ist schwer zu sagen. Leider kann man von Prellungen nicht auf die Form des verwendeten Gegenstandes schließen.«

»Sie meinen, er hat meinen Vater ins Gesicht geschlagen? Mit Steinen?«

Die Gerichtsmedizinerin seufzt, und ihr Schmuck klimpert ärgerlich.

»Ein paar Wunden könnten vom Angriff eines Rechtshänders stammen, aber ich halte es für wesentlich wahrscheinlicher, dass der Ozean diese Wunden kurz nach seinem Tod verursacht hat.«

»Aber ... Big Brim ist doch ein Sandstrand?«

Sie zuckt die Achseln. »Mit dieser Frage überschreiten Sie die Grenze zwischen meinem Zuständigkeitsbereich und dem der ermittelnden Polizeibeamten.«

»Können Sie mir sagen ... wissen Sie, ob er gelitten hat, als er gestorben ist?«

Sie zögert. »Ich glaube, er hat nicht gelitten«, sagt sie. »Es gibt eine ganze Reihe von Indikatoren, wenn ein Verstorbener mit dem Tod gerungen hat oder Schmerzen erleiden musste. Schmerz ist nicht nur deutlich im Gesicht zu sehen, sondern auch andere Muskeln sind manchmal so angespannt, dass der ganze Körper verkrampft ist. Häufig sind die Fingernägel abgebrochen oder bohren sich im Todeskampf in die Handflächen.«

Ich wende den Kopf ab. Ich denke nicht an Vater, sondern an Stevie. Er sah friedlich aus, als würde er schlafen, doch die Haltung, in der er in seiner Wiege lag, einen Arm etwas erhoben, ließ auf einen instinktiven, vergeblichen Kampf gegen den Tod schließen.

Ihr Tonfall wird zwar nicht milder, aber es schwingt etwas Neues mit, leise Freundlichkeit vielleicht. »Professor Schaffer wies keines dieser Anzeichen auf.«

Ich schaue ihr in die Augen. »Sind Sie sicher, dass mein Vater Opfer eines Mordes wurde? Niemand, der ihn gut kannte, kann sich vorstellen, dass er umgebracht wurde.«

Das diskrete Gelächter von Goldschmuck. Die Gerichtsmedizinerin hat es nicht gern, wenn man ihr Urteil infrage stellt.

»Dann«, antwortet sie streng, »kannte ihn vielleicht niemand wirklich gut.«

Schweigen in der Leichenhalle. Sie gibt ein wenig nach. »Wenn jemand ertrunken ist«, erklärt sie, »dann finden wir im ganzen Körper Diatomeen, das sind winzige Algen aus dem Wasser. Das Herz pumpt sie in den Körper, solange es unter Wasser noch schlägt. Wenn aber der Betroffene schon tot ist, bevor er ins Wasser fällt, dann gelangen die Diatomeen außer in die Lunge in kein Organ. Im Fall Ihres Vaters konnte ich sie nur in der Lunge finden.«

»Aber wie ist er gestorben?«

Ich meine, eine winzige, unwillkürliche Reaktion hinter dem Make-up zu entdecken. »Ich bin mir noch nicht ganz sicher. Wir werden noch mal nachsehen. Aber am Freitag sind wir fertig und können Ihnen dann die Leiche überlassen, sodass Sie das Begräbnis für jeden beliebigen Tag nächste Woche festsetzen können.«

Eine Tür wird geöffnet. David Davis, Assistent der Pathologie, allein. Die Gerichtsmedizinerin ergreift die Gelegenheit, um zu gehen, doch nach einem oder zwei Schritten bleibt sie stehen und dreht sich noch einmal um.

»Miss Schaffer?«

Ich nicke.

»Ich möchte Ihnen mein Beileid aussprechen.«

»Danke.«

»Ich hätte das schon vorhin tun sollen. In meinem Job vergisst man schnell, dass der Verstorbene ein komplexer und interessanter Mensch war.«

Sie geht weiter. Der Assistent ruft ihr zu: »Ich bitte um Entschuldigung, Dr. Ball.«

Seine Stimme hallt mühelos durch den stillen Raum. Er klingt respektvoll. Ich wette, er löscht nie versehentlich das Licht, wenn sie im Raum ist. »Ich musste mich für eine kurze Zeit absentieren, ihr Mann musste kotzen.«

Dr. Ball nimmt die Entschuldigung mit einem Winken an und verschwindet.

Ich werfe einen letzten Blick in die Schublade, auf die Hülle, die Vater im Leben einnahm.

»Leb wohl«, sage ich.

David Davis deckt die Hand meines Vaters zu und zieht das Laken über sein Gesicht. Die Aufhängung der Schublade rumpelt, während sie Vater zurück in seine stählerne Kiste transportiert.

Scott sitzt blass in der Eingangshalle, wo der Geruch etwas schwächer ist. Als ich eintrete, steht er auf. Wortlos gehen wir zur Tür.

»Vielen Dank für Ihre Hilfe«, sagen wir.

David Davis lächelt. »Es war mir ein Vergnügen«, versichert er uns. »Man freut sich immer, wenn hier mal lebendes Gewebe reinkommt.« Er grinst breit. Er hat es genossen, seine Macht über uns auszuspielen.

Als wir aus dem Gebäude treten, wärmt uns die Spätnachmittagssonne. Wir gehen über den Asphalt, und die Luft ist aufgeladen mit jugendlicher Energie. Eine Gruppe von uniformierten Polizisten kommt aus dem Gerichtsgebäude und schlendert langsam und schwungvoll davon. Die Leute auf der Straße tragen bunte Kleider. Die meisten gehen in dieselbe Richtung, wie die Teilnehmer einer fröhlichen Parade. Das ist das Leben, und während wir zum Auto zurückkehren, genießen wir, wie es uns in seine offenen Arme schließt.

»Dieser Idiot hat das Licht mit Absicht ausgeschaltet«, erzählt Scott mir auf dem Weg zurück nach Needle Bay.

»Es hat ihm offensichtlich Spaß gemacht.«

»Ich wette, das hat er schon öfter getan. Als wir draußen waren, hat er gesagt, dass die meisten Frauen schreien.«

»Wenn man richtig Angst hat, schreit man nicht.«

»Hattest du richtig Angst?

»Ja. Es war wie ein Wochenendausflug in die Unterwelt.«

Scott seufzt. »Mann, Luce, ich kann einfach nicht glauben, dass irgendjemand Eric umgebracht hat, vor allem nicht jemand, der ihn kannte. Ich habe mir die ganze Nacht den Kopf zerbrochen ...« Scott, wie er mit einem oder zwei Pullovern auf dem Leib auf der Veranda sitzt, während sich im Dunkeln die Wellen brechen. Er denkt nach und erinnert sich an jeden Freund, den Vater je erwähnte, sucht nach Namen und Erklärungen. »Ich meine, er hatte keine Feinde. Klar konnte er einen auf die Palme bringen, es war unmöglich, ihn in einer Diskussion von seiner Meinung abzubringen. Er hatte seine Gefühle immer so unter Kontrolle, dass ich manchmal richtig wütend auf ihn wurde. Aber niemand wollte ihn umbringen. Außer jemand aus früheren Zeiten, aus seiner Kindheit.«

»Das hat er längst hinter sich gelassen, Scott. Er hatte keinen Kontakt mehr zu seiner Familie, und für sie gab es keine Möglichkeit, ihn ausfindig zu machen.«

»Dann eben später. Als er schon ein junger Mann war.«

Als mein Vater ein junger Mann war, versuchte er, sich die Pulsader an seinem linken Handgelenk aufzuschneiden.

Ich seufze. »Gibt es wirklich Leute, die alte Rechnungen fünfzig Jahre später begleichen?«

Wir fahren schweigend weiter. An einer Ampel halten wir an. An der Kreuzung steht ein Mann mit struppigem, schulterlangem Haar, der ein Pappschild hochhält: »Ich bin ein Vietnamveteran. Ich habe für mein Land gekämpft, aber jetzt habe ich weder Wohnung noch Arbeit. Man hat mich betrogen. Bitte helfen Sie mir.«

Scott greift nach seinem Geldbeutel und hält den Schein aus dem Fenster. Der Typ kommt zu uns und nimmt das Geld.

»Danke, Sir. Und Gott sei Dank haben Sie so viel beschissenes Geld, dass Sie es sich leisten können, mir etwas davon vor die Füße zu werfen, als wäre ich irgendein Bettler.«

Die Ampel schaltet auf Grün, und wir fahren rasch weiter.

»Scheiße«, sagt Scott. »Das ist das letzte Mal, dass ich solchen Typen was gegeben habe.«

Ich werfe ihm einen Blick zu. Die Aggressivität des Mannes hat ihn getroffen. Er ist immer noch blass und sitzt so verkrampft hinter dem Steuer, dass sein Hemd spannt.

»Daddy hätte dasselbe getan«, sage ich. »Daddy hat den Leuten auf der Straße immer Geld gegeben. Und wenn sie ihn so angesprochen hätten wie eben, dann hätte er die Schultern gezuckt, denn er wusste, wie schwer es für den Typen ist, das Geld anzunehmen.«

»Na gut«, lenkt Scott verdrießlich ein.

Als wir wieder in Needle Bay sind, ist der Strand fast leer, und die Sonne wird bald untergehen. Wir sitzen auf der Veranda, Scotts Gesicht und sein Körper nehmen langsam wieder ihre alten Rundungen an, und das Rosa der Spätnachmittagssonne spiegelt sich auf seinen Wangen wider.

»Hat Eric sich verändert, seit du ihn zum letzten Mal gesehen hast?«, fragt Scott.

»Er sah ein bisschen älter aus. Vor allem sah er besorgt aus.«

Er nickt. »Mhm.«

Ich spüre, wie meine Stimme zerbricht, so als hätte ich sie gegen eine Felswand geworfen. »Weswegen hat er sich Sorgen gemacht?«

»Ich weiß nicht. Aber wenn man ihn beobachtete, ohne dass er es merkte, dann sah man einen Mann, der schwere Lasten trug. Ich meine, Lasten, die er immer auf sich nahm, wenn sich die Gelegenheit bot. Ich glaube, das beschreibt es. Er trug eine schwere Last. O Gott, das wollte ich nicht – wein doch nicht.«

Ich schluchze. »Ich hätte da sein sollen. Ich hätte für ihn da sein sollen.«

Er legt einen Arm um mich und fährt fort: »Mir scheint es richtig, dass er mehr oder weniger an Stevies Todestag gestorben ist. Es kommt mir richtig vor, denn Eric war am Boden zerstört, als Stevie starb. Und ich glaube, danach war er nie wieder derselbe. So, als ob das eine Last zu viel für ihn gewesen wäre.«

Stevies kleiner Körper, der in seiner blauen Wiege lag, als würde er hilflos im Meer treiben. Und kein kleines Kräuseln auf dem Wasser verursachen, sondern eine riesige Flutwelle. Ich schluchze immer weiter.

Scott nimmt mich fest in die Arme, und die Veranda beschützt uns wie ein alter Verwandter. Die Farbe und die einstige Glätte der hölzernen Balken sind verwittert.

Der Strand ist leer, bis auf zwei Schwimmer, die in weiter Entfernung langsam ins Meer gehen. Als sie merken, wie kalt das Wasser ist, zögern sie zunächst und waten dann weiter. Bald sind sie nur noch zwei winzige Köpfe auf dem Wasser. Ich schaue zu, wie der gewaltige Körper aus Wasser sie hebt und wieder fallen lässt.

»Denkst du manchmal darüber nach, von hier wegzuziehen?«, frage ich. »Vielleicht irgendwo anders etwas zu kaufen?«

»Bald werde ich keine andere Wahl mehr haben.«

»Möchte der Eigentümer es zurück?«

»Der Ozean möchte es. Im nächsten Monat wird die Flut wieder ungewöhnlich hoch sein, und wenn dann auch noch das Wetter schlecht ist … na ja, wahrscheinlich sollte ich für ein paar Tage ausziehen.«

Ich stelle mir vor, wie eine riesige Welle ihre Ladung Wasser direkt auf das Strandhaus wirft und es dabei zerdrückt. Das kleine Haus wäre dann nicht viel mehr als ein paar herausgerissene Leitungen, gelbes Holz, herumgewirbelt und in seine Bestandteile zerlegt, fortgetragen in sämtliche Richtungen, angespült an weit entfernten Ufern. Inselbewohner werden am Strand spazieren gehen und Stücke des Daches einsammeln.

»Während der höchsten Flut im letzten Jahr«, sagt Scott, »ist ein Fenster zerbrochen.«

Ich blicke ihn erschrocken an.

»Warst du hier?«

»Ja.«

»O Scott. Warst du allein?«

»Nein. Es war beängstigend, aber es war nur Gischt. Beim nächsten Mal könnte das anders sein.«

»War es nachts?«

»Mitten in der Nacht. Als wir schlafen gingen, war der Ozean noch ruhig.«

Es war mitten in der Nacht, und irgendjemand hat hier bei Scott geschlafen. Ich spüre, wie sich mein Magen zusammenzieht.

»Wer hat hier mitten in der Nacht geschlafen?«, frage ich, zu schnell, und dann bereue ich es. Scott sieht mich nicht an. Sein Gesicht ist jetzt röter als das Meer, so rot wie die Sonne. Er wendet sich mir zu, und seine Stimme klingt aggressiv und spöttisch wie die des Vietnamveteranen, der für sein Land kämpfte und jetzt weder Wohnung noch Arbeit hat und sich betrogen fühlt.

»Warum interessiert es dich?«

»Es tut mir Leid, dass ich gefragt habe. Es geht mich nichts an.«

Er sieht mich direkt an. Plötzlich sind seine Schultern eckig, sodass seine Statur nur noch aus rechten Winkeln zu bestehen scheint. »Ich habe eine Freundin. Sie unterrichtet Französisch an der Uni. Sie war jahrelang in Frankreich, und sie hat einen Sohn, der dort bei ihrem Ex-Mann lebt. Im Moment verbringt sie gerade ein Semester mit ihrem Sohn.«

»Das heißt, in Frankreich?«

»In Frankreich.«

»Im Haus ihres Ex-Mannes?«

Seine Miene umwölkt sich. »Du kannst jetzt aufhören, Luce. Ich werde nichts mehr dazu sagen.«

»Ich habe lediglich gefragt, ob –«

»Hör auf.«

Er ist wütend. Ich habe ihn schon häufig wütend erlebt, aber noch nie auf mich.

»Und du, Luce? Gibt es jemanden in New York, der dir etwas bedeutet?«

Ich stehe auf, um zu gehen. Scott erhebt sich ebenfalls. Er steht direkt vor mir. »Nein«, sage ich und gehe um ihn herum. »Gibt es nicht.«

»Aha. Und jetzt, wo du von Brigitte weißt, gehst du.«

»Ich gehe, weil ich noch an den Strand von Big Brim fahren möchte, bevor es dunkel wird.«

Er blickt besorgt drein. »Geh nicht allein dorthin, Luce.«

»Ich will aber.«

»Du wirst dich beschissen fühlen.«

»Mein Vater ist tot, und ich fühle mich bereits beschissen.«

Er seufzt, und sein Blick sucht meinen. »Dann«, sagt er schließlich, »solltest du dich beeilen, bevor es dunkel wird. Warte … ich habe was für dich.«

Wir gehen ins Haus, und das kleine Wohnzimmer scheint mich anzuspringen. In meinen Träumen und Erinnerungen hing nicht dieser feuchte Salzgeruch in der Luft, die Schuhe klapperten nicht so laut über den Boden, die verblichenen roten Möbel waren nie so lebendig.

»Hier!«, ruft Scott aus dem Schlafzimmer. Er möchte, dass ich zu ihm komme. »Du kannst nicht dauernd in dieser Stadtkleidung rumlaufen. Ich habe noch deine alten Sachen.«

Er beugt sich in den Schrank. Darin sehe ich ein paar Frauenkleider, die neben Scotts Hemden hängen. Sie könnten von Brigitte sein, doch nein, ich erkenne sie, es sind meine, meine Kleider aus Kalifornien. Sie sind ganz anders als die, die ich jetzt trage. Es sind nicht viele. Als wir kurz nach Stevies Tod hierher zogen, habe ich die meisten meiner Kleider weggeworfen, und jetzt begreife ich, dass damit meine Abwesenheit begann.

»Ich weiß nicht, ob ich diese alten Sachen noch mal anziehen will.«

Scott steckt sie in eine Tasche und legt einen Badeanzug obendrauf.

»Nimm sie mit. Für Kostüme wird es bald zu warm sein, es ist eine Hitzewelle vorhergesagt.«

»Im März?«

»So heißt es.«

Er begleitet mich um das Haus zu meinem Auto und bleibt stehen, um mir nachzusehen, bis so viele Kiefern zwischen uns sind, dass sie wie ein einziger riesiger Baum wirken. Als ich auf die Küstenstraße biege, kann ich ihn ganz unten am Strand sehen; die Hände in den Hosentaschen, geht er zum Meer. Ich wünschte, er würde zu mir schauen, aber sein Blick fixiert den Ozean. Brigitte. Ich wünschte, er hätte mir nicht von ihr erzählt.

12

Ich fahre auf den Parkplatz von Big Brim. Es gibt dort keine Bäume. Es gibt überhaupt keinen Schutz vor der Sonne. Obwohl ich aus der Intensität des Lichtes schließe, dass das Meer nicht weit entfernt ist, wird es von einem Berg aus Sand verdeckt, der sich neben der Straße auftürmt. Der Verkehr rast vorbei und lässt meinen Wagen erbeben. Als ich die Tür öffne, kommen mir die Lastwagen zu schnell und zu nah vor. Ich überquere die Straße, sobald ich kann, und beginne, die Düne hinaufzusteigen.

Auf der Kuppe sehe ich die rote Sonne, doch der Ozean ist hinter zwei weiteren Dünen verborgen, und erst als ich auch diese erklommen habe, erstreckt sich unter mir der weite Strand. Schwer atmend setze ich mich. Ich stelle mir vor, wie mein Vater über diese Dünen ging. Er war fit, aber nicht fit genug, um hier heraufzusteigen, ohne häufig Verschnaufpausen einzulegen. Wollte er an diesem Strand schwimmen gehen, oder ist er gegen seinen Willen hierher verschleppt worden? Ist er mit jemandem hierher gekommen, den er für einen Freund hielt? Oder war hinter ihm, neben ihm jemand, gegen den er unmöglich Widerstand leisten konnte?

Die Sonne steht jetzt tief und wirft ein intensiv rotes Licht auf die Küste. Weit draußen auf dem Meer kann ich zwei Fischerboote erkennen. Sie befinden sich ein wenig nördlich Richtung Retribution. Das Meer scheint reglos. Wie konnte es meinen Vater so rasch – in nur drei Stunden – von diesem Strand bis zu den Booten treiben?

Der Strand ist ungefähr eineinhalb Kilometer lang und sauber, abgesehen von hier und da herumliegendem Treibholz oder Seetang. An beiden Enden wird er von langen Landzungen aus Sand eingefasst, die wie Hutkrempen ins Wasser ragen. Ich entdecke keine Felsen, an denen sich Vater hätte verletzen können, vielleicht sind sie jedoch unter der Wasseroberfläche verborgen.

Ich renne die dritte Düne in Richtung Meer hinunter, bis ich feuchten, festen Sand unter den Füßen spüre. Das Meer wird von der aufgeblähten Sonne blutrot gefärbt. Ich fühle, wie das Wasser in meine Zehen beißt. Ich stehe knöcheltief darin und hebe meinen Rock ein wenig an. Der Pazifik ist eiskalt. Und hier ist er trügerisch. Das Wasser plätschert leise vor sich hin. Es lädt einen zum Schwimmen ein, weil es hier keine großen Wellen gibt. Es fordert einen auf, sich seiner ruhigen Tiefe anzuvertrauen, aber Scott sagt, dass es aufgrund der Unterströmungen die tückischste Stelle in diesem Küstenabschnitt ist.

Der Strand ist leer bis auf zwei Menschen, von denen einer zur Straße zurückgeht. Der andere, ein großer Mann, marschiert in meine Richtung, gefolgt von einem kleinen weißen Hund. Als ich dem Pazifik den Rücken kehre und meine Fußspuren über den Strand zurückverfolge, sehe ich, dass der Mann und sein Hund stehen geblieben sind, um etwas aufzuheben, Treibholz vielleicht oder Muscheln, obwohl von beidem nur wenig auf der eintönigen Sandfläche herumliegt.

Als ich trockenen Sand erreiche, setze ich mich. Von der Sonne ist nur noch die Hälfte zu sehen, aber sie hat Kraft. Ich spüre, wie mein Gesicht, das wie in Anbetung auf sie gerichtet ist, ebenfalls rot widerscheint.

Ich denke an die Fluten im nächsten Monat und daran, dass sie Scotts windiges Häuschen und alle Spuren unseres kurzen gemeinsamen Lebens dort auslöschen könnten.

Die Sonne geht unter. Da, wo sie hing, glüht der Himmel, und das Wasser ist wie von Blut befleckt. Ich blicke auf die Stelle, wo eben noch die Sonne war, und denke an all die Häuser und Wahrzeichen, die es einmal gab und die irgendwann nur noch in der Erinnerung der Leute weiterlebten und erst wirklich aufhörten zu existieren, als diese Leute starben.

Vielleicht ist es mit den Menschen ähnlich. Vielleicht existieren sie weiter, bis keiner mehr am Leben ist, der sich an sie erinnert. Diese Vorstellung tut gut. Vater kommt mir jetzt nicht mehr ganz so tot vor, und unwillkürlich blicke ich über den Strand, als könnte ich ihn, wenn ich mich beeile, dort spazieren sehen. Und im Abendlicht sehe ich tatsächlich eine Gestalt. Sie ist aus den Dünen aufgetaucht und geht zum Wasser. Als sie näher kommt, entpuppt sie sich als ein großer, dünner Mann, der völlig unpassend für diesen Ort in Anzug und Krawatte gekleidet ist. Wahrscheinlich hat er auf dem Heimweg vom Büro hier angehalten. Der Treibholzsammler richtet sich auf und blickt zu ihm. Der kleine Hund tanzt.

Der Mann trägt seine Schuhe in der Hand und schreitet zielstrebig aus. Mir geht durch den Kopf, dass er vielleicht, nur vielleicht, nicht stehen bleiben wird, wenn er am Meer anlangt. Er wird schnurstracks ins Wasser waten, bis er in den Wellen verschwunden ist. Unwillkürlich springe ich auf. Der Treibholzsammler hastet auf ihn zu. Doch bevor er ihn erreicht, als der Ozean ihn schon fast berührt, macht der Neuankömmling plötzlich kehrt und geht zurück. Ich setze mich wieder. Der Mann mit dem Hund dreht sich um.

Die große Gestalt wird von dem feuerroten Himmel eingerahmt. Der Mann scheint auf mich zuzukommen. Bald kann ich sein Gesicht sehen. Es ist ausgezehrt. Hohle Wangen, vorstehende Nase, riesiger Mund, die Mundwinkel wie bei einem Clown nach unten gezogen.

»Hallo«, sagte er mit heiserer Stimme. »Bitte entschuldigen Sie die Störung. Sind Sie Lucy? Lucy Schaffer?«

Ich blicke ihn an, und meine Überraschung beantwortet seine Frage. Sein Mund teilt sein Gesicht in zwei Hälften. Er lächelt.

»Ich bin Detective Michael Rougemont und ermittle im Fall Ihres Vaters. Ich lebe nicht weit entfernt von Professor Schaffer und kannte ihn ein wenig. Ich möchte Ihnen mein Beileid aussprechen.«

Ich nicke. Ich erinnere mich an die dünne, lange Gestalt, die ich für einen Schatten hielt. Er stand mit Kirsty MacFarlane in der Küchentür und sprach mit ihr. Und heute Morgen erwähnte sie einen Kollegen, der Fragen an mich hätte. Er zieht einen Ausweis heraus, den ich ignoriere, denn meine Überraschung ist Zorn gewichen, Zorn über sein Eindringen in meine Privatsphäre. Er hat mich an diesem großen Strand aufgespürt. Und die Art, wie er auf mich zugekommen ist, ohne mich vorher anzusehen, legt den Gedanken nahe, dass er wusste, wo ich zu finden wäre. Ich mag ihn nicht, und zwar mit einer physischen Intensität, die irgendwo aus meinem Bauch aufsteigt. Ich schaue von ihm weg und hinaus aufs Meer, das langsam dunkler wird.

»Nehmen Sie ihn«, rät er mir und wedelt mit seinem Ausweis herum. »Sehen Sie ihn sich an. Sie sollten solche Dinge überprüfen, Lucy, und sichergehen, dass sie echt sind.«

»Ich glaube, Sie sind echt«, sage ich. Er lächelt wieder und streckt mir die Hand hin. Ich schüttle sie vorsichtig. Er setzt sich neben mich, und ich wende mich wieder von ihm ab.

»Ich hoffe, Sie haben nichts dagegen, wenn ich gleich mit Ihnen spreche. Aber ich kam gerade vorbei und dachte, ich sehe mir die Stelle noch mal an.«

»Sie waren schon mal hier?«

»Vor vielen Jahren, vor über dreißig Jahren.«

Ich werde ironisch. »Und, hat sich der Strand sehr verändert, Mr. – ?«

»Rougemont. Aber bitte nennen Sie mich Michael.« Er lässt den Blick über den Strand schweifen und stellt den großen Kopf schräg. »Na ja, ich kann mich nicht erinnern, dass dieser Typ schon da gewesen wäre«, sagt er schließlich und deutet auf den Mann, der am Strand zurückwandert, Treibholz unter dem Arm, gefolgt von seinem Hund. Ich blicke zu Michael Rougemont, der wieder breit grinst. Er mag seine eigenen Witze. Er hat gelbe Zähne. Ich lächle nicht.

Plötzlich blickt er ernst drein. »Ihr Vater war ein besonderer Mensch, ein Mensch, dem die Leute zuhörten und vertrauten. Ich hatte den Eindruck, dass er die Familie in den Mittelpunkt seines Lebens gestellt hat. Viele Männer tun das nicht, können es nicht oder wollen es nicht, und dabei verlieren wir etwas, manchmal die ganze Familie. Deshalb bewundern wir Männer wie Ihren Vater. Ich würde gern von Ihnen etwas über ihn hören, Lucy, und zwar nicht über die jüngste Vergangenheit. Ich würde gern etwas über seine Anfänge hören.«

»Sie untersuchen sein Ende, nicht seinen Anfang, Mr. Rougemont.« Ich habe nicht die Absicht, ihn Michael zu nennen.

Schon wieder das schreckliche Lächeln. »Oh!«, sagt er, und es ist ein Ausruf des Vergnügens. »Oh. Nun ja, häufig sind die beiden irgendwie miteinander verbunden.« Ich betrachte angewidert sein Lächeln. Ich sehe, dass er Verbindungen mag. »Das erinnert mich an ein Spielzeug, mit dem ich als Kind gespielt habe. Ich habe meine Zinnsoldaten so aufgestellt, dass einer nach dem anderen umgefallen ist, wenn man den ersten anstieß. Ich wusste, dass ich sie nicht aufhalten konnte, und trotzdem war es faszinierend, wahrscheinlich war es die Unvermeidlichkeit. Oje, Lucy, Sie hatten ja nie Zinnsoldaten. Sie hatten weiches Spielzeug, das sie oft in den Arm genommen haben, Plüschtiere, zum Beispiel einen Hund.«

Ich blicke ihn überrascht an, aber er sieht nicht zu mir. Er betrachtet das Meer. Er hat Recht. Aber ich gönne ihm die Genugtuung nicht, es von mir zu hören. Ich liebte weiches Spielzeug, und jetzt fällt mir ein, dass mein besonderer Favorit ein brauner Hund mit Kulleraugen und Schlappohren war. Er hieß Hodges, ich weiß nicht mehr, warum.

»Was möchten Sie über meinen Vater wissen?«

»Alles, woran Sie sich erinnern können. Geschichten über ihn, über seine Familie, über seine Jugend.«

»Geschichten waren die Spezialität meiner Mutter.« Den Kopf nach hinten geworfen, die Augen weit aufgerissen oder zu Schlitzen verengt, die Stimme mal laut, mal leise, gestikulierend. Mutter konnte Geschichten erzählen, so viel steht fest.

»Er hat sicherlich etwas über seine Vergangenheit erzählt. Sie haben ihn doch gefragt?«

Ich sehe den Detective an und erkenne in seinem merkwürdigen, traurigen Gesicht den Ausdruck fortwährender Schmerzen wieder. Irgendein weit zurückliegendes Leiden hat Spuren hinterlassen. Er sprach bereits über Verlust, über Männer, die ihre Familien verlieren. Einen Augenblick lang verspüre ich Neugier, sogar Mitleid. Aber ich sage: »Es war unmöglich, etwas über die Vergangenheit meines Vaters zu erfahren. Er hat das alles längst hinter sich gelassen.«

Rougemont lacht vor sich hin und klingt dabei sonderbar, wie ein Tier.

»Ach Lucy, ich bitte Sie, man kann seine Vergangenheit genauso wenig vergessen wie seinen Schatten.«

Ich zucke die Achseln. »Dann hat er sich eben davon losgesagt.«

Wir schauen beide aufs Meer, während er darauf wartet, dass ich rede. Und zu meiner Überraschung rede ich. Zunächst kommen meine Worte schnell und leise, aber allmählich gewinnt meine Stimme an Stärke, als würde das Salz des Ozeans sie aufbauen.

Ich erzähle ihm von den merkwürdigen Anfängen meines Vaters in einer kleinen religiösen Gemeinde in den Bergen von Utah. Die Stunden des Tages und die Tage der Woche waren streng eingeteilt in Gebet, Gottesdienst und Gemeindearbeit. Die Gemeinde war für Andersgläubige nicht zugänglich und wurde von ihren religiösen Führern dominiert; einer von ihnen war mein Großvater. Vater hasste dieses Leben. Da er zu schlau war, um offen zu rebellieren, arbeitete er mit sechzehn, siebzehn als Schreiner und Mechaniker. Er lernte, so gut wie alle Maschinen zu reparieren. Er schien die ganze Zeit zu beten, doch in Wirklichkeit schmiedete er Pläne. Er plante seine Flucht.

Im Sommer kam einmal in der Woche ein Mann mit einem Lastwagen, um die Fische zu kaufen, die die Gemeinde in den Bergseen gefangen hatte. Einmal hatte der Laster einen Motorschaden, und mein Vater brauchte fast den ganzen Abend, um ihn zu reparieren. Dafür wurden ihm die Gebete erlassen: Die Gemeinde wollte auf keinen Fall, dass der Fahrer die Nacht bei ihnen verbrachte und davon träumte, weiß Gott was mit ihren Töchtern anzustellen. Als er abfuhr, lag mein Vater zwischen den Fischen auf der Ladefläche. Er hatte drei Dollar und ein Stück Brot bei sich. In Salt Lake City brachte der Fahrer meinen Vater zu einer Jugendherberge. Hier lebte er, arbeitete tagsüber und ging abends in die Schule. Aufgrund seiner Herkunft hegte er eine lebenslange Aversion gegen Religionen und eine lebenslange Liebe zu Bergen und Steinen, die er schließlich zu seinem Beruf machte.

»Mhm«, sagt Michael Rougemont, verzieht das Gesicht und nickt mit dem großen Kopf. »Mhm. Das ist wirklich interessant. Wer hat Ihnen das alles erzählt?«

»Mein Vater.«

»Hat er Ihnen erzählt, ob er je zurückgekehrt ist?«

»Das war nicht möglich. Wenn man einmal gegangen war, konnte man nie mehr zurück.«

Er arrangiert seine in einer schwarzen Anzughose steckenden Beine neu, sodass sie in Richtung Meer zeigen. »Hatte er Geschwister?«

»Sieben. Er war das jüngste von acht Kindern.«

»Typisch Utah, hm? Acht Kinder. Waren sie Mormonen?«

»Ich weiß nicht genau, ob sie Mitglieder der offiziellen Mormonenkirche waren. Ich glaube, ihre Gemeinde war so eine Art Splittergruppe.«

Rougemont nickt immer noch, als sei sein Kopf ein Spielzeug, das an einem Gummiband hängt. Ein billiges, lächerliches Spielzeug, ganz klar von Mittex, nicht die Sorte, die Gregory Hifeld produziert. »Mhm, mhm«, sagt er rhythmisch. Sein Mund mäandert über sein Gesicht. Old Man River. »Und soweit Sie wissen, hat er nie versucht, zu ihnen Kontakt aufzunehmen?«

Borniert, bettelarm, gottesfürchtig und gotterbärmlich – so beschrieb mein Vater seine Familie, als ich vor vielen Jahren so dumm war, ihn danach zu fragen. Seine Worte erschreckten mich. Darin lag eine wütende Härte, die eher nach meiner Mutter als nach meinem Vater klang. Ich habe ihn nie wieder gefragt.

»Das wollte er nicht. Er hat sich ohne sie ein völlig neues Leben aufgebaut.«

Aber zum ersten Mal wird mir die Tragweite dessen bewusst, was mein Vater als erst Sechzehnjähriger getan hatte. Bestimmt liebte er einige seiner Geschwister oder seine Mutter oder seinen Vater, vielleicht sogar beide, und lag nachts in seiner Herberge in Salt Lake City wach und sehnte sich nach der Liebe seiner Familie und vermisste sie; vielleicht wollte er sogar zu ihnen in die Berge zurückkehren. Wenn ich über die Einsamkeit des jungen Mannes nachdenke, dann schlägt mein Herz schneller, und in meinem Mund ist ein salziger Geschmack. Ich erinnere mich an die winzige weiße Narbe, die ich heute um das Handgelenk meines Vaters gesehen habe, und plötzlich kämpft mein Herz wie ein Fisch, der aus dem Fluss gesprungen ist und sich jetzt windet und zappelt.

»Wann kam er nach Kalifornien?«, fragt Rougemont.

»Das weiß ich nicht genau. Er war auf jeden Fall schon hier, als er aufs College ging, aber ich weiß nicht, wie alt er da gewesen ist. Ich glaube, er hat sein Studium finanziert, indem er eine Zeit lang in einer Autowerkstatt gearbeitet hat.«

»Hat er Ihnen das erzählt?«

»Nein, eigentlich nicht. Aber in Utah hat er gelernt, wie man Maschinen repariert. Und das hat er bis ans Ende seiner Tage getan. Er hat immer irgendwas repariert, alte Autos, Traktoren, Jeeps, alles.«

»Wann hat er Ihre Mutter kennen gelernt?«

In meinem Wissen klaffen riesige Lücken. Jahre um Jahre, Vaters Jahre, nach der High School und bevor er Mutter kennen lernte. Damals sind sie wahrscheinlich ziemlich langsam vergangen, die Menschen und die Ereignisse hatten vermutlich die ihnen angemessene Bedeutung, doch jetzt, da mein Vater tot ist, sind diese Jahre verloren. Keine Freundschaft hat überlebt, es gibt keine Geschichten aus dieser Zeit, sie hat in meiner Vorstellung keinen Platz eingenommen und keine Wahrzeichen hinterlassen. Zehn, nein, fünfzehn Jahre sind spurlos verschwunden und werden nie wieder auftauchen.

Ich schildere ihm, wie meine Eltern sich kennen lernten und wie meine Mutter alle geologischen Schichten der Hochzeitstorte aufzählen konnte und wie gern sie mir die Geschichte erzählte.

Michael Rougemont scheint, ohne dass ich es gemerkt hätte, irgendwie näher gerückt zu sein und betrachtet mich durch das dämmrige Licht, das zwischen uns hängt.

»War sie eine gute Mutter?«, fragt er.

Ich sehe ihn im Halbdunkel prüfend an. Er muss die Antwort auf diese Frage bereits kennen. »Meine Mutter ist schizophren.«

»War sie es schon immer?«

»Am Ende lautete die Diagnose ›schubweise Schizophrenie‹. Das heißt, ihre Psychose bricht in Schüben aus, aber die Intervalle werden immer kürzer. Als ich vierzehn war, hat sie mehr oder weniger in der Klinik gelebt.«

»Wenn sie gerade keinen psychotischen Schub hatte, war sie zu Hause und hat sich um Sie gekümmert?«

Ich schlucke. »Ja, sie war zu Hause. Ich würde nicht behaupten, dass sie sich um uns gekümmert hat. Ihr Verhalten war auffällig, und es wurde immer schlimmer. Als ich in der zweiten oder dritten Klasse war, habe ich es gehasst, wenn sie das Haus verließ, weil man sicher sein konnte, dass sie irgendetwas Peinliches tun würde.« Zum Beispiel während des Fahneneids zu Beginn des Schuljahrs unkontrolliert zu lachen. Oder mit dem Auto anzuhalten und irgendeinen schockierten Fußgänger zu beschuldigen, er hätte sie verfolgt.

»Aber Lucy, Ihre Mutter war nicht immer krank. Sie war nicht krank, als Ihr Vater sie geheiratet hat und sie alle geologischen Schichten aufzählte. Oder als Sie klein waren. Gab es irgendeinen Auslöser, ich meine, als es zum ersten Mal passierte?«

Ich erzähle Rougemont nichts von unserer Exkursion nach Arizona, die wir gleich nach dem Tod meines kleinen Bruders unternahmen. Ich erzähle ihm nicht, wie Mutters Elend auf dem brennenden Asphalt explodierte, als hätte die Sonne Arizonas ihren Schmerz zum Siedepunkt gebracht. Ich erzähle ihm nicht, wie angestrengt ich versuchte, mich an die Worte zu erinnern, die ich sie schreien hörte, während ich im Canyon war. »Ich war noch klein«, sage ich stattdessen. »Ich kann mich nicht erinnern. Es hat Jahre gedauert, bis ihre Schizophrenie diagnostiziert wurde, aber als sie die Diagnose stellten, da verstanden wir schon mehr. Es ist eine Stoffwechselstörung im Gehirn, sie braucht keinen emotionalen Auslöser.«

»Das alles war ganz schön schwer für Sie, Lucy«, meint Rougemont. Der Sand, der trocken war, als ich mich setzte, hat etwas von der Nässe des Ozeans in sich aufgesogen, und auch die Nachtluft ist feucht. Ich stehe auf.

»Zum Glück hatte ich Jane. Warum sprechen Sie nicht mit ihr darüber?« Ich schiebe einen Fuß hin und her, bis der Sand zwischen meinen Zehen hervorquillt.

»Habe ich schon getan. Aber niemand kannte Eric Schaffer so wie Sie. Niemand. Nicht einmal Jane.«

Er hat Recht. Ich würde es nicht laut aussprechen, vor allem nicht Jane gegenüber, aber ich habe mir immer gedacht, insgeheim und mit schlechtem Gewissen, dass ich Vaters Liebling war. Oder er hatte das Talent, jede von uns glauben zu machen, er ziehe sie der anderen vor.

»Ich wohne bei meinen Tanten. Ich sollte jetzt zu ihnen zurückfahren«, sage ich.

Rougemont nickt. Als er sich aufrichtet, schiebt sich zwischen Sitzen und Stehen ein Moment von Steifheit und Schmerz, dann klären sich seine Züge. Wir nehmen unsere Schuhe und machen uns wortlos auf den Weg über den widerspenstigen Sand. Bei jedem Schritt scheint er sich mit einem kleinen Seufzer neu um unsere Füße zu sammeln. Während wir die Dünen überqueren und unsere Arme und Beine so hart arbeiten, als würden wir uns durch tiefen Schnee kämpfen, schnauft und keucht Rougemont. Er fällt hinter mir zurück. Als wir bei unseren Autos ankommen – seines hat er dicht neben meinem abgestellt –, beleuchtet der vorbeirasende Verkehr Rougemonts Gesicht, und ich sehe, dass es schweißnass ist und die Falten auf seiner Stirn und um seinen Mund lang und tief sind. Mir wird zum ersten Mal bewusst, dass er alt ist, nicht so alt wie mein Vater, aber auch nicht viel jünger.

Ich schließe meinen Wagen auf. Als ich mich zu Rougemont

umdrehe, sehe ich, wie seine Hände zittern. Er schafft es nicht, den Schlüssel ins Schloss zu stecken. Ich stehe direkt neben ihm und beobachte die Anstrengungen seiner großen Hände. Es sind die Hände eines alten Mannes. Vaters Hände. Gregory Hifelds Hände. Die großen Knöchel, die vorstehenden Adern. Ich trete einen Schritt nach vorn und nehme ihm behutsam den Schlüssel aus den Händen. Er hängt an einem Ring zusammen mit nur einem anderen Schlüssel, einem Hausschlüssel. Rougemonts Haus. Rougemonts Wagen. Die zwei Pfeiler seiner Existenz, die von einem schmalen Metallring zusammengehalten werden. Die meisten Menschen haben, wenn sie in das Alter kommen, in dem ihre Hände zittern, einen ziemlich schweren Schlüsselbund angesammelt. Sie haben Schlüssel für die Häuser ihrer Freunde oder ihrer Verwandten, Schlüssel für Hintereingänge, Schlüssel für Sommerhäuser, Büroschlüssel, Geheimfachschlüssel, Schubladenschlüssel. Doch Rougemont reist mit leichtem Gepäck. Ich denke daran, wie er von Männern sprach, die ihre Familie verloren, dass es der Preis sei, den man zahlte, wenn man sie nicht in den Mittelpunkt seines Lebens stellen wollte oder konnte. Ich stecke den Schlüssel für ihn ins Schloss und drehe ihn um.

»Danke, Lucy«, keucht er. »Ich danke Ihnen für Ihre Hilfe. Wir sehen uns bald wieder.«

»Guten Abend, Mr. Rougemont.«

Ich setze mit dem Auto ein Stück zurück und ordne mich auf der Spur nach Süden ein. Im Licht der Scheinwerfer nehme ich ein großes Schild neben der Straße wahr. Darauf steht: »Big Brim Beach. Gefahr für Schwimmer! Unterströmungen!«

13

In der Wohnung riecht es stark nach Essen. Tante Zina drängt mich, meine Schuhe im Wohnzimmer abzustreifen und mich zu entspannen, während sie das Abendessen vorbereitet.

»Ah.« Sie hat die kleinen Sandhäufchen entdeckt, die aus meinen Schuhen rieseln. »Du bist sicherlich am Strand von Big Brim gewesen. Hat es dich deinem Papa näher gebracht?«

»Nein«, gestehe ich ein und ziehe den zweiten Schuh aus.

»Für dich hat jemand angerufen«, sagt sie. »Ein Mann. Ich glaube, er hat aus New York angerufen, wo die Leute immer wie Maschinengewehre sprechen. Ich habe kein Wort verstanden, nicht einmal seinen Namen. Aber er wird sicherlich wieder anrufen.«

»Jay Kent?« Niemand klingt so sehr wie ein Maschinengewehr wie Kent.

»Gut möglich«, sagt sie und geht in die Küche. »Ja, der Name könnte es gewesen sein.«

Wenig später kommt Sascha nach Hause. Er bietet mir einen Whisky an.

»Das freut mich, Lucia.« Sascha lächelt milde, als ich sein Angebot annehme. »Whisky ist das beste Entspannungsmittel.«

Er reicht mir ein Glas und sieht zu, wie sich mein Gesicht verzieht, als ich daran nippe.

»Deine Lebensqualität würde erheblich steigen, wenn du dich mit diesem Getränk anfreunden könntest.«

»Es brennt im Mund.«

»Dann sollte ich es für dich etwas schmackhafter zubereiten.« Er verschwindet und kehrt mit Eiswürfeln im Glas zurück.

Er macht es sich in seinem Sessel bequem. Sowohl seine Lederjacke als auch der Sessel knarzen. »Lucia, wann wird die Beerdigung stattfinden?«, fragt er.

»Ich weiß nicht. Ich habe Jane, Larry und Scott heute im Strandhaus getroffen, und wir haben ausgemacht, dass wir alle Formalitäten morgen in Daddys Haus besprechen.«

»Ich kann dir jetzt schon ein großes Aufgebot an Tanten, Onkeln, Cousins und Cousinen garantieren. Aber meine eigentliche Frage lautet: Wird Tante Tanja kommen?«

Das übliche Schuldgefühl, wenn Mutters Name erwähnt wird. »Um ehrlich zu sein, Sascha, ich hoffe nicht«, räume ich ein. »Damit sie nichts Schreckliches anstellen kann.«

»Lucia, Tante Tanja sollte auf jeden Fall am Begräbnis ihres Mannes teilnehmen. Ich biete dir an, in meinem Namen und in dem meiner Mutter, dass wir uns um alles Nötige kümmern. Wir holen sie ab, passen auf sie auf und bringen sie nach Redbush zurück.«

»Aber stell dir vor, sie ...«

»Sie ist mittlerweile sehr gebrechlich. Trotzdem, um dich zu beruhigen, werde ich mit ihr Arm in Arm gehen. Ich versichere dir, dass ich einen eisernen Griff habe.«

»Früher hat sie manchmal gebrüllt und geschrien.«

»Auch das ist mittlerweile eher unwahrscheinlich, aber beim ersten Anzeichen für ein solches Benehmen werde ich mit ihr den Raum verlassen.«

»Vielen Dank. Ich werde Jane fragen.«

»Nein, nein«, sagt Sascha. »Ich möchte, dass du die Entscheidung triffst. So, wie du in New York Entscheidungen triffst.«

Ich zögere. Dann nehme ich sein Angebot an.

»Ich halte es für richtig«, sagt er.

»Danke, Sascha.«

»Eine faszinierende und angenehme Beziehung – zwischen Cousin und Cousine«, sagt er. »Mehr als ein Freund oder eine Freundin, aber wahrscheinlich weniger als ein Bruder oder eine Schwester. Also, was ist heute alles passiert?«

Ich blicke auf meinen Tag zurück. Das Tal, das sich vor uns erstreckte, während die Polizistin und ich versuchten, Vaters Leben zu rekonstruieren. Der Absatz, der sich in meine Hand schmiegte, das Knacken im Unterholz, der Abschleppwagen, der lautlos durch das Tal fuhr. Die Wellen, die in Seal Watch an den Klippen anbrandeten. Scott, der im Strandhaus schluchzte, Vaters von Prellungen gezeichnetes Gesicht im Leichenschauhaus, Rougemonts aufgereihte Zinnsoldaten.

»Ich habe eine Kaffeetasse zerbrochen«, sage ich.

Saschas Augen blitzen. »*Nu tak*. Ist sie symbolisch zerbrochen, so wie man es von einer Tasse in einem Stück von, sagen wir mal Tschechow, erwarten würde? Oder ist sie einfach nur angeschlagen?«

»Sie ist in drei Teile zerbrochen.«

Sascha nippt an seinem Whisky und fährt sich mit der Zunge über die Lippen.

»Das ist zwar nicht so befriedigend wie tausend winzige Splitter, aber lass uns trotzdem überlegen, was drei große Scherben bedeuten könnten ... Vielleicht stehen sie für den perfekten Kreis aus Larry, Scott und Jane, der nun zu zerbrechen droht – und zwar von innen.«

Ich denke darüber nach. »Zusammen mit Daddy bildeten sie einen perfekten Kreis. Anscheinend haben sich die vier fast jede Woche getroffen, meistens im Strandhaus, manchmal bei Daddy oder in Janes und Larrys Wohnung.«

»Aha. Ja, mit Onkel Erics Tod wird sich das Gleichgewicht der Beziehungen verändern, und der Kreis ist eindeutig in Gefahr. Siehst du, deine Tasse hat eine gewisse symbolische Bedeutung.«

Ich schaue ihn bewundernd an. Er zuckt bescheiden die Achseln. »Zwei Abschlüsse, eine Promotion und wer weiß wie viele Jahre Kulturarbeit – wenn das nicht die Interpretationsfähigkeit fördert, was dann?«

Tante Zina kommt mit einem Tablett voll pikanter Leckereien herein.

»Bedient euch bitte, während ihr aufs Essen wartet«, fordert sie uns nachdrücklich auf. »Es dauert noch mindestens eine halbe Stunde, und wenn man hungrig ist wie ein Wolf, kann man das Essen nicht wirklich genießen. Ich weiß genau, dass Sascha eine Besprechung hatte und deshalb nicht zu Mittag gegessen hat. Und was dich betrifft, Lucia, die Melancholie regt den Appetit an.«

Sie kehrt in die Küche zurück, und wir greifen nach den Köstlichkeiten auf dem Tablett.

»Was für eine Besprechung hattest du heute Mittag?«, frage ich.

Er verdreht die Augen.

»Lucia, ich hatte überhaupt keine Besprechung. Mama hat im Büro angerufen, und meine Assistentin hatte die Anweisung, diese Fehlinformation zu verbreiten. Ich saß in einem Café an der nächsten Straßenecke und habe ein Kreuzworträtsel gelöst.«

»Aber warum kannst du nicht zugeben, dass du eine Stunde Mittagspause machst?«

Er seufzt und nimmt ein walnussgroßes Häppchen vom Tablett. Er beschreibt seinen tyrannischen Chef und andere Kollegen mit wenig schmeichelhaften Ausdrücken und wird immer alberner. Dann schenkt er Whisky nach. Ich muss über seine Karikaturen lachen. Er verfällt in das hohe Kichern, an das ich mich erinnere. Es tut gut, hier zu sitzen und mit meinem Cousin zu reden. Mein ganzer Körper entspannt sich und gleitet so tief in den Sessel, bis er mit ihm zu verschmelzen scheint.

»Was ist mit der Frau, die deine Anrufe entgegennimmt?«, frage ich.

»Natascha.« Sein Tonfall hat sich kaum merklich verändert.

»Als ich aus New York anrief, führten wir ein ausgesprochen kurzes Gespräch«, sage ich. »Es konnte ihr gar nicht kurz genug sein.«

»Ihre Gespräche sind wie ihre Röcke sehr kurz.«

»Oh, oh. Ich verstehe, Sascha.«

Saschas breites Gesicht läuft rosa an.

»Was verstehst du?«

»Deshalb bist du nicht mehr mit Marina verheiratet, stimmt's?«

Aus Rosa wird Rot. Er wirft einen verstohlenen Blick in Richtung Küche.

»Lucy, Lucia, wie konnte ich nur deine außergewöhnliche Kombinationsfähigkeit vergessen? Aber woher wusstest du es?«

»Ich habe es deiner Stimme angehört, als du ihren Namen genannt hast.«

»Ach Gott, Frauen. Ich meine, Frauen.« Er beugt sich zu mir vor und flüstert. »Hör mal, Lucia, sie ist einundzwanzig und hat Beine, die bis in den zweiten Stock reichen. Und unser Büro ist im achten – falls du weißt, was ich meine. Sie kommt direkt von irgendeinem Pädagogischen Institut in Moskau, sie hat einen sensationellen Körper, ich meine, wirklich sensationell. Sie ist einsam in Kalifornien und glaubt – womit sie meines Erachtens nicht ganz Unrecht hat –, ich sei wunderbar. Was soll da so ein heißblütiger Typ wie ich machen?«

»All diese Besprechungen nach der Arbeit, von denen Tante Zina immer erzählt … sind das Besprechungen mit Natascha?«

»Korrekt. Du liegst ganz richtig mit deiner Vermutung, dass Natascha häufig meine Besprechungspartnerin ist. Ich bin dir so dankbar, dass du bei uns wohnst und Mama unterhältst, während Natascha und ich so hart zusammen arbeiten. Bislang waren viele Besprechungen auf die frühen Morgenstunden beschränkt, auf eine Zeit, die so unromantisch ist, dass keiner Verdacht schöpft.«

»Hat Tante Zina etwas gegen Natascha?«

»Es gibt keinen Grund, sie von der Beziehung in Kenntnis zu setzen. Ich weiß jetzt schon, wie sie reagieren würde.«

»Von mir wird sie kein Wort erfahren.«

»Danke, liebste Lucia.« Sascha gießt sich noch einen Drink ein, als Tante Zina mit Essen beladen auftaucht. »Danke, ich liebe dich.«

Am nächsten Morgen fahre ich zu Vaters Haus; ich trage ein blaues Kleid, das ich unter den Kleidern fand, die Scott mir gegeben hat. Als ich es aus der Tasche holte, erinnerte ich mich sofort daran, und nachdem ich es angezogen hatte, schien es sich mit einem kleinen Schauder des Wiedererkennens an meinen Körper zu schmiegen. Es ist dünner als die Kleider, die ich zurzeit trage, ärmellos und leicht, als ob es mir folgen würde, statt mich einzuhüllen. Tante Zina warf ihre Hände zustimmend in die Höhe. »Wie schön, und weißt du was, du siehst darin aus wie deine Mama. Sie hat auch immer blaue Kleider getragen.«

»Sie ist wahnsinnig, Tante Zina«, sagte ich. »Ich möchte nicht so aussehen wie sie.«

Tante Zina legte kurz einen Arm um meine Schultern.

»Bevor Tanja wahnsinnig wurde, war sie wunderschön, und manchmal ist sie es auch heute noch«, sagte sie und zog mich näher zu sich. »Du hast von ihr nicht die Krankheit geerbt, Lucia, sondern ihre Fähigkeit zu lieben. Eine solche Gabe ist viel wert. Nicht viele besitzen sie.«

Ich trat zurück und sah in Tante Zinas wässrigblaue Augen. »Lieben?«

»Das überrascht dich? Es stimmt, dass ihre Krankheit sie dir weggenommen hat, aber als du klein warst, liebte sie dich so sehr, wie eine Mutter ihr Kind nur lieben kann. Und du liebtest sie. Ja, ihr wart unzertrennlich.«

Ich versuchte, mich an die Liebe meiner Mutter zu erinnern. Ich versuchte, mich an eine Zeit zu erinnern, in der meine Liebe zu ihr nicht enttäuscht wurde.

»Lucia«, sagte Tante Zina leise, »nur mit dir hat sie russisch gesprochen.«

Ich schüttelte den Kopf, denn außer mit ihrer russischen Verwandtschaft sprach sie mit niemandem in ihrer Muttersprache, vor allem nicht mit Jane und mir. Wenn sie in vergleichsweise guter Verfassung war, fragten wir sie manchmal nach Ausdrücken wie »Hallo« oder »Wie geht's«, aber sie verweigerte die Antwort. Als ich verkündete, dass ich in der Junior High School einen Grundkurs in Russisch belegen wollte, wurde Mutter so unruhig und niedergeschlagen, dass ich zu Deutsch wechselte.

Doch Tante Zina blieb dabei. »Sie hat häufig mit dir russisch gesprochen, und du hast auf Russisch geantwortet. Du hast Kinderverse und Lieder gelernt. Kannst du dich nicht daran erinnern, wie du mit ihr gesungen hast?« Mit zittriger Stimme murmelte sie ein paar Zeilen eines Kinderliedes und machte eine Geste, die wohl einen Vogel darstellen sollte. Ich war mir sicher, dass ich dieses Lied noch nie gehört hatte.

»Wirst du sie heute besuchen?«, fragte Tante Zina, und leicht errötend erklärte ich ihr, dass die anderen und ich ausgemacht hatten, uns in Vaters Haus zu treffen, um die Beerdigung und andere Formalitäten zu besprechen.

»Vielleicht morgen«, sagte ich.

Während ich über die Hügel zu Vaters Haus fahre, versuche ich, mich an die andere Mutter zu erinnern, nicht an die, die in der Klinik zu besuchen ich mich fürchte, sondern an die fürsorgliche, aufregende Mutter, mit der ich so eng verbunden war. Aber es gelingt mir nicht. Sie ist der Saum eines fortgleitenden Kleides, der vorbeischwebende Duft eines Parfüms, eine warme, rasche Berührung und eine leise Stimme. Ich kann sie nicht festhalten.

Ich fahre die holprige Einfahrt entlang, und dort, direkt vor dem Schuppen, wo mein Vater ihn immer abstellte, steht sein alter grauer Oldsmobile. An manchen Stellen fängt er an zu rosten, und der vordere rechte Kotflügel hat eine große Beule, aber beim vertrauten Anblick des Wagens wird mir warm ums Herz. Da ich die Erste bin, parke ich direkt daneben.

Die Luft hier steht vor Hitze, und als ich aussteige, scheint mein blaues Kleid an mir herabzufließen. Ich berühre den verwitterten Lack des Oldsmobile. Das Auto ist ziemlich lädiert. Meinem Vater gefiel, dass es so alt war, dass man ständig Öl nachfüllen und jedes neue Quietschen ergründen musste. Falls er je glücklich war, dann in den Stunden, in denen er einen Motor instand setzte. Im Schuppen steht ein Traktor, an dem er jahrelang herumbastelte, und davor waren es eine alte Druckerpresse, ein Pick-up, ein Motorrad und ein Generator.

Ich versuche die Fahrertür zu öffnen, und weil ich nicht damit gerechnet habe, dass sie aufgeht, falle ich beinahe hin. Der Wagen ist leer. Keine Zeitung, kein Parkschein, nicht mal der Lappen, den mein Vater immer benutzte, um die Fenster abzuwischen. Ich setze mich hinter das Lenkrad und schließe die Tür. Mir scheint, als könnte ich ihn ganz schwach riechen. Dieser ölige Geruch, der in seinem Overall und in seinem zerrissenen karierten Hemd hing, wenn er den Wagen reparierte oder ein Teil des alten Traktors gegen ein anderes austauschte. Einen Moment lang sitzt mein Vater mit mir im Auto, einen Bleistift hinters Ohr geklemmt, die breiten Finger ölverschmiert, und denkt so konzentriert über irgendeine Maschine nach, dass sein ganzer Körper angespannt ist.

Als ich das Haus aufsperre, springt mich die Hitze an wie ein aufgeregter Hund. Ich befestige die Tür mit einem Haken, damit sie offen bleibt, und trete ein. Das Erste, was mir auffällt, ist, dass das Licht im Flur brennt, und in Vaters Arbeitszimmer. Ich weiche zurück in die dunklen Ecken des Flurs und bin instinktiv auf der Hut. Wer war hier, nachdem ich gestern das Haus abgeschlossen hatte und an die Küste gefahren war? Es kann nur die Polizei gewesen sein, um Vaters Autoschlüssel hier zu lassen. Während ich mich danach umsehe, höre ich eine Stimme.

»Morgen, Lucy«, sagt Kirsty MacFarlane. »Ich wollte mich vergewissern, ob der Wagen gebracht wurde.«

»Ich glaube, jemand war im Haus«, sage ich. »Das Licht brennt. Hier und im Arbeitszimmer.«

»Vielleicht Jane?«, meint sie, doch als wir am Wohnzimmer vorbeigehen, bleibe ich in der Tür stehen.

»Die Schiebetüren sind offen!«

Sie sieht mich an und geht dann entschlossen durchs Zimmer. Lautlos wie eine große Katze. Zwischen den Türen befindet sich ein etwa fünfzig Zentimeter breiter Spalt. Ich kann spüren, wie eine leichte Brise von der Terrasse hereinweht. Die Vorhänge bewegen sich sacht.

»Sind Sie ganz sicher, dass Sie die Türen gestern nicht offen gelassen haben?«, fragt sie und untersucht das Schloss. »Es gibt keinen Hinweis auf Gewalteinwirkung.«

Die Vorhänge schwingen langsam hin und her.

»Ziemlich sicher ...« Es ist schon eine ganze Weile her, dass ich mir einer Sache vollkommen sicher war. Ich erinnere mich daran, wie ich die Schiebetüren öffnete und auf die Terrasse ging, nachdem Kirsty gestern gekommen war. Ich versuche, mich daran zu erinnern, wie ich sie wieder schloss, bevor ich aufbrach, aber mir fällt nur das prickelnde Gefühl in meinem Nacken ein, als ich mich im Garten beobachtet fühlte, und der Abschleppwagen, der durchs Tal fuhr, als ich später auf der Terrasse stand.

Kirsty überprüft die Vordertür, doch auch hier lässt sich keine Anwendung von Gewalt feststellen.

»Der Schlüssel meines Vaters ... vielleicht hat irgendjemand ...« Ich sehe mich im dunklen Flur nach passenderen Worten um. »Wer immer am Ende bei ihm war ...«

Sie nickt.

»Ja, das kann sein. Ich habe Ihrer Schwester geraten, die Schlösser so schnell wie möglich auswechseln zu lassen. Haben Sie schon nachgesehen, ob irgendetwas fehlt?«, fragt sie.

»Ich bin gerade erst gekommen.«

»Dann lassen Sie uns das jetzt machen.«

Erst werfen wir einen Blick ins Arbeitszimmer. Es sieht aus wie gestern, aber die Polizistin bemerkt etwas.

»Ich glaube nicht, dass ich die Sachen so hinterlassen habe«, sagt sie, geht hinein und betrachtet die Papierstapel auf Vaters Schreibtisch. Sie ordnet einen Stapel neu und legt ihn wieder hin. »Aber vielleicht haben Sie oder Ihre Schwester die Papiere durchgesehen? Oder Scott, als Testamentsvollstrecker?«

»Ich habe nichts durchgesehen. Und keiner von den anderen wollte kommen.«

Sie runzelt die Stirn und spricht schnell. »Ich bin mir fast sicher, dass ich das Testament und die Versicherungspolice ganz oben auf diesen Stapel gelegt habe.«

»Sind sie weg?«, frage ich und starre sie an.

»Nein, aber sie liegen unter den Kontoauszügen und ein paar Briefen von der Investmentfondsgesellschaft Ihres Vaters.«

Im Erdgeschoss sieht ansonsten alles normal aus. Die Küche ist aufgeräumt. Die Kaffeetassen, aus denen Kirsty und ich getrunken haben, stehen neben dem Spülbecken, wo ich sie gestern hingestellt habe.

Sie geht in den ersten Stock. Wie das ganze Haus ist es eine Art Lagerstätte der Vergangenheit. Die meisten Räume werden als Schränke benutzt. Überall, in den Zimmern und auf dem Flur, sind Kisten gestapelt.

»Da gibt es eine Menge aufzuräumen für Sie«, sagt Kirsty.

Ich gebe ihr Recht. Kisten, Schubläden und Schränke müssen durchforstet, Sachen weggeworfen oder weggegeben werden. Das Haus muss verkauft werden. Das Leben meines Vaters muss aufgelöst werden. Die Vergangenheit unserer Familie wird wie ein Meteoritenschauer über Secondhandshops, Müllhalden und Gesteinshandlungen niedergehen. Irgendjemand wird das Auto meines Vaters fahren, seine Kleider werden von Fremden getragen und seine Bücher von anderen Leuten gelesen werden, vielleicht sogar von Leuten, die die Seiten an den Ecken umknicken oder den Rücken brechen.

Oben angekommen, öffnet sie die erste Tür. Das Bad. Vaters Seife in einer Schale aus Onyx. Sein Rasierapparat. Seine Zahnbürsten, zwei Stück. Zahncreme an den Griffen, die Borsten nach außen oder innen gebogen, wie eine Horde Betrunkener.

An der Schlafzimmertür versuche ich etwas zu sagen, doch mir fehlen die Worte. Kirsty blickt mich an. Im dunklen Flur sind ihre Augen schwarz. Schließlich sagt sie: »Soll ich zuerst hineingehen?«

»Nein.«

Aber meine Hand bewegt sich immer noch nicht. Mein ganzes Leben lang musste ich anklopfen, bevor ich das Zimmer meiner Eltern betreten durfte. Haben die alten Regeln ihre Gültigkeit verloren, jetzt, da mein Vater tot ist und Mutter die Klinik nicht mehr verlässt? Alle Regeln, wirklich alle? Muss ich meine Schuhe nicht mehr auf dem Fußabstreifer im Eingang abtreten, wenn es draußen regnet, oder morgens duschen, oder »das Salz bitte« sagen, statt einfach danach zu greifen, oder »Kann ich Ihnen helfen?« fragen, wenn ein Gebrechlicher, Blinder oder Verwirrter die Straße überqueren möchte? Ich schließe die Augen und öffne die Tür.

14

In meinem Rücken spüre ich die Reaktion der Polizistin, so plötzlich und unwillkürlich wie das Scheuen eines Pferdes. Sie hat sich sofort wieder unter professioneller Kontrolle. Es ist die Wirkung des Bettes, auch wenn man es bereits kennt: eine unvorstellbare Märchenkreation aus Bändern, Schlingen und Schleifen. Sie hängen über dem ganzen Zimmer wie ein großes blaues Schloss.

»Das Bett ist das Werk meiner Mutter«, erkläre ich. »Es ist, wie sie, komplett verrückt.«

Kirsty nickt, und ich vermute, sie hat bereits versucht, mit Mutter zu sprechen. »Haben Sie irgendetwas aus ihr herausbekommen?«, frage ich.

»Sie hat geantwortet. Aber auf Russisch.«

»Auf Russisch! Das ist eine neue Masche.«

Ich schaue mich im Schlafzimmer um. Es ist bis ins letzte Detail unverändert. Dieselben Nippes und Fotos auf dem Schminktisch. Dieselben wallenden blauen Vorhänge an den Fenstern. Dieselben blauen Bilder an den Wänden. Es war Mutters Zimmer. Mein Vater unternahm nichts, um es zu seinem Zimmer zu machen, als ob er darauf gewartet hätte, dass es ihr eines Tages besser gehen würde und sie nach Hause käme.

Auf der Kommode stehen Fotos von Verwandten, die darauf so jung sind, dass ich sie nicht wiedererkenne. Ein Hochzeitsfoto, auf dem mein Vater und meine Mutter glücklich wirken und nicht so steif dastehen wie die meisten Leute auf Hochzeitsbildern. Auf einem anderen Foto sind wir vier am Strand abgebildet. Ich bin vielleicht zwei Jahre alt, und Mutter hält mich mit einem Lachen in die Kamera, während Jane sich an meinen Vater lehnt. Auch mein Vater lacht auf eine Weise, an die ich mich bei ihm überhaupt nicht erinnern kann: Er wirft den Kopf in den Nacken, und alle seine Zähne sind zu sehen. Ich nehme das Foto in die Hand und betrachte es genau. Es scheint mir unvorstellbar, dass wir jemals diese vier Personen waren.

»Wissen Sie, woran mich dieses Bett erinnert?«, fragt die Polizistin.

Ich drehe mich zu ihr um. Ihr Tonfall ist beiläufig, aber mein Körper spannt sich an wie ein Gummiband.

»An die Wiege Ihres Kindes«, sagt sie.

Ich rühre mich nicht, aber nach einem kurzen Schweigen merke ich, dass mein Mund ein wenig geöffnet ist. Ich schließe ihn.

»Oh, ich habe vergessen, es Ihnen zu sagen – aber vielleicht haben Sie es sowieso schon gemerkt. Wir sind uns schon mal begegnet.«

Sie wartet darauf, dass ich spreche. Schließlich sagt sie: »Vor drei Jahren. Um genau zu sein, Samstag vor drei Jahren.«

Mir stellen sich die Haare im Nacken auf.

»Ich war damals selbst gerade erst schwanger«, fährt sie fort. »Vielleicht erinnere ich mich deshalb so gut an alles.«

»Wie geht es Ihrem Kind?«, frage ich leise.

Sie lächelt, und ihre Miene entspannt sich. »Gut.« Dann spannen sich ihre Muskeln sofort wieder an, und ihr Blick wird erneut ausdruckslos.

Ich gehe über den blauen Teppich und setze mich auf die Bettkante, ganz höflich, als besuchte ich einen Kranken. Ich schaue zu dem Baldachin empor und sehe einen tiefblauen Himmel, der sich in zahlreichen Schichten in die Unendlichkeit wölbt. Ich denke über die Zuversicht der Frau nach, die ein solches Bett und einen solchen Raum gestaltet hat. Die andere Mutter, die mich lachend in die Kamera hält und mich so sehr liebte, wie eine Mutter ihr Kind nur lieben kann. Und, sagte Tante Zina, du hast sie auch geliebt. Ja, ihr wart unzertrennlich.

»Natürlich bin ich damals Ihrer ganzen Familie begegnet«, sagt Kirsty, »auch Ihrem Vater. Ist das nicht unglaublich? Es gibt nicht viele Mordopfer, die ich kennen gelernt habe, als sie noch am Leben waren. Professor Schaffer war vom Tod Ihres Sohnes fürchterlich mitgenommen. Das waren Sie alle, aber an seinen Schmerz kann ich mich besonders gut erinnern. Während wir die nötigen Dinge erledigten, saß Ihr Vater allein in einer Ecke Ihres Wohnzimmers und weinte leise vor sich hin.«

Davon wusste ich nichts. In dieser Nacht war meine Welt auf meinen eigenen Schock und Schmerz reduziert. Der Gedanke an meinen Vater, der allein im Wohnzimmer weint wie ein Tier, das seinen verletzten Körper in einen sicheren Winkel geschleppt hat, gefällt mir nicht. Ich wünschte, ich hätte ihn gesehen und in den Arm genommen.

»Ich habe so viele Tränen gesehen, wahrscheinlich genug, um ein Schwimmbad oder einen kleinen See zu füllen«, sagt Kirsty. »Es gibt die, die jammern, und die, die schreien, und die, die laut schluchzen, und die, die nach Atem ringen. Aber Ihr Vater, der nur dasaß und leise weinte, war einer der Schlimmsten.«

Als ob mich ihre Worte verbrannt hätten, springe ich auf. Dann stehe ich verlegen herum. Plötzlich habe ich einen Überschuss an Körper und weiß nicht, was ich damit anfangen soll.

»Haben Sie die schöne Wiege für Ihr Baby gekauft, weil sie Sie an dieses Bett erinnert hat?«, fragt die Frau und sieht mich prüfend an.

Überrascht höre ich meine eigene Stimme, die so rostig klingt, als hätte sie lange Zeit unbenutzt in einem Schuppen gelegen. »Darüber habe ich nie nachgedacht.«

»Haben Sie die Wiege selbst dekoriert?« Sie lässt mich keine Sekunde aus den Augen.

Ich huste. »Nein. Jane und ich haben sie gekauft.«

Sie geht im Zimmer umher, betrachtet die Möbel, die blauen Bilder. »Sie und Ihre Schwester haben die Wiege gemeinsam gekauft? Das ist interessant. Und Sie haben nie die Ähnlichkeit mit dem Bett Ihrer Eltern bemerkt?«

»Ähm, nein, ich glaube nicht.«

»Außerdem war das Blau der Wiege etwas heller, nicht wahr?«

»Ja, wahrscheinlich.«

Als ich kugelrund war und die ruhige Phase der späten Schwangerschaft erreicht hatte, in der die Gegenwart von den eigenen freudigen Erwartungen überlagert wird, sagte Jane, sie wolle eine Babywiege kaufen. Ihre Stimme klang fest, als sie zugab, dass sie jede Hoffnung aufgegeben hatte, eigene Kinder zu bekommen, und dass sie meinem Baby eine gute, eine besondere Tante sein wollte. Wir gingen in alle großen und in alle teuren kleinen Geschäfte, und je mehr Geschäfte wir sahen, umso ausgefallener wurden unsere Vorstellungen. Als wir die blaue Wiege mit all den Bändern und Rüschen und dem Voile sahen, mussten wir sie einfach kaufen. Ich sah aufs Preisschild und schlug die Hände vors Gesicht. Aber Jane blieb hart. Als sie geliefert wurde, konnte ich nicht glauben, dass wir einer solchen Wahnsinnsidee nachgegeben hatten. Es war etwas, was keiner von uns normalerweise kaufen würde. Ich war mir nicht einmal sicher, ob sie mir überhaupt gefiel. Ich überlegte, ob ich sie zurückschicken sollte, doch ich wollte Janes Gefühle nicht verletzen. So wurde sie Stevies Wiege. Und als jeder, der sie sah, sie bewunderte, bewunderte auch ich sie. Dann starb Stevie darin, und ich hasste sie. Als wir in das Strandhaus zogen, ließ ich sie wegschaffen. Ich habe nie gefragt, was damit passiert ist.

»Falls letzte Nacht jemand eingebrochen ist, dann hätte er mit Sicherheit diese Silberdöschen mitgenommen«, sagt Kirsty und deutet auf den Schminktisch. »Gab es noch andere wertvolle Sachen in diesem Zimmer?«

Ich zucke die Achseln. »Ich glaube nicht.«

Wir setzen unsere Tour durch das staubige Haus fort. Sie möchte wissen, welches mein und welches Janes Zimmer war. Beide sind jetzt mit alten Kisten voll gestellt. Dann das Zimmer, in dem Großmutter während ihrer gelegentlichen Besuche schlief, oder mein Vater, wenn Mutter krank war und das große Schlafzimmer für sich brauchte.

»Wessen Zimmer war das?«, fragt die Polizistin, als wir am Ende des Flurs die Tür zu einem kleinen Raum öffnen, der in einem blassen Blau gestrichen ist, so blass wie ein weit entfernter Himmel. Es riecht nach Schimmel.

»Mein Vater hat es als Büro benutzt, bevor er mit seinem Schreibtisch ins Arbeitszimmer umgezogen ist. In den Kisten sind wahrscheinlich Steine.«

»Und davor? Kann es sein, dass dies das Zimmer Ihres kleinen Bruders war?«, fragt sie, und zum zweiten Mal an diesem Morgen lassen mich ihre Worte erstarren. »Sie hatten doch einen kleinen Bruder, nicht wahr?«, fügt sie hinzu.

Ich nicke. »Aber er starb, als er noch ein Baby war.«

»War das sein Zimmer?«

»Ich weiß es nicht.«

»Können Sie sich nicht an ihn erinnern?«

»Ich kann mich an nichts erinnern, was mit ihm zu tun hat.«

»Das ist merkwürdig«, sagt sie, dreht sich um und führt mich weg. »Sie waren eigentlich gerade alt genug, um etwas so Dramatisches in Erinnerung zu behalten.«

Ich frage sie nicht, woher sie das weiß. Ich sage gar nichts. Der Tod meines kleinen Bruders ist etwas, was selten, wenn überhaupt, erwähnt wird. Als Stevie starb, gab es Hinweise auf den Verlust, den mein Vater erlitten hatte, aber er machte deutlich, dass er nicht darüber sprechen wollte. Ich hoffe, dass die Polizistin all das aus meinem Schweigen folgern kann.

Auf dem Weg nach unten sagt sie: »Der Staub hier oben wurde schon seit einer Weile nicht mehr aufgewirbelt. Falls ein Einbrecher hier war, dann wahrscheinlich im Arbeitszimmer. Aber nachdem nichts fehlt, hoffen wir einfach, dass Sie gestern vergessen haben, die Lichter auszuschalten und die Terrassentür zu schließen.«

Ich nicke bedrückt. Hoffen wir es einfach. Sie blickt mich an. Auch sie ist bedrückt. »Haben Sie eine Ahnung, wie viele Schlüssel Ihr Vater bei sich trug? Ich nehme an, Haus- und Autoschlüssel hingen am selben Bund?«

Ich erinnere mich an Rougemonts große Hände, die das Schloss in seinem Wagen verfehlten. Sein Autoschlüssel, sein Hausschlüssel. Wie kläglich diese magere Sammlung schien.

»Oh, mein Vater hat immer geklimpert, wenn er gegangen ist. Autoschlüssel, Hausschlüssel, Schuppenschlüssel, Schreibtischschlüssel, der Schlüssel für den alten Traktor, Schlüssel zu Janes Wohnung, vielleicht die Schlüssel zu Scotts und zu Seymours Haus.« Ich schlucke. »Und jetzt hat, wer immer am letzten Montag mit meinem Vater im Auto saß, freien Zugang zu all diesen Orten.«

Wir schweigen, ohne uns anzusehen.

Dann fragt Kirsty leise: »Sind Sie nicht froh, dass Sie hier nicht übernachtet haben?«

»Wir sollten wirklich bald die Schlösser austauschen lassen«, sage ich.

Sie nickt, dreht sich um und geht auf die Veranda. Durch die Fliegengittertür und die Bäume dringen vereinzelte Strahlen des gleißenden Sonnenlichts.

»Haben Sie sich das Auto Ihres Vaters schon angesehen?«, fragt sie, als die Fliegengittertür hinter uns zufällt.

»Ich habe mich vorhin hineingesetzt. Ich habe ihn gerochen.«

Sie zieht die Augenbrauen hoch.

»Sie haben … wen gerochen?«

»Meinen Vater. Nein, kein schlechter Geruch. Ein süßlicher Geruch nach Öl und Seife. Wenn jemand stirbt, dann fällt es schwer zu glauben, dass er weg ist, vollständig weg. Man hat das Gefühl, er sei noch da, aber schwer zu fassen. Man dreht sich schnell um, um ihn aus dem Augenwinkel zu sehen, und manchmal kann man ihn riechen. Ich habe die Wagentür geöffnet, und heraus kam der besondere Geruch meines Vaters. Ich habe mich hineingesetzt, und einen Augenblick lang hat es sich so angefühlt, als säße er neben mir.«

Die Frau sieht mich forschend an. Ich warte auf eine rasche, abfällige Bemerkung, aber sie sagt: »Ich frage mich … ich frage mich, wie lange unser Geruch in der Luft hängen bleibt, wenn wir irgendwo sind. Ich meine, vielleicht sollte es eine wissenschaftliche Methode geben, den Geruch zu analysieren, um festzustellen, wann Ihr Vater zum letzten Mal in seinem Auto saß.«

»Oh, er saß irgendwann in den vergangenen achtundvierzig Stunden darin«, sage ich, ohne nachzudenken, ohne innezuhalten und zu überlegen, ob ein Geruch einen Tag oder eine Woche oder einen Monat lang hängen bleiben kann.

Ihr Blick ist neugierig. »Woher wissen Sie das so genau?«

»Keine Ahnung. Wenn man versucht, die Sache wissenschaftlich anzugehen, dann löst sie sich auf.«

»Warten Sie.«

Sie steigt in den Oldsmobile ein, setzt sich auf den Beifahrersitz und bedeutet mir, auf dem Fahrersitz Platz zu nehmen. Wir ziehen die Türen zu. Zunächst falte ich wie eine gut erzogene Erstklässlerin meine Hände im Schoß, dann halte ich das Lenkrad, als würde ich fahren. Kirsty und ich sitzen stumm da und fahren nirgendwohin. Ich schließe die Augen, und einen Moment später kann ich ihn wieder riechen. Der Geruch ist so schwach, dass ich ihn nur gelegentlich auffange.

»Nun?«, sagt die Frau schließlich. »Was riechen Sie?«

»Ich kann meinen Vater riechen, wenn auch nur ganz schwach.«

Ich sehe auf ihr Profil. Sie hat eine scharf geschnittene Adlernase und blickt konzentriert auf die nicht existierende Straße vor ihr. »Ich rieche das Pulver für die Fingerabdrücke«, sagt sie. »Es riecht nach Metall.«

Ich atme ein. »Nein, davon merke ich gar nichts.«

»Ihr Geruchssinn scheint zu sagen, dass der Verstorbene ...« Sie hält inne und verbessert sich. »Dass Professor Schaffer am Montagmorgen selbst mit diesem Auto gefahren ist.«

Ich nicke.

»Das Auto wurde an einem Ort namens Lowis gefunden. Kennen Sie Lowis?«

»Eigentlich nicht. Ich habe es von der Schnellstraße aus gesehen.«

»Häufig?«

»Man kommt auf dem Weg ins San-Strana-Tal dort vorbei, und als ich schwanger war, sind Scott und ich öfter in San Strana essen gewesen.« Ich hatte wahnsinnige Lust auf die Eier Benedictine, die es in einem Restaurant im Herzen des Tals gab. Sonntags fuhren wir manchmal zum Brunch dorthin und schauten auf den Fluss. Der Fluss hat das enge fruchtbare Tal gegraben, in dem verstreut alte Häuser und Bauernhöfe, Künstlerkolonien, Restaurants und Gesundheitsfarmen stehen.

»Aber Sie waren nie in Lowis?«

Ich schüttle den Kopf.

»Es ist mehr oder weniger der einzige Ort in der Gegend, wo noch gebaut werden darf. Der Wagen Ihres Vaters stand in einer Siedlung. Große Häuser, freundlich, ruhig. Viele Kinder. Die meisten von ihnen haben noch nie so viele Streifenwagen auf einmal gesehen.«

Ich stelle mir vor, wie der Mann von der Spurensicherung versucht, seiner Arbeit nachzugehen, während zehn Kinder ihre kleinen Gesichter an die Fensterscheiben drücken.

»Hat Ihr Vater Lowis je erwähnt? Vielleicht wollte er dort etwas essen oder einen Freund besuchen?«

»Nein. Aber wir könnten in seinem Adressbuch nachsehen«, sage ich.

»Das habe ich kopiert und habe auch schon nachgeschaut. Er scheint keine Verbindung zu Lowis gehabt zu haben, und niemand kann sich erinnern, das Auto schon mal gesehen zu haben. Es fällt auf unter all den neuen Sportwagen.«

Wir lächeln beide, ohne uns anzublicken.

»Die Leute dort stimmen in ihren Aussagen nicht ganz überein«, sagt sie, »aber die meisten glauben, dass das Auto mindestens seit Montagnachmittag dort stand, wahrscheinlich seit Montagvormittag, und ein paar behaupten, es sei das ganze Wochenende dort gewesen.«

»Hat niemand gesehen, wie er ausgestiegen ist?«

»Nein, Lucy, niemand hat irgendwas gesehen.« Sie klingt resigniert. Sie ist ein Detective in der Mordkommission. Nie sieht irgendjemand irgendetwas.

»Und hat man Fingerabdrücke gefunden?«

Sie seufzt. »Jemand hat sich große Mühe gemacht und das Auto sorgfältig sauber gewischt. Wir haben ein paar alte Abdrücke gefunden, ein paar Fasern, die fast alle von Ihrem Vater stammten. Ein paar waren von Jane, aber das war zu erwarten, da er sie am Samstag zum Grab Ihres Sohnes gefahren hat.«

»Kann ich die Adresse haben, wo es gefunden wurde?«

»Wenn Sie meinen, dass es Ihnen hilft, sich an etwas Nützliches zu erinnern, dann sehe ich in meinem Notizbuch nach und gebe Ihnen die Adresse«, sagt sie.

Als sie aussteigt, geht sie in die Hocke, um die große Beule im vorderen rechten Kotflügel zu untersuchen. Sie fährt mit den Fingern immer wieder über den abblätternden Lack wie eine Frau, die ihren Liebhaber streichelt.

»Hat Ihr Vater das je erwähnt?«

»Nein.«

»Es sieht ziemlich frisch aus«, bemerkt sie. »Aber die Kriminaltechniker hatten nichts Interessantes darüber zu berichten.« Sie richtet sich wieder auf. Die Sonne ist heute drückend, und das Gewicht ihrer Hitze scheint mich auf den steinigen Boden zu nageln. Das Laub um die Veranda hängt schlaff herab. Ich gehe in den Schatten, aber auch das bringt kaum Erleichterung.

»Ich wünschte, wir hätten mehr Informationen, Lucy«, sagt die Frau. »Es gibt so viele Fragen in diesem Fall. In den nächsten Tagen werde ich mit allen sprechen, die Ihren Vater gut kannten, und ich hoffe, die Leute fangen an, sich an Dinge zu erinnern, die sie vergessen haben. Vor allem Sie und Jane.«

Ich weiß nicht, warum mich ihre Worte erröten lassen. Um es zu verbergen, blinzle ich in die Sonne, die mich gerade durch eine Lücke zwischen den Blättern anstrahlt.

»Mein Kollege Michael Rougemont zum Beispiel«, fährt sie fort, »hat dieses ganz erstaunliche Gedächtnis. Er kann sich an winzige Details aus Fällen erinnern, die über dreißig Jahre zurückliegen. Deshalb frustriert es ihn fürchterlich, wenn andere Leute alles vergessen.«

Ich weiß, dass mein Gesicht rot ist. Es fühlt sich an, als würde es in der Sonne anschwellen.

»Sie und Jane behaupten, dass Sie sich überhaupt nicht an den Tod Ihres Bruders erinnern.«

Ich schlucke. »Ich war sehr klein ...«

»Sicher, aber wenn ein Kind stirbt, dann hat das gewaltige Auswirkungen auf die ganze Familie. Man möchte meinen, dass die eine oder andere Erinnerung überlebt hat. Das gilt erst recht für Jane.«

»Larry würde sagen, wir haben das Trauma begraben.«

»Sicher. Sicher würde er das sagen. Und das würde erklären, warum Sie sich an nichts, aber auch gar nichts erinnern, nicht einmal an die Zeit, als Ihr Bruder noch lebte.«

»Ich erinnere mich, dass ich ihn geliebt habe. Mehr nicht«, sage ich langsam, unsicher.

Ihr Tonfall ist jetzt freundlich. »Hat denn niemand in Ihrer Familie je darüber gesprochen?«

»Nein.«

»Und als Ihr Sohn starb, hat Ihr Vater da nicht darüber gesprochen?«

»Nicht direkt. Wir wussten von dem Verlust, und Scott und ich spürten immer, dass er uns auf besondere Art verstand. Aber mein Vater hat nie darüber gesprochen.«

»Und Sie haben ihn nie gefragt?«

»O nein, das hätte ich auf keinen Fall getan.«

»Haben Sie Jane je gefragt?«

»Wir haben einfach nie darüber gesprochen.«

Sie seufzt. »Wissen Sie wenigstens, wie das Kind gestorben ist?«

»O ja«, antworte ich rasch. »Es war ein Unfall.«

Sie wartet, dass ich mehr sage, und seufzt noch einmal.

»Haben Sie eine Ahnung, wo sich der Unfall ereignet hat?«

Ich schüttle den Kopf.

»Am Strand von Big Brim. Dort ist er ertrunken. Wussten Sie das wirklich nicht?«

Ich starre sie an.

»O Lucy«, murmelt sie, und ihr Tonfall ist vertraulich und verzweifelt zugleich.

15

Scott trifft vor Larry und Jane ein. Er freut sich, den Oldsmobile an seinem gewohnten Platz zu sehen.

»Du bist da, das alte Auto ist da, und ich kann mir einbilden, dass alles wieder so wird, wie es einmal war«, sagt er, als wir auf der Terrasse sitzen. Das Tal schimmert unter uns, aber wir nehmen es nur halb wahr.

»Larry hält nichts von solchen Vorstellungen«, erinnere ich ihn.

»Natürlich, als du weggezogen bist, hat sich alles geändert, und jetzt kann nichts mehr so sein wie früher, weil Eric tot ist. Aber ist es denn so schlimm, wenn man ein paar Minuten lang vor sich hin träumt?«

Ich lächle ihn an.

Er erzählt mir, dass sein Buch in einer Neuauflage erschienen ist und dass er sogar im Fernsehen interviewt wurde.

»Ich habe dich gesehen«, sage ich.

»Du hast mich im Fernsehen gesehen?«

Ich nicke, und er sagt rasch: »Aber du hast sofort ausgeschaltet.«

Ich warte, bis er endlich seinen großen Kopf hebt und mir in die Augen sieht. »Nein, Scott, ich habe nicht ausgeschaltet«, sage ich.

Als wir einen Motor hören, gehen wir ums Haus zum Schuppen. Larry und Jane sind gekommen, und Larry steigt als Erster aus. Er trägt ein Hemd in der Farbe von seichtem Wasser, das spannt und seinen wachsenden Bauch hervorhebt. Der eingesunkene Brustkorb und die dünnen Arme erinnern an einen alten Mann. Wenn mein Vater schwimmen ging, missfiel mir der Anblick seines eingefallenen Oberkörpers, seiner mageren Arme und des Fleischrings, der schlaff um seinen Bauch hing. Und nun sehe ich, wie Larry aus dem Auto steigt, und bin wütend auf ihn, weil er mich an meinen Vater und ans Altern erinnert. Er ist alt genug, um mein Vater sein zu können, aber als er Jane heiratete, passte er sich unserer Generation an. Jetzt jedoch verrät ihn sein Körper, an dem das Alter zehrt.

»Entschuldigt die Verspätung«, sagt er. »Wir haben deine Mutter besucht.« Ich spüre, wie Farbe an meinem Hals und an meinem Kopf wie ein schnell wandernder Schatten emporsteigt. Larry sieht mich amüsiert an.

»Wie geht es ihr?«, fragt Scott.

Als Antwort legen Larry und Jane ihr Gesicht in Falten, als würden sie von der Sonne geblendet, dabei stehen sie in der Küche und holen kleine Pakete aus einer großen braunen Papiertüte. Nur sie haben ans Mittagessen gedacht. Vielleicht sind Scott und ich auch einfach davon ausgegangen, dass sie sich darum kümmern würden.

»Sie war bedrückt«, sagt Jane.

»Hat sie verstanden, was mit Daddy passiert ist?«

Sie sehen sich an, dann antwortet Larry. »Sie scheint zu begreifen, dass etwas Trauriges geschehen ist. Aber sie weiß vermutlich nicht genau, was.«

»Sie hat geflattert«, fügt Jane hinzu. »Erinnerst du dich an ihre fahrigen Bewegungen, wenn sie sich aufregt?«

»Das macht sie, wenn sie sich hilflos fühlt«, sage ich.

»Und unglücklich«, stimmt Jane mir zu.

»Am wildesten hat sie geflattert, als ich beinahe im Schwimmbad ertrunken wäre. Sie wollte eingreifen, aber es gelang ihr nicht, oder sie wusste nicht, wie sie es hätte anstellen sollen, und so musste sie einfach nur zusehen, wie du mich gerettet hast.«

Wir waren im öffentlichen Schwimmbad, und ich lernte gerade zu schnorcheln, als ich statt Luft plötzlich Wasser einatmete. Meine Augen, meine Nase und mein Mund waren voll Wasser. Der Himmel über mir war ebenfalls tiefblaues Wasser. Als ich emporblickte, sah ich zum ersten Mal seine Unendlichkeit. Ich sah, dass Blau die Farbe der Tiefe ist und dass die Tiefen des Himmels sich endlos fortsetzen. Ich hörte auf zu kämpfen. Ich hörte auf zu schwimmen. Mein Kopf sackte nach unten, und ich ergab mich in die Schönheit des unendlichen blauen Wassers. Dann packte mich plötzlich etwas am Kinn, und ich spürte die rhythmische Kraft von Schwimmzügen, die mich an den Beckenrand zogen. Als ich die Augen öffnete, lag ich auf den harten Platten neben dem Pool, um mich herum standen Kinder, und über mir kniete Jane und pumpte und schlug auf mich ein, bis ich die viele Flüssigkeit ausspuckte und mein Körper wieder in einen festen Zustand überging. Ich erinnere mich an Janes ernstes, hochkonzentriertes Gesicht, dahinter Mutter in ihrem wehenden blauen Kleid und mit fliegenden Fingern, und hinter beiden der Himmel.

Larry hört auf, das Essen auszupacken und legt einen Arm um Jane. Er kennt die Geschichte, wie sie mich rettete. Sie gefiel ihm immer und gefällt ihm auch heute wieder. »Und bis zum heutigen Tag rettet sie Leben«, sagt er. Sein Tonfall ist zugleich stolz und albern.

Ich sehe die beiden an, wie sie nebeneinander stehen, und frage mich in einem Anfall von Respektlosigkeit, was für Eltern sie wohl gewesen wären. Und ich sehe Scott, wie er sie und ihre untergehakten Arme anstarrt. Er denkt darüber nach, warum sie zusammen geblieben sind und wir nicht. Sie sind das Paar, das kein Kind haben konnte. Wir sind das Paar, das sein Kind nur sechs Monate lang behalten konnte.

Danach ist der Tag mit Geschäftigkeit erfüllt. Zunächst sehen wir uns das Testament an. Mein Vater hat Jane und mir zu gleichen Teilen alles hinterlassen. Das überrascht niemanden. Nur dass er Scott als seinen Testamentsvollstrecker eingesetzt hat, verursacht ein kleines Raunen; Scott kann es zunächst nicht glauben, dann erschrickt er, und schließlich bittet er mich um Hilfe.

»Ich habe schon lang keine persönliche Finanzberatung mehr gemacht«, protestiere ich.

»Du musst es für mich machen, Lucy, bitte.«

»Wie lange bleibst du, Lucy?«, fragt Larry, dessen Bart in meine Richtung zeigt.

»Ich muss nach der Beerdigung sofort zurückfliegen.« Ich spüre, wie sich einen Moment lang Missbilligung im Raum ausbreitet, jemand hebt die Hand, beugt den Arm. »Also, ich kann höchstens bis Ende nächster Woche bleiben«, füge ich hinzu. »Ich stecke gerade mitten in einem großen Deal, der sich womöglich in Luft auflöst, wenn ich nicht da bin.«

Einen Moment lang traue ich mich nicht, sie anzusehen, bis mir klar wird, dass auch sie mich nicht ansehen. Flüchtig blicke ich in ihre abgewandten Gesichter. Schließlich ergreift Larry mit ernster Stimme das Wort. »Lucy, nach einem Todesfall gibt es eine Menge zu tun. Eine Menge zu entscheiden, eine Menge aufzuräumen. Du kannst nicht einfach nach New York verschwinden und alles Jane überlassen.«

Ich hoffe, dass Jane ihm widerspricht, doch sie bleibt stumm.

»Wirst du es schaffen, alles, was mit der Testamentsvollstreckung zu tun hat, vor der Beerdigung für mich zu erledigen?«, fragt Scott ratlos.

»Wahrscheinlich schon«, sage ich zu ihm. »Wenn ich mich dahinter klemme.«

»Wann soll die Beerdigung stattfinden?«, fragt Jane. »Wie wäre es mit nächstem Dienstag? Haben wir alle informiert, die informiert werden müssen? Kommt, lasst uns die Dinge anpacken.« Sie nimmt sich ein Notizbuch und einen Stift. Ich betrachte sie liebevoll. Jane zieht sich in die distanzierte Effektivität einer Ärztin zurück; in dieser Rolle fühlt sie sich am sichersten. Sie hat dieses Verhaltensmuster in der Kindheit gelernt, als Mutter das Leben für uns unmöglich machte, und nun bedient sie sich dieser Professionalität jeden Tag. Mit Hinterbliebenen umzugehen ist Teil ihrer Arbeit, ist Routine für sie. Das Besondere ist für Jane Routine. Routinemäßig muss sie Patienten sagen, dass sie sterben werden. Ich weiß, dass sie der schrecklichen Wahrheit nie ausweicht oder in ihren Aufzeichnungen blättert, von einem Bein aufs andere tritt oder vergisst, den Patienten beim Namen zu nennen. Sie teilt die Nachricht mit der ihr eigenen geradlinigen Direktheit mit. Sie geht ins Krankenzimmer und fragt, wie es dem Patienten geht, um dann zu sagen: »Tut mir Leid, Mr. Smith. Als wir Sie operierten, hat sich herausgestellt, dass der Krebs sehr viel weiter gestreut hat, als wir dachten. Wir haben getan, was wir konnten. Es tut mir Leid, sehr Leid, Ihnen sagen zu müssen, dass wir diesen Kampf nicht gewinnen werden. Ich hoffe, Sie sind mit mir einer Meinung, dass es würdevoller ist, sich jetzt in die Krankheit zu fügen und unsere Anstrengungen auf Schmerzbekämpfung und auf Ihr Wohlbefinden zu konzentrieren.«

Natürlich reagieren die Menschen unterschiedlich auf diese Nachricht. Manche Patienten sind wütend auf den Arzt oder auf die Krankheit oder auf sich selbst, bisweilen sogar auf die Verwandten, die vom Schock wie gelähmt auf der Bettkante sitzen. Andere wollen sich nicht eingestehen, dass der Kampf verloren ist, und bitten um weitere Behandlung. Sie streiten mit dem Arzt, weil sie wissen, dass es keinen Sinn hat, mit der Krankheit zu streiten. Wieder andere zittern oder weinen wie kleine, erschrockene Kinder. Manche reagieren fügsam und mit stiller Resignation, was wiederum ihre Verwandten aufbringt. Ein paar sind erleichtert. Mit all diesen Reaktionen geht Jane so entschieden und bestimmt um, dass der Patient mit der von ihr vorgeschlagenen Behandlung normalerweise einverstanden ist, wenn sie das Zimmer verlässt. Und immer wenn sie geht, bedanken sich die Patienten bei ihr.

»Okay«, sagt Larry und übernimmt ihren geschäftsmäßigen Tonfall. »Ich schlage vor, dass wir uns als Nächstes Erics Terminkalender ansehen und seine Verabredungen absagen. Dann sollten wir klären, wen wir noch informieren müssen.«

Wir holen den Kalender. Jeder blickt zu den anderen, denn keiner möchte den ersten Anruf machen. Es sieht so aus, als würde Jane sich anbieten, aber dann überrascht uns Scott. »Ich mache es«, sagt er. »Gebt mir die Nummern.«

Wir hören, wie er im Arbeitszimmer mit den Leuten spricht und ihnen die Nachricht überbringt. Ein paar von ihnen wissen offensichtlich schon Bescheid, aber sie fragen ihn nach der Polizei, nach meinem Vater, nach den Umständen. Wir hören, wie Scott um Antworten kämpft, denn auf die meisten Fragen gibt es keine Antwort.

Larry macht Kaffee, wie er ihn liebt, so stark, dass der Geruch nach verbrannter Melasse sofort das ganze Haus durchzieht. Er stellt einen Teller mit großen runden Erdnusskeksen auf den Tisch.

»Meine neue Leidenschaft«, erklärt er schuldbewusst. »Ich habe sie auf dem Weg zur Arbeit in diesem Geschäft entdeckt. Ich bin süchtig danach.«

»Du wirst morgens einen anderen Weg nehmen müssen«, sagt Jane zu ihm. Ich denke an Jim mit seinen Zimtbrötchen und lächle. Als ich in den trockenen Keks beiße, explodieren winzige Geschmackskrümel in meinem Mund und auf meiner Zunge.

»Es ist die Kombination aus Zucker, Salz und Nüssen«, sagt Larry, während er mir zusieht. »Unwiderstehlich.« Mit einem bedauernden Blick schaut er auf seinen wachsenden Bauch.

Ich deute auf einen Eintrag in Vaters Kalender. »Daddy hat am

Sonntagabend Mr. Zacarro getroffen«, sage ich. »Ist das nicht merkwürdig? Einer der letzten Menschen, die ihn gesehen haben, war Mr. Zacarro.«

»Ja, er hat sich mit Mr. Zacarro und mit Mr. Holler richtig angefreundet«, erzählt Jane, ohne aufzusehen. Sie blättert Vaters Adressbuch durch und legt eine Namensliste an.

»Daddy? Mit Mr. Zacarro? Und mit Mr. Holler?« Das waren Nachbarn, aber keine Freunde. Ich habe sie seit Jahren nicht mehr gesehen, und Vater hat sie nie erwähnt.

»Mich hat es auch gestört, aber was willst du machen?«, sagt Jane gedankenverloren, während sie schreibt.

»Es hat dich gestört?«

»Sie hatten keinen guten Einfluss auf Daddy. Er blieb manchmal bis spät in die Nacht bei Mr. Zacarro und redete und trank Bier.«

Ich möchte noch mehr von ihr darüber wissen, aber jetzt kommt Scott wieder herein. Seine Augen und sein Gesicht sind rot.

»Joni Rimbaldi war total schockiert«, sagt er. Joni war jahrelang Vaters Sekretärin im Institut für Geologie. »Sie war zu Hause, in Tigertail Bay, und wollte sich gerade zurechtmachen, um Eric nachher zum Mittagessen zu treffen, und ich rufe an und sage, he, Joni, das Mittagessen muss leider ausfallen, Eric ist tot, nicht nur tot, sondern ermordet. Mein Gott, was für ein Gespräch.«

»Vielleicht sollten wir in ein, zwei Stunden noch mal anrufen und uns erkundigen, wie es ihr geht«, schlägt Jane vor, und wir nicken alle.

»Lucy, vermutlich bist du auch der Meinung, dass das Haus ausgeräumt und verkauft werden soll?«, sagt Larry während des Essens.

Ich sehe ihn an.

»Wir haben die Wahl: vermieten oder verkaufen«, erklärt er. »Ich nehme an, dass keiner von uns hier wohnen will.«

»Verkaufen«, sagt Jane rasch.

»Wie auch immer«, fährt Larry fort, »ausgeräumt werden muss es auf jeden Fall.« Er spricht mit Nachdruck, als erwarte er Widerspruch. Vielleicht hat Jane ihn davor gewarnt, dass ich mich russisch benehmen würde.

»Das weiß ich, Larry«, sage ich ruhig. »Aber es wird wehtun.«

»Es gibt keine Alternative«, insistiert er.

»Was wollen wir mit den ganzen Sachen machen?«

Jane und Larry sehen sich an.

»Wir suchen uns aus, was wir behalten wollen. Was verkauft werden kann, verkaufen wir. Wir werden eine Menge verschenken, und dann müssen wir die Zähne zusammenbeißen und den Rest wegwerfen«, sagt Larry. »Und es mag herzlos klingen, Lucy, aber ich denke, wir sollten wirklich bald anfangen.«

»Nein.«

»Lucy, diese Arbeit wird ziemlich lange dauern, und wir müssen die Zeit ausnützen, solange du noch hier bist.«

»Wann möchtest du anfangen?«

»Morgen, heute, sofort.«

»Ich weiß nicht, Larry. Es kommt mir irgendwie vor wie … Verrat.«

»Warum?«

»Daddy hat das ganze Zeug ein Leben lang zusammengetragen – wir können es nicht einfach in einer Woche wegwerfen.« Meine Stimme klingt mickrig und kindisch.

Scott beugt sich vor. »Es wird Monate dauern, Luce, deshalb müssen wir bald anfangen«, sagt er freundlich.

»Es wird Monate dauern«, sage ich, »weil es die richtige Person und den richtigen Ort für alles gibt. Ich meine, irgendjemand, der sich für alte Traktoren begeistert, wird den Traktor wollen. Irgendein Geologe interessiert sich für die Steine und das Werkzeug. Ein Gärtner –«

»Es würde Jahre dauern, wenn man die Sachen auf diese Art loswerden möchte«, sagt Jane zu mir. »Und eine Menge von dem Zeug hier ist Schrott.«

Larry nickt. Er kommt mir immer noch vor wie ein Stier auf der Suche nach dem roten Tuch. »Das ganze Haus ist bis unters Dach mit Schrott voll gestopft«, sagt er. »Wenn wir wählerisch sein wollen, wird nie etwas passieren.« Larry und Jane haben eine saubere Wohnung, frei von Firlefanz und Staub. Jane bekommt nicht gern schöne Keramiken oder Nippes geschenkt. Die weiße Wohnung ist so eingerichtet, dass sie diese Sachen nirgends hinstellen kann. Ich sehe ihr zu, wie sie mit klinischer Ernsthaftigkeit über die Entsorgung unserer Vergangenheit diskutiert. Sperrmüll. Recyclinghof. Das Obdachlosenheim in der Nähe des Krankenhauses braucht immer Möbel. Manchmal holen Vietnamveteranen die Sachen ab.

Das Institut für Geologie soll die Steine schätzen. Als ich später den Wagen um die Löcher in der Einfahrt manövriere, rollen ihre Worte in meinem Kopf wie kleine Steine in einem Schuh.

Als ich Larry, Scott und Jane erzählte, wohin ich fahren möchte, blickte Scott besorgt drein, Jane schüttelte den Kopf, doch Larry strich sich über den Bart. »Ich verstehe deine Neugier«, sagte er.

»Die Polizei hat bereits jeden Menschen in der Gegend nach dem Auto gefragt«, sagte Jane.

»Und sie haben nichts herausgefunden«, fügte Scott hinzu.

»Vielleicht findet Lucy etwas heraus«, sagte Larry zu ihnen. »Lasst sie gehen. Sie braucht das Gefühl, etwas zu tun.«

Seine Unterstützung überraschte mich. Ich hatte ihn den ganzen Tag über nicht gemocht.

Es gibt zwei Wege nach Lowis. Ich kann die Straße nach Westen in Richtung Stadt nehmen und dann auf die Schnellstraße entlang der Küste nach Norden abbiegen. Oder ich kann ins Tal hinunter- und an den immer gleichen Obstplantagen vorbeifahren und hätte dabei das Gefühl, auf der Stelle zu treten, bis ich schließlich die Kreuzung erreiche, wo gestern der Abschleppwagen abgebogen ist. Die Straße führt bis nach Sacramento, aber lange vorher berührt sie den östlichsten Teil des San-Strana-Tals. Ich könnte die landschaftlich reizvolle Fahrt durch San Strana machen, und wenn ich auf der anderen Seite wieder herauskäme, wäre ich in Lowis.

Am Ende der unbefestigten Straße halte ich an und spüre, wie das Tal an mir zieht wie die Schwerkraft. Dann biege ich in Richtung Stadt ab.

Es ist später Nachmittag, keine gute Tageszeit, um nach Westen zu fahren. Ich trage meine Sonnenbrille und habe die Sonnenblende heruntergeklappt, trotzdem fahre ich mit halb geschlossenen Augen der Sonne entgegen.

Lowis ist leicht zu finden: Es ist die erste Ortschaft in San Strana, und wenn man weiter ins Tal hinein möchte, kommt man zwangsläufig durch den Ort. Lowis ist nicht so malerisch wie Cooper und andere Ortschaften in San Strana: Die alten Bäume und Häuser stehen noch, aber sie wurden von einer Reihe teurer, moderner Wohngebiete in den Hintergrund gedrängt. Ich brauche eine Weile, bis ich die Adresse finde, die Kirsty mir gegeben hat, eine lange, geschwungene Straße, in der die hoch gewachsene Vegetation allmählich die neuen Häuser verdeckt. Ich höre kleine Kinder hinter Zäunen auf eine Art kreischen, wie sie es nur tun, wenn sie mit Wasser spielen. Rasensprenger vielleicht oder Swimmingpools.

Die Polizistin hat mir erklärt, dass das Auto in einer Kurve unter ein paar Bäumen stand, wo die Bewohner der anliegenden Häuser annehmen konnten, dass es einem Besucher ihrer Nachbarn gehörte. Ich halte an der Stelle, die sie beschrieben hat. Hier fühle ich mich sicher. Man kann mich von keinem Haus aus sehen. Ich könnte aussteigen und auf der Straße zurückgehen. Niemand würde das Auto bemerken und mich wahrscheinlich auch nicht.

Ich fahre die Straße zweimal auf und ab. Schließlich parke ich da, wo Vaters Wagen stand. Als ich losgehe, höre ich meine Schritte auf dem breiten Gehsteig. Klick klack, klick klack. Ich korrigiere meinen Gang, und das Ungleichgewicht verschwindet im Nu, wie immer, wenn ich darauf achte.

Am Ende der Straße stehen Bäume. Drei Kinder hängen mit ihren Skateboards dort herum und beobachten mich. Ich gehe direkt auf sie zu, und als ich näher komme, sehe ich drei weitere Kinder, die auf einem Ast sitzen oder gegen die dunklen Stämme lehnen. Ich sage hallo und bin erleichtert, als mein Gruß nach einer kurzen Pause erwidert wird.

»Seht ihr, wo ich mein Auto geparkt habe?«, frage ich sie und deute. Sie nicken schweigend. Es sind alles Jungen, und man sieht ihnen an, dass sie gerade in die Pubertät gekommen sind.

»Am Montag stand dort den ganzen Tag, vielleicht auch länger, ein anderer Wagen. Ein echt alter Wagen, ein Oldsmobile, mit einer Beule am rechten Kotflügel. Hat einer von euch das Auto gesehen?« Ich höre meine eigenen Worte und meinen merkwürdigen Tonfall. Ich glaube, so habe ich gesprochen, als ich in ihrem Alter war. Aber vielleicht habe ich auch nur gehört, dass andere Kinder so redeten, denn mit elf Jahren lebte ich bereits völlig isoliert.

»Klar«, sagt einer von ihnen. Ein zweiter pflichtet ihm bei. Ein anderer sagt, dass er zweimal daran vorbeikommen ist, und eine konkurrierende Stimme meldet, dass er das Auto nicht nur gesehen hat, sondern beinahe mit seinem Skateboard hineingekracht wäre.

»Mrs. Steadman von Nummer 3315 hat schließlich die Polizei gerufen«, sagt wieder ein anderer hilfsbereit.

»Habt ihr eine Ahnung, wie der Wagen dorthin gekommen ist?«, frage ich und stoße auf Schweigen.

»Nee«, sagt einer.

Das Schweigen dauert an, dann informiert mich eine Stimme: »In dem Wagen ist jemand ermordet worden.«

»Aber wie ist der Wagen hierher gekommen?«, hake ich nach. »Hat irgendjemand ihn dort geparkt und ist dann einfach weggegangen? Hat er den Wagen abgestellt und ist in ein anderes Auto eingestiegen, das auf ihn gewartet hat? Oder wie wäre es mit einem Abschleppwagen? Er wurde hierher geschleppt und einfach stehen gelassen.«

Sie sehen mich an. Ein Junge stellt den Fuß auf sein Skateboard und schiebt es vorwärts und rückwärts, als wollte er gleich wegfahren.

»Ich habe einen Abschleppwagen gesehen«, sagt einer. Aber er kann sich weder an den Tag erinnern noch daran, ob es morgens oder abends war.

»Sind Sie von der Polizei?«, fragt ein Junge, der auf einem Skateboard sitzt. »Sie sehen nicht aus wie eine Polizistin.«

»Nein«, gebe ich zu. »Ich interessiere mich dafür, weil der Wagen meinem Vater gehörte.«

»Wurde Ihr Vater umgebracht?«, fragt er mit hoher Stimme, halb scherzhaft, unsicher.

»Also …« Ich zögere. Auch ich betrete Neuland. »Ja.«

Sie lechzen nach Einzelheiten. Ich erzähle ihnen, dass mein Vater anscheinend am Strand von Big Brim umgebracht wurde, doch niemand weiß, wie oder warum irgendjemand ihn umbringen wollte, oder hat eine Erklärung dafür, wie sein Wagen hierher kam. Sie präsentieren mir eine Reihe von Theorien, die direkt aus dem Fernsehen stammen könnten: Mein Vater konnte das von ihm erpresste Geld nicht bezahlen. Mein Vater hat sich umgebracht und ließ es wie Mord aussehen. Mein Vater hatte einen verloren geglaubten Sohn, von dem niemand etwas wusste und der plötzlich wieder auftauchte und sein ganzes Geld forderte. Mein Vater hat etwas Schlimmes gesehen, zum Beispiel eine Vergewaltigung, und geriet bei dem Versuch, das Opfer zu retten, in einen Kampf. Mein Vater war ein Mafiaboss. Ich blicke in ihre glatten Gesichter und glänzenden Augen. Die meisten Widrigkeiten des Lebens sind ihnen nur aus dem Fernsehen bekannt und haben wenig zu tun mit ihrem friedlichen

Alltag in Lowis. Wenn sie das San-Strana-Tal nie verlassen, dann werden sie vielleicht den Schicksalsschlägen des Lebens entgehen und ihre glatten Gesichter behalten.

»Denkt dran, ihr sprecht über meinen Vater«, erinnere ich sie, und sie verstummen. »Er war ein guter Mann. Ein College-Professor. Er hatte nichts mit Erpressung oder einem verlorenen Sohn oder der Mafia zu tun.«

»Es scheint Ihnen ja nicht allzu viel auszumachen«, bemerkt ein Junge mit Bürstenschnitt, der rittlings auf seinem Skateboard sitzt. Ich sehe überrascht zu ihm hinunter. Der Junge zwingt sich, meinem Blick standzuhalten, doch in seiner weiten Hose und seinem riesigen T-Shirt wird er ein Stück kleiner.

»Natürlich macht's ihr was aus, Tony, mein Gott. Nur kleine Jungs wie du heulen, wenn sie traurig sind«, sagt eine viel tiefere Stimme, und Tony errötet.

»Meine Mom hat nicht geheult, als ihr Vater gestorben ist, aber sie hat trotzdem Medizin gegen ihre Depression gebraucht«, berichtet ein Junge, der im Baum auf einem Ast sitzt.

»Und, haben Sie geweint?«, fragt mich Tony. Sein Gesicht ist jetzt rot, und er starrt mich wütend an. »Haben Sie geheult, als Sie es erfahren haben?«

»Zuerst war ich viel zu schockiert. Danach habe ich ziemlich viel geheult.«

»Sie sehen nicht so aus, als hätten Sie geheult. Konnten Sie Ihren Dad nicht leiden?«, insistiert er. Seine Ohren sind knallrot, genauso wie die Kopfhaut unter seinem kurz geschorenen Haar. Er schiebt das Skateboard vor und zurück, ohne die Füße vom Boden zu nehmen.

»Ich habe ihn geliebt«, sage ich. »Ich habe ihn sehr geliebt, und jetzt habe ich das Gefühl, als werde ich nie wieder die gleiche Person sein wie zuvor.« Ich spüre, wie sich mein Gesicht verzieht, und ich weiß, dass ich gleich in Tränen ausbrechen werde. Dann wäre zumindest Tony zufrieden. Ich wende mich von den Jungen ab und gehe die Straße zurück. In meinem Rücken herrscht Schweigen.

»Danke für eure Hilfe«, sage ich über die Schulter, als ich sprechen kann, doch meine Kehle ist so zugeschnürt, dass ich die Worte kaum herausbringe.

»Hoffentlich kriegen sie den Typen, der ihn umgebracht hat«, ruft mir schließlich eine junge Stimme nach.

16

Ich bin zu Fuß zum Haus der Zacarros unterwegs, um Mr. Zacarro nach dem Sonntagabend zu fragen, den er mit meinem Vater verbracht hat, als mich eine so mächtige Erinnerung überwältigt, dass ich stehen bleiben muss.

Ich bin Vaters Einfahrt entlanggestolpert, habe mir zweimal die Zehen angeschlagen und musste einmal nach den tief hängenden Zweigen eines Eukalyptusbaumes greifen, um nicht hinzufallen. Das Haus der Zacarros steht auf einem Eckgrundstück, und als sie einzogen und es noch keine hoch gewachsenen Bäume und Büsche gab, liefen wir Kinder immer zwischen den Pflanzen hindurch und traten bisweilen auch darauf. Mrs. Zacarro kümmerte sich um den Garten, aber sie schien sich nicht daran zu stören. Mr. Zacarro hingegen, ein für sein Temperament berüchtigter Mann, erwischte mich einmal. Er schrie mich wütend an und drehte schließlich den Rasensprenger auf. Als ich nass, schmutzig und verheult nach Hause kam, kochte Jane vor Zorn. »Ich werde ihn sofort anrufen! Ich werde ihm sagen, dass du dich erkältet hast und dass er so was nicht mit dir machen kann!« Ich bat sie inständig, es nicht zu tun. Als ich jetzt die steile Einfahrt der Zacarros betrete, hoffe ich, dass sie es nicht getan hat.

Über die Jahre haben Unwetter den Belag der Einfahrt nahezu abgewaschen. Ich erinnere mich, wie der Asphalt so neu war, dass er klebte und man ihn von unserem Haus aus riechen konnte. Jetzt rieche ich nur die Hitze, die auf jede Oberfläche brennt und auf die Blätter eindrischt, bis sie sich ergeben und schlaff herabhängen.

Ich streife irgendetwas am Rand der Einfahrt. Eine unscheinbare Pflanze, die gegen wucherndes Unkraut ankämpft. Ihre rosa Blüten sind schlapp und staubig, ihre Blätter klebrig. Nach zwei Schritten spüre ich ihren Rückstand auf meinen Beinen, und nach zwei weiteren Schritten ist die Luft erfüllt vom Duft, den sie verströmt. Noch bevor ich ganz eingeatmet habe, bleibt mein Herz stehen und wird zu einem Stein, der auf die Erde fällt. Meine Brust hebt sich, ich ringe nach Luft, meine Augen füllen sich mit Tränen. Ich höre ein Schluchzen, als die Erinnerung aus einem tief verschlossenen Ort in mir entweicht.

Es war morgens – früh, aber spät genug, um bereits die Sonnenstrahlen auf den Schultern und den Beinen zu spüren –, als ich diese Einfahrt entlangging, um mich nach Lindy zu erkundigen. Ich war ängstlich ins Bett gegangen und ängstlich wieder aufgewacht. Ich zauderte, aber ich musste zu den Zacarros gehen, weil ich wissen musste, ob alles in Ordnung war. Ich ging langsam, dicht am Rand der Einfahrt, weil ich wusste, dass die rosa Blumen auf die Berührung meines Beins hin eine klebrig süße Duftwolke verströmen würden. Mrs. Zacarro hatte sie auf der ganzen Länge der Einfahrt gepflanzt, und ich strich mit einem Bein an ihnen entlang, sodass mir, als ich in Sichtweite des Hauses war, schwindlig, nahezu schlecht war von der Sonne und dem aufdringlichen Geruch. Eine Biene schwirrte um mein Haar, doch mittlerweile fühlte sich mein Kopf nicht mehr als Teil meines Körpers an, und ich versuchte nicht einmal, sie zu verscheuchen.

Ich war von dem Duft so benommen, dass ich es überhaupt nicht erstaunlich fand, als ich aufblickte und Mutter aus dem Haus der Zacarros kommen sah; ihre Hände flatterten wie eingesperrte Vögel. Aber ich wusste, dass es merkwürdig war, denn zu der Zeit verließ Mutter das Haus nur noch selten und schon gar nicht allein. Als sie näher kam, sah ich das Entsetzen in ihrem Gesicht, und ihr Gang war gefährlich kraftvoll.

»Du kannst auf keinen Fall dort hineingehen«, sagte sie.

Ich musste nicht fragen, warum. Ich wusste, dass sie Lindy gefunden hatten.

Mutter blieb nicht stehen, sondern ging mit beunruhigend ruckartigen Schritten an mir vorbei, wie man sie aus alten Wochenschaufilmen kennt.

Die ganze Klasse nahm an der Beerdigung teil. Lindy war das hübscheste Mädchen gewesen. Für manche war das ein Grund, sie nicht zu mögen, als sie noch am Leben war, und für alle war es ein Grund, noch ein bisschen mehr zu weinen, als sie starb. Außer für mich. Ich konnte überhaupt nicht weinen. Ich versuchte es, aber es kamen keine Tränen.

Langsam taumle ich auf dem brüchigen Asphalt zum Haus und atme gierig den Duft der Pflanze ein, als enthalte er eine verschlüsselte Botschaft aus der Vergangenheit. Als ich mehr als die Hälfte der Strecke hinter mir habe und an der Stelle vorbeikomme, an der Mutter mir beschied umzukehren, sage ich mir, dass ich jetzt endlich meinen letzten Gang, den ich vor so vielen Jahren hierher unternommen habe, zu Ende bringe. In den letzten zwei Tagen habe ich mehr über Lindy nachgedacht als in den vielen Jahren davor, aber ihren Tod habe ich noch immer ausgespart, so als hätte ich vor langer Zeit auf eine Art Löschtaste gedrückt. Sie starb, als wir acht waren. Während der folgenden Jahre war ihr Tod immer präsent, doch irgendwann beschloss ich, nie wieder an sie zu denken. Das ist mir so gut gelungen, dass mir nur Mr. Zacarros Hinken einfiel, als wir vorbeifuhren und Sascha mich halb im Spaß fragte, ob die Zacarros gute Nachbarn gewesen waren.

Am Ende der Einfahrt sehe ich ein Auto vor der Garage stehen. Der Kofferraum zeigt in meine Richtung, und ich bemerke sofort, dass er mit riesigen Vorhängeschlössern, die aus einem Gefängnis stammen könnten, gesichert ist. Bei diesem Anblick stellen sich mir die Haare im Nacken auf.

Ich klingle an der Tür und frage mich, was Mr. Zacarro für die früheren Freundinnen seiner Tochter empfindet. Ich frage mich, ob er sie dafür hasst, dass sie noch am Leben sind. Ich frage mich, ob er sie anschreit und den Rasensprenger aufdreht.

Im Haus ist nichts zu hören, und ich gehe um das Haus herum, wie früher, wenn ich kam, um mit Lindy zu spielen. Ich gehe langsam, als würde die heiße Luft sich mir in den Weg stellen. Hinter dem Gartentor sehe ich einen Swimmingpool. Darin treibt reglos ein großer, brauner Körper auf dem Rücken, Arme und Beine von sich gestreckt. Schwimmhilfen unterschiedlichster Art schweben auf dem stillen Wasser oder am Beckenrand, manche leuchtend orange und gelb. Ein aufblasbarer Sessel ist an der Treppe angebunden.

Ich gehe möglichst geräuschlos durch das Tor, aber als es hinter mir leise klickend ins Schloss fällt, richtet sich der große Körper sofort auf und hebt eine Hand, durchbricht die glatte Oberfläche. Als ob das Wasser sich seinem Gruß anschließt, beginnen die Schwimmhilfen zu schaukeln und gegen Mr. Zacarros Körper und aneinander zu stoßen.

»Ist es Lucy oder Jane?«, ruft er.

»Lucy.«

»Gut«, schreit er verwirrenderweise.

Ich stehe jetzt nahe bei ihm, aber er brüllt mich weiter an. »Ich freue mich, dass du vorbeigekommen bist, ehrlich, Lucy. Ich möchte dir sagen, wie Leid mir das mit deinem Vater tut, und ich möchte, dass du mir erzählst, was da drüben los ist. Ich habe versucht, zu euch zu kommen, aber eure Einfahrt war mit so einem blöden Band abgesperrt, und dann hat mich irgend so ein Typ angehalten, der sich für furchtbar wichtig gehalten hat, nur weil sie ihm eine Uniform gegeben haben. Möchtest du ein Bier?«

»Mhm ... danke.«

Ich erkenne Mr. Zacarro nicht wieder. Ich habe ihn als großen Mann in Erinnerung, und als er seinen Körper in einem geschickten Manöver in den aufblasbaren Sessel am Beckenrand wuchtet, sehe ich, dass er immer noch groß ist. Sein Kopf ist inzwischen fast kahl.

»Auf der Veranda steht ein Kühlschrank«, sagt er, »und darin findest du jede Menge kaltes Bier. Kannst du mir auch eins mitbringen?«

Die Veranda. Wenn Lindy und ich nicht auf der Schaukel bei uns zu Hause saßen, dann spielten wir hier auf der Veranda mit unseren kleinen Spielzeugpferden. Lindys Lieblingspferd war ein Brauner mit einem freundlichen Gesicht. Die meisten Pferde waren aus Plastik, ein paar aus Porzellan, aber Lindys kastanienbraunes Pferd hatte ein weiches Fell und biegsame Beine. Trigger. Sein Name springt mir ins Gedächtnis wie ein Pferd, das zu einem Gatter galoppiert. Lindy sagte immer, dass sie, wenn sie ein bisschen größer wäre, ein richtiges Pferd haben würde, das genauso aussähe wie er.

Ich schaue mich auf der Veranda um. Ein paar meiner kleinen Pferde lagen hier herum, als Lindy starb. Ich kam nie, um sie zu holen, und jetzt rechne ich halb damit, die selbst gebauten Ställe aus Pappe, den allgegenwärtigen Trigger und meine zurückgelassenen Spielsachen hier vorzufinden. Natürlich sind sie nicht mehr da, und ich verspüre ein absurdes Gefühl der Enttäuschung.

Ich nehme zwei Bier mit nach draußen und gebe eines davon dem auf dem Wasser treibenden Mann. Er bedeutet mir, mich in einen Liegestuhl zu setzen.

»Nun, Lucy Schaffer«, brüllt Mr. Zacarro. »Ich glaube, ich habe dich hin und wieder kurz gesehen, als du schon erwachsen warst, aber am besten erinnere ich mich an dich, als du draußen mit den Kindern gespielt hast.« Sein Tonfall ist monoton. Ich schlucke. Ich möchte nicht die Erste sein, die Lindy erwähnt.

»Wie geht es Davis und Carter?«, brülle ich zurück. Inzwischen gehe ich davon aus, dass er taub ist und ich laut sprechen sollte.

»Du musst nicht schreien. Ich bin nicht taub. Davis hat Hooleran Software gegründet und macht einen Umsatz von ich weiß nicht wie vielen Billionen Dollar pro Jahr, und Carter ist sehr erfolgreich im Immobiliengeschäft, vier Kinder, und wer weiß, wie viele es noch werden. Sie sind so beschäftigt, dass wir uns nicht oft sehen. Aber sie rufen mich an.« Er deutet auf das Telefon in seiner Nähe. Ich schaue mich um, und erst jetzt sehe ich, dass der Garten möbliert ist. Nicht nur mit den üblichen Stühlen und Liegen, sondern auch mit einem Tisch, einer Kommode und einem Fernseher; am Drahtzaun, der parallel zum Tal verläuft, hängen zwei Spiegel und ein paar Fotos. Am Beckenrand liegen, säuberlich aufgereiht, ein paar Steine. Manche sind rund und haben interessante Rillen, andere weisen eine kristalline Struktur auf.

Mr. Zacarro sieht mich an. »Diese Steine stammen von deinem Vater. Er hat mir häufig welche mitgebracht, und ich habe sie alle hier hingelegt.«

Während er gestikuliert, legt sich das Fleisch auf seinem dicken Bauch in Falten wie Rollen aus braunem Teig.

»Was ist das?«, frage ich und deute auf einen größeren Stein, der hinter den anderen liegt und auf einer Seite flach ist. Auf ihm steht etwas geschrieben.

Er lächelt schief.

»Das ist ein Grabstein.«

Ich stehe auf, um ihn mir näher anzusehen, und lese: »Denk an den Tod. So wie Joe Zacarro.«

»Darunter ist Platz für meine Lebensdaten«, erklärt er mir. »Gefällt er dir?«

Ich nicke und kehre zu dem riesigen Körper zurück, der den aufblasbaren Sessel ausfüllt.

»Haben Sie meinen Vater am Sonntagabend gesehen, Mr. Zacarro?«

»Joe. Ja, er war hier, und Adam Holler auch.«

»Sie waren einer der Letzten, die ihn lebend gesehen haben.«

»Das weiß ich, Lucy. Es ist kein schönes Gefühl.«

»Wie ging es ihm, Mr. Zacarro?«

»Gut. Und bitte nenn mich Joe.«

»Wissen Sie, ob er am Sonntag noch bei jemand anders war?«

Er zuckt die breiten Schultern. »Hat er nicht gesagt.«

»Wann ist er nach Hause gegangen?«

»Das weiß ich nicht. Er war eine oder zwei Stunden hier.«

Auf seiner Brust bildet sich eine Gänsehaut.

»Ist Ihnen kalt?«, frage ich ihn. »Soll ich Ihnen ein Handtuch bringen?« Er lächelt, und ich nehme an, mein beflissener Tonfall gefällt ihm. Und dann huscht Traurigkeit über sein Gesicht, und ich weiß, dass er sich wünscht, er hätte noch eine Tochter, die ihn fragt, ob er frieren würde und ein Handtuch bräuchte. Er denkt jeden Tag an Lindy.

»Nein, Lucy, mittlerweile spüre ich die Kälte nicht mehr«, brüllt er. »Zuerst war es schlimm, im Winter, aber jetzt spüre ich sie einfach nicht mehr.«

»Schwimmen Sie das ganze Jahr über?«

»Um ehrlich zu sein, ich schwimme nicht richtig. Ich lasse mich treiben.«

Er trinkt einen Schluck Bier und stellt die Dose dann in eine Mulde in der Sessellehne. Immer, wenn er etwas sagt, schaukelt der Sessel auf dem Wasser und zerrt an dem Seil, das Mr. Zacarro davor bewahrt, davonzutreiben.

Ich schaue mich noch einmal um.

»Sie …« Ich zögere. »Sie leben hier draußen? Im Pool?«

»Ach, manchmal gehe ich ins Haus. Aber das tut weh, weißt du. Wenn ich an Land bin, dann trample ich rum wie ein großer alter Elch. Mein eines Bein ist kürzer als das andere, ich war also schon immer ein Elch. Kannst du dich nicht daran erinnern? Ich dachte immer, das sei das Erste, was den Leuten an mir auffällt.«

Mr. Zacarro, wie er hinkt. Mr. Zacarro, wie er den Rasensprenger anstellt, weil das Wasser schneller durch den Schlauch rinnt, als er je laufen könnte. Mr. Zacarro, wie er Davis und Carter verfolgt und vor Wut brüllt, während die beiden ihren Vater auslachen, weil sie wissen, dass er sie nicht einholen wird. Noch einmal erlebe ich diese Mischung aus akutem Schmerz über seine Demütigung und panischer Angst vor seiner Wut. Einen Moment lang kann ich ihn nicht ansehen.

»Wann haben Sie den Pool gebaut?«, frage ich.

»Als die Jungs noch Teenager waren. Dann konnte ich jeden Abend nach der Arbeit schwimmen gehen, im Winter und im Sommer. Ich habe immer gewusst, dass ich eigentlich ins Wasser gehöre. Im Wasser kann ich mich bewegen, wie ich will, es sieht so aus, als ob beide Beine gleich lang wären. Dann habe ich immer mehr Zeit hier drin verbracht, und jetzt gehe ich eigentlich kaum noch aus dem Wasser.«

»Aber Sie werden doch zu Vaters Beerdigung kommen?«

»Sicher. Manchmal ziehe ich mich an, gehe einkaufen und fülle die Tiefkühltruhe wieder auf. Seit Gracie weg ist, ernähre ich mich mehr oder weniger aus der Tiefkühltruhe. Ich verlasse das Wasser nicht gern länger als ein oder zwei Stunden. Lucy ...« Mit den Händen rudert er den Sessel in eine Position direkt mir gegenüber. »Habe ich dir schon gesagt, wie Leid es mir wegen deinem Vater tut? Er war ein toller Typ. So schlau, dass mein Gehirn wehtat. Lustig. Er liebte euch Mädchen. Aber was wollte denn die Polizei bei euch zu Hause? Adam Holler hat von Bernard Dimoto gehört, dass er am Strand von Big Brim ertrunken ist. Ist er nun ertrunken oder nicht? Ich meine, kannst du mir mal sagen, was los ist?«

Ich würde seiner Frage gern ausweichen, aber ich weiß nicht wie.

»Vaters Tod ...« Ich winde mich und leihe mir dann Jims Satz, den er in New York benutzt hat: »Es scheint etwas kompliziert zu sein. Die Polizei sagt, es sei Mord.«

Schweigen, dann stößt Mr. Zacarro ein langes, leises Pfeifen aus.

»Mord. So ein Quatsch! Mord! O Lucy, Lucy, das ist doch Blödsinn. Mord ist Blödsinn.«

Es folgt eine lange Pause. Ich blicke ihn an. Er schweigt, doch seine Lippen formen lautlos immer wieder das Wort Mord.

»Können Sie sich vorstellen ... fällt Ihnen irgendjemand ein, der einen Grund gehabt hätte, meinen Vater umzubringen?«

»Eric umbringen!«, schreit er. »Niemand würde Eric umbringen! Also, was sagen denn diese Ungeheuer von der Gerichtsmedizin?«

Ich zucke die Achseln. »Dass er nicht ertrunken ist. Er war tot, bevor seine Leiche irgendwie ins Wasser gelangte.«

»O Scheiße, Scheiße, das ist ja schrecklich.«

Seine Lippen formen weiter lautlos Wörter.

»Vaters Kleider lagen am Strand von Big Brim. Keiner weiß, wie er dahin gekommen ist, denn sein Wagen wurde in San Strana gefunden.«

Er starrt mich aus großen, wässrigen Augen an, und die Falten in seinem Gesicht sehen aus wie kleine Wellen.

»San Strana, um Himmels willen!«

»Lowis, um genau zu sein.«

»Lowis? Lowis!«

»Kannte er dort jemanden? Hatte er irgendeinen Grund, nach San Strana zu fahren?«

»Nein, nein, nein, er hat nie jemanden aus Lowis erwähnt.«

Er schüttelt den Kopf. Seine Lippen bewegen sich in einer stummen Unterhaltung mit einer imaginären Person.

»Hat er am Sonntag gesagt, dass er vorhatte, am nächsten Tag zum Schwimmen zu gehen? Hat er irgendein neues Fitnessprogramm erwähnt, das er zusammen mit seinem Freund Seymour absolvierte?«

»Nein, er hat nichts von Schwimmen gesagt. Wir haben über alles Mögliche gesprochen, weißt du, was alte Kerle eben so wiederkäuen, Lucy, o Mann, wir haben immer eine Menge Blödsinn geredet, wahrscheinlich auch am Sonntag, aber er hat weder Fitness erwähnt noch Seymour oder Schwimmen oder Lowis oder ...« Seine Stimme bricht ab, und er blickt starr auf die spiegelglatte Oberfläche des Beckens, während er versucht, sich an den Sonntagabend zu erinnern und an alles, was mein Vater gesagt hat.

»Hat er Ihnen erzählt, ob er sich mit jemandem treffen wollte?«

»Nein, nein, nein.«

»Hat er irgendeine Andeutung gemacht, was er am Montag vorhatte?«

»Nein, nein.«

»Hat er gesagt, dass er sich wegen irgendetwas große Sorgen mache? Wirkte er wie jemand, der große Sorgen hatte?«

»Eric? Nein, Eric hatte keine Sorgen.«

Ich betrachte ihn, eine massige Insel im schimmernden Swimmingpool. Die Mundwinkel nach unten gezogen, die Augenlider schlaff. Es tut mir Leid, dass ich ihn heute so unglücklich gemacht habe. Er hat schon genug Leid erlebt.

»Joe, in Vaters Auto ist eine große Beule«, sage ich leise.

»Wirklich?«

»War die Beule vielleicht schon länger drin?«

»Hat er nie erwähnt.«

»Hatte er irgendwelche Probleme mit dem Wagen?

»Ja, ein riesiges, und das hieß Oldsmobile. Er hätte sich einen neuen Wagen leisten können. Aber hat er sich ein neues Auto gekauft? Nein. Denn er hat nichts lieber getan, als den Oldsmobile zu reparieren.«

»Ist das Auto in letzter Zeit mal kaputt gewesen?«

»Das hätte er mir nie erzählt, denn er wusste, was ich gesagt hätte: Werd diesen Schrotthaufen endlich los!«

»Wurde es in letzter Zeit mal abgeschleppt?«

Joe schüttelt den Kopf. Er sieht mich nicht an. »Mord«, murmelt er vor sich hin.

Ich stehe auf, um zu gehen.

»Wahrscheinlich wird die Polizei bald zu Ihnen kommen. Und zu Mr. Holler.«

Sein teigiges, trauriges Gesicht ist mir zugewandt. »Du kannst immer hierher zum Schwimmen kommen«, ruft er mir nach. »Hast du gehört? Immer, ob ich zu Hause bin oder nicht, schwimm hier und nicht an irgendeinem gottverdammten gefährlichen Strand.«

Ich versuche, nicht auf den mit Schlössern zugesperrten Kofferraum zu blicken, aber da ich ihn schon einmal gesehen habe, kann ich nicht daran vorbeigehen, ohne an Lindy zu denken, wie sie ihr Spielzeugpferd streichelte und sagte, dass das echte Pferd, das ihr eines Tages gehören würde, genauso aussehen würde. Während ich die abgenutzte Einfahrt entlanggehe, merke ich, dass fast alle von Mrs. Zacarros duftenden rosa Blumen eingegangen sind und an ihrer Stelle jetzt Unkraut wächst, und da kommt es mir plötzlich so vor, als hätte Lindy tatsächlich irgendwann ein echtes Pferd besessen, und zwar einen Braunen. Sie ritt mit ihm im Trab, ihr blondes Haar hüpfte rhythmisch auf und ab, als sie sich kurz nach vorn beugte, um seinen Hals zu tätscheln. Die Flanken des Pferdes glänzten in der Sonne, und die Muskeln unter seinem Fell bewegten sich wie

Schatten. Ich gehe vorsichtig an der letzten übrig gebliebenen Pflanze mit den klebrigen Blättern vorbei, denn ich möchte ihren betörenden Duft nicht noch einmal riechen. Lindy auf einem Pferd. Ist das die Erinnerung an eine tatsächliche Begebenheit? Oder die Erinnerung an einen Tagtraum, und zwar nicht an meinen eigenen, sondern an den von Lindy Zacarro?

17

Larry und Jane vermuten, dass letzte Nacht wieder jemand in Vaters Haus war. Ich finde sie in seinem Schlafzimmer, wo sie alles einpacken, was wertvoll sein könnte.

»Ich bin so wütend, dass der Schlosser gestern nicht da war, obwohl er es versprochen hatte«, sagt Jane zu mir, während sie eine kleine Silberdose inspiziert.

»Auch wenn die Schlösser ausgewechselt werden, sollten wir das Zeug mitnehmen«, sagt Larry.

Ich schließe die Schranktür, weil ich es nicht mag, wie sie mich angafft. Ein paar Schubladen im Wäscheschrank sind ebenfalls offen, und in der Mitte des riesigen blauen Betts liegt ein Durcheinander aus silbernen Gegenständen und kleinen, glitzernden Steinen.

Auf der Kommode stehen die beiden Fotos, die mir so gut gefallen: das von der Hochzeit meiner Eltern und das von uns zu viert am Strand. Ich lege sie vorsichtig zu den anderen Sachen aufs Bett.

»Die Rahmen sind nicht aus echtem Silber«, sagt Larry.

Ich lächle. »Aber die Bilder sind wertvoll.« Ich zeige ihm das Foto vom Strand. »Ich möchte eine Erinnerung an Daddy, wenn er so lacht.«

Jane hält inne, um das Bild anzusehen.

»Ja, aber so hat er fast nie gelacht.«

Larry streicht sich über den Bart. »Lucy, kannst du mal nachschauen, ob das Arbeitszimmer so ist, wie du es hinterlassen hast«, sagt er.

Gestern habe ich mehrere Stunden in Vaters Arbeitszimmer verbracht und Unterlagen für Scott sortiert.

»Meint ihr, letzte Nacht war jemand im Arbeitszimmer?«

»Wir glauben, dass jemand im Haus war, denn Jane hat die Tür zweimal abgesperrt, und heute war sie nur einmal abgeschlossen. Aber wir wissen nicht, in welchen Zimmern er gewesen ist.«

Ich stelle mit Erleichterung fest, dass meine ordentlichen Papierstapel genau so auf dem Schreibtisch und auf dem Boden liegen, wie ich sie zurückgelassen habe. Doch als ich sie mir näher ansehe, fällt mir auf, dass die Reihenfolge der Unterlagen etwas verändert ist. Aus den Schubladen wurden zwei Akten herausgenommen und verkehrt herum wieder hineingelegt. Jane hat Recht. Jemand war hier.

Jane und Larry sehen es mir am Gesicht an, als ich in das blaue Schlafzimmer zurückkehre.

»Er hat versucht, die Akten wieder in der gleichen Reihenfolge hinzulegen, aber es ist ihm nicht ganz gelungen«, sage ich.

»Wer immer es ist, er möchte nicht, dass wir wissen, dass er hier war«, sagt Larry und setzt sich aufs Bett.

»Aber gestern hat er das Licht angelassen und die Schiebetür nicht zugemacht«, erinnert ihn Jane.

»Vielleicht wurde er gestört«, sage ich.

»Von wem?«

»Von den Leuten, die das Auto zurückgebracht haben?«

»Vielleicht«, meint Jane. Sie nimmt einen aufwändigen Silberrahmen in die Hand und legt ihn aufs Bett. Ich frage mich, wem die geheimnisvollen, verblassten Gesichter auf dem Foto darin gehören.

Jane dreht sich zu mir um. »Wofür könnte er sich interessieren? Offensichtlich sucht er etwas. Er hätte etwas von dem Silber mitnehmen können, aber das hat er nicht getan. Es muss eine Akte oder ein Dokument geben, das ihm mehr wert ist. Bist du sicher, dass unten nichts fehlt?«

»Sicher bin ich natürlich nicht. Aber ich habe gestern die meisten Akten durchgesehen, und bis auf die paar, die ich zu Tante Zina mitgenommen habe, sieht es auf den ersten Blick so aus, als seien noch alle da.«

Ich gehe zurück ins Arbeitszimmer, um mich wieder an die Unterlagen zu setzen. Zwei Männer kommen; sie tragen rote Hemden mit der Aufschrift »Buddy, mit uns sind Sie sicher«. Ich höre das Gemurmel ihrer Stimmen und das Kratzen ihrer Werkzeuge, als sie die Schlösser austauschen. Danach gehen sie mit Jane durchs Haus und erklären ihr, wie einfach man hier einbrechen kann.

»Wir können unmöglich alles machen, was sie vorschlagen«, sagt Jane, nachdem sie gegangen sind, und lässt sich auf den Stuhl im Arbeitszimmer fallen. Ich arbeite auf dem Boden, umgeben von Akten.

»Zum Beispiel?«

»Am besten wären eine Alarmanlage, Bewegungsmelder und ein automatisches Tor, auf jeden Fall aber Schlösser an den Fenstern. Außerdem sollten wir Büsche abholzen, damit das Gelände besser zu übersehen ist. Wir sollten das Haus ausräumen und schnell verkaufen, dann kann sich der neue Besitzer um die Sicherheit Gedanken machen.«

Sie steht auf und steigt über die Papiere am Boden.

»Sieht aus, als kämest du gut voran.«

»Die hier sind alle erledigt«, sage ich und deute auf die dicken grünen Aktenmappen. »Das heißt, ich habe alle nötigen Stellen von Daddys Tod informiert und den Papierkram erledigt. Die hier werde ich wahrscheinlich morgen fertig machen. Die Akten auf dem Tisch und in den Schubladen dauern ein bisschen länger.«

»Ist alles einigermaßen unkompliziert?«

Es macht mir Spaß, mit Vaters Unterlagen zu arbeiten, die Notizen zu lesen, die er in seiner kleinen, schönen Handschrift geschrieben hat, seine Finanzen zu analysieren und seine Investitionen zu überprüfen. Es ist so etwas wie eine Hommage.

»Daddy hatte ein einleuchtendes System. Es gibt bislang nur eine kleine Unstimmigkeit, aber ich bin sicher, die kann ich mit ein paar Telefonaten klären.«

»Worum geht es?«

»Ölbohrungen. Vielleicht war ich auch einfach zu müde, als ich gestern Abend bei Tante Zina daran gearbeitet habe. Ich werde mir die Sache heute noch mal ansehen.«

»Öl?«, fragt Jane.

Ich nicke. Mein Vater nahm in den Ferien manchmal an Ölbohrungen teil. Vor seiner Heirat und viele Jahre später, als ich noch zu Hause war und Jane aufs College ging. Ich begleitete ihn, aber im Gegensatz zu Gesteinsproben war Öl nur in flachen, öden Gegenden zu finden. Ich saß den ganzen Tag neben dem Motelpool, las und wartete darauf, dass mein Vater zurückkam.

»Aber damit hatte er doch seit Jahren nichts mehr zu tun.«

»Als er noch damit zu tun hatte, war er jedenfalls schlau genug, sich einen Teil des Geldes als Gewinnbeteiligung auszahlen zu lassen. Das heißt, er hatte ein Anrecht auf einen gewissen Prozentsatz, solange die Quellen, die er fand, produzieren. Und ob du es glaubst oder nicht, zwei Quellen sprudeln immer noch.«

»Er kriegte immer noch Geld von den Ölgesellschaften? Viel?«

»Die neuesten Abrechnungen habe ich noch nicht überprüft, aber bis vor ein paar Jahren hätte er davon leben können, wenn er sparsam gewesen wäre.«

Jane pfeift. »Das hat er nie erwähnt!«

»Vermutlich wende ich die Sache zu oft hin und her«, sage ich, »aber normalerweise rechne ich alles so oft durch, dass es jeder Überprüfung standhält.« Jane lächelt. Sie hat mich oft ausgelacht, weil ich meine Mathematikaufgaben immer zweimal gerechnet habe, um mich zu vergewissern, dass ich beide Male dasselbe Ergebnis erhalten würde. »Deswegen habe ich versucht, von seinen Kontoauszügen auf die Einkünfte aus dem Ölgeschäft rückzuschließen. Aber in den Kontoauszügen kann ich nichts finden.«

»Du kannst das Geld nicht finden?«, fragt sie überrascht.

»Bis jetzt nicht.«

»Was hat er damit gemacht?«

»Die ersten Zahlungen, die lange vor unserer Geburt eingingen, hat er bekommen. Aber nach ein paar Jahren tauchen sie plötzlich nicht mehr auf seinem Konto auf.«

»Handelt es sich um regelmäßige Zahlungen?«

»Sie kamen jährlich.«

»Und jedes Jahr … verschwindet das Geld sozusagen?«

»Tja, ich habe es jedenfalls noch nicht gefunden.«

Sie blickt nachdenklich drein.

»Ich wette, Seymour kann uns helfen.«

Seymour, ein auf Ölvorkommen spezialisierter Geologe im Ruhestand, war Vaters bester Freund.

»Ich rufe ihn an«, sage ich. »Er kann es uns wahrscheinlich sofort erklären.«

»Vergiss nicht, ihm zu sagen, dass am Dienstag die Beerdigung stattfindet«, sagt sie über die Schulter.

Ich öffne die oberste Schublade, um Vaters Adressbuch herauszunehmen. Es ist nicht da, nur der übliche Krimskrams, den man in einer Schreibtischschublade aufbewahrt. Eine Zange, um Heftklammern zu entfernen, eine alte Bordkarte und schlechte Familienfotos. Ein Foto zeigt mich mit Stevie. Ich halte ihn auf dem Arm und lächle unsicher. Stevies Gesicht ist, wie so häufig, rot angelaufen, sein Mund zu einem Schrei weit aufgerissen. Hinter uns sieht man einen Teil von Scott, der mit gebeugtem Rücken dasteht, die Hände hilflos in den Jeanstaschen vergraben.

Ich lege das Foto zurück und hole einige vergilbte Zeitungsausschnitte heraus. Das Schriftbild der *Valley Gazette* ist unverkennbar. »Unglaublich – Schnee auf Hollow Grove!«, »Wie die Stadt die Luft in unserem Tal verschmutzt«, »Familienanzeigen«.

Neugierig geworden, schlage ich die Seite mit den Familienanzeigen auf. Sie wurde so sorgfältig gefaltet, dass ich sie ein wenig einreiße. Ich streife sie auf dem Tisch mit der Handfläche glatt. Es ist ein Bericht über die Hochzeit von Robert Joseph mit Karen Sylvester.

Obwohl ich seit Jahren nicht mehr in Robert Joseph verliebt bin, scheint der Artikel vor meinen Augen zu verschwimmen. Ich starre angestrengt auf das graue Bild. Sein Haar ist kürzer und sein Gesicht schmaler, aber der lächelnde Bräutigam ist zweifelsfrei zu erkennen.

Ich suche nach einem Datum, finde keines und lese dann den Bericht. Der Bräutigam ist Arzt. Die Braut arbeitet im Bankwesen. Die Mutter des Bräutigams gab in ihrem eindrucksvollen Haus im Tal eine Party. Die Braut trug einen Schleier aus alter Spitze, die eine Urahnin angefertigt hatte, während ihr Mann im Bürgerkrieg gegen die Konföderierten kämpfte. Die Brautjungfern trugen Gelb. Am Ende ist eine Gästeliste abgedruckt.

Ich gehe auf die Terrasse hinaus und betrachte die Symmetrie der Obstbäume und ihrer Schatten im Tal. Die präzisen Rechtecke gefallen mir, mein Blick schweift zu den rechten Winkeln der Kreuzung.

Die Brautjungfern trugen Gelb. Die Braut arbeitet im Bankwesen, genau wie ich. Seine Mutter gab die Party. Vielleicht ist sein Vater tot, so wie meiner. Und Robert, der Filmregisseur werden wollte, wurde Arzt. Vielleicht hat ihn die Tatsache, dass er beinahe sein Bein verloren hätte, veranlasst, seine Ziele zu überdenken. Vielleicht mochte er keine Filme mehr. Aus meinem Leben verschwand er mit achtzehn, doch seitdem ist er erwachsen geworden und hat sich verändert, hat geheiratet und wahrscheinlich Kinder bekommen. Und ich bin nur ein winziges Teilchen in seiner Biografie.

Wenn ich nach Süden blicke, kann ich mir einbilden, die Farm der Josephs zu sehen, obwohl ich weiß, dass sie nur von der Straße aus sichtbar ist: ein leuchtend grüner Fleck, so auffällig wie zwischen Zähnen steckender Spinat. Die Hitze versengt das Tal, aber das Aquädukt führt direkt an der Farm der Josephs vorbei, und ihr Garten ist eine wahre Oase, grün, kühl und schattig. In dem Sommer, den ich mit Robert Joseph verbrachte, lagen wir zusammen in einer Hängematte, die zwischen den dicken Stämmen zweier großer Bäume hin und her schwang, unterhielten uns über alles Mögliche und waren verliebt. Im Nachhinein ist es einfach, sich darüber lustig zu machen, aber damals war es unser Leben. Roberts Mutter sagte, sie mochte das Geräusch, wenn wir in der Hängematte plauderten. Sie war nett, und manchmal wünschte ich mir, sie wäre meine Mutter, und hatte anschließend ein schlechtes Gewissen. Einmal erwähnte ich Mutter, und Mrs. Joseph sagte zu meiner Überraschung: »O ja, ich erinnere mich an sie in Cornington.« Cornington war die Grundschule, in die Robert und ich gingen, bevor der Distrikt neu eingeteilt wurde. Mrs. Joseph sagte: »Wir veranstalteten einen Kochwettbewerb in Cornington, und deine Mutter half mit dem Essen.« Obwohl sich ihr Tonfall nicht verändert hatte, merkte ich an der Art, wie sie es sagte, dass Mutter etwas Schreckliches getan haben musste: Sie hatte die falschen Würstchen mitgebracht oder überhaupt keine Würstchen oder Würstchen, die mit grünem Schimmel überzogen waren, und als sie ihren Fehler bemerkte, war sie vielleicht unter den Augen von Mrs. Joseph und der Schulleiterin und allen meinen Lehrern in Mitleid erregende Tränen ausgebrochen. Ich wartete, dass Mrs. Joseph noch etwas über Mutter und den Cornington-Kochwettbewerb sagte, und war froh, als sie es nicht tat.

Nachdem ich ins Arbeitszimmer zurückgekehrt bin, suche ich Seymours Nummer, und er hebt sofort ab, als sitze er gerade am Schreibtisch.

»Lucy, hallo, Lucy, wie schön, von dir zu hören«, sagt er, aber seine Stimme bricht sofort. »Ich vermisse Eric. Dabei ist er erst seit ein paar Tagen tot. Wie wird das erst in einem Monat oder in einem Jahr sein. Und ich schneide immer noch Zeitungsartikel für ihn aus. Weißt du was, heute habe ich etwas aus dem *Steinhammer* ausgerissen, von dem ich wusste, dass er sich wirklich darüber aufregen würde. Maßlos aufregen. Ich habe vor mich hin gekichert bei der Vorstellung, und dann habe ich den Artikel in einen Umschlag gesteckt und seine Adresse draufgeschrieben. Kannst du dir das vorstellen?«

Ich lächle. In Seymour erkenne ich ein wenig von meinem Vater wieder. Die beiden verband eine Beziehung, die von einem starken Gegensatz geprägt war, vor allem weil Seymour sich zum Christentum bekannte und mein Vater mit ihm gern darüber stritt. Am Ende einer stundenlangen Diskussion sagte Seymour manchmal: »Nun, Eric, ich glaube, du musst jemandem erst mal grundsätzlich Recht geben, bevor du mit ihm so lange streiten kannst.«

»Ich gebe dir nicht Recht!«, protestierte mein Vater. »Ich gebe dir in keinem einzigen Wort Recht!«

Es war offensichtlich, wie sehr sie diesen routinierten Schlagabtausch genossen.

Wir sprechen kurz über die Beerdigung. Er pflichtet mir bei, als ich ihm erzähle, dass wir uns für eine weltliche Zeremonie entschieden haben. Dann berichte ich Seymour von Vaters Gewinnbeteiligung aus dem Ölgeschäft.

»Simms-Roeder produziert also noch, hm?«, sagt er. »Da bin ich wirklich neidisch. Der Fund hat sich für Eric gelohnt.«

»Aber ich kann keinen Beleg für das Geld finden, Seymour. Auf welches Konto es überwiesen wurde und wo es geblieben ist. Ich habe nur die Abrechnung der Ölgesellschaft mit der Nachricht, dass es gezahlt wurde. Hat mein Vater dir je erzählt, was er damit gemacht hat?«

»Nein. Es muss in seinen Kontoauszügen auftauchen, Lucy.«

»Tut es nicht. Es taucht in überhaupt keinen Auszügen auf. Ich habe die Ölgesellschaft angerufen, aber sie waren nicht besonders hilfsbereit. Kennst du dort noch jemanden?«

»Junge, Junge. Die meisten Leute, die ich dort kannte, sind im Ruhestand. Aber ich könnte versuchen … gib mir einen oder zwei Tage Zeit. Komm doch vorbei, wenn ich was rausgefunden habe. Katherine wird sich freuen, dich zu sehen.«

Ich verspreche, am Freitagabend bei ihnen vorbeizuschauen.

Als ich Stunden später merke, dass das Stück Himmel, das man in dem kleinen Fenster an der Decke sieht, ein nachmittägliches Dunkelblau angenommen hat, frage ich mich, warum mein Vater den

Artikel über Robert Josephs Hochzeit ausgeschnitten hatte. Wollte er ihn mir geben und hatte es dann vergessen oder seine Meinung geändert?

Die beiden Polizisten, Kirsty und Rougemont, treffen ein. Rougemont begrüßt mich wie eine alte Bekannte und lächelt zu breit. Jane ist freundlich. Sie und Larry kochen Kaffee, und Jane erzählt, warum wir glauben, dass der Einbrecher letzte Nacht wieder hier gewesen ist.

»Mir gefällt das gar nicht. Ich bin froh, dass der Schlosser da war«, sagt sie. »Manchmal habe ich das Gefühl, wir werden beobachtet.«

Ich sehe sie überrascht an. Jemand, der weniger zu Paranoia neigt als Jane, ist kaum vorstellbar.

»Ich habe diesen Kerl vor unserer Wohnung gesehen«, fügt Larry hinzu. »Er unternimmt nichts. Hängt einfach nur rum.«

»Mhm«, sagt Rougemont. Er ist skeptisch, lässt es sich jedoch nicht anmerken. »Wie oft haben Sie ihn gesehen?«

»Na ja … nur zweimal«, gibt Larry zu.

Jane lächelt, als sie Kaffee einschenkt.

»Es macht uns nervös, und wir bilden uns alles Mögliche ein«, sagt sie.

»Jemand mit einem eigenen Schlüssel war hier«, sagt Kirsty. »Das haben Sie sich nicht eingebildet.«

»Vielleicht könnte sich über Nacht ein Polizist hier verstecken«, schlägt Larry vor, »falls es der Kerl noch mal versucht.« Er klingt autoritär, so als leite er die Ermittlungen. Obwohl die beiden Polizisten kein Anzeichen von Unmut erkennen lassen, zucke ich an ihrer Stelle kurz zusammen.

»Er wird in der Zwischenzeit haben, was er wollte«, sagt Rougemont. »Ich bezweifle, dass er wiederkommt.«

»Er könnte es trotzdem versuchen.« Larry gibt nicht nach.

»Okay«, sagt Kirsty freundlich. »Wir werden heute Nacht den Garten von zwei Polizisten beobachten lassen, und dann werden wir ja sehen, ob sich was tut.«

Rougemont trinkt Kaffee in großen Schlucken, sein Adamsapfel hüpft auf und ab. Dann sagt er, dass er sich das Haus ansehen möchte.

»Wonach suchen Sie?«, frage ich ihn.

»Ich bin ein alter Hund, der gern in Häusern rumschnüffelt«, sagt er und macht sich davon. Als ich ganz klein war, hatte Mutter einen braunen Hund, der gern herumschnüffelte. Er versteckte sich und stürzte dann bellend hervor und erschreckte mich.

Kirsty fragt, ob Scott da ist.

»Er unterrichtet heute«, sage ich. »Außerdem muss er nicht so oft herkommen, weil ich alles für ihn erledige, was mit der Testamentsvollstreckung zu tun hat.«

»Warum, glauben Sie, hat Ihr Vater nicht Sie zum Testamentsvollstrecker ernannt?«, fragt sie, und ihr scharfer Tonfall lässt mich zusammenzucken.

»Das liegt doch auf der Hand«, sagt Jane gelassen.

Ich sehe sie überrascht an. Sie gießt gerade Kaffee nach, und obwohl sie zerstreut ist, sind ihre Bewegungen anmutig.

»Du bist aus Kalifornien weggezogen. Daddy hat diese Entscheidung respektiert. Er wollte dir keine Verantwortung aufbürden, die dich zwingen würde zurückzukommen, obwohl er wusste, dass niemand geeigneter gewesen wäre als du. Es war eine großzügige und liebevolle Geste.«

Ich weiß sofort, dass sie Recht hat. Jane hat wie immer die schmerzende Stelle gefunden und sie verarztet. Ich werfe einen Blick zu Larry, der sie bewundernd ansieht.

»Gibt es irgendwas Neues aus der Gerichtsmedizin?«, erkundigt sie sich bei Kirsty.

»Wir wissen jetzt sicher, dass Ihr Vaters ziemlich genau um acht Uhr morgens gestorben ist. Der Tod trat ein, kurz bevor die Leiche mit Wasser in Berührung kam. Das ist alles.«

»Also«, sagt Larry vorsichtig, »starb er nicht in der Nähe der Stelle, wo man sein Auto gefunden hat.«

»Vermutlich nicht«, stimmt die Polizistin ihm zu. Ihr matter Tonfall verrät, dass sie diese Information schon eine Zeit lang mit sich herumträgt und bereits sämtliche Möglichkeiten in Betracht gezogen hat. »Von Lowis nach Big Brim braucht man mindestens dreißig, vierzig Minuten.«

»Weiß die Gerichtsmedizinerin schon Näheres über die Todesursache?«, fragt Jane.

»Sie hat sich an Charles Dunlop gewandt. Er ist eine Koryphäe auf dem Gebiet der forensischen Pathologie.«

Kirsty steckt eine Hand in ihre ausgebeulte Aktentasche und holt ihr Notizbuch heraus. Sie blättert in dicht beschriebenen Seiten, bis sie zu einer halb vollen Seite kommt. »Ich möchte Sie etwas Ungewöhnliches fragen.«

Ich warte, mein Körper ist angespannt. Ich werfe einen flüchtigen Blick auf Jane und Larry, und auch sie machen einen angespannten Eindruck.

»Es geht um einen Abschleppwagen«, sagt sie.

Ich starre sie an.

»Mir ist klar, dass es völlig ausgeschlossen zu sein scheint. Aber könnte es sein, dass Ihr Vater in der Nacht, bevor er starb, einen Abschleppwagen gefahren hat?«

Jane und ich sehen uns an und verziehen die Gesichter.

»Nein«, sagen wir.

»Wir haben bei allen Polizeirevieren in der Gegend angefragt und um Informationen gebeten, die es uns ermöglichen, Ihren Vater zwischen Sonntagabend und Montagmorgen zu lokalisieren, und ein Verkehrspolizist hat sich bei mir gemeldet. Er sagte, er habe am späten Sonntagabend auf der Schnellstraße in Richtung Stadt, etwa fünfzehn Kilometer von Big Brim entfernt, mit dem Fahrer eines Abschleppwagens gesprochen. Er erinnerte sich an den Namen Ihres Vaters und konnte ihn genau beschreiben.«

Jane klingt skeptisch. »Er glaubt, Daddy habe einen Abschleppwagen gefahren?«

»Da ist er sich absolut sicher. Können Sie damit was anfangen?«

Sie sieht mich an.

Ich schüttle den Kopf. »Das kann ich mir nicht vorstellen.«

Larry deutet mit seinem Bart auf Kirsty, was heißt, dass er etwas sagen will. »Hat er irgendetwas abgeschleppt?«

»Nein.«

»Warum hat der Polizist ihn dann gestoppt?«

»Der Wagen hatte bereits neben einem Autowrack an der Straßenseite angehalten. Officer Howie fragte, was los sei. Er bat darum, den Führerschein sehen zu können und glaubt, dass er auf den Namen Ihres Vaters ausgestellt war. Leider hat er nichts aufgeschrieben, nicht einmal das Autokennzeichen des Abschleppwagens.«

»Hat der Wagen das Wrack abgeschleppt?«

»Offensichtlich hat er das versucht, aber die Winde war defekt, und der Fahrer sagte, er warte auf jemanden, der ihm helfen würde.

Officer Howie klingt absolut überzeugend. Er schwört Stein und Bein, dass er sich nicht irrt.«

»Wir irren uns alle mal«, sage ich, und Kirsty lächelt mich auf eine Art an, die mich an meine Irrtümer erinnert.

»Sein einziges Versäumnis war, dass er nichts notiert hat«, sagt sie. »Wenn er nur die Autonummer oder irgendetwas anderes über den Fahrer oder den Abschleppwagen aufgeschrieben hätte. Er glaubt, es ist ein alter Wagen gewesen, mehr ist ihm nicht aufgefallen.«

»War der Fahrer allein?«

»Nein. Mindestens ein, vielleicht auch zwei Männer saßen noch im Wagen. Officer Howie gibt zu, dass er sich diesbezüglich nicht ganz sicher ist. Natürlich hätte uns diese Information helfen können, eine Erklärung dafür zu finden, wie Ihr Vater nach Big Brim und sein Auto nach Lowis kam. Deshalb hänge ich an dieser Vorstellung.«

Larry lächelt sie an. »Es ist so schrecklich, wenn das Datenmaterial die Hypothese nicht stützt, dass man am liebsten das Datenmaterial anzweifeln möchte.«

Rougemont kommt herein. Ich dachte, er wäre durchs Haus gegangen, aber er riecht nach Eukalyptus. Er setzt sich an den Tisch, schlägt seine langen Beine übereinander und greift nach seiner Kaffeetasse.

»Ist er kalt? Soll ich Ihnen einen frischen machen?«, fragt Jane freundlich. Wahrscheinlich bemerken viele Leute Rougemonts Traurigkeit, und die einen reagieren darauf mit Grausamkeit, die anderen mit Freundlichkeit.

Er lächelt. »Nein, nein. Normalerweise ist der Kaffee immer kalt, wenn ich endlich daran denke, ihn zu trinken.« Kirsty berichtet ihm, dass Jane, Larry und ich keine Erklärung hätten, warum Vater am Sonntag mit einem Abschleppwagen durch die Gegend gefahren sein sollte.

»Das hätte einfach nicht zu ihm gepasst«, sagt Larry.

»Oh«, sagt Rougemont und stellt den großen Kopf schräg. »Früher hat es aber mal zu ihm gepasst.«

Wir sehen ihn alle an, während er an seinem kalten Kaffee nippt.

»Wie meinen Sie das?«, fragt Jane.

»Ich habe Ihnen doch erzählt, dass ich Ihren Vater vor vielen Jahren flüchtig kannte. Und damals besaß er einen Abschleppwagen.«

»Daddy? Besaß einen Abschleppwagen?«, wiederholt Jane. »Nie im Leben!«

»Nein!«, füge ich hinzu. »Nicht Daddy.«

»Doch.«

»Kann es sein, dass Sie sich irren?«, sagt Jane.

»Nein. Er hat sogar seinen Führerschein verlängern lassen. Obwohl das nicht unbedingt heißt, dass er in letzter Zeit einen Abschleppwagen gefahren hat.«

»Wann besaß er diesen Abschleppwagen, Mr. Rougemont?«, frage ich.

Er beißt sich auf die Lippen und kneift die Augen zusammen.

»Hmmmm ... Sie waren damals noch sehr klein, Lucy. Es kann sein, dass Sie sich nicht daran erinnern, aber ich dachte, Jane erinnert sich vielleicht.«

»Wozu braucht ein Geologe einen Abschleppwagen?«, fragt Larry skeptisch. Doch ich kenne die Antwort. Der Abschleppwagen ist bereits in meinem Kopf, und er war schon immer darin, ich musste nur den Vorhang beiseite ziehen.

»Er reparierte ihn«, sage ich. »Wie den Traktor und die Druckerpresse und den Oldsmobile ... Er lag mit seinen Schraubenschlüsseln darunter und reparierte ihn. Er kam mir riesig vor. Und ich vermute, er war aus Chrom, denn er war silberfarben und glänzte. Vorn hatte er eine Art Gesicht. Ich meine, Lampen als Augen und einen großen Kühlergrill, der aussah wie das Maul eines Ungeheuers.«

»Sie erinnern sich«, sagt Rougemont bewundernd. »Sie waren erst vier, Lucy, und Sie erinnern sich! Ich weiß natürlich nicht, wann er ihn wieder loswurde. Vielleicht waren Sie da schon fünf, sechs oder sieben. Trotzdem, da sich in dieser Familie manchmal niemand an irgendetwas zu erinnern scheint, würde ich sagen, Sie machen beachtliche Fortschritte!«

Kirsty stimmt ihm enthusiastisch zu, und beide sehen mich stolz an, als hätte ich gerade in einer Quizshow gewonnen. Ich blicke rasch zu Jane. Ihre blasse Haut färbt sich rosa.

»Hören Sie«, sagt sie. Man muss sie sehr, sehr gut kennen, um zu wissen, dass sie wütend ist, wenn sie diesen eiskalten leisen Tonfall anschlägt. Larry weiß es, und ich weiß es, und wir beide setzen uns etwas aufrechter hin.

»Hören Sie. Wenn Menschen sich nicht erinnern können, dann

hat das manchmal etwas damit zu tun, dass die Erinnerungen so unangenehm oder schmerzhaft sind, dass sie sich nicht erinnern wollen. Darüber müssen Sie sich im Klaren sein. Sie müssen inzwischen mitbekommen haben, dass in unserer Kindheit Dinge passiert sind, die zu vergessen wir vor langer Zeit beschlossen haben.«

Sie meint Mutter. Immer gegenwärtig, auch wenn man sie seit drei Jahren nicht gesehen hat. Wie ein großer weißer Vogel flattert sie über unserem Gespräch.

Aber Rougemont ignoriert Janes Wut oder bemerkt sie nicht. »Natürlich«, stimmt er ihr zu und nickt auf seine merkwürdig elastische Art. »Natürlich, aber warum um Himmels willen ist die Erinnerung an einen Abschleppwagen so schmerzhaft?«

Sein Tonfall steigt an, als würde er gleich von eingespieltem Gelächter gekrönt. Stattdessen folgt Schweigen, und in das Schweigen fällt die unglückliche Stimme eines kleinen Mädchens, das den Tränen nahe ist.

»Weil sie sie damit fortgebracht haben«, sagt die Stimme.

Alle wenden sich zu dem Mädchen um. Sie sehen mich an.

»Als Mutter nicht aus dem Auto steigen wollte …« Ich spreche mit Jane, aber sie hält den Blick gesenkt und starrt auf den Tisch. »Du musst dich doch daran erinnern, als Mutter nicht aus dem Auto aussteigen wollte?«

Jane sagt nichts. Wenn sie nach unten schaut, kommt es mir so vor, als hätte sie die Augen geschlossen, um mich auszusperren. Sie glaubt, ich benehme mich russisch. Sie glaubt, ich würde Verrat begehen, aber jetzt kann ich nicht mehr zurück.

»Als wir aus Arizona zurückkamen und Mutter einen psychotischen Schub hatte, wussten wir nicht, was los war, weil es das erste Mal passierte, und wir dachten, dass es sich um ein kleines, vorübergehendes Problem handeln würde und alles bald wieder beim Alten wäre … Auf jeden Fall wollte sie damals nicht aus dem Auto aussteigen. Sie ist den ganzen Tag und die ganze Nacht und fast den ganzen nächsten Tag dringeblieben, bis man den Urin aus drei Metern Entfernung gerochen hat. Als sie kamen, um sie mitzunehmen, schafften es zwei Männer und eine Frau nicht, sie aus dem Auto zu holen. Sie versuchten, mit ihr wegzufahren, aber sie hat so wild um sich geschlagen, dass es zu gefährlich gewesen wäre. Sie hätte sie beinahe klein gekriegt. Wenn es nicht den Abschleppwagen gegeben hätte. Er stand direkt vor dem Schuppen, es muss eins von Daddys alten Autowracks gewesen sein. Und damit haben sie sie abgeschleppt. Ich meine, sie haben das Auto abgeschleppt. In dem Mutter saß, stimmt's, Jane? So war es doch? Ich habe es nicht gesehen, sondern nur erraten, als ich sah, dass sie weg waren und das Auto und der Abschleppwagen auch. Ich habe mich im Garten versteckt. Vermutlich habe ich es gehört. Daran kann ich mich sogar erinnern. Der Motor machte einen Lärm wie ein großes, hässliches Ungeheuer, und das Getriebe machte dieses mahlende Geräusch, das so klang, als würde es mit den Zähnen knirschen. Der Abschleppwagen hat Mutter weggebracht. Und wissen Sie was? Ich glaube, das hat sie uns nie verziehen. Als wir sie besuchten, hat sie sich schrecklich benommen, und zwar, glaube ich, weil sie wütend auf uns war, denn wir haben sie abgeschleppt, anstatt sie einfach im Auto sitzen zu lassen, so lange sie wollte.«

Das Schweigen, das folgt, tut so weh wie Nadelstiche. Die beiden Polizisten fixieren mich. Larry ist entsetzt und hat für einen Moment seinen distanziert beobachtenden Blick abgelegt. Janes Gesicht ist rot und leicht verzerrt, so als hätten sich unter der Haut ein paar Muskeln neu arrangiert. Als sie spricht, ist ihre Stimme sehr leise, kaum mehr als ein Flüstern.

»Wir konnten sie nicht ewig im Auto sitzen lassen. Sie hat reingepinkelt wie ein Hund.«

»Wir hätten warten können. Bis sie bereit gewesen wäre auszusteigen.«

»Dann hätten wir ewig warten müssen.«

Auch ich spreche mit leiser Stimme. »Ich glaube, sie wäre rausgekommen, wenn sie bereit gewesen wäre.«

Jane sieht mich an und hebt dabei kaum den Kopf, als wäre ich ein grelles Licht, das sie blenden könnte. »Sie hat nichts gegessen. Und du warst die ganze Zeit in Tränen aufgelöst. Das hat Daddy wirklich fertig gemacht. Es war keine einfache Entscheidung für Daddy, aber er hat es genauso sehr für dich getan wie für Mutter. Willst du sagen, dass er das Falsche getan hat?«

Und auf diese Frage schüttle ich den Kopf, so schnell wie ein Hund, der gerade aus dem Wasser gelaufen kommt, denn ich weiß, dass mein Vater, neben seinen vielen anderen guten Eigenschaften, immer versucht hat, das Richtige zu tun.

»Nein. Ich will nur sagen, dass es schrecklich war.« Ich wende mich an Rougemont. »Deshalb wollte sich vermutlich keiner von uns an den Abschleppwagen erinnern. Jetzt haben wir es doch getan. Wir haben uns daran erinnert, wie Sie uns gebeten haben. Vielleicht können Sie uns jetzt erklären, welche Bedeutung das für den Sonntagabend oder die Aussagen von Officer Howie hat.«

Rougemont saugt nachdenklich an seiner Unterlippe, als wäre es eine Zigarette.

»Oh«, sagt er schließlich. »Wahrscheinlich gar keine. Ich bin mit Larry einer Meinung, dass Officer Howie sich geirrt haben muss.«

18

Ich bin um zwanzig vor neun im Revier der Verkehrspolizei in Bellamy. Als ich gestern Abend von Tante Zina aus anrief, hieß es, dass Officer Howie seinen Dienst um neun Uhr antrete.

»Mit wem spreche ich?«, fragte mich die Stimme argwöhnisch.

»Es ist etwas Privates.«

»Mhm«, meinte die Stimme verständnisvoll. Der Tonfall ließ ahnen, dass Officer Howie ein üppiges Privatleben hat. »Kommen Sie um Viertel vor neun, und jemand wird Sie zu ihm bringen.«

In der Eingangshalle sehe ich einen uniformierten Beamten und bitte ihn, Officer Howie abzufangen, bevor er das Revier verlässt. Seine scherzhafte und zugleich resignierte Art deutet darauf hin, dass ich nicht die erste Frau bin, die ihn um diesen Gefallen bittet. Ein paar Minuten später taucht Officer Howie in seiner makellosen Uniform auf. Sein Schritt ist zögernd, aber diese Unschlüssigkeit beeinträchtigt kaum den selbstsicheren Gang eines gut aussehenden Mannes. Er sieht mich zweifelnd an und wirft einen Blick auf meine Hand, bevor er sie schüttelt, als fürchte er, ich würde die Gelegenheit nutzen und ihm eine Vaterschaftsklage unterschieben.

»Meine Name ist Lucy Schaffer. Mein Vater ist vor kurzem gestorben, und soweit ich weiß, sind Sie eine der letzten Personen, die ihn lebend gesehen haben.«

Er schaut mich unverwandt an.

»Am Sonntagabend haben Sie den Abschleppwagen kontrolliert, den er fuhr. Am Montagmorgen wurde er tot aufgefunden, nicht weit von dem Ort, wo Sie ihn gesehen haben. Er wurde ermordet, möglicherweise von einer der anderen Personen, die bei ihm im Wagen waren.«

Er blickt über meinen Kopf hinweg, denkt an den Sonntagabend, an meinen Vater, an den Abschleppwagen.

»Richtig, ja. Ich habe nicht wirklich gesehen, wer bei ihm im Führerhaus saß … Eine Kriminalpolizistin hat mich schon danach gefragt. Detective MacFarlane. Sie schien daran zu zweifeln, dass es derselbe Mann war, aber ich habe ihn auf dem Foto wiedererkannt. Und ich habe mich an den Namen erinnert. Ja, Schaffer.«

»Sind Sie ganz sicher?«

Er ist jung und selbstbewusst. »Vollkommen sicher. Und es waren noch andere Männer bei ihm. Vielleicht einer. Wahrscheinlich zwei. Mehr bestimmt nicht. Vier hätten nicht hineingepasst, es war kein großer Abschleppwagen, sondern ein uralter.«

»Können Sie sich an die Männer erinnern? An irgendetwas?«

»Ich habe sie nicht gut gesehen, und sie haben kein Wort gesagt.«

»Ist mein Vater aus dem Wagen ausgestiegen?«

»Nein, Ma'am. Er hat das Fenster runtergekurbelt und erklärt, dass er ein Problem mit der Winde habe. Er wollte das Wrack wegschaffen, das direkt neben der Straße stand, aber er hatte ein Problem mit der Winde. Er sagte, jemand sei unterwegs, um sie zu reparieren.«

»Officer, wirkte mein Vater irgendwie bedrückt? Oder ängstlich? Oder besorgt?«

Er lächelt. Sein Lächeln ist weiß und symmetrisch.

»Ma'am, die meisten Leute sind ängstlich und besorgt, wenn sie von der kalifornischen Verkehrspolizei kontrolliert werden.«

»Ich meine, war er irgendwie besonders ängstlich? Ist es möglich, dass er gegen seinen Willen in dem Abschleppwagen festgehalten wurde, und deswegen sehr angespannt war?«

Officer Howie denkt nach.

»Nein. Er war nervös, aber nicht so nervös. Es lag nichts vor, wofür ich ihm eine Strafe hätte aufbrummen können, aber er schien zu glauben, ich würde es trotzdem tun.«

»Und der Unfall … was war passiert?«

»Unfall?«

»Das Autowrack, das die Männer wegbringen wollten.«

»Ach ja. Das war wirklich sonderbar. Ich hatte gerade meinen

Dienst angetreten, und das Autowrack lag an einer der unfallträchtigsten Stellen. Ich nahm an, dass sich früher am Tag dort ein Unfall ereignet hatte. Der Wagen war vollkommen ausgebrannt. Ich meine, nicht mehr zu identifizieren. Aber wissen Sie was? Gestern habe ich herausgefunden, dass dort kein Unfall passiert war.«

Er zieht die Augenbrauen hoch, seine Miene drückt größte Überraschung aus. »Nichts. Am letzten Sonntag hat sich auf diesem Teilstück der Küstenstraße kein Unfall ereignet.«

Ich denke nach, aber meine Gedanken führen nirgendwo hin. »Wie ...«, sage ich langsam. »Wie, glauben Sie, ist das Wrack dann dorthin gekommen?«

»Also, ich nehme an, dass sie es von irgendwo anders abschleppten, anhielten und es abluden, weil sie ein Problem mit der Winde hatten.«

»Wurde die Winde repariert?«

»Nein, Ma'am, das wurde sie nicht. Das Wrack blieb neben der Küstenstraße liegen und verursachte am Montagmorgen erhebliche Verkehrsprobleme. Ich wünschte, ich hätte die Nummer Ihres Vaters aufgeschrieben.«

»Blockierte es die Straße?«

»Es musste die Straße nicht blockieren, um Probleme zu verursachen. Die Leute fahren langsamer, um zu gaffen, und dann kommt es über Kilometer zu zähfließendem Verkehr.«

Er blickt demonstrativ auf seine Uhr.

»Nur noch zwei Fragen«, versichere ich ihm. »Können Sie den Abschleppwagen beschreiben?«

Er verzieht das Gesicht. »Hmmm. Na ja. Die Straßenbeleuchtung ist nicht besonders gut dort unten, aber ich würde sagen, dass er uralt war, nahezu antik. Wahrscheinlich hatte ihn Ihr Vater schon sehr lange.«

Es klingt wie eine Frage, aber ich ignoriere sie.

»Hatte er schwarze Nummernschilder?«

Kurz blitzt ein weiteres Lächeln auf. »Er war jedenfalls alt genug dafür. Aber ich weiß es nicht, ich habe nicht nachgesehen. Ich hatte keinen Grund dazu.«

»Können Sie sich an sonst noch etwas erinnern? An irgendetwas, was gesagt wurde, ist Ihnen an den anderen Männern irgendetwas aufgefallen? Irgendetwas, was nicht zu stimmen schien?«

»Nein, Ma'am. Es war eine reine Routinekontrolle für mich.« Seitdem wir miteinander sprechen, hat er mich kaum angesehen, aber jetzt blickt er mir plötzlich in die Augen. »Ma'am, ich weiß, dass Ihr Vater einem Mord zum Opfer fiel, aber warum stellen Sie diese Fragen?«

»Wenn der eigene Vater ermordet wird, stellt man Fragen.«

»Weiß Detective MacFarlane, dass Sie hier sind?«

»Niemand weiß, dass ich hier bin.«

Einen Augenblick sieht er mich bekümmert an, und lächerlicherweise möchte ich weinen, weil dieser Fremde kurz Anteil an meinem Schmerz nimmt. »Es tut mir Leid«, sagt er. »An diesem Abend ist nichts Ungewöhnliches auf der Küstenstraße passiert. Ihr Vater sah nicht aus wie ein Mann, der in Schwierigkeiten steckt. Aber wenn es so war ... dann ... tut es mir Leid, wirklich Leid.«

Von Bellamy fahre ich ein Stück am Meer entlang. Die Straße folgt allen Windungen und Kurven der verschlungenen Küste, und der Verkehr lichtet sich erst, als er das lange gerade Stück bei Big Brim erreicht. Der Parkplatz, auf dem Rougemont seinen Wagen direkt neben meinem abstellte, ist fast leer. Nur zwei Autos stehen da, und ein Abschleppwagen.

Ein Abschleppwagen. In Big Brim. Er sieht uralt aus, ist verchromt, der silberfarbene Kran deutet in den Himmel wie eine Haifischflosse. Ich bremse und kehre um. Die Fahrer in den Autos hinter mir hupen.

Ich parke neben dem Abschleppwagen und gehe zweimal um ihn herum. Er hat überhaupt nichts Monströses, sondern wirkt eher klein und vom Alter verbeult. Das Chrom funkelt in der Sonne. Kran und Winde auf der Ladefläche sind von der Solidität eines anderen Zeitalters. Die Nummernschilder sind gelb auf schwarzem Grund. Das Fabrikat des Abschleppwagens ist unklar, weil so viele Buchstaben abgefallen sind. Diver oder Divine vielleicht. Vom Namen der Werkstatt befinden sich Überreste auf der Fahrertür. Der Abschleppwagen ist so alt, dass er nur noch dank Glück und beständigem Flickwerk fahrtüchtig ist, und ich muss unweigerlich an meinen Vater und seinen Oldsmobile denken.

In meinem Mietwagen finde ich eine Straßenkarte und schreibe auf die Rückseite die Namensreste, die Nummer und ein paar Notizen zu den Reifen und den Farben. Ich schaue mir die Reifen näher an, fahre mit dem Finger über das gezackte Profil. Der Abschleppwagen ohne seinen Fahrer ist harmlos, der Fahrer ohne den Abschleppwagen machtlos. Ich blicke über die Straße auf die Dünen. Mein Herz schlägt so schnell wie das eines Jägers, der sich seiner Beute nähert.

Als sich eine Lücke im Verkehr auftut, renne ich über den Asphalt. Ich ziehe meine Schuhe aus, und sofort sinken meine Füße fast knöcheltief in den Sand. Er behindert jeden Schritt. Er rät mir umzukehren. Ich ignoriere seine Warnung und gehe entschlossen weiter, meinen ganzen Körper nach vorn geneigt, wo ich gern hätte, dass meine Beine wären. Langsamer, als ich möchte, und mühsam schleppe ich jeden Fuß Richtung Meer. Und die ganze Zeit halte ich Ausschau nach ihm, nach dem Fahrer des Abschleppwagens. Während ich die zweite und dritte Düne erklimme, scheint mir, dass es in meinem Leben immer einen Abschleppwagenfahrer gegeben hat, der mir Angst einjagte, der diejenigen fortbrachte, die ich am meisten liebte, der mir auswich, wann immer ich mich umdrehte, um ihn zu stellen.

Ich blicke über den Strand. Der dicke Mann und sein kleiner Hund sind wieder da. Zwei Frauen joggen gemächlich. Eine Mutter mit einer kleinen Schar Kinder. Ein paar Hunde im Wasser, ihre Besitzer lassen sie nicht aus den Augen. Und dann entdecke ich ihn. Allein zwischen den Dünen, vielleicht fünfhundert Meter von mir entfernt. Ein Mann, groß, dunkelhaarig, wahrscheinlich jung. Er geht in Richtung Straße und, davon bin ich überzeugt, zu dem Abschleppwagen, aber er hat die Länge des Strandes falsch eingeschätzt und befindet sich ungefähr einen halben Kilometer zu weit nördlich. Ich beobachte ihn. Die Anstrengung des Gehens scheint ihm nichts anzuhaben. Er marschiert entschlossen die Düne hinauf.

Oben bleibt er stehen und dreht sich um, so weit, bis er sich mir zugewandt hat. Wir schauen uns über Milliarden Körner wandernden Sands hinweg an. Ich weiß, dass er weiß, dass ich ihn suche. Wir fixieren einander, der Abstand zwischen uns ist zu groß, um Augen oder Gesichter erkennen zu können. Dann wendet er sich wieder ab. Er muss nur eine Düne hinunter und fünfhundert Meter die Straße entlanggehen.

Ich laufe los. Mein ganzer Körper kämpft gegen den Sand, meine

Zehen, mein Hals, mein Kopf. Der Sand scheint an meinen Beinen zu saugen, meine Füße sind schwere Gewichte, meine Arme sägen Luft. Als ich oben auf der dritten Düne ankomme, mein Herz schlägt noch immer wie das eines Jägers, jede Zelle meines Körper ist noch auf meine Beute konzentriert, blicke ich sofort zum Parkplatz. Ich komme zu spät. Die dunkle Gestalt hatte den Abschleppwagen wahrscheinlich erreicht, bevor ich die zweite Düne hinter mir hatte. Ich stelle mir das gewaltige Brummen des alten Motors vor, das Krachen des Getriebes, das Aufheulen, als er sich in den Verkehr einreihte und beschleunigte.

19

Ich setze mich in den heißen Sand und starre auf die Stelle, wo der Abschleppwagen gestanden hat. Er war eine Antwort, eine Erklärung, und jetzt ist dort eine Leerstelle.

Als ich erneut über die Dünen zum Meer gehe, gehe ich langsam, so langsam, dass ich spüre, wie der Sand meine Fußsohlen verbrennt. Ich laufe die letzte Düne zum Strand hinunter, und als der Sand feucht und hart ist, stelle ich meine Schuhe ab und gehe weiter zum Wasser. Ich steuere in gerader Linie darauf zu und bleibe erst stehen, als ich seine eisige Berührung an den Zehen spüre.

»He!«, ruft eine Stimme. »He, Sie, ja, Sie!«

Ich drehe mich um. Eine große amorphe Gestalt nähert sich mir halb laufend, sein winziger Hund rennt neben ihm her. Der Mann trägt ein merkwürdig geformtes Stück Treibholz unter dem Arm. Als er näher kommt, sehe ich, wie seine Backen wackeln, sein Bauch schwabbelt und die Wasserflasche, die er um die Hüfte trägt, auf und ab hüpft. Als er vor mir steht, ist er so außer Atem, dass er nicht sprechen kann.

»Himmel«, ächzt er. »Himmel, nur einen Augenblick, ja?«

Er öffnet die Wasserflasche, wirft den Kopf in den Nacken und gießt Flüssigkeit in seinen offenen Mund.

»Sie sollen wissen, dass das Wasser ist. Kein Bier, kein Bourbon oder sonstiger Alkohol«, sagt er keuchend. Er verdreht rechtschaffen die Augen, aber sein Mund nimmt bekümmerte Formen an. Ich frage mich, worüber er sich so aufgeregt hat. Vielleicht regt er sich regelmäßig auf.

»Sie sollen noch etwas anderes wissen. Wenn Männer Ihnen

am Strand nachrufen, sind sie meistens verrückt, und Sie sollten vor ihnen davonlaufen. Das ist die Regel. Ich bin eine Ausnahme.«

Ich stehe da, die Hände in die Hüften gestemmt. »Gut. Und was wollen Sie von mir?«

»Ich muss Ihnen etwas sagen. Ich muss Sie warnen. Erstens. Die Flut kommt unheimlich schnell. Im Moment haben wir Ebbe. Zweitens. Die Bucht sieht aus, als könnte man hier gut schwimmen. Das Wasser wird langsam tiefer. Es ist ruhig. Aber der Grund, warum es hier keine großen Wellen gibt, sind die Unterströmungen. Sie sind einzigartig. Ganz was Besonderes. Verantwortlich dafür sind die spitz zulaufenden Landzungen an beiden Enden der Bucht. Ozeanographen kommen hierher, um die Strömungen zu studieren, aber eigentlich müssten sie nur die Fischer fragen. Wie auch immer, der Strand ist nicht gut, ich wiederhole, nicht gut, nicht sicher, nichts zum Schwimmen. Ich dachte, das sollten Sie wissen.«

Er hat die ganze Zeit über mit dem Finger gedroht.

»Danke. Aber das wusste ich schon. Ich habe von einem Baby gehört, das hier vor vielen Jahren ertrunken ist.«

»Ooooh, das ist ja schrecklich. Das ist kein guter Strand für Kinder. Er sieht toll aus, aber er ist es nicht, ganz im Gegenteil.«

Der Mann sieht mich unsicher an und trinkt dann noch einen Schluck Wasser. »Wie ist es denn ertrunken? Ist seine Mutter mit ihm ins Wasser gegangen?«

»Ich weiß es nicht.«

»Sind Sie deswegen hier?«

Ich male mit den Zehen Muster in den Sand. Sie pflügen durch die winzigen Körnchen und beschreiben ein Labyrinth oder eine Hieroglyphe.

»Okay, okay, Sie müssen mir nicht antworten. Wir haben jetzt mehrere Wahlmöglichkeiten. Möglichkeit Nummer eins: Wir können uns hier setzen und freundlich miteinander plaudern, und Sie können mir erzählen, was los ist. Möglichkeit Nummer zwei: Ich kann mich umdrehen und zu meinen Haus zurückgehen, und wenn ich nicht mehr da bin, um Ihnen zuzusehen, können Sie tun, was immer Sie tun wollten, aber ich möchte hier und jetzt feststellen, dass ich gegen Möglichkeit Nummer zwei bin. Möglichkeit Nummer drei: Sie können beschließen, den Strand sofort zu verlassen und zum Parkplatz zu gehen, ohne mit mir zu sprechen. Wenn Sie sich für Möglichkeit Nummer drei entscheiden, werde ich mich keinesfalls gekränkt fühlen.«

Das Haar des Mannes ist dick und braun. Der Wind bläst es senkrecht nach oben wie Haar in einem Comic.

»Soll ich Ihnen die Möglichkeiten noch einmal aufzählen?«, fragt der Mann.

»Nein. Sie haben sich geirrt.«

Er sieht mich aus weit aufgerissenen Augen an. »Kennen Sie noch mehr Möglichkeiten?«

»Sie dachten, ich wollte mich umbringen. Stimmt's?«

Er betrachtet verschämt den Sand. »Na ja ... so wie Sie die Schuhe abgestellt haben und in direkter Linie zum Wasser gegangen sind. Das tun sie normalerweise.« Er sieht mich wieder an, ohne jedoch den Kopf zu heben. Er ist verlegen. »Ich meine ... wollten Sie nicht?«

»Nein.«

»Nein?«

»Mein Vater wurde vor ein paar Tagen tot aus dem Wasser gezogen, ein Stück weiter unten an der Küste. Er hat seine Kleider an diesem Strand hier gelassen.«

Der Mann beißt die Zähne zusammen und wirft den Kopf zurück, als hätte er sich verbrannt.

»Oooooh, Himmel. Himmel. Der Mann. Von dem sie behaupten, dass er ermordet wurde. Der Mann war Ihr Vater?«

»Haben Sie ihn gesehen?«

Seine breiten, gummiartigen Züge modellieren einen unglücklichen Ausdruck. »Nein. Ich habe niemanden gesehen. Deswegen weiß ich, dass er nicht hier war.«

»Er ist am Montagmorgen gestorben. Die Polizei glaubt so gegen acht Uhr.«

»Mhm. Hier ist er nicht gestorben.«

Ich starre den Mann an. »Woher wissen Sie das?«

»In der Regel fange ich um sieben an, zu patrouillieren«, erklärt er. »An diesem Morgen war niemand am Strand. Das habe ich der Polizei schon gesagt.«

»Aber seine Kleider wurden hier gefunden.«

»Um acht Uhr waren hier keine Kleider. Ich bin zwar nicht den ganzen Strand abgelaufen, aber ich hätte sie gesehen. Ich wohne am anderen Ende, ich bin der einzige Mensch, der hierher kommen kann, ohne drei Dünen überqueren zu müssen.«

»Wer hat seine Kleider gefunden?«

»Ich und Cinnamon.« Der Hund, der sich auf die nächste Stelle trockenen Sands hat fallen lassen, hebt den Kopf, als er seinen Namen hört, dann lässt er ihn wieder sinken. »Ich bin um halb neun nach Hause, um Kaffee zu trinken, und um halb zehn bin ich wieder raus, so wie heute, und da habe ich die Kleider gesehen. Ich habe die Polizei gerufen. Sie hassen es, in ihren Uniformen über die Dünen marschieren zu müssen.«

Der Mann geht ein paar Schritte am Strand entlang, setzt sich dann neben seinen Hund und streckt die Beine dem Ozean entgegen. Cinnamon legt den Kopf auf das Knie des Mannes. Auch ich setze mich, und meine Hand malt mehr Muster in den Sand. Komplizierte Gebilde. Labyrinthe. Aztekische Labyrinthe. Inka-Labyrinthe.

»Jemand hat also die Kleider meines Vaters hier abgelegt, nachdem er bereits tot war«, sage ich schließlich. Es ist eine Feststellung, keine Frage, und der Mann nickt.

»Korrekt. Oder der Gerichtmediziner hat sich mit dem Todeszeitpunkt geirrt. Das kann passieren. Wenn Ihr Vater an diesem Strand starb, als ich Kaffee trank, dann … Tut mir Leid.« Er verzieht den Mund in alle Richtungen, spricht seine eigene traurige, lautlose Sprache.

»Wer war am Strand, als Sie um halb zehn zurückkamen?«, frage ich. Er gestikuliert zu den vereinzelten Spaziergängern. Die meisten haben Hunde dabei.

»Die gleiche Sorte Leute, die auch heute hier ist. Niemand, der sich verdächtig oder ungewöhnlich benommen hätte. Niemand, der mir aufgefallen wäre.«

»Vorher war ein Mann hier. Groß, dunkel, allein, ohne Hund. Er ist wieder gegangen ungefähr zehn Minuten, bevor Sie mich gesehen haben.«

»Mhm.«

»Haben Sie mit ihm gesprochen?«

»Nein.«

»Was hat er getan?«

»Das Gleiche wie Sie. Er hat rechts und links den Strand entlanggeschaut, dann ist er direkt zum Wasser gegangen und hat dort gestanden, als hätte er vor, hineinzuwaten. Dann hat er mich gesehen und ist sofort wieder zurückgegangen.«

»Ist Ihnen an ihm etwas aufgefallen?«

»Groß, dunkel, wie Sie sagten.«

»Wie alt ungefähr?«

Er legt sich flach in den Sand.

»Ich kann das Alter nicht mehr schätzen. So wie Sie ungefähr.«

»Was hatte er an?«

»Jeans.«

»Ist Ihnen sonst noch was aufgefallen?«

Der Mann stößt einen Seufzer aus. »Ich bin direkt auf ihn zugegangen, nur für den Fall, aber er ist sofort auf und davon. Hatte wahrscheinlich nicht vor, sich umzubringen. Ich patrouilliere seit Jahren an diesem Strand, und mittlerweile kann ich ziemlich gut einschätzen, ob sich die Leute das Leben nehmen wollen.«

»Und was ist mit Ihnen passiert?«, frage ich ihn.

»Wie meinen Sie das?«

»Wieso patrouillieren Sie an diesem Strand?«

Er seufzt. »Sie haben Recht, es ist etwas passiert. Wissen Sie, ich war Lastwagenfahrer.« Er sagt das, als wäre es eine Erklärung. Ich betrachte ihn, wie er ausgestreckt in einer weiten Trainingshose im Sand liegt, und ich sehe, wie sein großer weicher Körper über die vielen Kilometer allmählich die Form seines Lastwagensitzes angenommen hat.

»Dann habe ich als Lastwagenfahrer aufgehört und eine Spedition gegründet. Das war ein großes Risiko, ich habe angefangen, Fingernägel zu kauen. Aber ich war erfolgreich, bereits mit einundvierzig, ich meine, erfolgreich genug, um die Spedition anderen zu übergeben, damit ich das tun kann.«

Er setzt sich auf. Sein Rücken ist rund, sein Kopf gesenkt.

»Ich habe einen Mann überfahren. Kühe, Schafe, wenn man durch das Grasland am Fuß der Rockies fährt, ist das normal, man gewöhnt sich daran. Aber einen Menschen …«

Er kratzt sich fest am Kopf, wie ein Kind, das Schreiben lernt und einen Fehler wegkratzen will. »Ich sage Ihnen, ich hätte nicht gedacht, dass ich jemals darüber hinwegkomme. Nacht für Nacht habe ich von dem geträumt, was ich auf meiner Windschutzscheibe gesehen habe.«

»Das tut mir Leid«, sage ich.

»Das hier ist ein beliebter Ort, um sich das Leben zu nehmen, und ich versuche, sie davon abzuhalten. Vielleicht gehen manche davon und bringen sich woanders um, aber ich habe das Gefühl, ein paar Leben zu retten und ein bisschen wieder gutzumachen, was ich getan habe. Ich wünschte, ich hätte Ihren Vater retten können, aber ich glaube wirklich nicht, dass er hier gestorben ist.«

»Nein?«

»Nein. Er ist in Seal Wash umgekommen. Vielleicht auch in Bellamy, aber oben auf den Klippen dort stehen Restaurants, und jemand hätte es gesehen. Deswegen tippe ich auf Seal Wash.«

»Warum?«

»Ihr Vater wurde vor Retribution gefunden, und von hier gibt es Strömungen dorthin, aber es gibt auch Strömungen von Bellamy und Seal Wash nach Retribution, und es ist leicht … also, die Straße führt ganz nah am Wasser entlang. Besonders oben auf den Klippen von Seal Wash.«

Vaters Körper, der von den Klippen in die Tiefen des blauen Ozeans stürzt. Ein Platschen. Ein Platschen, das in einem Swimmingpool laut wäre, aber im Ozean würde es genauso klingen, wie wenn sich eine kleine Welle an einem Felsen bricht.

»Alles in Ordnung?«, fragt mich der Mann.

Ich nicke.

»Das ist nur eine Theorie. Vielleicht habe ich mir die Theorie nur ausgedacht, damit ich mir nicht vorwerfen muss, dass ich ihn verpasst habe. Ich verpasse nur wenige.«

Ich lächle, um ihn zu beruhigen. Es ist kein nettes Lächeln. Ich weiß, dass ich meinen Mund nur zu einer gerade Linie verzogen habe, mit einem oder zwei Fältchen an den Mundwinkeln, aber mehr bringe ich jetzt nicht zustande. Der kleine Hund mit dem drahtigen Fell ist zu mir gekrochen und schnuppert an mir. Ich streichle seine Ohren, und er dreht sich auf den Rücken, damit ich ihn am Bauch kraule.

»Ah, Cinnamon. Cinnamon ist ein Softie«, sagt der Mann liebevoll.

»Wissen Sie noch, wo seine Kleider lagen?«, frage ich ihn.

Der Mann schaut sich am Strand um. »Ungefähr hier, aber weiter hinten bei den Dünen. Das wäre ungewöhnlich für einen Selbstmörder. Normalerweise lassen die Leute ihre Kleider näher am Wasser liegen.«

Ich stehe auf und klopfe den Sand von mir ab, die Brise weht ihn ein Stück den Strand entlang.

»Danke«, sage ich. »Sie haben mir sehr geholfen.«

Er sieht mich zweifelnd an. »Alles in Ordnung?«

»Ich bin nicht hergekommen, um mich umzubringen. Ehrlich.«

»Na, klar«, sagt er, aber ich sehe ihm an, dass er noch immer das Gegenteil glaubt.

20

Das Meer in der Bucht von Seal Wash ist heute unruhig wie ein hungriges Tier. Die schwarzen Felsen, die aus der Tiefe des Ozeans aufragen, wirken bedrohlicher als am Dienstag. Wenn Wellen gegen die Klippen anbranden, spritzt Gischt hoch hinauf in die Luft.

Man könnte ein Auto so abstellen, dass es mit der Beifahrerseite am Rand der Klippen steht, und mit ein bisschen Schieben und Ziehen etwas Lebloses, einen Sack voller Steine oder eine menschliche Leiche, ins Meer stoßen. Natürlich würde das Objekt unterwegs gegen die Felsen prallen, aber weder der Aufschlag auf dem Wasser noch die aufschäumende Gischt wären bemerkenswert.

Aber vielleicht stieg mein Vater auch selbst aus dem Wagen, mit jemandem, den er kannte, in dessen Gegenwart er entspannt war, mit dem er plauderte. Und als Vater wegblickte, handelte der Mörder. Wenn man hier jemanden in den Abgrund stößt, kann man nicht völlig sicher sein, dass er auch tot ist. Das Meer wirkt wild, aber ein guter Schwimmer kann sich auf einen nahen Felsen retten. Nein, wie die Gerichtsmedizinerin sagte, Vater war bereits tot, als er gegen die Felsen prallte und sich Schürfwunden und Kratzer zuzog. Beobachtete der Mörder seinen freien Fall, horchte er, wie er aufschlug? Oder stieg er sofort wieder in den Wagen und fuhr schnell weiter zum Strand von Big Brim? Es waren nur wenige Menschen dort. Er legte Vaters Kleider bei den Dünen ab, weiter entfernt vom Wasser, als Schwimmer es normalerweise tun, aber er wollte das Risiko, gesehen zu werden, möglichst gering halten. Und kehrte er dann, schwitzend und aufgrund der Anstrengung mit rasendem Herzschlag, zu seinem Auto zurück und fuhr davon?

»Ich weiß, was Sie denken, und ich bin Ihrer Meinung«, sagt eine Stimme.

Ich wirble herum und stoße gegen einen ausgestreckten Arm. Michael Rougemont greift mit seinen knochigen Fingern nach mir und hält mich fest.

»Gehen Sie nicht zu nahe an den Rand!«

»Sind Sie mir gefolgt?«, frage ich ihn und trete einen Schritt zurück. Er löst den Griff und lässt die Arme sinken. Ich sehe sein auf der anderen Seite der Klippen abgestelltes Auto.

»Ich bin wahrscheinlich aus dem gleichen Grund hier wie Sie. Sie glauben, dass Ihr Vater in Seal Wash starb. Ich glaube dasselbe. Vielleicht war er überhaupt nicht am Strand von Big Brim. Und wir haben am Dienstag unsere Zeit verschwendet, als wir dort bei Sonnenuntergang die Atmosphäre in uns aufnahmen.«

»Die Schnitte und blauen Flecken in seinem Gesicht …«

Rougemont blickt hinunter zu den schwarzen Felsen, die aus dem Ozean aufragen wie verfaulte Zähne.

»… haben wahrscheinlich nichts mit seinem Tod zu tun, sondern nur mit dem Pazifischen Ozean.«

»Mr. Rougemont, gestern haben Sie gesagt, dass Sie Vater schon kannten, als wir noch einen Abschleppwagen hatten. Woher kannten Sie ihn?«

Er zögert, und als er spricht, wählt er seine Worte mit Bedacht.

»Ich lernte ihn kennen, als Ihr Bruder starb.«

Ich wende mich ihm zu und blicke in sein verhärmtes altes Gesicht.

»Als mein Bruder starb?«

»Ich habe damals die Ermittlungen geleitet.«

Unterhalb von uns schlägt der Ozean die Trommel.

»Warum haben Sie ermittelt?«

»Wenn ein Baby stirbt, ist das normal. Als Ihr Baby starb, ermittelte Kirsty.«

»Es ist ein unglaublicher Zufall«, sage ich, »dass Sie beide jetzt auch in Vaters Fall ermitteln.« Er erwidert nichts, und mir wird klar, dass es kein Zufall ist.

»Selbstverständlich erinnern Sie sich nicht an den Tod Ihres Bruders«, sagt er.

»Nein.«

»Obwohl es gestern schien, als würde Ihr Gedächtnis anfangen zu funktionieren.«

»Ich erinnere mich überhaupt nicht an meinen Bruder. Nur dass es ihn gab und dass ich ihn liebte.«

»Ich frage mich, ob Sie sich noch an etwas sehr kurz Zurückliegendes erinnern. Können wir uns in Ihren Wagen setzen?«

Es tut gut, den Wind, die Gischt und das Krachen der Wellen auszuschließen. Ich sitze hinter dem Lenkrad. Rougemont verstellt den Beifahrersitz, um Platz für seine langen Beine zu schaffen. Er legt die Hände auf die Knie. Dann fragt er mich, wann ich meinen Vater zum letzten Mal gesehen habe.

»Oh, Ihre Kollegin hat mich das bereits gefragt«, sage ich, aber er entschuldigt sich nicht und zieht die Frage auch nicht zurück.

»Ich habe ihr gesagt, dass er mich einmal in New York besucht hat, vor ungefähr zweieinhalb Jahren. Aber wir haben oft telefoniert.«

»Wann haben Sie ihn zum letzten Mal in Kalifornien gesehen, Lucy?«

»Kurz bevor ich wegging. Vor fast drei Jahren.«

Ich fuhr zu Vaters Haus, um ihm mitzuteilen, dass ich fortgehen würde. Ich hatte zuvor nicht angerufen, ich fuhr einfach hin. Manchmal fragte ich mich, was mein Vater tat, wenn ich nicht da war. Als ich ihn in seinem ölverschmierten Overall, mit von der Sonne und vor Anstrengung gerötetem Gesicht und gut gelaunt unter seinem alten Traktor liegen sah, fühlte ich mich am ganzen Körper erleichtert, als würde ich von einer warmen Hand gehalten. Er rutschte unter dem Motor hervor, stand langsam auf und begrüßte mich erfreut. Er strahlte die entspannte Lockerheit von jemandem aus, der sich in einem Zustand höchster Konzentration befunden hatte.

Wir tranken Kaffee auf der Terrasse, saßen schweigend da und betrachteten die Landschaft. Plötzlich wehte eine Brise durch die Blätter über unseren Köpfen. Mein Vater hatte diese Bäume gepflanzt und sich ein paar Jahre lang gesorgt, dass sie zu nahe an den Grundmauern des Hauses stünden. Jetzt blickte er zu ihnen auf, als wäre er überrascht und hätte sie seit dreißig Jahren nicht nahezu jeden Tag gesehen. »Wenn man einen kleinen Schössling in die Erde setzt«, sagte er, »kann man sich nicht vorstellen, dass er jemals so groß wird. Es ist wie mit Kindern. Wir wissen, dass Kinder erwachsen werden, das ist eine biologische und evolutionäre Tatsache. Fossilien, die Geschichte, unsere Augen sagen uns, dass aus Kindern Erwachsene werden. Aber wenn sie klein sind, kann man das einfach nicht glauben. Man setzt nicht ein Kind in die Welt, sondern einen Erwachsenen. Das ist eine riesige Verantwortung.«

»Sie denken jetzt an Ihren Vater«, sagt Michael Rougemont zu mir. Seine Stimme jagt mir einen Schrecken ein. »Was genau denken Sie?«

Ich erzähle ihm von den Bäumen, die zu nahe am Haus standen, und den Kindern, die man sich nicht als Erwachsene vorstellen kann.

»Hat er das gesagt, als Sie ihm mitteilten, dass Sie aus Kalifornien weggehen?«

»Nein. ... Das habe ich ihm etwas später gesagt. Er hat meine Entscheidung nicht infrage gestellt. Ich habe ihn nicht um Erlaubnis gebeten, aber er hat sie mir gegeben.«

»War es schwierig, Lebewohl zu sagen?«, fragt Rougemont leise.

»Ja, es war schwierig.« Ich erzähle ihm nicht, dass mein Vater weinte.

»Aber«, fährt der Detective fort, »Sie haben sich verabschiedet. Und abgesehen von dem einen Mal in New York wollten Sie sich dieser schmerzhaften Prozedur nicht noch einmal unterziehen. Als Sie also letztes Wochenende nach Kalifornien kamen, haben Sie vielleicht deswegen niemandem davon erzählt.«

Seine Worte brennen in meinen Ohren. Ich höre ihn sagen: »Letztes Wochenende waren Sie hier in San Francisco. Stimmt das, Lucy? Sie sind am Sonntagabend zurückgeflogen. Kurz bevor Ihr Vater starb.«

Mir ist heiß. Ich öffne ein Fenster. Sofort erfüllt der Lärm des Ozeans das Auto.

Michael Rougemont sagt leise: »Ist schon in Ordnung. Ich werde es ihnen nicht sagen. Ihrer Schwester und ihrem Mann, ich werde es ihnen nicht sagen.«

Ich entgegne nichts.

»Aber warum haben Sie es mir nicht gesagt? Oder Kirsty? Warum haben Sie uns angelogen?«

Ich schweige weiterhin.

»Was haben Sie letztes Wochenende hier gemacht, Lucy?«

Durch die Windschutzscheibe fällt ein Streifen Sonnenlicht direkt auf meinen Schoß. Ich sehe, wie sich die Ziffern der Autouhr langsam verändern.

»Lucy, wenn Sie letztes Wochenende hier waren, dann werde ich nicht lange brauchen, um herauszufinden, was Sie hier getan haben, wo Sie waren und wen Sie gesehen haben. Sparen Sie mir einen Tag Arbeit und erzählen Sie es mir, weil ich es wissen muss.«

Aber als ich den Kopf schüttle und sich das Schweigen länger hinzieht, öffnet Michael Rougemont die Wagentür.

»Okay«, sagt er freundlich. »Wenn Sie mir nicht helfen wollen, dann mache ich mich jetzt besser an die Arbeit.«

21

Kaum habe ich Vaters Arbeitszimmer betreten, rufe ich Mittex in New York an. Nicht nur ist Jay Kent heute in seinem Büro, sondern seine Sekretärin hat anscheinend die Anweisung, jeden Anruf von mir sofort zu ihm durchzustellen.

»Lucy! Schön von dir zu hören!«, sagt er, und mich überrascht meine eigene Reaktion, die Art, wie mein Herz heftig schlägt.

»Ich habe versucht, dich anzurufen«, sagt er, »aber es war eine Frau dran, die ich nicht verstanden habe.«

»Meine Tante Zina.«

»Spricht sie kein Englisch?«

Zum ersten Mal wird mir klar, wie stark Tante Zinas Akzent sein muss. Auch den Akzent meiner Mutter habe ich nie wahrgenommen. Als Kinder in der Schule sagten, meine Mutter würde komisch reden, war ich immer erstaunt.

»Sie hat dich nicht verstanden. Sie sagte, du hättest dich angehört wie ein Maschinengewehr.«

Das gefällt Kent, und er lacht. »Wie geht es dir, Lucy?«

»Mir geht's gut. Hast du damit angefangen, die Vorschläge für Gregory Hifeld zusammenzustellen?«

Er stöhnt. »Ich dachte, du wolltest eine oder zwei Wochen nicht arbeiten.«

»Was hältst du von Gregory Hifeld?«

»Lucy, ich war ihm nicht sympathisch. Aber ich bewundere ihn. Leider geht er in den Ruhestand, und du bietest uns George an.«

»Aber als Pilot kann er vielleicht –«

Maschinengewehrlachen. »Du bist schlau, Lucy. Das ist mir mit als Erstes an dir aufgefallen, und es ist einer der Gründe, warum ich dich wollte. Ich wollte deine Schläue. Aber vielleicht kannst nicht einmal mehr du diesen Deal über die Bühne bringen.«

Ich höre das Echo meiner eigenen angespannten Stimme, als würde sie in einem großen leeren Raum widerhallen. »Thinking Toys ist eine gute Firma, Kent. Du brauchst sie, und der Preis ist fair.«

»Der alte Herr wird nicht an uns verkaufen. Ihm gefällt unsere Einstellung nicht. Er will weiterhin den Weihnachtsmann für seine kleinen Kobolde spielen. Er will nicht, dass Mittex mit Bilanzen in seinem Spielzeugwunderland herumwedelt. Aber darüber will ich jetzt nicht sprechen, Lucy. Ich will über dich sprechen. Hast du herausgefunden, was mit deinem Vater passiert ist?«

»Also, ja ...« Ich halte inne. Ich überlege kurz, ob ich es sagen soll, aber Kent wartet. »Es war Mord.«

Schweigen.

»Mord?« Und zum ersten Mal klingt seine Stimme unsicher.

»Das behauptet zumindest die Polizei.«

Wieder Schweigen. Wenn Kent darüber nachgedacht hätte, wäre er davon ausgegangen, dass ich wie er aus einer netten angelsächsisch-protestantischen Gemeinde und aus einer netten gläubigen Familie stamme. Er wäre nicht im Traum auf die Idee gekommen, dass ich Tanten habe, die unverständliches Englisch sprechen, oder einen Vater, der sich ermorden lässt.

»Ich dachte, dein Vater war Professor ...«

»Das war er.«

»Hast du eine Ahnung ... oder die Polizei ...?«

»Nein, Kent, aber heute Morgen ist etwas passiert.«

»Dir?«

»Dir und mir.«

Erneutes Schweigen. Er weiß, was als Nächstes kommen wird. Aber er wartet, bis ich spreche, und hofft, dass er sich täuscht.

»Ein Detective weiß von letztem Wochenende.«

»Was?«

»Letztes Wochenende. Jemand weiß davon.«

Er ist vorsichtig. »Was weiß er?«

»Im Augenblick nur, dass ich hier war.«

Kents Stimme wird lauter. »Oh, er wird alles herausfinden. Diese Typen finden alles heraus.«

»Er hat gesagt, dass er heute Abend wissen wird, wo ich war, wen ich getroffen habe und was ich getan habe.«

»Um Himmels willen, Lucy!« Ich höre seine Wut, seine Angst. »Um Himmels willen!« Er schreit nahezu. Er denkt an seine Mutter und die Kirche, in die sie in Virginia geht, und daran, wie er erzogen wurde, sich zu verhalten, und wie er sich bislang auch verhalten hat. Und jetzt scheint es Kent, dass seine Beziehung zu der fremden, merkwürdigen Lucy ihm genau den Schlamassel beschert hat, den seine Mutter vorausgesehen hätte.

»Was hast du ihm erzählt?«, fährt er mich an.

»Nichts. Als sie mich danach gefragt haben, habe ich gesagt, ich wäre das ganze Wochenende über zu Hause gewesen.«

Wieder hebt er die Stimme. »Du hast die Polizei angelogen! Du hast eine Falschaussage gemacht! Scheiße, Lucy.«

»Ich versuche, dich aus der Sache rauszuhalten, Kent, das war der Grund.«

Aber jetzt schreit er und hört mich nicht. »Lucy, sie werden es herausfinden. Das bedeutet, dass sie zu mir kommen werden. Scheiße, Lucy, Scheiße, das könnte unser Geschäft ruinieren.«

»Aber was soll ich denn tun? Jetzt, wo ich gelogen habe, muss ich bei meiner Geschichte bleiben.«

»Nichts kannst du tun.« Er atmet schwer. »Du kannst nichts tun. Bleib still sitzen und sag nichts, wenn möglich. Ich muss jetzt weg.«

Kent legt auf. Er wirft den Hörer so fest auf die Gabel, dass er danebenfällt, und ich höre, wie er auf seinem Schreibtisch aufschlägt, bevor er ihn noch einmal in die Hand nimmt und endgültig auflegt.

Das Haus erscheint mir stickig und still. Niemand außer mir ist da. Scott bot an zu helfen, aber ich lehnte ab und sagte, er solle auf dem Campus bleiben, weil ich hier alles unter Kontrolle hätte. Larry und Jane sind ebenfalls zur Arbeit gegangen. Sie haben mittlerweile alle Steine und anderen Dinge mitgenommen, die wirklich wertvoll sein könnten, und die Vorbereitungen für die Beerdigung sind nahezu abgeschlossen.

»Untertags solltest du dort sicher sein, weil wir ja das Schloss ausgetauscht haben«, sagte Larry zu mir. »Vergiss nur nicht, die Tür abzuschließen.«

Der Schlüssel, den der Schlosser mir gab, fühlte sich jünger an als Vaters Schlüssel, er ist glänzender und unförmiger. Ich befolgte Larrys Rat, aber kaum hatte ich das Haus betreten, war mir klar, dass es zu heiß ist, um alle Fenster und Türen geschlossen zu lassen.

Ich öffne die Schiebetüren zur Terrasse, und eine Brise so heiß wie menschlicher Atem weht herein. Die Sonne ist stark und ausgelassen wie ein kleines Kind, und das Laub begrüßt mich raschelnd. Mein Blick sucht aus Gewohnheit alle bekannten Wahrzeichen des Tals auf.

Als Kinder haben wir uns unter dem Geländer durch auf die Terrasse geschwungen. Ich erinnere mich an das befreiende Gefühl des Schwungs und an den Aufprall auf Holz bei der Landung. Da niemand da ist, der mich beobachtet, greife ich nach dem Geländer und hebe die Füße von der Erde. Die hängende Haltung, die vollkommen schmerzlos war, scheint mir die Arme aus den Schultergelenken zu zerren. Ich schwinge einmal, zweimal vor und zurück und dann mit einer geübten Bewegung Richtung Terrasse. Ich spüre die Kraft des Schwungs und lande auf beiden Füßen. Ich bin zufrieden. Das ganze Manöver hat nur ein paar Sekunden gedauert, und die Erinnerung meines Körpers daran war fehlerfrei. Ich frage mich, wie es möglich ist, nicht zu wissen, dass man sich etwas so gut gemerkt hat.

Ich kehre ins Arbeitszimmer zurück und rufe Jim Finnigan an.

»Lucy, Himmel, Lucy, gerade habe ich an dich gedacht. Was ist los, wie geht es dir?«

Er spricht laut und schnell, er ist in New York.

»Schön, dich zu hören, Jim.«

»Das Leben macht keinen Spaß, was? Wann ist die Beerdigung?«

»Nächsten Dienstag.«

Jim hat wahrscheinlich die unterste Schublade seines Schreibtisches herausgezogen und die Füße darauf abgelegt. Oder auf dem Papierkorb, vielleicht auch im Papierkorb. Der Hörer wird von den dicken Wülsten seines Kinns zwischen Ohr und Schulter gehalten.

»Bleib noch eine Weile.«

»Jim, du hast gerade das Falsche gesagt. Eigentlich hättest du sagen müssen, dass du es ohne mich nicht schaffst.«

»Ich schaffe es. Also lass dir Zeit.«

»Ich wollte Ende nächster Woche zurückkommen.«

»Das ist okay, bleib länger, wenn es erforderlich ist.«

»Was ist mit Hifeld-Mittex?«

»Sieht nicht gut aus. Aber mach dir deswegen keine Sorgen. Bleib, wo du bist. Ich erledige hier das Nötige.« Ich höre trotz seiner aufmunternden Worte, dass seine Stimme jetzt ein Flussbett entlangholpert.

»Lucy, gestern hat sich die Polizei bei mir gemeldet. Wegen dir.« Ein Stoß, ein Schlag, das Flussbett ist voller Felsen.

»Was wollten sie?«

»Oh …« Er atmet so laut aus, dass es fast wie ein Seufzer klingt. »Irgendein Kerl fliegt hierher, um mit mir zu reden.«

»Ein Mann? Wie heißt er?«

»Ähm …« Papier raschelt. »Rougemont. Kennst du ihn?«

»Er fliegt nach New York?«

»Am Wochenende. Am Montag kommt er ins Büro. Ich muss eine Aufstellung der Stunden machen, die du hier im Büro verbracht hast. Für die zehn Tage, bevor dein Vater starb. So Zeug.«

»Oh.«

Jim zögert. Seine Stimme klingt ein bisschen heiser. »Lucy … ist dein Vater wirklich ermordet worden?«

»Die Polizei geht davon aus.«

»Das ist schrecklich. Hast du eine Idee, wer – ?«

»Es gibt niemanden, Jim. Daddy war ein netter Mensch, der nie jemandem Grund gegeben hat, ihm wehzutun.«

»Brauchen die Leute immer einen Grund?«

»Ich glaube ja, außer sie sind verrückt. Hat dich Rougemont am Telefon noch etwas gefragt?«

»Er wollte wissen, wie du das Wochenende verbracht hast. Ich habe gesagt, dass du Freunde besucht hättest. Hoffentlich ist das in Ordnung.«

»Ja, klar. Das habe ich ihm auch gesagt.«

»Und er will mit Fatima sprechen.«

»Hm.«

»Lucy, er hat gefragt, ob er die Aufnahmen der Telefongespräche haben kann, die du während der letzten zwei Wochen geführt hast.«

Ich sage nichts, zuerst weil ich entsetzt bin, dann weil ich nachdenke. Über das, was ich zu Kent oder er zu mir gesagt hat.

»Lucy?«

Es ist normal und wird hingenommen, dass eine Bank Telefongespräche aufzeichnet. Vermutlich werden die Bänder nie abgehört, außer ein Vertrag ist umstritten oder jemand wird der Spionage verdächtigt. Ich frage mich, wer die Bänder aufbewahrt und entscheidet, ob sie abgehört werden.

»He, bist du noch dran?«

»Was hast du zu ihm gesagt, Jim?«

»Ich sagte nein, weil die Bänder vertrauliche Informationen enthalten. Er bestand darauf. Ich musste die Entscheidung nach oben weiterleiten.«

»Wie weit nach oben?«

»Ich habe das ungute Gefühl, bis zu Semper.«

»Semper! Oh, Scheiße, Jim. Das könnte meine Karriere abrupt beenden.«

»Ja. Es ist, als ob …« Jim schluckt. »Als ob du verdächtigt würdest.« Hastig fügt er hinzu: »Das ist bestimmt nicht der Fall. Aber es sieht so aus, wenn die Polizei anfängt, Fragen zu stellen und wissen will, wo du wann warst. Wahrscheinlich ist das deiner Karriere nicht gerade förderlich.«

»Wird Semper die Bänder rausrücken?«

»Das sollte er nicht, ohne es dir vorher zu sagen. Aber wenn du einen Anwalt hast, der –«

»Jim, ich brauche keinen Anwalt. Ich habe nichts Unrechtes getan.«

»Okay, okay. Sag nichts mehr, weil dieses Gespräch aufgenommen wird.«

»Es ist nichts auf dem Band, was die Polizei nicht hören dürfte«, beharre ich. »Es ist nur eine Art … Einmischung. Als ob sie sich unbefugt Zutritt verschaffen würden. Das ist alles.«

»Ja, es ist schrecklich, Lucy.« Wieder schluckt er. »Aber zumindest musst du dir wegen Hifeld keine Sorgen machen. Überlass Gregory mir. Vergiss uns und verbring diese traurige Zeit mit deiner Familie.«

Ich will laut schreien: Meine Arbeit ist meine Familie. Aber ich tue es nicht. Das gilt für die meisten von uns in der Bank, sogar für Jim, aber wir geben es lieber nicht zu, vor allem, wenn es auf Band aufgenommen wird.

Ich versuche, Kent noch einmal anzurufen, aber jetzt wurde seine Sekretärin offenbar angewiesen, mich abzuwimmeln. Gedemütigt widme ich mich dem Kleingedruckten in Vaters Leben, seinen Akten, seinen Briefen, seinen Finanzangelegenheiten, seinen Krankenversicherungspapieren. Gelegentlich wispern die Vorhänge im Wohnzimmer, ansonsten durchbricht nichts die dünne Membran der Stille.

Ich ziehe eine Schreibtischschublade auf und hole schuldbewusst, als wäre es eine Tafel Schokolade, das Bündel der Zeitungsausschnitte heraus. Der Artikel über die Hochzeit ist ganz oben. Der Bräutigam ist Arzt. Die Brautjungfern trugen Gelb.

Nach dem Autounfall wurde ich rasch aus dem Krankenhaus entlassen. Die langen Sommermonate über wartete ich darauf, dass Robert anrief. Und wenn er schon nicht anrief, hätte er zumindest schreiben können. Er tat es nicht. Ich hoffte, dass seine Mutter sich mit mir in Verbindung setzen würde. Aber sie tat es nicht. Es gab nur eine Erklärung dafür. Robert und seine Familie gaben mir die Schuld an dem Unfall. Schließlich hatte er den Arm um meine Schulter gelegt, der eigentlich am Lenkrad hätte sein sollen. Hatte ich ihn zu dieser beinahe tödlichen, galanten Geste aufgefordert oder, schlimmer noch, sie verlangt? Sein Schweigen schien es anzudeuten. Zuinnerst glaube ich, dass ich den Unfall zumindest teilweise, wahrscheinlich aber vollständig verschuldet habe. Am Ende dieses langen Sommers, Roberts Sommers, gingen wir beide unsere eigenen Wege zu verschiedenen Colleges. Als mir später jemand erzählte, dass er sein Bein behalten hatte, aber schrecklich humpelte und nie wieder Sport treiben könnte, hatte ich mehr Gewissensbisse, als dass ich Mitgefühl mit ihm empfunden hätte.

Ich hänge diesen Gedanken nach, als ich merke, dass ich nicht allein bin.

Ich weiß, dass jemand hier ist, nicht weil ich ein Geräusch gehört habe, sondern weil ich eine Bewegung spüre. Eine Bewegung an der Terrassentür des Arbeitszimmers, die ich nicht sehe, aber fühle. Mir stellen sich die Haare im Nacken auf, und ich springe auf die Füße. Niemand steht in der Tür, und alles ist still, aber ich spüre, wie sich die Moleküle der Luft neu organisieren. Jemand hat vor ein paar Sekunden dort gestanden oder ist an der Tür vorbeigeschlichen.

Ich gehe schnell hinaus auf die Terrasse. Meine Nervenenden vibrieren und mein Mund ist trocken, als ich mich über das Geländer beuge. Die Sonne blendet. Blätter rascheln unheilvoll in der Brise. Ansonsten regt sich nichts. Das Tal unten liegt da wie ein harter braun gebackener Laib Brot. Ich warte, halte den lauten Atem an.

Dann gehe ich zurück ins Haus und schaue in jedem Raum im Erdgeschoss nach. Obwohl die Vordertür die ganze Zeit verschlossen war, schließe ich auf und trete hinaus vor das Haus. Der Schuppen, der Wagen, die Einfahrt, nichts rührt sich. Nichts hat sich verändert.

Zurück auf der Terrasse, diesmal weit jenseits des Hauses, kurz vor dem unbefestigten Weg, nehme ich eine Bewegung in den gescheckten Schatten unter den Bäumen wahr. Wahrscheinlich ein Mann, wahrscheinlich rennt er. Er muss sich zwischen dem alten Holz und den Maschinenteilen unter der Terrasse versteckt haben, bis ich ins Haus zurückging. Dann flüchtete er. Der Schatten bewegt sich am Rand meines Gesichtsfelds, und einen Augenblick später ist er verschwunden. Ich harre aus, mein Blick fixiert die Stelle, wo er gerade noch war, aber ich sehe nur noch die Reglosigkeit einer leeren Landschaft.

Ich springe von der Terrasse und folge dem Weg, den der Eindringling genommen hat. Auf der Erde sehe ich große Fußspuren, die von ihm stammen könnten, vielleicht sind sie aber auch von einem Polizisten oder von Larry. Ich umrunde das Haus und gehe dann direkt zu dem Weg. In der Hecke ist eine Lücke, durch die er entkommen sein muss.

Ich bleibe vor dem versunkenen Garten stehen, schaue mich um, horche. Ich höre noch immer mein heftig klopfendes Herz. Der Garten wird von hohen Bäumen überdacht und ist halb mit Efeu überwuchert. Seit geraumer Zeit war niemand mehr hier. Und dann verschlägt es mir den Atem. Zwischen den Büschen lugt etwas Fremdartiges hervor. Die Farbe stimmt nicht, die Winkel stimmen nicht. Es gehört nicht hierher.

Ich schiebe Blätter zur Seite und trete vorsichtig auf die Steintreppe. Als ich hinuntergehe, spüre ich fedrige Blätter zwischen meinen Fingern hindurchgleiten. An eine Wand gelehnt steht ein Grabstein. Die Worte fallen mich mit einem Durcheinander von Buchstaben an, als würden sie explodieren. Ich bin vollkommen perplex. Zuerst halte ich ihn für einen sehr alten, verwitterten Gedenkstein für Mutters Hund, der hier irgendwo begraben liegt. Aber als ich die Worte fixiere, gelingt es mir, sie zu entziffern: »Denk an mich. Denk an den Tod. Eric Schaffer.« Ich lese sie wieder und wieder, bis sie in meinem Kopf widerhallen. Denk an mich. Denk an den Tod.

Der Stein ist grau, seine Oberfläche rau, rauer als die des Steins in Joe Zacarros Garten, und obwohl die Worte ähnlich sind, ist ihr Stil sachlicher. Unten ist Platz für die Lebensdaten. Er steht, mit einer absurden Andeutung von Unbeschwertheit, schief auf den unregelmäßig verlegten Steinen, die den versunkenen Garten einfassen.

Ich gehe vorsichtig zurück zur Treppe. Vater legte diesen Garten mit den gleichen runden glatten Steinen an, die er auch für die Einfahrt benutzte. Irgendwo hier ist Nickel Dog begraben, ein brauner Straßenköter, den meine Mutter abgöttisch liebte und den Jane eines Tages tot auffand, vergiftet von jemandem, der wahrscheinlich Kojoten umbringen wollte. Wenn man Nickel Dogs unglückseliges Schicksal hätte vergessen können, dann wäre der versunkene Garten der ideale Ort zum Hausaufgabenmachen gewesen. Aber das war er nicht, weil die Sonne, die hier wie ein Bär in der Falle saß, doppelt so aggressiv war. Ich kann mich nicht erinnern, jemals auf den steinernen Stufen gesessen zu haben.

Der alte Badeanzug, den Scott mir gab, ist im Wagen. Ich hole ihn und will gerade die Schiebetüren schließen, als mich ein Instinkt, unüberwindlich wie die Schwerkraft, noch einmal auf die Terrasse hinauszieht, wo ich auf das Tal hinunterschaue. Die Farm, zu der ich mit Lindy ging. Der Weg, auf dem der Farmer uns mit seinem Pickup nach Hause fuhr. Die Stelle, an der sich Robert Josephs Wagen überschlug. Die lange, graue, gerade Straße, die zur Kreuzung führt und auf der jetzt winzig und lautlos ein Spielzeugabschleppwagen dahinkriecht. Er fährt auf das Herz des Tals zu und biegt dann nach Norden ab. Ich sehe ihm nach, bis er außer Sichtweite ist. Dann gehe ich zu Joe Zacarro.

22

Joe ist nicht da. Niemand reagiert auf mein Klingeln und Rufen, und der Wagen mit dem abgesperrten Kofferraum ist fort. Der Swimmingpool ist leer, abgesehen von dem aufblasbaren Sessel, der an der Treppe festgebunden ist. Ich gehe als Erstes zu dem Grabstein. Denk an den Tod. So wie Joe Zacarro. Eine andere Schrift, die jedoch vermutlich von demselben Steinmetz gemeißelt wurde.

Ich ziehe meinen Badeanzug an. Der Pool erstreckt sich vor mir, ein ebenes leuchtendes Rechteck aus Wasser. Ich gehe bis zur Taille hinein und spüre seine kalte Umarmung, während mir die Sonne heiß ins Gesicht und auf die Schultern scheint. Ich wate weiter, und die eisige Kälte steigt an meinem Körper hinauf. Mir bleibt die Luft weg, als sie sich wie ein Ring aus Eisen um mein Herz legt. Ich hebe die Füße und tauche ein, und in diesem Moment habe ich das Element gewechselt. Ich spüre die Kälte nicht mehr.

Ich schwimme schnell, durchschneide die glatte Oberfläche des Wassers. Hin und her, hin und her, das Wasser fließt an meinem Gesicht vorbei, trägt mich, streichelt mich beruhigend wie ein Vater oder eine Mutter, in deren Armen ich mich winde und zutrete. Meine Sinne sind betäubt, meine Gedanken eingelullt vom Rhythmus meiner Schwimmzüge. Ich schwimme, ich habe keine Ahnung wie lange, bis ich abrupt mitten im Pool anhalte.

Ich klettere heraus. Ich habe Stunden, vielleicht Tage von mir abgewaschen. Ich wickle ein Handtuch um mich und betrachte die bizarren dunklen Muster, die die Tropfen auf die Steine neben dem Pool zeichnen.

»Das hast du aber gebraucht«, sagt eine Stimme. Mr. Zacarro sitzt in der Badehose unter einem Sonnenschirm. Er schiebt einen Kaffee mit Eiswürfeln in meine Richtung. »Ich habe eine Weile gebraucht, um den Kaffee zu machen, aber ich habe nicht geglaubt, dass du noch schwimmen würdest, wenn ich fertig wäre.«

Ich nippe an dem Kaffee und genieße seinen süßen Geschmack. Joe hat sein kürzeres Bein auf einem Stuhl abgelegt. Ich erzähle ihm von dem Eindringling, er hört zu, denkt nach und sagt schließlich: »Du bist gleich hierher gekommen. Gut gemacht. Bei Joe bist du in Sicherheit, denk dran.«

»Aber der Mann ist vielleicht noch da. Er ist durch die Hecke geflüchtet.«

Joe runzelt die Stirn. »Er ist weg«, sagt er. »Wenn er dir etwas hätte tun wollen, dann hätte er es können, als du allein im Haus warst.«

Ich nicke. Ich bin ziemlich sicher, dass der Eindringling mit seinem Abschleppwagen davongefahren ist.

»Okay«, sagt Joe ernst, »damit alles klar ist. Er hat einen Schlüssel benutzt. Zweimal. Bis ihr das Schloss habt austauschen lassen.«

»Letzte Nacht wurde das Grundstück von zwei Polizisten bewacht für den Fall, dass er noch einmal kommt. Aber er hat sich nicht blicken lassen.« Jane hat mir das heute Morgen am Telefon berichtet. Sie klang enttäuscht.

»Entweder er hat gewusst, dass ihr das Schloss ausgewechselt habt, oder er hat es sich gedacht, oder er hat gefunden, wonach er gesucht hatte. Nur, dass er heute über die Terrasse ins Haus wollte, dich gesehen und sich aus dem Staub gemacht hat.«

»Ich glaube, er ist davongelaufen, als er mich gesehen hat. Ich wüsste nicht, warum er sonst hätte das Weite suchen sollen.«

»Er hat also nicht vor, sich vorzustellen.«

»Ich glaube, er will etwas.«

»Was?«

»Etwas aus dem Arbeitszimmer.«

»Was ist dort?«

»Nur Daddys Papiere.«

Joe steht auf und geht gedankenverloren zum Swimmingpool. Dann folgt ein lautes Platschen, und überall spritzt Wasser empor. Es hinterlässt dunkle Flecken auf den Steinen und nasse Flecken auf meinen Beinen. Ich strecke sie in die Sonne, damit sie trocknen.

Joe schwimmt ein paar Züge unter Wasser mit einer natürlichen mühelosen Anmut und dreht sich dann ebenso mühelos auf den Rücken.

»Ich muss in den Pool, wenn ich nachdenken will«, erklärt er, während ihm Wasser übers Gesicht läuft. Er legt den Kopf zurück, und ein ziemliches Stück weit entfernt tauchen seine Zehen auf. Er treibt im Wasser und schließt die Augen.

»Ich habe eine Theorie ...«, setze ich zögernd an. »Ich glaube, er fährt einen Abschleppwagen.«

Joe schlägt die Augen auf.

»Der Kerl, der mehrmals zu eurem Haus kam? Hast du gesehen, dass er einen Abschleppwagen fährt?«

»Nein. Aber die beiden Male, als ich gespürt habe, dass er in der Nähe war, habe ich zehn, fünfzehn Minuten später ins Tal hinuntergeschaut und dort einen Abschleppwagen gesehen.«

»Der was tat?«

»Er fährt Richtung Osten. An der Kreuzung biegt er nach Norden ab.«

Joe schließt die Augen wieder.

»Wenn du ihn nur zweimal gesehen hast, könnte es Zufall gewesen sein«, sagt er.

»Kannte Daddy jemanden mit einem Abschleppwagen?«

Das Wasser hat sich fast wieder ganz beruhigt. Die kleinen Wellen, die Joe verursacht, drehen seinen Körper um ein paar Grad.

»Darüber muss ich nachdenken«, sagt er schließlich. »Aber wenn man wie Eric einen verdammten Rostkübel fährt, dann muss man eine Nummer haben, die man anrufen kann, wenn er zusammenbricht.«

»Ich habe in seinem Adressbuch nachgesehen, aber nichts gefunden.«

»Hm«, sagt er. »Ich muss nachdenken.«

Er bewegt sich und spricht so lange nicht, dass ich vermute, er ist über das schwere Nachdenken eingeschlafen. Ich kenne niemanden, der ohne schwimmende Unterlage im Wasser schlafen kann, aber Joe traue ich es zu. Es ist Zeit zu gehen, obwohl ich ihm die Frage, deretwegen ich gekommen bin, nicht gestellt habe. Ich nehme die zwei Kaffeebecher leise in die Hand, ohne dass sie aneinander stoßen, so wie Jane und ich Geschirr spülten, wenn Mutter sehr krank war, und Joe öffnet ein Auge.

»He, Lucy«, sagt er, »geh nicht.«

»Ich dachte, Sie wären eingeschlafen.«

»Nein. Wie gesagt, ich habe nachgedacht.«

»Und da ist noch etwas, was ich Sie fragen wollte.«

»Mhm.«

»Ich habe Daddys Grabstein gefunden.«

Er öffnet beide Augen und richtet sich im Wasser auf.

»Du hast ihn gefunden? In diesem Loch in eurem Garten?«

»Im versunkenen Garten.«

»Saudummer Name.« Er steht auf, und während er auf den aufblasbaren Sessel klettert, strömen Wasserfälle an ihm herunter.

»Sie wussten also, dass der Grabstein dort steht?«, frage ich.

Seine Beine, die im Wasser baumeln, sehen blasser aus als der Rest seines gebräunten Körpers. Er legt den Kopf zurück und schließt die Augen. »Klar. Hat Eric ihn in seinem Testament nicht erwähnt? Wir wollten das eigentlich tun, damit sich unsere Verwandten freuen, dass wir ihnen Arbeit und Kosten erspart haben.«

»Ich glaube nicht, dass er ihn irgendwo erwähnt hat.«

»Dir ist wahrscheinlich aufgefallen, dass er dem meinen ähnlich ist. Und auch dem von Adam Holler. Weil wir die Steine alle vom selben Steinmetz haben.«

»War das ein Sonderangebot? Drei zum Preis von zwei oder so?«

Mr. Zacarro wirft den Kopf zurück und lacht so schallend, dass der Sessel auf dem Wasser wackelt.

»Das war kein Witz«, sage ich, nachdem er sich wieder beruhigt hat.

»Es ging nicht ums Geld, Lucy. Wir wollten diese Grabsteine, deswegen haben wir sie selbst in Auftrag gegeben, damit sie unseren Vorstellungen entsprechen.«

»Denk an den Tod? Ist das nicht etwas seltsam?«

»Nicht unbedingt. Die Leute fordern das seit Jahrhunderten. Es ist typisch für moderne Industriestaaten, dass die Leute den eigenen Tod verleugnen und glauben, sie würden ewig leben. Aber wenn man daran denkt, dass man eines Tages sterben wird, dann lebt man das Leben anders. Nicht unbedingt viel besser, aber wahrscheinlich ein bisschen besser. Jedenfalls anders. Davon sind wir überzeugt. Darin waren wir uns einig, ich, Eric und Adam.«

Ich sehe ihn unsicher an.

»Sei ein nettes Mädchen, hol mir ein Bier, und nimm dir selbst eins, wenn du eins willst.«

Ich gehe zur Veranda und hole Joe ein Bier aus dem Kühlschrank. Es ist eiskalt in meiner Hand.

»Ich erinnere mich nicht, dass Daddy jemals über seinen eigenen Tod gesprochen hat«, sage ich.

»Das heißt nicht, dass er nicht darüber nachgedacht hat.«

Ich schlucke. »Hatte er Angst zu sterben?«, frage ich.

Mr. Zacarro seufzt, und ich sehe, wie der Seufzer an seinem Körper entlanggleitet. »Doch. Natürlich hatte er wie wir alle Angst davor. Wir wissen nicht, wie wir sterben werden oder wie weh es tun wird, und das macht uns Angst. Das Einzige, was wir mit Sicherheit wissen, ist, dass wir irgendwann sterben müssen.«

Seine Stimme klingt jetzt anders. Belegt. Ich blicke ihn schnell an. »Alles in Ordnung, Joe?«

»Heute Morgen hat man mir Fragen gestellt«, sagt er. »Ein nettes Mädchen von der Polizei. Dunkle lange Haare.«

»Lange Haare?«

»Sie hat dauernd damit gespielt. Sie wollte wissen, ob Eric Feinde oder Grund hatte, vor jemandem Angst zu haben. Mit anderen Worten, ob ich wüsste, wer ihn umgebracht hat.«

»Was haben Sie geantwortet?«

Sein Gesicht ist groß und traurig. »Dass ich über diese idiotische Idee nur lachen kann.«

»Was hat sie noch gefragt?«

»Tja ...« Er hält inne. Auf der Wasseroberfläche tanzen noch immer die Wellen, die er verursacht hat. Plötzlich wird sein Gesicht lang, er zieht die Mundwinkel nach unten und reibt sich ein Auge, als wäre genau in diesem Augenblick eine Wimper hineingeraten. »Es war eine merkwürdige Frage«, sagt er.

Ich warte, und als er sich schließlich mir zuwendet, sehe ich, dass seine beiden Augen rot sind und Wimpern nichts damit zu tun haben. Er schluckt. Mit einer Stimme, die zerknittert und verbraucht ist wie ein alter Lumpen, sagt er: »Sie hat nach Lindy gefragt.«

»Lindy!«, wiederhole ich. Und einen Moment lang bin ich wütend auf die Polizistin, die mit einem Stift auf die Vergangenheit anderer Leute einsticht und ihre Schwachstellen mit einem Notizblock malträtiert.

Schluchzer erschüttern Joe Zacarros großen braunen Körper. Ich sehe, wie sich Schmerz in ihm windet wie ein Fisch an der Angel.

Sein Gesicht, seine Brust und sein Bauch sind bald nass von Tränen. Er beugt sich vor, schöpft Wasser mit den Händen, benetzt damit sein Gesicht und schüttet sich dann mehr Wasser über den Körper.

Ich berühre seinen Arm, und er nimmt sofort meine Hand in seine, hält sie fest und beschützt sie zugleich.

»Sie hat mich gefragt, wie Lindy gestorben ist. Ich habe gesagt, dass sie irgendwo schon eine Akte mit dem Namen Lindy Wardine Zacarro haben. Damals kam die Polizei und hat eine Menge Fragen gestellt. Das dunkelhaarige Mädchen hat gesagt, sie würde nachsehen. Und dann hat sie trotzdem alle möglichen Fragen gestellt. Über den Tag, an dem Lindy starb. Als hätte ich auch nur eine Sekunde vergessen.«

Er sieht mich an, seine Augen sind noch immer rot.

»Danach war ich ein paar Stunden fix und fertig.« Seine Brust hebt und senkt sich, er atmet hörbar und drückt meine Hand fester. »Erinnerst du dich? Erinnerst du dich daran, wie meine Lindy starb?«

Es war in den Sommerferien. Wir Kinder aus der Nachbarschaft spielten häufig Verstecken. Irgendwann gab es einen Streit. Ich erinnere mich nicht mehr, worum es ging, wahrscheinlich um eine kindische Belanglosigkeit, aber meine Freundschaft zu Lindy kühlte merklich ab. Trotzdem spielten wir bisweilen während der Ferien mit den anderen Kindern. Als sich Lindy versteckte, konnte niemand sie finden. Wir suchten sie, riefen nach ihr, und als es spät wurde, gingen wir in unterschiedlichen Richtungen nach Hause. Mrs. Zacarro machte sich zuerst keine Sorgen; aber als Davis und Carter Hunger hatten und Lindy immer noch nicht da war, wusste sie, dass etwas nicht stimmte. Sie setzte sich ins Auto und fuhr durch die Gegend, hielt Ausschau, rief Lindys Namen. Sie kam zu unserem Haus und fragte nach Mutter, aber die war krank, lag im Bett, und Vater war nicht da. Wir sahen Mrs. Zacarro an, dass sie wütend auf Lindy war, aber plötzlich wurde sie ganz hohlwangig vor Sorge. Sie wusste nicht, dass Lindy die ganze Zeit über tot im Kofferraum ihres Wagens lag. Bevor sie erstickt war, hatte sie sich bei dem Versuch herauszukommen, die Fingernägel ausgerissen. Die Polizei sagte, dass die Temperatur im Kofferraum so hoch war, dass sie innerhalb einer halben Stunde gestorben war. Wenn ich daran dachte, dass Lindy tot und ohne Fingernägel in dem Wagen lag, den ihre Mutter neben unserem Schuppen abgestellt hatte, wurde mir speiübel.

»Ich verstehe es nicht«, sagt Joe. »Warum fragt diese Frau so viele Jahre später nach meinem kleinen Mädchen?« Er schüttet noch mehr Wasser über sich.

»Ich habe oft an Lindy gedacht, seitdem ich zurück bin.«

Er lächelt nachsichtig. »Ja, ihr beide wart gute Freundinnen. Erinnerst du dich noch, wie ihr mit euren Spielzeugpferden gespielt und euch gegenseitig Zöpfe geflochten habt?«

»Joe, hatte Lindy jemals ein echtes Pferd?«

»Slim! Einen wunderschönen Braunen, den ich einem Cowboy aus den Bergen abgekauft habe. Wir haben ihn bei Tannerman unten im Tal untergestellt. Lindy liebte ihn. Nachdem sie tot war ... konnte ich Slim nicht mehr sehen. Ich konnte nicht einmal mehr an ihn denken. Ich ließ ihn einfach bei Tannerman, und ich schätze mal, dass sie sich um ihn gekümmert haben. Ich weiß es nicht, ich habe nie gefragt. Ich hoffe nur, dass er nicht vernachlässigt wurde. Irgendwann rief jemand an und wollte ihn kaufen, und ich habe gesagt, nehmt ihn, wir wollen ihn nie wiedersehen. Das tut mir jetzt Leid. Slim traf keine Schuld. Wahrscheinlich hat er sich gewundert, was zum Teufel los war.«

»Ich erinnere mich, Lindy auf dem braunen Pferd gesehen zu haben«, sage ich. Ich bin erleichtert, dass es eine echte Erinnerung ist und keine Erinnerung aus meinen oder Lindys Träumen.

»Warte«, sagt Joe zu mir. Er steht auf und humpelt langsam zum Haus. Als er zurückkommt, hält er etwas vorsichtig an die Brust gedrückt. Als er fast bei mir ist, sehe ich, dass es gerahmte Fotos sind. Lindy, die hübsch aussieht mit kurzen blonden Haaren, auf dem Braunen. Eine jüngere Lindy mit vollerem Gesicht und längeren Haaren, wie sie schüchtern in ihrer Pfadfinderinnenuniform posiert. Lindy, die in die Kamera lacht. Dieses Foto halte ich instinktiv ein Stück weg von mir. Ich erinnere mich an dieses Lachen. Es war nicht immer freundlich.

»Süß, nicht wahr?«, sagt Joe. »Sie wäre doch eine schöne junge Frau geworden? Wie du, Lucy, so schön wie du.«

Lindy war meine Freundin, aber wir stritten uns wegen irgendetwas. Danach wurde sie zu einer Expertin in Spielplatzpolitik. In der

Schule war sie immer von anderen Mädchen umringt, während ich allein war, am Rand der Gruppe, nie wirklich dazugehörig. Manchmal hatte ich für eine Weile Freundinnen. Ich fürchtete den Tag, an dem sie oder ihre Mütter mich zu sich nach Hause einluden. An diesem Tag begannen die Freundschaften zu enden, weil ich ihre Einladungen nicht erwidern konnte.

Joe macht sich auf den mühsamen Rückweg ins Haus, und ich sitze im Schatten des großen Sonnenschirms und denke nach.

23

Als ich Joes Einfahrt entlanggehe, schaue ich mich nach den Pflanzen mit den klebrigen Blättern und den rosa Blüten um. Ich werde daran reiben und ihnen furchtlos gestatten, mich wie eine Art Zeitmaschine in meine Kindheit zurückzuversetzen. Aber heute sehe ich sie nicht, und nichts, was mein Bein berührt, ist von der gleichen Zähflüssigkeit.

In Vaters Garten gehe ich zu dem Grabstein und starre ihn an. Denk an mich. Wusste mein Vater nicht, dass er im Leben der Menschen um ihn herum einen Platz so solide wie dieser große graue Stein einnahm? Wusste er nicht, dass wir ihn nie vergessen würden? Ich streiche mit den Händen über die Oberfläche des Steins, und da er die Hitze des Tages gespeichert hat, fühlt er sich gut an. Die Spitzen meiner Finger fahren die Worte nach. Denk an den Tod. Denk an Eric Schaffer.

Jetzt sind meine Fingerabdrücke überall auf Vaters Grabstein. Wohin immer man geht, wo immer man atmet, lässt man etwas zurück. Geruchlose, unsichtbare, lautlose Spuren seiner selbst. Sodass ein winziger Teil von einem bleibt, auch wenn man wieder fort ist.

Als Lindy starb, blieb ein winziger Teil von ihr. Es war mein Geheimnis, das ich niemandem erzählte, nicht einmal Jane, dass ich so tat, als wäre Lindy noch am Leben und meine Freundin. Ich erzählte ihr Geschichten. Ich saß mit ihr auf der Schaukel auf der Veranda. Wir sprachen über die Schule und die Lehrer und die anderen Kinder. Lindy sagte nie ein gemeines Wort zu mir. Eines Tages dachte ich, dass mir diese Lindy lieber war als die echte, die eine launische Freundin gewesen war. Ich wusste, dass das ein schlimmer Gedanke war, und von da an versuchte ich, die imaginäre Lindy von der Schaukel zu verbannen.

Ich höre ein Auto und wende mich wieder dem Grabstein zu. Die Atmosphäre des Spätnachmittags ist still und gesättigt. Die Hitze hat nachgelassen wie ein Fieber, das abklingt.

»Hallo, Lucy«, sagt eine bekannte Stimme, und ich zucke nicht zusammen. Ich drehe mich nicht um. Ich bin vor allem genervt. Vielleicht weil ich, ohne darüber nachzudenken, auf ihn gewartet habe. Er sagte, dass ich ihm Arbeit für einen Tag verschafft habe. Jetzt, am Ende des Tages, ist er wiedergekommen.

»Hallo, Mr. Rougemont.«

Er klingt freundlich. »Ich wünschte wirklich, Sie würden Michael zu mir sagen.«

Ich zucke die Achseln. Ich höre, wie er in den versunkenen Garten kommt, wie seine großen Füße auf den schrägen Stufen ein klein wenig ausrutschen.

Ich denke daran, wie er am Abend von Vaters Todestag als Schatten in der Küche auftauchte und mit Kirsty sprach. Er ist tatsächlich der Schatten eines Mannes, unglaublich dünn und unglaublich groß, größer als in meiner Erinnerung. Sein langes Gesicht ist Vaters Grabstein zugewandt.

»Sieht neu aus«, sagt er. »Seit wann wissen Sie davon?«

»Nicht lange. Ein Nachbar und Freund von Vater, Joe Zacarro, hat auch einen. Und noch ein anderer Nachbar.«

»Ist das nicht interessant?«

Ich zucke erneut die Achseln. »Auf merkwürdige Art ist das nett. Ich mag muntere alte Männer.«

Rougemont bedenkt mich mit seinem Halloween-Lächeln.

»Was ist das hier überhaupt für ein Ort?« Er setzt sich auf eine gesprungene Steinplatte, die mein Vater als Sitzplatz in die Mauer eingelassen hatte. Er streckt ein Bein aus wie ein riesiges Insekt, sieht sich neugierig zwischen den großen Steinen um und zerreibt eine kleine Pflanze zwischen den Fingern, die plötzlich stechend wie der Sommer riecht.

»Der versunkene Garten. Daddy hat ihn mit den Steinen, die von der Einfahrt übrig geblieben waren, gebaut, als einen netten stillen Ort zum Sitzen. Und irgendwo hier ist Mutters Hund begraben.«

»Der Hund auf dem Foto, das auf der Spiegelkommode steht?«

Ich zögere. Ein Foto von Mutter und Tante Zoja mit einem kleinen braunen Hund steht seit meiner Kindheit auf der Kommode, aber mir ist nie in den Sinn gekommen, dass es der berühmte Nickel Dog sein könnte.

»Wahrscheinlich«, räume ich ein. »Er wurde Nickel Dog genannt, weil Vater ihn für einen Nickel von einem Mann gekauft hatte, der ihn nicht mehr wollte.«

»Mochten Sie ihn sehr?«

»Ich war noch sehr klein …« Ich schließe die Augen, und einen Augenblick lang spüre ich etwas Braunes, Kläffendes an mir vorbeistreifen, das Fell rau und drahtig. Das Gefühl, die Arme um ein warmes, anschmiegsames Geschöpf zu schlingen, das mein Spielzeug Hodges oder Nickel Dog gewesen sein könnte. »Jane hat mir erzählt, dass er mich immer angesprungen und erschreckt hat, aber ich bin nicht sicher, ob ich mich wirklich daran erinnere. Ich meine, vielleicht erinnere ich mich nur, dass Jane über ihn gesprochen hat.«

»O ja«, stimmt der Detective mir zu, »o ja, es ist sehr leicht, das, was tatsächlich passiert ist, mit den Dingen zu verwechseln, die einem erzählt wurden oder die man geträumt hat. Es ist wirklich gut, dass Ihnen klar ist, wie unzuverlässig das Gedächtnis ist. Aber mir scheint, Sie müssten sich daran erinnern, wie es war, als Nickel Dog starb. Dass Sie traurig waren. Dass Ihre Mutter unglücklich war. Dass jemand, Ihr Vater wahrscheinlich, den Hund begraben hat.«

Ich versuche mich an Nickel Dogs Tod zu erinnern, daran, dass Mutter weinte, Vater mit grimmiger Miene zur Schaufel griff, Jane totenblass dabeistand, aber alles scheint so weit weg zu sein.

»Haben Sie als Kind jemals hier gesessen?«, fragt Rougemont.

»Manchmal. Aber wenn ich flüchten wollte, dann bin ich immer auf die Veranda vor dem Haus.« Kaum habe ich die Worte ausgesprochen, möchte ich die Hand ausstrecken und sie zurückholen. Rougemonts Körper erbebt leicht, als würde er gleich einen Satz machen.

»Wovor sind Sie geflüchtet, Lucy?«

Vor der Atmosphäre. Wenn ich von der Schule nach Hause kam und die Tür öffnete, roch ich es. Ich roch Mutters Unglück, Vaters Abwesenheit, die Einsamkeit des Hauses und meine Einsamkeit.

»Oder«, fügt er hinzu, »sollte ich fragen, vor wem Sie geflüchtet sind?«

Rougemont streckt jetzt auch das zweite bislang angezogene Bein aus, während er auf meine Antwort wartet.

»Wahrscheinlich fragen Sie sich, was ich heute herausgefunden habe«, sagt er schließlich. »Über Ihr Wochenende.«

Ich schweige. Ich starre auf Vaters Grabstein. Es vergeht eine lange Zeit, bis er wieder spricht.

»Mein Leben wäre leichter, wenn Sie mit mir reden würden, Lucy.«

Als ich weiterhin schweige, sagt er: »Ich will nicht nur über das Wochenende reden, obwohl ich das wirklich gern geklärt hätte. Nein, ich möchte etwas über die Dinge hören, die Sie normalerweise nicht erzählen, weil sich niemand dafür interessiert. Eine Menge Leute interessiert sich nur für sich selbst. Mr. Jay Kent zum Beispiel.«

Ich gestatte mir keine Reaktion. Ich erstarre nicht, zucke nicht zusammen, reagiere mit keinem Körperteil.

»Also, Mr. Jay Kent ist bestimmt ein verdammt guter Geschäftsmann. Soweit ich sehe, wird er im Sommer eine der größten Spielzeugfirmen im Land leiten. Aber gleichgültig, wie intim er mit jemandem wird, ich wette, er interessiert sich nicht für die Vergangenheit dieser Person. Stellt keine Fragen zu ihrer Kindheit, erzählt nichts von seiner eigenen, außer er wird danach gefragt. Ich bin anders als Jay Kent, Lucy. Ich will etwas über die Leute wissen, und insbesondere will ich etwas über Sie wissen.«

Ich sehe ihn jetzt an, ich sehe, wie sich seine Lippen während des Sprechens über seinen großen Zähnen spannen. Ich schweige weiter, aber in mir breitet sich ein Hitzegefühl aus, das ich nicht kontrollieren kann, und bald wird es mein Gesicht erreicht haben, und er wird es bemerken.

»Ich habe heute mit ihm gesprochen«, fährt Michael Rougemont fort. Er blickt in das Laub über seinem Kopf. »Ja, es ist noch gar nicht lange her, dass ich mit Mr. Jay Kent gesprochen habe.«

Abend in New York. Hat Rougemont Kent im Büro angerufen oder zu Hause, wo er mit seiner Frau und seinem Baby Familie spielte? Ich halte den Atem an.

»Er war nicht wirklich überrascht, von mir zu hören, obwohl ich nicht behaupten kann, dass er sich über meinen Anruf gefreut hätte.«

Ich sehe, wie sein Mund die Worte formt, die Augen in den Höhlen, die von langen Nächten, frühen Morgen, Sorgen und Schmerz immer tiefer wurden. Das Leben selbst scheint sich um seine Augen angesammelt zu haben. Ich berühre mein Gesicht. Es ist weich, aber heiß.

»Wie auch immer, er wollte mir helfen. Ich würde sogar sagen, dass er mir unbedingt helfen wollte. Er ging in ein ruhiges Zimmer, wo er ungestört war und sich auf meine Fragen konzentrieren konnte, und er hat sie, ohne zu zögern, beantwortet. Wissen Sie, Lucy, ich habe im Lauf der Jahre einer Menge Leute eine Menge Fragen gestellt, und mir ist aufgefallen, dass sie sehr oft zögern. Sie zögern aus unterschiedlichen Gründen: vielleicht, weil sie eine Lüge formulieren, aber meiner Erfahrung nach zögern sie vor allem, weil sie sich vergewissern wollen, dass es in Ordnung ist, die Wahrheit zu sagen. Sie gehen in Gedanken die Wahrheit durch und wägen die Konsequenzen dieser Wahrheit für sich oder andere ab. Jay Kent hatte keinerlei Bedenken wegen der Konsequenzen seiner Worte, Lucy. Er wusste einfach, dass ich schnell wieder aus seinem Leben verschwinden würde, wenn er meine Fragen beantwortet. Deswegen zögerte er nicht, kein einziges Mal.«

Rougemont sieht mich so durchdringend an, dass ich mich abwende. »Sie sind nicht verliebt in ihn, Lucy. Versichern Sie mir, dass Sie nicht in ihn verliebt sind.«

Ich erwidere nichts, aber ich zucke unwillkürlich kurz die Achseln. Rougemont nimmt das als Beweis meiner Indifferenz gegenüber Jay Kent. Er lehnt sich zurück, nickt.

»Das ist gut, das freut mich. Ich glaube, Sie wussten bereits, wie wenig ihm an Ihnen liegt. Meiner Meinung nach ist er ein habsüchtiger Mensch. Sie haben ihn kennen gelernt, weil Sie eine Firma vertreten, die einen Käufer sucht. Thinking Toys heißt sie, glaube ich. Thinking Toys steht zum Verkauf, Lucy, Sie jedoch nicht. Sie sind nicht die Sorte Frau, die die Jay-Kent-Sorte von Männern käuflich erwerben kann.«

Ich blicke in seine grauen Augen. »Mr. Rougemont, für jemanden, der eigentlich Fragen stellen sollte, kennen Sie viele Antworten.«

Er lacht jetzt, iaht wie ein Esel.

»Okay, Lucy, okay. Ich werde aufhören zu reden und anfangen zu fragen. Ich werde Ihnen Fragen zu letztem Sonntag stellen. Mr. Jay

Kent sah sich Spielzeugläden mit einem Mitarbeiter aus seinem Imperium an. Was haben Sie getan?«

Als ich schweige, kramt er in seiner Tasche. Es ist eine große Tasche, die ihm von der Schulter hing, als er sich setzte, eine formlose schwarze Tasche, die Art, in der Leute Computer transportieren oder eine Menge Unterlagen oder ein Durcheinander an Fundstücken. Als seine Hand wieder auftaucht, hält sie einen Schuh. Er streckt ihn mir entgegen.

»Moment, Moment, nur einen Augenblick. Ich habe noch was Besseres«, sagt er. Er kramt noch einmal. »Ja ... ja ...« Er holt einen zweiten Schuh heraus, der mit dem ersten identisch ist, abgesehen davon, dass ihm der Absatz fehlt.

»Hier also meine Frage. Erkennen Sie sie wieder?«

Ich stehe noch immer vor dem Grabstein. Ich greife nach seiner grauen Kühle und betrachte die Schuhe. Es sind Frauenschuhe aus weichem schwarzem Leder. Teuer, mittelhoher Absatz, ruiniert durch Kontakt mit der falschen Sorte Boden. Rotbraune Erde klebt innen und außen daran.

»Hmmmm ...«, sagt Rougemont und begutachtet die Schuhe wie ein Arzt. »Hmmmm, sie sind ziemlich schmutzig. Glauben Sie, dass sie Ihnen passen?«

Ich zucke die Achseln.

»Würden Sie einen probieren? Nur um zu sehen, ob er passt?« Als ich nichts sage, gibt er die Antwort für mich: »Klar machen Sie das.«

Er steht auf und kommt zu mir, und dann geht er plötzlich und völlig überraschend in die Hocke. Der Grabstein unter meinen Händen trägt mein Gewicht, als er meinen rechten Fuß anhebt. Die Stellen, die er an meinem Knöchel berührt, fühlen sich warm an. Sehr sanft zieht er mir den Schuh aus, den ich anhabe, und schiebt meinen Fuß in den Schuh in seiner Hand.

»Aha«, sagt er. »Der passt ja wie angegossen! Meinen Sie nicht auch, Lucy?«

Ich mache sein Spiel mit, ohne aktiv daran teilzunehmen.

»Und hoppla, der Schuh, den ich Ihnen ausgezogen habe ...« Er hält ihn auf Augenhöhe, dreht ihn nach rechts und nach links. »Der Absatz ist auf der rechten Seite ein bisschen stärker abgetreten als auf der linken. Weil Ihr Gewicht beim Gehen nicht gleichmäßig verteilt ist. Manchmal belasten wir mehr die eine Seites eines Fußes, oft belasten wir ein Bein stärker als das andere.«

Klick klack, klick klack.

»Der Schuh zum Beispiel, den ich Ihnen gerade angezogen habe …« Er zieht ihn mir gewandt aus und den anderen wieder an. »Ja, der ist an der gleichen Stelle abgetreten, vielleicht sogar ein bisschen mehr, aber nicht viel. Die Besitzerin dieses Schuhs belastet also auch die Außenseite ihres Fußes stärker. Was für ein Zufall! Außer …« Er schaut mir ins Gesicht und verdreht die Augen auf komische Weise. Er spielt erneut den Moderator einer Quizsendung. »Außer natürlich … alle diese Schuhe gehören Ihnen.«

Er richtet sich auf und ragt vor mir auf. Ich halte mich am Grabstein fest.

»Jammerschade um diesen Schuh«, sagt er, seufzt und hält den absatzlosen Schuh hoch. »Wirklich jammerschade.«

Mit den schmutzigen Schuhen in der Hand setzt er sich wieder. Die Luft ist jetzt erfüllt von frühabendlicher Kühle, und seine Stimme durchschneidet sie mit neuer Schärfe.

»Sie sind eine Schnecke, Lucy. Sie haben keine Erfahrung damit, Ihre Spuren zu vertuschen. Es war so leicht, Ihnen zu folgen, dass ich mich schon zu fragen begann, ob Sie mich vielleicht bei Laune halten wollen. Am späten Sonntagvormittag haben Sie ein Auto gemietet, sind von der Stadt hierher gefahren, um Ihren Vater zu besuchen. Ich weiß nicht, wo Sie den Wagen abgestellt haben. Irgendwo, wo er nicht zu sehen war. Irgendwo, von wo Sie über schwieriges Gelände gehen mussten. Sie wollten jedenfalls nicht, dass irgendjemand erfährt, dass Sie da sind. Ich weiß nicht, was Sie getan haben, aber Ihren Schuhen ist es nicht gut bekommen. Sie sind auf Erde gegangen. Vielleicht sogar gelaufen. Die Schuhe waren ruiniert, als Sie zurück in der Stadt waren, und Sie brauchten neue. Sie kauften neue Schuhe in dem Kaufhaus einen Block von Ihrem Hotel entfernt. Ich habe Ihnen ja gesagt, Ihre Spur war leicht zu verfolgen. Und es war Sonntag, die Geschäfte waren nicht voll, die Verkäuferin erinnert sich an Sie. Sie haben die alten Schuhe in die Schachtel der neuen gelegt und im Hotel weggeworfen. Aber die Schuhe waren nur alt für Sie. Für das Zimmermädchen war es ein Paar schöner Schuhe, die sie sich nie hätte leisten können und die ihr passten, wenn sie die Zehen ein bisschen einzog. Sie hat sie also mit nach

Hause genommen, wollte sie putzen und ein bisschen weiten, einen neuen Absatz dranmachen lassen, und schon hätte sie ein Paar Designerschuhe gehabt. Glücklicherweise hat sie noch nichts davon getan.«

Er lässt mich nicht aus den Augen. Er spricht weiter, leiser jetzt, weil er weiß, dass ich ihm genau zuhöre.

»Ich könnte sie sofort den Labors übergeben und feststellen lassen, ob die Erde daran aus der unmittelbaren Umgebung von hier stammt. Das könnte ich tun. Aber das werde ich nicht tun müssen, Lucy, wenn Sie mir erzählen, was letzten Sonntag hier passiert ist. Vor allem muss ich wissen, um welche Uhrzeit Sie hier waren. Ich glaube, es war am frühen Nachmittag. Habe ich Recht?«

Als ich nicht antworte, seufzt er theatralisch.

»Ich bin ein großzügiger Mensch.« Ich werfe verstohlen einen Blick auf sein großes Gesicht. Im Moment sieht er nicht gerade großzügig aus, aber seine Miene ist nicht unfreundlich. »Ich bin ein großzügiger Mensch, Lucy, und ich gebe Ihnen noch ein bisschen Zeit, weil ich morgen für ein paar Tage verreisen muss. Und wenn ich zurückkomme, werde ich Sie bitten, mir zu erzählen, was Sie im Haus Ihres Vaters getan haben, kurz bevor er starb.«

Er steht auf und steckt die Schuhe vorsichtig in die Tasche.

»Wir sehen uns, wenn ich zurück bin, Lucy«, sagt er leise. Als ich glaube, dass er fort ist, drehe ich mich um und sehe ihn oben an der Steintreppe stehen.

»Auf Wiedersehen«, ruft er. Er hofft noch immer, dass ich erzähle, was er wissen will, aber ich sage nichts. Ich rühre mich nicht, bis ich das Brummen seines Wagens auf der Einfahrt höre, dann setze ich mich auf die gesprungene Steinplatte, die Rougemont gewärmt hat. Laub raschelt über mir, und ich erinnere mich an Nickel Dogs Tod. Ich erinnere mich an Mutters Trauer, destilliert in einem hohen, unnatürlichen Wehklagen, an Janes blasses Gesicht, das nervöse Zucken ihrer Finger, und an Vater, der in beiden Händen das steife, in eine Decke gewickelte Bündel hielt, das Nickel Dog war. Und dann rannte ich, an dem alten Abschleppwagen vorbei, um die Büsche, zwischen Bäumen hindurch, das dichte Gras trieb mich immer weiter. Ich rannte, bis ich zu einer Höhle kam, die wir am Ende des Gartens unter einem großen Busch eingerichtet hatten. Eine alte Decke, ein paar Spielsachen und eine Freundin, die auf mich wartete. Lindy.

24

Nachdem ich Seymour und Katherine alles, was ich über Vaters Tod weiß, erzählt habe, denken sie eine Zeit lang nach.

»Jedenfalls hat sich jemand große Mühe gegeben, damit es aussieht, als hätte Eric Selbstmord begangen«, sagt Seymour.

Katherine schnaubt. »Als ob er so etwas tun würde!«

»Ich meine, seine Kleider an den Strand zu legen und so.«

»Es muss jemand sein, der nicht fernsieht«, sagt Katherine. »Man muss nur ein paar Krimis sehen, um zu wissen, dass die Polizei feststellen kann, ob jemand ertrunken ist oder schon tot war, bevor er ins Wasser gestoßen wurde.«

Seymour blickt ernst drein. »Das sollte uns zum Täter führen. Da wir jetzt fast alle Amerikaner ausschließen können.« Und trotz der Umstände und unserer Niedergeschlagenheit lächeln wir.

Ich schaue mich in dem Raum um. Bücher bis zur Decke, Stapel von Zeitschriften. Ein paar Regalfächer sind voll gestellt mit geschnitzten Figuren aus Afrika und Südamerika und einer Maske, die von einer pazifischen Insel stammen könnte. Überall sehe ich die Gesichter von lächelnden Enkelkindern und die primitiven klecksigen Bilder, die sie gemalt haben. Seymour und Katherine haben ein erfülltes Leben gelebt, und es ist überall zu sehen, an die Wände gesteckt, in Regale gestellt. Ich muss an Vaters Haus denken, in dem so viel verborgen ist: im Schuppen, in Kisten, in Schränken und in Schlafzimmern, die niemand mehr benutzt.

Seymour gießt eine blassbraune Flüssigkeit aus einer Teekanne in Teetassen.

»Das ist Lemon Rose Pouchong«, erklärt er, »die Auswahl des Teeclubs für den Monat März. Wir sind Mitglieder dieses Clubs in England. Jeden Monat schicken sie uns eine andere Teesorte.«

»Der Frau von der Polizei hat er geschmeckt«, fügt Katherine hinzu.

»Ein attraktives Mädchen«, sagt Seymour. Er ist ein kleiner, kahlköpfiger, drahtiger Mann, der Baseball spielte zu Zeiten, als er noch volles Haar hatte. Einmal hat er sogar gegen Joe diMaggio gespielt. Das ist eine Geschichte, die er immer wieder zum Besten gab: mein Vater behauptete, sie mindestens fünfzigmal gehört zu haben, jedes Mal ein klein wenig anders, woraufhin Seymour stets sagte: »Ich wollte dich nicht langweilen, Eric.«

Der Tee ist zu heiß zum Trinken. Ich atme sein blumiges Aroma ein.

»Iss doch einen Keks«, sagt Katherine und schiebt mir den Teller hin. »Ich möchte dir etwas geben, Lucy, du siehst aus, als würdest du jemanden brauchen, der dir etwas gibt.«

Seit Vaters Tod spüren vollkommen fremde Menschen auf einer unbewussten Ebene meinen Schmerz. Die Frau am Flughafenschalter sagte: »Ich werde Ihnen einen guten Platz für Ihren Flug heute Abend suchen.« An der Tankstelle blickte mich der Tankwart verschmitzt an, während er meine Kreditkarte belastete. »Ma'am, wir haben gerade ein spezielles Porzellan im Angebot, und ich kann es Ihnen heute zu einem extra günstigen Preis anbieten.« In der russischen Buchhandlung, an der ich auf dem Weg vom Parkplatz zu Tante Zinas Wohnung vorbeikomme, kaufte ich eine luxuriöse Puschkin-Ausgabe, damit sie nicht immer in ihrer alten zerfledderten lesen muss, und plötzlich zog die Verkäuferin eine Geschenkpackung hervor, die eine Schürze und mehrere geschnitzte Holzlöffel enthielt. »Bitte, nehmen Sie das mit. Dieses Geschenk bekommen nur Leute, die Puschkin gekauft haben«, beharrte sie.

Ich nehme einen Keks und frage Seymour: »Hast du der Polizistin von den Ölgeldzahlungen erzählt?«

Er dreht seinen braunen, nussförmigen Kopf kurz Katherine zu, dann blickt er wieder mich an.

»Nein, habe ich nicht, Lucy. Aber Katherine und ich denken, dass man es tun sollte.«

»Warum?«

»Lass mich erst einmal erzählen, was ich herausgefunden habe.

Simms-Roeder produziert noch. Der schlaue Eric hat einen wasserdichten Vertrag mit der Firma, der ihm eine Gewinnbeteiligung garantiert, und glaube mir, wenn sie aus dem Vertrag rauskönnten, hätten sie es schon längst getan. Es stimmt, dass Eric das Geld nicht direkt bekam. Es wird auf ein anderes Konto überwiesen.«

»Was ist das für ein Konto? Weißt du Einzelheiten?«

»Nur den Namen.«

»Und der lautet?«

Seymour steht auf und geht zum Schreibtisch. Er zieht ein Blatt Papier unter einer Keramikfigur hervor und liest ab: »Marcello Trust.«

Ich starre ihn an. »Was für ein Trust?«

»Marcello.« Er buchstabiert den Namen, setzt sich wieder und reicht mir das Blatt Papier.

»Was ist das?«, frage ich ihn.

Seymour zuckt die Achseln. »Ich habe gehofft, du wüsstest es. Denn ich weiß es nicht.«

»Wir glauben, dass es sich um eine wohltätige Organisation handelt«, sagt Katherine. »Hat Eric viel gespendet?«

Ich schüttle den Kopf. »Er konnte wirklich großzügig sein, er half Leuten gern mit Geld aus, aber mit Organisationen hatte er nicht viel im Sinn.«

»Hatte Eric nicht einen Steuerberater?«, fragt sie.

»Doch, mit dem habe ich gesprochen. Er weiß nichts von dieser Gewinnbeteiligung. Ich werde ihn nach dem Marcello Trust fragen.«

»Kannte Eric jemanden namens Marcello?«

»Ich werde in seinem Adressbuch nachsehen. Ich werde überall nachsehen. Lass uns gleich im Telefonbuch nachschauen …« Ich halte inne und denke nach.

»Hast du den Namen schon einmal gehört, Lucy?«, fragt Katherine. »Kommt er dir bekannt vor?«

Ich zucke die Achseln. »Ich glaube, ich habe ihn vor kurzem gehört, aber alles klingt bekannt, wenn man lange genug darüber nachdenkt.«

Seymour stapelt Bücher und Zeitungen zu neuen Haufen auf dem Tisch, während er nach dem Telefonbuch sucht.

»Vor kurzem?« Katherine ist überrascht. »Nicht früher?«

»Nein, vor kurzem.« Ich trinke den blumigen Tee und suche in meinem Gedächtnis nach dem Namen Marcello, Vornamen oder Familiennamen.

Im Telefonbuch finde ich acht Marcellos über die ganze Bay Area verstreut. »Ich werde sie anrufen, jeden Einzelnen von ihnen«, sage ich. Katherine und Seymour werfen sich einen Blick zu.

»Wahrscheinlich ist alles in Ordnung, und du wirst eine plausible Erklärung finden, an die wir nicht gedacht haben«, sagt Katherine. Die Art, wie sie ihre Stimme ein wenig hebt, deutet an, dass sie auch eine weniger plausible Erklärung parat haben.

»Oder«, spricht Seymour bedächtig weiter, »es gibt noch eine andere Möglichkeit.«

»Und du wirst sie nicht mögen, Lucy«, warnt mich Katherine. »Aber vielleicht solltest du mit dieser Polizistin darüber reden.«

Ich warte. Der Tee ist noch immer heiß, und die Porzellantasse, die ihn von meiner Hand trennt, erscheint mir absurd zerbrechlich, als sollte ich sie in meiner Hand zerdrücken und die heiße Flüssigkeit daraus befreien.

»Hast du schon einmal an Erpressung gedacht?«, sagt Seymour.

Ich denke an die Jungen auf ihren Skateboards in Lowis und wie sehr sie die Vorstellung von Erpressung begeisterte.

»Jetzt macht aber mal halblang«, sage ich rasch. »Ihr habt zu viele Krimis gesehen.«

»Vielleicht«, gibt Seymour zu und nickt nachdrücklich mit dem kahlen Kopf. »Aber als die Polizei hier war und Fragen stellte, haben wir eines gemerkt – wie wenig wir über Eric wissen. Wir haben festgestellt, dass wir nichts über seine Vergangenheit wissen, die Familie, aus der er stammte, wir wissen nicht einmal, wer seine Freunde waren, und deine Mutter haben wir natürlich nie kennen gelernt. Als wir mit dem Achselzucken fertig waren, muss sich die Polizistin gefragt haben, ob Eric und ich wirklich Freunde waren.«

»Erpressbar ist nur, wer etwas Schreckliches zu verstecken hat«, sage ich.

»Vielleicht hatte er das«, sagt Katherine gleichmütig.

Ich denke an die weiße Narbe um Vaters Handgelenk.

»Ich meine«, fügt sie hinzu, »vielleicht ist irgendwann einmal etwas passiert, für das er sich schämte.«

»Bitte«, sagt Seymour, und die Haut auf seinem ovalen Kopf spannt sich, als er eine Grimasse des Bedauerns macht. »Bitte, reg dich nicht auf und sei auch nicht beleidigt, Lucy. Wir haben alle in unserer Jugend Dinge getan, auf die wir heute nicht unbedingt stolz sind. Gerade weil dein Vater so hohe moralische Standards hatte, wäre er ein gutes Opfer für einen Erpresser gewesen. Wenn es etwas in seiner Vergangenheit gab, für das er sich schämte.«

»Da war nichts«, sage ich. Der Tee in meiner Hand fühlt sich jetzt kühl an.

Katherine klingt besorgt. »Das ist kein angenehmer Gedanke, ich weiß, Lucy, aber vielleicht würde das auch erklären, warum dein Vater umgebracht wurde.«

»Die Polizei muss der Sache auf den Grund gehen«, sagt Seymour. »Du solltest ihnen von dem Marcello Trust erzählen.«

»Wenn Daddy ein Geheimnis hatte«, erwidere ich, ohne sie anzublicken, »werde ich es bewahren. Ich will auf keinen Fall, dass die Polizei oder irgendjemand anders Nachforschungen anstellt.«

Sie tauschen bekümmerte Blicke aus, dann nimmt Katherine meine Hand und drückt sie. Ich schaue in ihre freundlichen Gesichter und wünsche mir einen Augenblick lang, sie wären meine Familie. Ein glücklich verheiratetes Paar mit Kindern und Enkelkindern, das ein interessantes Leben hinter sich hat und im Ruhestand ehrenamtliche Arbeit leistet, reist und viele Freunde hat. Das ist normal. Nicht zum ersten Mal wünsche ich mir, dass meine Familie auch normal wäre.

Als ich aufstehe, um zu gehen, und sage, dass ich zu Hause alle Marcellos aus dem Telefonbuch anrufen werde, versuchen sie zuerst, es mir auszureden, aber schließlich bietet Seymour an, mir zu helfen.

»Setz dich, iss etwas, und wir wechseln uns mit den Anrufen ab«, sagt er.

Alle Marcellos, die sich melden, sagen, dass sie nichts von einem Trust in ihrem Namen wüssten und nie von Eric Schaffer gehört hätten. Einer ist misstrauisch, wird wütend und droht schließlich, die Polizei zu rufen.

»Und jetzt?«, fragt Seymour. »Was wirst du jetzt tun?«

»Ich werde später die Marcellos anrufen, die nicht zu Hause waren. Morgen werde ich in seinem Arbeitszimmer suchen, bei der Bank nachfragen, mit dem Steuerberater telefonieren. Ich muss es herausfinden, Seymour.«

Katherine hat uns schweigend zugehört. Jetzt fragt sie: »Lucy, hast du Scott gesehen, seitdem du hier bist?«

»Ja. Wir sind Freunde.«

»Ich mag Scott«, sagt Seymour. »Und Eric stand ihm sehr nahe. Er brauchte eine Menge Trost, nachdem du gegangen warst.«

»Scott brauchte schon immer eine Menge Trost«, sage ich. »Ein Grund, warum ich weg bin, war, dass ich ihm nach Stevies Tod diesen Trost nicht geben konnte.«

»Ein Kind zu verlieren ist das Schlimmste, was einem zustoßen kann. Nicht viele Ehen halten diesen Stress aus«, sagt Katherine.

»Ein Kind zu haben war schon Stress genug für unsere Ehe.«

Sie widersprechen. »Ihr wart ganz vernarrt in Stevie. Ihr beide. Und so stolz auf ihn.«

»Ich habe ihn mehr geliebt als irgendjemand anders. Aber das heißt nicht, dass ich eine gute Mutter war.«

Nachdem ich mich von Seymour und Katherine verabschiedet habe, fahre ich zu dem Friedhof, auf dem Stevie begraben ist. Ich bin überrascht über die vielen Besucher hier am Ende des Tages. Menschen mit Blumen, kleine Gruppen, einzelne Frauen, ein älteres Paar, das sich an den Händen hält.

Als ich mich Stevies Grab nähere, sehe ich eine Gestalt reglos im Dämmerlicht davor stehen.

»Scott?«

Als er mich sieht, hellt sich seine Miene auf.

»Luce!«

»Ich wollte mit dir herkommen, aber wir hatten keine Gelegenheit, etwas auszumachen, deshalb …«

»Ich dachte, dass die Blumen, die wir am Samstag gebracht haben, schon vertrocknet sind«, sagt er. »Ich habe vorbeigeschaut, um sie wegzuwerfen.«

»Wie oft kommst du hierher?«

»Einmal in der Woche, manchmal öfter.«

Wir stehen schweigend am Grab, und ich sehe mich um. Die meisten der kleinen Grabsteine auf dem Kinderfriedhof sind einfallslos mit Bildern aus Kinderbüchern gestaltet. Ein Teddybär, ein Hündchen, der Mann im Mond. Es ist wie ein Spielplatz ohne Kinder. Es gibt keinen Schatten. Im Sommer brennt die Sonne auf Stevies kleines Viereck aus Erde, im Winter fällt der Regen darauf. Er ist im Tod so ungeschützt, wie er im Leben war.

Scott wartet darauf, dass ich etwas sage. Jetzt fragt er mich: »Luce? Gefällt er dir?«

Stevies kleiner Grabstein ist schlichter als die Steine auf den Gräbern jüngeren Datums. Es stehen nur sein Name und seine Lebensdaten darauf.

»Ja«, sage ich. »Ich bin froh, dass du keinen Teddybär hast draufmachen lassen.«

Ich starre auf das Grab. Ich weiß, dass Scott wünscht, ich würde weinen. Ich versuche zu weinen. Ich bin ungerührt. Dieses steinerne Andenken an Stevies Existenz hat nichts mit dem lebendigen Baby zu tun, an das ich mich erinnere.

»Kommst du allmählich über Stevie hinweg?«, fragt Scott. »Es ist nicht so, dass ich ihn vergesse oder dass es nicht mehr wehtut, aber lange Zeit war der Schmerz etwas Körperliches, wie eine schwere Last auf meinen Schultern, die ich jetzt nicht mehr tragen muss.«

Ich drücke seinen Arm.

»Ich weiß nicht, ob ich seit Stevies Tod auch nur einmal gelacht habe«, sage ich.

»Du meinst seit seiner Geburt.«

»Ich habe ein Stadium der Trauerarbeit erreicht, in dem man vollkommen ehrlich ist, was den Verstorbenen anbelangt. Ich habe ihn sehr geliebt, aber Stevie hat mir keinen Spaß gemacht. Überhaupt keinen. Es war von Anfang an ein Schock für uns. Niemand hat uns auf die Opfer und Verluste vorbereitet, die mit einem Kind einhergehen. Damals habe ich dich verloren. Als er geboren wurde.«

Auf der Fahrt nach Hause gestehe ich mir ein, dass die sechs Monate mit Stevie sechs Monate des Wahnsinns waren. Nichts passierte, wann es passieren sollte, nichts wurde erledigt, außer ich war weit entfernt von ihm im Büro. Ich vergaß Dinge. Ich verlor Dinge. Ich wusch die Wäsche zu heiß. Ich verbrannte den Toast. Ich kam zu spät. Ich kam am falschen Tag. Und zu allem brachte Stevie seine Einwände zum Ausdruck. Ich wiegte ihn, es nützte nichts. Ich schrie ihn an, es nützte nichts. Ich sang ihm etwas vor, es nützte nichts. Schließlich stand ich nur noch neben ihm, während er mich mit seinem Lärm anfüllte, als wäre ich ein leerer Becher. Nachdem er gestorben war, schlief ich vierundzwanzig Stunden lang.

Es ist spät, als ich endlich über die Brücke und zurück in die Stadt zu meiner russischen Familie fahre. Die Lichter, die Gerüche, die beständigen Bewegungen der Stadt gefallen mir. Es ist so spät, dass ich beschließe, auf dem Grundstück zu parken und Streit mit dem unangenehmen Nachbarn Dimitri Sergejewitsch zu riskieren. Sonst stelle ich den Wagen ein paar Blocks entfernt auf dem Parkplatz ab, auf den auch Mutter fuhr, wenn sie mich als Kind zu einem Besuch bei Großmutter mitnahm.

Ich fahre langsam über Kreuzungen, das Fenster offen, und erinnere mich, wie ich an Mutters Hand durch diese Straßen ging, an russischen Läden und Restaurants und kyrillisch beschrifteten Reklametafeln vorbei. Es tut gut, sich in diesen Erinnerungen zu verstecken. Sie sind ein weicher, freundlicher Ort, und Mutter ist hier nicht krank.

Ich hielt ihre Hand, wir gingen diese Straßen entlang, und ich vertraute ihr. Selbstverständlich haben wir nie einen der dunklen Hauseingänge betreten oder mit den Männern gesprochen, die in Gruppen an den Straßenecken standen und sich auf Russisch unterhielten. Gelegentlich sagte ein Passant etwas zu Mutter, aber sie reagierte nie darauf.

»Kennt der Mann dich?«, fragte ich sie einmal.

Mutter hielt meine Hand fester und marschierte weiter. »Nein, er ist nur frech.«

»Hast du verstanden, was er gesagt hat?«

»Natürlich habe ich es verstanden! Nur zu gut!«

»Warum hast ihm dann nicht auf Russisch geantwortet?«

»Weil wir hier nicht in Russland sind. Wir sind in Amerika. Wir sprechen hier nicht russisch.« Ihre Stimme hatte einen hysterischen Unterton, der bedeutete, dass es bald an der Zeit wäre, mit dem Fragenstellen aufzuhören.

»Was ist mit Großmutter?«

»Großmutter ist zu alt.«

Es war sinnlos, darauf hinzuweisen, dass Tante Zina und Sascha und alle Tanten, Cousinen und Cousins die ganze Zeit russisch miteinander sprachen, und obwohl Sascha hier geboren war und in eine amerikanische Schule ging, war er nie so durch und durch amerikanisch wie Jane und ich.

Während unserer monatlichen Besuche bei Großmutter beobachtete ich, wie Mutter als Erstes die Sprache wechselte, dann veränderte sich die Form ihres Mundes, um die andere Sprache aufzunehmen, und schließlich verpuppten sich ihr Gesicht und ihr Körper zu einer jungen gut gelaunten Frau. Die Frau, die Vater geheiratet und die alle Gesteinsschichten in der Hochzeitstorte des Instituts für Geologie hatte benennen können.

Großmutter sagte manchmal mit starkem Akzent ein paar englische Worte zu mir, aber meistens lächelte sie mich an, nahm mich auf den Schoß, streichelte mich und gurrte mich an, als wäre ich ein viel bewunderter, kleiner, zahmer Vogel. Das Englisch der Tanten war besser. Katja und Olja, die nach der Ankunft der Familie in den USA geboren waren, klangen unverkennbar amerikanisch, und sie sprachen mit all den umgangssprachlichen Wendungen und Inkonsistenzen, die Mutters korrektem Englisch fehlten. Sie unterbrachen ihre russischen Unterhaltungen, um mir Fragen zu stellen, und fütterten mich nahezu ununterbrochen. Während ich aß, horchte ich auf ihre lyrische Sprache, verstand zwar kein Wort, fühlte mich ihnen jedoch zugehörig. Wenn wir wieder gingen, war ich satt, vielleicht von Liebe, vielleicht von Süßigkeiten.

»Ich kriege dort keine Luft, ich hasse es«, sagte Jane. Mutter schien Verständnis zu haben für diese Ansicht, und Jane musste Großmutter nur selten besuchen. Das wurde nicht als Beleidigung aufgefasst, im Gegenteil, Großmutter und die Tanten erkundigten sich ständig nach Jane, erinnerten einander, um meinetwillen in gebrochenem Englisch, an ihre Schönheit und Klugheit.

Und jetzt bin ich wieder hier, kein Kind mehr, sondern eine Frau, allein und ohne Mutter, ich gehe nicht zu Fuß, sondern fahre mit einem Auto an den Läden und Reklametafeln und Bars des russischen Viertels vorbei zu Großmutters Wohnung, auch wenn Großmutter schon lange tot und Mutter in der Redbush Klinik eingesperrt ist.

Die Straßen haben sich kaum verändert. Die Geschäfte sind etwas bunter, erhellt von einer flackernden, verträumten Reflexion eines neuen Russland, aber sie sind noch immer nicht amerikanisch. An den Straßenecken stehen keine Männer, aber als ich an einer Ampel anhalte, höre ich ein Paar russisch sprechen. Das Heben und Senken ihrer Stimmen klingt, als ob sie ein langes, trauriges Lied singen würden. Als ich aussteige, hat es sich nach dem heißen Tag abgekühlt, eine Andeutung von Nebel liegt in der Luft, und die Atmosphäre in den dunklen Straßen wirkt gesättigt mit Melancholie.

Ich weiß, so wie ich es früher wusste, dass ich einen Ort aufsuche, an dem ich geliebt werde, bedingungslos und unkritisch. Ich höre meine Schritte auf dem Asphalt. Sie sind gleichmäßig. Die nächtlichen Lichter und die salzige Luft behagen mir. Ich fühle mich schuldig, weil ich vor kurzem wünschte, meine eigene Familie gegen Seymour und Katherine eintauschen zu können.

Tante Zina liegt mit ihrem Puschkin bereits im Bett, aber in der Küche brennt noch Licht.

»Lucia!« Seine Lederjacke liegt auf einem Stuhl, Sascha riecht stark nach Rauch, Schweiß und Alkohol und plündert eine Keksdose. »Ich bin gerade nach Hause gekommen und dachte, du würdest schon schlafen. Schau, Mama hat was zum Essen für dich hingestellt.«

»Ich habe bei Freunden von Vater gegessen.«

»Was hast du heute getan?«

Ich lasse mich auf einen Stuhl neben ihm fallen. Meine Beine sind plötzlich vor Müdigkeit ganz schwach.

»Eine Million Sachen. Vor allem Daddys Papiere durchgesehen.«

»Ah, die brave Tochter. Sie hat Zahlen analysiert, genau nachgeprüft. Einen sauberen Strich unten auf der Seite ihres Vaters gezogen, Konten aufgelöst, Pensionen gekündigt.«

»Ich habe auch seinen Grabstein gefunden.«

»Ach du meine Güte, wo war er?«

»Im Garten. Denk an den Tod, steht darauf. Seine Freunde haben ähnliche Steine. Sie glauben, dass man anders lebt, wenn man jede Minute damit rechnet, dass man sterben kann.«

»Wie viele Freunde?«

»Sie waren nur zu dritt.«

»Der Denk-an-den-Tod-Club. Die Idee gefällt mir. Vielleicht wird durch den Tod deines Vaters ein Platz frei, und sie nehmen mich als Mitglied auf.«

Sascha schiebt mir die Keksdose hin.

»Warum bist du so spät gekommen? Hattest du eine Besprechung?«, frage ich ihn.

Er lächelt geheimnisvoll. »Eine überaus stimulierende und faszinierende Besprechung, zu der Natascha einen sensationellen Beitrag geliefert hat. Warte hier, bitte.«

Er geht aus der Küche und kommt mit einer Flasche Whisky und zwei Gläsern zurück.

»O nein, Sascha, dafür ist es jetzt zu spät, und ich bin müde.«

»Die besten Gespräche führt man, wenn man müde ist.« Die Flasche gibt einen kleinen Laut von sich, als er den Korken herauszieht. »Ist das Zusammenzählen von Zahlenreihen so anstrengend für eine Bankerin?«

»Das Zusammenzählen nicht. Aber das Nachdenken.«

Er gibt Eis in ein Glas, und wir horchen auf das Knacken des Protests, als er Whisky darüber gießt. Dann schiebt er mir das Glas hin und hebt sein eigenes.

»Auf dich, Lucia, die liebende Schwester und geliebte Cousine. Und worüber hast du so angestrengt nachgedacht, Lucia?«

»Ich glaube, ich weiß, wer Daddy umgebracht hat.«

Er reibt sich die Hände und setzt sich mir gegenüber an den Tisch. Ich nippe an dem Whisky und spüre, wie er meinen Körper bis zu den Zehen erwärmt.

»Hast du diese Information schon an jemanden weitergegeben? An die charmante Polizistin zum Beispiel, die am Montagabend Dienst hatte?«

»Ich kann es ihr nicht sagen. Ich kann es niemandem sagen.«

»Außer deinem dich liebenden Cousin. Wie schmeichelhaft.«

»Sascha, ich habe alle angelogen. Die Polizei, Jane, Scott, sogar dich.«

Er zieht die Augenbrauen hoch. »Auf Sascha ist Verlass, bei ihm sind deine Geheimnisse sicher, Lucia.«

»Ich habe allen erzählt, dass ich seit drei Jahren nicht mehr in Kalifornien war. Aber das stimmt nicht. Ich war letztes Wochenende hier. Hier in San Francisco.«

Es war kein Vergnügen. Nichts an diesem Wochenende hat mir Spaß gemacht. Von dem Augenblick an, als das Flugzeug landete, nein, von dem Augenblick an, als es startete, war ich auf der Hut, hatte Angst, dass ein Verwandter oder eine alte Schulfreundin mich sehen würde. Und Kent war so nervös, dass er auf dem Flug nicht einmal neben mir saß. Später musterte er meinen nackten Körper von Kopf bis Fuß, dann zog er mich aufs Bett. Er war ein talentierter Liebhaber. Sex mit ihm war zielstrebig, wir liebten uns mit einer Energie und Entschlossenheit, die Liebe und sogar Lust ausschloss. Danach lagen wir reglos da, unsere Körper berührten sich, ohne dass sich eine Verbindung herstellte. Große Einsamkeit senkte sich auf mich herab wie Dunkelheit. Ich blickte zu Kent und fragte mich, ob er sie auch empfand, aber mir war klar, dass er, wenn es ihm ebenso erging wie mir, nur damit fertig werden konnte, indem er sich in weitere sexuelle Abenteuer stürzte.

Wann immer das Telefon klingelte, nahm er ab. Ich sprang aus dem Bett, ging ins Bad und drehte die Dusche auf, weil es Mrs. Kent sein konnte. Mrs. Kent mit dem plärrenden Baby im Hintergrund. Nachdem er aufgelegt hatte, drehte er das Wasser ab und sagte: »Du kannst wieder herauskommen.« Er wickelte mich in eines der großen weichen Hotelhandtücher, und ich verwechselte sein Manöver mit Zuneigung. Erst jetzt, da ich in Tante Zinas Wohnung mit ihren Gerüchen und dem vielen Staub sitze, wird mir klar, dass ich hier geliebt werde – von Tante Zina und Tante Zoja und von Sascha, Jane, Larry und Scott. Ich bin in ihre Liebe eingehüllt wie ein Käfer in einem eingerollten Blatt, und ich weiß, dass ich Hotelwäsche nie mit Zuneigung hätte verwechseln dürfen.

Sascha zieht die Augenbrauen in die Höhe.

»Aber warum hast du das mit diesem Mann gemacht?«

»Ich weiß es nicht, Sasch.«

Als Kent eingeschlafen war und die Einsamkeit mich zu überwältigen drohte, ging ich ins Bad, nahm Kents Rasiermesser und fuhr mir damit über den Oberschenkel. Ich sah, wie sich dahinter sofort eine schmale rote Linie bildete. Einen Augenblick später setzte der Schmerz ein. Er war so intensiv, dass er meine Einsamkeit aufsaugte wie ein Schwamm.

»Liegt dir etwas an ihm?«

»Nein. Ich hätte nicht am dritten Todestags meines Kindes mit ihm hierher kommen können, wenn es so wäre. Es ist eine unprofessionelle Beziehung. Es hätte nicht passieren dürfen, weil wir dabei sind, ein Geschäft auszuhandeln, und meine Klienten heißen Hifeld, und ihre Interessen, nicht meine sexuellen Bedürfnisse, sollten an erster Stelle stehen. Deswegen war es falsch von mir. Es war falsch von Kent, weil Mittex ein sauberes Familienimage pflegt und von ihren leitenden Angestellten erwartet, dass sie sich dementsprechend verhalten. Vor allem von ihrem Firmenleiter in spe. Kent hat unheimliche Angst, dass es jemand herausfindet, zuerst seine Frau, dann seine Kollegen. Ende der Ehe, Ende der Karriere. Deswegen habe ich der Polizei erzählt, dass ich das ganze Wochenende zu Hause war.«

Der Whisky wärmt jetzt meinen gesamten Körper. Ich spüre die Wärme in meinem Mund, meinen Zehen, meinen Fingern. Sie isoliert mich von den sinkenden nächtlichen Temperaturen. »Aber das war nicht der einzige Grund.«

Am späten Sonntagvormittag traf Kent den regionalen Leiter der Firma und klapperte mit ihm Geschäfte ab. Kaum war er gegangen, mietete ich ein Auto und fuhr zum Friedhof. Ich bewegte mich vorsichtig, musterte die Gesichter der Lebenden, ob jemand darunter war, der mich kannte. Dann stand ich vor Stevies kleinem Grab. Im Leben war Stevie von komplizierten Dingen umgeben gewesen: die fantastische Wiege, die Wickelkommode, der ergonomische Kinderwagen, die Milchpumpe, der Flaschenwärmer. Angesichts der Schlichtheit des Steins und seiner glatten Vollkommenheit brach ich in Schluchzen aus. Kleine Sträuße waren liebevoll darum herum arrangiert. Ich schluchzte, als ich eine rosa Rose vor den Stein legte, kaum mehr als eine Knospe, die Schönheit versprach. Ich schluchzte, als ich zurück zum Parkplatz ging. Ich schluchzte, als ich zu Vaters Haus fuhr.

Ich hätte ihn anrufen können. Ich wünschte jetzt, ich hätte ihn angerufen und ihn ganz normal besucht, nur dass an diesem Tag nichts normal war. Vater hätte nach Kent gefragt, er hätte ihn kennen lernen wollen, hätte mich gebeten zu bleiben. Er hätte vielleicht Jane und Larry und Scott angerufen und eingeladen. Nach drei Jahren wäre mein Besuch ein Ereignis gewesen.

»Dein Widerstreben, Onkel Eric zu besuchen, ist verständlich, Lucia. Bitte hör auf, dich zu rechtfertigen.«

»Aber, Sasch, ich musste ihn sehen. Wann immer ich mit ihm oder Jane telefonierte, hatte ich das Gefühl, dass sie mir etwas verheimlichten. Oder vielleicht ließ ich nicht zu, dass sie es mir erzählten, oder ich hörte ihnen nicht zu. Manchmal erwähnten sie seine Hüfte. Oder Jane sagte beiläufig, dass er vergesslich wird. Oder ich meinte, dass er heiser klang oder seine Handschrift zittrig aussah. Und dann dachte ich nicht mehr daran, weil es zu schmerzhaft war, weil Daddy ein Fels sein sollte, nicht ein alter Mann. Und als ich am Sonntag zu seinem Haus fuhr, wollte ich ihn bloß sehen. Ich wollte mich nur vergewissern, dass es ihm gut ging.«

»Du hattest vor, ihn zu sehen, ohne dass er dich sah?«

»Klingt das verrückt?«

»Nein.«

»Ich habe das Auto unten im Tal abgestellt, für den Fall, dass Nachbarn unterwegs waren, dann bin ich einen alten Pfad hinaufgegangen, den wir als Kinder immer benutzten. Er war ziemlich schmutzig und überwuchert, und als ich schon aufgeben wollte, war ich fast da, deshalb ging ich weiter. Ich schlich um die Rückseite des Hauses und schwang mich unter dem Geländer durch auf die Terrasse, so wie ich es als Kind immer getan habe.«

»Lucia, Lucia, deine Schlauheit erschreckt mich. Was wie die Laune einer trauernden Tochter erschien – von der Terrasse ihres Vaters auf das Tal hinunterzuschauen – war ein kalkulierter Akt, um den Fingerabdruckexperten der Polizei in die Irre zu führen.«

Ich werde rot.

»Du hast mich beeindruckt. Während ich mich standhaft weigerte, Fingerabdrücke abnehmen zu lassen, hast du dir große Mühe gegeben, die deinen überall zu hinterlassen. Aber warum hast du dich auf die Terrasse geschwungen, als du deinen Vater besuchtest?«

»Weil ich mir dachte, dass er am frühen Sonntagnachmittag im Wohnzimmer sitzen, lesen oder Musik hören würde.«

»Und war es so?«

»Er war im Wohnzimmer. Aber er war nicht allein. Es war jemand bei ihm, und sie stritten. Ich meine, Daddy stritt nicht. Der andere Mann stritt. Er sprach mit lauter Stimme und beugte sich drohend über ihn.«

»Wer war er?«

»Ich weiß es nicht. Er war groß, etwas jünger als ich, aber nicht viel. Er trug Jeans, hatte dunkle Haare, ein dunkles Gesicht, weil er sich wohl eine Weile nicht mehr rasiert hatte.« Sascha lächelt und fährt sich mit der Hand über das stopplige Kinn. »Ich habe ihn nicht beobachten können, weil mich der Kerl innerhalb von Sekunden entdeckte. Er lief auf mich zu, rannte hinter mir her. Ich sprang von der Terrasse und rannte um den Schuppen. Ich habe den Absatz von meinem Schuh abgebrochen. Er rief nach mir. O Gott, Sasch, ich hatte solche Angst. Ich dachte, mein Herz bleibt stehen. Er schlug die andere Richtung ein, deswegen konnte ich hinter der Hecke neben der Einfahrt davonschleichen und durch den Obstgarten der Hollers verschwinden, während er im versunkenen Garten nach mir suchte. Erst als ich wieder beim Auto war, wurde mir klar, dass ich keine Verbrecherin bin und mich auch nicht so verhalten muss. Es war schließlich das Haus meines Vaters. Aber ich kam mir vor wie ein gejagtes Tier.«

»Und dein Papa?«

Vater, eine sich bewegende Gestalt, die ich durch die großen Schiebetüren der Terrasse kaum sah. Der Vater, den ich dann als kalten, zusammengenähten Toten im Leichenschauhaus wiedersah.

»Ich habe ihn kaum gesehen. Er schien vor allem geschockt.«

»Vielleicht, weil jemand eingedrungen war?«

»Oder von dem Mann, der vor ihm stand und ihn anbrüllte. O Sasch, wenn ich ihn angerufen und ganz normal besucht hätte, hätte ich ihn noch einmal gesehen, bevor er starb. Vielleicht hätte ich sein Leben retten können.«

Sascha streckt die Hand aus und legt sie auf meine.

»Falls deine Annahme korrekt ist, dass der Zorn dieses jungen Mannes Onkel Erics Leben bedrohte. Gibt es keine Möglichkeit, ihn zu identifizieren?«

»Als ich durch Daddys Garten davonlief, sah ich aus dem Augenwinkel ein Fahrzeug vor dem Schuppen stehen. Ich konnte es nicht richtig sehen, aber ich bin ziemlich sicher, dass es ein Abschleppwagen war, ein alter, chromfarbener Abschleppwagen. Er muss ihm gehört haben. Das hieß nicht viel, bis die Polizistin kam und von einem Abschleppwagen sprach ...«

Ich erzähle ihm von Officer Howie, dann schildere ich, wie ich den alten Abschleppwagen bei Big Brim sah, wie sein Fahrer, ein großer dunkelhaariger Mann, sich verfolgt fühlte und flüchtete.

»Zumindest rennt er jetzt vor dir weg und nicht umgekehrt.«

»Ich glaube, er ist heute zweimal weggerannt. Das zweite Mal war er vor dem Haus. Er schlich sich an, sah mich und rannte davon. Kurz darauf fuhr ein Abschleppwagen durch das Tal.«

»Ich frage mich, warum er davonläuft. Aber er kann uns nicht mehr lange entkommen. Bei Big Brim hast du doch das Autokennzeichen und ein paar Buchstaben der Garage aufgeschrieben. Hol den Zettel, Lucia, und mithilfe der Gelben Seiten werden wir feststellen, ob die Buchstaben zu einer Garage passen. Es wird wie ein Kreuzworträtsel sein, und ich möchte ohne falsche Bescheidenheit behaupten, dass ich ein Meister im Kreuzworträtsellösen bin.«

Ich stehe auf und bin erstaunt über meine Beine, die unter mir nahezu einknicken.

»Er ist im Wagen.«

»Zwei Blocks weit weg!«

»Nein. Ich war so müde, dass ich unten vor dem Haus geparkt habe. Ich wollte morgen wegfahren, bevor Dimitri Sergejewitsch aufwacht.«

»Der Mann kennt keinen Schlaf. Er bewacht sein kleines Territorium vierundzwanzig Stunden am Tag. Wie auch immer, ich werde dich begleiten, wir werden rasch den Zettel holen und zurück sein, bevor er auch nur seine Hausschuhe gefunden hat.«

Wir gehen aus der Wohnung und holen den klappernden Aufzug. Die Kühle der Nacht schockt mich, und ich torkle ein bisschen, als ich sie einatme. Sascha stützt mich.

»Ich habe alles auf die Rückseite der Straßenkarte geschrieben. Sie liegt auf dem Beifahrersitz«, sage ich und hebe die Papiere und Akten hoch, die ich dort liegen gelassen habe. Aber darunter ist keine Straßenkarte. Sascha wartet, tritt in der kühlen Nacht von einem Fuß auf den anderen, so wie er es am Montag vor Vaters Haus getan hat. Ich schaue zwischen den Unterlagen nach in der Annahme, dass die Landkarte dazwischengerutscht ist. Sie ist weder auf, noch unter oder hinter dem Sitz und auch nicht im Handschuhfach.

»Denk nach, Lucia, denk nach. Hast du sie vielleicht im Haus deines Vaters gelassen?«

»Nein, ich habe sie nicht aus dem Wagen genommen.»

Ich sitze seitwärts im Wagen, meine Beine hängen heraus. Ich erinnere mich, dass ich direkt neben dem Abschleppwagen parkte, darum herumging, das Kennzeichen aufschrieb, die verblassten Buchstaben an der Tür betrachtete, sie auf der Rückseite der Straßenkarte notierte. Dann warf ich die Karte auf den Beifahrersitz und lief über die Straße. Da waren die Dünen, Sand sickerte zwischen meinen Zehen hindurch, und ich lief angestrengt die erste Düne hinauf.

Ich schließe die Augen. Nachdem ich die Straßenkarte ins Auto geworfen hatte und bevor ich die Straße überquerte, gibt es einen kurzen Augenblick der Stille, und ich versuche, ihn jetzt mit dem Klicken eines Schlosses zu füllen. Ich massiere mein Gedächtnis, ich schlage darauf ein, stoße es, trete danach. Aber das Klicken kommt nicht. Ich erinnere mich daran, wie ich zum Wagen zurückkehrte, schwitzend, außer Atem, und links und rechts die Straße entlangschaute, als würde sie mir einen Hinweis geben, in welcher Richtung der Abschleppwagen davongefahren war. Ich suche nach dem Klicken des Schlosses und finde es nicht.

»Vielleicht wurde sie vor dem Haus deines Vaters aus dem Auto entfernt? Der Fahrer des Abschleppwagens war heute da.«

»Vielleicht.«

»Ich glaube, sie ist oben in deiner Tasche«, meint Sascha und führt mich zurück ins Haus. »Die meisten Sachen, die in unserem Haus verschwanden, tauchten in der Tasche meiner Frau wieder auf, einmal sogar die Katze.«

In der Küche füllen wir noch einmal unsere Gläser und durchsuchen anschließend meine Tasche.

»Keine Katze?«, fragt Sascha.

»Keine Katze. Der Kerl. Der Fahrer des Abschleppwagens. Er hat sie gestohlen. Er hat sie auf dem Beifahrersitz liegen sehen und sie gestohlen.«

»Aber –«

»Das war nicht schwierig. Ich glaube nämlich, dass ich vergessen habe, den Wagen abzusperren.«

»Hast du neben dem Abschleppwagen geparkt?«

»Ja.«

»Dieser Mann ging also an deinem Wagen vorbei und sah deutlich Einzelheiten über seinen Abschleppwagen zur Schau gestellt, und die Tür war nicht abgesperrt. Selbstverständlich beschloss er, sie zu konfiszieren. Nun, er ist offensichtlich nicht auf den Kopf gefallen. Wenn du das Kennzeichen des Wagens hättest, würde ich vorschlagen, dass du es augenblicklich der Polizei übergibst, damit sie den Fahrzeughalter ermitteln. Aber da du es nicht hast –«

»Ich könnte es ihnen nicht übergeben, ohne ihnen vom letzten Wochenende zu erzählen. Allerdings weiß ein Polizist bereits Bescheid.«

Ich erzähle Sascha von Rougemont. Und wie er mich mit meinen eigenen Schuhen konfrontierte.

»Du hast sie angelogen, nicht nur um Kent zu schützen, sondern auch damit deine Familie nicht erfährt, dass du in San Francisco warst, ohne dich bei ihnen zu melden. Die Unwahrheit lässt dich verdächtig erscheinen, aber du hast nichts Unrechtes getan, außer dich von einem gefühllosen Rohling verführen zu lassen.«

Ich sehe ihn an, und er scheint zu tanzen. Mir wird klar, dass Sascha reglos dasitzt, aber meine Augen fixieren ihn und verlieren ihn dann wieder aus dem Blick.

»Sascha, wenn jemand stirbt, sollte man dann seine Geheimnisse bewahren?«

»Ganz gewiss sollte jeder Versuch unternommen werden, die Privatsphäre der verstorbenen Person zu wahren. Aber das ist selten der Fall. Lucia, vermutest du, dass dein Papa Geheimnisse hatte?«

»Der Fahrer des Abschleppwagens war so etwas wie ein Geheimnis. Daddy kannte ihn, hat mir aber nichts von ihm erzählt. Und Jane auch nicht.«

»Meinst du, dass er irgendeine Bedeutung im Leben von Onkel Eric hatte?«

»Ich weiß es nicht. Aber wenn ich die Polizei auf ihn ansetze, kommen Daddys Geheimnisse vielleicht allesamt zu Tage.«

Sascha nippt an seinem Whisky und lässt ihn genussvoll über die Zähne fließen, bevor er ihn schluckt.

»Du ziehst es also vor, die Situation selbst zu klären. Nun, Lucia, mach weiter, wenn du unbedingt musst. Aber ich rate dir, vorsichtig zu sein.«

25

Jane ruft mich früh am Samstag an, um mir mitzuteilen, dass die Polizei uns in Vaters Haus sprechen will. Mein Mund ist trocken, mein Gehirn ausgedörrt.

»Kirsty will uns alle sprechen, auch Scott.«

»Aber wir wollten uns doch sowieso dort treffen.«

»Sie hat uns gebeten, um zehn Uhr dort zu sein.«

Ich seufze. »Machen sie nicht einmal am Wochenende eine Pause?«

»Wann Kirsty eine Pause macht, weiß nur der liebe Gott. Sie hat kleine Kinder.«

»Und Rougemont?«

Sie zögert. »Keine Ahnung, was mit Rougemont ist. Ich habe das Gefühl, dass er allein lebt. Und offenbar ist er nicht da, weil er heute nicht dabei sein wird.«

Unten vor dem Haus kommt es zu einer Auseinandersetzung mit Dimitri Sergejewitsch in zwei Sprachen, obwohl jeder von uns nur eine davon versteht. Seine wütenden Tiraden klingen mir in den Ohren, als ich davonfahre. Bevor ich die Brücke erreiche, halte ich an, um Kaffee zu trinken.

Als ich ankomme, stehen Scotts und Larrys Wagen bereits nebeneinander da. Scotts Wagen ist unauffällig, weil ihm nichts an Autos liegt und er nicht gern fährt. Larrys Wagen ist lang und niedrig und schnittig. Er mag Autos nicht nur, sondern er kauft sie auch gern, brütet über Details und Zubehör, vergleicht Modelle, feilscht mit Verkäufern um den Preis. Vater machte sich gern über Larry und seine teuren Autos lustig. Einmal kam er an einer Ampel neben Larry zum Stehen und behauptete, dass sein Oldsmobile Larry weit hinter sich gelassen hätte.

Scott freut sich, mich zu sehen. Er ist bereits die Briefe durchgegangen, die ich auf dem Schreibtisch habe liegen lassen, damit er sie unterschreibt.

Jane legt mir den Arm um die Schulter und küsst mich auf die Wange. »Tut mir Leid, dass ich gestern nicht kommen konnte. Hoffentlich war alles in Ordnung.«

Wenn ich ihr erzählen würde, dass jemand eingedrungen ist, der möglicherweise einen Abschleppwagen fährt, bekäme sie diesen schmallippigen besorgten Ausdruck. Sie würde Fragen stellen, Anrufe machen und mir die ganze Sache aus der Hand nehmen. »Alles war in Ordnung«, sage ich.

»Was kocht da?«, frage ich Larry, schnüffle den warmen aromatischen Duft, wohl wissend, dass es, wenn sich jemand in der Küche betätigt hat, nur er gewesen sein kann.

»Paella«, sagt Larry bescheiden. »Das Gericht braucht normalerweise vierundzwanzig Stunden, ich mache es in drei, erwarte also nicht allzu viel.«

Aber die Paella wird selbstverständlich köstlich schmecken. Meistens gehen Larry und Jane mit Freunden essen, aber wenn sie zu Hause bleiben, kocht Larry. Er behauptet, dass es ihm dabei helfe, sich zu entspannen. Wenn Jane spät vom Krankenhaus nach Hause kommt, wartet immer ein exzellentes Essen auf sie. Sie isst allein, während Larry arbeitet oder fernsieht. Dann liest sie die Zeitung. Nachdem sie eine Stunde allein verbracht hat, geht Larry zu ihr und sie reden. Es ist nicht einfach, sich vorzustellen, wie ihr Leben verlaufen wäre, wenn Jane Kinder hätte kriegen können. Wie sie ohne die Stunde ausgekommen wäre, ob es schwierig gewesen wäre, teure Ferien, ein reges Sozialleben, zahllose Freunde aufzugeben. Vielleicht konnten sie es sich auch nicht vorstellen, denn als sie keine Kinder bekamen, beschlossen sie, keine Hilfe in Anspruch zu nehmen. Sie zogen auch Adoption nicht in Betracht. Und als ich Jane mit Stevie sah, begriff ich, dass es ihr vielleicht nicht bestimmt war, Mutter zu werden. Sie liebte ihn sehr, aber ihre Beziehung war aufgrund ihrer Berufstätigkeit begrenzt.

»Was ist das?«, fragt Scott und nimmt einen vergilbten Zeitungsausschnitt vom Schreibtisch.

Ich versuche, ihm das Stück Papier wegzunehmen. »Nichts Wichtiges. Ich habe es in Daddys Schreibtisch gefunden.«

Aber Scott hat es bereits auseinander gefaltet und liest: »Hochzeiten. Dr. R.D. Joseph und Miss K.K. Sylvester.«

Jane wirft mir rasch einen durchdringenden Blick zu.

»Wusstest du es?«, fragt sie.

Ich zucke die Achseln. »Nein, aber warum sollte ich mich dafür interessieren? Ich habe seit Jahren keinen Kontakt mehr zu ihm.«

Mittlerweile hat Scott den Namen des Bräutigams wiedererkannt als einen, den er nicht mag.

Jane deutet auf den Zeitungsausschnitt. »Wir dachten, es wäre besser, es dir nicht zu erzählen«, sagt sie, und während ich noch überlege, ob ich aggressiv oder defensiv darauf reagieren soll, fragt Larry: »Wer ist er?«

»Robert Joseph, Lucys große Teenager-Liebe.«

»Der, den sie am liebsten geheiratet hätte«, fügt Scott bitter hinzu. Ich machte den Fehler, ihm einmal zu erzählen, was mir Robert bedeutet hatte. Es war kurz, nachdem ich Scott kennen gelernt hatte. Wir wussten beide, dass wir uns auf eine wichtige Beziehung einließen und meinten, uns gegenseitig von unseren anderen wichtigen Beziehungen erzählen zu müssen.

»Ich wünschte, ich könnte den Platz einnehmen, den Robert Joseph in deinem Herzen hat«, sagte Scott damals. »Aber das werde ich nie können.«

»Das ist doch lächerlich!«, erwiderte ich.

Er sagte es noch mehrmals, auch nachdem wir schon verheiratet waren. Obwohl ich ihm immer widersprach, gab ihm ein kleiner Teil von mir Recht, und Scott spürte das irgendwie.

Jetzt wendet er sich von mir ab, geht aus dem Arbeitszimmer und murmelt irgendetwas von Kaffee. Ich möchte Jane fragen, wie alt der Zeitungsausschnitt ist und ob ihr Robert jemals im Krankenhaus über den Weg gelaufen ist oder ob sie gehört hat, dass sein Vater gestorben ist, aber ich kann jetzt kein Interesse bekunden.

Larry hat uns nicht aus den Augen gelassen, fährt sich über den Bart und amüsiert sich wahrscheinlich. Er scheint etwas sagen zu wollen, als wir eine Stimme an der Tür hören. Kirsty ist da.

Wir gehen mit ihr in die Küche, und sie zögert kurz.

»Hm, das riecht gut«, sagt sie dann.

Larry entschuldigt sich. »Es wird erst mittags fertig sein. Aber wenn Sie dann noch da sind, essen Sie doch bitte mit uns.«

»Ich wünschte, das wäre möglich«, sagt sie, und sie meint es ernst.

Kirsty will uns erzählen, weshalb sie hier ist, als Larry sagt: »Kirsty, da ist etwas, weswegen ich mir noch immer Sorgen mache.« Und Kirsty sieht ihn gleichmütig, nahezu desinteressiert an, als würde sie sich seine Sorgen zwar anhören, aber keinen Anteil daran nehmen.

Jane stöhnt. »Larry, du verschwendest Kirstys Zeit.«

»Nein«, beharrt Larry. »Ich halte es für wichtig.«

»Der Kerl, von dem ich Ihnen erzählt habe«, sagt Larry. »Er war gestern Abend wieder da. Ich glaube, er treibt sich vor unserer Wohnung rum. Es könnte sein, dass er Jane verfolgt.«

»Er treibt sich wahrscheinlich wegen Gerry, der unter uns wohnt, in unserem Haus rum«, sagt Jane. »Er wäre nicht der Erste, der wegen ihm den Kopf verliert.«

Gerry ist unglaublich attraktiv und hat ein kompliziertes Liebesleben.

»Wie kommen Sie darauf, dass er Jane verfolgt?«, fragt Kirsty.

»Gestern Abend fuhr sie zum Walrus House, um sich zu vergewissern, dass für Dienstag alles organisiert ist.« Nach der Beerdigung wird es in Vaters Haus ein Buffet von Walrus House geben. »Der Kerl verschwand, als Jane ging. Und als sie zurückkam, tauchte er wieder auf.«

»Wie lange blieb er? Die ganze Nacht?«

In Larrys Augen flackert es. »Ich weiß nicht, wann genau er verschwunden ist. Aber heute Morgen war er natürlich nicht mehr da.«

Kirsty zieht ihr Notizbuch heraus und bittet Larry, den Mann zu beschreiben. Groß, dunkelhaarig, unrasiert.

»Wie alt ist er?«, frage ich.

Larry hat Schwierigkeiten, Menschen unter fünfzig einzuschätzen.

»Dreißig?«, meint er hoffnungsvoll. »Fünfundzwanzig?«

»Okay«, sagt Kirsty. »Wir werden der Sache nachgehen.« Ihrer Stimme ist nicht anzuhören, ob sie Larrys Sorgen für berechtigt hält.

»Verschwenden Sie nicht zu viel wertvolle Zeit«, sagt Jane zu ihr. »Ich bin sicher, dass Larry sich täuscht, und Gerry würde uns nie verzeihen, wenn wir einen seiner Verehrer vertreiben.«

»Er hat genug andere Verehrer«, sagt Larry.

Kirsty greift in ihre Tasche und holt eine kleine Plastiktüte heraus, die zur Hälfte mit Etiketten beklebt ist. Ich lese die auf dem Kopf stehende Beschriftung: Fallnummer, ermittelnder Polizeibeamter, Datum …

»Sie haben Vaters Schlüssel gefunden!«, sagt Jane.

Die Frau nickt. Sie nimmt sie aus der Tüte und legt sie auf den Tisch.

»Schauen Sie nach und sagen Sie mir, ob es Ihrer Meinung nach alle sind.«

Jane nimmt den Schlüsselring. Ich erkenne ihn als den kitschigen Schlüsselring wieder, den ich Vater in New York schenkte. Ein kleines Empire State Building hängt daran. Wenn man auf das untere Ende drückt, leuchtet ein winziges Lämpchen in der Spitze auf. Es ist Schlüsselring und Taschenlampe in einem, und absurderweise freue ich mich, dass mein Vater ihn jeden Tag benutzt hat. Ich will ihn in die Hand nehmen, aber Jane hat die Schlüssel in einem Kreis entlang des Rings auf dem Tisch ausgebreitet, als würde sie Poker spielen und uns einen Royal Flash hinlegen.

»Alle kenne ich nicht«, sagt sie, »aber der ist für die Haustür, der für den Wagen, für den Schuppen, unsere Wohnung, das hier ist vielleicht ein Kofferschlüssel … hatte er einen Schlüssel für dein Haus, Scott?«

»Ja, seitdem ich an Weihnachten in Frankreich war. Der hier.« Scott deutet auf den Schlüssel zu seinem Strandhaus. Ich wusste nicht, dass er in Frankreich gewesen ist. Vermutlich war er mit Brigitte dort.

»Bei dem bin ich mir nicht sicher«, fährt Jane fort. »Bei dem auch nicht, aber das muss der für den Traktor sein. Also, soweit ich es sagen kann, fehlt keiner.«

»Wo haben Sie die Schlüssel gefunden?«, fragt Scott die Polizistin.

»Bei den Jungen, die am Montagmorgen den Oldsmobile vom Parkplatz bei Big Brim geklaut haben.«

»Kinder haben Erics Wagen gestohlen?«

»Nette Kinder, die in Lowis leben und nie zuvor ein Auto geklaut haben. Ein Junge hat einen kleinen Bruder, der geredet hat.«

Ich denke an den Jungen, der rittlings auf seinem Skateboard saß, sich mit den Füßen ein Stück vor und zurück schob und mich unter seinem Bürstenhaarschnitt finster anstarrte.

»Es war nicht allzu schwer, ihnen die Schlüssel abzunehmen. Den Zettel hatten sie allerdings nicht mehr. Den haben sie weggeworfen.«

Wir blicken sie an, warten.

»Zettel?«, sagt Jane schließlich. »Was für einen Zettel haben sie weggeworfen?«

»Das kann ich Ihnen sagen. Wir haben eine Kopie.«

Sie blättert in ihrem Notizbuch und holt ein Blatt Papier mit ein paar gedruckten Zeilen heraus. Sie liest vor: »An meine Töchter ...« Ich höre ihre Stimme, als stünde ich unter Narkose und würde keinen Schmerz empfinden. »An meine Töchter. Ich möchte, dass ihr euch an mich als einen starken Mann erinnert, nicht als alt, schlurfend und hilflos. Deswegen habe ich beschlossen, euch jetzt zu verlassen und hoffe, dass ihr es als mutig und einen Akt großer Liebe verstehen werdet. Jane, Lucy, ich liebe euch beide sehr. Wenn ich meine Aufgabe richtig erledigt habe, solltet ihr auch ohne mich gut zurechtkommen. Lucy, wenn du dich sehr einsam fühlst, wird Jane immer für dich da sein. In großer Liebe, Daddy.«

Ich blicke mich um und sehe blasse, geschockte Gesichter. Vermutlich bin ich es auch. Janes Finger spielen eine lautlose Melodie auf der Tischplatte. Larry hält sich mit einer Hand an seinem Bart fest. Scott rührt sich nicht.

»Wir hätten schon früher von diesem Brief erfahren sollen«, sagt Larry schließlich.

»Der Ausdruck in dem gestohlenen Wagen ist unauffindbar, und wir haben die Datei erst jetzt auf Professor Schaffers Computer gefunden.« Sie sieht Jane an. »Danke für all die Passwörter, die Sie uns genannt haben, obwohl keines davon das richtige war, aber schließlich haben wir es doch geschafft. Und das haben wir gefunden.« Kirsty blickt von einem Gesicht zum anderen. »Was halten Sie von diesem Brief? Klingt er nach dem Professor Schaffer, den Sie kannten?«

»Tja ... ich glaube schon«, sagt Jane.

Larry nickt ernst. Scott schweigt.

Ich nehme ihr das Blatt Papier aus der Hand und studiere den Text.

»Nein«, sage ich.

Kirsty wendet sich mir zu. »Sie glauben nicht, dass er ihn geschrieben hat?«

»Nein.«

»Was macht Sie da so sicher?« Sie lässt mich nicht aus den Augen.

»Also ...« Er hätte jeder von uns einen eigenen Brief geschrieben. Ich hätte einen Brief mit meinem Namen darauf bekommen, der nur für mich bestimmt gewesen wäre, unterschrieben mit Daddy. »Er hat ihn einfach nicht geschrieben.«

»Ist es die Wortwahl?«

Ich betrachte den Brief.

»Er hat ihn nicht geschrieben«, sage ich stur. »Er hätte es nicht so gemacht.«

Sie wendet sich an Scott. »Was meinen Sie?«, fragt sie ihn und lächelt ihm kurz aufmunternd zu, aber seine Miene bleibt steinern.

»Lucy hat Eric seit langem nicht mehr gesehen«, sagt er. »Der Eric, an den sie sich erinnert, hätte diesen Brief vielleicht nicht geschrieben, aber der Eric, zu dem er geworden ist – älter, besorgt, belastet – also, ich meine, es ist höchst unwahrscheinlich ... aber manchmal hat er nicht viel gesagt. Man wusste nicht, was er dachte. Vielleicht hat er genau das gedacht, während er schwieg.«

Ich schüttle den Kopf, aber Scott sieht mich nicht an, und Kirsty wendet sich Larry zu.

»Sie sind aufgrund Ihres Berufes dafür prädestiniert, ich wäre dankbar für Ihre Stellungnahme«, sagt sie zu ihm. Er benetzt sich die Lippen mit der Zunge.

»Der Brief ist so ausgeglichen, wie ich es von Eric erwarten würde. Professor Schaffer ist beiden Töchtern gegenüber gleichermaßen aufmerksam. Er nimmt korrekterweise an, dass Lucy besondere Zuwendung braucht und Jane sie ihr geben wird. Er sieht ihre Reaktionen voraus – Schmerz, Zorn – und versucht, damit umzugehen. Er sagt nichts über die Zweifel, Schwierigkeiten oder Ängste, die er angesichts des Todes erleiden muss, weil der Brief dazu dienen soll, den Schmerz seiner Töchter zu erleichtern. Ich würde sagen, der Brief ist das gut überlegte Werk eines selbstlosen, nachdenklichen Mannes, und deshalb halte ich ihn für authentisch.«

»Danke. Jane?«

Jane starrt mit geröteten Augen auf den Brief. Sie öffnet den Mund, um etwas zu sagen, aber stattdessen fängt sie an zu weinen.

Ich beobachte sie. Ich habe sie nur selten weinen sehen und nie zuvor so wie jetzt. Ihr Unterkiefer bewegt sich in einem lautlosen Rhythmus, ihre Augen sind gerötet. Als sie den Kopf zurückwirft, laufen ihr die Tränen in die Haare und in die Ohren. Schluchzer lassen ihren Körper erbeben wie Elektroschocks. Ich will aufspringen und einen Arm um sie legen, aber Larry hat sie schon in die Arme genommen.

Die Polizistin sieht ihr teilnahmslos zu.

»Weinen Sie«, fragt sie, als die Schluchzer nachlassen, »weil Sie glauben, dass er sich tatsächlich umgebracht hat?«

Jane sagt mit einer seltsamen zittrigen Stimme: »Ist das nicht der Beweis?«

»O nein«, sagt die Polizistin und sieht uns nacheinander scharf an. »Nein, ist es nicht. Ich glaube nicht, dass Professor Schaffer diesen Brief geschrieben hat oder von seiner Existenz wusste. Es war die letzte Datei, die in seinem Computer abgespeichert wurde. Sie wurde am letzten Sonntag erstellt, nachmittags um sechzehn Uhr acht. Nachdem die Spurensicherung die Tastatur untersucht hatte, stand fest, dass, wer immer als Letzter auf ihr geschrieben hat – und es ist plausibel anzunehmen, dass am Sonntagnachmittag um sechzehn Uhr zum letzten Mal darauf geschrieben wurde –, ganz normale Gummihandschuhe trug, wie sie für Haushaltsarbeiten benutzt werden. Wir halten es für unwahrscheinlich, dass Ihr Vater seinen Abschiedsbrief mit Gummihandschuhen getippt hat. Es ist demnach wahrscheinlich, dass, wer immer Professor Schaffer umgebracht hat, am Sonntagnachmittag um sechzehn Uhr acht hier war.«

Es herrscht Schweigen. Ich spüre, wie sich mir die Haare im Nacken aufstellen. Kirsty sieht uns an, um unsere Reaktionen einzuschätzen. Niemand rührt sich.

»Wusste Eric, dass am Sonntag jemand hier war?«, fragt Scott. Seine Stimme klingt hohl, als wäre es nicht seine Stimme, sondern nur ihr Echo.

Kirsty zuckt die Achseln. »Wir wissen nicht, was Professor Schaffer am Sonntagnachmittag getan hat.«

»Hat denn am Sonntag niemand etwas beobachtet?«, hakt Scott nach. »Ein Nachbar, ein Freund …?«

Kirsty sieht uns alle an, aber vielleicht insbesondere mich, als sie sagt: »Wenn jemand etwas gesehen hat, sagt er es uns nicht.«

Ich schaue unwillkürlich auf meine Armbanduhr, als ich die Zeit berechne, zu der ich mich am Sonntag auf der Terrasse versteckte. Kent verließ um elf das Hotel, ich fuhr zum Friedhof, anschließend hierher ins Tal, stieg den Hügel hinauf … es muss gegen halb zwei Uhr nachmittags gewesen sein. Um vier Uhr war der Mörder, der sich im Leben seines Opfers und dessen Familie gut auskannte, hier im Arbeitszimmer und tippte einen gefälschten Abschiedsbrief. Ich grabe die Fingernägel in meine Handfläche. Meine Knöchel sind blutleer und weiß.

»Ja, Lucy?« Die Polizistin sieht mich an. Ich erschrecke leicht. »Wollen Sie etwas sagen?«

Ich schüttle den Kopf.

Kirsty fährt fort: »Sie haben mich schon mehrmals gefragt, wie Professor Schaffer gestorben ist. Nun, wir haben jetzt gute, wenn auch noch nicht hieb- und stichfeste Beweise, dass er durch einen elektrischen Schlag getötet wurde.«

»Oh!«, sagt eine Frau, ihre Stimme halb Atem, halb Ausruf. Kam das Oh von mir oder von Jane? Ich blicke zu Jane, und sie starrt die Polizistin an. Kirsty scheint sich in meinem Kopf eingenistet zu haben und ständig zu wiederholen, dass er durch einen elektrischen Schlag starb.

»Er wurde durch einen Stromschlag getötet«, wiederholt Larry, und das Wort scheint im Zimmer widerzuhallen. Jim Bob Holler von nebenan starb durch einen Stromschlag. Er war erst vierzehn. Sein Vater hatte die Lichter im Swimmingpool nicht sachgemäß angeschlossen, und Jim Bob starb, als er mit einem Kopfsprung ins Wasser hechtete.

»Es war ein Unfall«, platze ich heraus. Alle sehen mich überrascht an.

»Als Jim Bob Holler durch einen Stromschlag im Swimmingpool gestorben ist, war es ein Unfall«, erkläre ich.

Kirsty sieht mich interessiert an. »Es ist schwer vorstellbar, dass Professor Schaffers Tod ein Unfall war.«

»Wie sicher sind Sie?«, fragt Jane.

»Professor Dunlop und die Gerichtsmedizinerin Dr. Angela Ball sind bereit, dafür ihren Ruf aufs Spiel zu setzen.«

Dr. Ball. Gutes Parfüm, Schmuck, der leise klimpert wie ein wispernder Chor, als sie durch das Reich der Toten schreitet.

»Gewebeanalysen einer kleinen Blase im Nacken Ihres Vaters legen den Schluss nahe, dass ihm an dieser Stelle ein massiver elektrischer Schlag versetzt wurde. Professor Schaffer erlitt augenblicklich einen Herzinfarkt.«

Kirsty greift in ihre Tasche und holt eine kleine schwarze Schachtel heraus. Sie legt sie auf die Handfläche und hält sie uns hin.

»Sie haben so etwas wahrscheinlich schon gesehen. Betäubungspistolen und Elektroschockgeräte, so genannte Taser, werden vor allem zu Selbstverteidigungszwecken angepriesen. Man kann sie in Waffengeschäften kaufen. Das hier ist ein Taser. Man muss jemanden nur mit der Sonde berühren, um sein zentrales Nervensystem außer Kraft zu setzen. Die Muskeln ziehen sich unkontrollierbar zusammen, und ungefähr eine halbe Stunde lang kann man zwar sehen, hören und sogar fühlen, aber man ist nicht in der Lage, kontrollierte Bewegungen auszuführen und fällt hundertprozentig um. Betäubungspistolen funktionieren ähnlich, sind aber primitiver. Sie schießen bis zu fünfhunderttausend Volt in den Körper. Das Opfer ist schwach, benommen und verwirrt.«

Wir starren den Taser an. Er sieht aus wie eine Taschenlampe oder ein elektrischer Rasierapparat. Ohne die übliche Sicherheit in der Stimme sagt Larry: »Was hat man bei Eric benutzt?«

»Wahrscheinlich einen Taser.«

»Eric wurde also mit einem dieser Dinger ein Schlag versetzt«, sagt Larry, »und dann trieb er im Wasser, unfähig, sich in Sicherheit zu bringen.«

Vater, der die Klippen bei Seal Wash hinunterfällt, die Gischt spürt, hört, wie der brüllende Ozean näher kommt, das Wasser schlägt über ihm zusammen, und er ist unfähig, gegen das Ertrinken zu kämpfen oder zu schwimmen.

»Nein«, sagt Scott, »das war die Absicht des Mörders. Eric wäre ertrunken, und sein Tod hätte ausgesehen wie Selbstmord. Aber er hatte einen Herzinfarkt von dem Stromschlag. Bevor er im Wasser landete. Deswegen wissen Sie, dass es Mord war.«

Kirsty nickt. Wieder sieht sie uns einen nach dem anderen an.

»Haben Sie noch Fragen?« Sie lächelt, kein breites, aber ein freundliches Lächeln.

Ich weiß nicht, wann ich die Hände vors Gesicht geschlagen habe. Ich muss sie jetzt wegnehmen, um zu fragen: »Hat es wehgetan?«

Bevor Kirsty etwas sagen kann, ergreift Jane die Gelegenheit. »O Lucy, ein Stromschlag ist wahrscheinlich nicht sehr schmerzhaft. Und wie du weißt, ist der Tod, jeder Tod, mit großer Sicherheit eine angenehme Erfahrung. Stell dir vor, du gleitest in einen Zustand totaler Entspannung.«

»Wahrscheinlich ist man zu verblüfft, um Schmerz zu spüren«, sagt Larry.

»Vielleicht auch nicht«, sagt Kirsty zu ihm. »Manche Menschen behaupten, dass Taser so große Schmerzen verursachen, dass einem übel wird.«

Ich schließe die Augen.

»Haben Sie noch mehr Fragen?«, sagt Kirsty noch einmal.

Wir schütteln die Köpfe. Ich stehe auf.

»Ich brauche frische Luft«, sage ich.

Ich gehe hinaus auf die Terrasse, aber die Luft hier ist nicht frisch. Sie ist abgestanden und stickig, als hätte das Tal sie gerade ausgeatmet. Meine Augen folgen den Straßen, den Wegen, den Obstgärten, suchen die bekannten Wahrzeichen auf, aber sie bringen keinen Trost.

26

Nachdem Kirsty gegangen ist, legt sich Stille über das Haus. Wir arbeiten, essen und reden, aber die Stille wird nie wirklich durchbrochen. Sie macht uns nervös. Wir blicken häufig aus dem Fenster, zucken bei leisen Geräuschen zusammen und fragen uns, ob es wirklich nur irgendwo im Haus geknarzt hat.

»Weiß jemand etwas über den Marcello Trust?«, frage ich beim Mittagessen. Sie schütteln den Kopf.

»Kannte Daddy jemanden namens Marcello?«

Jane denkt nach und schüttelt dann erneut den Kopf. »Sagt mir gar nichts.«

»Versuch es mit seinem Adressbuch«, schlägt Larry vor. Sogar er ist bedrückt.

»Das habe ich schon. Ich habe es bei der Bank versucht, bei seinem Steuerberater, im Telefonbuch, mit einer Liste wohltätiger Organisationen, Daddys Akten ...«

»Tut mir Leid. Ich kann dir nicht helfen«, sagt Jane.

Larry reicht erneut die Paella herum. Wir loben sie alle noch einmal. Scott stellt ein paar Fragen zu den Steinen, ich fahre ihn an und fühle mich schuldig, als er erklärt, dass er und Larry versuchen, die gesamte Sammlung an einem Ort zu konzentrieren, damit die Geologen von der Universität, die Jane eingeladen hat, sie inspizieren können.

Den ganzen Nachmittag über arbeiten wir in verschiedenen Zimmern. Die Vordertür ist zugesperrt. Larry räumt oben Kisten aus, und wenn sich Steine darin befinden, stellt er sie auf den Flur, damit Scott sie in den Schuppen tragen kann. Jane erlaubt nicht, dass Larry die schweren Steine weit schleppt, weil er Rückenprobleme hat. Sie sortiert die Sachen in einem der Schlafzimmer oben.

Als ich es satt habe, mich über Akten zu beugen, mache ich für uns alle etwas Kaltes zu trinken.

Larry kennzeichnet gerade mit einem roten Stift Kisten mit Steinen.

»Danke, stell das Glas einfach hin«, sagt er.

Ich bleibe in der Tür stehen.

»Warum sollte jemand Jane verfolgen?«, frage ich ihn.

»Du willst eine rationale Erklärung für ein gestörtes Verhalten«, sagt er.

»Vielleicht ist es ein verrückter Patient aus dem Krankenhaus.«

»Vielleicht. Ich weiß nur, dass wir im Moment kein Risiko eingehen sollten, Lucy. Ich habe den Eindruck, dass die Familie Schaffer irgendwie bedroht ist. Eric ist tot, ins Haus wurde eingebrochen. Wir können nichts weiter tun, als wachsam zu sein, und deswegen möchte ich, dass Kirsty diesen Kerl überprüft.«

Jane hat die Tür zu ihrem früheren Schlafzimmer geschlossen. Ich bleibe davor stehen. Als Kind durfte ich Janes Zimmer nur betreten, wenn ich anklopfte oder wenn sie mich hereinbat. Ich trieb mich davor herum in der Hoffnung, hineingehen zu dürfen. Das Zimmer war voller hübscher Dinge wie ihrer Muschelsammlung oder einer Patchworkdecke auf dem Bett, und in den Regalen standen Bücher ohne Bilder.

Ich klopfe. Erst als ich Janes Stimme höre, öffne ich die Tür. Sie steht zwischen Säulen großer Kisten, als hätte sie sich in einem Wald verirrt.

»Ich habe die Tür zugemacht wegen des Staubs«, erklärt sie.

Ich trete vorsichtig ein. Die Bettdecke liegt noch immer da, blasser als ich sie in Erinnerung habe, und zwischen den Kisten lugt die Muschelsammlung hervor.

»Was hast du gefunden?«, frage ich und reiche ihr den Drink.

»Nichts außer Schrott.«

»Was für Schrott?«

»Ach, du weißt schon. Alte High-School-Jahrbücher, Kalender, in die ich nach dem sechsten Januar nichts mehr geschrieben habe, Puppen mit abgebrochenen Armen, Kleider, die ich so toll fand, dass ich sie nicht wegwerfen konnte, obwohl sie abgetragen waren, Kleider, die ich überhaupt nicht getragen habe, Fotos von Leuten, an die ich mich nicht mehr erinnere, einen Fotoapparat, den ich immer reparieren lassen wollte, eine Leine, die Nickel Dog gehört haben muss …«

»Wirfst du wirklich deine High-School-Jahrbücher weg?«

Sie verzieht das Gesicht. »Ja.«

»Was willst du behalten?«

»Nichts.«

»Aber sollten wir nicht etwas zur Erinnerung behalten? Die Familie Schaffer wird nicht mehr hier sein. Nichts, was uns gehört, wird mehr hier sein.«

»Ich brauche nichts, um mich zu erinnern. Es sind schon zu viele Erinnerungen in meinem Kopf.«

»Ich weiß, was du meinst«, sage ich. »Dinge aus der Vergangenheit. Leute, Begebenheiten, die einen plötzlich anspringen wie ein verrückter Hund. Wie Nickel Dog.«

Jane kichert, ein halbes Kichern. Sie hat mir oft erzählt, wie Nickel Dog mich immer ansprang. »Er hat dich über den Haufen geworfen, aber meistens war es liebevoll gemeint.«

»Ich glaube, ich kann mich noch erinnern, wie er starb.«

»Ja? Ich weiß nicht mehr, wie alt du warst.«

»Was ist damals passiert?«

»Ich habe ihn eines Abends auf der Treppe vor dem Haus tot aufgefunden, und Daddy hat gesagt, dass er vergiftet worden wäre. Die Carmichaels auf der anderen Seite des Hügels hatten große Probleme mit Kojoten und haben Gift ausgelegt, deswegen haben wir angenommen –«

Ich unterbreche sie rasch. »Das weiß ich, Jane. Ich erinnere mich, dass Mutter weinte. Daddy hat Nickel Dog in eine Decke gewickelt. Er hat ihn in den versunkenen Garten getragen. Und ich lief an dem Abschleppwagen vorbei und durch den Garten zu einer Art Höhle, die ich mit Lindy Zacarro gebaut hatte. Und dort wartete sie auf mich.«

Jane lächelt bedauernd. »Das bildest du dir ein.«

»Aber ich sehe es ganz deutlich vor mir!«

»Lucy, wir haben dich seine Leiche nicht sehen lassen, nicht einmal eingewickelt in eine Decke. Und Daddy hat ihn begraben, als es schon dunkel war, als du schon geschlafen hast.«

»Aber ich erinnere mich. Daddy trug die Decke die Treppe hinunter –«

»Natürlich erinnerst du dich. Du erinnerst dich an das, was du dir damals vorgestellt hast.«

Rougemont sagte: Es ist leicht, das, was tatsächlich passiert ist, mit den Dingen zu verwechseln, die einem erzählt wurden oder die man geträumt hat. Es ist wirklich gut, dass Ihnen klar ist, wie unzuverlässig das Gedächtnis ist.

Ich sehe an Jane vorbei aus dem Fenster. Früher konnte man aus Janes und meinem Zimmer direkt auf die Einfahrt blicken, aber mittlerweile sind die Bäume so dicht gewachsen, dass ihre dünnen Finger fast die Scheiben berühren.

»Wahrscheinlich hast du Recht«, sage ich. Nickel Dogs Tod ist keine Erinnerung, sondern ein Gobelin, den ich aus kurz zurückliegenden Ereignissen gewebt habe. Ein begrabener Hund und eine weinende Mutter erblühen aus Samen, die Rougemont gesät hat. Darin spiegelt sich die vergessene Tatsache, dass Vater früher einen Abschleppwagen besaß. Es ist ein kleiner Grabgesang auf meine frühere Freundschaft mit Lindy Zacarro. Der Gobelin hatte die Textur und die Farbe einer Erinnerung, aber er war voller Webfehler. Es war nichts weiter als eine Erfindung.

Scott ist im Schuppen. Der Schuppen ist groß und rot wie eine Scheune aus dem Bilderbuch. Als Kind hat mir das gefallen, auch wenn er, sobald man das Tor öffnete, zu einer riesigen Höhle wurde, die alle Geräusche verschluckte und kein Licht hereinließ, und das erschreckte mich.

Scott hat das Tor von innen verriegelt. Ich trete mit dem Fuß dagegen.

»Wer ist da?«, schreit er. Er klingt nervös. Nachdem er mir geöffnet hat, starre ich in die große Schwärze des Schuppens.

»Schieb den Riegel vor«, sagt er. Die Worte ziehen sich mit ihm ins Innere des Schuppens zurück.

»Scott, wo bist du?«

»Hier!«

»Ich sehe überhaupt nichts … warum machst du das Licht nicht an?«

»Es ist an. Aber die Sonne draußen ist so hell, dass sich deine Augen erst an die Dunkelheit gewöhnen müssen.«

Als Erstes materialisiert sich der Traktor. Mein Vater verbrachte Stunden darunter, roch nach Öl, klapperte mit Schraubenschlüsseln, bis schließlich ein lauter rumpelnder Motor zu brummen begann, als würde sich gleich der gesamte Schuppen in Bewegung setzen.

»Mannomann«, sage ich kopfschüttelnd, als allmählich alles Gestalt annimmt. Sachen von draußen wie Säcke, Holzscheite und Bretter, Sachen von Vater wie Werkzeug und Nägel. Alte Bettgestelle, Maschinen und Maschinenteile, Planken, Paletten und Reifen. Kisten, manche mit Steinnamen beschriftet. Als ich Scott das Glas reiche, sehe ich, dass er voller Staub und schweißdurchnässt ist.»Ich kann immer noch nicht glauben, dass du dich nach so langer Zeit noch wegen Robert Joseph aufregst«, sage ich. Er hört nicht auf zu trinken, grimassiert mir aber über den Glasrand hinweg zu.

»Ich meine, du fährst mit Brigitte nach Frankreich und regst dich noch immer auf wegen eines Freundes, den ich nicht mehr gesehen habe, seit ich achtzehn war. Also wirklich.«

Er stellt das leere Glas ab und schnappt nach Luft. »Es ist die merkwürdige Art, wie es mit diesem Robert geendet hat«, sagt er. »So unschlüssig. Du warst nie in der Lage, die Tür hinter ihm richtig zuzuschlagen.«

»Ich habe seit Jahren nicht mehr an Robert gedacht.«

Er zuckt die Achseln und beugt sich über eine Kiste. »Warum hast du dann den Ausschnitt über seine Hochzeit rausgefischt?«

Ich nehme sein Glas und murmle etwas von den vielen Dingen, die ich in Vaters Schreibtisch gefunden habe. Meine Worte scheinen in dem großen düsteren Schuppen unterzugehen.

»Wann immer wir miteinander geschlafen haben«, sagt Scott, »war es, als wärst du nicht wirklich bei mir gewesen.«

Ich bin überrascht und gekränkt. Ich blicke ihn an und sehe ihn jetzt deutlich. Sein Gesicht glänzt vor Schweiß.

»Aber ich dachte, dass es dir gefallen hat. Dass es gut war«, widerspreche ich. »Ich meine, bevor Stevie geboren war«, füge ich ehrlicherweise hinzu. Danach gab es praktisch keinen Sex mehr.

Scotts Stimme klingt etwas milder. »Luce, wir hatten guten Sex, aber nicht den besten. Denn ein Teil von dir war woanders.«

Ich denke daran, wie ich mit Kent im Hotel lag, im Dunkeln lautlos weinte, während er schlief. Ich denke an die Linie, so ebenmäßig wie ein Strich mit roter Tinte, die seinem Rasiermesser über meinen Oberschenkel folgte. Als Kent und ich miteinander schliefen, waren wir beide woanders.

»Ich weiß nicht, wovon du redest«, sage ich.

»Natürlich weißt du es, Luce. Irgendetwas hat immer gefehlt. Und Robert Joseph hatte es. Du hast es ihm vor Jahren gegeben und nie zurückverlangt. Deswegen rege ich mich jetzt noch über ihn auf.«

Später, viel später, als der Himmel vor Vaters Arbeitszimmer sich zuerst rosa, dann blau und schließlich schwarz verfärbt hat, strecke ich mich und gähne. Im Haus ist es still, weil die anderen alle im Schuppen sind und hunderte von Kisten mit Steinen ordnen. Sie mussten sogar den Traktor herausfahren, um mehr Platz zu schaffen. Der Motor sprang sofort an und brummte wollüstig, als Larry ihn herausfuhr und neben dem Schuppen abstellte. Als er ihn ausmachte, klang er widerwillig wie ein Hund, der unbedingt ausgeführt werden will.

Ich mache Ordnung auf dem Schreibtisch. In einer Ecke liegt noch immer der Zeitungsausschnitt, wo ihn heute Vormittag jemand hingelegt hat. Ich hoffe, alle haben bemerkt, dass ich ihn den ganzen Tag nicht angerührt habe. Da sie jetzt draußen sind, werfe ich einen letzten Blick darauf. Und dann springt mir etwas weiter unten auf der Seite ins Auge. Marcello. Der Name, nach dem ich gesucht habe, steht hier. Als Seymour ihn mir nannte, kam er mir vage bekannt vor: Ich hatte ihn hier gelesen, in der Gästeliste von Roberts Hochzeit. B. Marcello.

Jemand geht an der offenen Tür des Arbeitszimmers vorbei. Ich räume den Ausschnitt hastig weg und schaue im Telefonbuch nach, finde aber keinen Marcello mit B. Mir fällt etwas ein, was mein Herz schneller schlagen lässt. Ich könnte ins Tal hinunter zu Familie Joseph fahren. Ich könnte Mrs. Joseph nach B. Marcello fragen. Vielleicht weiß sie sogar etwas über den Marcello Trust.

Ich gehe hinaus auf die Terrasse. Ein Insekt fliegt an mir vorbei, ich merke es an der Luftbewegung und dem Summen der Flügel. Ich blicke über den langen dunklen Ozean, der das Tal ist. Zwei Scheinwerfer. Ein paar Farmhäuser.

Ein Rascheln in der Nähe lässt mich zusammenzucken. Dann sehe ich, dass Jane auf einem Holzstuhl sitzt, die Füße auf dem Geländer abgelegt.

»Es ist wirklich ein warmer Abend«, sagt sie. »Ich meine, im Sommer wäre es ein warmer Abend. Für März ist es Wahnsinn.«

Ich setze mich neben sie, und wir starren in die Dunkelheit.

»Ich wünschte, du könntest nach der Beerdigung noch eine Weile bleiben und helfen«, sagt sie.

»Ich kann bis Ende nächster Woche bleiben. Aber nicht länger, Jane. Da ist dieser Deal, und er entgleitet mir schnell.«

»Natürlich«, sagt sie hastig und leise. »Natürlich, Luce. Es war selbstsüchtig von mir zu fragen. Ich bin nur müde. Und wenn ich müde bin, lasse ich mich von der vielen Arbeit überwältigen.« Ihre Stimme klingt hilflos und traurig.

»Nein, ich bin selbstsüchtig, nicht du«, sage ich. »Ich werde versuchen, so schnell wie möglich wiederzukommen.«

»Aber was ist mit deinem Deal?«

Ich zucke die Achseln. »Wahrscheinlich habe ich ihn schon verloren. Es wird andere Deals geben.«

Ich sehe die Lichter eines Flugzeugs blinken, als es hoch über das Tal fliegt.

»Erinnerst du dich noch, als Lindy Zacarro und ich einfach ins Tal hinuntergegangen sind?«, frage ich Jane. »In den Obstgarten der Sturmers?«

»Mann, habe ich mir Sorgen gemacht, weil du so lange weg warst.«

»Lindy und ich waren gute Freundinnnen. Außer am Ende. Wir haben uns gestritten, und sie starb, bevor wir uns wieder versöhnen konnten. Ich habe mich immer schuldig gefühlt.«

»Warum habt ihr gestritten?«

»Ich weiß es nicht mehr.«

»Wahrscheinlich hatte es etwas mit Mutter zu tun«, sagt Jane. »Lindy wollte immer hier bei uns spielen.«

Ich nicke. »Wegen Mutter waren Freundschaften praktisch unmöglich, weil man nie wusste, was sie tun würde. Auch zwischen zwei Schüben wusste man nie, wie sie reagieren würde.«

Während der Ferien gab es Zeiten, manchmal dauerten sie ein, zwei Wochen, in denen wir mit anderen Kindern spielten, durch die Hügel streiften, Lager bauten und uns gegenseitig den Krieg erklärten, aber dann passierte immer etwas, und wir waren wieder allein. Lindy, Davis und Carter Zacarro. Die Carmichaels. Phyllis Schneck. Die Dimoto-Drillinge. Jim Bob Holler und manchmal sein großer

Bruder, die Spelmanns, Miranda und Michael. Aber wir zogen uns aus der Gruppe zurück, sobald sie andeuteten, dass sie zu uns nach Hause kommen wollten. Und einmal kamen sie tatsächlich. Alle, vielleicht zwölf oder dreizehn Kinder. Mutter stellte einen großen Krug Sirup und einen Napfkuchen auf den Tisch, aber der Sirup war unverdünnt und der Kuchen war Teig. Alle Kinder saßen da und sagten kein Wort. Als sie das Zimmer verließ, fingen sie an zu lachen. Ich wusste nicht, ob ich mit ihnen lachen oder ein verlegenes, aber loyales Schweigen wahren sollte.

»Und wenn sie wieder in der Psychose versank«, fügt Jane hinzu, »wussten wir genau, was sie tun würde. Das eine Mal, als die Kinder vorbeikamen und Mutter sich wirklich schlecht fühlte und wir durch die Flure schlichen –«

»Oh, ich erinnere mich, dass wir geschlichen sind.« Weck Mutter nicht auf, geh Mutter nicht auf die Nerven, bring den delikaten, komplizierten Mechanismus, der ihr Geist ist, nicht aus dem Gleichgewicht, weil der geringste Anlass die schrecklichsten, katastrophalsten Folgen haben kann.

»Wir verhielten uns ganz leise, dann tauchte dieser Haufen Kinder vor dem Haus auf und rief und schrie nach uns. Und sie haben geklingelt. Sie haben so lang geklingelt, bis das Haus gebebt hat.«

»Als ob die Erde beben würde. Und irgendwie bebte sie auch. Wie haben wir reagiert?«

»Wir mussten die Kinder unter irgendeinem lächerlichen Vorwand die Einfahrt entlanglocken. Mutter schrie und brüllte. Wir haben uns verdrückt, als wäre das ganz normal. Aber natürlich wussten sie Bescheid. Ich erinnere mich nicht, dass sie wiedergekommen wären.«

Mein Gesicht ist heiß. Sich normal verhalten. Ein wünschenswerter Zustand und das Gegenteil von sich russisch verhalten.

»Wo war Daddy?«

»Fort. In der Arbeit. Ich weiß es nicht mehr.«

Wir schweigen wieder. Ich warte darauf, dass die Nachtluft meine heißen Wangen kühlt.

Jane bricht das Schweigen. »Lucy …«, sagt sie leise. »Ich habe gesehen, dass du im Arbeitszimmer gerade wieder die Meldung über Robert Josephs Hochzeit gelesen hast.«

»Jane, um Himmels willen, ich bin nur die Namen der Gäste

durchgegangen«, sage ich defensiv. »Zufälligerweise hieß einer von ihnen Marcello, und ich wollte –«

»Luce, benimm dich nicht russisch. Ich will nur wissen: Hast du die Meldung wieder und wieder gelesen?«

Das Geländer knarzt leise, oder vielleicht sind es auch nur die Grillen. Der Abend ist so still, dass ich die Süße in Janes Atem rieche, den blumigen Duft ihres Parfums.

Ich seufze. »Kann sein. Es war eine wichtige Beziehung für mich, weil es die erste war, die Mutter nicht kaputtmachen konnte. Sie war damals schon in der Klinik und würde offensichtlich dort bleiben. Und vermutlich …« Ich zögere. »Vermutlich bedeutet es viel, wenn man sich zum ersten Mal verliebt. Seine ganze Familie hat mir viel bedeutet.«

Die Oase der Josephs unten im Tal. Mrs. Joseph, die am Leben ihrer Söhne Anteil nahm, ohne sie zu kontrollieren. Die über ihre Witze lachte. Die ihnen beim Volleyballspielen zusah, sich über ihre kleinen Erfolge freute. Mr. Joseph war älter und ziemlich steif, aber er war jovial, zog seine Söhne auf und bewunderte ihre Freundinnen. Mir gefiel auch, wie er mit seiner Frau sprach. Einer von ihnen redete, und der andere hörte respektvoll zu, dann tauschten sie die Rollen. Ich dachte damals, dass Unterhaltungen zwischen Mann und Frau so ablaufen sollten. Kein Geschrei. Keine Gleichgültigkeit. Keiner dominiert den anderen. Sie nahmen sich Zeit, um miteinander zu reden, obwohl ihr Haus immer voller Leute war. Da war Ralph, Mrs. Josephs Bruder, der bei der Familie lebte und bei der Gartenarbeit half. Niemand rümpfte die Nase über sein Verhalten oder sprach darüber. Da waren Mrs. Josephs Freundinnen. Da waren andere Kinder, Cousins und Cousinen und ihre Freunde. Manchmal war es schwierig, dort allein zu sein, obwohl ihr Haus so groß war, aber mir gefiel das. Ich kam aus einem Haus, wo es schwierig war, nicht allein zu sein, und das Zufallen unserer Fliegengittertür kündigte immer den Anfang oder das Ende einer Phase der Einsamkeit an.

Nachdem mich die Josephs vor so langer Zeit so nachdrücklich zurückgewiesen haben, kann ich da wirklich einfach ins Tal hinunterfahren, vor ihrer Tür auftauchen und sie nach B. Marcello fragen? Bei diesem Gedanken fängt mein Herz wieder heftig an zu schlagen.

»Er war nicht so wunderbar«, sagt Jane. »Er hat dich unten im Tal fast umgebracht.«

»Ich war nicht schwer verletzt.«

»Du hättest es aber sein können, und er war es. Und der Wagen war so zugerichtet, dass ich wirklich Angst hatte.«

Jane, die kurz nach Mrs. Joseph und ihrer Freundin eintraf, Minuten vor dem Krankenwagen. Ihre Augen glänzten, als würde sie gleich in Tränen ausbrechen, und sie suchte meinen Körper mit der kühlen Professionalität einer Ärztin nach Verletzungen ab, Jahre vor ihrem Abschluss.

»Das war dir nicht anzumerken.«

»Ich musste ruhig sein, damit du keine Angst kriegtest.«

Ich blicke sie an. Ich kann ihre Augen im Dunkeln wieder glänzen sehen.

»Ich verdanke dir so viel, Jane. Ich weiß, dass wir beide die Vergangenheit hinter uns lassen wollen, aber dir muss ich für die guten Dinge danken. Nicht nur, dass du dich um mich gekümmert hast, als ich krank war, oder mich vor dem Ertrinken gerettet hast. Sondern auch, dass du mir geholfen hast, die richtigen Kleider auszuwählen. Die richtigen Dinge zu sagen. Bessere Noten zu bekommen. Mich richtig zu verhalten. Ich glaube nicht, dass Mutter irgendwas zu meiner Erziehung beigetragen hat. Du warst es ganz allein, und ich bin …« Unerklärlicherweise bricht meine Stimme für einen Augenblick. »Ich bin dir dankbar. Und besonders, vor allem …« Wieder bricht meine Stimme. »Als Stevie starb. Wie du mich unterstützt hast.«

Jetzt habe ich es gesagt. Ohne mich vorzubereiten, ohne zu wissen, dass ich es sagen würde. Seit Jahren ist mir bewusst, dass ich ihr gegenüber meine Wertschätzung und meinen Dank zum Ausdruck bringen sollte, dass Jane es zu Recht von mir erwartet. Aber aus Gründen, die ich nicht verstehe, habe ich ihr beides bis jetzt vorenthalten.

Sie reagiert verzögert, und als ich zu ihr blicke, sehe ich, obwohl es dunkel ist, dass ihr Tränen aus den Augen rinnen. »O Luce. Danke. Ich meine … manchmal scheint es, als würdest du dich nicht mehr erinnern.«

»Ich habe es nicht vergessen«, versichere ich ihr. Ich spüre, dass auch mir Tränen in heißen, nassen Linien übers Gesicht laufen. »Ich weiß, wie viel ich dir verdanke. Und bislang habe ich mich nicht dafür bedankt. Ich bin einfach fortgegangen. Ohne ein Wort zu sagen.«

Normalerweise reden wir nicht so miteinander. Normalerweise weinen wir auch nicht gemeinsam. Wir sehen einander nicht an, werfen unsere Worte leise, drängend über das Geländer ins Tal. Und als wir schweigen, starren wir hinaus in die unendliche Dunkelheit und schniefen gelegentlich.

Als Scott und Larry, die nach dem alten Schuppen riechen, kommen, kämpfen wir darum, die Unterhaltung wieder an einer Landschaft festzumachen, in der wir uns auskennen, aber ihnen entgeht nicht, dass etwas Wichtiges zwischen uns vorgefallen ist. Ich beobachte, wie sich zwei Scheinwerfer, deren Licht so gerade wie die Straße ist, langsam durch die Dunkelheit bewegen. Plötzlich erscheint es mir ganz wesentlich, dass Jane und ich unsere schwere Last an Erinnerungen gemeinsam schultern. Ich denke zum ersten Mal daran, dass ich vielleicht wieder nach Kalifornien ziehen werde.

27

Am Sonntagmorgen fahre ich mit Sascha, Tante Zina und Tante Zoja zur Redbush Klinik. Ich bin erleichtert, dass ich Mutter nicht allein besuchen muss, aber Tante Zina erklärt: »Es ist nicht gut für Tanja, wenn sie mehr als eine Person besucht, deswegen werden wir draußen warten, während du bei ihr bist.«

»Aber was werdet ihr machen?«, frage ich.

Sie lachen. »Wir werden uns unterhalten.«

Redbush ist knapp fünfzig Kilometer nördlich der Stadt, und im Wagen fragen mich die Tanten, ob wir Fortschritte in Vaters Haus machen.

»Es ist so viel Arbeit«, sage ich und stöhne.

Sie nicken verständnisvoll. Tante Zina beugt sich zu mir. »Lucia, nach einem Todesfall gibt es viel zu sortieren. Es dauert lange, aber es ist notwendig, und vielleicht wird es dir in deinem Schmerz helfen.«

Ich denke an das Haus, das unter den Kisten, Papieren, Schubladen, Schränken ächzt. »Es kommt mir vor, als würden wir taktlos in Vaters Privatsphäre eindringen.«

»Wenn jemand stirbt«, sagt Sascha, »ist es schwierig, die Privatsphäre oder die Geheimnisse einer Person zu wahren. Als Papa starb, fand ich die öffentliche Zurschaustellung seines Lebens vor den Augen seiner ganzen Familie unerträglich. Aber dadurch lernte ich ihn besser kennen.«

»Wodurch?«

Sascha blickt in den Rückspiegel, um die Erlaubnis seiner Mutter einzuholen, und sie wird ihm mit einem Lidschlag oder einem

Nicken erteilt. »Als Mama und die Schwestern seine Sachen durchgingen« – ein weiterer rascher Blick zu Tante Zina –, »und ich glaube immer noch, dass ich es hätte machen sollen, fanden sie Zeitschriften eines gewissen Genres. Niemand hätte im Traum daran gedacht, dass er sich für so etwas interessieren würde. Und er hatte Schulden, Spielschulden, was höchst erstaunlich war, da er ein Mann war, der nie Risiken einging und das Geld der Familie stets sparsam verwaltete.«

»Onkel Pawel! Spielschulden!«

»Wundert dich das?«, ruft Tante Zina und gestikuliert ungläubig. »Alle wunderten sich, und ich am allermeisten. Ich danke Gott dafür, dass Mama ein Jahr zuvor gestorben war und nichts davon erfahren hat.«

Sascha richtet sich auf und setzt eine Miene kamelhaften Widerwillens auf, die so an Großmutter erinnert, dass wir beide kichern müssen. Sascha gibt ein merkwürdiges hohes Quietschen von sich, worauf ich noch mehr lachen muss.

»Schäm dich, so über deine liebe alte Baba zu spotten. Sie war eine gute Frau, die viel gelitten hat.« Tante Zoja blickt mich bedeutungsvoll an. »Vor allem du solltest das verstehen.«

»Natürlich«, sage ich ernüchtert. »Ich weiß. Ihr Baby ist gestorben. Im Zug.«

»Sie hat viel gelitten«, bestätigt Tante Zina. »Wann immer sich mein Pawel über sie aufregte, habe ich ihn an ihr Leiden erinnert.«

Sascha blickt mich kurz an und zieht eine Augenbraue hoch. »Siehst du, Lucia? In diesen wenigen Minuten hast du mehr über meinen Vater erfahren, als wenn er bei uns im Wagen sitzen und seine Pfeife rauchen würde. Das Gleiche könnte auch für deinen Vater gelten. Du wirst ihn jetzt auf andere Art kennen lernen. Denn wir alle haben Geheimnisse, vielleicht sogar du.«

Redbush wird von hohen Mauern und Überwachungskameras abgeschirmt. Es wirkt mehr wie das große Anwesen eines Filmstars als eine Klinik für Geisteskranke und ein Rehabilitationszentrum für Alkohol- und Drogenkranke. Letztere sind von Patienten wie Mutter getrennt und werden vom uniformierten Personal als Gäste bezeichnet. Man sieht sie allein über das weitläufige Areal spazieren.

Patienten auf der gleichen Seite des Komplexes wie Mutter spazieren nicht allein herum. Sie werden immer begleitet, manchmal von einem anderen Patienten oder einem Verwandten, aber normalerweise von einem Mitglied des Personals. Ärzte tragen keine weißen Kittel, deswegen sind sie bisweilen schwer von den Patienten zu unterscheiden. Einmal, als Scott und ich gemeinsam mit Larry und Jane Mutter besuchten, ging Larry schnurstracks auf einen zerzausten alten Mann zu, der stets irgendwo zu sehen war, und ergriff seine Hand. Ich hatte den Mann für einen Langzeitpatienten gehalten, aber es stellte sich heraus, dass er ein Psychiater war, mit dem Larry früher zusammengearbeitet hatte.

Sascha bleibt vor dem Wächterhäuschen am Tor stehen. Der Wachmann bittet um unsere Ausweise, und auf dem Rücksitz klicken und klacken Handtaschen auf und zu.

»Wollen Sie alle die Patientin besuchen?«, fragt er.

»Nein, nur ihre Tochter«, sagt Sascha und deutet auf mich.

»Steigen Sie bitte aus und kommen Sie zu mir«, weist mich der Mann an. Er mustert mich argwöhnisch von Kopf bis Fuß, überprüft meinen Ausweis, hält ihn ins Licht, als wäre es ein gefälschter Zwanzig-Dollar-Schein.

Schließlich gibt er ihn mir zurück. »Tut mir Leid. Aber wir müssen Kontrollen machen. Ein berühmter Star ist hier auf Rehabilitation, und Frauen versuchen schon den ganzen Tag, an mir vorbeizukommen.«

Wir fahren auf das Klinikgelände. Der Rasen ist mit einem Muster perfekter feuchter Dreiecke geschmückt. Wenn Sonnenlicht darauf fällt, scheinen sie kleine Regenbogen in die Luft zu schleudern.

»Ah, hier sind sogar die Rasensprenger schön«, sagt Tante Zina und seufzt. Sie blickt jedem Mann, an dem wir vorbeifahren, ins Gesicht. Aber niemand sieht aus wie eine Berühmtheit.

»So ein friedlicher Ort.« Darin sind sich beide Tanten einig. »Schau nur die Bäume. Die Blumen.«

Ich betrete das niedrige rote Gebäude mit genau der gleichen Mischung aus Verzweiflung und Hilflosigkeit, mit der ich auch als Teenager nach Redbush kam. Damals konnte alles passieren. Mutter konnte höchst charmant sein, mich herzlich willkommen heißen, mir höflich Fragen stellen, mit übertriebener Faszination die Fotos anschauen, die ich dabei hatte. Oder sie schmollte und weigerte sich, mit mir zu sprechen. Oder sie verfolgte besessen ein obskures Ziel, oder sie war wütend auf mich oder wollte sich mit mir gegen ein verhasstes Mitglied des Personals oder einen anderen Patienten verschwören. Als sie älter wurde, wurde sie zunehmend milder und schweigsam. Besuche waren eher eine lästige Aufgabe als eine schwere Prüfung.

Sascha, der meine Stimmung spürt, legt mir einen Arm um die Schulter. »Mach dir keine Sorgen, du musst nicht lange bei ihr bleiben«, sagt er.

Wir müssen im Wintergarten warten. Die Tanten spekulieren flüsternd und natürlich auf Russisch, wer die Berühmtheit sein könnte. Ich weiß, worüber sie reden, denn ich verstehe die Namen.

Ich schlendere durch den Wintergarten, nehme Zeitschriften in die Hand und lege sie wieder weg. Ich blicke auf den Rasen hinaus, halte Ausschau nach der Berühmtheit. Ich bin nervös und gehe im Geist eine Liste von Themen durch, über die ich sprechen könnte.

Ein Mann in einer weiten grünen Pflegeruniform kommt herein. Er sieht uns alle an und nickt den Tanten zu, die er wiedererkennt.

»Alle können nicht zu ihr«, sagt er. »Das wissen Sie.«

Sie erklären gleichzeitig, dass nur ich Mutter besuchen will. Der Mann scheint verwirrt, bis ich vortrete.

»Miss Schaffer? Hallo, ich bin Jonathan, Tanjas Pfleger.« Sein vertrauter Umgang mit dem Vornamen meiner Mutter erstaunt mich, und ich reagiere nur langsam, als er mir die Hand hinstreckt. Er hat einen festen Griff, der bei schwierigen Patienten nützlich sein muss. »Bitte kommen Sie mit«, sagt er.

Ich folge ihm gehorsam, aber der Pfleger ist freundlich und fällt zurück, sodass wir miteinander reden können.

»Wie lange werden Sie hier in Kalifornien bleiben?«, fragt er. Wir gehen an bunten kindlichen Bildern im Flur vorbei. Die Schritte des Pflegers sind nahezu geräuschlos. »Ihre Mutter sagt, dass sie in New York eine tolle Stelle haben.«

»Das hat sie gesagt?«

»Ja. Sie ist stolz auf Sie. Sie redet oft von Ihnen.«

»Wirklich? Sie redet von mir?«

»Warum sind Sie so überrascht, Miss Schaffer?«

»Ich dachte, Mutter würde nicht mehr viel reden.«

Der Pfleger lächelt, als er mir eine Tür aufhält. »Es gibt Tage, an denen ist sie richtig gesprächig.«

»Hat die Polizei sie schon befragt?«

»Sie waren einmal hier.«

»Kommen sie wieder?«

»Sie haben gemeint, dass sie nächste Woche noch einmal mit einem Dolmetscher kommen wollen, weil Tanja sie mit jeder Menge Russisch abgefertigt hat, aber ich bin nicht sicher, ob sie sich diese Mühe machen werden. Ich glaube, sie haben begriffen, dass sie keine große Hilfe sein wird.«

»Wann hat mein Vater sie zum letzten Mal besucht?«

»Am Samstag.«

Wir stehen vor einer Tür, die der Pfleger zu öffnen gedenkt, aber ich halte ihn davon ab.

»Blieb er lange? Haben Sie sie zusammen gesehen?«

»Ach, ich weiß nicht genau, wie lange er hier war, vielleicht eine halbe Stunde. Ich habe ihn am Anfang gesehen, als ich ihn hierher begleitet habe so wie Sie jetzt. Und am Ende.«

»Wirkte er … normal?«

Der Pfleger lächelt und entblößt dabei große Zähne. »Normal ist kein Wort, das wir hier oft gebrauchen, Miss Schaffer.« Sein Tonfall ist ironisch. »Aber«, fährt er fort, »Tanja war anschließend irgendwie aufgeregt. Nein, nicht irgendwie. Sie war sehr aufgeregt. Ich habe es nicht verstanden, weil sie üblicherweise ruhig und zufrieden ist, wenn Ihr Vater bei ihr war.«

»Hat sie gesagt warum?«

»Nein, das hat sie nicht. Sie hat viel geweint. Da Sie mich danach fragen, würde ich sagen, dass ihre Stimmung seit seinem Besuch melancholisch ist. Ich meine, sie wirkte aufgeregt, bevor Ihre Schwester kam, um ihr zu sagen, dass Ihr Vater tot ist.«

»Als hätte sie gewusst, was passieren würde.«

»Ich glaube«, sagt er, »dass der menschliche Geist auf vielen Ebenen arbeitet, und wir verstehen nicht alle. Wenn Menschen nicht mehr normal funktionieren, halten wir sie für behindert. Aber auf anderen Ebenen funktionieren sie vielleicht hervorragend.«

Er öffnet die Tür. Ich schlucke, als ich Mutters Zimmer vor mir sehe. Kleiner, als ich es in Erinnerung hatte, aber eingerichtet wie ein teures Hotelzimmer. Die Vorhänge sind schwer, die Türgriffe kunstvoll geschmiedet. Zuerst sehe ich Mutter überhaupt nicht, aber der Pfleger führt mich zu einem kleinen menschlichen Bündel, das in ein flauschiges blaues Schultertuch gewickelt ist und zusammengesunken auf einem Sessel sitzt. Eine alte Frau, die ich zuerst mit Großmutter verwechsle.

»Ihre Tochter ist hier«, sagt der Pfleger freundlich.

»Hallo, Mutter.« Ich möchte, dass mir die Worte locker über die Lippen kommen, aber es gelingt mir nicht. Ich klinge angespannt. Ich beuge mich vor, um ihre dünne Haut zu küssen, und setze mich dann ein Stück von ihr entfernt hin. Ihre vorgeneigten Schultern, ihre Zerbrechlichkeit, die hervorstehenden Knochen erinnern mich lächerlicherweise an einen Luftballon, der lange nach einem Fest noch im Haus herumliegt und langsam Luft verliert.

Mutter blickt aus dem Fenster und nimmt mich nicht zur Kenntnis. Ich sage, »Wie geht es dir?«, aber zu meiner Erleichterung antwortet sie nicht. Es wird so sein, wie Jane vorhergesagt hat. Ich werde ein bisschen plaudern und schweigend neben ihr sitzen, und dann, nachdem ich meine Pflicht erfüllt habe, werde ich wieder frei sein.

Der Pfleger füllt im Bad eine Vase mit Wasser für den kleinen Blumenstrauß, den ich ihr mitgebracht habe.

»Die sind aber schön«, sagt er gut gelaunt und kommt mit der Vase zurück. »Anemonen. Sie mag blau. Stimmt's, Tanja?«

Mutter reagiert nicht, aber der Pfleger fährt unbeirrt fort.

»Ja, klar mögen Sie blau. Als Eric das letzte Mal da war, hat er Ihnen auch blaue Blumen mitgebracht, nicht wahr?«

Keine Antwort. Der Pfleger hält das Gespräch aufrecht. »Stimmt. Ich habe sie ja auch erst heute Morgen weggeworfen. Sagen Sie, Tanja, wollen Sie nicht Ihre Brille? Damit Sie Ihre Tochter und die schönen Blumen besser sehen können?«

Aber Mutter zeigt keinerlei Interesse an Blumen, Tochter oder Brille.

»Sie sieht wirklich nicht mehr gut.« Der Pfleger zuckt die Achseln und hält ihr die Brille hin. »Tanja?«

Mutter ignoriert ihn, und er legt die Brille auf den Tisch.

»Es wird sie nicht stören«, sagt der Mann zu mir, »wenn Sie sich näher zu ihr setzen. Dort hinten wird sie Sie nicht allzu gut erkennen.«

Ich nicke, rühre mich jedoch nicht von der Stelle. Ich empfinde so etwas wie Panik, als er zur Tür geht. »Ich komme Sie in ungefähr zwanzig Minuten abholen, aber wenn Sie früher gehen wollen oder irgendetwas brauchen, drücken Sie auf diesen Knopf.«

Der Knopf ist rot. Diskret versteckt hinter dem Vorhang. Die Tür fällt hinter Jonathan ins Schloss.

Wir sitzen schweigend da. Ich betrachte Mutters weiße Haut. Obwohl sie einen uralten Eindruck macht, ist die Haut faltenlos. Ihre Augen sind groß und von einem blasseren Blau, als ich es in Erinnerung hatte, als würden sie die Farbe verlieren, so wie ihr Geist an Substanz verliert.

Ich fange an zu reden, unbeholfen zuerst, meine Stimme heiser, mein Redefluss zögerlich. Ich erzähle ein bisschen von der Beerdigung und den Leuten, die kommen wollen, dass Sascha und Tante Zina Mutter begleiten werden. Ich versuche, zu ihr zu sprechen, als wäre sie eine geistig normal funktionierende Erwachsene, aber manchmal entdecke ich falsche Töne in meiner Stimme: eine erzwungene Heiterkeit oder einen herablassenden Ton. Gelegentlich machen Mutters Hände winzige kratzende Bewegungen, und manchmal blinzelt sie, ansonsten sitzt sie reglos da. Ich weiß nicht, ob sie mir zuhört oder ob sie versteht, was ich sage, aber mit der Zeit empfinde ich ihr Schweigen als befreiend. Ich rede über Vater, wie sehr ich ihn vermisse, bis ich die reglose, schweigende Gestalt nahezu vergessen habe. »Der Schmerz ist anders als bei Stevies Tod«, sage ich. »Ich meine, es ist der gleiche Schock, aber der Schmerz nach dem Schock ist anders.«

Plötzlich wendet mir Mutter ihr Gesicht zu. Sie ist jetzt nichts weiter als ein Gespenst, aber mir fällt zum ersten Mal auf, dass es das Gespenst einer schönen Frau ist. Ich verstumme. Sie betrachtet mich immer noch schweigend. Ich nehme ihren Wahnsinn und ihr Leid in mich auf.

Wir starren uns über eine Minute lang an. Wie auch früher ist es schwer, ihrem Blick standzuhalten. Als Kind hatte ich Angst davor und verbarg das Gesicht hinter den Händen oder stand auf einem Bein und schaute auf den Boden, um ihn zu vermeiden. Und jetzt, als ich merke, dass sie den Mund öffnet, um zu sprechen, schlägt mein Herz schneller. Langsam, ohne Eile verzieht sich ihr Gesicht. Ich weiche zurück, weil ich die Mimik wiedererkenne. Das erste Mal, als ich ihr auf diese Weise verzerrtes Gesicht sah, war in der Wüste auf dem heißen lautlosen Asphalt, als ich humpelnd aus dem Canyon zurückkehrte.

Das Zimmer kommt mir jetzt heiß vor, und kleine Schweißperlen rinnen mir über die Haut. Aber ich bin unfähig, mich zu bewegen. Ich sehe zu, wie sich ihr Gesicht verzerrt, bis es von einer grausamen monströsen Kreatur bewohnt wird. Unwillkürlich stemme ich mich gegen die Stuhllehne, bereit für den Schlag des Ungeheuers.

Sie flüstert und spuckt Gift. »Warum hast du es getan?«, sagt sie.

Trotz meiner Angst bemerke ich, dass ihr Akzent so stark und unamerikanisch ist wie der von Tante Zina. Als Kind ist mir das nicht aufgefallen, und wenn ich an sie denke, eliminiere ich ihn.

Sie wartet auf eine Antwort, aber ich habe keine. Mein Herz klopft, und Schweiß bedeckt mein Gesicht und meinen Körper wie Glitter. Meine Hände tun weh, so fest kralle ich mich an die Schnörkel der Armlehnen. Sie ist nicht klein, alt und hilflos, sondern eine tödliche Schlange. Und ich bin ein kleines Mädchen, das schreckliche Angst vor ihr hat. Sie beugt sich vor. »Warum? Warum hast du ihn so gehasst?«

Ich springe unwillkürlich auf. Meine Finger kratzen an den Falten der Vorhänge und suchen nach dem roten Knopf. Als ich ihn finde und darauf drücke, fängt der Knopf an, rot zu glühen, aber es bleibt beunruhigend still. Ich hoffe, dass er funktioniert. Ich drücke noch einmal darauf.

Ich traue mich kaum, wieder zu Mutter zu blicken, und als ich es tue, sehe ich sie durch halb geschlossene Lider an, als würde ich in die Sonne schauen. Sie sagt noch etwas, etwas Unverständliches auf Russisch. Dann wendet sie sich wieder dem Fenster zu, und ihr Gesicht entspannt sich. Als der Pfleger eintritt, ist es fast wieder so ausdruckslos wie zuvor.

»Alles in Ordnung?«, fragt er, sieht mich scharf an und blickt dann zu Mutter. Was immer an Wut in ihrem Gesicht verblieben ist, er kennt sie gut genug, um es zu entdecken.

»O Tanja, sind Sie böse gewesen?«, sagt er bedauernd. »Alles in Ordnung, Miss Schaffer? Sie hat sich wirklich darauf gefreut, Sie zu sehen, ich weiß nicht, warum sie böse geworden ist.«

Er kommt zu mir, nimmt vorsichtig meinen nackten Arm und betrachtet ihn.

»Hat sie Ihnen wehgetan?«

Ich schüttle den Kopf, aber er sucht mich weiter nach Verletzungen ab.

»Hat sie Sie auch bestimmt nicht gekratzt?«

Ich schüttle wieder den Kopf. Ich kann nicht sprechen.

»Okay, Tanja, Ihre Tochter muss jetzt gehen.«

Mutter ignoriert ihn, und ich verabschiede mich nicht. Als der Pfleger und ich durch den Flur zurückgehen, sagt er: »Sie kann nicht viel anrichten, aber manchmal versucht sie zu kratzen. Ich muss ihre Fingernägel immer ganz kurz schneiden.«

Als wir uns ihnen nähern, hören wir die Tanten kichern und auf Russisch plappern, ihre Stimmen mal laut, mal leise. Sascha sieht mich prüfend an. Ich meide seinen Blick.

»Klingt, als ob sich die Damen königlich amüsieren würden«, sagt der Pfleger und lächelt sie an.

»Vielleicht meinen Sie, dass sie sich nur selten sehen«, sagt Sascha. »Aber ob Sie es glauben oder nicht, sie wohnen nur einen Block auseinander.«

»Oh, aber es ist so ein Spaß, miteinander auszugehen«, widersprechen sie lauthals.

»Nachdem ihr seit Tagen von diesem Spaß wisst, warum musstet ihr dann in dieser Woche so viele Stunden miteinander telefonieren?«

Tante Zojas langer dünner Körper ragt über Sascha auf. »Junger Mann«, sagt sie gebieterisch, »würdest du bei den olympischem Spielen mitmachen, ohne vorher zu trainieren?« Die zwei Frauen brechen in schallendes Gelächter aus. Sascha verdreht die Augen.

Der Pfleger und er ziehen sich auf die eine Seite des Wintergartens zurück, um Mutters Begleitung bei der Beerdigung zu arrangieren. Sie versuchen zu klären, ob der Pfleger dabei sein sollte, aber Zina und Zoja lassen sich nicht ausschließen, unterbrechen ständig mit Meinungen und Vorschlägen und verwandeln das leise Gespräch der Männer in ein geräuschvolles Drama. Wie ist es möglich, dass Mutters ältere Schwestern so lebhaft sind, während sie selbst leer zu sein scheint? Schließlich einigen sie sich, dass Sascha nur mithilfe von Mutter und Tante die Sache in die Hand nehmen wird. Mutter wird an der Beerdigung teilnehmen und anschließend sofort wieder in die Klinik zurückkehren und nicht mit nach Hause kommen.

»Junge«, sagt der Pfleger und weicht mit gespielter Erleichterung zurück. »Junge, bin ich froh, dass ich mich nur um eine von euch Schwestern kümmern muss.«

Die Tanten brechen in begeistertes Gelächter aus.

Der Pfleger will gehen, bleibt aber noch einmal stehen. »Ist wirklich alles in Ordnung?«, fragt er mich noch einmal leise.

»Ich denke schon.«

Er sieht mich neugierig an und verlässt dann den Raum.

Als wir aufbrechen, drängen sich die Tanten so geschäftig und lärmend um mich, dass es mir vorkommt, als wäre ich von vielen Menschen umgeben.

»Wie hast du unsere Tanja vorgefunden? Hat sie sich sehr verändert?«

»Also ... ich glaube, sie ist ein bisschen kleiner und älter.« Meine Stimme klingt tonlos.

»Obwohl du andere Farben wählst, siehst du ihr ein bisschen ähnlich«, sagt Tante Zoja.

»Das stimmt, das stimmt«, sagt Tante Zina.

»Ich will nicht wie Mutter sein«, sage ich. Und in diesem Augenblick, als wir über den Parkplatz gehen, höre ich wieder das Klickklack meiner Schritte, das drohende Ungleichgewicht, ein fortschreitendes Ungleichgewicht, das ich nicht kontrollieren kann. Vielleicht alarmiert von meinem Tonfall, versichern mir die Tanten, dass ich meiner Mutter nur hinsichtlich meiner großen Schönheit ähnlich sei.

»Und Jane auch«, fügt eine Tante hinzu.

»Absolut«, bestätigt die andere. »Auch Jane ist sehr schön. Nur selten sind zwei Schwestern in einer Familie so schön.«

Aber als wir beim Wagen ankommen, schweigen beide, und alle drei werfen mir von der Seite beunruhigte Blicke zu.

»Lucia«, setzt Sascha an. »Ich fürchte, das Wiedersehen mit deiner Mutter war nicht nur glücklich.«

Ich sehe von ihm fort über den grünen Rasen. Ich versuche, die Tränen einzudämmen in ihrer Quelle irgendwo unterhalb meiner Augen, irgendwo fast so tief wie mein Bauch.

»Ach, meine arme Lucia«, sagt Tante Zoja leise.

»Liebes Kind«, murmelt Tante Zina. »Wie du leidest.«

Und auf diese freundlichen Worte hin bricht der Damm.

28

Wir finden eine Bank in der Nähe des Parkplatzes, sitzen nebeneinander und schauen geradeaus, als säßen wir im Kino. Ich schluchze zwischen meinen Tanten.

»Hat sie geschrien?«, fragen sie.

»Hat sie gekratzt?«

Schließlich sage ich: »Sie scheint mich wirklich zu hassen.«

»Nein, nein, sie liebt dich.«

»Sie hat dich immer geliebt«, beharrt Tante Zoja. »Als du ein Kind warst, wollte sie sich kaum von dir trennen, auch wenn du nur in die Schule gegangen bist. Und du, Lucia, warst eine hingebungsvolle Tochter.«

»Und infolgedessen«, fügt Tante Zina hinzu, »war ihre Veränderung für alle Betroffenen schrecklich. Auch für Tanja selbst. Sie hat so viel leiden müssen.«

»Und«, sagt Tante Zoja, »du solltest nicht vergessen, dass die Krankheit deiner Mutter das Ergebnis der Umstände ist und nicht etwas, was man an seine Tochter weitergibt, hast du verstanden?«

»Sie ist schizophren«, sage ich. »Da gibt es ein starkes genetisches Element.«

»Die Ärzte können es nennen, wie sie wollen, unserer Ansicht nach sind allein die Umstände schuld«, beharrt Tante Zina.

Und plötzlich wird mir klar, dass es tatsächlich Umstände gegeben haben muss. Mein ganzes Leben lang machen die Leute Andeutungen auf Umstände in Russland, Einzelheiten wurden mir jedoch stets vorenthalten. Andererseits wurde von mir erwartet, dass ich ihre emotionale Bedeutung verstehe.

»Was für Umstände?«, frage ich.

Sascha, der am Ende der Bank sitzt, arrangiert seine Beine neu. Er hat diesen Film bereits mehrmals gesehen und weiß, dass es ein langer Film ist.

Tante Zoja sagt: »In Moskau waren wir eine glückliche Familie. Papa hatte eine gute Stelle, eine große Wohnung und eine große Familie. Das waren Privilegien. Aber selbst als Kinder wussten wir, was um uns herum vor sich ging. Und Tanja hatte das Pech, es mit eigenen Augen mit ansehen zu müssen. Das ist alles. Ich glaube nicht, dass sie danach jemals wieder dieselbe war.«

»Was hat Mutter mit angesehen?«

Die Tanten tauschen Blicke aus. Tante Zoja schweigt, und als Tante Zina spricht, blickt sie weg.

»Ihre beste Freundin draußen in der Datscha war ein Mädchen namens Rita. Sie war ungefähr gleich alt wie sie und kam aus ähnlichen Verhältnissen. Unsere Väter waren befreundet. Die Mädchen spielten eines Tages im Obstgarten oder im Wald, ich weiß nicht mehr wo, aber sie waren auf einen Baum geklettert und hörten Männerstimmen. Was sie sahen, war nichts so Außergewöhnliches. Aber es wäre besser gewesen, wenn sie die Augen geschlossen hätten.«

Tante Zoja beugt sich vor, lässt den Kopf hängen, und ich blicke hinter ihr zu Sascha. Er sieht mich an, ausdruckslos.

»Was haben sie gesehen, Tante Zina?«

»Sie sahen, wie Ritas Vater geschlagen wurde, totgeschlagen.«

Ich schnappe nach Luft, nicht so sehr wegen dieser Neuigkeit, die schockierend genug ist, sondern weil sie auf so bleierne Weise überbracht wurde. »Aber … warum?«

»Oh, wie soll ich das wissen? Ich kenne den Grund nicht, warum sich die sowjetische Geheimpolizei gegen Ritas Vater gewandt hat. So etwas passiert in einem Rudel von Wölfen. So war das Leben unter Stalin. An einem Tag war man beliebt, am nächsten wollte jemand deine Wohnung, sie haben dich denunziert, irgendwelche Vorwürfe fabriziert, und du warst tot. Das kam häufig vor, das war nichts Besonderes. Tanja hatte nur das Pech, mit ansehen zu müssen, was sie besser nicht gesehen hätte.«

»Wer waren diese Männer?«

Sie blickt zu ihrer Schwester. »Ach, ich weiß es nicht. Verbrecher.«

»Leider«, sagt Tante Zoja, »wurden sie von Papa beaufsichtigt.«

»Großvater hat Ritas Vater umgebracht?«

»Natürlich hat er sich nicht selbst die Hände schmutzig gemacht.«

»Großvater hat seinen Freund umgebracht!«

Sascha zieht die Augenbrauen in die Höhe angesichts meiner Empörung. »Du warst nicht dort«, sagt er. »Du hast nicht in diesen Zeiten gelebt. Du hast kein Recht zu urteilen.«

Mutter sagte: Warum hast du es getan? Warum hast du ihn so gehasst? Vielleicht stammten die Worte aus ihrer Kindheit.

»Vielleicht«, fügt Tante Zoja hinzu, »hat Ritas Vater sogar das Gleiche vielen anderen angetan. Und für Papa war es das letzte Mal und wahrscheinlich der Grund, warum er Russland verlassen hat.«

»Leider«, sagt Tante Zina, »mussten er und Mama einen hohen Preis dafür bezahlen. Sie verloren auf der Flucht ihren kleinen Sohn.«

Ich nicke. »Das Baby im Zug. Mutter hat uns die Geschichte in allen Einzelheiten erzählt. Aber die meisten habe ich vergessen.«

»O Lucy.« Sascha verdreht die Augen. »Du hättest bei uns wohnen sollen, und dir wäre nicht erlaubt worden zu vergessen.«

Tante Zina ignoriert ihn. »Es war schrecklich. Er starb in Mamas Armen. Der Mann nahm ihn mit, und Mama wurde von der Vorstellung verfolgt, dass er die Leiche einfach aus dem Zug geworfen hat.«

»Und«, meint Tante Zoja, »sie hatte wahrscheinlich Recht.«

Wieder blicke ich zu Sascha, der mich anschaut, ohne zu blinzeln.

»Seid ihr direkt in Moskau in den Zug gestiegen?«, frage ich.

»Gewiss.« Tante Zina nickt. »Gewiss, es war eine sehr mutige Flucht. Papa sollte eine Handelsdelegation leiten und nach Lettland fahren. Wir sollten den Zug nach Riga nehmen, aber wir stiegen einfach in einen anderen Zug.«

»Wohin seid ihr gefahren?«

»Es war … kompliziert. Eine komplizierte und gefährliche Route.« Sie sehen sich an.

»Aber wo seid ihr an Bord eines Schiffes gegangen?«

Sie wechseln ein paar Worte auf Russisch. »Möglicherweise in Rotterdam«, sagt Tante Zoja schließlich. »Wir wissen es nicht genau.«

Sie steht langsam und steif auf.

»Genug!« Sascha springt auf. »Lucia hat heute schon genug gelitten, auch ohne diesen Ausflug in die Geschichte der Andrejews.«

Tante Zoja blickt gekränkt drein. »Wir erzählen dir das alles, meine liebste Lucia, nicht um dich unglücklich zu machen oder dich zu schockieren, sondern damit du den Schmerz deiner Mutter ein klein wenig besser verstehst. Als kleine Erklärung für ihren Wahnsinn. Als kleine Gelegenheit, um ihr zu vergeben.«

»Und vergiss nicht«, sagt Tante Zina, »auch Tanja hat einen Sohn verloren. Dieses Leid wirst du bestimmt verstehen.«

Ich lehne mich vor und blicke von Gesicht zu Gesicht. »Ist euch klar«, sage ich, »dass wir alle drei einen Sohn verloren haben? Großmutter, Mutter und ich?«

Sie sehen mich an. Sie scheinen darauf zu warten, dass ich noch mehr sage. Als ich schweige, ergreift Tante Zina das Wort.

»Natürlich«, sagt sie leise. »Natürlich, Lucia. War dir das bislang nicht bewusst?«

Von der Redbush Klinik fahren wir nach Norden. Wir werden im Haus von Tante Olja erwartet, das nur zwanzig Minuten entfernt ist. Zum Mittagessen wird gegrillt. Tante Katja und ihr Mann sowie mehrere Cousinen und Cousins werden dort sein.

»Bist du bereit für diese Veranstaltung, Lucia, oder bist du so melancholisch, dass du lieber nach Hause zurückkehren würdest?«

Ich würde lieber nach Hause fahren, aber ich weiß, dass diese Antwort sie enttäuschen würde, deswegen bestehe ich auf dem ursprünglichen Vorhaben. Wir schweigen. Unwillkürlich mustere ich jeden Pick-up, an dem wir vorbeifahren, und einmal, als uns ein Abschleppwagen auf der Gegenfahrbahn entgegenkommt, zucke ich auf meinem Sitz so zusammen, dass Sascha mich beunruhigt anschaut. Aber es ist ein anderer Abschleppwagen, und erst jetzt fällt mir auf, dass es im Wagen nicht still ist, sondern meine Tanten auf dem Rücksitz ununterbrochen auf Russisch murmeln, was sich anhört wie das Rauschen der Wellen.

Nach ungefähr zehn Minuten wird der Verkehr langsamer, und bald stehen wir.

»Eine Baustelle?«, mutmaßt Tante Zina.

»Ein Unfall?«, meint Tante Zoja. Wir kriechen voran, die Köpfe der Tanten hüpfen auf dem Rücksitz auf und ab, während sie über die Gründe für den Stau spekulieren.

Schließlich sehen wir blinkende Lichter vor uns. Ein Streifenwagen überholt uns mit heulender Sirene.

»Wir schrecklich, wie entsetzlich«, kommentieren die Tanten.

Als Ursache der Verzögerung stellt sich ein Beinahe-Zusammenstoß zwischen einem Personenwagen und einem Lastwagen heraus. Beide sind von der Straße abgekommen bei dem Versuch, dem anderen in letzter Sekunde auszuweichen.

»Es gibt überhaupt keinen Grund«, sagt Sascha, als wir endlich wieder beschleunigen, »für so einen Stau. Die beteiligten Fahrzeuge, die Polizei und die Krankenwagen stehen auf der Wiese, und die Straße ist in keiner Weise blockiert.«

»Ah, aber alle fahren langsamer, um zu schauen«, sagt Tante Zoja. »Gegen seinen Willen ist man gezwungen, sich dieses Unglück anzusehen.«

»Wir schauen hin«, erklärt Tante Zina, »und denken, dass es unser Wagen hätte sein können. Wir erinnern uns an unsere Verwundbarkeit.«

»An unsere Sterblichkeit«, sagt Tante Zoja.

»Auch jetzt noch«, fügt Tante Zina hinzu, »da der Verkehr wieder gleichmäßig fließt, sitzen die Fahrer hinter ihren Lenkrädern und fahren langsamer und konzentrierter. Zumindest für eine Weile wurde jeder Fahrer an seinen eigenen Tod erinnert und bedenkt die Folgen einer solchen Katastrophe für seine Lieben.«

Joe Zacarro sagte: Es ist typisch für moderne Industriestaaten, dass die Leute den eigenen Tod verleugnen und glauben, sie würden ewig leben. Aber wenn man daran denkt, dass man eines Tages sterben wird, dann lebt man das Leben anders. Nicht unbedingt viel besser, aber wahrscheinlich ein bisschen besser. Jedenfalls anders.

Ich wende mich Sascha zu, habe aber keine Gelegenheit, etwas zu sagen, weil Tante Zina kreischt: »Hier musst du abbiegen, Saschinka, hier!«

Die Familie begrüßt mich freundlich und spricht mir ihr Beileid aus. Nach ihrer Ankunft in Amerika hofften die Andrejews, noch einmal einen Sohn zu bekommen, als könnten sie den im Zug verstorbenen Jungen einfach durch einen anderen ersetzen, stattdessen bekamen sie Katja und schließlich Olja. Katja ist mit einem bereits in den USA geborenen Russen verheiratet, der nicht aus der in sich geschlossenen Gemeinde in der Stadt stammt. Olja hat wie Mutter einen Amerikaner geheiratet. Beide Schwestern kleiden sich amerikanisch und sprechen amerikanisch. Man könnte sie für die Töchter ihrer älteren Schwestern halten. Nur wenn sie russisch sprechen, verändern sie sich: Ihre Gesichtsmuskeln, ihr Gang, sogar ihre Frisuren scheinen sich um diese andere Sprache und Kultur neu zu arrangieren. Ich denke über Mutters Position in dieser Familie nach. Sie ist die mittlere Schwester, gefangen zwischen zwei Welten. Sie wies die alte Welt zurück, wurde aber in der neuen nie vollständig aufgenommen.

Zina und Zoja tauschen Blicke der Missbilligung aus, als sie erfahren, dass es Hamburger gibt, aber sie essen sie trotzdem, zuerst vorsichtig, dann gierig.

»Habe ich sie gut gemacht?«, fragt eine meiner jungen Cousinen spöttisch, eine Jugendliche, von der ich kaum mehr weiß als den Namen.

»Du hast sie also selbst gemacht?«, will Tante Zina wissen.

»Klar, auf dem Grill.«

»Nein, nein«, ruft Tante Zoja. »Hast du auch das Fleisch gehackt und Zwiebeln und Gewürze dazugetan?«

Das Mädchen zuckt verständnislos die Achseln. Ihr Blick schweift über den ordentlichen Garten mit dem Basketballkorb an der Garage zu den dicken zufriedenen Hunden, die hechelnd neben dem Grill sitzen. Zu ihren zwei Tanten sagt sie unsicher: »Wir haben sie heute Morgen im Supermarkt gekauft.«

»Dann hast du unserer Ansicht nach –«, sagt Tante Zina.

» – überhaupt nicht gekocht. Du hast sie nur heiß gemacht«, beendet Tante Zoja den Satz.

Tante Katja, die gerade vorbeigeht, bleibt stehen und legt ihrer Nichte den Arm um die Schulter.

»Vergiss nicht«, sagt sie zu dem Mädchen, »dass deine alten Tanten Relikte aus einer anderen Welt sind. Eine Welt, die es nicht mehr gibt. Behandle sie so respektvoll wie ein Ausstellungsstück in einem Museum. Wie zum Beispiel ...«

»Den Knochen eines Dinosauriers«, schlägt Sascha vor. »Aber warum sollten wir uns nur Knochen vorstellen? Stell sie dir als zwei lebende atmende Dinosaurier vor.«

Seine Mutter ermahnt ihn auf Russisch

»Ich fürchte«, sagt Sascha, als der Nachtisch aus der Tiefkühltruhe geholt wird, »dass auch ich einem so durch und durch amerikanischen Mädchen wie ein Relikt einer anderen Kultur erscheinen muss. Die Ironie meiner Situation besteht darin, dass ich, wenn ich nach Moskau fahre, von meinen russischen Freunden als ebensolches betrachtet werde.«

Ich denke daran, wie Jane ihn am Abend meiner Ankunft gekränkt hat, als sie ihn, irritiert von seiner Weigerung, sich Fingerabdrücke abnehmen zu lassen, barsch an seine Staatsangehörigkeit erinnerte.

»Aber du sprichst russisch und verhältst dich sehr russisch«, sage ich rasch.

Er verdreht die blauen Augen.

»Ich weiß so viel über das Leben in der Sowjetunion, dass ich manchmal das Gefühl habe, dabei gewesen zu sein. In meinen Träumen bin ich in den Lagern der Jungen Pioniere, habe ein rotes Halstuch umgebunden und singe begeistert sowjetische Lieder, während ich dabei helfe, in den Wäldern ein Lagerfeuer zu entfachen. Diese Träume sind so real, dass ich das kalte Eisen des Feldbetts fühlen kann. Wenn ich aufwache, kann ich mich nur mit Mühe selbst davon überzeugen, dass ich nicht meiner eigenen Kindheit einen Besuch abgestattet habe, sondern der Kindheit anderer Leute.«

Ich schweige, denke an meine eigenen wirren Erinnerungen und wie ich vor ein paar Tagen sogar die eingebildete Erinnerung an Lindy Zacarro für wahr gehalten habe.

»Ja, während unsere russischen Zeitgenossen mit ihren roten Halstüchern Slogans skandierten, spielte ich im Park Basketball und entdeckte für eine kurze, schlecht beratene Phase Soulmusik. Aber nur wenn ich in Moskau bin, ist mir klar, dass ich nicht dabei war. Ich habe es nicht erlebt, ich war zum ersten Mal dort, nachdem der Eiserne Vorhang gefallen war. Und obwohl mich meine russischen Freunde lieben, habe ich nicht genug gelitten, um wirklich einer von ihnen zu sein. Ein Russe zu sein ist für mich ein wesentlicher Bestandteil meiner Identität. Für sie bin ich ein reicher privilegierter Amerikaner und Außenseiter.«

29

Am Montag ist es noch heißer als am Sonntag. Als ich die Vordertür zu Vaters Haus öffne, spüre ich, wie sich die Hitze an mir vorbeidrängt wie eine geschäftige Menschenmenge. Ich trinke zwei Gläser eiskaltes Wasser, bevor ich durch den Garten zum Grundstück der Hollers gehe.

Unser Grundstück war einst vier Morgen groß, aber dann verkaufte Vater die Hälfte an die Hollers. Ich erinnere mich, dass ich neben den Grundmauern ihres Hauses spielte und dabei zusah, wie die Ziegelwände jeden Tag höher wurden. Schließlich zog die Familie ein. Damals waren mein Vater und Mr. Holler Nachbarn und keine Freunde, dazu muss es später gekommen sein, als ihre Frauen tot oder fort und die überlebenden Kinder erwachsen waren.

Wie viele Häuser in der Gegend ist auch ihr Haus in den Hügel gebaut, sodass es zwei Stockwerke hoch aussieht, wenn man über die Einfahrt kommt, und drei, wenn man es von der Talseite aus sieht. Als Kind erschien es mir sauber und modern. Es gab keine splittrige alte Veranda, und statt dunkler Ecken war es voll heller Räume.

Ich klingle an der Tür, und nach einer langen Wartezeit höre ich Adam Hollers Stimme aus dem Lautsprecher. »Wer ist da?«

»Lucy Schaffer.«

»Lucy.« Es ist eine Feststellung. Er klingt nicht überrascht. »Ich mache gerade meine Übungen zu Ende, es wird eine Minute dauern, bis ich dir aufmachen kann.«

»Okay.«

Ich versuche, mich an Mr. Holler zu erinnern, aber mir fällt nichts

Fassbareres ein als jemand, der körperlich steif und verbal überaus korrekt war. Ich weiß wenig über ihn, außer dass er mit einem entsetzlichen Fehler leben muss, mit einer Schuld, die nicht einmal seine Frau ertragen konnte, denn es war Adam Holler gewesen, der an dem Tag die Swimmingpoolbeleuchtung installiert hatte, als Jim Bob hineinsprang und starb.

Ein Riegel wird zurückgezogen, Schüssel drehen sich im Schloss, und Mr. Holler starrt mich durch eine dunkle Brille an. Der dritte Mann, der an den Tod denkt.

»Guten Morgen, Lucy«, sagt er. Sofort erinnere ich mich an seine Blässe. Sonnenbrille, Hut, lange Ärmel, lange Hose, Socken und Schuhe, aber wo immer seine Haut unbedeckt ist, blitzt sie unnatürlich blass auf.

Er hält mir eine papierene Hand hin. Sie zu schütteln fühlt sich an, als würde man altes Pergament zerknüllen.

»Ich möchte dir mein aufrichtiges Beileid zum Tod deines Vaters aussprechen. Er war ein Mann, der von vielen geliebt wurde. Hier in der Gegend leben zahllose Menschen, die von seinen guten Taten berichten können. Ich selbst werde seine Gesellschaft sehr vermissen. Seine Gedanken waren von seltener Kraft und Originalität geprägt.«

Jetzt erinnere ich mich an Mr. Hollers formelle Sprechweise. Dahinter verbirgt sich Verlegenheit, vielleicht auch Schüchternheit, die mir schon als Kind aufgrund seiner steifen Bewegungen aufgefallen war.

»Joe hat Ihnen wahrscheinlich schon erzählt, dass die Beerdigung am Dienstag ist«, sage ich.

Er nickt und winkt mich herein. Dann verriegelt er die Tür hinter uns.

»Ich bin etwas langsam«, entschuldigt er sich und führt mich durch den Flur. »Arthritis. Im Rücken. Und mittlerweile fast überall. Seit Jahren.«

Arthritis. Deswegen ließen die Hollers einen Swimmingpool bauen, lange bevor irgendjemand anders davon träumte, auf dem steilen felsigen Hang ein Rechteck mit teurem blauem Wasser anzulegen. Weil Schwimmen gut für Mr. Hollers Arthritis war.

Während ich ihm jetzt folge, komme ich mir groß, zu groß für dieses Haus vor, als wäre ich so gewachsen, dass ich mit dem Kopf gegen die Decke stoße und mit den Ellbogen gegen die Türen schlage.

»Ich habe gestern die Klimaanlage eingeschaltet«, sagt Mr. Holler. Die Klimaanlage war etwas, wodurch das Haus der Hollers modern wirkte. Es war immer kühl. »Normalerweise schalte ich sie im März noch nicht an, aber das Wetter ist bemerkenswert für den Frühling, und sie sagen, dass es noch heißer werden wird. Setz dich.«

Ich sehe mich um. Jim Bob war zwei Jahre älter als ich, und sein Bruder war zwei Jahre älter als Jane. Jane und Ed waren nicht wirklich befreundet, aber als ich neun war, spielten Jim Bob und ich während der Ferien jeden Tag miteinander. Der Swimmingpool der Hollers war neu, und wir nutzten ihn jeden Tag. Dann fing die Schule wieder an, plötzlich schien Jim Bob viel älter als ich, und wir sprachen kaum mehr miteinander.

Das Wohnzimmer ist unverändert. Die Front zum Tal besteht aus Glas, und mit einem komplexen System von Fensterläden kann man den Ausblick ganz oder teilweise verdecken. Jim Bob und ich waren fasziniert von dem Fensterladensystem. Wir machten es an ein paar Stellen kaputt, und niemand schien es zu bemerken. Ich frage mich, ob es jemals repariert wurde.

»Setz dich«, sagt Adam Holler zum zweiten Mal. Aber mich zieht es zum Fenster. Einen Stock tiefer befindet sich die Terrasse. Von dort führt eine Treppe zu dem Glasauge des Swimmingpools, der in den Hügel hineingebaut ist. Ich starre in seine blaue Iris.

»Wie geht es dir, Lucy?«, fragt er, aber seine Stimme klingt hart. Ich denke an den Sommer, den ich mit Jim Bob verbrachte. Er war klein für sein Alter, seine Haut war gebräunt, und sein blondes Haar kurz geschnitten. Er brachte sich selbst bei, wie man kopfüber ins Wasser hechtet. Mir gefiel es, einfach irgendwie hineinzuspringen, dass das Wasser aufspritzte. Mrs. Holler, die uns zusah, beschwerte sich schreiend. Jim Bob übte Kopfsprünge, schlug anfänglich mit dem Bauch auf und wurde mit der Zeit eleganter und sicherer.

»Schau zu, Lucy, Lucy, ich kann es, schau.«

Er rannte auf den Pool zu, zögerte kaum wahrnehmbar, flog dann durch die Luft und durchschnitt das Nichts in einem perfekten Bogen. Es folgte ein Geräusch wie splitterndes Glas, als sein Körper ins Wasser tauchte.

Man kann lieben, wenn man neun Jahre alt ist, und in diesem

Augenblick liebte ich Jim Bob, und ich liebte ihn, als sein nasser tropfender Kopf wieder auftauchte und er mich aus nassen hellen Augen ansah und um meine Anerkennung bat.

Ich tanzte um den Pool herum und klatschte in die Hände. »Fabelastisch, Jim Bob!«

Das sagten wir damals, weil wir die Kinder aus einer Fernsehsendung nachahmten. Fabelastisch. Ist Jim Bob so Jahre später in seinen Tod gesprungen? Fabelastisch? Mit einer Eleganz und Geschicklichkeit, die nahezu poetisch waren? Ich hoffe, es war ein guter Sprung, sein bester.

»Warum setzt du dich nicht?«, fragt Adam Holler leise, und ich höre Angst aus seiner Stimme heraus. Er weiß, dass ich mich an Jim Bob erinnere. Ich erinnere mich an seinen großen Fehler.

»Ich war seit meiner Kindheit nicht mehr hier«, sage ich.

»Manchmal ist deine ganze Familie rübergekommen. Die halbe Nachbarschaft war hier, und Bunny hat Hamburger gemacht.«

»Die ganze Familie?« Ich erinnere mich nur an den langen heißen Sommer, in dem ich jeden Tag mit Jim Bob schwamm, bis sogar Jane schmollte, weil ich nie zu Hause war.

»Ja. Die Schaffers und die Zacs und die Dimotos ...«

Ich versuche mich an die Schaffers, alle vier, bei einer Poolparty zu erinnern. Die Vorstellung ist mir peinlich. Mutter war sich mit Sicherheit fehl am Platz vorgekommen. Auch wenn sie in der Klinik meinten, dass es ihr gut genug gehe, um zu Hause zu sein, konnte sie mit sozialen Situationen nur schlecht umgehen. Entweder strengte sie sich zu sehr an und lachte zu viel, oder sie saß reglos und schweigend da, als hätte man ihr die Beine zusammengeleimt.

»Erinnerst du dich nicht? Erinnerst du dich nicht mehr daran, wie du in unserem Pool beinahe ertrunken wärst? Beim Schnorcheln?«

»Ich erinnere mich daran. Aber ich dachte, das wäre im öffentlichen Schwimmbad gewesen.«

»Es war hier. Du hast im tiefen Ende geschnorchelt und hattest plötzlich Schwierigkeiten. Ich weiß nicht mehr, was passiert war. Vielleicht war Wasser in deiner Maske. Vielleicht hast du versucht, es den anderen Kindern nachzumachen, die tauchten, und Wasser ist in den Schnorchel gelaufen. Ich weiß es nicht mehr. Niemand hat es bemerkt, weil du nicht um dich geschlagen hast, du bist nur plötzlich ganz schlaff geworden. Du hast überhaupt nicht gekämpft. Nur deine Mutter hat gesehen, dass etwas nicht stimmte, und ist mit ihren Kleidern ins Wasser gesprungen und hat dich gerettet.«

Ich schaue in seine schwarzen Käferaugen. »Ich weiß noch, dass ich fast ertrunken wäre und gerettet wurde. Aber es war Jane, die –«

»Nein. Tanja hat dich gerettet.«

»Aber Mutter ist nie geschwommen. Sie konnte nicht schwimmen.«

»Sie ist ins Wasser gesprungen und hat dich rausgezogen. Sie hat dich neben den Pool gelegt, und dann hat Jane geholfen. Vielleicht auch noch ein paar andere, aber vor allem Jane. Sie rollte dich auf die Seite, als wärst du ein Teppich, dann hat sie dich wieder auf den Rücken gedreht und irgendwie gepumpt, bis du dich übergeben hast. Sie war ganz ruhig und effizient. Ich weiß nicht mehr, wie alt sie war, zwölf vielleicht, und Bunny hat zu deinem Vater gesagt: ›Jane wird Ärztin werden, wartet's nur ab.‹«

»Mutter ist nie ins Wasser gegangen, nie, weil sie nicht schwimmen konnte, Mr. –«

Er hebt die Stimme. »Lucy, ich habe es mit eigenen Augen gesehen.«

Seine Augen. Ich erinnere mich, dass ich vor ihrer Farblosigkeit zurückschreckte, wenn er die Sonnenbrille abnahm, um zu schwimmen. Mir scheint, diese Augen sind unzuverlässige Zeugen.

»Also, Lucy …« Er fragt sich, warum ich hier bin. »Kann ich irgendetwas für dich tun? Brauchst du Hilfe?«

»Ich vermute, dass die Polizei bei Ihnen war, Mr. Holler«, sage ich bedächtig.

»Natürlich. Eine Frau. Ungefähr in deinem Alter.«

»Hat sie Sie gefragt, wann Sie Daddy zum letzten Mal gesehen haben?«

»Natürlich.«

»Und was haben Sie gesagt?«

»Am Sonntagabend, bei Joe.«

»Mr. Holler, was haben Sie am Sonntagabend gemacht?«

Er gestikuliert, die Geste ist zu ausholend und zu unbesonnen für einen Mann, dessen Bewegungen normalerweise so kontrolliert sind.

»Also …«, setzt er unbeholfen an. Er sucht nach dem entspannten lockeren Stil, den Vater manchmal an den Tag legte und Joe Zacarro perfektioniert hat. Aber er kann nicht die Kleider anderer

Leute tragen. Die Worte passen ihm nicht. »Ich meine …«, versucht er es noch einmal. »Was machen alte Kerle wie wir schon?«

Ich betrachte seinen Körper. Sein Oberkörper ist breit wie eine Schachtel, weil seine Schultern seit Jahren verspannt sind.

»An den Tod denken? Ist es das, was alte Kerle wie Sie tun?«, sage ich.

In seinem Gesicht zuckt es kurz, eine winzige Bewegung ist ihm entkommen. Sofort hat sich sein Körper wieder unter Kontrolle, und er hat erneut eine Position mit steifem Rücken eingenommen. Er sieht mich schweigend an. Sein Mund ist fest verschlossen, so wie meiner, als mich Rougemont mit der Wahrheit konfrontierte, mit meinen Schuhen.

Ich stehe noch immer am Fenster. Ich spüre, wie die Sonne in meinem Rücken den Raum mit Licht überflutet. Vielleicht sieht Mr. Holler nur meine Silhouette, vielleicht sieht er nur einen Schatten, so wie ich Rougemont immer sehe.

»Am Sonntagabend fuhren Sie, Joe Zacarro und Daddy mit einem alten Abschleppwagen auf die Schnellstraße an der Küste«, fahre ich fort. »Am Straßenrand luden Sie ein Autowrack ab, wo es am nächsten Morgen die Autofahrer daran erinnern sollte, wie wertvoll ihr Leben ist. Für sie selbst und für andere. Ein Mann sieht ein Wrack und stellt sich seine Kinder ohne Vater vor. Eine Frau sieht ihren Mann als Witwer. Junge Leute denken an ihre Eltern als Leidtragende. Alle denken an nicht erledigte Dinge, wie es wäre, wenn ihr Leben ein abruptes Ende fände, bevor sie getan haben, was sie tun wollen, bevor sie erreicht haben, was sie erreichen wollen, bevor sie die Dinge gesagt haben, die sie sagen wollen. Und für eine Weile, nicht sehr lange, fahren sie langsamer, vorsichtiger, leben das Leben ein bisschen anders. Und das dank Ihnen und Joe und Daddy.«

Er erwidert nichts.

»Ich wette, Sie machen das oft. Ich wette, Sie laden Autowracks in der ganzen Gegend ab. Ich kritisiere Sie deswegen nicht, Mr. Holler. Ich bewundere Sie dafür, dass Sie so viele Menschen daran erinnern, ihre Prioritäten zu überdenken. Ich finde, Sie und Joe sollten damit weitermachen, auch wenn mein Vater tot ist. Ich werde der Polizei weder davon erzählen noch veranlassen, dass Sie damit aufhören. Ich will nur eine Sache von Ihnen.«

Er sieht mich an. Seine Brillengläser sind so dunkel, dass sich das Fenster darin spiegelt und jenseits des Fensters das Tal.

»Ich möchte, dass Sie mir sagen, wer der andere Mann ist. Der Besitzer des Abschleppwagens. Ich muss mit ihm reden.«

Bevor er Zeit hat nachzudenken, entweicht ihm die Antwort.

»Nein, Lucy, nein.«

»Jemand muss mit ihm reden. Wenn nicht ich, dann die Polizei. Und ich denke, das will keiner von uns, Mr. Holler.«

Er bringt die Beine in eine andere Position. Er setzt sich aufrechter. Er hält sich an den Armlehnen seines Stuhls fest.

»Lucy, ich will dir einen Rat geben. Halte dich aus der Sache raus. Sie betrifft dich nicht. Wenn dein Vater gewollt hätte, dass du es weißt, hätte er es dir erzählt. Regle« – er macht eine abweisende Handbewegung – »regle einfach seine Hinterlassenschaft, verkauf sein Haus, nimm das Geld und kehr nach New York zurück. Mehr brauchst du nicht tun, mehr wollte Eric nicht, dass du tust.«

Mein Herz schlägt schneller. Wut brodelt in mir auf, als hätte sie mir gerade jemand in eine Vene gespritzt.

»Mr. Holler, mein Vater starb nicht, wie er hätte sterben sollen, ruhig, im Kreis seiner Familie. Und ich möchte wissen warum. Ich werde nicht nach New York zurückkehren, nur weil Sie der Meinung sind, dass ich nicht mehr herausfinden muss. Ich habe guten Grund, den Besitzer des Abschleppwagens mit Vaters Tod in Verbindung zu bringen. Sie können mir dabei helfen, ihn ausfindig zu machen.«

Ich habe sehr laut gesprochen. Ich habe sehr laut zu diesem blassen, arthritischen alten Mann gesprochen. Wenn uns jemand durch das Fenster beobachtet hätte, was für Schlussfolgerungen hätte er gezogen? Ich wende mich wieder dem Tal zu, nicht dem in der Sonnenbrille gespiegelten, sondern dem wirklichen, in dem die Farben kräftiger und die Linien schärfer sind. Mein Blick folgt der alten vertrauten Route wie ein Hund, der weiß, wie er nach Hause schleichen muss. An der Stelle des Autounfalls von Robert Joseph vorbei, an der Farm vorbei, zu der ich mit Lindy gegangen bin.

»Nein«, sagt er.

Ich starre ihn an.

»Ich werde dir keine Informationen geben, die du nicht haben sollst, wenn es nach deinem Vater gegangen wäre.«

»Mein Vater wusste nicht, dass er umgebracht werden sollte.«

»Ich missbrauche Vertrauen nicht. Unter keinen Umständen. Wenn du die Sache weiterverfolgen willst, dann mithilfe der Polizei, nicht mit meiner. Das ist mein Entschluss, und Joe Zacarro wird mich unterstützen.«

Ich spüre, wie mein Herz pocht und sich meine Nervenenden anspannen. »Hören Sie, Mr. Holler –«

Er hält eine weiße Hand hoch, um mich zum Schweigen zu bringen.

»Ich will nicht länger darüber reden, Lucy.«

Auf einen Stock gestützt bringt er mich wortlos zur Tür. Er ist ein Mann, der einen ganz eigenen Stil gelassener Würde entwickelt hat, um seine Demütigung im Zaum zu halten. Er hat aus Versehen seinen Sohn getötet. Ein fürchterlicher Unfall. Er entriegelt die Tür. Ich wünschte, er würde Jim Bob erwähnen. Jim Bobs dünner brauner Körper mit dem blonden Bürstenschnitt scheint zwischen uns zu liegen.

»Auf Wiedersehen, Lucy.« Seine Stimme ist so flach wie das Tal. »Dein Vater hat seine Angelegenheiten so arrangiert, wie er sie haben wollte. Ich hoffe, du denkst noch einmal über seine Wünsche nach, bevor du etwas unternimmst.«

30

Bei diesem Wetter sollte man nicht mit einem Auto ohne Klimaanlage in das Tal hinunterfahren. Wenn man unten ankommt, flimmern die vielen geraden Linien unscharf in der Hitze, die über dem Asphalt schwebt. Der Rand der Straße sieht verbogen aus, und die Baumreihen scheinen zu schwanken wie betrunkene Revuetänzerinnen.

Es ist ein langer Weg bis zur Kreuzung. Es kommt mir vor, als würde ich über den Grund eines endlosen Ozeans fahren.

Endlich erreiche ich sie und biege nach Süden ab. Als ich zur Obstplantage komme, versuche ich, genau die Stelle zu finden, an der sich Robert Joseph mit dem Wagen seines Vaters überschlug. Ich entscheide mich für eine Stelle, dann für eine andere und schließlich für eine dritte zwischen den Reihen der Obstbäume. Aber letztlich muss ich mir eingestehen, dass ich nicht mehr weiß, wo sich der Unfall ereignete.

Ich hoffe, dass das Haus der Josephs noch aussieht wie früher. In meiner Erinnerung ist es ein verschwommenes Bild aus grünem Licht und grünen Schatten. Ich halte mich am Lenkrad fest, mein Körper ist angespannt, als ich über das Aquädukt auf die Einfahrt fahre. Sofort bin ich von anderen Formen und Farben umgeben, und wie früher freue ich mich, als ich die sonnenverbrannte braune Erde und systematischen Baumreihen hinter mir lasse und in diesem anderen Land ankomme. Hier war ich glücklich. Die großen Rasenflächen lassen mein Herz höher schlagen, wie früher. Ich lächle angesichts des Aufruhrs von Blumen und Büschen, weil ich früher deswegen auch lächeln musste. Die Schattenmuster unter den großen

Bäumen entzücken mich, wie früher. Ich halte Ausschau nach der Hängematte, in der Robert und ich jenen Sommer verbrachten, aber einer der alten Bäume, an dem sie hing, ist verschwunden und mit ihm die Hängematte. Ich frage mich, ob der Baum umgestürzt ist. Ich frage mich, wie laut der Aufprall war.

Das große Haus ist frisch gestrichen und glänzt, wo die Sonne durch die Bäume scheint. Ich bleibe direkt davor stehen. In der Nähe richtet sich eine Frau auf, die über ein Blumenbeet gebeugt war, und starrt mich an. Sie trägt einen breitkrempigen Strohhut, ich kann ihr Gesicht nicht sehen. Mein Herz pocht. Es könnte die Gärtnerin sein oder Roberts Frau oder die Frau eines seiner Brüder oder vielleicht sogar Mrs. Joseph. Das Blut rauscht in meinen Ohren wie eine riesige Maschine, die an mir vorbeifährt.

Ich stehe unsicher neben dem Wagen, sehe zum Haus, in den grünen Garten und zu der Frau, die langsam auf mich zukommt. Die Gestalt ist schon ganz nah, als ich sehe, dass es ein Mann ist, der ein langes, ausgebleichtes, weites Kleid trägt.

»Ralph!«, sage ich. Auf dem schmalen weißen Gesicht taucht ein Lächeln auf. Er ging so langsam, weil er Angst vor mir hatte. Jetzt beeilt er sich und nimmt meine ausgestreckte Hand. Sein Händedruck ist leicht. Er blickt mich aus hellen blauen Augen an und lächelt unverwandt weiter.

»Hallo, Ralph, ich bin's, Lucy. Lucy Schaffer. Ich war schon ein paar Jahre nicht mehr hier.«

»Hallo, Lucy«, sagt Ralph erfreut.

Ralph ist Mrs. Josephs Bruder. Er ist kein Transvestit, aber was auch immer die meisten Männer davon abhält, an einem heißen Tag ein kühles Kleid zu tragen, schreckt Ralph nicht ab. Aufgrund einer merkwürdigen Ungleichverteilung bekam Mrs. Joseph alle Gene für eine schnelle Auffassungsgabe, Intelligenz und Kompetenz. Ralph wäre nie in der Lage gewesen, einen Job zu behalten oder die High School zu absolvieren. Mrs. Joseph sorgte dafür, dass er es auch nicht musste. Als sie Roberts Vater heiratete, kam Ralph mit. Während meines Sommers mit Robert war Ralph immer da, normalerweise im Garten, wo er pflanzte, beschnitt, goss.

Ralph wollte wissen, was Robert und ich in der Hängematte oder im Rosengarten taten. Wie er genau wusste, schliefen wir miteinander. Ich hatte überhaupt keine Erfahrung, und Robert hatte weniger, als er zugab. Wir waren technisch unerfahren. Robert kam für gewöhnlich früher, als er wollte, und schrie immer »O nein!«. Aber es machte nichts. Ich lachte über seine Verlegenheit, seine Entschuldigungen und sagte: »Mir gefällt das. Dadurch fühle ich mich unwiderstehlich.« Und er sagte: »Du bist unwiderstehlich.« Er begriff nicht, dass die Art, wie er mich hielt, sein Bedürfnis, mich in die Arme zu nehmen, sein Vergnügen an meinem Vergnügen, seine Freude über meinen Körper, jeden Zentimeter davon, sogar die Ellbogen, die Liebe, mit der er mich berührte, aufregender waren als sekundengenaues Timing. Oder vielleicht wusste er es doch. Vielleicht wusste er, dass ich durch seine Liebe zu einer anderen Lucy wurde, und seine Macht erschreckte ihn, und deswegen verschwand er.

Jane wusste es. Jane verstand, dass Robert mich von meiner Einsamkeit befreite. Ich glaube, sie freute sich für mich. Wir sprachen nicht darüber. Sie fragte mich nur einmal, ob wir verhüteten. Ich war verträumt und wollte nicht darüber reden. Ich sagte einfach ja.

Wo immer wir uns versteckten, um miteinander zu schlafen, Ralph schaffte es irgendwie, uns zu finden. Wir sahen immer zuerst hinter Büschen und Bäumen nach, wir schickten ihn mit sinnlosen Aufträgen aus dem Garten auf die Obstplantage, wir schalteten den Fernseher für ihn ein, aber wenn wir danach aufsahen, stand da immer Ralph und beobachtete uns mit schamloser Neugier, seine sanften blauen Augen weit aufgerissen.

»Wie geht es dir, Ralph?«, frage ich ihn jetzt.

»Gut.« Er lächelt ausdruckslos. Er erkennt mich nicht.

»Ist Mrs. Joseph da?«

»Nein.«

»Wann kommt sie zurück?«

»Sie ist bei Robert.«

Etwas in meinem Bauch zieht sich vor Enttäuschung zusammen.

»Ach, das ist aber schade. Ich hatte gehofft, mich mit einem alten Freund eurer Familie in Verbindung setzen zu können. Jemand, der Marcello heißt –«

»Barbara«, sagt Ralph. »Barbara ist gestorben.«

Noch eine Enttäuschung. Der Marcello Trust und Barbara Marcello haben wahrscheinlich nur zufällig den gleichen Namen. Ich will ihm danken und in meinen Wagen steigen, als ich mich plötzlich an Barbara erinnere.

»Ich kannte sie! Sie war eine Freundin von Mrs. Joseph. Sie war wirklich nett.« Sie war die Freundin, die da war an dem Tag, als der Autounfall passierte, sie hielt meine Hand und redete beruhigend auf mich ein, bis Jane kam.

»Shelley hat Barbara sehr gemocht«, sagt Ralph.

Barbara war oft im Haus der Josephs. Sie war groß und hatte langes Haar, das sie offen trug zu einer Zeit, als die meisten Frauen kurze Dauerwellen hatten. Sie hatte einen Sohn, einen einsamen, anstrengenden Jungen. Er war ungefähr elf und regte sich über die Maßen auf, wenn Robert und ich klar machten, dass wir lieber allein sein wollten, statt mit ihm Fußball zu spielen oder fernzusehen. Aber schließlich freuten wir uns auf seine Besuche, weil er, wenn wir ihn losgeworden waren, Ralph dazu überredete, mit ihm Karten zu spielen, und auf diese Weise ließen uns beide in Ruhe.

»Sie war Malerin, stimmt's?« Ich habe nie ihre Bilder gesehen, aber ich erinnere mich an die geheimnisvolle Aura, die sie dank ihres Talents umgab.

Ralph lächelt. »Krebs«, sagt er.

»Ich glaube, sie hatte einen Sohn … Ich weiß seinen Namen nicht mehr …«

»Ricky. Ricky repariert wunderschöne Autos«, sagt Ralph.

»Ricky, genau, so hieß er.« Und dann bleibt für einen Augenblick die Welt stehen. Mein Herz hört auf zu schlagen, das Blut fließt nicht mehr durch meine Adern. »Ralph, hast du gerade gesagt, dass er jetzt Autos repariert?«

Ralph nickt. »In San Strana.«

Ich setze mich in Bewegung. Entschlossen. Ich muss augenblicklich nach San Strana fahren, es ist so unabdingbar, dass ich mich nicht einmal nach Robert erkundige. Ich danke Ralph, schüttle noch einmal seine Hand und gehe zu meinem Wagen.

»Shelley ist heute Abend wieder da«, sagt er. »Komm sie bald besuchen. Das wird sie freuen.«

Er ruft mir etwas nach. Da ich es nicht gehört habe, kurble ich das Fenster herunter, damit er es wiederholt.

»Das, was du mit Robert gemacht hast«, sagt er. »Er muss gelernt haben, wie man es richtig macht, denn er hat jetzt drei Kinder.«

Ich lächle wortlos.

»Komm wieder«, sagt er. »Wir haben lange auf dich gewartet, Lucy.«

Als ich davonfahre, winkt er mir nach.

Zurück im heißen Tal, wo sich alles langsam bewegt, fahre ich schnell. Mein Herz rast. Auf meiner Suche nach dem Marcello Trust, auf meiner Suche nach dem Abschleppwagen, kam mir nie in den Sinn, dass es zwischen beiden eine Verbindung gibt. Die Fahrt dauert fast eine Stunde, aber während der ganzen Zeit kribbeln meine Finger. Erst als ich mich dem Tal von San Strana nähere, fällt mir ein, wie sehr ich diesen Mann und seinen Wagen fürchte. Er war ein seltsamer Junge, der in meinem Leben kaum eine Rolle spielte. Ich hätte nie gedacht, dass er noch einmal darin auftauchen würde. Ich weiß nur, dass er jetzt groß und dunkelhaarig ist, jeden Kontakt mit meiner Familie meidet, schnell laufen kann, etwas aus unserem Haus will und Vater gegenüber aggressiv war.

Ricky Marcellos Autowerkstatt zu finden ist nicht schwer. Ich frage danach in einem der Touristenläden in Cooper, der größten Sadt von San Strana. Drei Leute versichern mir, dass sie nur noch ein paar Kilometer entfernt ist. Zuerst käme ich zu einem umgebauten Schuppen, der die Marcello Galerie beherbergt, und hundert Meter weiter sei die Werkstatt.

»Ricky ist ziemlich gut, aber er repariert nur, wenn er Lust hat«, warnt mich ein Mann. »Hoffentlich haben Sie es nicht eilig.«

Ich fahre aus der Stadt hinaus in das grüne bewaldete Tal. Die großen Bäume biegen sich unter der Last des Laubs, als hätten die Blätter den Tag damit verbracht, das Gewicht des Sonnenlichts zu absorbieren. Ein Fluss fließt durch das Tal, die Häuser hier sind alt und stehen im Schatten der Bäume, die nichts mit der schlanken, schnellwüchsigen Erscheinung der Bäume in Vaters Garten gemein haben. Hier sieht es so aus wie auf der Farm der Josephs.

Bald komme ich an einem Schild vorbei, das auf die Galerie hinweist, und ich werde langsamer. Ich wollte direkt zu der Werkstatt fahren, aber als ich den Abschleppwagen davor stehen sehe, verliere ich den Mut und beschleunige stattdessen. Nach ein paar Minuten kehre ich um. Ich fahre wieder an der Werkstatt vorbei, diesmal sehr langsam. Es befindet sich ein kleines Schild daran: COOPER ROAD GARAGE, E. MARCELLO. Ricky muss ein Spitzname oder eine Verkleinerungsform sein. Ich frage mich, wofür das E steht.

Es gibt keine Zapfsäulen, keine knallroten Plakate, die für Reifen werben oder die Vorteile einer bestimmten Sorte Motoröl propagieren. Die Werkstatt besteht lediglich aus ein paar alten Schuppen, dem Abschleppwagen und einer kleinen Kollektion von Autos, die meisten davon, wie der Abschleppwagen, uralt. Sie ist zu malerisch, um ein ernsthaftes Unternehmen zu sein.

Ich fahre noch einmal vorbei, bevor ich erneut wende und den Wagen neben der Straße abstelle. Dann gehe ich leise zu Fuß zur Werkstatt wie jemand, dessen Auto in der Nähe zusammengebrochen ist.

Die Türen der Schuppen sind alle geschlossen. Ich bleibe hinter dem Abschleppwagen stehen und horche, atme kaum und wünschte, mein Herz würde ruhiger schlagen. Meine Nerven vibrieren, warten darauf, dass Geräusche oder Gerüche zu mir getragen werden. Ein klappernder Schraubenschlüssel. Ein pfeifender Mann. Aber nichts geschieht. Ich bleibe im Schatten des Abschleppwagens stehen, lange nachdem ich überzeugt bin, dass niemand hier ist.

Die meisten Autos habe ich im Blick. Sie befinden sich in unterschiedlichen Stadien der Reparatur. Zwei sind Wracks. Ein alter, zigarrenförmiger blauer Wagen ist um einen Scheinwerfer herum weiß gestrichen, als trüge er eine Bandage. Zwei alte Sportwagen scheinen in gutem Zustand.

Bald werde ich mein Versteck verlassen müssen. Reglos in der Stille zu stehen, in ständiger Bereitschaft zu rennen, wenn es sein muss, reizt meine Finger und Zehen. Ich denke daran, dass ich manchmal nicht wusste, dass mein Vater überhaupt da war, wenn er unter dem Traktor lag. Ich musste oft lange warten, bis ich ein Geräusch hörte oder eine Bewegung sah. Ich horche, alle meine Sinne hellwach, mein Körper angespannt, ein Summen in den Ohren.

An den Schuppen führt ein Kiesweg vorbei. Ich gehe geräuschlos auf dem Grasrand. Einmal stoße ich gegen ein leeres Ölfass, und der Knall lässt mich wie angewurzelt stehen bleiben. Dann schleiche ich um die Gebäude. Dahinter befindet sich eine kleine Wiese. Ein gut ausgetretener Pfad führt zu einem Haus, das zwischen den Bäumen kaum zu sehen ist. Es muss in kurzer Entfernung hinter der zu einer Galerie umgewandelten Scheune stehen.

Auf der Wiese fühle ich mich ungeschützt. Die Sonne ist ein grausamer Scheinwerfer. Ich gehe schnell weiter. Eine Brücke führt über einen Bach, und ich bin erleichtert, zwischen den Bäumen nahe dem Haus untertauchen zu können. Als ich eine Bewegung auf der Veranda hinter dem Haus sehe, lege ich mich flach auf den Boden und schaue. Eine Frau mit einem Baby. Das Haus ist groß, alt und verwittert. Ich sehe, wie das Baby über die Veranda kriecht, die Frau folgt ihm und hebt es hoch. Sie hält es einen Augenblick über ihren Kopf. Selbst in dieser Entfernung höre ich seinen Freudenschrei. Plötzlich muss ich voll Bitterkeit an Stevie denken, der sich nie über irgendetwas freute. Die Frau setzt das Baby ab und geht ins Haus. Das Baby folgt ihr. Sie hinterlassen eine Leere. Sie sind zusammen im Haus, und ich bin allein im Wald.

Was tue ich hier, wo mir das Gras ins Gesicht sticht? Ich habe unbefugt ein Grundstück betreten. Ich beobachte fremde Familien. Verfolge meinen eigenen einsamen Weg. Und mir scheint jetzt, da ich auf dem Bauch in einem fremden Wald in einem fremden Tal liege, dass ich mein ganzes Leben lang einen einsamen Weg gegangen bin.

Am liebsten würde ich weinen, aber ich gehe durch die Bäume zurück, über den Bach, über die Wiese. Ich mache mir nicht die Mühe, mich zu verstecken. Niemand weiß oder kümmert sich darum, dass ich hier bin. Ich folge dem Weg an den Schuppen vorbei, gehe um den Abschleppwagen herum, und dann, so plötzlich, dass ich keine Zeit habe, nachzudenken oder zu reagieren, spüre ich einen Arm um meinen Hals. Mein Gesicht wird gegen das unnachgiebige Blech des Abschleppwagens gedrückt, sodass sich meine Wange anfühlt, als befände sie sich in meinem Mund, und der Geruch nach Öl steigt mir in die Nase. Eine Stimme in meinem Rücken zischt: »Was tust du hier?«

Ich kann nichts sagen, weil der Arm gegen meinen Unterkiefer drückt. Ich sehe meinen Angreifer nicht, aber ich kann erkennen, dass er irgendeine Waffe in der Hand hält. Dann wirbelt er mich herum, sein Körper ist reine Kraft, und ich weiß, dass es sinnlos ist, mich zu wehren. Ich blicke auf die Waffe. Es ist eine kleine schwarze Schachtel, die ich sofort wiedererkenne. Er bedroht mich damit. Als er auf den Knopf drückt, schleudert sie winzige Bänder blauer zischender Blitze in die Luft. Ich höre Kirstys Stimme so deutlich, als stünde sie neben mir: »Man muss jemanden nur mit den Sonden berühren, um sein zentrales Nervensystem außer Kraft zu setzen.«

Langsam schaue ich Ricky Marcello in die Augen. Ich erkenne sein Gesicht sofort wieder. Es ist jetzt behaart, aber noch genauso hager wie früher, der gleiche suchende Blick, an den ich mich aus der Zeit erinnere, als ich groß war und er klein.

»Was zum Teufel tust du hier?«, fragt er noch einmal.

Seine Mundwinkel sind nach unten gezogen, seine dunklen Augen sind asymmetrisch, und ich sehe darin, dass er entweder sehr wütend oder verrückt ist oder beides. Ich rieche seinen Schweiß. Ich rieche seinen Körper. Öl, Lumpen, Kaffee, Werkstattgeruch.

»Ich habe dich gesucht«, sage ich. Meine Stimme klingt mickrig. Sie will nicht weitersprechen, aber ich zwinge mich zu Worten. »Ich habe Fragen an dich. Was wolltest du im Haus meines Vaters? Hat er dich bezahlt? Warum? Warum hast du ihn angeschrien, kurz bevor er starb? Du hast ihn angebrüllt und ihm gedroht, und am nächsten Tag ...«

Sein Gesicht ist aschfahl. Er wirbelt mich herum wie ein Puppe, sodass mein Rücken ihm zugekehrt ist, und presst mir die Hand auf den Mund. Er drückt mir die Lippen gegen die Zähne, sein Daumen auf meiner Wange zerrt an der Haut über meinem Kinn, drückt mir die Nase zusammen, sodass ich nicht atmen kann. Ich wehre mich zum ersten Mal, versuche, seine Finger wegzuziehen, ringe nach Luft, aber seine Hand umklammert mein Gesicht wie ein Schraubstock.

»Ich will dich hier nicht sehen«, sagt er. Er ist nah an meinem Ohr wie ein Liebhaber, aber er zischt hasserfüllt. »Ich will dich hier nicht sehen. Ich will dein verdammtes Gesicht nicht in der Nähe meines Hauses, meiner Familie, meiner Wagen, meiner Schuppen sehen.«

Ich hebe das rechte Knie an und stampfe mit dem Fuß, so fest ich kann, auf seinen. Ich spüre, wie der Schmerz seinen Körper durchfährt. Die Hand über meinem Gesicht lockert sich, ich schnappe nach Luft. Dann wird der Griff wieder fester, und ich weiß, dass ich ihn nur noch mehr gegen mich aufgebracht habe.

Der Taser taucht Zentimeter vor meinem Gesicht auf, eine Berührung, und ich werde erstarren, unfähig, mich zu wehren. Wieder hebe ich das rechte Knie und trete noch einmal zu, diesmal fester. Ich kann meinen Fuß etwas anwinkeln, sodass der Absatz meines Schuhs sich in seinen Fuß bohrt. Ich spüre, wie unter meiner Sohle Knochen knirschen. Wahrscheinlich habe ich seinen Fuß nicht gebrochen, aber ich habe ihn verletzt, und bevor er den Schmerz überwinden kann, hebe ich erneut das Knie. Ich denke an meinen Vater, getötet von dem Taser, wie er über die Klippen von Seal Wash fällt, und diesmal bohrt sich mein Fuß tief in seinen. Als er den Schmerz mildern will, indem er sein Gewicht auf den linken Fuß verlagert, werfe ich mein ganzes Gewicht nach rechts. Einen Augenblick lang taumelt er. Ich kämpfe. Wenn ich entkommen kann, dann jetzt. Ich zerre an seinen Fingern. Ich trete nach hinten, stoße ihm die Ellbogen in die Rippen. Aber der Griff um meinen Hals, meinen Mund und meine Nase wird noch fester.

Langsam werden meine Beine schwächer, dann meine Arme. Ich wehre mich nicht mehr, kämpfe nicht mehr um Sauerstoff. Es gibt keinen. Mein Körper wird schlaff wie Papier, und während das passiert, lässt er mich erstaunlicherweise los. Ich stolpere ungläubig nach vorn und beiße in die Luft, als wäre sie fest.

»Verschwinde«, schreit er mich an.

Ich führe die Hand an den Mund. Er blutet. Meine Wangen fühlen sich wund an, als wären sie aufgekratzt.

Ich torkele davon, während er brüllt: »Verschwinde jetzt. Behalte deine verdammten Beschuldigungen für dich und halt dein verdammtes Maul, oder ich muss es dir ein für alle Mal stopfen.«

Ich fange an zu laufen. Ich spüre, wie Blut aus meinem Gesicht auf meine Bluse tropft. Ich blicke nicht zurück.

Als ich bei meinem Auto bin, lasse ich mich hineinfallen und fahre so schnell wie möglich davon. Ricky Marcello steht neben der Werkstatt, die Hände in die Hüften gestemmt, und sieht mir nach.

Es ist später Nachmittag an einem glutheißen Tag. Nichts im Tal von San Strana bewegt sich schnell. Ich komme frustrierend langsam voran. Ich halte mir ein Taschentuch vors Gesicht und blicke mich immer wieder nervös im Rückspiegel nach dem Abschleppwagen um.

Als ich das Tal fast hinter mir habe, fahre ich auf einen staubigen Parkplatz. Zwei Obststände, für deren niedrige Preise überall geworben wird, sind bereits geschlossen. Ich fahre rückwärts in die Lücke zwischen ihnen. Von diesem Versteck aus beobachte ich die Straße, warte, traue mich kaum zu blinzeln. Als der Verkehr endlich nachlässt, werfe ich hin und wieder einen Blick in den Spiegel der Sonnenblende. Ich bin weiß im Gesicht, eine Lippe ist geschwollen, unter meiner Nase ist getrocknetes Blut. Ich versuche, mein Gesicht zu säubern, ohne die Straße aus den Augen zu lassen.

Ich warte auf den Abschleppwagen, aber als das blaue Auto mit der weißen Bandage um den Scheinwerfer herum auftaucht, reagiert mein Körper sofort. Ich lasse den Motor an und fahre aus dem Parkplatz. Ich komme eine Sekunde zu spät an die Straße, um vor einem Lieferwagen abzubiegen, der langsam den Hügel hinaufzuckelt. Er ist mit Orangen beladen. Vier Autos kriechen hinter ihm her. Ich versuche zu überholen. Es wird gehupt und aus runden wütenden Mündern geflucht, und ich muss mich wieder einordnen. Als die Straße erneut über flaches Land führt und ich den Lieferwagen überholt habe, muss Ricky Marcello weit vor mir sein.

Ich fahre in südlicher Richtung auf die Schnellstraße. Unter mir sehe ich die roten Ziegel von Lowis. Das Bild eines rotgesichtigen Jungen, der auf einem Skateboard sitzt, taucht vor mir auf und verschwindet wieder, als ich beschleunige und Lowis hinter mir lasse. Ich halte in der zunehmenden Dunkelheit Ausschau nach dem blauen Wagen. Als ich ihn nirgends entdecken kann, fahre ich noch schneller, bis ich die Geschwindigkeitsbegrenzung überschreite und rücksichtslos überhole. Denk an den Tod. Joe Zacarro sagte: Wenn man daran denkt, dass man eines Tages sterben wird, dann lebt man das Leben anders. Ich seufze und beschleunige noch mehr.

Ich sehe den blauen Wagen erst, als ich fast schon an der Brücke bin. Er taucht so plötzlich auf, dass ich auf die Bremse treten und mich auf einer langsameren Spur einordnen muss, um nicht gesehen zu werden. Es ist nicht einfach, jemanden im Blick zu behalten, ohne selbst aufzufallen. Jetzt, da sich die Dunkelheit über die Stadt senkt, wirken viele Autos blau, und um ihn zwischen den zahllosen anderen Schlusslichtern nicht aus den Augen zu verlieren, muss ich näher an ihn heranfahren, als mir lieb ist.

Als er die Schnellstraße verlässt, schlägt mein Herz schneller. Das ist die Ausfahrt, die Janes und Larrys Wohnung am nächsten ist. Ich bleibe in knapper Entfernung hinter ihm, aber von jetzt an stellen die Ampeln ein Problem dar. Ich bin zwei Autos hinter Ricky Marcello.

Und dann mache ich einen Fehler, und zwar einen entscheidenden. Ich folge dem falschen Wagen. Der blaue Wagen, dem ich nachfahre, ist schnell, überholt und ordnet sich wieder ein, und ich beeile mich, um ihn nicht zu verlieren. Als ich an einer Ampel halte, steht der Wagen mit dem ummalten Scheinwerfer plötzlich neben mir. Ich sehe nicht hin. Ich sehe nicht zum Fahrer. Ich versuche, mich zu verhalten wie jemand, der von der Arbeit nach Hause fährt, sich kurzfristig für die Läden auf der Straße interessiert, aber die ganze Zeit spüre ich die Nähe von Ricky Marcello, spüre, dass sein Gesicht mir zugewandt ist und seine Augen mich zornig anstarren.

Die Ampel schaltet auf Grün, und alle Autos fahren mit der Anmut von Synchronschwimmerinnen an. Ricky Marcello ist neben mir. Ich werde langsamer, er ebenfalls. Im Rückspiegel sehe ich, wie sich die Autos hinter uns stauen. Ich blicke immer noch nicht zu ihm, während wir uns der nächsten Ampel nähern, aber als ich daran vorbeifahre, ist er verschwunden, auf der rechten Spur abgebogen. Ich schaue zurück. Sein Wagen verschwindet in einem Neunzig-Grad-Winkel zu meinem.

Ich fahre um den Block. Bald verzweifle ich an der Unmöglichkeit, zwei Schlusslichter in einer Stadt voller Lichter zu finden. In der Hoffnung, ihn an seinem Ziel aufzuspüren, schlage ich die Richtung zu Janes und Larrys Wohnung ein. Ich fahre nicht daran vorbei, sondern behalte die Straße, in der sie wohnen, von einer nahen Kreuzung aus im Auge. Und da kommt er. Er stellt den Wagen neben einer Parkuhr gegenüber ihrer Wohnung ab. Ich hatte Recht. Ricky Marcello beobachtet Larry und Jane.

Ich fahre ein Stück zurück den Hügel hinauf und parke in einem spitzen Winkel zur Straße. Ich kann den blauen Wagen nicht sehen, würde jedoch bemerken, wenn er aus der Parklücke fährt. Der Hügel ist gut beleuchtet, und wenn Ricky Marcello die Straße überqueren will, würde ich auch ihn sehen.

Es ist ein altes malerisches Stadtviertel. Die Häuser stehen gedrängt auf dem Hügel, Janes und Larrys weiße Wohnung befindet sich im ersten Stock. Jemand ist zu Hause, denn die Lichter brennen. Wahrscheinlich Larry, der die Rede überarbeitet und einübt, die er morgen bei Vaters Beerdigung vortragen wird. Vielleicht auch Jane. Sie war heute im Krankenhaus, aber ich schätze, dass sie früh nach Hause gegangen ist, um alle Arrangements noch einmal zu bestätigen. Auf der Straße steht ein Auto, das ihres sein könnte.

Lange Zeit geschieht nichts. Die Temperatur sinkt. Ich fühle mich steif und schmutzig, und mir ist kalt. Aber ich versuche, wachsam zu bleiben, damit ich sofort losfahren kann, wenn Ricky Marcello die Straße entlangkommt und mich sieht.

Jemand taucht in einem Fenster der Wohnung auf. Ich spanne mich an. Es ist Larry, der nachprüft, ob er heute Abend beobachtet wird. Vielleicht fährt Ricky Marcello jedes Mal einen anderen Wagen, wenn er herkommt, weil die entspannte Art, wie Larry die Vorhänge zuzieht, darauf schließen lässt, dass er sich unbeobachtet wähnt.

In meinen Schultern und in meinem Gesicht fängt es an zu pochen. Wenn die Leute mich fragen werden, wieso ich blaue Flecken im Gesicht habe, werde ich sagen müssen, dass ich gegen eine Tür gerannt bin. Ich kann niemandem von Ricky Marcello erzählen, bis ich weiß, warum er eines von Vaters Geheimnissen war.

Während ich im Auto sitze, warte, mich nicht bewege, denke ich an die Frau, die ich beobachtete, die, die das Baby hoch über ihren Kopf hob. Sie hatte im Haus zu tun, kam heraus, um nachzusehen, wohin das Kind auf der Veranda kroch, dann beugte sie sich zu ihm hinunter und entzückte es mit ihrer unerwarteten Aufmerksamkeit. Es schrie vor Vergnügen. Ich habe bei Stevie nur selten erlebt, dass er sich freute, außer wenn er schlief. Ich kann mich nicht erinnern, dass er diese Freude jemals zum Ausdruck brachte.

Ricky Marcello muss in dem Haus zwischen den Bäumen wohnen, und die Frau muss Ricky Marcellos Frau sein. Das Baby ist sein Kind. Ich sammle Informationen über ihn, obwohl ich noch nicht weiß, ob irgendetwas davon nützlich sein wird. Ich versuche, mich an den jungen Ricky, den ich bei den Josephs kennen lernte, zu erinnern. Ich kann mich nur an eine Art kinetische Energie erinnern, seine verzweifelten, oft enervierenden Bitten um Aufmerksamkeit. Wann immer ich bei den Josephs war, achtete ich nur auf Robert. Ricky war nichts weiter als eine Fliege, die um Robert schwirrte.

Schließlich, als mein Körper von der Untätigkeit vollkommen erschöpft ist, meine Arme und Beine schmerzen, mein Magen knurrt und ich im Kopf meinen nachmittäglichen Kampf mit Ricky Marcello immer wieder durchspiele, geschieht etwas. In der Wohnung werden die Lichter ausgeschaltet. Vernünftige Jane, vernünftiger Larry. Keine lange Nacht vor der Beerdigung. Ich bin ihnen absurd dankbar, als ich den blauen Wagen aus der Parklücke fahren sehe.

Ich folge ihm in sicherem Abstand. Jetzt, da nur noch wenig Verkehr herrscht, gleiten wir mühelos durch die Nacht, Ricky Marcello und ich. Ich verfolge ihn bis zur Schnellstraße und fahre dann zu Tante Zinas Wohnung. Ich frage mich, warum er den ganzen Abend vor der Wohnung verbrachte, aber ich bin zu benommen, um über die Antwort auf diese Frage nachzudenken.

31

Als ich am Tag von Vaters Beerdigung aufwache, schmerzt mein Körper überall. Die Decken liegen auf dem Boden. Ich blicke auf die Nacht zurück als einen Marathon aus Zorn und Tränen, aber ich kann mich an keine Einzelheiten meiner Träume erinnern. Ich bin so steif, als wäre mein Körper aus Stahl. Als ich mein ausdrucksloses Gesicht im Spiegel anschaue, überrascht es mich, dass meine gestrige Begegnung mit Ricky Marcello keine Spuren darauf hinterlassen hat.

Ich ziehe meine New Yorker Sachen an. Sie sind zu heiß, aber sie sind dunkel. Als ich hineinschlüpfe, gibt mein Körper so wenig nach wie Eisen. Das Kostüm scheint an mir herunterzuhängen, ohne wie üblich etwas Fließendes zu haben. Ich kann nichts von dem essen, was Tante Zina mir anbietet, und der Kaffee schmeckt sauer auf meiner stählernen Zunge. Ich zuckere ihn, aber er schmeckt immer noch sauer.

Sascha, Tante Zina und Tante Zoja sind bereits unterwegs nach Redbush, als Scott mich abholt.

»Wie fühlst du dich, Luce?«, fragt er und mustert mich ängstlich. Sein Gesicht ist blass. Er hat schlecht geschlafen und macht sich wohl Sorgen über die Ansprache, die er halten will.

»Ich wünschte, alles wäre vorbei«, sage ich.

Als wir ins Auto steigen, beschränkt Dimitri Sergejewitsch, der offensichtlich von Sascha vorgewarnt wurde, seine Missbilligung auf ein finsteres Starren.

In der Vorhalle der Friedhofskapelle treffen wir auf Jane und Larry. Jane küsst mich. Sie riecht wie immer nach Blumen und ist von einer nahezu durchscheinenden Schönheit, ihre Augen wie große blaue Schmetterlinge, die auf ihrem blassen Gesicht gelandet sind.

Bald finden sich die Trauergäste ein. Ich kenne nur wenige von ihnen, andere stellen sich vor, alle kondolieren leise und murmeln etwas Nettes über Vater. Ich versuche ihnen zu danken, aber meine Zunge, die hart und glänzend ist, bringt nicht die richtigen Worte heraus.

»Liebes«, sagt eine große Frau und legt ihre Hand auf meine. »Schmerz ist kumulativ. Jeder Todesfall bringt alle früheren Verluste zurück. Der Kreis hört nie auf, aber es wird besser.«

Ich nicke und speichere ihre Worte ab, um später darüber nachzudenken. Ich bin aus Stahl und kann sie jetzt nicht in mich aufnehmen.

Als Seymour und Katherine eintreffen, umarmen beide mich fest.

»Wir haben uns Sorgen um dich gemacht, seit wir dich zum letzten Mal gesehen haben, Lucy«, sagt Katherine.

Ich frage mich, was ich gesagt oder getan habe, damit sie sich Sorgen machen.

»Alles in Ordnung«, sage ich mit glatter Zunge. Seymour umarmt mich noch einmal, aber die Wärme seines Körper dringt nicht durch meine harte Oberfläche.

Ich sehe Joe Zacarro hereinhumpeln. Adam Holler geht steif hinter ihm. Kaum hat Joe mich entdeckt, laufen ihm Tränen aus den Augen.

»Scheiße, Lucy«, sagt er und fasst mit beiden Händen nach meiner Hand. »Wenn man auf eine Beerdigung geht und weiß, dass man einen verdammten Sarg sehen wird, dann muss man einfach glauben, dass jemand tot ist. Aber ich kann es nicht. Eric war am besten in Form von uns, er hätte nicht als Erster sterben dürfen. Lucy, das hätte nicht passieren dürfen, er hätte nicht zulassen dürfen, dass es passiert.«

Wie kommt Joe auf die Idee, mein Vater hätte zugelassen, dass man ihn umbringt? Aber ich kann ihn nicht fragen, solange er weint. Ich sehe ihm teilnahmslos zu. Ich weiß, dass ich etwas sagen, ihn trösten sollte. Langsam, unter nahezu unmenschlichen Mühen lege ich ihm die Hand auf den Arm. Er greift danach und fährt mit seiner großen nassen Hand darüber.

»Lucy, dein Vater war ein verdammt intelligenter Mensch«, sagt

Mr. Holler. »Normalerweise mögen die Leute so intelligente Menschen nicht. Aber er …« Seine Stimme bekommt einen Riss. Er ist ein Gebäude, das gleich einstürzen wird. Er lehnt sich an Joe und richtet sich dann wieder auf. Ich ziehe ein Taschentuch aus dem Vorrat in meiner Tasche, er nimmt es dankbar.

»Ich hätte nicht gedacht, dass ich so was brauchen würde«, sagt er und schnieft. »Man weiß nie, welche Gefühle sich hinterrücks anschleichen.«

Schmerz ist kumulativ. Jeder Todesfall bringt alle anderen Verluste zurück. Er weint um meinen Vater, aber auch um seinen Sohn, der gestorben ist, und um seine Frau, die ihn verlassen hat.

Bald teile ich an andere Trauernde Taschentücher aus, und wenn ich mich umschaue, habe ich den Eindruck, dass sich alle außer mir ein Taschentuch ins Gesicht drücken. Ich bin die einzige Person hier, deren gesamter Körper aus Stahl ist, einschließlich meiner Zunge und meines Herzens.

Gerade noch rechtzeitig treffen Sascha und die Tanten in einer Gruppe, mit Mutter in der Mitte, ein. Ihr Arm ist fest durch Saschas geschoben. Ich habe zwar beschlossen, sie zu meiden, aber als sie den Vorraum betritt, fühle ich mich unwiderstehlich zu Mutters kleinem schlurfenden Körper hingezogen. Ich bin auf ihre Kleinheit vorbereitet, aber in diesem großen Raum überrascht sie mich doch.

Jane küsst sie hastig und zieht sich dann wieder in die Menschenmenge zurück, bevor russische Hände sie ergreifen können. Die Hände fassen mich und zerren mich zu Mutter.

»Tanetschka, freust du dich nicht, deine Lucia zu sehen?«, ruft Tante Zina. Obwohl sie russisch spricht, durchbrechen ihre Worte linguistische Barrieren, wie es manchmal unerklärlicherweise geschieht, und ich verstehe jedes Wort. Plötzlich und unerwartet fixieren mich die leeren Augen durch Strähnen blondweißen Haars. Eine flatternde Bewegung, Mutters Gesicht klart auf, ihre Augen werden größer, die Verwirrung weicht. Für einen kurzen gespenstischen Augenblick kehrt ihre Schönheit zurück. Sie hält mir eine Hand hin, und ich ergreife sie. Ein winziger Vogel ruht in meiner Hand, und ich lasse ihn nicht davonfliegen. Und als hätten sie sich wortlos verständigt, geht die ganze Gruppe weiter. Tante Zoja, der das Haar aus der Spange rutscht, greift aufgeregt nach meinem Arm.

»Wie glücklich sie ist, dass du da bist«, sagt sie.

Trauergäste weichen vor der Frau des Verstorbenen zurück. Sascha führt sie zur Tür der Kapelle. Wir alle folgen Mutter, die langsam und würdevoll vorangeht. Sascha dreht sich kurz um, bevor sie durch die Tür sind, und als er mich in der Menge sieht, zwinkert er mir verschwörerisch zu.

Beim Anblick des Sargs sind alle erschüttert. Jane zittert, und ihre Tränen fallen lautlos. Larry schließt die Augen und steht sehr gerade, sein Mund zuckt. Scott schluchzt hemmungslos. Während Musik gespielt wird, schaue ich mich nach bekannten Gesichtern um, aber es ist schwierig, jemanden zu erkennen, wenn die Gesichter hinter Taschentüchern verborgen sind. Scott wird, wie vorhergesehen, während seiner Ansprache von Tränen unterbrochen.

»Er nahm seine große Kerze
Und ging in einen anderen Raum
Ich kann ihn nicht finden …«

Ich drehe mich um und sehe Joe Zacarro und Adam Holler. Sie stützen einander, ihre Gesichter sind tränenüberströmt. Seymour und Katherine halten sich bei der Hand, die Köpfe gesenkt.

Scott findet seine Stimme wieder und spricht das Gedicht irgendwie zu Ende.

Ganz hinten neben der Tür stehen Rougemont und Kirsty. Ihre Augen sind trocken. Sie beobachten uns. Ich fange Rougemonts Blick auf.

Nach einem weiteren Musikstück ist Larry an der Reihe. Er stellt sich neben Vaters Sarg. Er hat mehrere Karteikarten mit Stichworten für seine Rede vorbereitet, wirft aber nur ganz selten einen Blick darauf. Ich stelle mir vor, wie er gestern Abend vor dem Badezimmerspiegel oder hinter den zugezogenen Vorhängen im Wohnzimmer geübt hat.

»Wir haben gehört, dass Eric ein besonderer Mensch für uns war. Ich möchte jetzt versuchen zu erklären, nicht auf welche Weise Eric besonders war, sondern warum. Ja, wie die meisten von Ihnen wissen, bin ich Psychiater, und meine Ausbildung hat etwas mit dem zu tun, was ich sagen werde. Aber machen Sie sich keine Sorgen, ich werde auf mein übliches Honorar verzichten.«

Eine kleine Bewegung geht durch die Anwesenden, die Amüsement sein könnte, aber Larry nimmt die nächste Karte und spricht weiter.

»Wenn wir einen Menschen verstehen wollen, fangen wir zunächst mit seiner Kindheit an. Das ist in Erics Fall nicht einfach: Er sprach so gut wie nie über seine frühen Jahre. Wir wissen, dass er aus einer kleinen einfachen Gemeinde in den Bergen stammte, in der sich das Leben um die Kirche drehte. Es waren keine strikt orthodoxen Mormonen, sondern eine Splittergruppe, die zweifellos aufgrund ihrer isolierten Lage eine eigene Geschichte, eigene Glaubensinhalte und Rituale entwickelte.

Wir wissen nicht viel über seine Familie, aber wir können davon ausgehen, dass es eine liebevolle Familie war. Als jüngstes von acht Kindern kam Eric wahrscheinlich in den Genuss der besonderen Aufmerksamkeit seiner Mutter und der Zuneigung und des Interesses seiner älteren Geschwister. Wenn die Gemeinde Polygamie gestattete und sein Vater mehrere Frauen hatte, dann kam vielleicht die Geborgenheit einer Großfamilie hinzu. Woher ich das weiß? Weil Eric ein liebevoller Mann war. Ich bin sicher, dass Eric jeden hier auf irgendeine Weise mit seiner Liebe bedachte. Selbstverständlich seine Frau und seine Töchter, aber auch viele andere profitierten mehr oder weniger von seiner Fähigkeit, Liebe zu geben und zu nehmen. Das kann er nur in seiner Kindheit gelernt haben.

Zweitens, Eric war ein guter Mensch. Er empfand das Leiden anderer nach, und zwar weil er selbst gelitten hat. Wir wissen nicht wie. Als Kind. Als er als Teenager seiner Familie den Rücken kehrte und der Welt allein entgegentrat. Während er die akademische Karriereleiter emporstieg. Er war ein brillanter Mann, aber bis zum Alter von sechzehn Jahren hatte er keine formale Schulbildung.

Wir wissen, dass ihn seine Ehe sehr glücklich machte, aber als seine wunderbare Frau erkrankte, wurde er damit fertig, weil er in der Kindheit gelernt hatte, Leiden zu ertragen. Als sein Sohn starb, eine Tragödie, über die er so gut wie nie sprach, litt er, aber er wurde damit fertig. Als sein Enkelsohn starb, litt er, aber er wurde auch damit fertig. Als seine Tochter an die Ostküste zog, litt er, aber er wurde damit fertig. Die meisten hier erinnern sich an kleine gütige Akte Erics. Für gewöhnlich brachten diese Akte zum Ausdruck: Ich verstehe dein Unglück, weil ich das Unglück vor langer, langer Zeit kennen lernte. Ich will dir dabei helfen, damit fertig zu werden, weil ich es selbst vor langer, langer Zeit gelernt habe.

Drittens, er war rücksichtslos. Er musste rücksichtslos sein, um seine ihn liebende Familie zu verlassen und vollkommen allein neu anzufangen in einer Welt, die er nicht kannte. Diese Rücksichtslosigkeit hat er auf die bestmögliche Art beibehalten. Er war rücksichtslos in der Verfolgung der Prinzipien, an die er glaubte. Er tat, was er für richtig hielt, welchen Preis auch immer er dafür zahlen musste.

Viertens, er verschenkte Steine. Wenn jemand hier ist, der von Eric keinen Stein geschenkt bekam, so möge er bitte die Hand heben … Das habe ich mir gedacht. Es war Erics persönliche Mission, die Steine der Erde neu zu verteilen. Oder vielleicht wollte er auch einen Berg abbauen. Vielleicht den Berg, auf dem er aufgewachsen war.

Und schließlich war Eric ein Außenseiter. Das Leben in einer isolierten, möglicherweise polygamen, quasi-mormonischen Gemeinde zweitausend Meter über dem Meeresspiegel war wahrscheinlich etwas anders, als Sie oder ich aufgewachsen sind. Und danach passte Eric in keine andere Gemeinschaft, und er wusste es. Kein Wunder, dass er sein Institut an der Universität so großartig leitete. Er pflegte einen liebevollen Umgang mit seinen Mitarbeitern, ohne sich an den kleinlichen Kämpfen und Intrigen des Universitätslebens zu beteiligen. Er wuchs auf dem Olymp auf, und auf diese Händel blickte er hinab. Er machte nicht mit. Er hatte viele Freunde, aber er war kein Gruppenmensch. Und als er heiratete, heiratete er Tatjana, eine Immigrantin, selbst eine Außenseiterin.

War Eric gern ein Außenseiter? Nun, ich glaube, er war sehr einsam. Ich glaube, er litt an einer tiefen, tiefen Einsamkeit, die wir selbst alle auch irgendwie kennen. Ich habe nie mit ihm darüber gesprochen. Ich habe nie versucht, ihm zu helfen. Das bedauere ich jetzt.

Viele Leute haben mich gefragt: Warum ist Eric auf diese Weise gestorben? Niemand kennt bislang die Antwort. Es scheint unglaublich, dass ein so unaufdringlicher, gutmütiger Mensch das Opfer eines Mordes sein kann, das Ziel einer kalkulierten Attacke. Deswegen habe ich mich in Sachen Mord kundig gemacht. Ich habe ein paar Fakten zusammengetragen. Ich habe herausgefunden, dass einsame Außenseiter in der Statistik der Mordopfer weit oben rangieren. Aber wir sind nicht hier, um über Erics Tod zu reden, und wir sollten nicht zulassen, dass das Wort Mord zwischen uns und dem Eric steht, den wir kannten. Wir sollten sein Leben feiern.«

Larry nimmt seine Karteikarten, nickt den Trauergästen zu und setzt sich zu den ersten Akkorden eines Klavierkonzerts von Mozart. Zum ersten Mal spüre ich, wie etwas meine Panzerung durchbricht. Es ist nicht Trauer, sondern Wut. Larry hat Unrecht. Es stimmt nicht, dass die frühen Jahre meines Vaters einen tiefen Grund von Einsamkeit erzeugten. Er litt, er litt so sehr, dass er versuchte, sich umzubringen. Aber seine große Einsamkeit kam erst später. Ich bin sicher, denn er lacht auf dem Bild, das ich vor mir sehe, das Bild mit uns am Strand. Er lachte wirklich, so wie es niemand kann, der zuinnerst einsam und unglücklich ist. Er hörte auf zu lachen, aber nicht wegen etwas, was vor vielen Jahren in Utah passiert war. Sondern wegen Begebenheiten, die sich hier ereigneten.

Als die Zeremonie vorüber ist, gehen die Familienmitglieder hinter dem Sarg aus der Kapelle. Zuerst Sascha, die Tanten und Mutter, so klein, dass man sie in ihrer Mitte fast nicht sieht. Dann Scott und Larry, Jane und ich. Wir begraben Vater, und der Himmel sollte grau sein, der Tag düster. Stattdessen blendet mich das intensive Sonnenlicht. Es reflektiert sich in den Grabsteinen und Denkmälern, es prallt von den Messingteilen an Vaters Sarg ab wie ein Ball in einem schnellen Spiel.

»Glaubst du, dass Daddy einsam war?«, frage ich Scott murmelnd. »Glaubst du, dass er ein Außenseiter war?«

Er nickt. Er will etwas sagen, aber Tränen laufen ihm übers Gesicht.

Die Erde, die Vater bedecken soll, ist trocken. Als die ersten Hände voll auf den Sarg fallen, breitet sich eine staubfeine Wolke im Grab aus. Ich hatte erwartet, dass der Anblick von Vaters Grab und seinem Sarg mich vor Gefühlen ganz schwach machen würde. Ich hatte erwartet, dass ich die Erde mit meinen Tränen befeuchten würde. Aber während alle anderen gramgebeugt sind, ihre Gesichter nass, empfindet mein Herz aus Stahl überhaupt nichts. Gefühle perlen an seiner glänzenden Oberfläche ab. Mir gefällt das tiefe Bett des Sargs und dass mein Vater eine geologische Schicht werden wird, ein schmaler menschlicher Streifen in der steinigen Erde.

Als ich vom Grab aufblicke, sehe ich Mutter. Eine Rose fällt ihr aus der Hand, und Tränen, klein wie Edelsteine, tropfen aus ihren Augen. In einiger Entfernung hinter ihr nehme ich eine Bewegung wahr. Ein Vogel, der von einem Grabstein zum nächsten fliegt. Ich sehe genauer hin und erkenne einen Mann. Ich halte den Atem an.

Er ist nicht so weit entfernt, dass ich sein Gesicht nicht erkennen könnte. Ricky Marcello und ich starren uns in die Augen. Am liebsten würde ich brüllen. Ihm nachlaufen und eine Erklärung fordern. Aber der Schmerz der Menschen um mich herum hält mich an Vaters Grab fest, und ich kann nur zusehen, wie er rasch hinter einem Grabstein verschwindet. Er bewegt sich schnell, läuft zwischen den Gräbern hindurch, bis er schließlich ganz verschwunden ist.

Als wir schweigend in Richtung der Kapelle zurückgehen, halte ich noch immer Ausschau nach ihm. Auf der Straße vor dem Friedhof sehe ich etwas aufblitzen, was Chrom im Sonnenlicht sein könnte. Ein weit entferntes Brummen könnte der Abschleppwagen oder ein Flugzeug sein. In der Nähe höre ich Trauergäste, die Autotüren zuschlagen, den Motor anlassen, zu Vaters Haus aufbrechen.

Michael Rougemont steht vor der Kapelle, als würde er auf mich warten.

»Haben Sie jemanden gesehen?«, frage ich ihn.

Die Sonne scheint grausam auf seine merkwürdige Physiognomie, und er nickt.

Als wir ankommen, bilden die Trauergäste eine lange, unregelmäßige Reihe auf der Treppe vor Vaters Haus. Sie sind es gewohnt, Overalls für leichte Gartenarbeiten zu tragen, und die Kleider, die sie aus dem Schrank gezogen haben, riechen nach Mottenkugeln und passen nicht mehr. Mutter wurde nach Redbush zurückgebracht, und Jane und ich schütteln Hände und nehmen Beileidsbekundungen entgegen. Scott und Larry werden zu ihren Ansprachen beglückwünscht, Scott herzlich, Larry bewundernd. Scott errötet ob des Lobs, aber Larry nimmt es routiniert entgegen. Er dirigiert die Leute zum Buffet auf der Terrasse. Am Ende der Veranda vor dem Haus, von Schatten und Laub verdeckt, stehen reglos die beiden Polizisten.

Bald sitzen die Leute auf der Veranda und der Terrasse und in allen Räumen im Erdgeschoss. Nur das Arbeitszimmer ist ihnen verschlossen. Überall hört man das Gemurmel von Stimmen, die Informationen austauschen, über die Nachrichten sprechen, das Ende der Hitzewelle vorhersagen. Es ist die erste Menschenansammlung in diesem Haus, an die ich mich erinnere. Als ich hier aufwuchs, fanden keine Partys statt, und es kamen nur selten Besucher. Abgesehen von Mutters Schreien ging es in diesem Haus noch nie so geräuschvoll zu.

Als Jane einen alten Mann zu einem Stuhl bringt und Scott ihm etwas zu essen holt, taucht Larry neben mir auf.

»Larry, hast du jemals die Polizei wegen dieses Mannes, der sich vor eurer Wohnung rumtreibt, angerufen?«, frage ich ihn.

Er sieht mich überrascht an. »Einmal. Aber sie haben so lange gebraucht, dass er schon wieder weg war, als sie kamen. Ich habe ihn die letzten zwei Nächte nicht gesehen, vielleicht hat er aufgegeben.«

»Vielleicht versteckt er sich auch. Sitzt in einem Auto.«

»Vielleicht«, sagt Larry. »Kein schöner Gedanke.«

»Zieh die Vorhänge zu, sobald es dunkel wird«, rate ich ihm. »Oder lass sie auf, aber schalte das Licht im Wohnzimmer nicht ein, so als wärt ihr nicht zu Hause.«

Larry lässt sich von mir nicht raten, schon gar nicht in Sicherheitsbelangen. »Das werde ich mit Kirsty besprechen.« Er setzt sich in ihre Richtung in Bewegung.

»Übrigens«, rufe ich ihm nach. »Woher weißt du, dass Daddy aus einer polygamen Familie stammt?«

Er bleibt stehen und zuckt die Schultern. »Ein sicherer Tipp.«

Dann schlängelt er sich durch die Leute zu den Polizisten und verstrickt sie in ein Gespräch. Kirsty hört Larry zu, während Rougemonts Blick durch den Raum schweift. Von Zeit zu Zeit treffen sich unsere Blicke, aber ich reagiere nicht darauf. Als er mich auf seine gewohnte Art anlächelt, erwidere ich sein Lächeln nicht. Später kommt er auf mich zu. In dem dunklen Anzug und mit der dunklen Krawatte wirkt er noch schattenhafter als sonst.

»Wie geht es Ihnen, Lucy?«

»Irgendwie merkwürdig«, sage ich.

»Als ob Sie überhaupt nichts empfinden würden?«, fragt er. Ich nicke und er ebenfalls.

»Ja«, sagt er. »Ja.«

Schweigen. Ich frage mich, ob er mir noch weitere Fragen zu dem Wochenende, das ich in Kalifornien verbracht habe, stellen wird. Stattdessen sagt er: »Jim Finnigan ist ein netter Mensch, und er mag Sie sehr, aber er kennt Sie nicht wirklich. Wie auch alle anderen, mit denen ich in New York gesprochen habe.«

Ich starre ihn an.

»Sie sind dort hingegangen, um eine andere Person zu sein. Aber die ganze Zeit hat die alte Lucy hier auf Sie gewartet.« Ich denke an mein altes Selbst in ausgefransten Shorts oder in einem blauen Sommerkleid, das im Flughafen auf die schlanke effiziente Lucy wartet, die aus einem Flugzeug steigt. »Ich wünschte, Sie würden auf sie hören. Denn die alte Lucy, vor der Sie davongelaufen sind, kennt alle Antworten.«

Ich blicke ihn ausdruckslos an. »Wovon sprechen Sie, Mr. Rougemont? Ich bin Bankerin. Ich habe nach Vaters Tod aus dringenden familiären Gründen zwei Wochen Urlaub genommen und werde am Samstagabend nach New York zurückfliegen und mich anschließend wieder meiner Arbeit widmen.«

»Hm«, sagt Rougemont und verzieht den Mund zu etwas, was ein Lächeln oder eine Grimasse sein könnte. Ich wende mich von ihm ab. Jim hat bereits angerufen, um mir mitzuteilen, dass die Bank der Polizei die Bänder mit meinen Telefongesprächen übergeben hat.

»Brauchst du einen guten Anwalt, Lucy?«, fragte er. Und ich entdeckte ein Vakuum in seinem Tonfall, wo früher Herzlichkeit war, als wäre ich nicht erst eine Woche, sondern bereits ein Jahr fort.

»Natürlich nicht, Jim. Gibt es was Neues über Hifeld?«

»Gregory Hifeld hat beschlossen, die Firma nicht zu verkaufen. Und Jay Kent war ausgesprochen unhöflich, als ich ihm unsere weiteren Dienste angeboten habe. Er will nichts mehr mit uns zu tun haben.«

»O Mann.«

»Semper glaubt, dass deine Karriere im Moment nicht viel versprechend aussieht«, warnte mich Jim. »Ich habe mein Bestes getan, aber ein Geschäft, das so in die Hose ging, plus die Polizei, die eine Menge persönliche Fragen über dich stellt … also, das ist eine etwas unglückliche Kombination.«

»Bin ich gefeuert?«

Jim zögerte. Schließlich sagte er: »Du bist noch nicht tot. Aber schwer krank. Tut mir Leid, Lucy. Es hätte alles anders laufen können. Es hätte anders laufen müssen.«

Als ich Adam Holler und Joe Zacarro allein dastehen sehe, gehe ich zu ihnen. »Werdet ihr beide weiterhin die Leute auf den Schnellstraßen an den Tod erinnern? Ich meine, ohne Daddy?«

Mr. Hollers Miene ist steinern, aber Joe grinst breit.

»Lucy, wie zum Teufel hast du rausgefunden, was wir tun?«, fragt er. »Du musst wirklich so schlau sein wie dein Daddy.«

»Es sind mindestens zwei Polizisten hier, Joe«, sagt Adam Holler. »Wenn du schon darüber reden musst, dann bitte leise.«

»Tschuldigung!«, brüllt er. »Ich werde dir unseren Plan erzählen, Lucy.« Er neigt sich zu mir, senkt aber die Stimme nicht. »Dein Vater hatte immer vor, ein Wrack auf der Brücke abzuladen. Ob du es glaubst oder nicht. Die Golden Gate Bridge! Stell dir nur das Chaos vor, die Staus, die es geben würde. Wir dachten, es könnte so was wie eine Aktion zum Andenken an Eric Schaffer werden.«

Adam Holler sieht sich ängstlich im Raum um.

»Das Problem ist«, fährt Joe fort und verlagert unbehaglich sein Gewicht, »dass auf der Brücke Kameras installiert sind. Das ist natürlich eine Herausforderung. Wir werden ein paarmal darüber fahren und uns diese Kameras ansehen müssen.«

»Pssst«, zischt Adam Holler.

Joe atmet laut aus und zupft an seinem schlecht sitzenden Anzug. »Wir müssen wirklich schlau vorgehen, oder wir werden geschnappt.«

»Vielleicht werde ich mitmachen«, sage ich.

»He, Lucy, du willst uns helfen?«, brüllt Joe.

»Klar. Mir gefällt die Idee, so was zum Andenken an Eric Schaffer zu tun.«

Joe droht, vor Vergnügen noch lauter zu werden, und Adam Holler zieht ihn fort.

Joni Rimbaldi, Vaters frühere Sekretärin, die einen Tag nach seinem Tod mit ihm essen sollte, erzählt mir, wie sie gerade das Haus verlassen wollte, als Scott anrief und ihr mitteilte, dass mein Vater tot sei.

»Und weißt du was?«, sagt sie. »Als ich heute Morgen den Schrank aufgemacht habe, wollte ich nicht das hübsche marineblaue Kleid anziehen, das ich für solche Gelegenheiten habe. Ich nahm das Kleid heraus, das ich damals für unser Essen anhatte, und ich wusste plötzlich, dass ich es auf der Beerdigung tragen sollte. Ist das nicht verrückt?«

Sie lacht, aber ihr Lachen klingt angespannt. Ich versuche, sie zu beruhigen. Joni mit dem kurzen grauen Haar ist empfindlich, ihr Verhalten ist vorhersagbar, und sie kriegt es mit der Angst, wenn sie so etwas tut.

»Ist die Jacke zu hell?«, fragt sie.

»Alles in Ordnung, Joni, Sie sehen gut aus, das hätte Vater auch gefallen.«

»Ich glaube, heute Abend werde ich mir etwas Wärmeres anziehen müssen. Wir fliegen nach Maine.«

»Warum machen Sie Ferien in Maine, wenn sie am schönsten Ort der Erde leben?«

Als sie in Ruhestand ging, zogen Joni und ihr Mann nach Tigertail Bay, eine von Robben heimgesuchte Bucht, die jedes Jahr zu einem der spektakulärsten Orte in der Gegend gewählt wird.

»Meine Schwester hat morgen ihren sechzigsten Geburtstag. Wir sollten schon gestern fliegen, aber ich wollte auf keinen Fall Erics Beerdigung versäumen. Das wäre ja, als hätte ich ihn zum Essen versetzt.« Und sie lächelt ein wässriges Halblächeln.

Als es nichts mehr zu sagen gibt, berührt eine große, schlanke weißhaarige Frau meinen Arm.

»Lucy ... erinnerst du dich noch an mich?«

Ich betrachte die Frau. Ihr weißes Haar ist locker aufgesteckt. Braune Augen, ebenmäßige Züge, ein freundliches Lächeln.

»Oh! Mrs. Joseph!« Ich bin wieder eine linkische Jugendliche. »Oh, wie schön.« Ich spüre, dass ich rot werde.

»Meine Haare waren damals sicherlich noch nicht weiß.« Sie lacht. »Und ich war zehn Pfund leichter.« Das Alter hat Mrs. Joseph gezeichnet. Ihr Mann ist tot, ihre Kinder sind erwachsen, sie hat Enkelkinder. Sie honoriert das Vergehen der Zeit mit einem wehmütigen Lächeln.

»Freut mich, dich zu sehen. Tut mir Leid, dass ich gestern nicht zu Hause war. Seit Jahren hoffe ich, dass du ins Tal kommst und uns besuchst. Nach dem schrecklichen Unfall haben wir dich alle so vermisst. Hoffentlich hast du Robert jetzt dafür vergeben.«

Als mir die Worte fehlen, rettet sie mich.

»Er hat lange gebraucht, um über dich hinwegzukommen. Aber seit einer Weile ist er verheiratet – ich glaube, glücklich verheiratet. Sie leben in Virginia, und ihr jüngstes Kind ist acht Monate alt. Ich war gerade bei ihnen und bin erst gestern Abend zurückgekommen.«

Wir sprechen über Robert und wie er nach seinem langen Krankenhausaufenthalt Arzt wurde.

»Der Unfall hat dein Leben vermutlich nicht verändert, zumindest nicht dramatisch«, sagt sie.

»O doch.« Aber ich gebe nicht zu, dass sich, als die Familie Joseph nichts mehr von mir wissen wollte, in meinem Kopf und in meinem

Herzen Türen schlossen. »Ich habe mich eine Weile zurückgezogen, und das, was ich in jenem Sommer gedacht und gelesen habe, hat mich veranlasst, Bankerin zu werden.«

Sie schildert, wie Mr. Joseph plötzlich eines Morgens im Obstgarten an einem Herzinfarkt starb, vierundzwanzig Stunden nachdem Robert nach Baltimore zurückgekehrt war, wo er in einem Krankenhaus arbeitete. Vielleicht hätte er seinen Vater retten können, wenn sein Urlaub einen Tag länger gedauert hätte. Step lehrt am MIT, und Morton, der älteste der drei Joseph-Brüder, leitet die Farm.

»Aber ich hätte dir sagen sollen, wie Leid es mir wegen deines Vaters tut«, sagt sie. »Im Lauf der Jahre habe ich ihn ziemlich gut kennen gelernt, und ich mochte ihn sehr.«

»Wirklich?« Ich hatte angenommen, dass sie nur als Nachbarin gekommen ist.

»Lucy, wirst du mich und Ralph bald besuchen?«

»Gern«, sage ich. »Das will ich schon seit Jahren. Aber am Samstag fliege ich nach New York zurück.«

»Was machst du nachher?«, fragt sie. »Oh, aber wahrscheinlich möchtest du bei deiner Familie sein.«

Ich möchte bei Mrs. Joseph sein, und einen verlegenen, verwirrenden Moment lang scheint mir, als wäre sie meine Familie.

»Ich kann nachher vorbeikommen«, sage ich zu ihr.

32

Als ich in die üppige Oase der Josephs fahre, erscheint sie mir wie ein vertrautes und freundliches Zuhause. Die Abendsonne wirft Schatten über den Rasen und taucht das Haus in ein so warmes Licht, dass es geheimnisvoll aussieht.

Ralph und Mrs. Joseph hören meinen Wagen und kommen heraus. Zwei Hunde schlendern neben ihnen, träge mit dem Schwanz wedelnd. Mrs. Joseph trägt jetzt ein helles weites Kleid und hat ihr Haar zu einem Pferdeschwanz gebunden. Ralph hat einen Overall an. Er lächelt, während Mrs. Joseph mich herzlich umarmt. Dann verschwindet er im Garten.

»Hast du was gegessen?«, fragt sie mich, als sie mich ins Haus führt.

»Nein.«

»Hast du Hunger?«

Ich bin erstaunt, als ich merke, dass ich tatsächlich hungrig bin, und den Salat, den sie mir in der Küche auftischt, aufessen kann. Die großen Hunde lassen mich nicht aus den Augen, warten auf Brotstücke und klopfen gelegentlich mit dem Schwanz auf den Boden.

»Gut«, sagt sie, als sie zurückkommt und meinen leeren Teller sieht. Sie hat Fotos geholt und setzt sich neben mich.

»Das sollten wir als Erstes machen«, erklärt sie. »Deine Neugier befriedigen, was Robert anbelangt.«

Sie reicht mir ein Foto nach dem anderen und kommentiert sie kurz. Ein paar sind von seiner Hochzeit und der Zeit davor, aber die meisten sind jüngeren Datums.

»Er hat sich nicht verändert«, sage ich.

»Na ja, nach dem Unfall hat sich seine Persönlichkeit verändert, und ich finde, dass man das bald in seinem Gesicht gesehen hat.«

»Seine Frau ist sehr schön.«

»Ich finde, sie sieht ein bisschen aus wie du. Und sie ist auch Bankerin. Ist das nicht ein Zufall? Vielleicht auch nicht. Hier ist ein ganz altes Foto von dir und den Jungen.«

Drei Jungen zwischen fünf und fünfzehn. Alle drei haben das gleiche lockige schwarze Haar, und sie liegen auf einem Sofa halb übereinander. Dazwischen ein Mädchen, ungefähr zehn Jahre alt. Sie liegt da wie die Jungen, grinst wie die Jungen.

»Aber … was habe ich hier getan?«

»Du bist auf Bäume geklettert, hast auf der Schaukel dein Leben riskiert, Lager gebaut, all die Dinge, die Kinder normalerweise tun.«

Ich blicke von dem Foto zu Mrs. Joseph und wieder zurück zu dem Foto. »Aber ich war doch nicht hier, als ich ein Kind war.«

»Aber sicher doch. Deine Mutter war nicht da, und dein Vater war oft außer Haus, und dann warst du bei uns.«

»Oft?«

»In manchen Jahren ziemlich oft.«

»Jahre? Das ging über Jahre so?«

»Du erinnerst dich nicht. Das ist schade, wir hatten viel Spaß.« Ihre Stimme klingt ruhig. Vielleicht höre ich eine Spur Enttäuschung heraus, weil sie gern hätte, dass ich mich an die guten Zeiten erinnere.

»Ach, Mrs. Joseph, ich hatte viel Spaß hier, aber ich dachte, das wäre alles in einem Sommer gewesen, dem Sommer mit Robert.«

»Robert war ein Spielkamerad von dir, lange bevor er dein Freund war.«

Ich seufze. Jetzt verstehe ich, warum ich mich hier zu Hause fühle. Ich habe meine Erinnerungen und Gefühle an diesen Ort in einen kurzen Sommer gepackt.

»Aber … wo war Jane?«

Mrs. Joseph steht auf. »Ich glaube, dein Vater hat sie bei den Carmichaels gelassen. Oder bei den Spelmanns. Ich weiß es nicht mehr. Lucy, ich habe noch ein Foto von dir. Ich bin gleich wieder da.«

Während sie fort ist, betrachte ich die Fotos eingehender, als mir in ihrer Anwesenheit höflich erschien. Zuerst mich und die Jungen auf der Couch. Ich sehe entspannt und glücklich aus. Ich habe einen

Pferdeschwanz, den einer der Jungen, wahrscheinlich Step, vielleicht aber auch Robert nach oben hält.

Dann nehme ich ein neues Foto von Robert, gehe damit zum Fenster und halte es schräg ins Licht. Die Zeit hat ihn gnädig behandelt. Sie hat sein Gesicht ein wenig neu arrangiert, aber die Linien, die sich darin abzeichnen, verleihen ihm etwas Markantes.

Als ich aufblicke, steht Ralph vor dem Fenster und grinst mich an wie ein Honigkuchenpferd.

»Hallo, Ralph.«

»Nettes Foto«, sagt er, lächelt und taucht wieder in dem grünen Garten unter.

»Erkennst du die beiden jungen Leute?«, fragt Mrs. Joseph, die mit einem kleinen Foto in der Hand zurückkehrt. Ein junger Robert, dem die Locken in die Stirn fallen. Er hat den Arm fest um ein grünäugiges dunkelhaariges Mädchen gelegt, das nicht die Kamera, sondern ihn anlächelt. Ich starre das Mädchen an, als würde ich mein eigenes Gespenst sehen.

Mrs. Joseph wartet, während ich das Bild betrachte. Als ich stumm bleibe, sagt sie: »Was fasziniert dich so?«

»Ihr Lächeln. Ich meine, mein Lächeln.«

»Hast du den Eindruck, als würdest du jemand anders ansehen?«

»Ja. Ich kann nicht glauben, dass ich dieses Mädchen war.«

Mrs. Joseph nimmt mir vorsichtig das Foto aus der Hand und betrachtet es selbst.

»Warum nicht, Lucy?«, fragt sie und gibt es mir wieder zurück. »Sie sieht aus wie du.«

»Ich kann nicht glauben, dass ich jemals so glücklich war.«

Sie steht auf.

»Natürlich warst du das.« Sie schaltet den Eiscrasher ein, und der Krach, den er macht, klingt, als würde darin ein Verbrechen verübt.

Ich stelle die Füße auf die Sprosse des Stuhls und umschlinge die Knie mit den Armen. »Ich war glücklich hier. Es gingen so viele Leute ein und aus, immer wurde irgendwo geredet und gelacht, und Sie hatten immer Hunde. Mir hat gefallen, wie Sie und Mr. Joseph miteinander gesprochen haben, höflich und vertraut zugleich. So voller Respekt. Nie zuvor war mir klar gewesen, dass Respekt ein wichtiger Teil der Liebe ist.«

Sie lächelt. »Was hast du geglaubt, was Liebe ist? Kontrolle?«

Ich lächle auch. Ich fühle mich jetzt stark. Stark genug, um zu fragen: »Haben Sie gedacht, dass ich an dem Autounfall schuld bin?«

Mrs. Joseph sieht mich überrascht an.

»Dass du daran schuld bist? Wie kommst du auf diese Idee?«

»Robert hatte einen Arm um mich gelegt.«

»Wenn ich jemandem die Schuld gegeben hätte, und ich glaube nicht, dass ich es getan habe, dann Robert.« Sie stellt zwei Gläser mit Wasser und Eis auf den Tisch und setzt sich.

»Ich hatte ihn nicht darum gebeten«, füge ich hinzu. »Aber vielleicht habe ich etwas gesagt oder getan, was ihn dazu veranlasst hat. Dann wäre ich technisch verantwortlich.«

Sie nippt schweigend an ihrem Drink. Und ihr Schweigen ermuntert mich fortzufahren.

»Ich meine … ich dachte, deswegen hätte sich Robert nie mehr gemeldet. Deswegen hätten Sie nach dem Unfall nie mehr bei mir angerufen. Weil Sie glaubten, dass es meine Schuld wäre.«

Mrs. Joseph sieht mich nicht an, während sie nachdenkt. Sie nippt wieder an ihrem Wasser. »Es ist schon so lange her«, sagt sie schließlich, »und wahrscheinlich bringt es nichts mehr, jetzt darüber zu reden. Aber ich möchte dich etwas fragen.«

Ich warte.

»Hast du Robert nach dem Unfall angerufen?«

»Also … nein.«

»Hast du mich angerufen?«

»Nein. Sie haben nicht bei mir angerufen, und ich dachte, Sie wären böse auf mich.«

»Vielleicht glaubten wir, dass du uns die Schuld gibst. Als du nicht angerufen hast.«

Die Sonne scheint durch das Küchenfenster genau in mein Gesicht und erwärmt es.

»O nein, nein«, stammle ich. »Natürlich habe ich weder Robert noch Ihnen noch sonst irgendjemandem die Schuld gegeben.«

Sie sieht mich an. Ihr Lächeln ist verständnisvoll. Ich frage mich, was sie versteht. »Jemand muss zum Telefonhörer greifen, Lucy. Mehr habe ich dazu nicht zu sagen.« Sie trinkt einen Schluck. »Ich bin sicher, dass du jetzt nicht mehr die Sorte Frau bist, die herumsitzt und wartet, bis jemand anruft. Dein Vater war wirklich stolz darauf, wie gut du im Investmentbanking bist.«

»Aber nur Firmenkunden. Nicht dass Vater der Unterschied zwischen Privat- und Firmenkunden klar gewesen wäre.«

»Vielleicht hat er zu sehr gelitten, um darüber nachzudenken«, sagt sie und kichert auf die Art, an die ich mich von früher erinnere, als ob Blasen aufsteigen würden. »Tut mir Leid, Lucy, aber die Rede deines Schwagers war einfach daneben. Den ganzen Nachmittag ärgere ich mich schon darüber. Ich meine, wir alle leiden unter mehr oder weniger Einsamkeit, wir alle fühlen uns manchmal als Außenseiter. Ich bin nicht sicher, ob diese Gefühle notwendigerweise etwas mit einer Kindheit in einer polygamen Gemeinschaft zu tun haben.«

Insgeheim freue ich mich, dass Mrs. Joseph nicht mit Larry übereinstimmt. In unserer Familie gilt sein fachmännisches Urteil als unangreifbar. »Ich mochte die Rede auch nicht«, sage ich durchaus begeistert. »Ich habe mich schrecklich gefühlt wegen diesem Gerede über Daddys Einsamkeit. Wenn ich an den Schmerz denke, den ich ihm verursacht haben muss, und dass ich nicht da war, um seine Einsamkeit zu erleichtern …«

Mrs. Joseph schüttelt den Kopf. »Ich persönlich habe deinen Vater überhaupt nicht als einsamen Mann empfunden.«

Ich denke an den schmalen Ring weißer Haut um Vaters Handgelenk. Vater, sechzehn Jahre alt und gerade mit einem Laster voller Fische angekommen, liegt in einer Jugendherberge und hört das gleichgültige Schnarchen der anderen. Er horcht auf die Verkehrsgeräusche, an die er nicht gewöhnt ist. Er wird von den Gerüchen und Lichtern einer Stadt wach gehalten, weil er in der tiefen Stille der Berge aufgewachsen ist, wo das einzige Licht der Mondschein ist. Er vermisst seine Familie, alles, was er liebt.

»Aber«, sage ich leise, »Daddy hat nie gelacht.« Es fällt mir schwer, das einzugestehen. Es klingt wie Kritik. Väter sollen lachen.

»Aber natürlich hat er das!«, ruft Mrs. Joseph und reißt die Augen weit auf.

»Nicht aus dem Bauch heraus, nicht von Herzen.«

»O doch! Um Himmels willen, er saß, wo du jetzt sitzt, und hat gelacht, bis ihm der Bauch wehtat.«

Ich schaue sie ungläubig an, aber sie lächelt leise vor sich hin. Allein der Gedanke daran amüsiert sie. »Es war Step, der ihn so zum Lachen brachte. Er war als kleines Kind so ein Clown.«

»Ich habe nie gesehen, dass Vater lachte, bis ihm der Bauch wehtat«, sage ich.

»Beruhigt es dich zu wissen, dass er es getan hat?«

»Ich glaube schon.«

»Er hat oft gelacht. Und er hatte einen guten Sinn für Humor und hat andere zum Lachen gebracht.«

Mein Vater auf der Farm der Josephs, inmitten des Lärms, der Leute, des Gelächters. Er saß hier in der Küche und lachte schallend über Steps Späße. Er kannte die Josephs gut genug, um mich bei ihnen zu lassen, wenn er auf Exkursion war.

Mrs. Joseph sieht, dass ich darüber nachdenke. Sie beobachtet meine Gedanken wie jemand, der im Bahnhof steht und dabei zusieht, wie langsam ein Zug einfährt. Sie wartet, worauf ich hinauswill.

»Wie kam es, dass Daddy Sie so gut kannte? Darüber möchte ich mehr wissen. Und Ihre Freundin, Barbara Marcello. Wissen Sie, ob es irgendeine Verbindung zwischen Daddy und ihr oder ihrem Sohn gibt?«

»Hat er dir von einer Verbindung erzählt?«

»Nein.«

»Dann gab es sie entweder nicht, oder sie war unwichtig oder seine Privatsache.«

»Vater hat jährlich Geld in einen Marcello Trust einbezahlt. Ich bin sicher, dass dieser Trust etwas mit Ricky Marcello zu tun hat. Ricky jedenfalls kannte Daddy. Als ich ihn danach fragen wollte, ist er fuchsteufelswild geworden. Und handgreiflich.«

»Oh, tut mir Leid, das zu hören. Hat er dir wehgetan?«

»Nicht sehr. Aber er hat mich festgehalten und mir gedroht.«

»Gott sei Dank hat er dir nicht wirklich etwas getan. Hast du ihm weh getan?«

Ich schäme mich für meinen Versuch, Ricky die Zehen zu brechen. Als ich auf ihre Bitte hin demonstriere, wie ich ihm auf den Fuß getreten bin, bohre ich meine Ferse zimperlich in seine imaginären Zehen und spiele das Manöver höchst oberflächlich nach. Mrs. Joseph muss laut lachen. »Lucy, das klingt, als hätte er den Kürzeren gezogen«, sagt sie.

»Aber ich musste mich wehren«, widerspreche ich. »Ich habe wirklich geglaubt, dass er mich umbringen will.«

»Das kann ich mir vorstellen. Ricky kann einem Angst einjagen, wenn er will. Er hatte schon immer ein fürchterliches Temperament, du musst dich daran erinnern. Barbara hat sich deswegen Sorgen gemacht, auch wenn sie zugeben musste, dass er keiner Fliege was zuleide tun würde. Und er ist so etwas wie ein Freund von Ralph.«

Das ist nicht der Ricky Marcello, den ich kenne.

»Ich meine«, fährt sie fort, »dass er mit Ralph Spazierfahrten mit den Autos macht, die er in San Strana repariert. Und manchmal setzt er sich mit Ralph in den Abschleppwagen und lässt ihn damit über die Farm fahren. Und das ist heroisch. Keiner von uns würde Ralph ans Steuer lassen.«

Ich schüttle den Kopf. »Ich glaube, dass Ricky Marcello eine andere Seite hat, von der Sie nichts wissen, Mrs. Joseph.«

»Wahrscheinlich. Die meisten Menschen haben eine Seite, die man nicht kennt.«

»Es ist ein böse Seite. Um ehrlich zu sein, ich vermute, dass er etwas mit Vaters Tod zu tun hat.«

Sie gießt Wasser nach. Eine große Zitronenscheibe fällt aus dem Krug in mein Glas, und kleine Wassertropfen explodieren auf dem Tisch.

»Lucy«, sagt sie. Ihr Gesicht hat sich seine Stärke bewahrt, und wenn ihre braunen Augen so glänzen wie jetzt, auch seine Schönheit. Ich frage mich, ob ihre Augen vor Vergnügen oder vor Neugier funkeln. Aber als sie spricht, mahnt mich ihr Tonfall zur Vorsicht. »Lucy, welche Beweise hast du, dass du so etwas behaupten kannst?«

Es ist spät, als ich in Tante Zinas Wohnung zurückkehre. Sascha liest Zeitung, eine kleine Brille im breiten Gesicht. Tante Zina, die jeden Tag ein bisschen in Puschkin stöbert, hat ihre Nase enttäuschenderweise in ihrer alten, zerfledderten Ausgabe vergraben und nicht in der neuen, die ich ihr geschenkt habe.

Sie freuen sich, dass ich zurück bin. Sie haben auf mich gewartet in der Hoffnung, mit mir über die Beerdigung, die Ansprachen, die Trauergäste reden zu können. Ich sinke in Onkel Pawels Sessel. Er saß hier jeden Tag und rauchte seine Pfeife.

»Danke, dass ihr euch um Mutter gekümmert habt. Und danke für alles.« Meinem Tonfall hören sie an, dass ich meine Abreise verkünden will. Sie machen lange Gesichter.

»Ich habe noch keinen Flug gebucht, aber ich will am Samstag zurückfliegen«.

Sie drängen mich, länger zu bleiben.

»Ich muss wirklich zurück, sonst verliere ich meinen Job«, sage ich.

»Dann«, sagt Tante Zina, die aufsteht und Richtung Küche geht, »suchst du dir einen neuen. Hier in Kalifornien.«

Ich erkläre ihr, dass ich schon gegessen hätte, und bitte sie, mir nichts mehr zu bringen, aber sie kommt mit einem Teller selbst gemachter Kekse zurück. Wir reden über die Beerdigung, sind der Ansicht, dass Mutter sich tadellos verhalten und der Sache Würde verliehen hat, was an Großmutter erinnert. Sie meinen, dass Larry gealtert sei und Scott gut aussehe.

»Und Jane«, fügt Tante Zina hinzu, »ist noch immer sehr schön. Vielleicht schöner als je zuvor.«

»Mama, sie sah schon immer wie Greta Garbo aus«, sagt Sascha, der in seiner Jugend mehr alte Filme gesehen hat, als Tante Zina lieb war.

Tante Zina holt verschämt ein kleines Päckchen hervor, das in Seidenpapier gewickelt und mit einem Band verschlossen ist, das ursprünglich von einer Pralinenschachtel stammt und immer wieder benutzt wird.

»Ich mache eine kleine Arbeit für dich, Lucia«, sagt sie. »Bis zum Samstag wird sie fertig sein. Ich hoffe nur, dass ich meiner Aufgabe gewachsen bin.«

Sie reicht mir das Päckchen, und ich ziehe an dem Band, das lautlos abfällt. Ich entferne das Seidenpapier, das leise knistert wie Meringue. Es sind Briefe.

»Das sind die Briefe, die Großmutter deiner lieben Mutter geschrieben hat. Als Großmutter starb, hat dein Papa sie mir gegeben, eine rücksichtsvolle, großzügige Geste, die typisch war für diesen guten Mann. Mein bescheidenes Projekt besteht darin, sie für dich zu übersetzen. Ich hoffe, das freut dich.«

Ich nehme ein dünnes, steifes Blatt aus einem Umschlag. Auf einer Seite befinden sich dicke kyrillische Schriftzeichen. Tante Zina sucht auf diesen Seiten nach Dingen, die eine Mutter ihrer Tochter mit auf den Weg geben sollte, weil sie weiß, dass meine Mutter es mir nicht geben konnte. Das Papier knistert leise zwischen meinen Fingern, und dieses Geräusch scheint schmerzvoll an einem weichen Ort in mir widerzuhallen. Geschriebenes kann die liebevolle Umarmung einer Mutter nicht ersetzen.

»Danke«, sage ich leise. »Ich weiß das sehr zu schätzen.«

»Die Übersetzung wird vor deiner Abreise fertig sein«, versichert sie mir. Sie deutet auf ihren zerfledderten Puschkin. »Ich habe angefangen, indem ich etwas von unserem größten russischen Schriftsteller übersetzen wollte, aber ich habe schnell gemerkt, dass mein armseliges Englisch dafür nicht ausreicht.«

Sascha hat das Bündel Briefe genommen. »Ist der Inhalt interessant?«, fragt er.

»Die Briefe enthalten viele mütterlichen Ratschläge, die für eine junge Frau von größter Bedeutung sind.«

Sascha zieht wahllos einen Brief heraus und überfliegt den Inhalt.

»Mama, Lucia wird sich kaum dafür interessieren, wie viel Mehl in den Piroggenteig kommt«, sagt er.

»Oh, ich würde gern lernen, wie man Piroggen macht«, sage ich rasch.

»Rat nimmt viele Formen an«, sagt Tante Zina. »Großmutter benutzte das Telefon nicht gern und zog es vor zu schreiben. Und es ist gut, dass sie es getan hat.«

Ich starre auf das undurchdringliche Kyrillisch eines anderen Briefes, als wäre es ein Code.

»Mal sehen«, sagt Sascha. »Dieser stammt vom ersten Juni. Meine liebste Tanetschka ... hmmmm.« Sein Blick schweift über die Seite. »Okay. Meine liebste kleine Tanja, es gibt keine Worte, die ausdrücken könnten, wie unendlich Leid es mir tut, wie Leid mir deine Familie tut, und wie Leid mir der arme süße kleine Nikolai tut ...«

»Ah, den habe ich noch nicht übersetzt. Es ist der letzte Brief, den sie schrieb. Er bezieht sich auf den Tod deines Bruders, Lucia. Anschließend war Großmutter eine lange Zeit bei euch.«

»... aber vor allem, meine Kleine, für dich. Nur eine Mutter, die einen Sohn verloren hat, kann deinen Schmerz verstehen und ...« Sascha zuckt die Achseln und hält inne. »Ich weiß nicht. Toska.«

»Unglück?«, schlägt Tante Zina vor.

»Das ist nicht stark genug. Seelenqual? Du weißt, was gemeint ist, Lucia.«

»Ja.« Unerklärlicherweise habe ich einen Kloß im Hals.

»Jetzt wirst du zusehen, wie andere Kinder oder auch Bäume heranreifen, und du wirst mit Schmerz daran denken, was für ein großer Mann dein Nikolai hätte werden können … Du meine Güte, Lucia, was für einen Stil unsere Babuschka hatte. Mal sehen … Ich werde kommen, und wenn du sprechen kannst, wirst du mir erzählen, wie sich dieser schreckliche … Schicksalsschlag, Unfall ereignet hat, und wenn du es mir erzählt hast, kannst du … es mir noch einmal erzählen. Denn ich werde nie mein Entsetzen vergessen, als ich meinen Pascha verlor. Der Ausdruck im Gesicht des Schaffners, der sagte, dass das Baby tot sei und er es mir aus den Armen nehmen müsse. Ich ertrage es jetzt noch nicht, an meine leeren Hände zu denken, nachdem er mir den vollkommenen kleinen Körper meines Sohnes weggenommen hatte. Am liebsten wäre ich wehklagend durch den Zug gelaufen und hätte aller Welt von meinem Verlust erzählt, ebenso auf dem Schiff, und als wir endlich in diesem Amerika ankamen, wollte ich allen von meinem Sohn erzählen und wie er gestorben war …«

Sascha hält inne und sieht mich verschmitzt an. »Um ehrlich zu sein, Lucia, ich glaube, sie hat es getan. Wir mussten uns diese Geschichte jedenfalls oft genug anhören.«

»Meine Mutter litt sehr, als Tanjas Sohn starb«, sagt Tante Zina. »Es war, als wäre ihr eigener Sohn von neuem gestorben. Offen gesagt, wir waren froh, als sie zu euch ging. Tanja brauchte sie zweifellos.«

»Ich erinnere mich nicht an meinen Bruder. Ich erinnere mich nicht an seinen Tod«, sage ich.

Tante Zina blickt auf und fixiert mich.

»Überhaupt nicht?«

»Nein.«

»Komm schon, Lucia, du warst klein, aber das war ich auch«, sagt Sascha. »Aber sogar ich erinnere mich an dieses katastrophale Ereignis.«

»Saschinka, du und Lucia, ihr wart beide vier. Wie kannst du dich an mehr erinnern als sie?«

»Alle weinten. Tante Zoja saß, wo du jetzt sitzt, und sagte immer wieder: ›Meine arme liebe Tanja.‹ Großmutter war untröstlich. Lucy, ich glaube, dein Bruder hat mir meinen ersten kindlichen Blick auf den Tod ermöglicht. Nein, vielleicht nicht auf den Tod, aber auf den Schmerz.«

Ein schrecklicher Schicksalsschlag, ein Unfall. Überall Toska. Die ganze Familie weinte, Großmutter, von Schmerz überwältigt, eilte zu Mutter. Die gläserne Oberfläche unseres Lebens vom Tod eines Babys zerschmettert, vielleicht für immer.

Ich sage mit einer Heiserkeit in der Stimme, als wäre ich gerade in einem verstaubten Speicher gewesen: »Ich weiß nicht einmal mehr seinen Namen.«

»Die Amerikaner nannten ihn Nicky, aber wir nicht«, sagt Tante Zina. »Für uns war er Kolja.«

»Kolja? Kolja.« Ich will den Namen wieder und wieder sagen. Der Klang kommt mir vertraut vor, aber das Gesicht zeigt sich nicht. »Kolja«, wiederhole ich, als würde mich der Name direkt zu einem Bild von ihm führen. Aber das Gesicht hat sich abgewandt.

»Kolja ist die gebräuchliche Abkürzung für Nikolai«, erklärt Sascha. »Kommt dir der Name Nicky, Kolja irgendwie bekannt vor, Lucia?«

»Ich glaube nicht …« Meine Kehle ist zugeschnürt. Sie versucht, meine Worte zu zensieren. Ich könnte die Frage nie stellen, wenn Vater noch leben würde oder Jane im Raum wäre. »Was genau ist passiert, als das Baby starb?«

Sascha und Tante Zina sehen sich an.

»Also«, sagt Sascha, »ist dir schon die interessante Übereinstimmung aufgefallen, dass Vater und Sohn am selben Ort starben?«

»Ja. Ich habe das als weiteren Hinweis aufgefasst, dass Vaters Mörder ihn gut kannte. Wenn er wusste, dass das Baby dort ums Leben gekommen ist, dann dachte er wahrscheinlich, dass Big Brim ein glaubwürdiger Ort ist, um einen Selbstmord vorzutäuschen.«

»So ist es.« Sascha nickt.

»Obwohl es auch ein außergewöhnlicher Zufall sein könnte«, füge ich hinzu.

Wieder sehen sich Mutter und Sohn an.

»Zufälle gibt es«, räumt Sascha ein.

»O ja, ich habe viele Zufälle erlebt«, stimmt ihm Tante Zina rasch zu. »Ja, in einem langen Leben lernt man, wie weit verbreitet Zufälle sind.«

Schweigen. Ich hake nach. »Also … was genau ist am Strand von Big Brim passiert?«

»Tanja hat das Baby zu nah am Wasser in den Sand gesetzt, vielleicht weil sie dachte, dass das Wasser ihn amüsieren würde. Sie hörte, wie die Welle sich brach. Eine große Welle, eine riesige Welle, eine Welle, wie es sie an diesem Tag noch nicht gegeben hatte. Als sie sich umdrehte, sah sie, wie die Welle ihren Sohn hinaus aufs Meer trug. Sie lief sofort ins Wasser, aber er war bereits außerhalb ihrer Reichweite. Bald wurde er unter Wasser gezogen.«

Ich starre Tante Zina an. Die große Welle, der massige Körper des Ozeans, ein hilfloses Baby, das hin und her geworfen wurde und schließlich untertauchte.

»Aber sie hätte schwimmen können –«

»Tanja war eine ganz schlechte Schwimmerin«, behauptet Tante Zina.

Adam Holler erzählte mir, dass Mutter mich im Swimmingpool gerettet hat. »Aber sie hätte –«

Sascha blickt mich über die Brillengläser hinweg an und zieht die Augenbrauen hoch. Tante Zina wehrt meine Einsprüche ab. »Sie hätte ihn nicht retten können.«

»Sie … sie sah, wie ihr Baby starb?«

»Er tauchte noch mehrmals an der Oberfläche auf, und irgendwann war er endgültig verschwunden.«

»Sie sah, wie er starb«, sage ich noch einmal. »Nach all den anderen Dingen, die sie mit ansehen musste.«

Tante Zina nickt heftig. »Ja, ja, sie sah, wie er starb.«

»Die Leiche«, fügt Sascha hinzu, »wurde nie gefunden.«

»Ist es ein Wunder, dass sie wahnsinnig wurde?«, fragt Tante Zina.

Während ich in Großmutters Bett liege und den Staub sehe, der jedes Mal, wenn Scheinwerfer das Zimmer erhellen, Kreise dreht wie ein Schwarm winziger Silberfische, kann ich nicht einschlafen. Ich denke an ein Baby, das vom großen Ozean hin und her geworfen wird, und ich denke an Stevie, wie er in seiner blauen Wiege liegt, und nach einer Weile sind die zwei Babys nur noch eins.

33

Am nächsten Tag fahre ich schnell durch die Stadt. Mir scheint es lange her zu sein, dass ich wie diese Menschen hier zur Arbeit ging, den Blick nach vorn gerichtet, die Gedanken bei dem, was der Tag ihnen bringen würde.

Ich genieße die Frische des Morgens. Bald wird die Stadt brodeln, aber im Moment kann man sich noch unbeeinträchtigt von der Hitze bewegen. Ich bin wach. Mir fallen heraushängende Hemden und kaputte Ohrringe und die Tiefe des blauen Himmels über mir auf. Der Geruch, den die Cafés verströmen, ist so intensiv, dass ich das Gefühl habe zu essen. In einem Straßencafé ist jeder Tisch von nur einer Person besetzt. Ich sehe, wie ein paar weiße Möwen auf einen Mann herabstürzen, der mit dem Fuß aufstampft und mit den Händen fuchtelt, bis sie davonfliegen, zuerst durch die Menschen gleiten und dann hoch über ihren Köpfen schweben. Eine Weile meine ich, dass auch ein Teil von mir hoch über dem Gehsteig und den Gebäuden schwebt. Ich sehe mich weit unten, wie ich schnell die Straße entlangfahre, an Leuten vorbei, die an Tischen sitzen und Zeitung lesen.

Schließlich stehe ich vor der Bibliothek. Sie ist so groß wie eine Kathedrale. Im Inneren ist es kühl, und die Wände scheinen Kälte abzustrahlen. Ich bitte einen Bibliothekar um Hilfe, und ein paar Minuten später liegen die Zeitungen, die ich bestellt habe, vor mir auf dem Tisch.

Ich blättere mit ausholenden Armbewegungen durch die erste Zeitung und fasse dabei jede Seite respektvoll an. Ich habe erwartet, dass Ton und Typographie meiner Kindheitsjahre blass wären wie ein alter Verwandter. Jetzt überraschen mich die kräftigen Überschriften.

Anfänglich gestatte ich mir, mich ablenken zu lassen von Artikeln, die mich interessieren, dann blättere ich zügiger um, und die Nachrichten ziehen an mir vorbei wie in einer Zeitmaschine.

Der Brief mit den tröstenden Worten meiner Großmutter datierte vom ersten Juni. Ich rechne nicht damit, vor dem einunddreißigsten Mai einen Bericht über den Tod meines Bruders zu finden. Der erste Juni ist auch noch möglich. Als ich beim zweiten Juni ankomme und noch immer nichts über den Unfall gefunden habe, verliere ich die Hoffnung. Ich überfliege die Ausgaben vom dritten und vierten Juni. Vielleicht wurde der Tod eines kleinen Babys an der Küste nicht für berichtenswert erachtet. Dann, auf der ersten Seite der Ausgabe vom fünften Juni, lese ich: Baby von Monsterwelle getötet.

Ich beuge mich über die Geschichte. »Der acht Monate alte Nicholas Schaffer wurde gestern am Strand von Big Brim von einer Monsterwelle aufs offene Meer hinausgeschwemmt. Der Tod trat um zehn Uhr zehn ein. Mrs. Tatjana Schaffer spielte mit ihren beiden Töchtern und ließ ihren Sohn am Wasser sitzen, als eine große Welle ihn aufs Meer hinaustrug. Mrs. Schaffer ist Nichtschwimmerin. Sie versuchte jedoch mithilfe von anderen vergeblich, zu dem Kind zu gelangen. Die Küstenwache suchte später nach der Leiche, die bislang nicht gefunden wurde. Dr. Schaffer, ein Universitätsprofessor, war zu diesem Zeitpunkt nicht am Strand, da er Pullover aus dem Wagen holte, der hinter den Dünen abgestellt war.«

Niemand sonst sah, wie die Welle das Baby mit sich riss, obschon jemand aussagte, er habe Mutters taumelnden erfolglosen Rettungsversuch mit angesehen.

»Dr. und Mrs. Schaffer werden von der Polizei vernommen«, endet der Artikel. »Detective Rougemont gab keinen Kommentar zu dem Fall ab.«

In der nächsten Ausgabe lese ich: »Die Polizei ermahnt heute die Eltern, kein Kind unbeaufsichtigt am Wasser zurückzulassen, gleichgültig wie ruhig das Meer zu sein scheint. Nicholas' Leiche wurde noch nicht geborgen. Der Fischer Kurt Langheim aus dem Ort meint: ›Big Brim ist eine tödliche Falle, aber die Leichen werden meist weiter unten an der Küste, in Retribution Bay, angeschwemmt. Vielleicht ist eine Babyleiche einfach zu klein dafür.‹

Der Vater des Jungen, Dr. Eric Schaffer, ist Collegeprofessor für Geologie und Geophysik. Mrs. Tatjana Schaffer stand heute noch unter Schock. Ihr Mann bestätigte, dass die Ärzte ihr Beruhigungsmittel verschrieben haben. Die Polizei gab eine Warnung bezüglich der Sicherheit an Stränden heraus, lehnte es jedoch ab, den Fall zu kommentieren.«

Ich gehe zu meinem Wagen zurück, auf dessen Motorhaube sich die Sonne spiegelt. Das Lenkrad ist heiß wie etwas im Ofen Gebackenes.

Als ich die Einfahrt zu Vaters Haus entlangrumple, sehe ich Jane vor dem Schuppen stehen. Sie will das Tor öffnen, streckt sich nach den hohen Riegeln, ihr Körper lang gezogen wie ein Ausrufezeichen. Ich habe ein schlechtes Gewissen, weil sie allein und verletzlich im Haus war, und entschuldige mich, dass ich so spät komme.

Sie sieht es mir nach. »Es ist zu heiß, um Angst zu haben«, sagt sie. »Und die Geologen werden jeden Augenblick kommen. Ich hoffe, sie rechnen mit dieser Masse an Steinen.«

Wir betreten den Schuppen, bleiben in der Nähe der Tür stehen, sehen Schwärze, warten darauf, dass sich unsere Augen der Dunkelheit anpassen.

»Jane. Da ist etwas, was ich nicht verstehe«, sage ich.

Sie lacht. »Nur eine Sache?«

»Jane …« Mein Mund ist trocken und salzig. »Ich habe erfahren …« Es fällt mir nicht leicht. »Unser Bruder. Sein Tod.«

Jane dreht sich schnell zu mir um, sodass die Spitzen ihres Haars gegen ihr Gesicht stoßen.

»Was meinst du?«

»Sascha hat diesen Brief gestern Abend übersetzt. Von Großmutter an Mutter, in dem sie sagt, wie Leid ihr der Tod des Babys tut. Und … da habe ich angefangen, Fragen zu stellen.«

Sie zieht die Augenbrauen in die Höhe.

»Zum Beispiel?«

»Es ergibt keinen Sinn, Jane. Die Geschichte, wie das Baby gestorben ist, passt nicht zu den Tatsachen.«

Sie betrachtet mich eingehend in der nachlassenden Dunkelheit.

»Was für Tatsachen?«, fragt sie schließlich.

Ich erzähle ihr, wie Mutter und Vater mit uns dreien eines Tages an den Strand von Big Brim fuhren, als ich höre, wie ein Auspuff über einen Stein kratzt und ein Motor ausgeschaltet wird. Die Geologen sind da.

»Ich werde sie beschäftigen«, sagt Jane, »und dann sollten wir darüber reden.« Und plötzlich scheint es dringend, dass wir über unseren Bruder sprechen, als wäre unser langes Schweigen unter dem Gewicht der vielen Jahre zusammengebrochen.

Die Geologen steigen in der schwülen Luft langsam aus dem Wagen. Einer erinnert mich an Vater, er ist groß und hat ein freundliches Gesicht. Der andere hat einen Bart und will uns erzählen, wie viel er von Vater gelernt hat und wie dieser ihm das Geld für die Feldforschung geliehen hat, als er ein armer Doktorand war.

»Diese Schätzung wird nichts kosten«, sagt er, »wir verlangen kein Honorar. Ich bin einer von vielen Menschen, die guten Grund haben, Professor Schaffer dankbar zu sein. Und ich möchte meine Schulden zurückzahlen.«

Ich hole ihnen kaltes Wasser, während Jane sie in den Schuppen führt und erklärt, wie Larry und Scott Vaters große, widerspenstige Steinsammlung organisiert haben. Dann gehe ich auf die Terrasse, um auf Jane zu warten, sammle ein paar Servietten ein, die gestern vergessen wurden.

Über dem Tal hängt noch heißer Dunst. Bald wird die Sonne ihn durchstoßen wie eine Faust. Wenn die Hitze so intensiv ist, kann nur ein heftiger Sturm sie vertreiben.

Über mir hängen die großen runden Blätter schlaff wie nasse Tücher. Unter mir erstreckt sich das Tal braun und trocken.

Jane kommt.

»Okay, sie sind beschäftigt und brauchen uns nicht. Gehen wir, Lucy.«

Ich folge ihr durch das Haus und die Treppe hinunter, die ins Schloss fallende Fliegengittertür und unsere auf dem Holz klappernden Schritte machen Geräusche, die aus irgendeiner früheren Zeit in unserem Leben stammen könnten. Wir gehen durch den Garten, dann durch den Obstgarten der Hollers. Licht und Hitze strömen auf uns herunter.

»Wohin gehen wir?«, frage ich, obwohl ich schon völlig erschöpft bin und es mir eigentlich gleichgültig ist.

»Hinunter ins Tal, wo niemand uns hören kann. Erinnerst du dich an den alten Weg, den wir immer gegangen sind?«

Ich erinnere mich an den Weg, weil ich ihn einen Tag, bevor Vater starb, hinaufgegangen bin. An ein paar Stellen meine ich, meine eigenen Spuren zu erkennen. Jane bahnt sich einen Weg den überwucherten Pfad hinunter, hält ihre Arme von den Zweigen fern, die Bewegungen ihrer Hüften und langen schlanken Beine sind dem abschüssigen Gelände angepasst. Kleine rote Staubwolken wirbeln bei jedem unserer Schritte auf.

Instinktsicher wie Tiere schleichen wir durch den Obstgarten der Schnecks. Unsere Schuhe sind voller Erde. Wir ducken uns unter niedrigen Ästen hindurch und überqueren dann das Grundstück der Spelmanns, das an den Rändern braun und ungepflegt ist. Um das Haus stehen Blumen, der Rasen ist unnatürlich grün, Wassersprenger zischen.

Plötzlich sind wir am Fuß des Hügels. Wir sind im Tal. Es ist still, unheimlich still, als hätte jemand es verzaubert. Die Erde ist verbrannt. Hier herrscht die Sonne, und weder Rasensprenger noch Swimmingpools oder Klimaanlagen bieten Zuflucht. Sie versengt die Bäume, den Boden, die Felsen, alles hier muss sich ihrer Herrschaft unterwerfen.

»Setzen wir uns«, sagt Jane. Es stehen ein paar Felsen herum. Sie sind heiß, aber von der Grausamkeit der Sonne durch einen schräg stehenden Baum geschützt, der, wie ich glaube, schon immer Schlagseite hatte. Wir setzen uns, erholen uns vom gleißenden Licht.

»Okay«, sagt Jane. »Ich bin so weit. Erzähl mir die Fakten über Nickys Tod.«

Ich bin erstaunt, als ich sie seinen Namen mit beiläufiger Vertraulichkeit aussprechen höre. Ich dachte, Jane hätte wie ich alles über ihn vergessen.

Ich schwitze. Ich ringe nach Atem, als würde ich noch immer durch die stickige Luft gehen. Ich erzähle ihr die Geschichte von dem Ausflug zum Strand von Big Brim, als ich vier und sie sieben war. Wie Vater zum Auto zurückging, um Pullover zu holen, die Monsterwelle kam und Mutter nicht in der Lage war, das Baby zu retten.

Sie nickt. »So war es«, sagt sie. »Ziemlich genau so war es.«

»Du erinnerst dich?«

»Klar. Es war ein Trauma, das ich danach tausendmal durchlebt habe. Ich erinnere mich an jede Sekunde.«

»Aber warum hast du der Polizei gesagt, dass du dich an nichts erinnerst?«

»Weil Nickys Tod nichts mit Daddys Tod zu tun hat. Ich war entsetzt, als sie immer wieder danach fragten. Ich meine, es war ein tragisches Ereignis, das Mutter in den Wahnsinn trieb. Ich weiß, dass es in manchen Familien anders ist, aber in unserer Familie war die beste Möglichkeit damit fertig zu werden, zu trauern und es damit hinter uns zu lassen. Das haben Daddy und ich getan. Und du hast die ganze Sache einfach vergessen. Bis jetzt. Aus irgendeinem Grund reden die Leute seit Vaters Tod wieder über Nicky. Ich habe meinen Ohren nicht getraut, als ich hörte, wie Larry auf der Beerdigung allen davon erzählte.«

Ich schlucke und habe den Geschmack von Obstgarten im Mund.

»Sag, Luce, was sind das für Tatsachen, die angeblich nicht zusammenpassen?«

»Ach, nichts«, sage ich schließlich.

»Bitte, sag es mir. Bitte, Luce.«

»Ich dachte, dass es so aussieht, als hätten sie Nickys Tod vorgetäuscht." Jane schaut mich an, ihr Mund steht ein bisschen offen.

»Vorgetäuscht?«, fragt sie leise. »Himmel, Luce, wie meinst du das?«

»Diese Monsterwelle, die das Baby angeblich fortgetragen hat. Schwer vorstellbar, dass es so etwas in der Bucht von Big Brim gibt.« Meine Worte rutschen vorsichtig einen steilen Abhang hinunter. Langsam gewinnen sie an Geschwindigkeit und beginnen zu purzeln. »Ich meine, die Bucht ist eine Art Lagune. Es gibt so gut wie keine Wellen. Es ist kein ungefährlicher Strand, aber die Strömungen sind die Gefahr, nicht die Wellen. Dann die Sache, dass Mutter das Baby nicht gerettet hat, weil sie nicht schwimmen konnte. Sie konnte schwimmen. Ich weiß, dass sie nie schwamm, aber Mr. Holler erinnert sich daran, dass sie in den Swimmingpool sprang, um mich zu retten. Du hast mich wiederbelebt, aber sie hat mich rausgeholt. Warum hat sie dasselbe nicht für das Baby getan? Aber das Merkwürdigste ist ein Brief, den Großmutter schrieb, als Kolja, Nicky starb. Sie versucht darin, Mutter zu trösten. Er stammt vom ersten Juni. Aber in der Zeitung steht, dass Nicky erst am vierten Juni ertrank. Großmutter schrieb diesen Brief also drei Tage, bevor das Baby starb. Ist das nicht seltsam?«

Ich bin außer Atem und habe keine Worte mehr. Jane sieht mich unverwandt aus großen Augen an, Haare kleben ihr im Gesicht, ihr Körper ist auf dem Felsen anmutig nach vorn geneigt.

»Wie hätten sie seinen Tod vortäuschen können?«, fragt sie.

»Ich weiß es nicht. Aber wenn das Kind bereits tot war, ich meine, wenn es zu einem früheren Zeitpunkt irgendwie anders gestorben ist, dann hätten sie so tun können, als wäre Nicky im Meer ertrunken, um es zu verheimlichen.«

Sie seufzt. »Du solltest nicht so viel auf das Datum von Großmutters Brief geben. Vielleicht hat sie sich getäuscht, sie oder die Zeitung.«

»Was ist mit der Welle? Erinnerst du dich daran?«

»Nein«, sagt sie. »Ich erinnere mich nicht daran. Niemand von uns hat sie gesehen. Aber später habe ich mich irgendwie an das Geräusch erinnert.«

»Woran genau erinnerst du dich, Jane?«

Sie lehnt sich nach hinten und stellt die Füße auf dem Felsen ab. Ihr Körper ist lang und schlank. Er weist keine Spuren von Schwangerschaften auf.

»An jedes Detail«, sagt sie. »Ich erinnere mich an die genaue Grauschattierung des Himmels. An die Farbe des Balls, mit dem wir spielten. Die Bluse, die ich anhatte. Mutter warf den Ball zu dir, drehte sich um und sah, dass Nicky verschwunden war. Er saß auf die runde plumpe Art kleiner Kinder im Sand, und dann war er plötzlich nicht mehr da. Sie schrie, und wir liefen zu ihr und starrten alle den Sand an, als würde Nicky wieder auftauchen, wenn wir nur lange genug hinschauten. Du hast den Ball fallen lassen, und die kleinen Wellen haben ihn aufs Wasser hinausgetragen. Nicky war im Wasser nicht zu sehen, nur der Ball, der auf und ab hüpfte. Nirgendwo war eine Spur von ihm zu sehen. Mutter schrie und fuchtelte mit den Armen herum wie eine riesige Möwe. Sie dachte wahrscheinlich, jemand hätte ihn mitgenommen, denn sie lief am Strand hin und her, aber niemand war nah genug, um so etwas zu tun. Und dann sah ich ihn. Ich meine, ich sah seinen kleinen blauen Hut. Er war nicht weit draußen, und das Meer wird dort nur langsam tiefer, deshalb bin ich hineingewatet. Mutter rannte hinter mir her, schrie und riss mir den Hut aus der Hand. Dann ging sie noch weiter ins Wasser, ungefähr bis zur Hüfte, und ihr Rock schwamm auf der Oberfläche.«

Es folgt ein langes Schweigen. Es saugt allen Sauerstoff aus der Luft. Ich frage: »Hat denn niemand geholfen? War niemand am Strand, der helfen konnte?«

»Es waren nur ein paar Leute da, und sie kamen, um zu helfen. Das hat ein bisschen gedauert. Sie meinten, wir hätten versucht, den Ball herauszuholen. Und dann kam auch Vater wieder.«

»Und hast du das Baby gesehen?«

»Ein Stück weit draußen. Es wurde vom Wasser hin und her geworfen. Sein Gesicht zeigte nach unten, als würde es schwimmen, aber ich bin ziemlich sicher, dass Nicky sich zu diesem Zeitpunkt überhaupt nicht mehr bewegt hat.«

»Warum ist Mutter nicht zu ihm geschwommen? Warum hat sie nicht irgendwie versucht, ihn zu retten?«

»Vater hat es lange versucht, aber Nicky war nicht mehr zu sehen, und Vater musste aufgeben, als ihn die Strömungen hinunterzogen. Wir wussten alle, dass es sowieso schon viel zu spät war.«

»Aber warum ist Mutter nicht in dem Augenblick ins Wasser gelaufen, als sie merkte, dass Nicky verschwunden war?«, frage ich laut. Die steilen Abhänge werfen meine Worte zurück: verschwunden, verschwunden, verschwunden.

Ich sehe, dass Jane leise weint.

»Luce, ich habe es nie jemandem erzählt. Nicht einmal mit Vater habe ich darüber gesprochen, aber ich glaube, er hat es auch gewusst.«

Ich warte, während sie gegen ihre Tränen kämpft.

»Ich vermute … ich habe immer vermutet … dass Mutter ihr Kind vielleicht ertränkt hat.«

Die Hitze nagelt mich auf dem Felsen fest. Ich spüre, wie sich die kleinen Zacken und Krater in meine Haut bohren, aber ich kann mich nicht bewegen. Unter dem Felsen blickt eine Eidechse hervor, sie kriecht ein paar Schritte, bleibt stehen, verharrt reglos in der Sonne, als würde die Hitze sie am Erdboden festnageln. Ihre trockene, schuppige Haut ist zeitlos, ihre Art zu leben ist zeitlos, ihre primitiven Gedanken sind zeitlos. In der glühenden Hitze weiß ich nicht mehr, wo Eidechse, Felsen und Lucy anfangen oder enden.»Nicky war ein Problem für Mutter«, sagt Jane. Ihr Tonfall ist monoton. »Du und ich, wir waren einfache Babys, aber Nicky weinte und weinte. Wenn er schlief oder spielte war er unheimlich liebenswert. Aber meistens brüllte er. Mutter gelang es nicht, ihn zu beruhigen. Schließlich versetzte sie sich so sehr in ihn hinein, dass sie selbst viel weinte. Sie liebte ihn so, aber sie konnte nicht damit umgehen, und Daddy musste immer das Essen kochen und sich freinehmen, um mit dem Baby zu helfen. Die Stimmung war immer angespannt. Mutter war leicht beeinflussbar, Luce, und ich habe immer gehofft, ich habe immer lieber geglaubt, dass sie nicht plante, ihr Kind zu ertränken. Das wäre wirklich berechnend gewesen. Nein, ich glaube lieber, dass sie im Bruchteil einer Sekunde beschloss, ihn nicht zu retten.«

Ich weine jetzt auch. Ich spüre, wie Tränen heiße Linien in mein staubiges Gesicht zeichnen.

»Verdamme sie nicht allzu sehr, Lucy. Ich weiß, dass du das nicht tun wirst. Ich weiß, dass du es verstehst.«

»Ich verdamme sie nicht«, sage ich schluchzend. »Wie sollte ich?«

Jane steht auf und geht ein paar Schritte. Sie legt den Arm um mich. »Du musst wissen, wie sie sich gefühlt hat. Denn sie liebte dieses Kind, auch wenn sie für seinen Tod verantwortlich ist.«

Ich heule. Wie ein Tier, wie ein Wolf. Meine Schreie hallen im Tal wider, bis Jane und ich von einem ganzen Rudel Wölfen umgeben sind.

Ich erinnere mich, wie Liebe aus mir herauszuströmen schien, als Stevie geboren wurde, sich überall verteilte, in Mengen, wie ich sie bislang nicht gekannt hatte. Du hast mit deiner Mutter die große Fähigkeit zu lieben gemein, sagte Tante Zina. Und jetzt scheint mir, als wäre meine Liebe für Stevie so wenig vorhersehbar und so stark wie eine schreckliche Sturmflut gewesen. Ich floss über vor Liebe, aber Stevie interessierte sich nicht dafür. Er war unzufrieden mit meinen unzulänglichen Versuchen ihn zu füttern, zu hegen und zu pflegen, und er zeigte diese Unzufriedenheit unablässig. Er weinte und weinte, und sein Wehklagen schien, da er ein Teil von mir war, eine tiefe Traurigkeit in mir auszudrücken, einen Schmerz, von dem ich nicht wusste, dass ich ihn in mir trug. Er schrie meinen Kummer hinaus, damit ihn die ganze Welt hören konnte. Und als ich die Decke anhob und aufgrund der merkwürdigen Stille wusste, dass er tot war, bestand da meine erste Reaktion, vor dem Schock, vor dem Leiden, nicht schlicht in Erleichterung, weil endlich Ruhe herrschte?

»Es war meine Schuld, dass Stevie starb, Jane. Es war meine Schuld«, sage ich.

Als er tot war, als die Polizei wieder gegangen war und die dunkel gekleidete Frau ihn mitgenommen hatte, schlief ich. Ich schlief vierundzwanzig Stunden lang.

»Ist ja gut«, sagt Jane, während ich an ihrer Schulter schluchze. »Ist ja gut. Ich weiß. Ist ja gut«, beruhigt sie mich, als wäre ich ein Baby. »Jetzt ist es vorbei, Luce. Nicky ist tot, Stevie ist tot. Wir können es vergessen.«

Ich blicke auf und sage: »Mutter wurde gleich nach Nickys Tod krank. Jetzt verstehe ich es. Ihr Schmerz war mit Schuldgefühlen vermischt.«

Jane nickt. »Wahrscheinlich sind wir zu schnell nach seinem Tod nach Arizona gefahren. Ich glaube, es war nur ein, zwei Wochen später.«

»Was für schreckliche Ferien für sie.«

Jane nimmt meine Hand fest in ihre. »Luce, denkst du jemals über den Tod nach?«

»Ich denke oft darüber nach.«

»Hast du Angst vor dem Tod?«

Ich schniefe. »Ja.«

»Manchmal denke ich, dass der Tod irgendwie wunderbar sein muss. All die dummen Dinge, um die wir uns sorgen, die ewige Suche nach Glück, das Leiden, das nicht einmal von Reichtum verhindert werden kann, das Wissen, dass die zweite Lebenshälfte nur ein Abstieg sein kann. Ich habe zugesehen, wie Menschen sterben, und so sehr sie sich auch vor dem Tod fürchten, sinken sie doch irgendwie erleichtert hinein. Wie wenn man nach einem anstrengenden Tag ins Bett geht. Wenn sie endlich gestorben sind, sehen sie so dankbar aus, dass es vorbei ist. Ich erzähle dir das, weil du wissen sollst, dass es für Stevie und Nicky nicht so schlimm war.«

Ich danke ihr und stehe auf. Reihen großer Obstbäume erstrecken sich bis zum dunstigen Horizont. Jeder ist anders. Die Äste sind unterschiedlich gewachsen. Die Stämme sind unterschiedlich geneigt. Jede Rinde hat eine andere Patina. Die Erde unter den Bäumen ist zu tiefen, unüberwindlichen Wellen gefurcht, und wie im Meer wimmelt es darin vor Leben.

Jetzt, da Vater tot ist, haben wir nur noch einander in der Welt, und wir allein sind die Wächterinnen der Vergangenheit unserer Familie. Jane und ich stützen uns gegenseitig, als wir den Aufstieg beginnen. Die Sonne trocknet unsere Gesichter, als wir den Pfad hinaufstolpern, über verwilderte Grundstücke und durch Obstgärten gehen. Die Anstrengung des Aufstiegs löscht alle Gedanken aus, bis wir in Vaters Garten stehen und ich sehe, dass ich von oben bis unten schmutzig bin. Staubwolken haben sich auf mir niedergelassen wie ein Schwarm Schmetterlinge. Staub ist in meinen Schuhen, klebt an meinen Beinen, und ich schmecke ihn in meinem Mund.

»Wir sollten duschen«, sagt Jane heiser.

Ich bedeute ihr, dass sie zuerst unter die Dusche soll, gehe auf die Terrasse und schaue hinunter zu dem Ort, den wir gerade erst verlassen haben. Von hier oben sieht er anders aus. Seine Weite ist wohlgeordnet. Die Bäume gleichen einander, stehen in regelmäßigen Abständen, sind identisch geformt und werfen den gleichen kurzen Schatten. Der Boden ist flach, die Furchen sind gleichmäßig.

Ich ziehe mich ins Haus zurück. Oben gehe ich an Vaters, an Janes, an meinem früheren Schlafzimmer vorbei und betrete das hellblaue Zimmer am Ende des Gangs, von dem Kirsty behauptet, dass es das Zimmer meines Bruders gewesen sein muss. Ich setze mich auf eine verstaubte Kiste und versuche, mich zu erinnern. Ich versuche, mich an Nicky zu erinnern. An seine Tränen, sein schlafendes Gesicht, seinen Tod am Strand von Big Brim. Aber da ist nichts. Jedes Mal, wenn ich die Hand ausstrecke, finde ich Stevies kleine weiße Leiche.

Der versunkene Garten draußen ist so still, dass er wie ein Foto seiner selbst aussieht.

Ich setze mich neben Vaters Grabstein und denke an die schreckliche Last, die er trug, diese schreckliche Last des Wissens.

»Hallo, Lucy.«

Ich drehe mich um und blicke in das knochige Gesicht von Michael Rougemont. Er sieht mich traurig aus seinen grauen Augen an. Gefolgt von Kirsty kommt er in den versunkenen Garten und setzt sich neben mich in den gescheckten Schatten.

»Alles in Ordnung?«, fragt Rougemont. Er betrachtet mein tränenverschmiertes Gesicht, meine erdroten Haare.

»Sie sehen aus, als hätten Sie eine Schlammschlacht hinter sich«, sagt Kirsty.

»Ich bin nur ins Tal hinuntergegangen.«

»Dort unten muss es Ihnen gefallen«, sagt Rougemont. »Sie sind auch hinuntergegangen am Tag, bevor Ihr Vater starb. Die Labors haben den Schmutz an Ihren Schuhen analysiert, und sie sagen, dass Sie sowohl im Tal als auch hier in diesem Garten waren.«

Ich seufze. »Ich habe meinen Wagen im Tal abgestellt, das ist alles.«

»Warum sind Sie an jenem Tag hierher gekommen?«, fragt Kirsty. Ich schaue in ihre Gesichter. Rougemont ist so zerfleddert wie Tante Zinas alte Puschkin-Ausgabe. Kirstys Gesicht wird von der Sonne erhellt, als sich ein Zweig zur Seite biegt. Die Farbe ihrer Augen ist intensiv und durchdringend.

»Ich wollte meinen Vater besuchen. Aber die Umstände waren nicht dafür geeignet. Ich habe von der Terrasse durch die Schiebetür hineingeschaut. Er saß auf seinem Stuhl. Dann bin ich wieder ins Tal hinuntergegangen und in die Stadt zurückgefahren. Ich war ungefähr um halb zwei Uhr nachmittags hier.«

»Mhm«, sagt Rougemont und nickt. »Danke, dass Sie uns das erzählen, Lucy.«

Ich sehe in sein eigenartiges Gesicht. Der breite Mund, die große Nase. Zum ersten Mal entdecke ich seine scharfsinnige Intelligenz. Als er Nachforschungen zu Nickys Tod anstellte, ahnte er da die Wahrheit?

»Tut mir Leid, dass ich Sie angelogen habe«, sage ich.

»Wenn man lügt«, sagt Rougemont, »will man in der Regel nicht sich selbst, sondern jemand anders schützen.«

Kirsty nickt. »Sie müssen aufhören, die Verantwortung für andere Menschen zu übernehmen, Lucy. Das könnte gefährlich werden.«

Ich schaue sie verwirrt an.

»Wo waren Sie am Montagabend?«, fragt sie. »Nach Einbruch der Dunkelheit?«

»Am Montag?« Ich saß im Auto und beobachtete Ricky Marcello. »Ach, ich bin nur rumgefahren. Und dann bin ich zurück zu meiner Tante.«

»Mhm«, sagt Rougemont.

»Ich bin nicht ausgestiegen. Erst vor Tante Zinas Haus.« Es tut gut, die Wahrheit zu sagen, als ob man im Meer schwimmt, den Fuß nach unten streckt und Sand spürt.

»Sie sind nicht ausgestiegen«, sagt Kirsty. »Aber Sie sind auch nicht viel herumgefahren.«

»Mhm«, sagt Rougemont. »Sie standen den ganzen Abend vor der Wohnung Ihrer Schwester.«

Ich werde rot. Ich kämpfe gegen Tränen, die Tränen eines kleinen Kindes, das mit dem Fuß aufstampfen und mit den Fäusten zuschlagen möchte. Ich habe ihnen nichts von Ricky Marcello erzählt, weil er Vaters Geheimnis war, aber jetzt sieht es so aus, als wüssten sie längst davon.

»Missverstehen Sie uns nicht«, fügt Rougemont hinzu. »Wir finden es wirklich nett, dass Sie so um die Sicherheit Ihrer Schwester besorgt sind. Aber wir möchten Ihnen einen Rat geben. Bitte, nehmen Sie ihn an, Lucy.«

»Unser Rat lautet folgendermaßen«, fährt Kirsty fort, als hätte Rougemont ihr einen Ball zugeworfen. »Überlassen Sie die Polizeiarbeit uns.«

»Okay?« Rougemont bedenkt mich mit einem gespenstischen Lächeln. »Wir wissen, was wir tun. Wie Ihnen wahrscheinlich bereits klar ist, geht es um mehr als nur einen einzigen Mord. Wir hoffen, dass wir mithilfe dieses Falls auch ein paar andere Fälle, die seit einer Weile ungeklärt sind, lösen können.«

Mein Herz sinkt mir in die Magengrube. Ich will ihn nach den anderen Fällen fragen, aber meine Kehle ist zu trocken. Ich wünschte, ich könnte aufstehen, zu einem Wasserhahn gehen und kaltes sauberes Wasser in mich hineinfließen lassen.

»Wir machen die Polizeiarbeit«, sagt Rougemont, »und Sie fliegen zurück nach New York.«

Kirsty ist seiner Meinung. »Sie werden sicherer sein in New York, wo Sie nur für sich selbst verantwortlich sind.«

Sie sehen mich an. Ich bin schmutzig und den Tränen nahe. Ihre Blicke sind freundlich.

»Lucy, Lucy«, sagt Rougemont. »Hören Sie auf, sich so viel aufzuladen. Das haben Sie schon immer getan, auch als Sie noch ein kleines Kind waren. Sie haben mich angestarrt und auf meine Nase gedeutet. Auch damals haben Sie meine Gefühle nicht geschont.«

Unter der Schmutzschicht werde ich wieder rot.

»Gleichgültig, was für Fragen ich Ihnen gestellt habe, Sie haben meistens geweint. Ich bin mit Ihnen nicht einen Schritt weitergekommen. Ihre Schwester war da ganz anders. Sie war gerade mal sieben, aber sie beschrieb genau, was passiert war, als Ihr Bruder starb, und sie war sehr präzise. Ihre Mutter war zu aufgewühlt und hat zusammenhanglos geredet. Ihr Vater war vor allem grimmig. Ich verstand seinen Zustand damals nur allzu gut. Gott weiß, mein eigener war trostlos genug. Und dann waren da noch Sie, kleine Lucy. Vier Jahre alt, und Sie haben sich ständig am Bein gekratzt, wo der Giftsumach Sie verbrannt hatte. Sie weinten um Ihren toten Bruder. Sie weinten und weinten und sagten immer wieder, alles wäre Ihre Schuld. Sie schienen die Verantwortung für Ihre ganze Familie auf sich zu nehmen.«

Ich schweige.

»Erinnern Sie sich an gar nichts mehr?«, fragt Kirsty. »An überhaupt nichts?«

Mein Kopf fühlt sich schwer an, als wäre er von einer dicken Kruste umgeben. »Ich habe es versucht«, sage ich. »Ich habe es wirklich versucht. Aber es kommt nichts.«

Nachdem die Polizisten gegangen sind und Jane sich bereit erklärt hat, bei den Geologen zu bleiben, fahre ich zurück in die Stadt. Die Luft fühlt sich jetzt kühler und dünner an. Vielleicht geht die Hitzewelle endlich zu Ende. Ich mache einen Umweg zum Friedhof, auf dem Stevie begraben ist. Ich lege ein paar kleine gelbe Blumen aus Vaters Garten auf sein Grab. Als ich mich zu seinem Grabstein vorbeuge, muss ich gegen den albernen Impuls ankämpfen, den kalten Stein in die Arme nehmen zu wollen.

Plötzlich und mit unerwarteter Beharrlichkeit geht mir eine Melodie durch den Kopf. Ich halte inne, um auf sie zu horchen. Es ist ein Lied von kindlicher Schlichtheit, und jemand summt es. Zuerst sind es nur einzelne Töne, dann ganze Akkorde, und schließlich singt eine Stimme, die ich sofort als die meiner Mutter wiedererkenne, das ganze Lied. Die Worte sind unverständlich, aber beim letzen Akkord hebe ich unwillkürlich die Hände und forme damit den flatternden Vogel, der davonfliegt. Ich höre die Melodie noch mehrmals, aber als ich den Friedhof verlasse, schwebt sie davon. Ich versuche, noch einmal ein paar Töne oder Phrasen einzufangen, aber so plötzlich wie das Lied aufgetaucht ist, ist es auch wieder verschwunden.

34

Als ich in die Wohnung zurückkehre, sitzt Sascha allein in der Küche. Tante Zina ist bei Tante Zoja.

»Mama hat für mindestens zehn Leute gekocht«, sagt er und häuft Essen auf meinen Teller. »Und ich habe bereits die Hälfte gegessen.«

»Ich bin nicht wirklich hungrig, danke, Sascha.«

»Wie du sehr wohl weißt, Lucia, gilt das in unserer Familie als eine bedauernswert dürftige Ausrede, um nicht zu essen.«

Als ich schweige, mustert er mich eingehend. Ich habe in Vaters Haus geduscht, aber mich nicht umgezogen, und der Schmutz klebt noch immer an meinen Kleidern. »Etwas ist passiert. Was?«

Ich schlage die Hände vors Gesicht.

»Lucia?«

Ich sehe ihn an. Sein freundliches, breites russisches Gesicht, sein lichter werdendes Haar, seine besorgt blickenden Augen. Ein guter Mensch.

»Die Polizisten, die Vaters Tod bearbeiten, behaupten, dass es um mehr als einen Mord geht«, sage ich.

Er schiebt mir den Teller mit Essen hin und legt sich selbst nach. Dann setzt er sich und nimmt die Gabel in die Hand.

»Das überrascht mich nicht. Hat die Polizei etwas über die anderen Morde gesagt?«

»Nur dass sie vor vielen Jahren passiert sind. Sascha, ich glaube, dass sie Nicky meinen. Ich glaube, dass sie Stevie meinen.«

Sascha schaut mich an. »Deinen Bruder? Und deinen Sohn?«

»Es kann kein Zufall sein, dass sie den alten Michael Rougemont damit betraut haben. Er hat vor all den Jahren Nickys Tod untersucht. Und Kirsty ist dabei, weil sie kam, als Stevie starb.«

»Lucia, beide Todesfälle können nicht als Morde betrachtet werden.«

»Ich glaube, sie kennen die Wahrheit.«

»Und die ist?«

»Dass Mutter für Nickys Tod verantwortlich war. Und ich bin schuld an Stevies Tod.«

Sascha legt die Gabel aus der Hand und schiebt seinen Teller weg. »Lucia, was für ein Wahnsinn ist denn das?«

Ich zögere. »Der Wahnsinn, eine Mutter zu sein.«

»Lucia.«

»Mutter zu sein ist nicht so wie in der Fernsehwerbung. Es ist eine grauenhafte, wirklich grauenhafte Mischung aus großer Liebe und Hass. Die Liebe für meinen Sohn war größer als jede andere Liebe, und ich wusste nicht, wie ich damit umgehen sollte. Und er war fordernd und selbstsüchtig und nachtragend. Babys nehmen keine Rücksicht auf die Bedürfnisse ihrer Mütter. Und alles, was Mütter geben, verschlingen sie, und dann verlangen sie nach mehr. Man kann sie nicht kontrollieren, und man kann sein Leben nicht kontrollieren, und manchmal hasst man sie dafür.«

»Und deswegen bringt man sie um? Um Himmels willen, Lucia.«

»Es gab Augenblicke, in denen ich wünschte, Stevie wäre tot. Das reicht.«

»Dein Stevie kam auf tragische Weise ums Leben, aber nicht auf unnatürliche. Es gibt jedes Jahr viele Fälle von plötzlichem Kindstod, und er war einer davon. Niemand ist dafür verantwortlich. Darf ich sagen, dass du deinen Schmerz nicht überwinden wirst, solange du nicht leichter über ihn sprechen und sogar einem Fremden auf der Parkbank die Geschichte erzählen kannst?«

»Ich will nicht in Parks herumsitzen und über Stevie sprechen.«

»Wir alle müssen Geschichten erzählen. Geschichten rahmen Ereignisse ein. Wenn wir unsere Traumata in eine narrative Form gebracht haben, sind sie weniger destruktiv. Nickys Tod als solcher mag unkontrollierbare Emotionen hervorrufen, aber die Geschichte, wie er am Strand von Big Brim ertrank, bietet uns wenigstens die Möglichkeit, unsere Gefühle zu verarbeiten.«

Ich denke darüber nach. »Wie die Geschichte von Großmutters Baby im Zug?«

»Genau. Diese Geschichte hat sicherlich eine große Rolle dabei gespielt, wie unsere Familie ihren Schmerz verarbeitet hat. Auch wenn sie nicht stimmt.«

Ich starre ihn an. Er nimmt erneut die Gabel in die Hand und lädt sich Essen auf.

»Wenn es dich interessiert, erzähle ich dir, was wirklich passiert ist.«

Ich nicke, damit er fortfährt, und er nimmt eine bequemere Position auf seinem Stuhl ein.

»Als Erstes solltest du verstehen, dass ein Vorteil von Emigration darin besteht, dass man hoffen kann, ein Reptil zu sein, eine Schlange vielleicht. Man will seine Haut abwerfen und sie zurücklassen. Ich glaube allerdings, dass man sie nie vollständig zurücklassen kann, dass sie früher oder später wieder an der Oberfläche auftaucht. Wie auch immer, viele Emigranten versuchen es. Vielleicht hast du es auch versucht. Als du nach New York ins Exil gegangen bist, hast du deine Isolation in dieser großen Stadt vielleicht genutzt, um deine Vergangenheit neu zu erfinden.«

»Nein.«

»Überhaupt nicht?«

»Ich habe sie sozusagen ausgelöscht.«

»Du hast nie darüber gesprochen?«

Ich schüttle den Kopf.

»Das ist eine Möglichkeit. Aber als unsere Familie, Großvater, Großmutter und ihre Töchter hier ankamen, haben sie sich entschieden, sagen wir mal, ihre Geschichte neu zu interpretieren.«

»Du meinst –«

»Ich meine, nicht alles, was sie uns erzählt haben, entspricht der Wahrheit.«

»Aber die Wohnung in Moskau, die Spiele, die sie spielten, und die Geschichte, dass Papa seinen Hut vergaß. Haben sie das alles erfunden?«

»Schwer zu sagen, wie viel erfunden ist. Die Geschichte, dass deine Mutter zusehen musste, wie jemand im Wald ermordet wurde, ist kurioserweise wahrscheinlich wahr. Der Alte arbeitete auf jeden Fall für die sowjetische Geheimpolizei, und er war ruchlos genug, die Ermordung seines besten Freundes zu organisieren.«

»Ich kann mich kaum an ihn erinnern.«

»Weil du nicht in Reichweite seiner ausgestreckten Hand gelebt hast. Ich erinnere mich nur zu gut, wie sich diese Hand anfühlte, wenn sie mich hinten auf den Oberschenkeln traf. Er war natürlich sowohl Opfer als auch Anstifter von Gewalttaten. Ein Kind zu schlagen war nichts für ihn. Nein, die großartigste, vielschichtigste Lüge ist die beste Geschichte der Familie. Die Flucht aus Moskau.«

»Sascha. Das kann nicht dein Ernst sein.« Ich bin nahezu sprachlos angesichts seiner Infragestellung der Familienmythologie.

»Die Zugfahrt … das ist alles Unsinn. Wahrscheinlich haben sie angefangen, es irgendwann selbst zu glauben, so viele Details wie die Geschichte enthält, von denen dir hoffentlich einige erspart geblieben sind. Tante Zoja vergisst nie den Mann, der in die Tasche griff und ein belegtes Brot vor den runden Augen der hungrigen Kinder herauszog. Er aß es bis auf den letzten Krümel, und sie mussten zuschauen. Tagelang bekamen sie nichts zu essen, und auch dann bloß ein paar Löffel voll Kascha. Diese Detail schreibe ich einzig und allein Tante Zoja zu, weil sie Kascha schon immer gehasst hat.«

»Aber«, widerspreche ich lahm, »es gab doch eine Zugfahrt. Wir wissen doch alle von dieser Zugfahrt. Mutter hat uns die Geschichte schon erzählt, als wir noch Windeln trugen.«

»Genau das war es. Eine Geschichte.«

»Aber … was war mit dem Baby? Der kleine Junge, der aufgrund der Umstände nicht überlebte? Und der Schaffner, der Großmutter die Leiche wegnahm und sie nicht ansah, als sie um eine richtige Beerdigung bat?«

»Nichts davon stimmt.«

»Woher weißt du das alles?«, frage ich.

»Man muss nicht viel über Europa im Jahr 1941 wissen, um zu begreifen, wie unwahrscheinlich ihre paneuropäische Zugfahrt ist. Großvater hat mir kurz vor seinem Tod bestätigt, dass alles nur ein Mythos ist, und ich habe allen Grund, ihm zu glauben.«

»O Sascha. Warum sollten sie sich so eine komplizierte Lügengeschichte ausdenken?«

»Aus den Gründen, die ich dir genannt habe. Sie brauchten eine Geschichte, die das Chaos des Lebens strukturiert, in ihrem Fall vielleicht, um eine höchst unangenehme Wahrheit zu verschleiern.«

»Gab es diesen Bruder überhaupt?«

»O ja. Es gab einen kleinen Jungen, der starb. Und wenn du meinst, dass die Geschichte um seinen Tod gestrickt wurde, hast du vollkommen Recht.«

Ich schlage die Hände vors Gesicht. »Wie ist das Baby wirklich gestorben?«

»Ich erzähle es dir, wenn du es wissen willst. Aber wenn dir die Geschichte von der Zugfahrt lieber ist, dann kannst du sie auch behalten. Willst du im Zug bleiben oder aussteigen, Lucia? Das ist der Augenblick der Entscheidung.«

»Erzähl es mir.«

»Da du so an der Vorstellung einer Zugfahrt hängst, wirst du dich freuen, dass sie tatsächlich stattgefunden hat. Aber nur von Moskau nach Riga. Großvater wurde in der Tat als Leiter einer Handelsdelegation nach Lettland geschickt, und die Familie reiste mit dem Zug, aber die Fahrt dauerte trotz der vielen Halts nur ungefähr dreißig Stunden und war keine große Härte. Die Gruppe bestand aus Großvater, Großmutter und den drei Mädchen. Der Bruder war nicht dabei. In Stalins Russland wurde auch ein geschätztes und bewährtes Mitglied der Geheimpolizei nicht ins Ausland geschickt, ohne dass Maßnahmen gegen eine Flucht ergriffen wurden. Ein Familienmitglied musste zurückbleiben. Großvater überließ Großmutter die Entscheidung. Sie wusste Bescheid. Sie begriff, dass er vorhatte, von Riga aus zu fliehen, und dass deshalb das Kind und die Verwandten, bei denen es unterkam – ich glaube, ihr Bruder und seine Frau – in Arbeitslager verbannt und dem ziemlich sicheren Tod ausgeliefert wurden. Was für eine schreckliche Entscheidung. Wir können uns ihre langen schlaflosen Nächte vorstellen, in denen sie zu entscheiden versuchte, welche ihrer Kinder nach Amerika mitkommen würden und welches in den Tod gehen sollte. Schließlich entschied sie, ihren kleinen Sohn für ihre Freiheit zu verpfänden.«

»Und was wurde aus ihm?«

»Wie erwartet verschwanden die Familie des Bruders und das Baby. Wir wissen nicht, was mit ihnen geschehen ist. Aber es ist nicht schwer zu erraten.«

»Großmutter hat also ... tatsächlich ...« Mein Hals ist trocken. Die Worte kratzen daran, als ich sie herauszwinge. »Sie hat ihren Sohn umgebracht.«

Sascha sieht mich an und blinzelt.

»Und die Flucht?«, frage ich.

»An einem sonnigen Sonntag kurz nach ihrer Ankunft in Riga wurde den Mädchen gesagt, dass sie ein Picknick machen würden. Die Picknickkörbe kamen ihnen zwar schwer vor, aber sie trugen sie trotzdem ans Ufer des Flusses Düna, wo sie den Booten zusehen wollten. Als sie an den Fluss kamen, wurde ihnen gesagt, sie sollten rasch und ruhig einen wartenden Fischkutter besteigen. Ihr Vater hatte den Fischer bestochen, damit er sie nach Schweden brachte. Dieses Vorhaben war riskant, aber als sie die Ostsee hinter sich hatten, waren sie frei. Von dort fuhren sie mit einem Dampfer nach Amerika. Ich glaube, die Überfahrt tat ihrer Gesundheit gut. Die Flucht war nicht entbehrungsreich. Zumindest nicht für sie.«

Sascha nimmt sich eine Zigarette und zündet sie an, was er abgesehen von seinem Zimmer in der Wohnung nicht darf. Er raucht bedächtig.

»Eine Geschichte«, fährt er fort, »die sie vielleicht wirklich besser verheimlichten. Aber bitte bedenke, dass der Schmerz unserer lieben, weißhaarigen alten Babuschka, obwohl sie, wie du es ausdrückst, ihren Sohn umgebracht hat, deswegen nicht kleiner war, vielleicht war er sogar größer.«

Nach langem Schweigen sage ich: »Großmutter hätte sich weigern sollen zu flüchten. Oder?«

»Keine gute Alternative. Wenn Großvater zur Flucht mit oder ohne Familie entschlossen war, und ich glaube, er war Egoist genug, allein zu gehen, dann wären alle Zurückgebliebenen in ein Lager geschickt worden.«

»Aber was wäre dann die richtige Entscheidung gewesen?«

»Die richtige Entscheidung. Gott, Lucia, kannst du dir nicht eine Zeit und ein Land vorstellen, die so chaotisch sind, dass es keine richtige Entscheidung gibt?«

Ich massiere meine Schläfen. Schließlich blicke ich auf. »Was hättest du getan?«, frage ich ihn.

»Natürlich eines der Mädchen ermordet«, sagt er. »Mich überrascht, dass Großvater nicht darauf bestand, denn die meisten Männer wünschen sich nichts so sehr wie ein Kind nach ihrem Abbild. In Russland werden, wie du weißt, Kinder nach ihren Vätern benannt, sie übernehmen seinen Vor- und seinen Nachnamen. Großvater hieß Dimitri, und ich bin überzeugt, dass er es sein Leben lang bedauerte, seine Flucht mit Dimitritsch bezahlt haben zu müssen.«

Später, als ich aufstehe, um ins Bett zu gehen, nimmt mich Sascha fest in seine kräftigen Arme.

»O Lucia«, bittet er. »Hör auf, bitte, hör auf, dich für den Tod deines Sohnes verantwortlich zu fühlen. Fang an, Geschichten darüber zu erzählen. Es ist wirklich nicht wichtig, ob sie stimmen oder nicht. Wenn du sie oft genug erzählst, wirst du es irgendwann auch nicht mehr wissen, und das Trauma wird leichter bewältigt.«

Die Temperatur ist gesunken, sie ist niedriger als seit Tagen. Ich hole mir noch eine Decke und schlafe rasch ein. Dabei versuche ich, wieder die Melodie zu hören, die an Stevies Grab in meinem Kopf auftauchte. Einmal glaube ich, die klare kräftige Stimme meiner Mutter in der Ferne zu hören, aber bevor ich bei ihr bin, ist sie verschwunden.

35

Die Hitzewelle ist zu Ende. Die Luft in Vaters Haus ist nicht nur kühler, sondern auch mit Energie aufgeladen.

Jane ist im Krankenhaus, die Geologen sind erneut da, und Larry steht ihnen im Schuppen zur Seite. Ich sitze im Arbeitszimmer und hoffe, dass ich heute Vormittag, wenn ich mich konzentriere, mit meinen Vorarbeiten für Scott fertig werde, sodass er am Nachmittag die letzten Schriftstücke unterschreiben kann.

Einmal werde ich unterbrochen, als Larry hereinkommt und mir Kaffee und einen der riesigen Erdnussbutterkekse bringt, die er so gern isst.

»Ich kann nichts dafür«, sagt er schuldbewusst. »Ich bin an der Bäckerei vorbeigefahren, und direkt davor war ein Parkplatz frei. Wer hätte da widerstehen können? Es war Schicksal.«

»Larry, musstest du an dem Laden vorbeifahren?«, frage ich ihn. »Gibt es keine andere Strecke?«

»O Mann, du klingst wie ich«, sagt er und verlässt das Zimmer.

Auf Vaters Drucker drucke ich den letzten Stapel Papiere für Scott aus. Dann schließe ich die Akten und lege sie in die leeren Kisten, die wohl für Steine bestimmt waren und die ich im Schuppen gefunden habe.

Als ich die Akte über die Gewinnbeteiligung aus dem Ölgeschäft in die Hand nehme, zögere ich und schlage sie auf. Vaters Finanzgeschäfte sind zum Abschluss gebracht, alle Unstimmigkeiten geklärt. Bis auf diese.

Ich gehe noch einmal die lange Geschichte der Ölakte durch. Am Anfang ließ sich Vater das Geld auszahlen. Dann, ein paar Jahre später, als die Simms-Roeder-Gewinnbeteiligung in den Himmel schoss, taucht das Geld nicht mehr auf. Von diesem Zeitpunkt an kann ich die Zahlungen nicht verfolgen. Ich weiß nur, dass Vater das Geld an den geheimnisvollen Marcello Trust auszahlen ließ. Ich rechne aus, wie alt Ricky Marcello war, als das Geld an seine Familie zu gehen begann. Ich war ungefähr sieben. Das heißt, dass Ricky Marcello ein Baby oder noch gar nicht geboren war.

Als ich auf die Veranda trete, ist die Sicht klar. Kein Dunst, keine Diesigkeit. Ich kann sogar andeutungsweise die Hügel auf der gegenüberliegenden Seite erkennen. Die geraden Linien im Tal, die rechten Winkel und der regelmäßige Abstand der Bäume klären meine Gedanken.

»Wohin fährst du?«, fragt Larry, als ich ihm sage, dass ich weg muss. Larry und die Geologen haben ein provisorisches Beleuchtungssystem aufgebaut, und im Schuppen ist es gleißend hell. Das starke Licht reicht bis in die Ecken und Spalten, die so lange im Dunkeln waren. Die drei Männer schwitzen in ihrem kleinen sommerlichen Kreis unter den Lampen. Larry und der bärtige Geologe sitzen auf Kisten und machen Notizen, der stille Geologe sitzt auf dem staubigen Boden, umgeben von einzelnen Steinen, und hält sich eine Lupe vors Gesicht.

Ich gebe Larry eine vage Antwort auf seine Frage. »Da ist noch eine Akte, wo ich etwas klären muss«, sage ich.

Als ich vor dem Haus der Josephs vorfahre, ist Ralph wie üblich im Garten und begrüßt mich. Heute trägt er wieder einen Overall, jedoch kein Hemd. Die Haut auf seinem Rücken und seinen Schultern ist tiefbraun. Sein Hals und sein Gesicht unter dem großen Hut sind von einer nahezu unnatürlichen Blässe.

»Ist Mrs. Joseph zu Hause?«

»Ja. Morton ist eben gegangen.«

»Ich werde bald nach New York zurückfliegen und bin gekommen, um mich zu verabschieden.«

Er rührt sich nicht, deswegen gehe ich zum Haus und klingle, und plötzlich ist Ralph neben mir. Wir stehen da wie zwei Mormonenmissionare und warten, dass Mrs. Joseph uns einlässt.

»Hallo, Lucy. Hallo, Ralph«, sagt sie, als wäre sie überrascht und erfreut, uns beide zu sehen. Ich rieche das Aroma des Hauses. Ein altes Holzhaus, geliebt, gepflegt und voller Blumen.

Wir gehen zu dritt in die Küche, wo Mrs. Joseph und Barbara Marcello so viel Zeit miteinander verbrachten. Robert und ich hörten ihre Stimmen, wenn wir an der Tür vorbeigingen auf dem Weg in sein Zimmer oder zur Hängematte. Sie unterhielten sich leise, intensiv, und dann brachen sie ohne Vorwarnung in schallendes Gelächter aus.

Jetzt lächelt Barbara Marcello vom Küchenschrank herunter, ihr langes Haar kommt unter dem Tuch hervor, mit dem sie es zurückgebunden hat. Sie hält sich einen Arm vor die Stirn, um die Augen abzuschirmen und blinzelt in die Kamera, als wäre es die Sonne. Das Foto deutet Schönheit und Kraft an, aber ihr Gesicht liegt im Schatten.

»Wann ist sie gestorben?«, frage ich und deute auf das Foto, als Mrs. Joseph uns Gläser mit kaltem Wasser hinstellt. Backbleche stehen auf der Arbeitsfläche, zum Teil belegt mit etwas, was wie Schokoladenplätzchenteig aussieht. In der Küche riecht es nach Schokolade.

»Ich denke, es ist jetzt zweieinhalb, nein, fast drei Jahre her«, sagt Mrs. Joseph und bleibt vor dem Foto ihrer Freundin stehen. »Eierstockkrebs. Zuerst glaubten sie, ihn noch rechtzeitig erwischt zu haben. Damals schien es schrecklich, aber es war kein so schlimmer Tod, und jeder über fünfzig hat schon Menschen an Krebs sterben sehen, ich jedenfalls. Barbara war ziemlich ruhig und hat ihren besten Freunden geholfen zu akzeptieren, dass sie sterben muss. Das Ende war friedlich. Natürlich vermissen wir sie. Ich vermisse sie jeden Tag.«

Ein unaufdringlicher Tod. Barbara Marcello war eine unaufdringliche Frau. Plötzlich scheint es zu Vaters Charakter zu passen, zu seiner Energie und zu seinem Temperament, dass sein Tod von Blaulicht und Absperrband begleitet war.

Mrs. Joseph wendet sich wieder ihren Backblechen zu.

»Ich mache was zu essen, wenn ich damit fertig bin. Ich hinke etwas hinterher, weil ich während der großen Hitze nicht backen wollte.«

»Schokoladenkekse«, erklärt Ralph.

»In einem schwachen Moment habe ich dem Volkstanzkomitee versprochen, dass ich für Ostern hundertfünfzig Schokokekse backe. Ich mache sie portionsweise und friere sie ein.«

»Für russische Waisenkinder«, fügt Ralph hinzu.

»Nicht die Kekse. Das Geld, das wir sammeln«, sagt Mrs. Joseph.

Ralph nimmt seinen Hut ab. Das Haar darunter ist vollkommen weiß. Der Kontrast zu seinem kindlichen Gesicht erschreckt mich.

Wir sitzen schweigend da, nippen an den Gläsern mit Wasser, während Mrs. Joseph den Teig aus einer großen grünen Schüssel auf den Blechen verteilt.

»Ricky ist nicht Ricky Marcellos richtiger Name. Wissen Sie, wie er richtig heißt?«, sage ich.

Ralph zuckt die Achseln.

»Ich habe ihn immer Ricky genannt«, sagt Mrs. Joseph.

»Ich habe auf einem Schild vor seiner Autowerkstatt gesehen, dass er mit E anfängt. Ich glaube, E steht für Eric.«

Beide wirken geschäftig, Mrs. Joseph mit den Keksen, Ralph mit seinem Glas Wasser.

»Wer ist sein Vater?«, frage ich.

Mrs. Joseph stellt die Schüssel ab. Ralph setzt eilig seinen Hut auf, als würde es gleich regnen.

»Barbara hat es nicht rumerzählt«, sagt Mrs. Joseph schließlich. Sie öffnet den Backofen, und einen Augenblick lang spüren wir seinen heißen Atem. Sie schiebt die Bleche hinein und klappt die Tür schnell wieder zu. Dann zieht sie den Topfhandschuh aus und setzt sich mir gegenüber an den Tisch. Sie sieht offen und empfänglich aus, aber ihre braunen Augen blicken besorgt.

»Machst du dir noch immer Sorgen wegen Ricky Marcello, Lucy? Bitte, tu es nicht.«

»Ricky ist mein Freund«, versichert mir Ralph.

»Ich bin sicher, dass er dir nicht wehtun will«, sagt Mrs. Joseph.

»Ich glaube, er ist mein Bruder«, sage ich.

Und als ich die Worte höre, als ich sie auf den Küchentisch habe gleiten lassen mit der gleichen raschen Präzision, mit der Mrs. Joseph die Bleche in den Backofen geschoben hat, und als ich höre, dass sie schweigend aufgenommen werden, weiß ich, dass sie stimmen.

Mrs. Joseph sieht mich unverwandt an, ihre Augen vielleicht ein bisschen größer als üblich. Sie wartet, dass ich weiterspreche.

»Männer mögen Kinder, die nach ihrem eigenen Bild geschaffen sind. Sie wollen, dass Kinder ihre Namen tragen. Wenn nicht den Familiennamen, dann ihren Vornamen und manchmal beide.«

»Nur weil sie den gleichen Vornamen haben, heißt das noch nicht, dass sie Vater und Sohn sind«, sagt Mrs. Joseph vorsichtig.

»Oh, es gibt noch mehr Beweise, die ich nicht kannte oder nicht sehen wollte. Ungefähr zu der Zeit, als Ricky geboren wurde, hat Vater seine Gewinnbeteiligung aus dem Ölgeschäft auf den Marcello Trust überweisen lassen. Er hat Ricky beigebracht, Autos zu reparieren und hat ihm seinen alten Abschleppwagen geschenkt. Er kam mit Barbara hierher, und wenn sie bei ihm war, war er anders, er war glücklich, er lachte. Sie haben gesagt, er hat Tränen gelacht. Er hat Sie über Barbara kennen gelernt, nicht wahr? Und er hat mich hier gelassen … weil er auf Exkursion war? Oder weil er eine Weile bei Barbara und Ricky blieb?«

Mrs. Joseph seufzt.

»Du bist rot im Gesicht, Lucy. Du bist wütend. Du bist gekränkt.«

Ich starre finster zu Barbara Marcello hinauf. Sie lächelt. Ihr Gesicht halb im Schatten. »Ich dachte, ich hätte sie gemocht. Sie war nett zu mir«, sage ich voll Bitterkeit. »Nach dem Autounfall, bevor Jane kam, war sie so verdammt nett zu mir. Ich wusste nicht, dass sie meinen Vater gestohlen und ihn zu Ricky gebracht hat.«

Ich spüre eine Bewegung und sehe, wie Ralph unter seinem Hut schrumpft. Er blickt so unbehaglich drein, dass ich einen Augenblick lang Gewissensbisse habe.

»Bist du nicht froh, dass dein Vater glücklich war?«, fragt er.

Ich möchte weinen vor Schmerz, aber ich bin zu wütend.

»Warum mussten wir mit dem einsamen, traurigen Vater vorlieb nehmen? Warum war er nicht auch bei uns glücklich? Ich habe das Gefühl, ihn überhaupt nicht gekannt zu haben.«

Mrs. Joseph ist voller Mitgefühl. Ihr Gesicht wird lang, als ob sie für mich weinen wollte. »Wir können einen anderen Menschen nie ganz kennen.«

»Ich wusste nicht, dass er ein Lügner und Betrüger war. Ich dachte, er wollte immer das Richtige tun. Ich habe ihn respektiert, ich habe andere an seinen Maßstäben gemessen.«

Ralph und Mrs. Joseph schweigen. Mir wird bewusst, dass sich die Bäume draußen in einer frischen Brise bewegen. Eine Pflanze schickt ihren berauschenden Duft in die Küche, wo er sich auf unserem Schweigen niederzulassen scheint. Dann beginnt Mrs. Joseph, leise zu sprechen.

»Ich weiß nicht, was ein Mann von einer Frau berechtigterweise erwarten darf. Eine Gefährtin, eine Mutter, eine Ratgeberin, einen Fels in der Brandung, eine Geliebte, jemand, der den Wohlstand mehrt, eine Köchin, eine Hausfrau, eine Innenausstatterin, eine Freundin. Wie auch immer deine Definition lautet, deine Mutter war – nicht durch eigenes Verschulden – dazu nicht in der Lage. Dein Vater lernte Barbara kennen, kurz nachdem deine Mutter krank wurde, und sehr schnell darauf kam Ricky auf die Welt. Die Beziehung hielt, bis Barbara starb. Sie standen sich sehr nahe, und sie waren glücklich miteinander. Sie waren wie Mann und Frau, aber meistens lebten sie nicht zusammen, und sie kamen beide damit klar.«

Weit weg, auf der anderen Seite des Tals bellt ein Hund.

»Aber ... er war unser Vater! Der Vater von Jane und mir!«, widerspreche ich. »Wie konnte er gleichzeitig eine zweite Familie haben?«

»Meist hat er sie nur einmal in der Woche gesehen, gelegentlich öfter. Er hat mit ihnen Urlaub gemacht, wenn du im Ferienlager oder hier warst. Er hat dich nicht weniger geliebt, nur weil er die beiden hatte. Er hatte ein großes Herz.«

»Er war ein großer Betrüger«, murmle ich.

»Er brauchte Unterstützung und Freundlichkeit. Er musste mit deiner Mutter fertig werden und allein zwei Töchter großziehen.«

Ich schniefe. »Aber es war ein großer Verrat.«

»Weil er es dir nicht erzählt hat?«

»Er hat einen großen Teil seines Lebens vor uns geheim gehalten.«

»Ich glaube, er wollte nicht, dass deine Mutter es erfährt, weil es sie furchtbar aufgeregt hätte. Aber als ihr alt genug wart, um den Mund zu halten, hätte er es euch erklären können. Ich dachte, ihr würdet es verstehen und euch für ihn freuen. Aber er hat es euch nicht erzählt. Ich weiß nicht warum.«

»Er war bei mir in New York ...«

»Kurz nachdem sie gestorben war. Es waren schöne Tage für ihn, Lucy.«

»Aber sie war gerade gestorben, und er hat es mir nicht erzählt. Er litt und hat es mir nicht gezeigt, und ich habe es nicht gemerkt.«

Mein Vater in New York. Ein Mann, der im Fahrstuhl nach hinten taumelt und lächelt.

»Ich glaube, er war darin geübt, seine Gefühle zu verbergen. Er wollte auf keinen Fall, auch nachdem Barbara tot war, dass sich die zwei Seiten seines Lebens begegnen. Und das war ziemlich schwierig für Ricky, weil er von dir und Jane wusste. Aber er versprach seinem Vater, dass er keinen Kontakt zu euch aufnehmen würde. Unter keinen Umständen. Ich glaube, das hat ihn in dem Gefühl bestärkt, dass ihr Erics erste Familie seid und er und Barbara immer erst an zweiter Stelle kamen.«

Ich stehe auf und gehe zum Fenster, wende Ralph und Mrs. Joseph den Rücken zu, damit sie nicht sehen, dass ich weine.

»Hat Ricky es gewusst?«, frage ich schluchzend. »Als ich ihn hier als Kind gesehen habe? Hat Robert es gewusst?«

»Niemand wusste es außer mir. Und Ralph natürlich.«

»Ich weiß alles«, sagt Ralph schamlos. »Weil ich alle belausche. Aber ich erzähle nicht weiter, was ich höre.«

»Wann hat Ricky es herausgefunden?«

»Oh …« Mrs. Joseph denkt nach. »Vielleicht als er ungefähr achtzehn war. Barbara wollte, dass er versteht, und sie dachte, dass sie es ihm anvertrauen könnte. Sie hat es ihm unter der Bedingung erzählt, dass er keinen Kontakt zu euch aufnimmt.«

Er hat sich daran gehalten. Niemand hat mich je heftiger zurückgewiesen als Ricky. Ich denke daran, wie er mich neben dem Abschleppwagen angezischt hat. »Ich glaube, er hasst mich«, sage ich. Unwillkürlich halte ich mir die Ohren zu.

»Das glaube ich nicht. Er hat lange gebraucht, um mit der Situation zurechtzukommen. Er war immer ein schwieriger Junge. Barbara hatte eine Menge Ärger mit ihm, als er ein Teenager war. Aber jetzt ist er mit einem reizenden Mädchen namens Martha verheiratet, und sie haben ein süßes Baby.«

»Baby Jordan«, sagt Ralph hilfreich. Er ist jetzt entspannter, weil das emotionale Klima im Raum temperierter ist, aber nicht entspannt genug, um den Hut abzunehmen.

»Martha hat die Galerie wieder eröffnet, und sie verdient ganz gut. Ricky hat das Grundstück seiner Mutter und ein bisschen Geld geerbt, und er kann immer Geld verdienen, indem er Autos repariert, weil er gut mit den Händen umgehen kann. Er malt auch ziemlich gut. Ich mag ihn mittlerweile sehr gern. Er kommt uns oft besuchen.«

Ricky Marcello. Erst stahl er meinen Vater und dann auch noch die Josephs. All die Jahre, die ich verbannt war, lebte er mit ihrem Lachen und ihrer Freundschaft.

Ich habe mich nicht umgedreht, aber Mrs. Joseph scheint meinem Rücken anzusehen, was ich denke.

»Sei nicht verbittert, Lucy. Dein Vater war immer für dich da, wenn du ihn gebraucht hast.«

Der Vater, den ich für den Fels in meiner Brandung hielt, ist jetzt eine Reihe von Abwesenheiten. Der Vater, der nicht da war, wenn uns Kinder besuchten und Mutter psychotisch war. Der Vater, der nicht zu finden war, als Mrs. Zacarro an jenem Abend nach Lindy suchte. Der Vater, der Feldforschung betrieb. Der Vater, der uns verriet, nicht weil er log, sondern weil er die Wahrheit verschwieg.

Ich spüre, wie sich ein Arm um mich legt, zärtlich und furchtsam. Es ist Ralph. Er ist lautlos aufgestanden und durch die Küche gegangen.

»Wirst du ihm verzeihen, Lucy?«, sagt er.

Ich schniefe. »Vielleicht.«

Ich spüre, wie er den Arm wieder wegnimmt, und als ich mich umdrehe, ist Ralph verschwunden. Mrs. Joseph sitzt allein am Tisch. Sie beobachtet mich, mit geradem Rücken und scharfem Blick.

»Es gibt keinen Grund, auf Ricky eifersüchtig zu sein«, sagt sie.

»Wie denn nicht? Wenn sie zusammen waren, waren sie eine richtige Familie. Vater und Mutter, die sich gegenseitig und ihren Sohn liebten. Darauf bin ich eifersüchtig.«

»Auch du hast viel Liebe bekommen. Deine Mutter weiß vielleicht nicht immer, wie sie es ausdrücken oder zeigen soll, aber sie liebt dich.«

Wenn Jane Recht hat und Mutter ihr Kind umgebracht hat, dann erscheinen mir die Folgen jetzt noch ungeheuerlicher. In einem Augenblick der völligen Erschöpfung und Verzweiflung verlor sie ihr Kind, ihren Verstand und ihren Mann.

»Arme Mutter«, sage ich leise. »Arme, arme Mutter. Es hat Jahre gedauert, aber seit kurzem bin ich nicht mehr wütend auf sie, sondern habe angefangen, sie zu verstehen.«

Mrs. Joseph strahlt mich an. »Wirklich, Lucy? Dafür bin ich stolz auf dich.«

Ralph ist vor dem Küchenfenster wieder aufgetaucht, er schwebt durch den Garten wie ein Kolibri um eine leuchtende Blüte.

»Wirst du sie besuchen, bevor du zurückfliegst?«, fragt Mrs. Joseph.

»Mein letzter Besuch war nicht gerade ein Erfolg.«

»Wirst du es noch mal versuchen?«

So viele Besuche haben voller Hoffnung angefangen und im Desaster geendet. Ich bin vorsichtig. »Mutters Verhalten ist nicht vorhersagbar.«

»Wenn du sie jetzt anders siehst«, sagt Mrs. Joseph, »solltest du es ihr vielleicht sagen. Vielleicht wird sie dann auch anders reagieren.«

Ein Gefühl der Wärme breitet sich in mir aus, als ich an die winzige Gestalt denke, die eine Rose in Vaters Grab fallen ließ. Sie ist ein Opfer, ein Opfer der Umstände und ein Opfer ihrer eigenen leidenschaftlichen Natur. Sie hat vor Jahren Vater an Barbara verloren, aber nicht ganz. Er hat nie aufgehört, sie zu besuchen, sich um ihre Bedürfnisse zu kümmern, sie zu unterstützen und, wer weiß, vielleicht sogar sie zu lieben. Jetzt ist sie abgesehen von Jane und mir bedauernswert allein.

»Wirst du zu ihr gehen?«, fragt Mrs. Joseph noch einmal.

»Ja.«

36

Ich habe vor, am späten Nachmittag zur Redbush Klinik zu fahren. Davor will ich zum Strandhaus und davor nach San Strana. Ich habe ein kleines Geschenk für Ricky Marcello, es liegt auf Vaters Schreibtisch.

Larry taucht in der Tür des Arbeitszimmers auf. Er sieht erhitzt und müde aus.

Ich nehme die Akte unter den Arm und den Ordner mit den Papieren für Scott.

»Ich muss wieder weg.«

»Warum?«

»Die Akte hat mir Sorgen gemacht. Ich weiß jetzt, wohin sie gehört. Dann werde ich Scott die Unterlagen bringen. Und schließlich werde ich mich von Mutter verabschieden.«

»Ich habe dir ein Sandwich gemacht. Französischer Käse auf echtem französischem Brot. Willst du es nicht essen, bevor du aufbrichst?« Die Aussicht auf ein nicht gegessenes Sandwich macht ihn mürrisch.

»Okay. Danke.«

Ich folge ihm in die Küche. Er schiebt mir das Sandwich hin und schenkt uns Wasser ein.

»Es ist zu heiß im Schuppen mit den Lampen«, beklagt er sich. »Ich weiß nicht, wie die beiden es aushalten, es ist schlimmer als die Hitzewelle. Sie wollen noch nicht mal was zu essen. Wahrscheinlich sind sie viel jünger als ich.«

»Treibt sich der Mann noch vor eurer Wohnung rum?«, frage ich ihn.

»Ja. Ich wünschte, ich könnte Kirsty zu mehr Aktivität anregen.«

Wir essen schweigend. Wann immer ich mit Larry allein bin, weiß ich nicht, worüber ich mit ihm reden soll. Wir sprechen über die Hitzewelle, dass sie nicht nur zu Ende ist, sondern für morgen auch Regen vorhergesagt wird. Dann schweigen wir wieder.

»Wohin fährst du mit der Akte, Lucy?«, fragt er schließlich. »In die Stadt?«

»In das Tal von San Strana.«

Er nickt und beißt in sein Sandwich. »Ich war seit ein paar Jahren nicht mehr dort. Das letzte Mal mit euch. Wir haben uns zum Mittagessen in einem Restaurant am Fluss getroffen.«

Damals war Stevie schon geboren. Das weiße Restaurant war dasselbe, der Fluss war derselbe, wir bestellten Eier Benedictine, aber mit einem Baby war es anders. Stevies unablässige Forderungen und Klagen machten aus dem Unternehmen eine schwere Prüfung.

»Zu wem fährst du in San Strana?«, fragt er mich.

Ich hatte nicht vor, irgendjemandem außer Jane von Ricky Marcello zu erzählen, aber früher oder später wird er es sowieso erfahren. »Zu unserem Bruder. Zu unserem Halbbruder, um genau zu sein.«

Es macht Spaß, Larry zu schockieren. Er ist darin geübt, seine Reaktionen zu kontrollieren, aber jetzt erstarrt er, das Sandwich im Mund, die Augen weit aufgerissen, und ich genieße meinen Augenblick der Macht über ihn. Während ich ihm von Vaters zweitem Leben erzähle, wird meine Schilderung von seiner Ungläubigkeit interpunktiert.

»Und wir hatten keine Ahnung. Wir hätten nie gedacht … Hast du ihn gesehen? Hast du dich schon einmal mit ihm getroffen?«

Ich will nicht über meine kurz zurückliegenden Begegnungen mit Ricky, hier oder in San Strana oder am Strand von Big Brim oder vor Larrys Wohnung, sprechen. Nicht, bis ich sie besser verstehe. »Ich glaube, er war auf dem Friedhof bei Vaters Beerdigung.«

»Das ist traurig«, sagt Larry. »Wirklich traurig. Er hätte bei der Beerdigung seines Vaters in der ersten Reihe stehen und nicht über den Friedhof schleichen sollen, um einen Blick auf den Sarg zu werfen.«

Zum ersten Mal geht mir durch den Sinn, dass sich Ricky vielleicht vor Janes Wohnung herumtreibt, weil auch er unter der Einsamkeit der Schaffers leidet. Plötzlich erscheint er nicht mehr als der große, dunkle, bedrohliche Mann, sondern als einsame Gestalt, die Schwestern sucht und davonläuft, wenn sie ihm zu nahe kommen.

Ich stehe auf, um zu gehen.

»Ich weiß nicht, wie Jane auf diese Neuigkeit reagieren wird«, sagt Larry. »Ich rufe sie sofort an und erzähle es ihr.« Vielleicht hungert Larry nach der gleichen Macht, die ich vor ein paar Minuten über ihn ausübte, die Macht zu schockieren.

Als ich in San Strana ankomme, ist die Werkstatt geschlossen, aber die Galerie Marcello ist geöffnet. Ich fahre vor wie eine ganz normale Kundin. Der Parkplatz ist eine große Kiesfläche vor dem Schuppen, die von bunten Blumen eingefasst ist. Dahinter ragen die riesigen schuppigen Stämme alter Bäume auf. Hoch oben in einem Baum befindet sich ein Baumhaus.

Die Galerie hat große Fenster wie ein modernes Gebäude, aber die Wände sind aus unbearbeitetem Holz, und die Decke ist hoch wie bei einem Schuppen. Sie ist von Sonnenlicht erfüllt. In einer Ecke sitzt eine Frau an einem Schreibtisch. Sie streicht sich das lange Haar über die Schulter und lächelt, als ich eintrete.

»Hallo«, sagt sie. »Schauen Sie sich in aller Ruhe um. Wenn Sie etwas wissen wollen, fragen Sie mich.«

Ich erkenne sie als die Frau wieder, die das Baby hoch über ihren Kopf hob. Und prompt bewegt sich im nächsten Augenblick etwas zu ihren Füßen, und ein Baby kriecht sabbernd unter dem Schreibtisch hervor. Es hat ein bunt angemaltes Holzspielzeug in der Hand. Wahrscheinlich ist es von Gregory Hifeld.

»Er wird Sie nicht stören«, sagt die Frau und folgt meinem Blick. Das Baby lächelt. Es krabbelt auf mich zu. Ich weiche zurück. Ich habe seit drei Jahren kein Baby mehr im Arm gehalten.

Die meisten Bilder sind groß und hell. Zwei davon sind von Barbara Marcello. Darauf sind hundert Schattierungen von Grün. Als die Frau sieht, dass ich sie betrachte, kommt sie zu mir.

»Kennen Sie das Werk von Barbara Marcello?«, fragt sie.

»Nein. Aber diese Bilder hier gefallen mir.«

»Barbara Marcello hat hier ihr Leben verbracht und gearbeitet. Ihre Familie hatte eine Farm im Tal. Ihr Sohn hat einige ihrer Bilder, aber der Rest ist verstreut, und sie steigen schnell im Wert. Ich kaufe sie zurück, wenn ich kann, und versuche, diese Galerie in eine Ausstellungsstätte für ihr Werk zu verwandeln, aber« – sie verzieht das Gesicht – »sie gehen schnell wieder weg.«

Ein anderes Bild zieht mich an. Nachdem ich es lange genug angesehen habe, wird mir klar, dass es die Sicht von Vaters Haus aus ist. Das Tal, die Obstplantagen, die Kreuzung.

Ich deute darauf, und die Frau sagt: »Das ist von ihrem Sohn, Eric Marcello. Sie haben einen ähnlichen Stil.«

»Ist er hier?«, frage ich.

Sie blickt mich unsicher an.

»Sie wollen mit Ricky sprechen?«

»Ich bin ihm schon ein paarmal begegnet.«

Das Baby kommt näher und will sich am langen Rock seiner Mutter hochziehen. Sie beugt sich vor und hebt es hoch.

»Wie heißen Sie?«, fragt sie mich, als sich das Baby an sie schmiegt, seinen nahezu haarlosen weichen Kopf an ihre Schulter lehnt und mich aus der Sicherheit ihres Armes anschaut.

»Lucy Schaffer.«

Ihre Gesichtzüge sind von vollkommen symmetrischer Schönheit, aber jetzt sehe ich, dass sie hart werden, als hätte sie mir gerade eine Tür vor der Nase zugeschlagen.

Sie seufzt. »Warum sind Sie gekommen?«

»Ich muss mit ihm sprechen.«

»Nein, das müssen Sie nicht.«

»Es gibt eine Menge Fragen. Und er kann sie beantworten.«

»Sie brauchen keine Antworten. Fliegen Sie zurück nach New York und arbeiten Sie weiter als Bankerin.«

»Das kann ich nicht. Es ist so, als ob da eine Reihe Zinnsoldaten stehen würde, und mit dem Tod meines Vaters, vielleicht schon vorher, ist der erste umgefallen, und jetzt fallen alle um, und niemand kann etwas dagegen tun.«

Die Tür der Galerie wird mit einem leisen Quietschen geöffnet, und Ricky tritt ein. Als er mich sieht, starrt er mich finster an und bleibt auf der Schwelle stehen.

»Ich dachte schon, dass das dein Wagen ist. Verschwinde von hier.« Er ist aggressiv, aber sein Ton ist milder, vielleicht weil er das Baby sieht, das sich beunruhigt an seine Mutter klammert.

Ich halte ihm die dicke grüne Akte hin.

»Ich verlasse Kalifornien. Ich habe mitgebracht, was du holen wolltest.«

Er nimmt sie vorsichtig.

»Es geht um Vaters Gewinnbeteiligung aus dem Ölgeschäft. Danach hast du doch gesucht, oder? Beim ersten Mal hat dich die Polizei gestört, als sie den Oldsmobile zurückbrachte. Das zweite Mal hast du die Akte nicht gefunden. Du hast dir gedacht, ich hätte sie mitgenommen. Beim dritten Mal, als du versucht hast, ins Haus zu kommen, saß ich im Arbeitszimmer, und du bist weggerannt. Du willst sie, hier ist sie.«

Er blickt auf die Akte, aber nur für einen Augenblick. Dann fixiert er wieder mich.

»Ich weiß, dass du mein Bruder bist.«

Das Schweigen, das sich auf den Raum senkt, ist kurz und durchdringend.

Schließlich sieht Ricky Rat suchend zu seiner Frau, aber ihre Miene ist noch immer verschlossen, und sie wendet sich ab. Das Baby streckt die Arme aus und wimmert nach seinem Vater. Ricky nimmt es behutsam. Zufrieden lächelt das Baby mich an.

»Hör mal«, sagt Ricky. »Dad wollte nicht, dass du herkommst. Er hat euch nie mitgebracht. Er hat euch nie von uns erzählt. Weil er nicht wollte, dass ihr es erfahrt. Und er hat mir das Versprechen abgenommen, nie Kontakt zu euch aufzunehmen. Ich halte meine verdammten Versprechen, aber bei Gott, er hat mir nicht gesagt, was ich tun soll, wenn du hier rumschnüffelst.«

»Du hast dein Versprechen gehalten, so gut es ging«, sage ich. »Jetzt musst du mich reinlassen.«

Er blickt wieder zu seiner Frau, aber sie hat sich umgedreht und entfernt sich kopfschüttelnd von uns. Sie setzt sich an den Schreibtisch und versucht, einen beschäftigten Eindruck zu machen.

Ein Wagen fährt auf den Parkplatz.

»Komm mit ins Haus«, sagt er schroff zu mir. »So was ist schlecht fürs Geschäft.«

Nachdem sich die Schuppentür hinter uns geschlossen hat, sagt er: »Fahr einfach wieder.«

»Ich hätte mir nie vorgestellt, dass mein Bruder so mit mir spricht«, sage ich.

Er seufzt und geht mit dem Baby auf dem Arm zum Haus. Er bittet mich zwar nicht hinein, aber er lässt die Tür offen, und ich folge ihm.

Sofort erkenne ich die spezifische Unordnung der Küche wieder. Babydurcheinander. Offene Schubladen, ihr Inhalt auf dem Boden verstreut, Spielsachen, Essensreste um den Babystuhl, Flaschen, Brotkrusten.

»Hier, Jordan«, sagt Ricky und setzt das Baby auf den Boden zwischen seine Spielsachen. Jordan ignoriert das Spielzeug und fängt an, eingehend ein Paar Schuhe zu betrachten. Ich schaue ihn eifersüchtig an. Vaters zweiter Enkelsohn. Ich hoffe, Vater liebte ihn nicht mehr als seinen ersten.

Ricky hantiert in einer Ecke herum. Er schweigt noch immer. Als er sich umdreht, sehe ich, dass er für uns beide Kaffee eingegossen hat. Er schiebt ihn mir über den Tisch zu und bedeutet mir, mich zu setzen.

»Er ist in Ordnung, es ist kein Arsen drin«, sagt er. Er lehnt sich zurück und lächelt beinahe. »Die Polizei hat mich letzte Woche vernommen.«

»Woher wussten sie von dir?«

»Meine Fingerabdrücke waren überall in Dads Haus. Und man muss sich welche abnehmen lassen, wenn man einen Abschleppwagen fahren will. Als der Streifenpolizist aussagte, dass er Dad in einem Abschleppwagen gesehen hätte, hat sie das direkt zu mir geführt.«

»Sie wussten von dir?«

»Ja. Und sie wissen, dass ich am Sonntagnachmittag dort war, und dass du dort warst. Ich habe ihnen alles erzählt.«

Ich werde rot.

»Also«, fährt er fort und streckt seinen langen Körper. »Wer hat dir von mir erzählt? Zac? Adam Holler hätte nie was gesagt.«

»Ich hab's selbst rausgefunden. Du hattest Recht, nach der Akte zu suchen, denn sie war die einzige Verbindung zwischen uns. Ansonsten habe ich keinen Hinweis auf dich im Haus gefunden, keine Fotos, nichts, aber aus der Akte geht hervor, dass Daddy ungefähr zu der Zeit, als du geboren wurdest, keine Gewinnbeteiligung mehr aus dem Ölgeschäft bezog. Als ich dem nachspürte, bin ich auf dich gestoßen.«

Ausdruckslos greift er nach der Akte und schlägt sie auf.

»Simms-Roeder«, murmelt er und nimmt wahllos ein Blatt Papier heraus. »Simms-Roeder hat für mein College bezahlt und auch für sonst noch einiges.«

Jordan ist zu meinen Füßen gekrabbelt. Ich spüre seine kleinen Hände und ziehe meine Beine unter den Stuhl zurück.

»Du hast uns wahrscheinlich gehasst«, sage ich. »Ich meine Jane und mich.«

»Ja«, stimmt er mir freundlich zu. »Als mir klar war, dass ihr Dads erste Familie seid und dass er uns um eure Gesangsvereintreffen und Ferienlager herum arrangiert, ja, ich denke, da habe ich euch gehasst.« Er hält inne. »Aber ich hatte diese großartige Mutter. Ich habe ihr viele Sorgen gemacht, und das tut mir jetzt furchtbar Leid. Aber sie war wunderbar, und eure war in der Klapsmühle. Deswegen glaube ich, dass ich kein so schlechtes Los gezogen habe.«

Er ist entspannt. Sein Ton ist träge. Seine langen Beine liegen auf einem Stuhl. Mich irritiert, dass er Zugang zur Geschichte meiner Familie hat, ohne ihre Lasten tragen zu müssen. Als Ricky wieder spricht, klingt er freundlicher.

»Wahrscheinlich war es wirklich schwer für euch, so eine Mutter zu haben. Wann wurde sie verrückt?«

»Kurz nach dem Tod ihres Babys. Ich war vier.«

Jordan krabbelt zu ihm, und er beugt sich hinunter und reicht ihm vorsichtig seinen Schlüsselbund. Jordan nimmt ihn und steckt so viele Schlüssel wie möglich in den Mund. Ricky streichelt seinem Sohn über den Kopf. Etwas in dieser Geste, die Zuneigung, die Zärtlichkeit, berührt mich. Er blickt auf und wartet, dass ich weiterspreche.

»Ich war in einem Canyon in Arizona. Vater, Jane und ich gingen dorthin, um Steine zu suchen, und wie üblich war Vater bald weit voraus. Ich bin hingefallen und habe mir den Arm gebrochen, und Jane ging weiter, um Hilfe zu holen, aber schließlich habe ich es allein geschafft. Und da waren sie, Mutter und Daddy und Jane. Sie standen auf dem Asphalt, der vor Hitze so klebrig war, dass ich dachte, er würde sich auflösen und die drei mit ihm. Mutter schrie. Sie schrie wie verrückt.«

Ich versuche, mich an ihre Worte zu erinnern. Ich schließe die

Augen und stolpere aus dem Canyon, in meinem Arm pocht es, die Hitze verklebt den Mechanismus, der mich gehen, der mich denken lässt, und da ist eine Stimme, so laut und hoch, dass sie aus der glühenden Sonne selbst zu kommen scheint. Ich suche nach ihren Worten. Ich versuche, sie abzufangen, ich greife nach ihnen, aber sie tun mir weh und sind verschwunden.

»Du meinst, das war alles?«, fragt Ricky. »Mehr war es nicht?«

Ich kehre noch einmal nach Arizona zurück, der Asphalt ist wieder heiß, die Hitze prallt erneut von den Felsen ab, aber ihre Worte entweichen mir noch immer.

»Ich erinnere mich nicht, was sie geschrien hat. Aber nie zuvor hatte ich so eine Stimme gehört.«

Ricky setzt sich anders hin. »Du bist in den Canyon gegangen, und sie war okay. Und du bist zurückgekommen, und sie war verrückt?«

»So schien es mir.«

»Irgendetwas muss passiert sein.«

»Ihr Baby war kurz zuvor gestorben. Vielleicht hat ihr Schmerz dort unter der Sonne den Siedepunkt erreicht.«

Er schüttelt den Kopf. »Klingt ganz so, als wäre etwas passiert, während du im Canyon warst.«

Er schiebt ein paar schmutzige Teller aus dem Weg, damit er die Ellbogen auf dem Tisch und das Kinn auf die Hände aufstützen kann. Plötzlich lächelt er, ein schiefes Lächeln, das aus seinen Fingern zu kommen scheint.

»Zumindest hatten wir beide einen tollen Vater.«

Ich schaue in Rickys dunkelgrüne Augen. Sie haben die gleiche Farbe wie meine.

»Warum hast du ihn angeschrien? An dem Tag, als ich dich von der Terrasse aus sah?«

Er seufzt. »Das bedauere ich seither jeden Tag. Ich habe nicht geschrien, aber vielleicht ein bisschen zu laut gesprochen. Ich habe ihm gesagt, dass es an der Zeit sei, das große, böse alte Haus auf dem Hügel zu verlassen und zu uns zu ziehen. Er hätte eine Hälfte des Hauses für sich haben können, und ich hätte gewusst, dass er in Sicherheit ist. Aber nein. Er war so verdammt stur.«

»In Sicherheit? Hast du geglaubt, dass er in Gefahr schwebte?«

»Ja, bedroht von Töchtern, die um das Haus schleichen.«

Ich stottere eine unbefriedigende Erklärung. Er hört zu und sagt: »War das das letzte Mal, dass du ihn gesehen hast?«

Ich nicke.

»Ich habe ihn zum letzten Mal gesehen, als sie spät am Sonntagabend den Abschleppwagen zurückbrachten«, sagt Ricky. »Ich weiß, dass du Bescheid weißt. Sie wollten uns nicht stören, aber ich habe sie gehört und bin rausgegangen, um nachzusehen, ob alles in Ordnung war. Sie waren fürchterlich aufgeregt, weil sie von der Polizei angehalten worden waren.«

»Wie war Daddy?«

»Oh … sehr müde. Er hat den Wagen gefahren und wurde kontrolliert und so. Und er war … irgendwie traurig.«

»Traurig?«

Ricky spricht jetzt leise. »Als ob er wusste, was auf ihn zukam. Als ich gute Nacht sagte, kam er zu mir und …«

Ich schaue ihn an. Seine Stimme ist stecken geblieben. Er blickt hinunter zu Jordan und hebt ihn plötzlich auf seinen Schoß und nimmt ihn fest in die Arme, platziert den Jungen zwischen sich und seinem Schmerz. Das Kind schmiegt sich an den Körper seines Vaters, aber es kann die Tränen seines Vaters nicht verbergen. Ricky ist stur. Er will nicht weinen, er will diese Worte aussprechen. Als sie herauskommen, sind sie nahezu unverständlich.

»Er hat mich in die Arme genommen und leb wohl gesagt. Nicht gute Nacht. Leb wohl. Als ob ich ihn nie wiedersehen würde.«

Ricky weint jetzt heftig, und dem Kind gefällt das nicht. Es windet sich. Ich stehe auf und strecke Jordan widerstrebend die Arme entgegen. Er neigt sich mir entgegen, und ich nehme ihn. Ein Baby, das sich an mich drückt, in meine Augen schaut, mit den Fingern mein Gesicht berührt. Ich spüre eine intensive Freude und einen intensiven Schmerz. Ich gehe auf die Knie und lege den anderen Arm um Ricky. Er ist schließlich mein Bruder.

»O nein«, sagt eine Stimme. Martha steht in der Tür. »Nein«, sagt sie. »Nein, nein, das hätte nicht passieren dürfen.«

Wir sehen sie alle an, und Jordan streckt die Arme nach ihr aus. Sie kommt zu mir und nimmt ihn mir entschlossen ab. Ich trete einen Schritt zurück von Ricky. Sein Gesicht ist dunkel, sein Kinn im Schatten, seine Pupillen so groß, dass seine Augen schwarz zu sein scheinen, und darunter sind dunkle Flecken, die ich als die Fingerabdrücke des Schmerzes wiedererkenne.

»Ist schon in Ordnung«, sagt er zu Martha. »Sie wusste sowieso schon alles.«

»Na und? Ricky, du hast deinem Vater dein Wort gegeben. Kein Kontakt. Mir scheint, hier findet das Gegenteil statt.«

»Martha, sie ist meine Schwester. Dad ist tot, und –«

»Du hast es ihm versprochen«, sagt sie. »Er hätte dir das Versprechen nicht abgenommen, wenn er nicht einen guten Grund dafür gehabt hätte.« Sie starren einander wütend an.

Martha wendet sich mir zu.

»Warum?«, fragt sie. »Warum tauchst du immer wieder hier auf?«

»Wenn du erfährst, dass du einen Bruder hast, würdest du ihn dann nicht kennen lernen wollen?«

»Du hast ihn bislang nicht gebraucht. Du brauchst ihn auch jetzt nicht.«

Aber trotz seiner Feindseligkeit, trotz allem, scheint mir, als hätte ich mein Leben lang auf Ricky gewartet. Der Bruder, den ich liebte, wurde mir als Baby genommen, und jetzt es ist, als wäre er als dieser große, dunkle, zornige Fremde zurückgekehrt.

»Ihr begeht einen Fehler«, sagt Martha und marschiert mit Jordan im Arm zur Tür. »Euer Vater wollte nicht, dass sich seine zwei Familien kennen lernen, weil er wusste, dass etwas Schlimmes passieren würde.«

»Was soll denn passieren?«, frage ich sie, aber sie ist schon durch die Tür und schlägt sie hinter sich zu.

»Warum wollte Daddy nicht, dass wir uns sehen?«, frage ich Ricky. »Warum? Hat er dir je einen Grund genannt?«

Er schüttelt den Kopf. »Martha wird sich eines Besseren besinnen. Manchmal braucht sie eine Weile, um sich an etwas zu gewöhnen.«

»Ich muss jetzt gehen. Ich muss zu Scott und dann zu Mutter in die Klinik. Sie erlauben keine späten Besuche.«

Als wir ins Freie treten, sieht das Haus hübsch aus. Ein Haus und ein Schuppen, Vaters anderes Haus, sein anderer Schuppen, die warme, freundliche Seite seines Lebens.

Als wir neben meinem Wagen stehen, fragt Ricky: »Werden wir uns wiedersehen?«

Ich sehe ihn an. »Möchtest du?«

»Lucy, ich bin irgendwie erleichtert. Das könnte eins der guten Dinge sein, die Vaters Tod bewirkt hat.«

Und zu meiner Überraschung nimmt er mich plötzlich in seine Arme und zieht mich an sich, dieser Fremde, der mein Bruder ist.

37

Wind zerzaust Scotts Haar, als er mit einem Fernglas auf der Veranda steht.

»Es könnte ein Boot sein, um Wale zu beobachten«, sagt er. »Die Wanderung hat vielleicht schon angefangen.«

Der Wind vom Ozean ist so kalt, dass Scott mir ein dickes Sweatshirt gegeben hat. Hier an der Küste ist es wieder März. Die Hitzewelle täuschte Juni vor, aber es war ein schwüler falscher Sommer, und nur der Ozean ließ sich nicht hinters Licht führen und behielt seine eisblaue Farbe bei.

Außer auf der Beerdigung habe ich Scott kaum gesehen. Vermutlich ist Brigitte aus Frankreich zurück, und ich hoffe nur, dass sie nicht kommt, solange ich hier bin.

Ich stelle den dicken Ordner vor ihn.

»Schau ihn dir durch das Fernglas an«, sage ich.

Er unternimmt einen komischen Versuch, legt das Fernglas dann auf den Tisch und greift nach dem Ordner.

»Sind das die Sachen für den Testamentsvollstrecker?«

»Alles fertig. Die Anrufe sind erledigt, der Totenschein ist kopiert und beigelegt, wo notwendig. Du musst nur noch unterschreiben, die Sachen in die Umschläge stecken und zum Briefkasten bringen. Briefmarken sind schon drauf.«

»O Luce …«

Er blättert durch die Seiten mit den ordentlichen Zahlen, die Briefe und Umschläge.

»Luce, ich weiß gar nicht, wie ich dir danken soll.« Er beugt sich über den rauen Holztisch und küsst mich. Es ist kein langer Kuss, aber lange genug, um mir zu zeigen, dass er zumindest dankbar ist.

»Wann fliegst du?«, fragt er.

»Morgen Nachmittag um drei.«

»Kann ich dich zum Flughafen bringen?«

»Okay, aber du wirst mich vielleicht sowieso bald wiedersehen. Ich überlege, ob ich nicht nach Kalifornien zurückkomme.«

Eine Sekunde lang, nein, den Bruchteil einer Sekunde lang sehe ich so etwas wie Schrecken in seinem Gesicht. Ich frage mich, ob die Sache mit Brigitte schon so weit fortgeschritten ist, dass Scott meint, Kalifornien sei nicht groß genug für uns beide. Als er sich gefangen hat und lächelt, entdecke ich ungeheuchelte Freude in seinem Gesicht. Er ergreift meine Hand.

»Das ist großartig«, sagt er. »Und wie das?«

»Jetzt, wo Vater tot ist, braucht Mutter mich vielleicht«, sage ich. »Und meine Familie ist hier. Stevie ist hier begraben. Es gibt eine Menge Gründe, zurückzukommen.«

»Luce ...«

Der Wind hat ein bisschen Farbe auf seine Backen geblasen. Oder vielleicht ist er auch verlegen. Ich warte, dass er etwas sagt, dann merke ich, dass er ebenfalls wartet. Er drückt meine Hand fester. Der Ozean ist laut. Das Wetter provoziert ihn. Wellen krachen gewaltsam gegen die Küste. Keiner von uns sagt etwas. Wie sehen schweigend zu, wie zwei unerfahrene oder furchtsame Surfer vergeblich versuchen, auf den Schaumkronen des Meeres zu reiten.

Als ich aufstehe, wirft mich der Wind fast um.

»Ich muss jetzt nach Redbush, um mich von Mutter zu verabschieden.«

Er lässt meine Hand los. Wir gehen gemeinsam zur Treppe. »Lucy, die Polizei scheint keine Antworten zu haben. Vielleicht werden wir nie erfahren, was mit Eric passiert ist. Kannst du damit leben?«

Nichtwissen. Ich denke daran, wie ich die letzten Augenblicke meines Nichtwissens genoss, als ich mit Sascha vor Vaters Haus vorfuhr.

»Manchmal ist es besser, etwas nicht zu wissen«, sage ich. »Und während der letzten zwei Wochen haben sich so viele andere Dinge geklärt.«

Er bleibt plötzlich stehen, fasst mich an den Schultern und dreht mich zu sich. Er betrachtet mich.

»Du siehst gut aus, Luce. Du siehst toll aus. Lebendig.«

Ich lächle ihn an. »Es fängt erst an, mir gut zu gehen, Scott.«

Ich küsse ihn, wende mich ab und gehe die Treppe zum Strand hinunter. Kaum berühren meine Füße den Sand, sind meine Schritte nicht mehr zu hören.

Ich fahre die Küste entlang nach Redbush. Als ich Mutter zum ersten Mal in der Klinik besuchte, gab es den Ort Redbush so gut wie nicht. Ich erinnere mich an eine kleine ländliche Gemeinde, aber jetzt ist sie fast nicht mehr wiederzuerkennen. Die Häuser sind stattlich mit großen Vorgärten und gut gewässerten Rasenflächen. Kinder, die hier geboren wurden, sind vielleicht selbst schon Eltern, und die Häuser beherbergen Kindheiten, Familiengeschichten, Erinnerungen.

Ich versuche vergeblich, die großen Bäume mit den Bäumen in Beziehung zu setzen, die früher neben den kleinen Farmhäusern standen. Ich verfolge die asphaltierten Straßen und halte Ausschau nach den unbefestigten Wegen, die einst zu verstreuten Häusern führten, wo rostige Pick-ups neben rostigen Traktoren auf staubigen Höfen standen. Solange man sich an die Vergangenheit erinnert, muss sie noch irgendwo existieren, auch wenn sie offenkundig und unstreitig nicht mehr da ist. Ich erinnere mich an die sonnengebräunten Menschen, an ihre Häuser und Obstgärten. Meine Erinnerungen an diese Gegend haben die Intensität von etwas kurz Zurückliegendem, deswegen ist es schwer, wenn nicht gar unmöglich, sie mit den Häusern und Swimmingpools und Rasenflächen in Einklang zu bringen, die seit vielen Jahren hier sind und eigene Erinnerungen geschaffen haben.

Als ich die Klinik erreiche, überprüft der Wachmann meinen Ausweis eingehend und ruft dann in der Klinik an, ohne mich aus den Augen zu lassen. Schließlich nickt er.

»Mhm. Sie können fahren.«

Mutters großer, lächelnder Pfleger erwartet mich im Wintergarten. »Ich freue mich wirklich, dass Sie es noch einmal versuchen«, sagt er. »Nach dem letzten Mal habe ich nicht mehr damit gerechnet.«

Im Korridor ist es still, aber als wir an einer Tür vorbeikommen, höre ich Gelächter. Ungefähr fünf, sechs Menschen, die miteinander vergnügt lachen.

»Das ist die Alzheimer-Gruppe, die großen Spaß hat«, sagt der Pfleger.

»Ich wusste nicht, dass es ein großer Spaß ist, Alzheimer zu haben.«

»Oh, glauben Sie mir, das ist es auch nicht. Aber diese Gruppe hat eine wunderbare Therapeutin. Sie sagt, es sei wie eine zweite Kindheit, wir sollten sie ebenso, wenn nicht mehr genießen als die erste. Ihr Ansatz ist umstritten, aber aus ganz Kalifornien kommen Leute, um ihre Methoden kennen zu lernen, und in der Regel sind sie sehr beeindruckt.«

»Wie ist es mit den Patienten?«

»Sie lieben sie. Sie wollen den ganzen Tag in der Alzheimer-Gruppe sein.«

»Hätte Mutter etwas davon?«

Wir gehen durch eine Tür. Er bleibt stehen.

»Hm … sie leidet nicht unter Alzheimer. Und um ehrlich zu sein, sehe ich sie nicht mit den anderen lachen. Sie ist häufig traurig.«

Mutter am Grab, wie sie Tränen so klein wie Edelsteine vergießt. Umgeben von Menschen, aber jetzt allein ohne Vater.

»Es tut mir Leid, dass Sie neulich ihre böse Seite erlebt haben«, sagt der Pfleger. »Normalerweise verhält sie sich Ihrer Schwester gegenüber so. Ich konnte nicht glauben, dass sie auch zu Ihnen so war, nachdem sie Sie so lange nicht gesehen hatte.«

»Jane sagt, dass Mutter sie meist nicht erkennt.«

Der Pfleger wirft den Kopf zurück und lacht. »Sie erkennt Jane, da können Sie sicher sein.«

Er bleibt vor Mutters Tür stehen. Mein Herz schlägt schneller. Meine Hände sind feucht. Als ich das Zimmer betrete, schaue ich mich zwischen den üppigen Vorhängen, den Kissen, den Plüschsesseln nach Mutter um.

»Warten Sie hier, ich hole sie. Ihr Unterricht ist jetzt aus.«

»Was für ein Unterricht?«

»Töpfern. War vor fünf Minuten zu Ende.«

Auf dem Bett liegt eine blaue Veloursmappe, deren Ecken vom vielen Anfassen abgenutzt sind. Als der Pfleger gegangen ist, schaue ich aus dem Fenster, um mich zu vergewissern, dass mich niemand, der einen Overall trägt, beobachtet. Dann schlage ich die Mappe auf. Sie ist voller Fotos. Baby Nicholas. Ich. Vater. Großmutter, die Tanten. Wieder ich. Vater und ich. Noch ein Baby, wahrscheinlich Nicky. Ich, wie ich Nicky hingerissen in seinem Bettchen betrachte. Das Haus, das merkwürdig nackt aussieht ohne das Laub. Vater, der davor steht. Neben den Fotos auch Postkarten mit meiner Handschrift auf der Rückseite. Postkarten mit abstrakten blauen Gemälden, mit einem braunen Hund, Bauern mit Filzstiefeln im alten Russland. Jede Postkarte, die ich Mutter je geschrieben habe, ist hier, eselsohrig vom vielen behutsamen Ansehen wie die Fotos.

Ich bin am Ende der Mappe, und da ist nur noch ein Foto. Ein Klassenfoto, drei Reihen lächelnder Kinder. Cornington School, zweite Klasse steht auf der kleinen Tafel, die die Lehrerin hochhält. Ich erinnere mich, dass das Foto im Herbst aufgenommen wurde, gleich zu Beginn des neuen Schuljahrs, als wir uns noch kaum den Namen der Lehrerin gemerkt hatten. Zuerst entdecke ich Lindy, blond, hübsch, den Kopf leicht schräg gestellt, und neben ihr stehe ich. Ich blicke in die Kamera, lächle leicht und halte einen Arm an den Körper. Er ist eingegipst. Ich schaue genauer hin. Ich war sechs, fast sieben, als ich in die zweite Klasse kam. Aber ich weiß, dass ich mir den Arm viel früher brach, im Canyon, in Arizona, kurz nach dem Tod meines Bruders, und damals war ich vier, das weiß ich gewiss. Ich starre auf den Gips, versuche mich zu überzeugen, dass es ein weißer Ärmel oder weißes Papier oder irgendein Scherz ist. Aber die Art, wie ich den Arm halte, um ihn zu schützen, ist unverwechselbar.

Ich höre Stimmen auf dem Korridor. Ich lege rasch das Foto zurück und schließe die Mappe. Meine Gedanken stürzen durcheinander und kreisen wie Möwen: Mein Bruder starb, als ich vier war. Ich brach mir den Arm im Canyon zwei Jahre, nicht zwei Wochen später. Wir fuhren nicht kurz nach dem Tod meines kleinen Bruders nach Arizona. Erst zwei Jahre später kam ich aus dem Canyon mit einem Arm, in dem es im gleichen Rhythmus pochte, wie Mutter schrie.

Ich denke an Rickys träge Stimme. »Klingt ganz so, als wäre etwas passiert, während du im Canyon warst.«

Die Tür geht auf, und Mutter steht da, den Arm durch den des Pflegers geschoben. Heute trägt sie eine Brille. Die Fassung ist streng, und ihr Blick wirkt weniger leer.

Ich gehe zu ihr. Ich will ihr keine Angst einjagen, deswegen sage ich leise: »Hallo, Mutter, ich bin's, Lucy.«

»Lucy.«

Sie streckt den Arm aus, und ich spüre ein kleines warmes Ziehen in meiner Hand. Vorsichtig umarmt sie mich, und ich gebe mich dieser mütterlichen Zärtlichkeit hin.

»Ich lasse euch beide jetzt allein«, sagt der Pfleger.

Ich höre, wie die Tür leise ins Schloss fällt.

»Mutter«, sage ich, »ich habe mich an ein Lied erinnert. Ein Lied, das du mir immer vorgesungen hast, als ich klein war.«

Sie wartet und blickt ängstlich drein. Ich suche in meinem Gedächtnis, an dem seltsamen, flüchtigen Ort, wo Musik gespeichert wird. Ein paar unvollständige Akkorde des Kinderlieds schweben heraus. Ich summe sie, und ein Lächeln breitet sich über Mutters Gesicht aus, und einen Moment lang glänzen ihre Augen. Dann übernimmt sie die Melodie und fängt langsam, zuerst unsicher an zu singen. Ich schließe die Augen, während sie mich an beiden Händen hält und leise singt. Am Ende des Lieds bilden wir beide mit unseren Händen Vögel, die fortfliegen. Wir sehen uns lächelnd und glücklich an.

»Mutter, ich möchte dir von meinem Baby erzählen. Von Stevie und wie er gestorben ist. Ich möchte mit dir darüber reden, weil du es besser als alle anderen verstehen wirst.«

Wir gehen zum Fenster und setzen uns in dieselben Sessel wie bei meinem ersten Besuch. Mutter sieht mich an, wartet, dass ich spreche, und ich merke, dass sie bei der Sache ist. In ihrem Haar und unter ihren Fingernägeln klebt Ton.

Ich erzähle ihr, dass Stevie immer weinte. »Jeder Schrei schien einen kleinen Teil von mir aufzufressen. Seine Qualen waren meine. Die Not, die er ausdrückte, war die Not in mir. Ich liebte ihn so sehr, dass ich innerlich schmolz, aber seine Forderungen, seine Unzufriedenheit, sein Schreien hatten eine andere Frau aus mir gemacht, und Gott weiß, diese Frau wollte ihn oft genug erwürgen. Ich wollte nur, dass er aufhört. Als er starb, erschien mir das unvermeidlich. Ich hatte ihn in Gedanken so oft zum Schweigen gebracht, dass ich wusste, es war meine Schuld.«

Ich weine jetzt, und Mutter nimmt meine Finger in ihre kleinen Hände. Als ich aufblicke, sehe ich, dass auch sie weint.

»Es ist meine Schuld«, sagt sie.

Ich schaue ihr ins Gesicht. Ich suche in ihren Augen nach Hinweisen darauf, dass sie mich versteht. Sie sieht mich unverwandt an, Tränen fließen, nicht länger lautlos, sondern begleitet von dem hohen Wehklagen, an das ich mich in meinen Träumen erinnere. »Sie hat es wieder getan! Es ist meine Schuld, dass sie es wieder getan hat!«

Ihre Worte schlüpfen in die Spalten. Ich bin allein in einer glühend heißen Landschaft aus hohen roten Felsen und verbrannter Erde. Ich nähere mich dem Ausgang des Canyons, mein Arm schmerzt, und ich höre ein Kreischen, das ich zuerst einem wütenden Wüstenvogel zuschreibe. Dann weiß ich, dass es eine Frau ist, und ich weiß, dass diese Frau meine Mutter ist. Ich horche, und ihre Worte prallen von den Felsen ab, hallen im Canyon wider, torkeln trockene Flussbetten entlang. »Es ist meine Schuld, sie hat es wieder getan! Sie hat es wieder getan! O Gott, sie hat es wieder getan!«

»Wer hat es wieder getan? Wer?«, sage ich.

Ich sehe Mutter an, ihre blauen Augen, ihre blasse Haut, den Ton in ihrem Haar. Mutter hält meine Hand fest, sieht mich an, wartet, dass ich begreife.

Wir waren zwei Jahre, nicht zwei Wochen nach Nickys Tod in Arizona. Jane und ich gingen in den Canyon. Und Jane kehrte allein zurück. Da fing Mutter an zu schreien. In diesem Augenblick durchbrach ihr Schmerz die Membran zwischen Unglück und Psychose. Deswegen blieben sie alle stehen und starrten, als ich wieder auftauchte, aber für Mutter war es zu spät. Sie glaubte, Jane hätte es wieder getan.

»Jane«, sage ich. Leise. Dann lauter. »Jane.«

Und Mutters Körper windet sich vor Pein.

»Jane«, sage ich. »Jane hat Nicky umgebracht.« Die Worte kommen mir so mühelos, so natürlich über die Lippen, dass ich mich frage, warum sie mich seit meinem vierten Lebensjahr erstickten.

38

Ich sitze draußen neben dem Parkplatz, wo ich mit Sascha und den Tanten saß, und schaue zu dem unnatürlich grünen Rasen. Die Sprenger malen ein gleichmäßiges Muster auf die Mauer am anderen Ende. Als der Pfleger zurückkehrte und Mutter nicht aufhören konnte zu weinen, bat er mich zu gehen. Mutter klammerte sich an mich und drückte mir dann einen kleinen traurigen Kuss auf die Stirn. Ich versprach ihr, bald wiederzukommen.

Scotts Sweatshirt ist so groß, dass ich darunter die Knie anziehen kann. Ich lege die Arme darum, aber die Kühle in der Luft kriecht unter den Kleidern an meinem Körper hinauf, als wäre ich nackt. Der Wind weht Wolken über den Himmel, und als sie sich vor die Sonne schieben, spüre ich, wie die Temperatur sinkt. Aber das ist mir gleichgültig. Ich will so kalt werden, dass ich nichts mehr spüre. Mir wäre lieber, mein Gehirn würde nicht funktionieren, aber es denkt. Es denkt so erbarmungslos, als wäre es eine Maschine.

Vater hielt das tote Baby, in eine Decke gewickelt, in den Armen. Mutter stieß hohe Klagelaute aus. Jane stand neben ihnen, ihr Gesicht weiß. Sie hatte keine Gewissensbisse. Ihre Finger zuckten, als hätten sie ein Eigenleben. Vater ging vor das Haus. Er trug die reglose Gestalt, die Nicky war, in der Decke. Er ging die Stufen hinunter, um ihn zu begraben. Er ging in den versunkenen Garten.

Als wir neben dem Grab standen, sagte Rougemont, dass es leicht ist, das, was wirklich passiert ist, mit dem zu verwechseln, was einem erzählt wird. Vielleicht hat es nie einen Nickel Dog gegeben. Mutter und Vater hatten beschlossen, niemandem zu erzählen, was Jane getan hatte. Ihre schöne, schlaue Tochter, es war nahezu unmöglich, dass sie ihren Bruder getötet hatte, es war unvorstellbar, dass sie noch so ein Verbrechen begehen würde. Sie schützten Jane dummerweise, fatalerweise, weil sie sie liebten.

Der acht Monate alte Nicholas Schaffer wurde am Strand von Big Brim gestern von einer Monsterwelle aufs offene Meer hinausgeschwemmt. Dr. und Mrs. Schaffer werden von der Polizei vernommen. Detective Rougemont gab keinen Kommentar zu dem Fall ab.

Es war ein Geheimnis. Vielleicht erriet es Rougemont, aber niemand sonst wusste, wie Nicky wirklich gestorben war. Außer Lindy Zacarro. Als Vater mit der kleinen Leiche in der Decke aus dem Haus ging, lief ich los. Ich stolperte an dem schimmernden Abschleppwagen vorbei durch den Garten, zwischen den Bäumen hindurch, am Giftsumach vorbei, um stechende Büsche herum, bis ich die Höhle erreichte, die wir gebaut hatten. Darin waren ein alter Teppich, ein paar Spielzeugpferde und Lindy.

Bei Lindy war es nicht so einfach, die Tatsachen zu verheimlichen, indem man Familienmythen über tote Hunde in die Welt setzte. Nein, Lindy wusste Bescheid, und jetzt scheint, dass dieses Wissen, während wir älter wurden, eine Säure in ihr bildete.

Ich denke daran, wie sie gekrümmt im Kofferraum des Wagens lag, ihr blondes Haar nass, die Nägel von den Fingern gekratzt. Ich winde mich, um dem Gedanken auszuweichen, aber jetzt kommt Mutter mit Händen, die flattern wie gefangene Vögel, eine merkwürdige neue Kraft in ihrem Gang, aus dem Haus der Zacarros. Blankes Entsetzen im Gesicht.

Gesichter um die blaue Wiege, vor Entsetzen verzerrt. Stevies regloser Körper. Janes Augen brennen, ihre Finger zucken. Vaters Augen funkeln und schweifen langsam von mir zu Jane, die neben mir steht. Vater starrt sie an. Er wusste es. Sie hat es wieder getan. Sie hat es wieder getan. Seine Tränen, sein Schrei. »Die Polizei! Was hat die Polizei damit zu tun?«

Ich stöhne leise.

Ich kann kaum atmen vor Schmerz. Ich kann kaum atmen vor Sehnsucht, Stevies weichen Körper zu spüren, wie er sich an mich drückt. Ich bin kaum groß genug, um diese übergroße Qual aufzunehmen. Mein Schrei scheint den grünen Rasen zu zerreißen wie dünnes Papier. Ich schluchze und murmle immer wieder Stevies

Namen. Ich habe nicht die Macht, mich zum Schweigen zu bringen. Tränen ohne Ende, Schmerz ohne Grenzen.

Es ist meine Schuld, sie hat es wieder getan.

Ich springe von der Bank auf, als würde sie brennen. Niemand ist hier, der mich hören könnte, außer ein paar Leuten, die über den Parkplatz gehen und diese Art Verhalten in einer Klinik wie Redbush erwarten, aber einer von ihnen, ein gut gekleideter, besorgter Mann kommt zu mir.

»Alles in Ordnung?«, fragt er mich unsicher.

Mir wird bewusst, dass ich nach Luft schnappe. Ich starre ihn an.

»Alles in Ordnung?«, fragt er noch einmal.

Ich laufe zu meinem Wagen. Und dann fahre ich so schnell, dass ich jedes Stück Straße sofort vergesse, kaum dass ich es hinter mir gelassen habe. Ich überschreite Geschwindigkeitsbeschränkungen, ich wechsle ständig die Spur, um zu überholen, ärgere Lastwagenfahrer, drücke auf die Hupe. Die Schnellstraße entlang, durch Lowis, wo ich mir einbilde, Jungen auf Skateboards zu sehen. An Obstständen, an Farmen, an Pferden vorbei.

Die Marcello Galerie, das Haus, die Blumen, alles schlummert, alles ist still. Die großen Bäume stehen reglos da. Hoch oben in einem Baum registriere ich ein dunkles Baumhaus. Vater hat hier mit Ricky Baumhäuser gebaut. Wenn er hier war, konnte er den Kopf zurückwerfen und lachen, lachen. Das war sein anderes Zuhause, weit weg von dem kahlen, Blasen werfenden Abhang, der mein Zuhause war. Es war sein kühler, grüner, geheimer Ort, ein Märchenort. Für immer zerstört, wenn er davon erzählt hätte.

Ich sehe Martha in der Galerie von ihrem Schreibtisch aufblicken, als der Kies unter meinen Reifen protestiert. Ich blockiere die Einfahrt und springe aus dem Wagen. Auf der Schuppentür sitzt eine große Fliege in der Sonne. Sie ist zu schläfrig, um aufzufliegen, als ich die Tür aufreiße. Martha ist nicht erfreut, mich zu sehen. Sie steht auf und stemmt vorsätzlich langsam die Hände in die Hüften, verlangt wortlos nach einer Erklärung.

»Wo ist Ricky?«, frage ich.

»Nicht da.«

»Wo ist er?«

Sie fängt damit an, dass Vater nicht wollte, dass wir Kontakt hätten, und ich unterbreche sie.

»Er hatte Recht, Martha, Vater hatte Recht. Ich muss Ricky warnen.«

Sie zieht die Augenbrauen hoch, aber ihre Miene bleibt hart.

»Ich glaube, er ist in Gefahr. Es ist meine Schuld. Bitte, wo ist er?«

Sie schaut mich an und seufzt. Schließlich sagt sie: »Er ist mit Jordan nach Tigertail Bay gefahren.«

»Tigertail?«

»Wale beobachten. Eine Frau namens Joni irgendwas hat angerufen. Sie hat für Eric gearbeitet.«

»Joni? Joni Rimbaldi hat euch angerufen?«

»Kennst du sie?«

»Sie war jahrelang Vaters Sekretärin.«

»Ricky kannte ihren Namen. Sie sagte, dass Eric ihr alles über uns erzählt habe. Offenbar hat er ihr einen Ordner mit Jordans Namen darauf gegeben.«

Ich denke an Joni bei Vaters Beerdigung, wie sie sich sorgte, dass ihre Jacke zu hell war, selbst überrascht, dass sie sie angezogen hatte. Wusste Joni Rimbaldi von Vaters Geheimnis, während sie sich mit mir unterhielt?

»Sie bat Ricky, vorbeizukommen und den Ordner zu holen. Er sollte Jordan mitbringen, weil sie in Tigertail lebt und sich im Moment eine Menge Wale in der Bucht aufhalten. Sie wollten sich auf einem Parkplatz treffen.«

Mein Herz rast.

»Hat Vater jemals gesagt, dass er es Joni erzählt hat? Hat er das gesagt?«

Die hohe Decke des Schuppens wirft meine Worte zurück. Noch ehe sie verklungen sind, habe ich mich an meine Unterhaltung mit Joni erinnert. Joni ist in Maine. Sie ist nicht in Tigertail Bay.

Wahrscheinlich verabschiede oder bedanke ich mich nicht bei Martha, oder vielleicht rufe ich die Worte mechanisch, weil ich so erzogen wurde. Innerhalb von Sekunden sitze ich wieder im Auto und fahre los, ich fahre mit der Atemlosigkeit und Kraft eines Langstreckenläufers. Hinter mir erneut entsetzte Gesichter, wütende Gesten, lautes Hupen. Der Weg nach Tigertail erscheint mir endlos, und als ich die kurvenreiche Straße zur Küste entlangrase, verspüre ich die Erschöpfung und die Erleichterung eines Jägers, der sich seiner Beute nähert. Ich sehe die Felsen der Bucht, lange bevor ich den Ozean sehe. Und dann liegt der Pazifik vor mir, als hätte er gerade ein eisiges Auge aufgeschlagen.

Ich fahre die Parkplätze oben an den Klippen ab, halte Ausschau nach einem Abschleppwagen, dem blauen Auto mit der Bandage um den Scheinwerfer, irgendeinem Auto mit Ricky und Jordan darin. Ich fahre von Parkplatz zu Parkplatz. Heute sind nur wenige Autos da, und die meisten stehen so, dass die Fahrer den Ozean sehen, ohne aussteigen und sich dem Wind stellen zu müssen. Ich sehe ein paar Pickups, aber keinen Abschleppwagen. Auf einem Parkplatz steht ein einsamer Eisverkäufer. Ich fahre zu ihm und kurble das Fenster herunter.

»Haben Sie einen Abschleppwagen gesehen?«, frage ich.

Er nickt. »Vor einer Weile ist ein alter Abschleppwagen vorbeigefahren. Vor ungefähr einer halben Stunde.«

»In welche Richtung fuhr er?«

Er weiß es nicht mehr. Er ändert zweimal seine Meinung. Ich danke ihm und begebe mich erneut auf die Suche. Als ich an dem kleinen Ort vorbeigefahren bin und die Parkplätze immer wilder und leerer werden, kehre ich um und kontrolliere sie alle noch einmal. Kein Ricky. Kein Jordan. Kein Abschleppwagen.

Geschlagen bleibe ich stehen und schaue aufs Meer. Es sind keine Wale zu sehen, aber das hatte ich mir schon gedacht. Ich beobachte, wie sich das Wasser ruhelos gegen die Felsen wirft, Gischt in die Luft jagt und plötzlich glitzert, als die Sonne hinter den Wolken hervorkommt.

Ich entdecke keine Schönheit in der Szene. Der bewegte Ozean ist nichts weiter als eine riesige Masse sinnloser Energie. Mir scheint, dass ich mein Leben mit denselben Worten beschreiben könnte. Während ich den unablässigen Kampf des Wassers gegen die Felsen beobachte, werde ich von Müdigkeit überwältigt. Tränen brennen in meinen Augen. Mir ist klar, dass ich nicht nach Ricky oder Jordan gesucht habe, sondern nach Jane. Da sie nicht hier ist, weiß ich, wohin ich jetzt fahren und was ich tun muss, aber ich fühle mich, als wäre alle Kraft aus mir gewichen, alle Lebenskraft.

Als ich losfahren will, lässt mich die Detonation einer riesigen Welle innehalten. Ich wende mich noch einmal um und sehe eine Gestalt, von den Dimensionen der Landschaft zu Streichholzgröße degradiert. Es könnte Rougemont sein. Die Gestalt verschwindet hinter einem Felsen. Ich warte nicht, bis sie wieder auftaucht.

39

Als ich vor Vaters Haus ankomme, versinkt die Sonne langsam hinter dem Hügel, so wie sich mein Vater nach einem langen Tag in seinen Lieblingssessel sinken ließ. Der Abend verdichtet sich bereits in der Atmosphäre. Die Grillen beginnen ihren Chor.

Das große Tor zum Schuppen schwingt mit einem lauten Quietschen auf. Ich warte, bis sich meine Augen an die Dunkelheit gewöhnt haben und drücke dann auf den alten Lichtschalter aus Metall. Ich hole einen Pickel, eine Schaufel und ein Stemmeisen. Dann trage ich sie den gewundenen Pfad entlang in den versunkenen Garten.

Dort gehe ich in die Hocke und betrachte die Steine, die ich entfernen muss. Zuerst Vaters Grabstein, den ich schaukelnd aus dem Weg schiebe. Denk an den Tod. Dann die großen Steine darunter, die in die Erde, nicht in Beton, eingelassen sind. Aber sie wurden vor langer Zeit verlegt und sind tief in den trockenen Boden gesunken. Ich setze mit dem Pickel in den Zwischenräumen an. Bald bin ich schweißnass. Ich ziehe Scotts Sweatshirt aus und bohre tiefer, bis ich den harten eisernen Finger des Pickels unter den größten Stein schieben kann. Nacheinander stemme ich die großen runden Brocken aus dem Bett, in das Vater sie vor so vielen Jahren gelegt hat. Sie leisten dem Pickel kaum Widerstand. Als ich die runden Steine hochhebe, fühlen sie sich glatt an. Ihr Gewicht ist angenehm. Die kleineren Steine passen bequem in meine beiden Hände. Ich staple sie unter einem Eukalyptusbaum. Der tiefe Ton, mit dem Stein auf Stein trifft, gefällt mir.

Ich beginne, die erste Schicht krümeliger sandiger Erde wegzuschaufeln. Die körperliche Arbeit tut mir gut. Der Rhythmus der

Schaufel, ihr leichtes Eindringen in die Erde, das Strecken meiner Arme, wenn sie das Gewicht heben, all das betäubt mich gegen die Furcht vor dem, worauf ich, wie ich weiß, stoßen werde.

Unter der lockeren Schicht ist die Erde kompakt. Ich richte mich auf und spüre, wie die frische Brise gegen meinen heißen Körper weht. Ich hebe den Pickel hoch über meinen Kopf, bis mein Körper ausbalanciert dasteht. Als ich mich vorbeuge, lasse ich die Handfläche den Stiel entlanggleiten. Die Spitze des Pickels dringt tief in die harte Schicht aus Erde und kleinen Steinen ein. Ich ziehe sie heraus, und die klumpige Erde hat sich gelockert.

Ich schlage so lange zu, bis ich auf einen Stein statt auf Erde treffe. Der Stein bricht nicht auseinander, aber das Kreischen, als das Eisen auf ihn trifft, klingt zornig, und die Funken, die aufstieben, erschrecken mich. Ich schaufle die gelockerte Erde weg. Gelegentlich halte ich inne und stütze mich auf den Stiel der Schaufel, aber der Wind, der nach Sonnenuntergang rasch abkühlt, treibt mich an.

Ich hüpfe in das Loch, um mehr Erde und ein paar verrottete Holzstücke herauszuholen. Ich habe bereits den Großteil des Holzes hinausgeworfen, als mir klar wird, dass es ein Hinweis darauf ist, dass ich bald finden werde, wonach ich suche. Vater hätte die Leiche mit etwas bedeckt, sie in eine Art Kiste gelegt. Sarg wäre eigentlich das richtige Wort dafür, aber auf dieses Begräbnis lassen sich die gängigen Begriffe nicht anwenden.

Unterhalb von mir höre ich das Geräusch eines Motors, und Scheinwerfer kriechen langsam den unbefestigten Weg entlang. Ich ducke mich lautlos, bis der Wagen vorbei ist. Die Rücklichter beleuchten die Erde und färben sie unnatürlich rot.

Ich gehe jetzt vorsichtiger mit dem Pickel um und arbeite sowohl mit den Händen als auch mit der Schaufel. Ich sehe noch genug in diesem perlengrauen Licht, aber ich benutze meine Fingerspitzen, um noch mehr zu erkennen.

Nach einer Weile kommen mehr Holzteile zutage, und dann stößt meine Schaufel auf etwas, das weder wie Stein noch wie Holz oder Erde klingt. Es hat einen ganz eigenen Klang.

Ich spähe in das dunkle Loch und gehe in die Hocke, um das fleckige Objekt näher zu betrachten. Es sieht wie altes schmutziges Porzellan aus. Lächerlicherweise wünschte ich, dass es eine Puppe wäre oder eine kleine Schüssel, aber aufgrund seiner runden Form weiß ich, dass es ein Schädel ist, und die Erkenntnis erfolgt blitzschnell, mehr Instinkt als Gedanke.

Ich berühre meinen Fund nicht, kratze nur die Erde darum herum weg, die durch meine Finger gleitet, als wäre sie flüssig. Ich grabe jetzt ohne Rhythmus, schnell, angetrieben von meinem Atem und meinem Herzschlag. Übelkeit nimmt in meinem Magen ihren Anfang und breitet sich dann im ganzen Körper aus. Kleine Schweißperlen fließen über meine Haut. Als ich die Hälfte des Skeletts freigelegt habe, halte ich inne, um es im dämmrigen Licht zu betrachten.

Die Knochen sind keine Hundeknochen, weil es nie einen Hund gab. Sie stammen von einem kleinen Kind. Sie liegen in winziger Vollkommenheit da. Ich weiß, dass das menschliche Skelett ein kompliziertes Mechanismus ist, aber nicht hier. Es ist so schlicht und unkompliziert wie eine Reihe Bäume am Horizont.

Ein paar Augenblicke tue ich so, als wäre es nicht mein Bruder. Es ist eine uralte Leiche. Der versunkene Garten wurde über einem prähistorischen Friedhof angelegt. Ich sollte meinen Fund der Universität melden, damit sie ein Archäologenteam schicken. Sie werden den Garten in kleine Vierecke aufteilen und ihn während des langen heißen Sommers systematisch umgraben. Sie werden die Fundstücke ordentlich etikettieren. Jeder Knochen wird eine Nummer erhalten. Das tote Kind wird entmenschlicht werden. Sein Leiden und das der Menschen, die es liebten, wird von der Zeit und dem wissenschaftlichen Vorgehen so weit in die Ferne gerückt, dass ich mit einem Archäologen emotionslos über das winzige Skelett werde sprechen können.

Die Archäologen gehen in meinen Schluchzern unter. Ich spüre ihre Heftigkeit, aber ich höre sie nicht. Der Schaufelstiel ist nass, als ich mehr Erde entferne und das gesamte Kind freilege. Ich beuge mich vor und wische die letzten lockeren Erdkrümel so behutsam von den Knochen, als würde ich die Decke eines Babys zurückschlagen. Das Skelett ist so klein, dass ich auch jetzt noch glauben möchte, es ist nur ein Vogel oder ein Lämmchen. Ich blase die staubige Erde weg.

Ein winziger Brustkorb, schmale Füße, die leicht eingerollten Finger, die Gelenke mit Erde verklebt. Ein Junge, ein kleiner toter Junge. Ich blicke fort von dem Kopf ohne Augen, von den zwei winzigen Zähnen im offenen Mund.

Erschöpft richte ich mich auf. Erde befleckt meine Kleider wie Blut. Sie klebt an meinen Beinen, nimmt meinen Schuhen die Farbe. Einmal stieß die Schaufel gegen mein Schienbein, und eine zähflüssige Blutspur ist von der Wunde abwärts an meinem Bein getrocknet. Die Wunde beginnt jetzt zu schmerzen. Das Gewicht meiner erschöpften Gliedmaßen wird mir bewusst. Ich versuche, die tröstlichen Archäologen wieder auferstehen zu lassen, aber es gelingt mir nicht, weil ich weiß, dass das Kind während meiner eigenen Lebenszeit von meinem Vater in dieses Grab gelegt wurde und dass es mein Bruder ist. Es ist Nicky, aber es könnte auch Stevie sein oder das russische Baby, das starb, als seine Familie es auf der Flucht zurückließ.

Ich stehe in der Dunkelheit und horche auf das Rascheln kleiner Tiere und Insekten im Gras und auf die flüsternden Blätter und, als es mir endlich auffällt, auf das laute Zirpen der Grillen. Mein Nacken schmerzt. Ich biege ihn zurück, bis mein Kinn zum Himmel weist. Eine klare Nacht. Eine Decke aus Sternen, die sich bis in die Unendlichkeit erstreckt. Manche Sterne sind größer und heller als andere, aber das bedeutet nicht, dass sie uns auch näher sind. Vor der Größe des Universums schrumpfen die Regeln der Perspektive zu Bedeutungslosigkeit.

Ich setze mich und horche auf den näher kommenden Wagen. Ich höre, wie er auf die Einfahrt fährt und vor dem Schuppen stehen bleibt. Nichts überrascht mich mehr, nichts ängstigt mich mehr. Ich warte. Ich höre die Wagentür. Die Haustür. Das Zufallen der Fliegengittertür. Stille. Wieder die Fliegengittertür. Stille. Endlich Schritte.

Ich bin ein Schmetterling, der vom starken Schein von Janes Taschenlampe auf einen Karton gepinnt wird. Zuerst fällt er auf mich, dann auf den Haufen Steine, dann in das Loch, das ich gegraben habe, und schließlich auf das winzige vogelähnliche Skelett, das darin liegt.

Ihre Stimme klingt seltsam. Kalt.

»Luce«, sagt sie. »O Luce.« Im Gebrauch meines Namens schwingt Traurigkeit und Enttäuschung mit.

»Es war unvermeidlich«, sage ich, »seit Daddy gestorben ist. Alles, was seitdem passiert ist, war wie die kleinen Zinnsoldaten, mit denen wir gespielt haben. Man stellt sie in einer Reihe auf, und wenn man einen umwirft, fallen auch alle anderen.«

»Wir hatten nie Zinnsoldaten«, sagt sie.

»Dann war es vielleicht jemand anders, ich habe vergessen, wer.«

Wieder richtet sie die Taschenlampe auf mich. Ich fröstele. Ich möchte, dass Jane hinter der Lampe hervorkommt.

»Okay, Luce«, sagt sie, »Zeit zu gehen.«

Ich stehe auf und trete zu Jane. Schmutzig, zitternd, mit Blutspuren am Körper.

Wir gehen den schmalen Pfad entlang, und als wir die Einfahrt erreichen, wenden wir uns nicht dem Haus zu, sondern Jane dirigiert mich zu dem unbefestigten Weg.

»Wohin gehen wir, Jane?«, frage ich. Ich mache Konversation. Die Antwort interessiert mich nicht besonders.

»Schwimmen.«

»Das ist schön.«

»Bei Joe Zacarro.«

»Ich bin zu schmutzig, um in seinem Pool zu schwimmen«, sage ich.

»Das Chlor wird sich um den Schmutz kümmern, Luce.«

Nach dem anstrengenden Graben fühle ich mich schwach, und ich stolpere über Joes Einfahrt, stütze mich schwer auf Jane. Als ich gegen die Pflanzen am Rand stoße, verströmt eine davon den kränklich süßen Duft, den ich als Duft der Melancholie kenne.

»Mann, das Zeug riecht stark«, sagt Jane.

Sie zieht mich durch das seitliche Tor, und ich sehe den Pool, der aussieht wie ein schwarzes Viereck aus poliertem Obsidian.

Sie bedeutet mir, mich an den Rand zu setzen und zeigt mir etwas, eine kleine schwarze Schachtel.

»Alles in Ordnung, Luce?«, fragt sie mich freundlich.

»Ja. Danke, Jane.«

»Ich hoffe, es wird nicht sehr wehtun. Die Beschreibung ist nicht eindeutig.«

»Wahrscheinlich bin ich jetzt dran.«

»Du warst schon oft dran, aber du bist immer wieder davongekommen.«

»Ja, als du mich in den Canyon gestoßen hast, habe ich mir nur den Arm gebrochen. Und Mutter sprang in den Swimmingpool und hat mich gerettet.«

»Ich hab's noch öfter versucht, aber nach dem Tod von Nicky hat Mutter dich bewacht wie ein Kleinod. Sie hat dich nicht aus den Augen gelassen.« Jane seufzt, und ich spüre ihre Traurigkeit. »Es war nicht einfach für mich, Luce, wirklich nicht. Aber du weißt, ich bin ein ganz besonderer Mensch.«

»O ja«, stimme ich ihr zu. »Für mich warst du immer jemand ganz Besonderes.«

»Mutter und Vater wussten es. Sie verstanden es. Sie behandelten mich sehr sorgsam. Sie bemühten sich sehr, mich immer zu ermutigen und die Bedingungen zu schaffen, unter denen ich gedieh. Aber alles wurde anders, als du da warst. Sie waren ganz vernarrt in dich.«

Jane verzieht angewidert das Gesicht. Ich habe sie noch nie so gesehen.

»Und dann kam auch noch Nicky. Das war zu viel. Als er anfing zu sitzen und Dinge in die Hand zu nehmen und Laute von sich zu geben, die eines Tages zu Worten würden, wusste ich, dass es an der Zeit war, dem ein Ende zu setzen. Ich habe es nie bedauert. Ich bedauere nur, was ich heute erfahren musste. Dass es die ganze Zeit noch einen Bruder gab. Daddy hat mich getäuscht. Er ist weggegangen und hat in aller Heimlichkeit ein anderes Baby geliebt. Und nun ist das Baby erwachsen geworden und hat ein eigenes Baby. Ich wünschte, ich hätte heute mit ihnen abrechnen können.«

»Du hast dich als Joni Rimbaldi ausgegeben«, sage ich tonlos. »Aber als du in Tigertail Bay warst, hast du einen Rückzieher gemacht.«

»Auf den Parkplätzen waren Polizisten. In Zivil, aber ich habe sie trotzdem erkannt.« Sie zuckt die Achseln. »Ich werd's ein andermal versuchen.«

Ich fröstele.

»Frierst du, Luce?«, fragt sie mich besorgt und blickt mich an.

»Nur ein bisschen.«

»Dagegen kann ich was tun.« Sie nimmt die schwarze Schachtel.

»Lindy Zacarro wusste, was mit Nicky geschehen ist«, flüstere ich.

Jane lächelt. »Sie war nicht besonders intelligent. Ich meine, es war fast zu einfach, ihr dieses tolle Versteck zu zeigen.«

Jetzt schüttelt es mich. Meine Zähne klappern.

»Jane … ich wünschte, du hättest Stevie nicht wehgetan.«

»Aber ich habe ihm nicht wehgetan. Ich habe ihm nur geholfen zu gehen. Er hat wirklich nicht gelitten. Er hat sich kaum gewehrt.«

»Hat Daddy sich gewehrt?«

»Nein, irgendwie wusste er, dass es sein musste, und er hat es akzeptiert. Ich habe ihn gewarnt, dass er zu viel Zeit mit diesen lächerlichen alten Männern verbringt –«

»Du meinst Joe Zacarro? Und Mr. Holler?«

»Er redete zu viel mit ihnen. Ich mochte gar nicht daran denken, was er ihnen alles erzählt hat. Wenn die Leute älter und seniler werden, verlieren sie die Kontrolle über ihre Zunge und über ihre Blase. Ich habe Daddy gewarnt, aber er hat nicht auf mich gehört. Er war nicht überrascht, als ich ihm sagte, es wäre Zeit zu gehen. Er hat sich nicht gewehrt. Wie du. Vielleicht wusste er, wie angenehm es sein würde. Ich hoffe, es wird angenehm für dich, Luce.«

Sie berührt meinen Nacken mit der Schachtel, und Schmerz explodiert in meinem Körper wie ein Blitzschlag, ein Schmerz, der Gedanken auslöscht, ein Schmerz, der lähmt. Ich sehe Funken vor den Augen, Feuer fällt von meinen Fingerspitzen, mein Gesicht bekommt Risse, so mächtig ist die Explosion in meinem Kopf. Ich falle nach hinten, aber Jane fängt mich auf, bevor mein Kopf auf den Steinen aufschlägt.

»Wir wollen keine blauen Flecken.« Sie legt mich flach neben den Pool. Ich kann mich nicht bewegen. Ich kann nicht sprechen. Ich sehe Jane nur durch einen Schleier aus Funken. Als das Feuerwerk verebbt, bemerke ich, dass das Gesicht gar nicht Janes Gesicht ist. Es gehört zu jemand anders. Es ist schmaler, die Augen sind unnatürlich hell, der Mund formt neue Linien.

»Ich habe versucht, dir das Leben zu erleichtern. Ich habe versucht, auf dich aufzupassen. Du bist nicht stark, und ich weiß, wie schwer es für dich war. Jetzt werde ich dich erlösen. Ich werde dich befreien von all den Dingen, die dir Sorgen machen, dir Albträume verursachen und dein Herz klopfen lassen am frühen Morgen, bevor du wach genug bist, um darüber nachzudenken. Diese Geschäfte in New York, von denen du dir lächerlicherweise einbildest, dass sie so wichtig sind. Schmerzliche, unfreundliche Worte. Zurückweisungen.

Enttäuschungen. Unsere verrückte Mutter, die knurrt und schreit. Scotts Vorwürfe. Larrys Demütigungen. Die klebrigen Russen. All die Traurigkeit, Luce, die Verluste, und es sind so viele. Von der Kindheit an besteht das Leben aus Schlägen und Schmerzen und Verlusten, ist es nicht so? Mir ist es zu verdanken, dass Stevie das alles erspart blieb. Ich bin sicher, dass du mir zuinnerst dankbar bist, Luce. Du hast das alles selbst durchgemacht, du solltest nicht noch mehr leiden, indem du hättest zusehen müssen, wie er es seinerseits durchmacht. Diese vielen Dinge, die du für wichtig gehalten hast, ich werde dich jetzt davon erlösen. Ich glaube, es wird sich angenehm anfühlen.«

Über uns sehe ich die Sterne. Ihre Zeitspanne ist jenseits von allem, was ich mir vorstellen kann. Meine Lebenszeit ist bedeutungslos in ihrem Universum, zu kurz, um überhaupt gemessen zu werden.

»Ich werde wirklich traurig sein, wenn du tot bist, so wie ich wirklich traurig war, als Daddy tot war und Stevie und Nicky. Aber Luce, du sollst wissen, dass ich dich mehr als alle anderen liebe.«

Ich möchte ihr danken, aber mein Mund öffnet sich nicht, und mein Körper fliegt auch schon durch die Luft. Sie hat mich so fest gestoßen, dass ich spüre, wie sich meine Beine und Arme ausbreiten wie bei einer Puppe. Ich höre ein lautes Platschen, und dann umgibt mich kaltes Wasser. Ich sinke hinunter auf den Grund des Pools, Wasser läuft in meine Nase, meinen Mund, meine Ohren, und ich warte darauf, den Tod zu erleben.

Ich denke an Scott, wie er dasteht mit den Händen in den Taschen seiner Jeans, die Schultern hochgezogen, und wehmütig auf das Meer in Needle Bay blickt. An das erste zahnlose Lächeln in Stevies weichem Gesicht. An Sascha, der sich einen Whisky einschenkt und ihn schwenkt, während er von seinen Kollegen erzählt und lächerlich kichert. An Tante Zina, die ihr Handgelenk nach links und rechts dreht, während der Bliniteig in der heißen Pfanne verläuft. An Vater, der unter dem Traktor hervorkriecht, sein Blick ruhig und konzentriert, seine Hände ölverschmiert. An Jane, die abends auf der Terrasse weint, ihre Augen zwei nadelkopfgroße Lichter. An Larry, der einen Erdnussbutterkeks isst und bedauernd auf seinen Bauch deutet. An Ricky, der Jordans kleinen Körper an sich drückt, während er über Vater spricht. An Mutters Arme, die sich zärtlich um mich schlingen. Einen Augenblick lang spüre ich Verlust, einen so schmerzhaften Verlust, dass es auch Trauer sein könnte, und dann ist das Wasser in mir und um mich, und ich verliere langsam das Bewusstsein. Ja, es ist traurig, fortzugehen, aber mein Körper gibt sich jetzt einer angenehmen, nahezu unnatürlichen Entspannung hin: Mir wird das Leben nicht genommen, ich gebe es freiwillig, freudig her. Jane hat Recht, der Tod ist süß.

40

Ich liege auf einer Couch, in eine Art Bademantel gewickelt, zugedeckt mit einer rauen Decke, die meine Beine kitzelt, wenn ich mich bewege. Ich bewege mich nicht. Ich öffne die Augen nicht. Ich horche auf die Stimmen. In meiner Nähe murmeln leise, aber draußen sind laute Stimmen, vor allem männliche. Manchmal rufen sie einander etwas zu. Eine Frau scheint irgendwo in einer anderen Sprache in ein Funkgerät zu sprechen.

Ich öffne meinen Augen so weit, dass ich Licht wie durch einen Schlitz sehe. Die Farben verändern sich ständig, rot, blau und weiß. Irgendwann einmal, ich weiß nicht mehr wann, war Vaters Haus in diesen Farben geschmückt, und das war nicht schön, es war unheimlich und hässlich.

Ich mache die Augen ein bisschen weiter auf und sehe Lindy Zacarro. Ich frage mich einen Augenblick lang, ob ich doch tot bin, aber um ihr Gesicht ist ein Rahmen, und sie sitzt auf einem Pferd, das zuerst rot ist, dann blau, dann weiß. Ich bin also noch immer bei Joe, und vielleicht gehört ihm eine der lauten Stimmen draußen.

»Lucy«, sagt jemand ausdruckslos. »Lucy, du machst die Augen auf.«

Adam Holler. Ich erkenne ihn an seiner Sprechweise, tonlos, leidenschaftslos. Er ist unsichtbar. Wenn ich den Kopf bewegen würde, könnte ich ihn vielleicht sehen, aber ich will mich nicht bewegen.

»Danke, Mr. Holler, ich möchte jetzt mit ihr sprechen, wenn sie dazu in der Lage ist«, sagt jemand anders. Eine junge Frau, ihre Stimme klingt gleichmäßig, weil sie Jahre damit verbracht hat, ihre Gefühle daraus zu verbannen wie eine Pokerspielerin. Ich kenne keine Pokerspielerin, aber ich kenne diese Stimme. Ich kann mich nur nicht an den Namen der dazugehörigen Frau erinnern.

»Ich bin's, Kirsty.« Sie stellt sich vor mich, beugt sich über mich, und ihre braunen Augen sehen mich neugierig an. Das Farbenspiel kommt also von einem Streifenwagen. Er muss direkt vor Joes Wohnzimmer stehen.

»Die Sanitäter sind ziemlich sicher, dass Sie nicht ins Krankenhaus müssen. Sie warten auf einen Arzt, der es bestätigt.«

Ich sehe sie ohne Neugierde an.

»Wissen Sie, was passiert ist?«, fragt sie mich.

Ich blinzle.

»Verstehen Sie, was passiert ist?«, sagt sie, diesmal ein bisschen lauter. Sie sieht müde aus. Ein paar Haarsträhnen sind nicht dort, wo sie sein sollten.

Eigentlich will ich nicht sprechen, aber Jane hat mir beigebracht, höflich zu sein, und deswegen bemühe ich mich enorm. Das ist nicht einfach. Meine Lungen sind anders arrangiert, und etwas zerrt an meiner Kehle. Ich stoße einen merkwürdigen Würgelaut aus.

»Okay«, sagt sie. »Mir ist klar, dass es Ihnen nicht leicht fällt.«

Ich versuche es noch einmal. Ich versuche ihr zu sagen, dass Jane bald hier sein wird, aber die Worte klingen wie ein Röcheln. Sie runzelt verständnislos die Stirn, und ich versuche es noch einmal, und diesmal entringen sich meiner Kehle seltsame krächzende Laute, die Worten nahe kommen. Sie blickt auf, und ich weiß, dass sie jemanden ansieht. Adam Holler? Oder befindet sich eine dritte, schweigende Person im Raum?

»Ich vermute«, sagt sie betrübt, »dass Sie nicht mehr wissen, warum Sie hier sind.«

»Doch«, sage ich. Und langsam krächze ich weiter: »Ich war mit dem Sterben an der Reihe. Jane hat mir geholfen.«

Wieder blickt sie zu der schweigenden Person.

»Nicky, Lindy Zacarro, Stevie, Daddy«, erkläre ich. »Natürlich musste ich auch irgendwann an der Reihe sein.«

»Sie wussten es?«, sagt eine andere Stimme. Sie ist rau, unverwechselbar. »Lucy, Sie wussten die ganze Zeit, dass es Ihre Schwester war? Und Sie haben so getan, als wüssten Sie es nicht?«

»Nein, Mr. Rougemont.« Ich wünschte, er käme näher, damit ich ihn sehen kann. Ich habe ihn nie besonders gern angeschaut, aber jetzt würde ich ihn gern sehen. Entgegenkommend tritt er in mein Sichtfeld, und ich verspüre ein unerwartetes Aufwallen von Zuneigung für den breiten Mund und die riesige Nase, für diesen Schatten von einem Mann. »Ich hab's endlich rausgefunden. Aber zu spät«, sage ich. »Und dann habe ich gemerkt, dass ich es schon die ganze Zeit wusste.«

»Ich wusste es vermutlich auch die ganze Zeit«, sagt er traurig, »aber wir konnten nichts unternehmen. Außer sie im Auge behalten, bis sie es wieder versucht.«

»Wo ist Jane?« Ich bin plötzlich besorgt um sie.

Rougemonts Stimme klingt angespannt. »Sie haben sie jetzt fortgebracht, Lucy.«

Mir gefällt nicht, wie er das sagt. Mir gefällt die Endgültigkeit nicht.

»Wohin haben sie sie gebracht? Mr. Rougemont, sie ist ein ganz besonderer Mensch.«

Seine grauen Augen mustern mich, aber er antwortet nicht. Ich höre eine Stimme von der Tür. Kirsty verschwindet, und Rougemont richtet sich unter Mühen auf. In einem anderen Teil des Zimmers wird flüsternd ein Gespräch geführt. Ich höre, dass auf der Einfahrt Autos vorwärts und rückwärts fahren. Die bunten Lichter, die durch meine Augenlider leuchteten, sind plötzlich verschwunden. Jemand ruft etwas. Weitere Stimmen, laut, weiblich, aufgeregt, mit starkem Akzent. Meine russischen Tanten, die gleichzeitig mit einem Polizeibeamten sprechen und sich streiten. Bei ihnen sind Sascha und Scott, die vernünftig, aber unnachgiebig sind. Joe Zacarro brüllt: »Das ist mein verdammtes Haus, zum Teufel noch mal. Sie lag in meinem verdammten Pool! Ich war wirklich kooperativ, ich und Adam haben Ihnen geholfen, die ganze verdammte Straße abzusperren, und jetzt darf ich nicht mal auf meine eigene Veranda, um mir ein verdammtes Bier aus meinem verdammten Kühlschrank zu holen? Ich will doch nur kurz nach ihr sehen und Hallo sagen, mehr nicht.« Seine Stimme geht im Crescendo der Tanten unter.

Ich lächle und schließe die Augen. Ich fühle mich, als hätte mir jemand eine extra Decke übergeworfen.

Als ich wieder aufblicke, steht Adam Holler neben mir. Er beugt sich so nah zu mir, wie es sein steifer Rücken erlaubt. Er hat seine dunkle Brille nicht auf und sieht mich aus seinen farblosen Augen an.

»Lucy«, flüstert er. In seiner Stimme schwingt eine unbekannte Dringlichkeit mit, ein Schmerz. »Kannst du mir sagen, wie es war?«

»Was?«

»Zu sterben. Wie hat es sich angefühlt?«

»Bin ich gestorben?«, frage ich meinerseits flüsternd.

»Klar. Joe und der Polizeibeamte haben dich zurückgeholt, erinnerst du dich nicht? Du warst tot, Lucy. Die Polizisten wollten dich aus dem Wasser holen, aber Jane rannte davon, und sie war so schnell und stark, sie mussten sie einfangen und festhalten. Es hat also länger gedauert, bis sie dich herausholen konnten. Du warst wahrscheinlich für eine Minute tot. Wie hat sich das angefühlt? Kannst du mir das sagen?«

Ich seufze.

Seine blasse Haut wird rosa. »Lucy, erinnerst du dich an Jim Bob?« Der Name seines Sohnes scheint aus seinem Mund zu hüpfen, ein Name, den er häufig gedacht, aber seit Jahren nicht mehr ausgesprochen hat.

»Klar erinnere ich mich«, sage ich. Adam Hollers Frage wirkt nun doppelt beunruhigend. Ein Tod, der Tod eines Kindes, ein unnatürlicher Tod, im Nachbarhaus. Aber für Jim Bobs Tod ist nicht Jane verantwortlich, sondern jemand, der ihn liebte und seither jeden Tag gelitten hat.

»Oh, Mr. Holler, Sie wollen wissen, wie er sich gefühlt hat, als er starb. Stimmt's?«

Ich sehe kleine Prismen aus Licht in seinen Augenwinkeln, und mir wird klar, dass es farblose Tränen sind.

»Da kann ich Sie beruhigen«, sage ich mit solcher Begeisterung, dass ich mich dabei fast aufrichte. »Sie müssen sich deswegen nicht mehr quälen. Jim Bob hat nicht gelitten. Überhaupt nicht.«

Als er hinausschlurft, höre ich ganz nah an meinem Ohr eine andere Stimme, die ich nicht erkenne.

»Das hast du gut gemacht, Lucy, wirklich gut.«

Ich bemühe mich, den Mann zu sehen.

»Hallo, Schwester«, sagt Ricky. »Ich bin durch die Küche reingeschlichen.«

»Du kannst aber gut schleichen«, sage ich verdrießlich.

»Liegt wohl in der Familie.« Er lächelt übers ganze Gesicht.

»Und was machst du hier? Hast du der Polizei geholfen? Mit ihnen zusammengearbeitet?«

Tigertail Bay. Die Explosion der Welle, Rougemonts Gestalt, die hinter einem Felsen verschwindet.

»Nur heute. Bislang dachte ich, ich wäre allein. Ich dachte, ich wäre der Einzige, der sich Sorgen um dich macht.«

Rickys blauer Wagen, der bei Einbruch der Nacht über die Schnellstraße gleitet und vor Janes Wohnung anhält.

»Du kennst mich doch gar nicht.«

»Stimmt nicht ganz.«

»Du hasst mich doch.«

»Stimmt auch nicht ganz. Und ...« Ricky lächelt sein schiefes Grinsen, und einen Augenblick lang sieht er auf unheimliche Weise aus wie unser Vater. »Und Dad hat dich geliebt. Deshalb wusste ich, dass ich auf dich aufpassen musste.«

»Du hast auf mich aufgepasst?«

»Hör mal, du bist meine Schwester.«

Die Tür wird geöffnet, und die Stimmen draußen werden kurzzeitig lauter.

»Ich geh schon, ich geh schon«, sagt Ricky. »Ich wollte hier nur durchgehen.«

Die Tür wird wieder geschlossen, und ein Mann sagt: »Himmel, das ist vielleicht ein Haufen. Presse?«

»Verwandte.«

»Sie wollen unbedingt herein.«

Er stellt sich vor. Er ist der Arzt und will wissen, wie der Präsident der Vereinigten Staaten heißt.

Ich höre, wie ich lache, ein seltsamer klarer Laut. Ich frage mich, wann ich zum letzten Mal gelacht habe. Mit Sascha vielleicht oder mit Scott. Ich nenne den Namen des Präsidenten und sage dann: »Ich kann klar denken. Wahrscheinlich klarer als sonst.«

Wieder bei Tante Zina schlafe ich viel. Mich wundert meine Fähigkeit einzuschlafen, kaum dass ich mich müde fühle, manchmal sofort nachdem ich aufgewacht bin oder während Tante Zina mit mir spricht. Mein Schlaf ist so friedlich wie fahles Licht.

»Was ist nur los mit mir?«, frage ich ungläubig, als ich in einem von Tante Zinas großen Sesseln aufwache und sie neben mir sehe, wie sie, über Puschkin geneigt, die Lippen ein wenig bewegt und versucht, ein Gedicht auswendig zu lernen.

»Du holst verlorenen Schlaf nach. Nicht den Schlaf von Tagen oder Wochen, sondern von Jahren«, sagt sie weise.

Ich kann fahren, aber meistens fährt mich Scott. Ich weiß, dass Brigitte zurück ist, und rechne damit, dass er eines Tages keine Zeit mehr hat, aber er kommt häufig vorbei und blickt mich ängstlich an.

Zweimal besuchen wir Ricky in San Strana. Wir sitzen auf der Veranda, trinken Bier und versuchen, die verlorenen Jahre aufzuholen. Bisweilen spielen wir mit dem Kind. Scott mag Ricky, und er kauft sein Bild, das das Tal von Vaters Haus aus zeigt.

Ich schaue es lange an und sage dann: »Okay. Ich bin jetzt bereit, hinzufahren.«

Wir steigen die Treppe zur Veranda hinauf, schließen die Tür auf, und ich stehe auf der Schwelle und rieche den Geruch des Hauses, Vaters Geruch, bevor ich eintrete.

Es ist heiß hier. Obwohl der falsche Sommer vorbei ist, hat das Haus die Hitze gespeichert.

»Was wirst du damit machen?«, fragt Scott und deutet auf das Durcheinander. Es ist noch immer alles da. Larry und Jane hatten angefangen, Dinge zu sortieren, aber es ist noch alles da.

»Ich werde die Sachen durchsehen. Ich werde das Haus ausräumen. Und dann werde ich es verkaufen.«

»Ich dachte, du warst ein bisschen beleidigt, weil Jane und Larry es so schnell nach Erics Tod ausräumen wollten. Und ich hatte den starken Eindruck, dass du nicht mithelfen wolltest.«

»Jetzt ist es anders. Ich möchte es jetzt selbst tun. Ich komme zurück nach Kalifornien, und dann werde ich mich darum kümmern.«

Er starrt mich an.

»Kommst du wirklich zurück? Hast du dich entschlossen?«

»Ich laufe nicht länger weg, Scott.«

Wir halten eine kleine Zeremonie für Nicky ab. Seine Überreste werden neben Stevie begraben. Joe Zacarro und Adam Holler sind gekommen, und sie stützen sich gegenseitig und weinen. Sie trauern und weinen am Grab dieses kaum gekannten, lange toten Kindes um ihre eigenen Kinder, so wie Scott und ich um Stevie weinen. Alle haben jemanden, um den sie weinen können. Mutter weint um Nicky. Wir stehen da und blicken auf seinen Sarg hinunter, umarmen uns in unserem Schmerz.

»Glaubst du, dass sie versteht?«, fragt mich Sascha leise, als wir gemeinsam durch den Friedhof zurückgehen.

»Sie versteht nur zu gut, und sie empfindet zu viel«, sage ich.

Wir bringen Mutter zurück nach Redbush. Nachdem wir sie bei ihrem Pfleger abgeliefert haben, stehen Sascha und ich unsicher auf dem Parkplatz. Trotz des Regens sind überall die Rasensprenger eingeschaltet. Ohne die Sonne funkelt das Wasser nicht.

»Nun?«, sagt er. »Hast du es dir anders überlegt?«

»Nein, Sasch.«

Auch Jane ist in Redbush. Larry hat dafür gesorgt, dass sie hier im Sicherheitstrakt untergebracht wird.

»Das Wiedersehen kann nicht erfreulich sein, Larry hat uns davor gewarnt«, sagt Sascha. Larry sieht seit Janes Festnahme alt und müde aus, und er hat angekündigt, seine Praxis aufzugeben.

»Ich muss zu ihr, sie ist ganz allein«, beharre ich.

»Scott weigert sich, sie zu besuchen, und er hat Recht. Sie hat seinen Sohn umgebracht, sie hat keinen Anspruch auf sein Mitgefühl.«

»Das kann ihr keiner vergeben«, sage ich vorsichtig und spüre, wie mein Haar, meine Wimpern vom Regen feucht werden. »Aber wie du weißt, hätten Daddy und Mutter ihren ersten Mord nie verheimlichen dürfen. Indem sie sie beschützten, haben sie uns in Gefahr gebracht.«

»Wenn das falsch war, dann haben sie für ihren Fehler teuer bezahlt, deine Mutter mit ihrer geistigen Gesundheit und dein Vater mit dem Leben.«

Ich wende mich dem Sicherheitstrakt zu.

»Ich muss zu ihr«, sage ich. »Jane braucht mich.«

Sascha zündet sich eine Zigarette an, bevor er mir folgt. »Lucia, müssen wir ihre Bedürfnisse wirklich als so wichtig erachten?«

»Sie hat mich geliebt und sich jahrelang um mich gekümmert. Soll ich das jetzt vergessen?«

»Dich geliebt und sich um dich gekümmert.« Er schnaubt verächtlich. »Sie hat sich als deine Beschützerin aufgespielt, während sie dich in Wahrheit kontrolliert hat, und alle außer dir haben es gemerkt. Sie hat ständig irgendwelche falschen Gesundheitsprobleme bei dir diagnostiziert, damit sie dein Leben regulieren konnte, sie hat dich von deinen Freunden fern gehalten, sie hat mehrmals versucht, dich umzubringen und es aussehen lassen, als würde sie dich retten, und sie hat eine Version deiner Vergangenheit erfunden, eine Reihe von Fiktionen über deine Kindheit, um ihre eigene destruktive Rolle zu maskieren.«

Er zieht heftig an seiner Zigarette.

»Aber Sasch, wir alle erfinden unsere Vergangenheit, damit sie unseren ganz eigenen Zwecken dient, und vor ein paar Tagen hast du mir genau das empfohlen«, erinnere ich ihn. »Schließlich hast du dir auch eine russische Vergangenheit zugelegt, zu der rote Halstücher und das Absingen von Liedern der Jungen Pioniere um ein Lagerfeuer gehören.«

»Wir strukturieren unsere eigene Vergangenheit mit Erzählungen. Wir haben nicht das Recht, das auch mit der Vergangenheit eines anderen Menschen zu tun.«

Er fuchtelt mit seiner Zigarette herum.

»Da du entschlossen bist, Jane zu verteidigen, statten wir ihr einen Besuch ab. Aber wir dürfen keinen großen Dank für unsere Mühen erwarten.«

Trotz aller Warnungen stelle ich mir vor, dass ich mit Jane über die jüngsten Ereignisse spreche. Ich glaube sogar, dass sie vielleicht mit irgendeiner Art Erklärung aufwarten wird. Und ich bin überzeugt, dass sie sich zumindest freuen wird, mich zu sehen.

Mir wird mitgeteilt, dass ich nur durch ein Gitter mit ihr reden darf. Als ich eingelassen werde, spähe ich ängstlich durch die Stäbe wie eine Zoobesucherin, die nach einem besonders gut getarnten Reptil Ausschau hält. Schließlich sehe ich sie auf der anderen Seite des Raums. Sie sitzt da, ihr Körper reglos, das Gesicht abgewandt, ihr Haar wie ein Vorhang zwischen uns.

Ich rufe leise ihren Namen, aber sie reagiert nicht. »Ich bin's, Lucy. Jane, ich bin's.«

Ich weiß, dass sie daraufhin hersehen und lächeln wird, dass sie zu mir kommen und mich fragen wird, wie es mir geht. Mein Herz schlägt schneller. Aber sie sieht nicht zu mir und sagt nichts.

Sascha und ich fahren schweigend nach Hause. Als wir in der Küche sitzen und Tante Zina mit Pfannen klappert, frage ich: »Sasch, wie hast du das gemeint, als du gesagt hast, alle wussten, dass Jane mich zu kontrollieren versuchte?«

»Zum Beispiel deine Besuche in dieser Wohnung.«

Tante Zina hält inne. »Sie kam nur selten, und wenn sie kam, schmollte sie eifersüchtig.«

»Großmutter, Mutter und mir war klar, dass ihr nicht gefiel, dass du zu uns eine Beziehung hattest, auf die sie keinerlei Einfluss nehmen konnte«, sagt Sascha. »Ich kann mir vorstellen, dass sie versucht hat, dich davon abzuhalten, uns zu besuchen. Und häufig mit Erfolg.«

Auch Mrs. Joseph besuchte mich und erzählte mir, dass Robert nach dem Unfall mehrmals angerufen habe. Auch sie selbst rief an und schrieb einen Brief. Jane fing alles ab und erklärte den Josephs, dass ich nichts mehr mit ihnen zu tun haben wollte.

»Wenn du stark genug gewesen wärst, selbst anzurufen«, sagte Mrs. Joseph, »hätte sie dich nie so effektiv kontrollieren können.«

»Aber unbewusst, Lucia«, fährt Sascha fort, »wusstest du Bescheid. Du bist vor ihr nach New York geflüchtet in eine sichere Welt aus Zahlen, und als du jetzt zurückgekommen bist, wolltest du bei uns wohnen. Ich glaube, du wusstest Bescheid.«

Scott fährt mich zum Flughafen.

»Darf ich fragen, wann genau du zurückkommen wirst?«

»Ich muss mich nur von Jim verabschieden und meine Wohnung räumen. Ich bin in einer Woche wieder da.«

Er lächelt und hebt mich hoch, als wäre ich so klein und leicht wie ein Spielzeug, und dann wirbelt er mich im Kreis herum.

»Alles ist jetzt leichter«, sagt er.

Als ich mich von ihm entferne, ruft er mir nach: »Lucy, lass dir nicht wieder drei Jahre Zeit. Sonst kommen wir dich holen. Ich und dein Bruder.«

Als sich das Flugzeug New York nähert, sehe ich Manhattan in der Ferne glitzern. Der Taxifahrer berichtet, dass sich das Wetter gerade ändert. Die Hitzewelle aus dem Westen hat sich über den Kontinent gearbeitet, erklärt er, und ist jetzt, von der Reise geschwächt, in New York eingetroffen.

»Großartig, es ist Sommer!«, sagt er.

»Es ist Frühling«, erinnere ich ihn.

Der Schlüssel steckt im Schloss zu meiner Wohnung, über meiner Schulter hängt eine Tasche, unter dem Arm halte ich einen Stapel Post aus der Lobby. Das Schloss scheint überrascht, der Schlüssel lässt sich etwas schwerer als sonst drehen, aber die Tür schwingt mühelos auf. Sie hat lange auf mich gewartet.

Alles ist genau so, wie ich es zurückgelassen habe. Auf dem Bett liegen ein paar Kleidungsstücke, die ich mitnehmen wollte, aber dann doch hier ließ, während Jim Finnigan im Wohnzimmer weinte und mit mir sprach. Das Telefon steht nicht am üblichen Platz: Ich habe Sascha damit angerufen und Vaters Nachricht abgehört. Vaters Steine liegen von Jim neu arrangiert da.

Ich setze mich und genieße die Stille meiner eigenen Wohnung. Nichts rührt sich. Aus einer Stunde wird die nächste, und alle vier Ziffern auf der digitalen Uhr verändern sich gleichzeitig und lautlos zu vier anderen Ziffern. Ich höre den Lärm der Straße, die Flugzeuge am Himmel, entfernte Musik aus einer Nachbarwohnung, aber hier ist es völlig still.

Schließlich strecke ich mich und hole die Post, die ich mit heraufgebracht habe. Werbung auf einen Stapel, Lesenswertes auf einen anderen, Rechnungen auf einen dritten. Ein Brief lässt mich innehalten. Der Umschlag ist handbeschriftet. Eine vertraute Handschrift, klein, klug, ordentlich. Meine Hand beginnt zu zittern. Ich kämpfe um Atem. Tränen brennen in meinen Augen.

Ich setze mich und starre den Brief an, der in einer anderen Gegend abgeschickt wurde und hier auf mich wartete, bis ich von meiner langen Reise zurückkehren würde. Ich starre ihn an, wappne mich für die neue Realität, die er vielleicht enthält. Ich bereite mich auf eine weitere Veränderung meiner Kenntnisse vor, nach so vielen anderen und gerade als ich dachte, ich wäre zu Hause.

Langsam, widerwillig reiße ich den Umschlag auf. Ich falte den Brief auseinander.

Meine liebe Lucy,
ich habe versucht, dich anzurufen, und jetzt schreibe ich, weil mir klar ist, dass ich nicht mehr sehr lange hier sein werde. Ich will nicht sterben, Lucy. Ich will dich nicht verlassen. Aber wenn ich sterbe, bitte sei nicht allzu traurig. Sei nicht allzu wütend. Frag nicht, warum, außer du bist bereit für die Antwort, die du finden wirst. Komm nicht zurück nach Kalifornien. Kriege hier keine Kinder mehr,

kriege sie in einem anderen Teil der Welt, aber bitte kriege Kinder. Du warst eine gute Mutter, und lass dir von niemandem etwas anderes einreden. Denk nicht zu schlecht von deinem Vater, er liebt dich innig. Und trau dich ja nicht, mich zu vergessen. Solange du dich an mich erinnerst, bin ich noch immer da.

Daddy.